insel taschenbuch 4940
Eva Stachniak
Die letzte Tochter von Versailles

AF198129

Versailles, 1755: Die junge Véronique fällt auf in den ärmlichen Gassen, wo ihre Familie kaum über die Runden kommt, und bald dringt der Ruf ihrer Schönheit bis zum Schloss, wo Ludwig XV. das Interesse an seiner Favoritin, Madame de Pompadour, verloren hat. Véronique wird seine Geliebte, doch das Arrangement nimmt ein jähes Ende, als sie ein Kind erwartet.

Jahre später wächst Marie-Louise bei einer Pflegemutter auf, die sie zur Hebamme ausbildet. Über ihre Mutter weiß sie nichts. Sie heiratet den jungen Anwalt Pierre, der an der Seite Dantons für den Sturz des Königs kämpft. Doch eines Tages wird Pierre in einem anonymen Schreiben vorgeworfen, seine Frau habe Verbindungen zum Königshaus – das könnte ihn nicht nur seine Karriere, sondern auch den Kopf kosten …

Der packende Roman der Bestsellerautorin erweckt Schicksale am Vorabend der Französischen Revolution an einem der prunkvollsten Schauplätze royaler Macht fulminant zum Leben.

Eva Stachniak, geboren in Breslau, lebt in Toronto. Sie hat für Radio Canada International gearbeitet und als Dozentin für Englisch und Geisteswissenschaften am Sheridan College gelehrt. Ihre Romane *Der Winterpalast* (it 4270) und *Die Zarin der Nacht* (it 4358) waren internationale Bestseller. Zuletzt begeisterte ihr Roman *Die Schwester des Tänzers* (it 4610) über Bronislawa Nijinska ihre deutschen Leserinnen.

www.evastachniak.com

Im insel taschenbuch ist außerdem erschienen: *Der Garten der Venus* (it 4636).

Peter Knecht hat zahlreiche englischsprachige Romane und Sachbücher übersetzt, u. a. von Eva Stachniak, Richard Flanagan, John Wray, Sarah Dunant, Harold Bloom und Eva Ibbotson.

EVA STACHNIAK

DIE LETZTE TOCHTER VON VERSAILLES

Roman

Aus dem Englischen von Peter Knecht

Insel Verlag

Die Originalausgabe erschien erstmals 2022 unter dem Titel
The School of Mirrors bei Penguin Random House Canada.

We acknowledge the support of the Canada Council for the Arts.

Klimaneutral
Druckprodukt
ClimatePartner.com/14438-2110-1001

Erste Auflage 2023
insel taschenbuch 4940
© der deutschsprachigen Ausgabe
Insel Verlag Anton Kippenberg GmbH & Co. KG, Berlin, 2021
© 2021 Eva Stachniak
Alle Rechte vorbehalten.
Wir behalten uns auch eine Nutzung des Werks für Text und
Data Mining im Sinne von § 44b UrhG vor.
Umschlaggestaltung: Rothfos & Gabler, Hamburg
Satz: Satz-Offizin Hümmer GmbH, Waldbüttelbrunn
Druck: CPI books GmbH, Leck
Printed in Germany
ISBN 978-3-458-68240-0

www.insel-verlag.de

Dem Andenken meiner Mutter

DIE LETZTE TOCHTER VON VERSAILLES

PARIS

1793

*S*ie rennt dem holpernden Wagen hinterher, ihr Herz stolpert, rast, stolpert wieder.

Der Morgen ist frisch, der Himmel eierschalenblau. Die Straßen sind leer. Die Fensterläden der Häuser sind verschlossen, die Türen verriegelt. Hier und da quellen schwarze Rauchschwaden aus Kaminen. Verräter verbrennen ihre Sünden, hat sie gehört. Madame Guillotine ist nicht schnell genug.

Der Wagen, gezogen von einem einzigen Pferd, schwankt. Der Mann auf der Ladefläche, in dessen schwarzem Haar graue Strähnen sichtbar sind, hält sich an der Seite fest. Seine Augen folgen ihr, lassen sie nicht los, nicht einen Moment.

Am Quai d'Orsay, der glitschig ist vom nächtlichen Regen, sieht sie eine alte knochige Frau in einer Tür kauern. Auf dem Pont de la Concorde wühlt ein buckliger Bettler, einen prallen Sack über der Schulter, in einem Haufen Lumpen.

Auf der Place de la Révolution wird der Wagen langsamer. Um das Schafott hat sich eine kleine Menschenmenge versammelt. Ein Kind greint und wird schnell zum Schweigen gebracht. Ein Hund bellt.

Sie sieht die Klinge glitzern und bleibt stehen.

ERSTER TEIL

Versailles

Meine Mutter hat mir nicht viel erzählt.

Ich müsse in den Dienst gehen, sagte sie. Es sei nicht das, was mein verstorbener Vater und sie sich einst für mich erhofft hätten, aber es müsse sein. Es könne immer noch gut werden, ich hätte es selbst in der Hand, wenn ich schnell lernte und wenn ich lernte, meiner Herrschaft angenehm zu sein. Jederzeit angenehm zu sein, nicht nur wenn ich gerade Lust hätte, eigensinnig, wie ich sei, und immer bereit, auf alle möglichen fremden Leute zu hören statt auf meine eigene Mutter.

Hätte ich erraten können, welchen Handel sie abgeschlossen hatte? Vielleicht, aber ich war noch ein Kind, auch wenn ich schon dreizehn Jahre alt war. Ich wusste nicht, wie man in dem Schweigen zwischen den Worten Gefahr erkennt. Ich kannte die Schrittfolge in dem Tanz der Opferung und des Verrats nicht.

Meine Mutter handelte mit gebrauchter Frauenkleidung. Alte, an den Säumen ausgefranste Taftkleider, der Stoff unter den Achseln vergammelt schweißig; einst prächtige, mit Silber und Gold bestickte Hofgewänder, jetzt schmucklos; zerrissene, schlammige Röcke von Selbstmörderinnen, die man aus dem Fluss gefischt hatte. Mir grauste, wenn sie die Sachen nach Hause brachte, um sie zu sortieren und zu flicken, Lumpen, durchtränkt vom Gestank ihrer Vorbesitzerinnen, schmutzig und voller Ungeziefer.

Wir wohnten damals in der Rue Saint-Honoré mitten in Paris, im fünften Stock eines Gebäudes mit Blick auf den Markt von Quinze-Vingts. In unserem alten Haus in der Rue des Jardins Saint-Paul hatte Papa seine eigene Druckerei gehabt, in der er Broschüren und Bücher druckte und verkaufte, und wir hatten das obere Stockwerk bewohnt. Jetzt lebten wir alle in einem gemieteten Raum zwischen gespannten Schnüren, an denen ich die Wäsche zum Trocknen aufhängte. Wir schliefen auf Klappbetten: meine Brüder auf einem, Maman und ich auf einem anderen. Wir aßen an Papas klappriger Werkbank, die gleichzeitig als Nähtisch diente. Unsere Mahlzeiten kochten wir in der Gemeinschaftsküche im Erdgeschoss mit einer qualmenden Feuerstelle und feuchten, schimmeligen Wänden, einem Ort ständiger Streitigkeiten um Brennholz und Platz und nicht selten auch unverfrorener Diebstähle. Noch am Tag unseres Einzugs lernte ich die Grundregel kennen: Lass den Topf nur einen Moment lang aus den Augen, und der Kochlöffel wird geklaut, oder das ganze Essen ist weg.

Marcel war damals elf, Eugène zehn, Gaston acht. Sie gingen nicht mehr zur Schule, sondern machten sich bei dem Zimmermann und dem Metzger nützlich, die im Hinterhaus ihre Betriebe hatten. Marcel behauptete, dass die Frau des Zimmermanns ihm erlaubte, ihre rosa Titten anzufassen, aber Eugène sagte, das sei gelogen. Gaston war ein treuer Gefolgsmann seiner älteren Brüder, zu denen er ehrfürchtig aufblickte. Sie kamen nur nach Hause, um zu essen und zu schlafen. Manchmal, wenn ich ihre Kleider zum Waschen zusammentrug, entdeckte ich in ihren Taschen Würfel, Steine oder tote Mäuse.

Wie sähe Adèle aus, wenn sie noch leben würde?

Kinder, so hörte ich Maman oft sagen, kommen zur Welt, bleiben am Leben oder sterben, wie Gott es will. Er hat meine Schwester zu sich genommen, und sein Ratschluss ist unerforschlich. Er kann einen Menschen abberufen, weil er ihn liebt oder weil er ihn für seine Sünden bestrafen will.

Wenn ich nachts neben Maman im Bett lag, dachte ich an Papa und Adèle und fragte mich, wo sie wohl sein mochten. Adèle stellte ich mir in Licht gehüllt vor, eine treue und geliebte Dienerin Gottes, freudig verzückt in himmlischer Glückseligkeit vor dem Thron des Herrn. Ich stellte mir dort auch Papa vor; nur manchmal, wenn ich mir bewusst machte, dass er kein

Kind gewesen war und vielleicht gesündigt hatte, sah ich ihn im Fegefeuer, ruhelos wartend in einer ewigen Schlange von Seelen, die sich nach Erlösung sehnten.

An dem Tag, an dem mein Schicksal besiegelt wurde, war ich in der Küche, wärmte Bohneneintopf auf und rührte ihn ständig um, damit er nicht anbrannte, während ich zugleich meine Brüder im Auge behielt. Das Feuer qualmte so schlimm wie eh und je. Gaston lief im Kreis herum, schrie wie besessen, dann hielt er inne, um Luft zu schöpfen, und fing von neuem an, schrill und laut: »Hierher, Hündchen, bei Fuß! Sitz! Gib Pfötchen!«

»Ich bin ein Falke«, schrie Marcel und stürzte sich auf seinen kleinen Bruder.

»Schnapp ihn dir, schnapp ihn dir«, rief Eugène.

Ich befahl ihnen, Ruhe zu geben, und drohte ihnen mit dem Kochlöffel, als Madame Rambeaux' Kammerzofe, der man hinter vorgehaltener Hand nachsagte, dass sie ihr uneheliches Kind in der Seine ertränkt habe, hereinstürmte. Ich solle sofort nach oben zu Maman kommen, sagte sie, sofort.

Ich erwischte Marcel am Arm, als er an mir vorbeirannte, und er musste mir versprechen, Gaston nicht länger zu piesacken, dann wies ich Eugène an, auf den Topf aufzupassen, und eilte nach oben.

»Was sind das für Manieren, Véronique«, sagte Maman, als ich verschwitzt und außer Atem ins Zimmer trat. »Wie kannst du unseren geehrten Gast warten lassen!«

So sah ich ihn zum ersten Mal: einen großen, mageren Mann in einem purpurfarbenen Samtrock, einen Spazierstock in der Hand. Der Puder auf seinem Gesicht ließ seine Falten noch tiefer erscheinen, er sah aus wie eine Leiche. Der dumpfe Fäulnisgeruch, der ihn umwehte, kam von etwas, dessen Namen ich erst später erfahren sollte: Ambra.

»Ist sie diejenige, von der Sie gesprochen haben, Monsieur ...?«

»Durand.« Der Mann führte Mamans Satz zu Ende.

Ich fand ihn hochmütig, weil er angewidert das Gesicht verzog, als meine Mutter ihn demütig bat, Platz zu nehmen, und dabei auf den einzigen Sessel deutete, der nach dem Umzug aus der Rue des Jardins noch übrig war. Ekelte es ihn vor dem Haufen alter Kleider, die daneben auf dem Boden lagen?

»Ist sie es?«, wiederholte Maman und machte mir Zeichen, näher zu treten. Streich deinen Rock glatt, Kind, befahlen ihre Augen. Steh gerade. Schnauf nicht so aufgeregt wie ein junger Hund.

Ich zerrte an dem graubraunen Stoff meines Kleids, nestelte an meinem Halstuch aus Chiffon. Es hatte braune Flecken, die sich nicht herauswaschen ließen, weswegen man es nicht mehr verkaufen konnte. Ich zwang mich, langsam zu atmen.

Monsieur Durand stampfte mit dem Spazierstock auf den Boden.

Ich hatte das undeutliche Gefühl, ihn schon einmal gesehen zu haben, aber das hatte nicht viel zu bedeuten. Es kam oft vor, dass Männer sich an mich heranmachten und mich mit albernen Reden neckten. Dass ich ihnen einen Pfeil mitten ins Herz geschossen hätte und dass sie sterben müssten, wenn ich ihnen nicht einen Kuss schenkte. Ich sei eine einzigartige Schönheit, sagten sie, ein wahres Schmuckstück.

»Eine Schönheit!«, spottete Maman, »eine Bohnenstange, nichts als spitzige Knochen. Dir kann man leicht den Kopf verdrehen, wirklich wahr.«

Die dicke Nanette, die in einem Zimmer neben dem unseren wohnte, meinte, Maman sei einfach nur neidisch. Ich sei zierlich und zart, mit feinen Gesichtszügen wie eine Puppe aus Porzellan. Meine Figur habe so sanfte Formen, dass sogar meine sackleinenen Kleider ihr nichts anhaben könnten. Meine Augenfarbe sei eine exquisite Mischung aus Grau- und Blautönen, meine Wimpern lang und dicht, meine Haut wunderbar schimmernd. Man müsse nur diese kastanienbraunen, leicht *kupfern glänzenden Locken sehen, sagte die dicke Nanette, und wie seidig sie sich anfühlten. Sie hätte alles dafür gegeben, so auszusehen – früher, als es noch nicht egal war. Leider bleibt man nicht ewig jung.*

Monsieur Durand schnaubte gereizt. Sein Blick ging über mich hinweg, als wäre ich nur einer der Gegenstände in diesem mit Sachen vollgestopften Zimmer.

»Ja, Madame Roux«, sagte er, »das ist sie.«

Mamans Stimme wurde härter. Ich sei eine gute, brave Tochter, ihr über alles geliebtes Kind. Ich hätte eine schnelle Auffassungsgabe und geschickte Hände, ich lernte schnell Dinge aller Art. Eine Perle nannte sie mich, eine Zierde jedes Haushalts.

Monsieur Durand unterbrach Mamans Redefluss: »Ich habe genügend Verstand, um mir selbst ein Urteil bilden zu können.« Er wandte sich an mich. »Kannst du ein Zimmer sauber und ordentlich halten?«

Ich nickte.

»Kannst du vielleicht auch sprechen, oder bist du stumm?«

»Ich kann ein Zimmer sauber halten«, sagte ich.

»Kannst du lesen und schreiben?«

»Ja. Papa hat es mir beigebracht.«

»So gut, dass du auch vorlesen kannst?«

»Ja.«

»Hast du eine gute Handschrift?«

»Ja.«

»Übertrieben bescheiden bist du nicht, oder?«

Er befahl mir, ein paar Schritte hin und her zu gehen, obwohl das mit meiner Schulbildung nichts zu tun hatte. Ich gehorchte, muss aber ziemlich ungeschickt gewirkt haben, denn ich vergaß, auf die lose Bodendiele zu achten, über die ich immer stolperte.

»Ich habe genug gesehen, Madame Roux«, sagte er.

»Lass uns allein, Véronique«, sagte Maman.

Ich war froh, dass ich es hinter mir hatte. Ich dachte, Mon-

sieur Durand habe kein Gefallen an mir gefunden und ich würde ihn niemals wiedersehen.

Unten in der Küche saßen Eugène, Marcel und Gaston eng nebeneinander auf dem Boden. Ich beugte mich vor und sah, dass sie mit Stöckchen in einem Stück von einer Honigwabe stocherten und den Honig ableckten.

Sie hatten die Wabe nicht gestohlen, sagte Eugène. Jemand, der nicht genannt werden wollte, habe sie ihnen geschenkt.

Klebrige Finger und Münder, mit Honig beschmierte Hemden und Hosen, die gewaschen und gebügelt werden mussten. Ach, warum musste ich die Älteste sein? Und das einzige Mädchen?

Maman sagte nichts, als wir mit dem Bohneneintopf wieder in unser Zimmer kamen. Wenn nicht immer noch der Geruch von Monsieur Durands Parfüm in der Luft gehangen hätte, hätte ich mir einbilden können, er wäre gar nicht hier gewesen. Aber als wir uns zum Essen hinsetzten, beklagte sie sich nicht darüber, dass die Bohnen ein bisschen angebrannt waren, und sie genehmigte allen eine zweite Portion. Sie rügte mich nicht dafür, dass ich andauernd an meinen Haaren zupfte, sie befahl Eugène nicht, endlich still zu sein, und als es dunkel wurde, zündete sie zwei Kerzen an, nicht eine.

Nachdem meine Brüder in ihr Bett gestiegen waren, nachdem das übliche Schubsen und Treten aufgehört hatte, nachdem ich ihre Kleider aufgehoben und zusammengelegt und ihren Nachttopf ausgeleert hatte, machte Maman mir ein Zeichen, mich an den Tisch ihr gegenüber zu setzen, und räusperte sich.

Monsieur Durand, sagte sie, wolle mich in den Dienst nehmen. Sie sah mich finster an.

»Um in seinem Haus zu arbeiten?« Ich starrte auf meine Hände, die von der Nähnadel zerstochenen Finger, die roten vom Wäschewaschen zerschundenen Knöchel. An einer Stelle

war eine verschorfte Wunde, wo ich mich an der heißen Brat-
pfanne verbrannt hatte. Du bist immer noch ein schönes, süßes
Kind, hatte die dicke Nanette oft genug geseufzt. Was für ein
Jammer.

»*Und was wäre daran so schrecklich?*«, *fauchte Maman.*

Mir ging alles durch den Kopf, was die dicke Nanette mir
über ihr Leben als Dienstmagd in ihrer Jugend erzählt hatte.
Von dem Dachboden, auf dem sie zusammen mit anderen
Dienstmädchen schlief, kalt im Winter, stickig heiß im Som-
mer. Nicht einmal ein Bett hatte sie gehabt, sondern einen
stacheligen Strohsack voller Flöhe. Andauernd einer Bande Kin-
der, die noch widerspenstiger als meine Brüder waren, hinter-
herputzen. Eine Herrin, die ihre Sachen durchwühlte, um si-
cherzugehen, dass sie nichts gestohlen hatte. Eine andere, die
sie eine Schlampe nannte und ihr nicht den kleinsten Vorschuss
auf ihren Lohn gab

Mamans Augen verengten sich, sie ballte die Fäuste.

Welche anderen großartigen Aussichten ich hätte, fragte sie.
Wer klopfte noch an unsere Tür und bot ihr an, mich ihr abzu-
nehmen? Was war falsch daran, in einem großen Haus in
Dienst zu treten? Manieren zu lernen? Auch meine Mitgift zu
verdienen, damit ich jemanden mit Zukunft heiraten konnte?
Oder war ich zufällig auf eine andere glänzende Gelegenheit
gestoßen?

Ich spürte, wie mir die Tränen in die Augen stiegen.

»*Antworte mir, Véronique!*«

Ich schüttelte den Kopf. Ich hatte keine andere Perspektive.

»*Dann ist es höchste Zeit, dass du dir deinen Unterhalt ver-*
dienst«, *sagte Maman.*

Ich hoffte, sie würde mir mehr über dieses Haus erzählen, in
dem ich leben und arbeiten sollte, aber was folgte, war Ma-
mans vertrautes Klagelied. Das Los einer Frau … ein Jammer-
tal … ein bitterer Kelch … Als sie noch jung und hübsch war,
hatten ihre Eltern sie angefleht, Lucien Roux nicht zu heiraten.

Aber sie wollte nicht hören, starrköpfig, wie sie war, sie ließ sich von leeren Versprechungen blenden. Sie meinte damit Papas Druckerei, die nie florierte. Sie meinte Papas Schulden, die sie noch immer bezahlte. Sie meinte den Stapel unverkäuflicher Bücher, die unter dem Bett verstaubten.

»Enttäusch mich nicht«, sagte sie. »Ich will nicht erleben, dass sie dich mit Schande zu mir zurückschicken. Ich habe schon genug Mäuler zu stopfen.«

Manche Berechnungen sind einfach. Söhne gelten mehr als Töchter. Drei Kinder gelten mehr als eins.

Tief in meinem Herzen war ich bereits zu dem Schluss gekommen, dass nichts schlimmer sein konnte als das Leben, das ich jetzt hatte. Dass meine Mutter mir meine Brüder immer vorziehen würde.

Dass der falsche Elternteil gestorben war.

* * *

Dominique-Guillaume Lebel, *premier valet de chambre du rois*, herrscht über das Reich der intimsten Freuden des Königs.

»Wie schwer kann das sein?«, fragen die Neider. Louis der Vielgeliebte braucht Mätressen? Davon gibt es jede Menge. Hofdamen schleichen sich in seine Privatgemächer, betrunken beim bloßen Gedanken an seinen Wein-Atem. Eltern schubsen ihre heranwachsenden Töchter in seinen Weg. Was sonst muss man tun, als den Verkehr regeln und die Belohnungen einstecken? »Ha«, würde Lebel sagen, »wenn es nur so einfach wäre!« Kennen diejenigen, die nach seinem Posten streben, genau jene Spur Vulgarität unter einer dicken Schicht von feinstem Lack, die den König von Frankreich und Navarra anspricht? Die perfekte Kombination von Unschuld und Frechheit? Eine Aura von Unwissenheit, gepfeffert mit einem subtilen Aroma der Gosse? Wissen sie, dass Selbstaufopferung das Herz des Souveräns stärker entflammt als alle ausgefallenen

Bettspielchen? Oder dass jede Andeutung, jedes Wort, das ihn an die Königin, an eine seiner Töchter oder an Madame de Pompadour erinnert, die Glut des Königs im Nu abtötet?

Lebel kennt seinen König so, wie er ist, und nicht so, wie er zu sein scheint. Oder sein sollte. Oder gar – in seltenen Momenten der Unsicherheit und Zerknirschung – sein möchte. Lebel weiß auch, wie sehr sein Herr – eingesperrt in einem Labyrinth aus immergleichen Tagen, gefesselt von der Etikette, gejagt von den Erwartungen anderer – nach Abwechslung hungert. Wenn die königlichen Mätressen – adlige oder bürgerliche – ständig wechseln, kann der König unverändert bleiben. Er kann immerfort die gleichen Anekdoten erzählen, die gleichen Geschenke überreichen, die so viel billiger sind, wenn man sie dutzendweise bestellt. Außerdem gibt es, wie der Duc de Richelieu dem König gerne mit einem wissenden Augenzwinkern ins Gedächtnis ruft, nichts Besseres als Neuheit, um »das gewünschte Ergebnis« zu erzielen.

Ja, Dominique-Guillaume Lebel weiß, wie man seinen Herrn entzückt und besänftigt, was man sagt und was man für sich behält. Schließlich ist er ein Sohn und Enkel von Dienern in Versailles, die höfische Lebensart liegt ihm im Blut. Er spürt Langeweile oder Gereiztheit, lange bevor sie sich an der Oberfläche zeigt, Widerwillen, bevor er in den dunkelblauen königlichen Augen sichtbar wird. Er weiß, welche Grenzen er nicht überschreiten darf, wen er bei Laune halten muss und wen er ignorieren kann. Falls Louis einmal Lust hat, als unsichtbarer Zuschauer seinen eigenen Hof zu beobachten, zeigt ihm Lebel einen Geheimgang, einen mit Einwegspiegeln ausgestatteten Raum, eine Treppe, die bis auf das Dach des Schlosses führt. Aus diesem Grund, so würde er seinen Rivalen sagen, kann niemand seinen Platz einnehmen, besonders jetzt nach der jüngsten Verschiebung, die im Reich der königlichen Lust stattgefunden hat.

Nein, hier ist nicht von jenem tiefgreifenden Wandel die Rede, den der Hof seit dem Tag vor fünf Jahren, als Madame de Pompadour auf ihren Platz im königlichen Bett verzichtete, immer noch so töricht erwartet. Keine adelige Schönheit, die seither in diesem Bett liegen durfte, hat es geschafft, Madame von ihrem Platz an der Seite des Königs zu verdrängen. Auch keinem der »kleinen Vögelchen«, die prächtig aufgetakelt und von ihren bürgerlichen Müttern eskortiert durch die Korridore des Schlosses strömen, ist das gelungen. Nicht einmal dem irischen Flittchen O'Murphy, das sich nur deshalb für unersetzlich hielt, weil der König immer wieder nach ihr schickte, selbst nachdem sie einen Bastard zur Welt gebracht hatte.

Die Verschiebung der königlichen Lust ist von anderer Art. Der König von Frankreich, der höfischen Intrigen müde, hat die Unschuld zu schätzen gelernt. Er verabscheut List und Arglist. Geschminkte Wangen, protzige Roben und aufreizende Reden sind ihm zuwider. Die »kleinen Vögelchen«, die Louis jetzt in seinem Bett haben möchte, müssen unverdorben sein, und das meint, so wie er den Begriff verwendet: sie müssen gefallen wollen, aber sie dürfen noch nicht wissen, was genau erforderlich ist, um einem Mann zu gefallen.

Einem *Mann* zu gefallen, nicht *dem König*, das ist von entscheidender Bedeutung, denn Louis will um seiner selbst und nicht um seiner Krone willen begehrt werden.

Da passende Mädchen nicht einfach bei Bedarf herbeigezaubert werden können, muss Lebel lange im Voraus planen. Deshalb sind seine Kundschafter immer auf der Suche nach geeigneten Kandidatinnen. »Unreif und unverdorben, mit dieser Aura von Unschuld, die der König jetzt bevorzugt«, fordert er. »Aus einer Familie mit wenig Perspektiven, bereit, eine Chance zu nutzen, wenn sie sich bietet, aber nicht auf der Suche danach.« Die hübsche Tochter eines kleinen Kaufmanns oder eines Handwerksmeisters, dessen Geschäfte schlecht gehen, schlägt er vor.

Wenn seine Späher ein solches Mädchen ausfindig machen,

fasst Lebel es genauer ins Auge, und wenn es seine Musterung besteht, macht er seinen ersten Zug.

Als Monsieur Durand, treuer Diener eines adeligen Herrn, tritt er an die Eltern des Mädchens heran. Er spricht ganz unverblümt mit ihnen. Ihre Tochter hat die Aufmerksamkeit seines Herrn erregt, sagt er, und hat so vielleicht die Chance, etwas aus sich zu machen. *Vielleicht,* betont er mit ernster Stimme, denn sein Herr ist ein Mann mit Geschmack und Urteilsvermögen, dem Schönheit allein, so eindrucksvoll sie auch sein mag, nicht genügt. Sein Herr verlangt tadellose Manieren, und er will unterhalten werden. Das Mädchen muss etwa tanzen oder ein Musikinstrument spielen können, was natürlich eine Ausbildung erfordert, für die er aufkommen wird. Er benutzt Wörter wie *musisch, Raffinement, Ésprit.*

Auch diese Art zu sprechen, signalisiert er, ist eine erwünschte Fähigkeit.

Wenn sie Näheres über seinen Herrn erfahren wollen, sagt Lebel, es handle sich um einen polnischen Grafen, einen entfernten Verwandten der Königin, der sich häufig in Versailles aufhalte und dort angenehme Gesellschaft haben wolle. Er nennt ihn Seine Hoheit Casimir Boski – auf den Namen ist er verfallen, weil ein Diener der Königin ihm einmal erklärt hat, dass *boski* auf Polnisch »göttlich« bedeutet. Ein Mann von Ehre, sagt er, der bereit ist, die Zukunft des Mädchens zu sichern, wenn die Zeit dafür gekommen ist.

Zum Beweis für die guten Absichten seines Herrn bietet Lebel an, alle offenen Schulden der Familie zu begleichen, für den täglichen Unterhalt zu sorgen, eine Investition in das Familienunternehmen zu tätigen. Das Mädchen selbst soll reichlich Kleider bekommen, feine Wäsche und kostbaren Schmuck, und das alles wird sie behalten dürfen. Er deutet an, dass für eine anständige Mitgift gesorgt werden wird, damit sie sich gut verheiraten kann. Seine Versprechungen sind genau bemessen, sodass sie verlockend sind, aber nicht zu groß, denn er kennt die

Gefahr überhöhter Erwartungen, die durch Gier geschürt werden.

Wenn die Eltern das Angebot annehmen, ermahnt Lebel sie eindringlich, mit niemandem über die Sache zu sprechen. Kein Wort zu den Nachbarn, warnt er, oder zu dem Mädchen selbst. Sagen Sie ihr, dass sie eine Stelle als Dienstmädchen antreten wird. Sagen Sie ihr, dass sie die Chance hat, Zofe einer vornehmen Dame zu werden, wenn sie immer zuvorkommend und anstellig ist. Sagen Sie ihr, dass ich absoluten Gehorsam verlange. Sagen Sie ihr, dass sie unverzüglich ihr Elternhaus verlassen muss. Sagen Sie ihr, dass sie sonst nichts zu wissen braucht.

Und wenn die Eltern sein Angebot ausschlagen? Oder wenn sie sich nicht entscheiden können oder feilschen oder zu viele Fragen stellen?

Die Welt ist voll von hübschen »kleinen Vögelchen« ohne Geld und mit wenig Aussichten. Dominique-Guillaume Lebel geht dann einfach weiter zum nächsten Mädchen auf seiner Liste:

Véronique Roux, dreizehn Jahre alt. Eine Rosenknospe, unsäglich tollpatschig, ohne jeden Stil, aber von einem bezaubernd trägen Reiz und noch völlig unverdorben.

Für einen passionierten Jäger, denkt Lebel, hat der König von Frankreich erstaunlich wenig Sinn für die Freuden der Pirsch. Er wünscht sich, dass sein Wild aus dem Dickicht direkt vor seine Flinte getrieben wird, sodass er nur noch abzudrücken braucht.

Véronique Roux, tollpatschig, träge und vollkommen unverdorben, ist wahrscheinlich genau richtig für ihn.

* * *

Mein Leben war so eintönig, dachte ich damals, so hart. Beim ersten Tageslicht aufstehen, Frühstück machen, die Böden schrubben, bis meine Hände bluteten, den Schmutzwassereimer hinuntertragen und ausleeren. Im Stand sitzen, wenn Maman fortging, um Altkleider zum Verkauf zu besorgen, die ich später flicken, bürsten und vorzeigbar machen musste.

Maman verkaufte ihre Kleidung ganz am Rand des Markts in einer aus rohen Brettern zusammengezimmerten Bude. Sie ließ sie absichtlich schlecht beleuchtet, damit Flecken weniger auffielen und die Farben besser wirkten. Um zögernde Passanten in Versuchung zu führen, nahm sie Gewänder von den Haken, die eigentlich bloß in die Bretter geschlagene Nägel waren, und schnalzte mit der Zunge. Wenn sie die Kleider hochhob und schwenkte, damit sie etwas von ihrem verlorenen Glanz wiedererlangten, hauchte sie ihnen ein neues Leben ein, passend zu den exotischen Geschichten, die sie dazu erzählte. Die Duchesse Soundso hat dieses Stück ausgemustert, weil angeblich Seegrün – stellen Sie sich das vor – nicht mehr à la mode war. Die Marquise Soundso wurde von zu viel Kuchen mit Schlagrahm zu dick für dieses Kleid. »Er gehörte unserer guten Königin höchstselbst«, hörte ich Maman einmal flüstern, und dabei wies sie auf einen Unterrock, von dem der ganze Spitzenbesatz mit grober Hand nachlässig abgerissen worden war. »Fassen Sie ihn an!«, drängte sie eine Interessentin. »Fühlen Sie die Qualität! Fein wie ein Schmetterlingsflügel.«

Natürlich war das alles gelogen, aber es gab noch Schlimmeres. Die Witwe Goutier in der Bude neben uns handelte mit Schlachtfeld-Schnäppchen; bei ihr konnte man von Bajonetten aufgeschlitzte Uniformröcke kaufen, mit Blut und Exkrementen befleckte Reithosen, kaputte Taschenuhren oder, für ausgewählte Kunden, frisch gezogene menschliche Zähne.

An dem Tag vor meinem Dienstantritt zeigte Maman auf den Kleiderstapel auf dem Boden, als ob nichts anderes wichtig wäre. »Die müssen geflickt werden, Véronique«, sagte sie. »Bring sie zum Stand, wenn du fertig bist.«

Ich sah, wie sie ihre Haare hochsteckte, ihr Fichu zurechtstrich, auf ihre Lippen biss, um sie voller aussehen zu lassen. Das Trauerjahr war drei Monate zuvor zu Ende gegangen, aber sie trug immer noch Witwentracht. »Es ist gut fürs Geschäft«, sagte sie, aber ich glaube, es gefiel ihr, dass das Schwarz ihren Teint heller wirken ließ. Ich fand sie alt, verbraucht und verbittert. Sie presst die Lippen zusammen, damit man ihre fauligen Zähne nicht sieht, dachte ich. Als ob sie irgendjemanden damit täuschen könnte.

Ich sah zu, wie die Tür sich öffnete und wieder schloss. Ich hörte Maman die Treppe hinuntergehen.

Meine Brüder waren bereits weg, nachdem sie ihr Frühstück verschlungen und mir das Geschirr zum Abwaschen dagelassen hatten. Adèle hätte mir geholfen, ohne dass ich sie darum hätte bitten müssen. Ich erinnerte mich, wie ich neben meiner Schwester am Bettrand gesessen hatte, wie wir mit den Zehen gewackelt und vergnügt gekichert hatten. Wir hatten ein Blatt Papier so gefaltet, dass man es wie einen Vogelschnabel mit Fingern und Daumen öffnen konnte, und zwar entweder senkrecht oder waagrecht. In die eine Öffnung schrieben wir »Himmel«, in die andere »Hölle«. So konnte man wahrsagen, welches Schicksal einen erwartete: Verdammnis oder ewige Glückseligkeit. »Du bist zuerst dran«, sagte ich, und Adèle zeigte mit dem Finger die Richtung, in die ich den Papierschnabel öffnen sollte. Als sie das Wort »Himmel« im Inneren sah, lächelte sie. »Dann kann ich jetzt sterben«, sagte sie, und für einen Moment sah sie aus wie eine Statue von sich selbst, eine Figur aus durchscheinend weißem Marmor. »Sag das nicht«, warnte ich sie, aber es war zu spät.

Ich nahm einen der Röcke aus dem Haufen. Er war an der

Taille zerfetzt und stark verdreckt, und jemand hatte aus dem Stoff alle Silber- und Goldfäden herausgerissen, die man an Goldschmiede verkaufen konnte.

Maman hatte mir verboten, mit jemandem darüber zu sprechen, dass ich fortging. Als ob in dem Haus, in dem wir wohnten, je etwas über längere Zeit verborgen bleiben könnte. Jeder wusste, dass der Zimmermann eifersüchtig war und seine Frau, die ein Verhältnis mit dem Metzger hatte, mit einem Lederriemen verdrosch. Oder dass Madame Rambeaux' Dienstmädchen – dessen Nase, wie die dicke Nanette fand, aussah wie eine Dachsschnauze – jedes Mal weinte, wenn sie Neuigkeiten von zu Hause erhielt. Oder dass Monsieur Deveaux, unser Hauswirt, die Mieten im neuen Jahr erhöhen würde. Ich konnte mir vorstellen, dass bereits überall geflüstert wurde: Sie geht doch in den Dienst … die dicke Nanette kann sagen, was sie will … Bettler können nicht wählerisch sein.

Der zerrissene Rock fiel auf den Boden. Einen Augenblick später war ich zur Tür hinaus, auf der Straße und eilte zum Ufer der Seine, wo das Wasser undurchsichtig trüb und brackig dahinfloss. Dort angekommen, hielt ich nicht an, sondern ging weiter in Richtung Rue des Jardins, ein paar Straßen vom Pont Marie entfernt.

* * *

Die Wohnung im Schloss von Versailles, in der Dominique Lebel seine Aktionen dokumentiert, seine Papiere verwahrt und seine zahlreichen Helfershelfer empfängt, liegt direkt über der des Königs. Lebel hat sie nicht nur elegant, sondern auch komfortabel eingerichtet. Die Mahagonitische sind klein genug, dass man sie bei Bedarf leicht umstellen kann. Die Stühle haben geschwungene Rückenlehnen und gepolsterte Armlehnen. Der Schreibtisch in Lebels Arbeitszimmer hat einen Aufsatz mit Schubladen, in denen er seine wichtigsten Aufzeichnungen aufbewahrt. Die mit Leder gepolsterte Rückenlehne seines *fauteuil de cabinet* ist hoch genug, um seinen Kopf vor der von ihm verabscheuten Zugluft zu schützen.

In diesem Zimmer kümmert sich Lebel um eine vielversprechende Neuerung im Reich der königlichen Lust, ein Haus, das er vor kurzem im Auftrag des Königs gekauft hat. Es befindet sich in der Stadt Versailles, an der Kreuzung der Rue Saint-Médéric mit der Rue des Tournelles. Das Haus, das nach dem alten königlichen Jagdrevier, in dem es sich befindet, Hirschpark genannt wird, liegt bequem in der Nähe des Schlosses – nur fünfzehn Minuten zu Fuß –, aber weit genug entfernt, um nicht die Aufmerksamkeit neugieriger Höflinge auf sich zu ziehen.

Im Erdgeschoss des Hauses gibt es vier Räume, sechs kleinere im darüber liegenden Stockwerk und zwei niedrige im Dachgeschoss, die für die Unterbringung der Bediensteten mehr als ausreichend sind. Es gibt auch ein Kutschenhaus, in dem der Nachtwächter schläft, und einen geräumigen gepflasterten Hof, alles gut hinter einer Steinmauer versteckt, die hoch genug ist, um vor indiskreten Blicken zu schützen. Kurz gesagt: eine perfekte Unterkunft für »kleine Vögelchen«, die darauf warten, dass der König sie zu sich ruft.

Diese Erwerbung hat monatelangen Ärgernissen, die sich aus höchst unbefriedigenden Verhältnissen ergaben, ein Ende gesetzt. Jetzt hat Lebel einen festen Platz, an dem er die »Vögelchen« so lange unterbringen kann, bis er sie braucht, einen Ort, an dem Ordnung herrscht und die erforderliche Geheimhaltung gewährleistet werden kann. Seine eigene Wohnung in Versailles wird nicht länger als »Vogelkäfig« bezeichnet werden, und seine persönlichen Diener werden nicht mehr den Bestechungsversuchen abenteuerlustiger Höflinge ausgesetzt sein, die es wagen wollen, im Revier des Königs zu wildern.

Lebel hat das Haus selbst eingerichtet. Die meisten Möbel hat er dem ehemaligen Besitzer zu einem günstigen Preis abgekauft, was allerdings, wie ihm seine Spitzel berichten, Madame la Marquise de Pompadour sehr missfallen hat. Sie nannte seine Entscheidung übereilt, aber die Wahrheit ist, dass sie, die sich gern ihrer Fähigkeiten als Dekorateurin rühmt, es vorgezogen hätte, das Haus selbst einzurichten. Dies allen ihren Erklärungen zum Trotz, dass sie und der König dem Urteil Lebels vertrauten: »Einhellig«, hat sie gesagt, »ohne Vorbehalte, voll und ganz.« Lebel wird sich etwas einfallen lassen müssen, wie er sie wieder gnädig stimmen kann. Vielleicht eine seltene Blume für ihren Garten? Oder – o ja, das ist eine viel bessere Idee – soll er ihr von einem rührenden Moment berichten, der von der hohen Wertschätzung des Königs für ihre kostbare Freundschaft zeugt? Das wäre ein Geschenk, das ihr noch niemand gemacht hat.

Bei der Auswahl des Personals ist Lebel niemandem auf die Füße getreten. Als Hausdame amtiert Madame Bertrand, eine ehemalige Äbtissin, die dankbar dafür ist, Anklagen wegen Veruntreuung und einiger anderer lässlicher Sünden entkommen zu sein. Die fünfzig Jahre alte Dame schätzt ihr weiches Bett, die Köstlichkeiten von der königlichen Tafel, die täglich aus dem Schloss geliefert werden, und den anständigen Weinkeller, den Lebel immer wieder auffüllen lässt. Das alles sollte nach vernünftigem Ermessen genügen, ihre Loyalität und Diskretion zu sichern. Und wenn es doch fehlschlägt, wird der Koch des Hirschparks dafür sorgen, dass Monsieur Lebel es als Erster erfährt.

Abgesehen von diesen beiden hat Lebel eine Gouvernante eingestellt, die auf die beiden Mädchen aufpassen soll, die sich derzeit im Haus befinden – es waren drei, aber eine wurde vor kurzem nach Hause zurückgeschickt –, und für das sorgen soll, was er ihre »Schulbildung« nennt. Zwei Zimmermädchen halten das Haus Hirschpark in gutem Zustand. Der Nachtwächter und zwei kräftige Lakaien stehen bereit, jeden Versuch Unbefugter, in das Anwesen einzudringen, zu vereiteln.

Und für den Fall, dass sie versagen, hat das Regiment der Französischen Garde in der Avenue de Paris den Befehl, beim geringsten Anzeichen von Schwierigkeiten einzugreifen.

Seine Majestät mag sich ihre Diener als bloße Automaten vorstellen, Hände und Beine, die von einem schlauen inneren Mechanismus angetrieben werden, den er nicht ergründen will, aber Dominique Lebel, der sowohl Diener als auch Herr ist, weiß, dass Diener, wie alle Menschen, von ihren eigenen Interessen beherrscht werden.

Im Bewusstsein der Tatsache, dass die Küche mit den Resten vom Tisch des Königs gut versorgt ist und dass die Marquise de Pompadour ihre abgelegten Kleider in den Hirschpark schickt, wo sie für die Mädchen geändert werden, prüft Lebel die Ausgaben für den Hirschpark genau und erhebt Einspruch, wenn sie ihm überhöht erscheinen. So hat ein phantasievoller Bericht über viele lange Lese- und Stickabende, für die angeblich hundert Kerzen benötigt wurden, ihm bereits Anlass zu Zweifeln gegeben. Er verlangte auch zu wissen, warum die Schneiderin im Hirschpark vierzig Livres erhalten hat, da doch Gaspard, sein eigener Kammerdiener, ihm versichert, dass man leicht für die Hälfte dieses Betrags jemanden finden könne.

Jetzt unterstreicht Lebel in seinem Arbeitszimmer einen weiteren Posten im Rechnungsbuch: Fünfundzwanzig Livres für die Wäscherin. *Unplausibel,* schreibt er daneben. *Quittung verlangen.* Regelmäßige Kontrolle ist seiner Meinung nach das beste Mittel, die Bediensteten zu Ehrlichkeit und Fleiß anzuhalten.

Im Korridor gedämpftes Raunen. Besuch? Jetzt?

Gaspard, der aufpassen sollte, dass niemand Lebel stört, steckt den Kopf zur Tür herein und hebt in einer Geste der Entschuldigung die Hände. Es ist Madame Bertrand, sagt er, sie bittet dringend, in einer wichtigen Angelegenheit empfangen zu werden.

Lebel seufzt, nickt aber. Die Verhältnisse im Haus Hirschpark sind noch ungefestigt, alles ist noch neu und unerprobt, weswegen strenge Wachsamkeit gefordert ist. Bei der Gelegenheit kann er auch gleich die Sache mit der Wäscherin zur Sprache bringen.

»Darf ich Sie um Rat bitten, Monsieur Lebel?«, fragt die Hausdame.

Lebel blickt von dem Rechnungsbuch auf und stellt fest, dass sie zwei Finger auf ihre Lippen gelegt hat. Ist sie im Begriff, eine weltbewegende Nachricht zu verkünden, oder sucht sie nur, das schwarze Muttermal an ihrem Kinn zu verdecken?

»Geht es um die Gouvernante?«, fragt er und winkt ihr, sich zu setzen, was sie tut, aber sie bewegt sich steif, weil ihr Korsett zu fest geschnürt ist.

»Warum … ja, tatsächlich«, sagt Madame Bertrand. Ihr Blick huscht über die auf seinem Schreibtisch aufgeschlagenen Seiten. Lebel macht sich nicht die Mühe, sie zu verdecken. Ohne ihre Brille wird sie nicht lesen können, was er geschrieben hat, aber sie wird wissen, dass er die Ausgaben unter die Lupe nimmt.

»Was ist mit ihr?«, fragt er.

Mademoiselle Dupin, die Gouvernante, die dafür zuständig ist, den Mädchen feine Manieren beizubringen und sie zu beschäftigen, ist ziemlich aufgeregt nach dem letzten Besuch der Marquise de Pompadour, die, wie Madame Bertrand es ausdrückt, »ein Riesentheater veranstaltet hat«.

»Wir müssen die Mädchen nicht nur *élèves* nennen, sondern Mademoiselle muss sie auch darauf vorbereiten, ihre Lernerfolge vorzuführen. Als ob wir hier eine Schule leiten würden!«

Madame Bertrand schildert, wie die Marquise zu einer unangekündigten Visite erschien, maskiert und mit Handschuhen, dass sie im hinteren Teil des Salons Platz nahm und verlangte, dass der Unterricht so durchgeführt würde, als wäre sie nicht da. Allen gegenteiligen Versicherungen von Madame Bertrand zum Trotz hat Mademoiselle Dupin den Eindruck gewonnen, dass die Marquise sie für inkompetent hält. Und sie wurde in dieser Überzeugung noch bestärkt, als die Marquise, bevor sie ging, ihre Hofdame den Mädchen die folgenden Lehren ans Herz legen ließ: Müßiggang ist aller Laster Anfang. Treue ist die höchste aller Tugenden. Bescheidenheit ziert eine Frau mehr als die kostbarsten Edelsteine.

Madame Bertrand verzieht das Gesicht, während sie ihre Empörung zum Ausdruck bringt. Lebel schließt die Augen. Erst jetzt hat er bemerkt, dass sie schmerzen, zweifellos sind sie gerötet. Seine Schwester sagt immer, dass das viele Lesen das Augenlicht verdirbt, und das stimmt leider.

Die ganze Fülle ihres Zorns hat Madame Bertrand sich für »diese widerliche du Hausset«, die Kammerfrau der Marquise, aufgehoben, »diese graue Stute« mit ihren schlichten Kleidern und langen Zähnen. Sie ist nicht nur aufgeblasen, sondern auch eine unerträgliche Schnüfflerin. Drückt sich in der Küche herum, horcht die Bediensteten aus. Sogar die Dienstmädchen beschweren sich darüber, dass sie ihnen ständig auf den Fersen ist, dass sie verlangt, dieses oder jenes Zimmer zu sehen, oder fragt, warum in der Küche immer noch Umzugskisten herumstehen.

Diese unverschämte Bespitzelung ist beunruhigend, aber nicht überraschend. Die Marquise de Pompadour behält ihre Rivalinnen immer im Auge, ganz gleich, wie unbedeutend sie erscheinen mögen. Sie weiß, dass die Welt nicht von denen regiert wird, die Vertrauen haben, sondern von denen, die Ärger voraussehen, lange bevor er entsteht. Lebel bewundert diese Wachsamkeit. Am Anfang, als sie im Schloss einzog, mag es zwischen den beiden einige Spannungen gegeben haben, aber mittlerweile ist er fest auf ihrer Seite. Das Letzte, was dieser Hof braucht, ist eine neue, unerfahrene königliche Mätresse, die entschlossen ist, sich einen Namen zu machen.

Madame Bertrand ist ganz in Anspruch genommen von ihrer Geschichte, und Lebel lässt sie reden, obwohl er dringende

Dinge zu tun hat. Der Gedanke an die Gouvernante lässt ihn nicht los und bereitet ihm ein gewisses Vergnügen. Ihre ganze leichtfüßige Art, ihre boshaften Geistesblitze, die jedem Höfling in Versailles Ehre machen würden. »Madame la Marquise glaubt an sich selbst, so wie sie an Gott glaubt, ohne Erklärung oder Diskussion.« »Was machen Sie, wenn Sie das Bedürfnis nach Gesellschaft haben, Monsieur Lebel?«, hat sie ihn einmal mit einem bezaubernden Lächeln und einem Fächerflimmern gefragt. »Leider nicht das, was ich mir sehnlichst wünsche«, antwortete er, denn er weiß aus Erfahrung, wie gefährlich es ist, Arbeit und Vergnügen miteinander zu vermischen. »Ach, wie schade«, sagte sie und biss sich auf die Lippe.

»Wo wir gerade von Dienstmädchen sprechen«, fährt Madame Bertrand fort. »Ich finde, dass zwei nicht genug sind. Was ist, wenn jetzt noch diese Neue, Pardon, diese neue *élève*, die Sie erwähnt haben, dazukommt? Dann gibt es noch mehr Arbeit.«

»Beklagen sich die Dienstmädchen?«, fragt Lebel. Das Personal von Haus Hirschpark wird weit über dem üblichen Tarif bezahlt. Die Dienstmädchen bekommen achtzig Livres im Jahr, zwanzig mehr als überall sonst.

»Nein, aber ich tue es.«

Madame Bertrand beugt sich nach vorne, als ob sie ein unschätzbar kostbares Geheimnis preisgeben würde. Eines der Dienstmädchen, Marianne, erzählt sie ihm, wird vielleicht nicht mehr lange im Hirschpark bleiben. Das Mädchen ist anspruchslos, bittet nie um einen Vorschuss und spart zweifellos für ihre Mitgift. Sie hat auch schon einen Bräutigam, einen Mann, der früher Kutscher bei der Marquise war und vor kurzem in Aix ein Geschäft eröffnet hat, in dem er Posamenten verkauft. Kurz gesagt, die Hausdame will ein Mädchen für alles einstellen, sehen, ob es sich bewährt, und es einarbeiten, sodass es an Mariannes Stelle treten kann, wenn diese den Dienst quittiert.

Lebel lehnt sich in seinem Ledersessel zurück, dankbar für die angenehm geschwungene Lehne. Was die Hausdame sagt, klingt nicht unvernünftig. »Haben Sie schon jemanden ins Auge gefasst?«, fragt er. Er ist ziemlich sicher, dass es so ist. Wahrscheinlich hat sie Schmiergeld von der Bewerberin kassiert, vielleicht hat sie es sogar schon wieder ausgegeben.

»Ja. Die Tochter einer guten Bekannten. Einer Freundin.«

Einer Freundin aus der Zeit, bevor sie ins Kloster ging, wie sich herausstellt. Das Mädchen stammt aus einem Ort ein paar Meilen südlich von Versailles, aus Buc, wo sie böse Erfahrungen mit dem Sohn eines Schmieds gemacht hat.

»Wie heißt sie?«

»Elisabeth Lebœuf.«

Lebel runzelt die Stirn. Ein übertrieben feiner Name für ein Dienstmädchen. »Lisette, das genügt«, sagt er. »Vierzig Livres im Jahr, halb so viel, wie Marianne bekommt. Wenn sich zeigt, dass sie genauso tüchtig ist, wird man weitersehen.«

Madame Bertrand atmet erleichtert auf und überlässt ihn seiner Arbeit. Als sie die Tür hinter sich schließt, fällt ihm ein, dass er sie ja nach der Wäscherin fragen wollte. Nun, dann eben beim nächsten Mal. Er schiebt das Rechnungsbuch zur Seite und wendet sich den Auszügen aus alten Polizeiakten zu, die ihm Berryer, der Generalleutnant der Polizei, geschickt hat. Sie sind jetzt weitaus wichtiger. Bei jeder Verhandlung ist die Vorbereitung die halbe Miete.

Lucien Pierre Roux, ein Drucker, groß, mit einem markanten Gesicht und rotbraunem Haar. Eine sehr ehrliche Physiognomie, doch das täuscht, wie sich herausgestellt hat. Er hat ein Haus in der Rue des Jardins Saint-Paul, ein paar Straßen vom Pont Marie entfernt, gemietet, gibt aber vor, es zu besitzen.

Er kam mit neunzehn Jahren aus Bordeaux nach Paris, nachdem er von seinem Onkel eine Druckerei geerbt hatte. Noch während seiner Zeit in Bordeaux schrieb er einige hüb-

sche Versstücke, die ihm sogar ein flüchtiges Lob von Voltaire einbrachten. Hier in Paris hätte er es zu etwas bringen und sich einen Namen machen können, wenn er nicht törichterweise ein unbedeutendes Mädchen geheiratet hätte, das weder von Stand war noch Vermögen hatte und das ihm bald ein Kind nach dem anderen aufhalste.

Kinder: zwei Mädchen, Véronique und Adèle, beide nach ihrer Mutter geraten und ungewöhnlich hübsch, gefolgt von drei Jungen: Marcel, Eugène und Gaston.

Es ließ sich nicht genau feststellen, wann Lucien Roux sich dem Druck illegaler politischer Kampfschriften und dem Schmuggel verbotener Bücher zuwandte, aber zu der Zeit, als sein Lehrling die Behörden auf sein Treiben aufmerksam machte, stammte der größte Teil seiner Gewinne aus diesen kriminellen Geschäften.

Nachdem Lucien Roux mit unwiderlegbaren Beweisen für seine Verbrechen konfrontiert wurde, hat er sich bereit erklärt, mir regelmäßig Berichte über seine Geschäftspartner zu liefern. Er hat auch versprochen, die Quelle jener bösartigen Verse über Seine Majestät und Madame de Pompadour aufzudecken, die derzeit in Umlauf sind.

Der Rest des Berichts enthält Namen und Adressen von Geschäftspartnern und Quellen und die Mitteilung, dass Lucien Roux um Geduld bitte, da er mit sinkenden Umsätzen zu kämpfen habe. Ein Geselle hat gekündigt. Ein Lehrling hat eine Lohnerhöhung verlangt, die ihm verweigert wurde, und droht mit Rache.

Ein paar Seiten später der Eintrag:

Lucien Roux starb in seinem Haus und hinterließ nur Schulden. Seine Witwe hat alles verkauft, was zu verkaufen war, und sich auf den Handel mit gebrauchten Kleidern verlegt. Seine jüngere Tochter, die schönere der beiden, wie man mir ver-

sichert hat, erlag zwei Monate später derselben Lungenkrankheit wie er.

Dem Bericht sind einige Seiten aus den Almanachen beigefügt, die Lucien Roux zuletzt druckte, um etwas Geld zu verdienen. Sie enthalten Daten von Sonnen- und Mondfinsternissen, Bauernregeln, die das Wetter vorhersagen, und dergleichen. Auch diese Sprichwörter:

Die Katze mit Handschuhen fängt keine Mäuse.
Der sitzende Vogel ist leicht zu erlegen.
Wenn die Leidenschaft endet, beginnt die Reue.
Eine Königskrone hilft nicht gegen Kopfschmerzen.

Ich glaube nicht, dass Sie diese Weisheiten besonders nützlich finden werden, hat Berryer an den Rand gekritzelt, *aber Sie müssen zugeben, dass sie unter den gegebenen Umständen recht amüsant sind.*

***

Es war noch früh am Tag und kühl. Ich lief am Fluss entlang, dessen Ufer mit weggeworfenen Knochen, Fischköpfen, verfaulten Früchten, Muschelschalen und Scherben übersät war. Einige barfüßige Kinder ließen Steine auf der Wasseroberfläche hüpfen. Ein kleines Mädchen mit schmutzigem Gesicht schöpfte eine Handvoll Schlamm aus dem Fluss, spuckte darauf und knetete ihn, als ob er Teig wäre. Ich ging an Flussschiffern vorbei, die ihre Kähne entluden. Sie pfiffen mir nach und bettelten um einen Kuss, bis die Frauen, die in der Nähe Wäsche wuschen, ihnen sagten, sie sollten es lassen. Eine erkundigte sich nach meiner Mutter und versprach, vorbeizukommen, um die neuesten Kleider anzuschauen, die sie im Angebot hatte. Eine andere beschwerte sich darüber, dass Eugène un-

höflich zu ihr gewesen war, dieser freche kleine Scheißer. »Sag deiner Mutter, sie soll besser auf ihn aufpassen«, sagte sie. »Bringt dem Jungen etwas Respekt bei.«

Ich beschleunigte meine Schritte, um von ihnen wegzukommen. Im Weitergehen dachte ich an Papas Werkstatt, wo Henri, der Lehrling, von dem Maman immer sagte, er stehle Papier, an der Presse gestanden und den Hebel gezogen hat, den man Teufelsschwanz nannte.

Ich erinnerte mich daran, dass Papa nach Holzrauch roch, dass seine Finger Tintenflecken hatten, dass er, über seine Geschäftsbücher gebeugt, zu uns sagte, die Almanache verkauften sich gut. Wie er mich auf den Kopf küsste, wenn ich ihm sein Mittagessen brachte, während La Grise, unsere Katze, die Mäuse jagen und nicht um Futter betteln sollte, sich an meinem Bein rieb, schnurrte und hoffnungsvoll zu mir aufsah.

Ich dachte an Papa, der Adèle und mir Lesen und Schreiben beibrachte, »wie es sich gehört für Druckertöchter«, *und der nie sagte, wir sollten still sein, er bekomme Kopfweh von unserem ständigen Geplapper. Papa, der Marcel dazu anhielt, sich im Rechnen zu üben, und Eugène zeigte, wie man mit einem Ballen Druckerschwärze schön gleichmäßig auf der Druckform verteilt, während Gaston staunend zusah. Papa, der uns aus Büchern vorlas, in denen Nashörner, Elefanten und Kamele beschrieben wurden, und versprach, eines Tages mit uns in eine Menagerie zu gehen, damit wir diese wundersamen Geschöpfe mit eigenen Augen sehen könnten.*

»Papa«, *murmelte ich, hielt die Luft an und stellte mir vor, wie mein ganzer Schmerz in den Boden blutete.*

* * *

Lebel schläft im königlichen Schlafgemach auf einem Klappbett dicht neben dem Bett des Herrschers, um das Handgelenk das Ende einer Seidenschnur gebunden, sodass er es spürt und sogleich seinem Herrn zur Verfügung steht, wenn dieser auch nur ganz leicht daran zupft. Gleichgültig, ob der König nach ihm verlangt oder nicht, steht Lebel beim ersten Tageslicht auf, zieht seinen seegrünen Samtrock an, schlüpft in seine roten Schuhe mit den funkelnden Diamantschnallen und wartet.

Sobald der König von Frankreich erwacht, erscheint Lebel an seiner Seite mit einem Glas Rotwein und einem parfümierten Taschentuch, dazu bestimmt, die königlichen Lippen abzutupfen.

»Wieder ein düsterer Tag, Lebel. Ist es nicht so?«

»Am besten verjagt man die Melancholie, Majestät, noch bevor sie sich auf uns legt«, sagt Lebel, während sein königlicher Herr das Glas zum Schnuppern an die Nase hält. Der Wein riecht viel besser als das bittere Nerventonikum des Arztes und wirkt genauso gut.

Ein königlicher Schluck, dann noch einer, gefolgt von einem tiefen Seufzer.

Der Körper Seiner Majestät birgt keine Geheimnisse vor Lebel. Der Klang und die Farbe seiner Pisse oder die Spermaflecken auf dem Laken sind ihm ebenso vertraut wie die königlichen Stimmungsschwankungen. Lebel weiß, dass der König von Frankreich sich fühlt wie ein in einem Käfig Gefangener, den jeder anstarren kann. Der ständig ersucht wird, alle möglichen Gnaden und Gefälligkeiten zu erweisen, und nie tun darf, was ihm selbst gefällt. Den man ins Gesicht hinein lobpreist für alles, was er tut, und hinter seinem Rücken verurteilt.

»Wie viel Zeit habe ich noch?« Louis meint die Zeit bis zum *Grand Lever*, dem allmorgendlichen zeremoniellen Aufstehen des Königs in Anwesenheit von Höflingen. »Wie ein dressierter Affe«, hat Lebel ihn einmal zu Madame la Marquise sagen hören. »Eher wie ein kaum gezähmter Löwe«, erwiderte sie, »der König der Tiere.«

»Eine Dreiviertelstunde, Majestät«, sagt Lebel, nimmt das leere Glas und stellt es auf einen Beistelltisch. Der König sitzt bereits aufrecht in seinem Prunkbett, bereit für seinen Morgenmantel und seinen Nachttopf, beide vorgewärmt.

Der Duc de Richelieu bemerkte einmal, Lebels Augen seien hellwach wie die einer Schlange. Das sei nicht so geistreich wie andere goldene Worte von Richelieu, meinte Madame la Marquise mit Recht, aber das Bild blieb hängen. »Sie zischen, Lebel«, sagt der König oft, »Sie gleiten lautlos über den Boden.«

Sie kennen sich schon sehr lange, der König und Richelieu. Meistens sind sie Freunde, aber manchmal auch Feinde. »Zu alt, um nicht für die Liebe zu bezahlen«, so lautete das jüngste Urteil des Hofs über den Duc, als er seine mit Juwelen geschmückte neue Mätresse vorführte, ein knapp fünfzehn Jahre altes Mädchen. Das, denkt Lebel, wäre jetzt genau das Richtige. Es würde seinem Herrn ein Lächeln auf die Lippen zaubern und ihn vom *Grand Lever* ablenken.

Das tut es.

»O ja, keiner ist so sehr Narr wie ein alter Narr, Lebel.«

»Wie wahr, Majestät.«

Ein Schwarm von nichtsnutzigen Höflingen versammelt sich bereits draußen im Vorzimmer. Sie stinken nach Parfüm, zanken sich andauernd und wachen eifersüchtig über ihr Recht, dem König sein Hemd, seine Strümpfe oder seinen Rock auszuhändigen. Wie immer folgt Lebel seinem Herrn in das kleine Kabinett vor dem Schlafzimmer, wo er ihn wie jeden Morgen rasiert, nur damit später irgendein adeliger Schwachkopf ihm noch eine zweite, nun rein zeremonielle Rasur verabreichen und ihm dabei seinen fauligen Mundgeruch ins Gesicht atmen kann.

»Keine Bewegung, Eure Majestät, bitte.« All die Jahre kein einziger Kratzer. Eine weitere Quelle des Stolzes. Er wischt das seifige Gesicht mit einem warmen, mit Rosenwasser getränkten Tuch ab. Es folgt etwas Mandelmilch, dann Eau de Toilette.

Wie knapp bemessen diese Momente des Alleinseins sind, wie kostbar. Es ist Lebels Aufgabe, sie dem König zu erhalten.

»Der König ist der schönste Mann Frankreichs, Majestät.«

»Wer sagt das?«

»Madame la Marquise.«

»Ah.«

»Und die Duchesse de Guise, die darum gebeten hat, zu Eurer Majestät vorgelassen zu werden.«

Der Spiegel zeigt ein lächelndes Gesicht, ein straffes Kinn, dunkelblaue Augen. Saphirblau, sagen manche; die Farbe des Königs. Mit seinen fünfundvierzig Jahren ist Louis noch immer schlank und beweglich, seine Haltung ausgezeichnet. Er ist überzeugt, dass Reiten die inneren Organe rege hält, die Leber stimuliert, Spannkraft schenkt. Auf der Jagd kann er leicht einen halb so alten Mann überholen, woran Lebel ihn regelmäßig erinnert.

»Schon wieder?«

»Das war genau mein Gedanke, Majestät. Die Duchesse ist hartnäckig.«

»Auch wenn sie zurückgewiesen wird?«

»Dann erst recht. Sie ist leider nicht die Einzige, die sich so verhält. Die Illusion, so sagt man, ist die Herrscherin des menschlichen Herzens.«

»Das ist ziemlich gut ausgedrückt, Lebel.«

»Ich danke Ihnen, Majestät.«

Ein letzter Spritzer Parfüm und etwas *eau vitale* auf die Handflächen der königlichen Hände, das die Lebenskraft stimuliert. »Es ist fast so weit, Majestät.«

Es ist Zeit, den Morgenmantel abzulegen, wieder ins Prunkbett zu steigen für den ersten Akt des *Grand Lever*, der wie immer damit beginnt, dass die Hofärzte den königlichen Puls fühlen und im Inhalt des königlichen Nachttopfes herumstochern.

Ein paar schwere Schritte, die Matratze gibt nach, die Bettvorhänge werden zugezogen, das lastende Gefühl des Unvermeidlichen. Es ist Zeit, sich vorzubeugen und zu flüstern: »Erlauben Sie mir, Majestät, Ihnen zu sagen, warum Frauen niemals gute Soldaten abgeben würden.«

Der König erteilt die Erlaubnis, Lebel räuspert sich.

»Weil jede von ihnen unter einem Oberst dienen wollen würde.«

Was für eine Genugtuung, zu wissen, wie man die Stimmung seines Herrn hebt. Welch ein Stolz.

* * *

Als ich mich dem Pont Marie näherte, wurde das Flussufer weniger schlammig und sumpfig. Kurz vor der Brücke kletterte ich die Böschung hinauf und ging in Richtung der Rue des Jardins. Es war Markttag, und Händler versuchten, die Aufmerksamkeit der Passanten auf Brotlaibe, Zwiebeln und aufgestapeltes Brennholz zu lenken. Ein Kaffeesieder, dessen große Kanne auf einer Lage Ziegelsteine stand, verteilte Blechbecher im Kreis um sie herum. Ein Frau hinter einem Korb voller Äpfel versuchte, mich aufzuhalten, aber ich schämte mich, dass ich kein Geld hatte, und darum eilte ich schnell weiter. »Glaub ja nicht, dass du woanders bessere Äpfel findest, du Flittchen«, rief sie mir nach.

Durch die Straße, in der wir früher gewohnt hatten, hallte oft das wütende Bellen des räudigen Hundes, der einem Töpfer gehörte. Maman beschwerte sich darüber, über die schlechte Luft, die vom Fluss her kam, und über neugierige Nachbarn. Jeder in diesem elenden Teil von Paris, sagte sie, stecke seine Nase in die Angelegenheiten anderer Leute. Jedes Mal, wenn Papa davon redete, dass wir bald in eine bessere Gegend ziehen würden, fauchte Maman: »Deine leeren Versprechungen kannst du dir sparen.«

Ich beschleunigte meine Schritte, bog um die Ecke, und da war es, unser altes Haus mit seinem Schieferdach. Es wirkte noch schmaler, als ich es in Erinnerung hatte. Vor den Fenstern im oberen Stockwerk, die unser Hausmädchen immer mit alten Lappen putzte, hingen noch dieselben dicken violetten Vorhänge wie früher, aber die Haustür war nicht mehr dunkelblau, sondern in einem hässlichen Braunton gestrichen. Ob wohl noch die Kerbe an der Stelle zu sehen war, wo Eugène sein Taschenmesser ausprobiert hatte?

Mein Blick verweilte auf der Eingangstreppe, auf der Adèle und ich immer gesessen und mit La Grise gespielt hatten und wo wir an jenem schrecklichen Morgen ihren zerfetzten Körper fanden, in einen Papierrock gekleidet, als wäre sie eine Puppe. Ich erinnerte mich daran, wie wir weinten und wie Papa sagte, dass manche Menschen schlimmer seien als Wölfe.

Die Druckerei gab es immer noch, aber in dem Fenster, in dem Papa einst seine Almanache ausgestellt hatte, prangten nun elegante in Leder gebundene Bücher mit Goldprägung. Ich konnte dem Drang nicht widerstehen, durch das Glas zu schauen. In dem Raum Regale mit Stapeln frischen Papiers. Zwei Gesellen hantierten an Arbeitstischen mit Winkelhaken und Druckerballen. Papas alte Druckerpresse stand jetzt in einer Ecke, geradezu winzig im Vergleich mit der großen gusseisernen Presse, die daneben aufragte. Ein Lehrling mit einem runden Gesicht zog am Teufelsschwanz.

Beim Anblick der frischgedruckten Bogen, die an Schnüren zum Trocknen hingen, der an der Wand entlang aufgereihten Stapel von zu Heften gefalzten Bogen blinzelte ich heftig, unfähig, das Bild von Papa abzuwehren, wie er auf seinem Krankenbett lag und Blut hustete. Eine Haarsträhne, rotbraun wie meine, klebte an seiner Stirn. Wie klein er unter der Bettdecke aussah, wie flach, wie mit dem Bettzeug verschmolzen. »Wer hat mir diesen schweren Stein auf die Brust gelegt«, fragte er, vom Fieber geschüttelt, sein Atem rau und rasselnd. »War es Henri?«

Als er gestorben war, wurde er in seinem Sarg in der Druckerwerkstatt aufgebahrt. Die Kerzen waren aus Talg, nicht

aus Wachs. Er trug Kleidung aus Papier, das so eingefärbt war,
dass es, wenn man nicht so genau hinschaute, wie Stoff aussah,
und das wenig kostete. »Die Last des Lebens ist ihm von den
Schultern genommen worden«, murmelten die Besucher und
bekreuzigten sich. »Es ist Gottes Wille.« Eines nach dem ande-
ren küssten wir Kinder die gefalteten Hände des Toten, um die
ein Rosenkranz gewickelt war. Ich hauchte meinen Kuss flüch-
tig hin, denn ich wollte von Papa nicht die kalten Finger in
Erinnerung behalten. Als ich den kleinen Gaston hochhob, ki-
cherte er entzückt. Adèle sagte, er müsse gesehen haben, wie
Papas Seele über uns schwebte.

Ich stand lange vor dem Haus, als ob ich, wenn ich nur be-
harrlich genug dort aushielte, irgendwann in die Zeit zurück-
versetzt würde, da Papa noch bei uns war und La Grise sich
zu ihrem Mittagsschlaf im Schaufenster zusammenrollte.

Ich dachte, niemand beachtete mich. Das war ein Irrtum.

Die Tür des Hauses öffnete sich, und eine ältere, schon etwas
bucklige Frau in einem dunkelblauen Kleid, wie Kaufmanns-
frauen es oft tragen, kam heraus. Sie sah mich misstrauisch
an. »Geh, verschwinde«, rief sie, »sonst rufe ich die Polizei.«

Es blieb mir nichts anderes übrig, als mich umzudrehen und
nach Hause zu gehen.

* * *

Es ist nach sieben Uhr, ein Oktobermorgen, der durch den
Spalt zwischen den Vorhängen dämmert, als Lebels königlicher Herr in das Prunkschlafzimmer zurückkehrt, heftig schnaubend, um seinen Unmut zu signalisieren.

Er muss Lebel nicht sagen, was für eine Katastrophe das Zusammensein mit der Duchesse de Guise gewesen ist, aber der
Kammerdiener wird es sich gleichwohl anhören müssen. Wie
sie beim Kartenspiel ihr Bein an dem ihres Königs gerieben
und ihm zugeflüstert hat, wie sie sich danach sehnte, von ihm

berührt zu werden! Eine, die mit genau berechneten Andeutungen arbeitet – als ob der König von Frankreich zu seinem Vergnügen hingeleitet werden müsste! Und sie hatte einen braunen Fleck auf einem Schneidezahn, und ihr Atem roch säuerlich.

»Wie konnten Sie das nicht wissen, Lebel!«

Königlicher Zorn wallt auf aus den königlichen Lenden und durchdringt die Körperteile, von denen Louis immer wieder gerne spricht: Darm, Magen, Speiseröhre, Kehlkopf, Rachen. Alles schön zu studieren in seinem geliebten Buch mit anatomischen Zeichnungen. Sie zeigen die Wahrheit unter der Haut, wie der König es ausdrückt, die sonst von Haut und Muskeln verborgenen Schichten des Körpers. Wenn der König von Frankreich ein anderes Leben für sich hätte wählen können, wäre er Arzt oder Chirurg geworden. Er hätte gelernt, wie man die Harmonie des Körpers wiederherstellen kann, wenn eine Krankheit sie aus dem Gleichgewicht bringt.

»Ich werde mich um die Duchesse kümmern, Majestät«, sagt Lebel.

Er wird sie mit einem angemessen kleinen Geschenk auf ihren Landsitz schicken. Einer mit dem königlichen Porträt verzierten Schnupftabakdose, die in den Jahren, die vor ihr liegen, Gegenstand wehmütiger Schwärmereien sein kann, wenn die Herzogin darüber nachsinnt, wie viel sie verloren hat.

»Kein Wort mehr über sie, Lebel.«

Der Ärger löst sich auf, wenn auch langsam, wie Salz im Wasser. Man muss nur den Becher lange und kräftig umrühren. Durch die strudelnde Bewegung der Flüssigkeit werden die Kristalle immer kleiner.

»Nun denn, Majestät«, sagt Lebel, reicht seinem Herrn ein Glas mit Rotwein und berichtet kurz die neuesten Nachrichten. Aus den Zimmern der königlichen Erzieherin wurden Silberbesteck, vierundfünfzig Teller und drei Dutzend Gedecke gestohlen. Ein Dienstmädchen hat einen maskierten Mann in der Nähe gesehen, den sie, weil er sehr gut gekleidet war, für einen Nachtschwärmer hielt, aber etwas Genaueres weiß man nicht. Die Dauphine wird immer schwerer, es ist damit zu rechnen, dass sie jeden Moment niederkommen kann. Die Königin hat mit dem Fasten begonnen, um sich auf den Allerseelentag vorzubereiten, an dem sie besonders der toten Prinzessin Henriette – möge sie in Frieden ruhen – gedenken will. Kein Fleisch, kein Wein und – vielleicht das größte ihrer Opfer – keine Austern.

Dann weniger Ernstes: Ein Wildhüter hat gemeldet, dass ein Zehnender gesehen worden ist, und die Marquise de Pompadour erinnert an die Theateraufführung, die heute stattfinden wird. »Es wird ein entzückender Abend werden – mehr darf ich nicht verraten, um die Überraschung nicht zu verderben, Majestät.«

Madame la Marquise hat Seiner Majestät auch eine vertrauliche Nachricht geschickt. Sie ist versiegelt.

»Nicht jetzt, Lebel. Wie viel Zeit habe ich noch?«

»Eine gute Stunde, Majestät. Genug Zeit, noch etwas zu ruhen. Ich habe das Bett vorgewärmt. Die Oktobernächte können recht kühl werden.«

Im Bett streckt der König die Beine lang aus, um zu prüfen, wie weit die Wirkung der Bettflasche reicht. Zufrieden mit dem Ergebnis, dreht er sich auf die Seite, klopft das Kissen zurecht, wie es ihm bequem ist, und schließt die Augen.

Als Lebel zurückkehrt, um seinem Herrn ins Ohr zu flüstern, dass es Zeit für das *Grand Lever* ist, schrickt der König zusammen. Er hatte einen bösen Traum, wie er erzählt. Er kämpfte gegen ein Netz aus faulenden Wurzeln, die sich an seine Füße klammerten, sodass er keinen Schritt vorankam. Ein Pferd wieherte in Todesangst. Schemenhafte Gestalten schlichen hinter ihm umher. Im grellen Licht eines Blitzes wurde ein Baum sichtbar. »Wir marschieren nach Versailles!«, schrie jemand. »Wir stecken das Schloss in Brand!«

Ein passender Moment für eine Nachricht, die den König aufmuntert? Vorfreude ist die beste Freude.

»Ein neues Mädchen wird bald ins Haus Hirschpark kommen, Majestät.«

Auf dem Hof quietschen Wagenräder. Ein Hund heult. Ein anderer antwortet.

»Hat sie einen Namen, Lebel?«

»Véronique.«

»Hübsch?«

»Außerordentlich. Eine Rosenknospe, so wurde sie genannt.«

»Noch eine Rosenknospe, Lebel? Können Sie sich nicht mehr anstrengen? Gibt es keine anderen Blumen auf Gottes weiter Erde? Wie wäre es mit Pfingstrose?«

»Außerordentlich hilfreich, Majestät.«

»Oder Kirschblüte.«

»Ja, Majestät.«

Keine weiteren königlichen Vorschläge? Vielleicht ist jetzt der rechte Zeitpunkt für das Billett von Madame de Pompadour?

Mein teuerster Freund, mich quält der Gedanke, dass ich keinen Überblick mehr habe, wo Sie sich an jedem Tag der Woche aufhalten. Bitte machen Sie mir eine Liste der Orte, an denen Sie schlafen. Ich möchte in Gedanken immer bei Ihnen sein.

Das Lächeln ist wieder auf den Lippen des Königs, was Madame la Marquise freuen wird, wenn sie davon hört.

Erst als der König zu seiner Ratssitzung geht, kann Lebel sich um eine eher gewöhnliche, gleichwohl aber dringende Angelegenheit kümmern.

Die beiden Lakaien im Hirschpark, Michel und Saint-Jean, kommen beide aus der Dauphiné, wo der Hunger des Winters junge Männer in den Dienst treibt. Sie sind robust und kräftig, abgehärtet durch lange Wanderungen in den Bergen, ihre Sinne durch ihre Tätigkeit als Schafhirten geschärft. Kein Eindringling – und es gab in der Vergangenheit einige – wird mit diesen beiden so leicht fertig werden. Sie sind auch schnelle Sänftenträger, wenn Lebel eines der Mädchen ins Schloss schaffen lassen muss.

Jetzt stehen sie vor ihm in seiner Wohnung in Versailles, die Augen weit aufgerissen, um ihr Unbehagen zu verbergen.

»Man hat euch in der Taverne dabei beobachtet, wie ihr Bauern beim Kartenspiel ausgenommen habt«, sagt er. »Werdet ihr nicht gut genug bezahlt?«

»Wir haben nichts Böses getan«, sagt Michel.

»Nur ein harmloses Kartenspiel«, bekräftigt Saint-Jean.

Lebel führt detaillierte Aufzeichnungen über jeden, der jemals unter ihm gedient hat. Vor einem Monat hat Saint-Jeans Verlobte den Sohn eines Nachbarn geheiratet – der Diener hat mit sichtlicher Erleichterung auf die Nachricht davon reagiert. Michel hegt einen Groll gegen einen Landsmann, der seine Mutter eine geizige Alte geschimpft hat. Beide vermissen die Alpenluft und die Berge, aber warum sie das tun, ist Lebel ein Rätsel.

»Niedrige Einsätze, Herr, nur um es interessanter zu machen.«

»Sie löchern uns ständig, wir sollen ihnen ein paar Tricks zeigen.«

»Und hinterher beschweren sie sich.«

»Da ist nichts dabei, Herr … ein bisschen Unterhaltung.«

Es gibt keine Gaunerei, die Lebel nicht schon einmal gesehen hat. Lakaien lernen Kartentricks von anderen Lakaien, in den Stunden, in denen sie nichts zu tun haben, als auf ihre Herren zu warten. Wie man als Geber beim Mischen und Abheben die Karten so arrangiert, wie man es haben will. Das gehört einfach dazu.

Er klappt seine Mappe auf und liest vor: *Die Diener des Gra-*

fen Boski ... wurden im Wirtshaus Zur Goldenen Gans be-
obachtet ... wie sie Karten aus dem Ärmel zogen ... immer sich
selbst die besten Karten gaben ... Sie drohten dem Wirt, er solle
sich gefälligst um seinen eigenen Scheiß kümmern, sonst ...

Die genannten Summen, ein oder zwei Livres, sagt er streng,
mögen armselig erscheinen, sind aber für diejenigen, die sie verloren haben, sehr wohl von Bedeutung.

Sie glotzen auf ihre großen, kräftigen Hände und murmeln
Entschuldigungen. Sie haben einen Schluck zu viel getrunken.
Vielleicht haben sie den einen oder anderen Kerl ein bisschen
grob angefasst. Aber das waren Halsabschneider, Banditen,
die es nicht anders verdienten.

Lebel möchte nicht zu harsch erscheinen. Er hat die ganze
Sache gründlich durchdacht und ist alles in allem recht zufrieden. Ein bisschen Klatsch über die Diener des polnischen
Grafen, der vor kurzem ein Haus gekauft hat, könnte in dem
Städtchen durchaus von Vorteil sein, weil er von Wichtigerem
ablenkt. Seine Entscheidung, die Leute in eine spezielle Graf-
Boski-Livree in Purpur mit silbernen Borten und Zierstickerei
zu stecken – nicht zu protzig, aber aus hochwertigem Stoff –,
zahlt sich offenbar aus. Er will jedoch nicht, dass verärgerte
Bauern an die Tür von Haus Hirschpark klopfen und jammern,
dass sie betrogen wurden.

»Genug.«

Die beiden tauschen beunruhigte Blicke. Michel senkt den
Kopf.

Lebel schiebt seine Hand in die Tasche und holt seine Uhr
heraus. Es ist halb vier. Er hat schon genug Zeit verschwendet.

»Hört mir zu, ihr zwei«, sagt er im Ton verstimmter Autori-
tät. »Ich werde es nur einmal sagen.«

Hirschpark, so schärft er ihnen ein, ist wie eine belagerte Fes-
tung. Jeder kleine Riss kann sich zu einer Bresche erweitern,
jede Indiskretion geht schnell von Mund zu Mund. »Der Wirt
dieser Taverne ...«

»Ein elender Lügner«, unterbricht ihn Michel.

»Er gießt Wasser in seinen Wein«, fügt Saint-Jean hinzu. »Er denkt, wir merken es nicht.«

»Habe ich nicht gesagt, es reicht!« Lebel haut mit der Faust auf den Tisch. »Wollt ihr, dass ich euch nach Saint-Christophe zurückschicke? Gerade rechtzeitig zum Winteranfang?«

Die Erwähnung von Saint-Christophe zwingt die beiden in die Knie.

So ist es immer, denkt Lebel, ihrem ganzen rührseligen Gerede von gesunder Bergluft und Alpenblick zum Trotz. Zuerst träumen sie alle davon, nach Hause zurückzukehren, ihre schicken neuen Kleider vorzuführen, die Leute mit ihren Geschichten zu beeindrucken. Aber diejenigen, die zurückgehen, kommen bald reumütig wieder. In der alten Heimat ist nichts mehr so, wie es war. Ihre neuen Kleider wirken fehl am Platz. Ihre Geschichten, die sie zu oft wiederholen, tragen ihnen Neid ein, nicht Bewunderung. »Ihr wart fort«, sagt man zu ihnen, »also müsst ihr reich sein. Gebt uns etwas ab«, und dann: »Gebt uns noch mehr.« Verwandte, von denen sie noch nie gehört haben, tauchen aus dem Nichts auf. Lauter gierige Schmarotzer.

Die Lakaien blicken auf den Boden und treten nervös von einem Fuß auf den anderen. Michel räuspert sich lautstark, als wollte er gleich auf den Boden spucken, eine schlechte Angewohnheit, die er aus Saint-Christophe mitgebracht hat und die er nicht ablegen kann.

Es ist meine Aufgabe, sie anzuleiten, sagt sich Lebel. Ich bin ihr Herr und Meister. Meine Pflicht ist es, sie zu lehren und zu lenken, sie daran zu erinnern, dass es eine große Leinwand gibt, auf der ihre Lebenslinien nur winzige Strichlein sind.

»Reißt euch zusammen«, befiehlt er. »Kommt endlich zur Vernunft. Ihr müsst auch an die Zukunft denken.«

Sie wissen, was er meint. Er hat Vorkehrungen für alle Bediensteten getroffen, die zum Zeitpunkt seines Todes noch im Hirschpark beschäftigt sind. Jeder Lakai wird dreitausend

Livres erhalten, zusätzlich zu einer Rente von dreihundert Livres jährlich, ganz zu schweigen von den Sachwerten, die er bereits bekommen hat und noch bekommen wird. Das alles, wenn sie nicht vorher entlassen werden. Und er wird sie entlassen, wenn er nicht mit ihnen zufrieden ist.

Er lässt den Gedanken an die Beträge wirken, lässt die Zahlen in ihrer Vorstellung sich verwandeln in Ackerland, Vieh, Werkzeug, eine vorteilhafte Heirat.

»Wir bitten um Verzeihung …«

»Es wird nie wieder vorkommen …«

Bevor er sie gehen lässt, gibt Lebel ihnen einen Tipp, wie sie ihr Geld weit besser vermehren können als mit Falschspielerei. In Versailles existiert ein reges Geschäft mit Krediten, und er kennt all die Leute, die Geld leihen und verleihen. Im Moment ist einer der neuen Kutscher von Madame de Pompadour namens Gourlon bei einem Weinhändler verschuldet. Der Gläubiger wird langsam ungeduldig, und er hat zwei Söhne, die für ihren Jähzorn und ihre groben Fäuste bekannt sind. Außerdem weiß Gourlons Frau nichts von den Schulden, und der Mann möchte, dass das auch so bleibt.

Er braucht also dringend Geld – man könnte vier Prozent Zinsen oder mehr, wenn man es richtig anstellt, verlangen. Wenn sie es wünschen, können sie Lebel ihr Geld anvertrauen, sich bequem zurücklehnen und zusehen, wie es immer mehr wird.

* * *

Es wurde schon Abend, als ich verschwitzt und müde nach Hause kam. Ich rechnete mit einem zornigen Empfang, aber Maman war gar nicht da. Der Kleiderstapel, den sie mir zum Flicken hingelegt hatte, war weg. Offenbar hatte sie meinen Brüdern Essen gemacht, denn auf dem Tisch standen schmutzige Teller, um die herum Fliegen summten. Es roch nach Ein-

topf mit Fleisch, woraus ich schloss, dass der Metzger ihr eine ordentliche Menge Reste geschenkt hatte. Und der Wasserträger war auch da gewesen, denn unser Eimer war bis zum Rand gefüllt.

Ich räumte den Tisch ab, fegte den Boden und schrubbte ihn mit einer Wurzelbürste. Dann trug ich den Schmutzwassereimer die Treppe hinunter und hinaus in den Hinterhof. Ich erwartete, dass unsere Nachbarn mir sagen würden, dass Maman wütend auf mich war und ich mich auf ein Donnerwetter gefasst machen müsste, wenn sie nach Hause käme. Aber stattdessen wollten sie alle nur von mir wissen, was es mit Monsieur Durands Besuch auf sich hatte. Wer war er? Was hatte er mit uns zu tun? »Lasst das Mädchen doch erst zu Atem kommen«, sagte der Kuttelverkäufer und reichte mir eine Schüssel mit heißer Kuttelsuppe. Die bucklige Lily bot mir etwas von ihrem gebratenen Fleisch an. Sie wickelte die Häppchen sogar in Chicoréeblätter, die sie von Monsieur Deveaux hatte. Er zog die Pflanzen im Keller, denn im Dunkeln blieben sie bleich und waren weniger bitter. Ich aß hungrig, lobte die Kuttelsuppe und das gebratene Fleisch und berichtete das Wenige, das ich wusste. Ich würde meinen Dienst in dem vornehmen Haushalt von Monsieur Durand antreten. Nein, ich wusste nicht, wo er wohnte.

Die dicke Nanette rettete mich vor weiteren Fragen. Sie zog mich zur Seite und sagte, Maman sei gut gelaunt. Bestimmt habe sie einen ordentlichen Vorschuss auf meinen Lohn erhalten, wenn man bedenke, wie viel sie bereits ausgegeben hatte. Ob ich davon wisse? Wohl kaum, meinte Nanette. Es könne immer noch sein, dass am Ende alles gut für mich ausgehe, aber wenn man sie fragte, würde sie ihre Tochter nicht in den Dienst schicken, ob es nun ein vornehmer Haushalt ist oder nicht. »Mich hat aber niemand gefragt«, sagte sie mit einem komischen Seufzer, der mich zum Lächeln bringen sollte.

Als ich wieder die Treppe hinaufstieg, den Geschmack von

gebratenem Fleisch im Mund, einen leeren Schmutzwassereimer in der Hand, und in unser Zimmer kam, traf ich dort meine Brüder an, die von mir wissen wollten, wo ich den ganzen
Tag gewesen war.

»Spazieren.«

»Wo?«

»Am Fluss.«

»Alleine?«, fragte Eugène.

»Alleine.«

»Hast du uns etwas mitgebracht?«, fragte Marcel, und ich
sah, dass seine Hose am Knie zerrissen war. Er war schnell gewachsen in der letzten Zeit, sein Gesicht war länger und weniger rundlich geworden. Er hatte vorne nur einen großen Schneidezahn, ein zweiter kam gerade erst durch.

»Schluss jetzt«, sagte ich und befahl ihnen, sich zu waschen,
und Marcel, mir seine Hose zum Flicken zu geben. Im Stillen
fragte ich mich, wie lange ich meine Brüder nicht mehr sehen
würde. Gaston muss denselben Gedanken gehabt haben, denn
er wollte wissen, ob sie mich besuchen dürften, wenn ich in diesem vornehmen Haus arbeitete. Er wollte reiten lernen. Er
stellte sich vor, dass es nicht schwierig war.

Ich war noch mit Marcels Hose beschäftigt, als Maman vom
Markt nach Hause kam. Sie sagte nichts dazu, dass ich weg gewesen war, aber sie war auch nicht gut gelaunt. Eine Frau habe
versucht, ein Fichu zu stehlen, erzählte sie, kurz bevor sie den
Stand schließen wollte. So eine großartig Aufgetakelte, lauter
zuckersüße Reden, aber lange Finger, und sie schrie Zeter
und Mordio, als sie das Weite suchte.

Maman hielt inne und sah mich an in der Erwartung, dass
ich etwas sagen würde, aber mir war nicht danach zumute.
Ich stellte ihr etwas zu essen hin: ein Stück Käse und das,
was vom Brot noch übrig war, dazu ein Glas Bier. Als sie fragte, ob ich nicht mit ihr essen wolle, sagte ich, ich sei nicht hungrig. Das gebratene Fleisch und die Kuttelsuppe erwähnte ich

nicht, weil ich mich plötzlich schämte, dass ich das alles allein gegessen hatte.

»Wie du willst«, sagte Maman, setzte sich an Papas Werkbank und streifte ihre Schuhe ab. Ich bemerkte, dass sie nicht die abgewetzten Schuhe trug, die sie sonst immer auf dem Markt anhatte, sondern welche aus blauem Damast mit hohen Absätzen und etwas, das wie eine silberne Schnalle aussah.

Erst nachdem die Jungen im Bett waren, machte sich Maman daran, eine kleine mit gewachstem Papier ausgeschlagene Kiste mit aufgesprungenem Deckel leerzuräumen.

»Zeit, deine Sachen für morgen zu packen«, sagte sie.

Ich hatte nicht viel zu packen. Zwei Unterröcke, das Fichu mit den bräunlichen Flecken. Abgesehen von dem graubraunen Kleid, das ich auf der Reise tragen wollte, besaß ich noch ein anderes, das aus Baumwolle war. Ich mochte es nicht, denn es war ein abgelegtes Stück von Maman, das sie für mich etwas umgearbeitet hatte, aber es hatte mir nie richtig gepasst. Mein einziger kostbarer Besitz war ein in ein Stück Samt eingewickeltes Buch, das ich vor dem Gerichtsvollzieher gerettet hatte und das ich nun unter dem Bett hervorholte. Die Fabeln von La Fontaine, sehr schön in Kalbsleder gebunden, Papas Geschenk zu meinem elften Geburtstag. Keine Märchen, sondern Gleichnisse, sagte Papa, als er es mir überreichte, Lehrstücke über den Lauf der Welt. Der Löwe, der in eine Bauerntochter verliebt ist, willigt ein, sich die Krallen schneiden und die Zähne feilen zu lassen, und wird getötet, weil er dadurch wehrlos geworden ist. Die stolz aufragende Eiche wird von einer starken Windbö gefällt, während der Grashalm, der sich tief zur Erde neigt, den Sturm überlebt.

Ich blätterte schnell durch die Seiten mit den fein gezeichneten Bildern von Tieren und Pflanzen, bevor ich das Buch wieder einwickelte und es unter das Baumwollkleid schob.

Maman verschwand hinter dem Leintuch, das den Raum

teilte. Ich hörte sie dort herumstöbern und zu meinen Brüdern sagen, sie sollten sich nicht stören lassen, sondern schlafen. Einen Augenblick später war sie wieder da. »Hier«, sagte sie und räusperte sich.

Ich blickte von der Kiste auf und sah, dass sie ein weißes Musselinkleid in der Hand hielt. »Erkennst du es nicht wieder?«, fragte sie.

Ich erkannte es sehr wohl wieder. Ich hatte es einige Tage vor Monsieur Durands Besuch am Stand angezogen, um es einer schwierigen Kundin, die sich nicht entscheiden konnte, vorzuführen. Ich erinnerte mich daran, dass ich es wunderschön gefunden und gedacht hatte, ich würde nie ein solches Kleid besitzen.

»Ich habe es nicht verkauft, ich habe es für dich aufgehoben«, sagte sie. Offensichtlich dachte sie, ich würde einen Freudensprung machen oder zumindest meine Dankbarkeit zum Ausdruck bringen, aber ich brachte die Worte, die mir im Hals steckten, nicht über die Lippen.

Wenn Maman enttäuscht war, wusste sie es gut zu verbergen. Das Kleid sei noch nicht ganz fertig, sagte sie. Sie müsse noch die Risse am Saum flicken, den Rock hinten etwas raffen und ein neues Band annähen.

Ich klappte die Kiste zu. Eine Maus huschte an der Wand entlang.

»Es wird morgen fertig sein«, sagte Maman. »Geh jetzt schlafen.«

Ich wischte mir Gesicht und Hände mit einem Waschlappen ab, zog mich aus und legte mich ins Bett. An der Decke hinter der Trennwand flackerte Kerzenlicht, während Maman an dem Kleid arbeitete. Ich sah ihren nach vorn gebeugten Schatten und den ihrer Hand mit der Nadel. Das Letzte, woran ich dachte, bevor ich einschlief, waren die Worte der dicken Nanette: dass sie ihre eigene Tochter nicht einfach so weggeschickt hätte, dass sich aber vielleicht trotzdem alles zum Bes-

ten wenden würde. Dann fühlte ich einen Moment lang Adèles Hand in meiner, als wir die Straße entlangliefen. »Schneller als der Wind?«, fragte sie und drückte fest meine Hand.

Im Morgengrauen wachte ich vom Geräusch knirschender Zähne auf, das mir sagte, dass meine Brüder wieder Würmer hatten. Maman schnarchte neben mir. Ihr Atem roch schlecht. Mir fiel zum ersten Mal auf, dass sie ein schlaffes Doppelkinn hatte. Ich fasste sie an der Schulter. Das Schnarchen hörte auf.

Aus dem Hof drangen die vertrauten Geräusche. Ein Hahn krähte, Karren auf dem Weg zum Markt holperten übers Kopfsteinpflaster, mit Waren schwer beladene Träger ächzten, einer schimpfte einen anderen Schwachkopf. Ein Hund bellte, dann winselte er. Wiehern und Schnauben von Pferden.

Ich stieg aus dem Bett. Das Musselinkleid lag auf Papas Werkbank, ordentlich gefaltet, ein neues violettes Band darum gebunden. Ich löste die Schleife und zog das Kleid an. Ich fragte mich, ob es wohl passen würde, denn Maman hatte meine Taille nicht gemessen.

Es passte genau.

Dann kam Maman noch etwas schlaftrunken hinter der Trennwand hervor. Sie kratzte sich an den Armen. Wir konnten noch so oft und gründlich die Bettgestelle mit Essig abwischen, wir wurden die Läuse und Flöhe einfach nicht los. Beim bloßen Anblick meiner Mutter, die sich kratzte, juckte meine Kopfhaut.

»Ein weißes Kleid ist nichts für eine Reise«, sagte sie.

Sie hatte recht. Es hatte die ganze Nacht geregnet, und die Straßen waren sicher schlammig. Dem alten schmutzig braunen Kleid würde das weniger ausmachen. Aber ich wollte nicht auf sie hören, jetzt nicht und überhaupt nie mehr.

Ich zuckte die Achseln.

»Tu, was du willst«, sagte sie.

Ich hatte das Gefühl, dass sie noch etwas sagen wollte, aber meine Brüder waren aufgewacht und verlangten nach einem Frühstück. Meine bevorstehende Abreise erregte sie noch mehr als gestern. Neidisch darauf, dass ich mit der Kutsche fahren sollte, dachten sie sich Abenteuer aus, die sie selbst erleben wollten. Sie würden sich in den Jardin des Plantes schleichen und auf einem Elefanten reiten. Nein, auf einem Tiger. Nein, auf einem Nashorn. Sie würden das Horn fassen, sich auf seinen Rücken schwingen und es durchs Gehege galoppieren lassen.

»Und wenn ein Wärter uns sieht?«

»Dann laufen wir davon.«

»Wir klettern über das Geländer!«

»Wie die Affen.«

Ich konnte an diesem Morgen nichts essen und trank nur ein bisschen von dem Kaffee, den Maman gemacht hatte. Es war echter Kaffee, wie ich bemerkte, keiner aus Zichorie. Maman war auch ungewöhnlich ruhig und ließ meine Brüder ungehindert ihren Unsinn treiben.

Wir saßen noch an Papas alter Werkbank, als der Metzgerlehrling an unsere Tür klopfte, um uns zu sagen, dass eine große schwarze Kutsche wartete und ich mich beeilen müsse. Das Gefährt stehe mitten auf der Straße und versperre den Händlern, die zum Markt wollten, den Weg. Ob wir glaubten, wir seien allein auf der Welt?

»Es ist so weit«, sagte Maman.

Als ich aufstand, fing sie an, an dem Stoff meines Kleids herumzufummeln und den Stoff zurechtzuzupfen. In unserem Zimmer gab es keinen Spiegel, sodass ich mich nicht sehen konnte, aber Maman sagte, es sei alles gut. Bescheidenheit sei die beste Zierde. Dann legte sie mir ihren eigenen Reise-Umhang über die Schultern und band ihn vorn am Hals zu.

Zu fest.

* * *

Kurz bevor die Uhr unten auf dem Korridor fünf schlägt, erwacht Elisabeth Lebœuf – Lisette, wie sie jetzt genannt wird – in der Dachkammer, wo sie mit Rose und Marianne schläft, alle auf einem Strohsack. Im Zimmer nebenan teilen sich die beiden Lakaien ein richtiges Bett.

Rose und Marianne schlafen noch, als Lisette nach unten ins Erdgeschoss geht, um sich zu waschen. Sie bewegt sich vorsichtig, denn es ist dunkel, und die Stiege zum Dachboden ist eng und uneben, vor allem oben, wo Lisette bereits einige Male gestolpert ist und sich die Knie aufgeschlagen hat.

In der Küche zündet sie das Feuer an und weckt die Magd, die für die groben Arbeiten da ist. Sie schimpft und will nicht aufstehen, bis Lisette ihr mit Schlägen droht. Gemeinsam holen sie Wasser von der Pumpe im Hof und machen das Frühstück für die Dienstboten. Die Lakaien erwarten dicke Stücke gebratenes Rindfleisch, gefolgt von Gebäck und kandierten Früchten. Der Koch begnügt sich mit einer Tasse heißer Brühe und einer Scheibe Brot mit Butter. Für Rose und Marianne gibt es weiche Eier. Der Nachtwächter möchte, wenn er seinen Dienst beendet hat, ein Omelett, das aber zum Glück nur der Koch für ihn zubereiten darf.

Es ist ihre dritte Woche im Hirschpark, und sie hat sich daran gewöhnt, Lisette genannt zu werden.

Sie weiß inzwischen viele Dinge.

Sie weiß, dass das Haus Hirschpark mitten in der Stadt Versailles liegt. Das Hämmern und Poltern, das man tagsüber hört, kommt von der Baustelle ein paar Straßen weiter, wo die neue Kirche Saint-Louis errichtet wird. Das große Schloss von Versailles, in dem der König und die Königin leben, ist weiter entfernt, aber einige Nebengebäude sind über die ganze Stadt verstreut: der Zwinger der königlichen Jagdhunde, das »Ballhaus«, wo der König Tennis spielt, Stallungen der Königin und die Stadthäuser einiger Höflinge. Marianne und Rose sagen, dass Lisette nachts, wenn sie die Ohren spitze, das königliche Orchester hören könne, das für die Gäste des Königs spielt, aber was Lisette hört, sind die quiekenden Schweine und brüllenden Rinder, die zum königlichen Schlachthof geführt werden.

Wenn die Dienstboten gefrühstückt haben, muss Lisette Madame Bertrand bedienen, der sie jeden Morgen Wein, Brot, Marmelade, Kaffee mit Milchschaum und noch einiges andere bringt, alles auf einem Tablett und ohne einen Tropfen zu verschütten. Um acht Uhr eilt Lisette dann nach oben, weckt die beiden *élèves,* leert deren Nachttöpfe und deckt den Frühstückstisch für sie und Mademoiselle Dupin. Das ist eine langwierige Angelegenheit mit Silberbesteck, gutem Porzellan, Servietten, und danach gibt es viel abzuspülen. Anschließend hilft Lisette den Dienstmädchen bei der Hausarbeit, räumt die Asche aus den Kaminen, staubt in den Zimmern ab und macht die Betten. Die Dienstmädchen loben sie nie für ihren Fleiß, aber das macht Lisette nichts aus. Es genügt ihr, dass sie sie *la jeune,* die Junge, nennen, fragen, ob sie einen Schatz hat, der in Buc auf sie wartet, und lachen, wenn sie verneint.

In den übrigen Stunden des Tages hat sie, das »Mädchen für alles«, Dienste jeder Art für jeden und jede im Haus zu verrichten. Manchmal fegt und schrubbt sie den Küchenboden, den Flur, die Eingangsstufen, manchmal erledigt sie Besorgungen für den Koch oder die Dienstmädchen, manchmal für Mademoiselle Dupin oder sogar für Madame Bertrand.

Lisette beklagt sich nicht. Sie tut, was ihr aufgetragen wird, schnell und gewissenhaft. Sie weiß, dass man zuerst die Asche im Kamin zusammenkehren und hinaustragen muss, bevor man den Boden putzt und Möbel abstaubt. Sie schließt die Schlafzimmertüren, wenn sie die Korridore schrubbt. Sie putzt die Fenster so, dass keine Streifen zu sehen sind. Sie ist geschickt mit Nadel und Faden, versteht es, ein Kleidungsstück enger zu machen oder einen Riss so zu stopfen, dass man fast nichts mehr davon sieht. Sie weiß genau, wie viele Schokoladenpastillen sie nehmen kann, ohne Verdacht zu erregen. Keine einzige, wenn sie kunstvoll arrangiert sind. Eine oder sogar zwei, wenn die *élèves* sie nachlässig verstreut auf dem Tisch liegen lassen.

Ihre einzigen Feinde sind Staub, Ruß, Rost, Insekten und die schlechten Gerüche, gegen die sie empfindlich ist.

Das Haus Hirschpark mag nicht so großartig sein wie das Schloss, von dem ihre Mutter endlose Geschichten zu erzählen wusste, aber es sind hier auch allerlei undurchsichtige Machenschaften im Gang. Marianne und Rose verstecken Hauben oder Fichus. Wenn die Stücke vermisst werden, holen die beiden sie in wohlinszeniertem Triumph wieder hervor und werden für ihre guten Augen gelobt. Wenn sie nicht vermisst werden, verschwinden die Sachen für immer. Madame Bertrand hat ein Abkommen mit einem Weinhändler, der die guten Flaschen aus dem Keller gegen weniger gute tauscht und ihr die Differenz bezahlt. Der Nachtwächter, der seit zehn Jahren im Dienst von Monsieur Lebel steht, hat gerade für 3 450 Livres ein Haus in Paris gekauft und vermietet Zimmer für 15 Livres im Monat. Die Frage, woher er so viel Geld hat, ist Gegenstand ebenso zahlreicher wie ergebnisloser Spekulationen.

Madame Bertrand ist nett zu Lisette – ihrer Mutter zuliebe, sagt sie, um ihrer alten Freundschaft willen. Sie hat dem Mädchen zweimal einen Sou zugesteckt, für ein Band und eine Kette mit roten Glasperlen. Sie hat ihr auch Sachen geschenkt, die sie selbst nicht mehr gebrauchen kann: eine nur leicht zerrissene Haube, einen angeschlagenen Porzellanteller mit einem vergoldeten Rand und eine schöne mit einem Glasdiamanten verzierte Hutnadel.

»Immer schön vernünftig bleiben, mein Kind«, sagt Madame Bertrand, »dann wird es dir hier nicht schlecht ergehen.«

Das taubengraue Kleid von Madame ist Lisettes Lieblingskleid. Eines Tages wird es dir gehören, Lisette, hat Madame schon dreimal gesagt, allerdings nie in Anwesenheit von Marianne oder Rose, weswegen das Versprechen vielleicht nicht viel wert ist. Wenn sie ihrer Herrin morgens beim Ankleiden hilft, trägt Lisette immer etwas mehr Rouge auf ihre Wangen auf. Damit es nicht so auffällt, sagt sie immer, dass die Haut von Madame ein bisschen gerötet ist, weil sie auf dem Balkon eingeschlafen ist und zu viel Sonne abbekommen hat. Mir scheint, die Rötung kommt eher davon, dass sie ein bisschen zu viel trinkt, sagt Rose.

Die beiden *élèves* glauben, dass der Hausherr ein polnischer Graf ist, der als Verwandter der Königin im Schloss wohnen darf, aber Lisette weiß wie alle Dienstboten im Haus, dass das nur Tarnung ist. In Wahrheit ist der König von Frankreich ihr Herr, König Louis höchstselbst, der nur ein einziges Mal, maskiert und in einen schwarzen Mantel gehüllt, hierhergekommen ist. Bestimmt hielt er sich für unsichtbar, aber Michel hat ihn im Obergeschoss im Dienstbotenkorridor dabei beobachtet, wie er durch eine verborgene Öffnung in der Wand in ein Zimmer schaute, das Lisette am selben Morgen saubergemacht hatte.

Rose und Marianne, die vom ersten Tag an im Hirschpark arbeiten, sagen, dass Catin, die *élève*, die, kurz bevor Lisette hier anfing, weggeschickt wurde, so doof war zu glauben, dass der Graf sie übers Meer nach Neufrankreich bringen lassen würde. »Kleine Vögelchen haben halt wenig Hirn«, meinte Rose, aber Marianne wies darauf hin, dass sie zehn Jahre lang arbeiten müsse, um achthundert Livres zu verdienen, während so ein Fräulein *élève*, selbst wenn es, nachdem seine Dienste nur ein einziges Mal in Anspruch genommen wurden, schon wieder geht, an die zweitausend kassiert. »So besonders dumm sind die nicht, finde ich.«

Auch Lisette hat den König an jenem Tag gesehen, als er die Treppe hinunterging. Zwar drehte sie sich sofort zur Wand hin um, wie man es ihr befohlen hatte, trotzdem erhaschte sie einen Blick auf seine feine schmale Nase und die vollen Lippen, und sie roch den Duft von Zitrusfrüchten und Ambra.

Als der König weg war, fand Lisette im Dienstbotenkorridor einen Ziegenlederhandschuh, weich und glatt wie ein Pferdemaul. Er ist jetzt eines ihrer wertvollsten Besitztümer, und sie nimmt ihn nur, wenn sie allein ist, aus ihrer Kiste, um zu spüren, wie weich er sich auf ihrer Haut anfühlt.

* * *

Die Reise dauerte viele Stunden. Manchmal war ich überzeugt, dass die Kutsche im Kreis fuhr, immer wieder an derselben Baumgruppe vorbei, aber das, sagte ich mir, konnte nicht sein. »Wo bringen Sie mich hin?«, fragte ich den Kutscher, bevor wir losfuhren, aber er knurrte nur, ich solle den Mund halten. Seine Grobheit ärgerte mich so sehr, dass ich nichts mehr mit ihm zu tun haben wollte. Nein, ich hätte keinen Hunger, sagte ich, als er mich irgendwann später, bei unserem ersten Halt, fragte, ob ich etwas essen wolle. Und auch keinen Durst. »Ist mir recht«, sagte er. »Sag nur hinterher nicht, ich hätte dich nicht gefragt.«

Es war kurz nach Mittag, als wir in eine Ortschaft kamen, die wie eine gewöhnliche Kleinstadt aussah. Wir bogen in eine unauffällige schmale Straße ein und fuhren eine Ziegelmauer mit Glasscherben darauf entlang, bis die Kutsche vor einem zweiflügeligen Tor anhielt. Meine Enttäuschung wuchs, als das Tor sich öffnete und ein eher kleiner Hof sowie ein keineswegs sehr großartig anmutendes Haus sichtbar wurden, über dessen Eingang ein in Stein gemeißelter Hirsch thronte.

Ich erwartete keine großartigen Manieren von dem Kutscher, aber er streckte mir beim Aussteigen seine Hand hin, um mir behilflich zu sein. Ich hatte weiche Knie nach der langen Fahrt, mein Kopf schmerzte vom Rattern der Räder. Es war schönes Wetter, die Luft war klar. Ich genoss sie, schöpfte tief Atem.

Eine korpulente ältere Frau trat aus dem Haus und ging

leicht hinkend auf mich zu. Köstliche Düfte von Vanille und Schokolade umwehten sie und erinnerten mich daran, dass ich während der Fahrt mit stolzer Verachtung Essen und Trinken zurückgewiesen und noch nicht einmal gefrühstückt hatte. Das taubengraue Kleid der Frau war schlicht, aber aus gutem, mit Seide gefüttertem Samt. Es würde gut und gern fünfzig Livres bringen, dachte ich und hoffte, dass sie ihrerseits von meinem Kleid ähnlich beeindruckt war.

»Da sind Sie ja endlich!«, sagte sie und musterte mich von oben bis unten. »Sie haben uns warten lassen, Véronique!« Ihre Wangen waren, wie ich bemerkte, mit Rouge geschminkt.

Ich hielt sie für die Ehefrau von Monsieur Durand und damit für meine neue Dienstherrin und sprach sie als solche an, was sie so erheiterte, dass sie Tränen lachte.

»Nur Madame Bertrand, vielen Dank«, sagte sie, als sie wieder etwas zu Atem kam. »Ich bin die Hausdame hier, das ist Ehre genug für mich. Sie werden mich Madame nennen.«

Immer noch kichernd, winkte sie mir, ihr ins Haus zu folgen.

Ich blickte zurück zur Kutsche, an deren Heck noch die Kiste mit all meinen Besitztümern festgebunden war, und wurde prompt dafür zurechtgewiesen: Ich sei nicht in eine Diebeshöhle gekommen, sondern in ein gut geführtes Haus, in dem die Bediensteten wussten, was sie zu tun hatten. Ich nahm mir vor, aus meinem Fauxpas zu lernen und in Zukunft vorsichtiger zu sein.

»Hier entlang«, sagte Madame und führte mich in einen Eingangsbereich mit bestickten altrosafarbenen Seidentapeten. An einer Wand befand sich eine Reihe von Bildern mit Jagdszenen: Reiter, die in den Sattel stiegen; eine Hundemeute, die einen Hirsch hetzte; ein gerade erlegter großer Hirsch, das Geweih auf dem Boden ruhend, eine sprudelnde Wunde in der Seite, ein Jäger, der das rechte Bein auf die blutende Flanke des Tieres gestellt hat. Durch offene Türen auf beiden Seiten blickte man in weitere Räume; ich sah einen Tisch mit einer glänzen-

den Platte, ein Klavichord, einen Strauß weißer Lilien auf einem Kaminsims. Meine Stimmung hob sich. Mochte das Haus auch von der Straße aus wenig spektakulär wirken, so fehlte es ihm doch nicht an Eleganz.

Ein unterdrücktes Kichern von oben machte mich auf ein Mädchen aufmerksam, das sich über das Treppengeländer gebeugt hatte, um mich besser sehen zu können. Sie fühlte sich ertappt und zog sich schnell zurück. Madame schüttelte tadelnd ihren Finger in ihre Richtung und ging weiter in den hinteren Teil des Hauses. Dort irgendwo befand sich offenbar die Küche, denn ich hörte Töpfe klappern und die schüchterne Stimme eines Mädchens, das um Entschuldigung bat.

Madame fragte, wie die Reise gewesen sei, ob ich vielleicht Hunger oder Durst hätte oder ob ich vor dem Essen erst ein Bad nehmen wollte. Weil ich nicht wieder unhöflich erscheinen wollte, sagte ich, dass ich nicht allzu hungrig sei, und lobte die Bequemlichkeit der Kutsche. »Sie sind keine, die sich ständig beklagt, so scheint es«, sagte sie, sichtlich erfreut über meine Antwort. »Aber Sie haben ein Bad dringend nötig.«

In der Waschküche, wo ich mit Erleichterung meine Reisekiste an der Wand stehen sah, waren drei Dienstmädchen mit weißen Häubchen damit beschäftigt, Handtücher und Bürsten zurechtzulegen und allerlei Töpfchen und Flakons auf einen niedrigen Tisch zu stellen. Mitten im Raum stand eine kupferne Badewanne, über der Dampf aufstieg. Sogar in unserem alten Haus hatte Maman dafür gesorgt, dass wir jeden Sonntag vor der Messe badeten, aber natürlich hatten wir nie so viel heißes Wasser zur Verfügung gehabt, von feiner Seife, die nach Zitronen duftete, nicht zu reden.

Ich könne mich glücklich preisen, eröffnete mir Madame, es sei nämlich so: Monsieur Durand sei in Wahrheit nicht mein neuer Herr, sondern lediglich der Kammerdiener eines polnischen Grafen, dessen Namen ich nicht verstand. Der Graf sei mit der Königin verwandt, müsse ständig am Hof anwesend sein und habe deshalb eine Wohnung im Schloss zugewiesen bekommen, aber er besitze auch dieses Haus namens Hirschpark. Er sei ein guter Herr.

Diese Worte ließen Hoffnung bei mir aufkeimen.

Er sei großzügig, freundlich, von allen geliebt, fuhr Madame fort. Dank seiner Großzügigkeit hätte ich, Véronique Roux, eine Halbwaise, deren Mutter mit Lumpen handelte, die Möglichkeit, mich zu verbessern, Manieren zu lernen und es vielleicht eines Tages zu etwas zu bringen. Das sei mehr, als sich viele Mädchen in meiner Lage jemals erhoffen könnten. Wenn ich mich bewährte, versteht sich. Nur, wenn der Herr an mir Gefallen finde. Es könne auch sein, dass ich es nicht schaffe. Am Ende könnten nicht viele seinen Ansprüchen genügen.

Das Gefühl der Hoffnung wuchs: Die Wäscherinnen, die über uns in der Rue Saint-Honoré wohnten, sagten oft, dass der Herr eines Hauses immer leichter zufriedenzustellen sei als die Herrin. Allerdings war mir nicht recht klar, was der Ausdruck »Gefallen finden« genau bedeuten sollte. Ich fasste ihn so auf, dass ich froh und heiter sein sollte, immer bereit, mich nützlich zu machen und zu tun, was mir gesagt wurde. Das alles würde mir nicht schwerfallen, dachte ich.

Madame sprach weiter, während zu meiner Überraschung zwei der Mädchen begannen, mich zu entkleiden. Ihre Hände waren grob und ungeduldig. Ich spürte einen Ruck, und mein Fichu landete zerknittert auf dem Boden, einen Zug, ein kurzes Zerren, und das Musselinkleid rutschte an meinen Beinen hinunter. Ich bückte mich, um es aufzuheben, aber Madame schlug mir auf die Hand. »Lisette«, befahl sie dem Dienstmädchen, das gerade den letzten Eimer mit heißem Wasser in die Wanne geleert hatte, »verbrennen Sie diese Lumpen, wenn wir hier fertig sind.«

»Es ist mein bestes Kleid«, sagte ich flehend. »Ich habe es nur einmal getragen.«

Madame rollte die Augen. Ich könne es nicht behalten, weil

es voller Flöhe sei. Außerdem sehe es ordinär und billig aus. Ob ich das nicht selbst sähe? Das sehe doch jeder. Man müsse nur einen einzigen Blick auf diesen Fetzen werfen, um zu wissen, wo er herkommt. Ohne Zweifel hätte ich noch viel zu lernen. Noch dazu sei ich zickig. Das verheiße nichts Gutes, oder?

»Arme hoch«, hörte ich, dann fiel mein Hemd auf den Kleiderhaufen zu meinen Füßen. Ich stand nackt auf dem gefliesten Boden der Waschküche. Wäre da nicht die Wärme des Bades gewesen, das auf mich wartete, hätte ich gezittert.

Madame untersuchte die Flohbisse auf meinen Armen und Beinen, die rissigen, geröteten Hände, die gebrochenen Nägel. Den Schorf an der Stelle, wo Eugène mich mit einem Stock geschlagen hatte, als ich ihn schimpfte, weil er auf den Küchenboden gespuckt hatte. Die aufgekratzte Stelle an meiner Kopfhaut. Meine Mutter habe noch einiges zu lernen, was die Erziehung von Kindern betrifft, bemerkte sie. Zum Glück bekomme man beim Apotheker gute Salben und Gänseschmalz. Bald würde ich so gut wie neu sein.

In der Wanne, bis in die Knochen durchgewärmt, wurde ich eingeseift und geschrubbt, mein Haar wurde mit einem Holzkamm, der an meinen verfilzten Locken riss, geharkt. Läuse fielen ins Wasser, und Rose, das kleinste der drei Mädchen, schnappte sich eine nach der anderen, um sie zwischen den Fingernägeln zu zerdrücken.

Madame redete die ganze Zeit immer weiter, und während ich lauschte, nahmen die Einzelheiten meiner unmittelbaren Zukunft immer deutlicher Gestalt an. Das Haus, in dem ich mich befand, Hirschpark, war der Ort, an dem ich leben würde. Nicht als Dienstmädchen, sondern als eine élève, die jene feineren Fertigkeiten und Künste erlernte, die meinen neuen Perspektiven entsprachen und die eine ordentliche Ausbildung erforderten. Ich würde täglichen Anstandsunterricht erhalten – dringend erforderlich, meinte Madame mit ironischem Lächeln –, außerdem Musikunterricht und Tanzstunden.

Man werde mich genau beobachten.

Man werde meine Leistungen bewerten.

Ich sei nicht die einzige élève. Es gebe noch eine, die Fran-
cine heiße, und die kleine Claire. Früher sei noch eine namens
Catin hier gewesen, aber die sei weg. Ob ich nicht wissen wolle,
warum? Nein? Aber das sollte mich interessieren! Man habe
Catin den Laufpass gegeben, weil sie sowohl undankbar als
auch strohdumm gewesen sei. Und sie werde nicht die Letzte
ihrer Art sein. Wenn man Madame einen Livre für jedes dum-
me Mädchen gäbe, das dorthin zurückgeschickt werde, wo es
hergekommen ist, würde sie reich sterben.

Der Graf, unser Herr, Seine Hoheit, wie ich ihn nennen soll-
te, stelle strenge Anforderungen an alle, die in seinem Haushalt
beschäftigt seien. Die Mädchen in seinen Diensten müssten
von gutem Charakter und Naturell sein. Er erwarte tadelloses
Verhalten. Darum würden Lügen nicht geduldet. Ebenso wie
große Allüren oder vulgäres Geschwätz. Unser Herr verlange
vor allem absolute Loyalität und Diskretion. Einen Moment
lang nahmen Madames Augen einen missbilligenden, zweifeln-
den Ausdruck an. Als wäre ich aus Versehen hierher in dieses
Haus gebracht worden. Als wäre ihr plötzlich klargeworden,
dass ich zum Scheitern verurteilt sei. Aber der Moment ging
vorbei, und Madame redete weiter.

»Sie werden sich ein Zimmer mit Francine teilen. Aber es
darf niemals laut gesprochen werden. Sie werden auch nicht he-
rumrennen. Sie werden sich ordentlich benehmen, wie es sich
für ein bescheidenes junges Mädchen gehört, das sich verbes-
sern möchte. Anstand ist wichtig. Wissen Sie, was das bedeu-
tet?«

Ich wollte gerade sagen, dass ich es wusste, aber ich sah, wie
die Dienstmädchen unauffällig spöttische Blicke wechselten,
und darum ließ ich es.

»Natürlich nicht«, sagte Madame. »Aber Sie werden es bald
lernen.«

Das Wasser kühlte schnell ab. Als ich aus dem Bad steigen durfte, klapperte ich mit den Zähnen. In ein Badetuch gewickelt, saß ich auf einem Hocker, während das Dienstmädchen, das Marianne hieß, meinen Kopf mit Terpentin einschmierte, um die Nissen abzutöten. »Terpentin wird aus dem Harz des Terebinthenbaums hergestellt«, *hatte ich aus einem Almanach von Papa erfahren, aber auch das behielt ich für mich.*

Nach einer Weile ging die Tür auf, und ein großer, schlaksiger Mann mit einer schwarzen Ledertasche kam herein. Madame sprach ihn respektvoll mit Monsieur le Docteur *an und bot ihm Kaffee an, aber er wollte keinen. Er fragte, ob das Tonikum, das er ihr gegeben hatte, gegen ihre Kopfschmerzen geholfen habe, und erst als sie ihm versichert hatte, dass es ihr wieder gut gehe, zeigte er auf mich.*

»*Eine Neue?*«, *fragte er.*

»*Gerade angekommen*«, *sagte Madame und rollte die Augen.*

Ich fasste den Rand meines Handtuchs, wo es unter meinem Kinn eingeklemmt war.

»*Monsieur le Docteur wird Sie jetzt untersuchen*«, *kündigte Madame an.* »*Wir müssen verhindern, dass jemand Krankheiten hier einschleppt.*«

»*Ich beiße nicht*«, *sagte der Arzt zu mir.* »*Zumindest nicht, wenn ich gut gefrühstückt habe.*«

Hinter mir kicherte Rose.

Sogar jetzt noch, wenn ich mich an diesen Moment erinnere, kann ich spüren, wie die kalten Finger des Arztes die Haut hinter meinen Ohren, an meinem Hals, an meinem Handgelenk drücken. »*Weit öffnen*«, *sagte er und deutete auf meinen Mund.* »*Noch weiter.*« *Er untersuchte mein Zahnfleisch und ruckelte an meinen Zähnen. Der Griff der Lupe, mit der er die Haut an meinen Händen, Handgelenken, Unterarmen untersuchte, war aus Horn gefertigt.*

Als er die Hand nach dem Badetuch ausstreckte, in das ich

eingewickelt war, hielt ich es krampfhaft fest. Er nannte mich eine dumme Gans. Er sagte: »Glauben Sie, junge Dame, dass Sie etwas besitzen könnten, was ich noch nie zuvor gesehen habe?«

Meine Wangen färbten sich rot, und ich ließ meine notdürftig schützende Hülle los. Meine Brust war damals noch ziemlich flach, wenn auch um die Brustwarzen herum bereits eine gewisse Schwellung zu sehen war. Der Arzt kniff meine Brustwarzen in der Art und Weise, wie Frauen auf dem Markt Hühner kneifen, um die Fleischqualität zu prüfen.

Er wandte sich an Madame. »Ich nehme an, sie hat noch nicht geblutet, oder?«, fragte er.

Scham durchzuckte mich, und ich dachte an Mamans monatliche »Heimsuchung«, wie sie es nannte. Tage, die mit Blutflecken auf dem Laken markiert waren, an denen besudelte Lumpen im Schmutzwassereimer schwammen und meine Brüder sich vor Ekel die Nase zuhielten. Das Kreuz, das eine Frau zu tragen habe, hatte Maman gesagt, wenn sie kein Mädchen mehr ist.

Madame schürzte die Lippen. »Noch nicht, wurde mir versichert.«

Was dann geschah, war völlig überraschend für mich und unbegreiflich. Madame warf den Dienstmädchen einen Blick zu, und bevor ich erkannte, was sie vorhatten, lag ich schon auf der Pritsche, die da stand, festgehalten von zwei Paar kräftigen Händen, unfähig, mich zu bewegen. Der Arzt schob seine Finger in mich hinein und tastete herum. Um mich am Schreien zu hindern, hielt Rose mir den Mund zu.

»Gut«, hörte ich die schroffe Stimme des Arztes. »Intakt.«

Die Mädchen ließen mich los, und ich brach in Tränen aus. Was für ein Theater, stöhnte Madame. Ob ich in meinem ganzen Leben noch nie von einem Arzt untersucht worden sei? Ob ich mich deswegen wie eine Wilde aufführte? Offenbar habe sie sich wohl doch in mir getäuscht, was schade sei, denn sie sei schon recht zuversichtlich gewesen, dass ich es schaffen könne.

Ich schluchzte immer noch, als Monsieur le Docteur mich für gesund und sauber erklärte, wenn auch regelmäßiges Purgieren dringend nötig sei, um das bedenklich schwankende Verhältnis meiner Körpersäfte ins Gleichgewicht zu bringen und künftigen Problemen vorzubeugen. »Ein Klistier und ein Aderlass pro Woche«, war alles, was ich von seinen Empfehlungen in Erinnerung behalten habe. Und den bitteren Geschmack eines Tonikums, das er mich trinken ließ. Das beste Mittel gegen überreizte Nerven, sagte er, während ich am liebsten in der Erde versunken wäre vor Scham, als ob seine Finger noch in mir wären.

Rose sagte, dass ich vom Weinen nur verschwollene Augen und eine rot entzündete Nase bekommen werde. Und obendrein würde ich Madame damit böse machen. Das wollte ich doch wohl nicht, oder?

Nein, das wollte ich nicht.

Ich wischte mir die Tränen aus den Augen, und Lisette brachte mich in die Küche, wo mir der Koch einen Teller Fischsuppe und eine dicke Scheibe helles, weiches Brot gab, das besser schmeckte als alles, was ich je zuvor gegessen hatte. Ausgehungert, wie ich war, schlang ich alles gierig hinunter, während Lisette mit dem Koch plauderte, den sie mit Maître Jacques ansprach. Sie redete von einer Dame, die sie Madame la Marquise nannte. Diese hatte einen kleinen Affen, der bei Tisch auf ihrem Knie saß. Ein scheußliches Vieh, das biss, wenn man es bloß berührte. Oder einen anpisste, wenn man es auf dem Arm hielt. Dann kamen sie auf einen gewissen Monsieur Lebel zu sprechen. »Zählt er wirklich die Weinflaschen im Keller?«, fragte Lisette. »Wer sagt das?«, wollte der Koch wissen. »Die Lakaien?«

Ich hatte gehofft, sie würden über den polnischen Grafen reden, aber sie erwähnten ihn mit keinem Wort.

*Ich wischte meine leere Schüssel mit dem letzten Stückchen
dieses köstlichen Brots ab. Ich wollte gerade um mehr bitten,
als Lisette sagte, es sei jetzt genug. Das Essen hier sei anders
als das, das ich gewohnt sei, und ich wolle doch sicher nicht
mitten in der Nacht mit Bauchschmerzen aufwachen. »Keine
Sorge«, fügte sie hinzu, als sie mich nach oben in mein Zimmer
begleitete. »Hier verhungert niemand.«*

* * *

Madame de Pompadour genießt den Anblick der Sonnenstrahlen, die in ihren Salon strömen und von dem Blattgold auf den
geschwungenen Sessellehnen und Tischbeinen reflektiert werden. Louis hat ihr oft erzählt, dass ihm als Kind alle Räume von
Versailles düster und unheimlich erschienen, erfüllt von einer
Trauer, die ihm den Atem nahm und von der er dachte, sie würde sich nie auflösen. Mutter, Vater, Bruder, sie alle waren innerhalb weniger Wochen gestorben, als er noch am Gängelband
geführt wurde. Bis heute verfolgt ihn das Gefühl von Leere
und Einsamkeit jener Tage, immer noch spürt er die mitleidi-
gen Blicke, die ihm das Blut in den Adern gefrieren ließen.

Diese Trauer ist nicht verschwunden, aber in den letzten
zehn Jahren hat Madame de Pompadour gesehen, dass eine gewisse Akzeptanz sich entwickelt hat und sie überdeckt wie eine
dünne Schicht Moos einen alten Felsen. Gewiss, der Tod ist ein
Meuchelmörder, der immer im Dunkeln lauert und einem,
wenn man es am wenigsten erwartet, den Dolch ins Herz stößt,
aber er ist auch eine Manifestation von Gottes Willen. Desselben göttlichen Willens, der ihren geliebten König erschaffen
hat.

Sie betrachtet ihn, wie er in seinem Sessel sitzt und an dem
Burgunder nippt, den sie eigens für ihn in dem Schränkchen neben der Dienstbotentür bereithält. Er lässt seine linke Hand
sinken, damit Inez und Mimi, ihre beiden Phalenerhündchen,

seine Handfläche lecken können. Ihre seidigen Schwänze wedeln.

Madame de Pompadour thront auf dem anderen Sessel, den Rücken vollkommen gerade. Ihr Geplauder plätschert dahin, mühelos, geistreich, und zieht ihn in seinen Bann. Nichts darin ist gewöhnlich, nichts einfach nur öde wie die Reden der Bittsteller und anderer Leute, die ihm ihre Aufwartung machen. »Oh, es erfüllt mich durchaus mit Hochachtung, wenn die Comtesse de Polignac mich darauf aufmerksam macht, wie oft sie ihren Kutscher anhalten lassen musste, um die Achsen schmieren zu lassen«, sagt sie. »Denn Sie wissen ja, mein Lieber, wie ernst ich von ganzem Herzen um Kutschenräder und eine gute Schicht Wagenschmiere besorgt bin … Richelieu hat bei mir vorbeigeschaut, genau wie Sie vorhergesagt haben. Ich war so nett zu ihm, wie es sein Mundgeruch zulässt.«

Louis streift seine Schuhe ab.

Sie wird Lebel anweisen, dieses Paar aus dem Verkehr zu ziehen; offensichtlich drücken die Schuhe den König. Inez hat sich von seiner Hand abgewandt und schnüffelt eifrig an einem von ihnen. Was mag der Hund riechen? Blut?

Der leichte, sanfte Fluss ihrer Stimme soll jeglichen frischen Schmerz lindern, den man ihm zugefügt hat. Denn der König von Frankreich ist die Zielscheibe von viel Bosheit. Der niedrigste seiner Untertanen fühlt sich berechtigt, über ihn zu urteilen, hinter seiner Kutsche auszuspucken, wenn er vorbeifährt, ihn für alles Unglück unter der Sonne verantwortlich zu machen. Diejenigen, die ihn einst den Vielgeliebten König nannten, schmähen ihn jetzt als einen Herodes. Oder sie behaupten, er lasse seine Untertanen in Ketten in die fernen französischen Kolonien verschleppen, wo sie das Land bestellen oder es gegen Wilde verteidigen sollen. Oder sie nennen ihn einen Wüstling, der seine von Geschwüren übersäte Haut in dem ersten Blut ihrer Töchter badet.

Bloße Worte? Belangloser Mist, den Schwachköpfe von sich

geben? Der Bodensatz kranker Gedanken, den der Wind verweht? Madame de Pompadour ist nicht dieser Meinung, und auch nicht Berryer, der Generalleutnant der Polizei, der sich ihren ergebenen Freund nennt und der jeden Sonntagmorgen in ihrer Anwesenheit dem König Bericht erstattet.

Berryer bezahlt seine Kundschafter gut, verlangt ihnen aber auch einiges ab: An jedem Tag der Woche müssen sie sich unters Volk mischen, an Stadttoren, in Kirchen, auf Märkten treiben sie sich herum, heften sich an die Fersen von Bettlern und Straßensängern und schreiben alles auf, was sie gehört haben. Da Unwissenheit und Bosheit aber auch in den Häusern von Kaufleuten und in den Schlössern von Adligen zu finden sind, öffnen Berryers Leute alle der Post anvertrauten Briefe und kopieren, was ihnen interessant erscheint, sei es noch so trivial.

Denn Worte sind wichtig. Gesprochen oder geschrieben reisen sie durchs Land, vermehren sich, infizieren den Verstand der Menschen, verbreiten Krankheiten wie Ungeziefer. Klatsch und Tratsch im Gewand unbezweifelbarer Wahrheit kann dazu führen, dass die schlimmsten Dinge passieren. Dass die Ordnungskräfte mit Steinen beworfen werden. Dass Massen aufgebrachter Menschen zum Schloss marschieren.

Meine wöchentliche Dosis Schmutz, nannte Louis Berryers Berichte, bis sie Einspruch erhob: »Nein, sie liefern ein Bild vom wahren Wesen Ihrer Untertanen, Einblicke in das, was unter der Decke passiert.«

»Sie sind eine weise Frau«, sagte er.

Dies ist ihre Weisheit: Die Sünde regiert im Königreich. Ehemänner erwischen untreue Ehefrauen im Bett mit anderen Männern. Mütter verkaufen ihre Töchter an den Meistbietenden. Dienstboten betrügen ihre Herrschaft, verkaufen ihre Pelze und Kleider und stecken das Geld ein. Oder sie lassen Hintertüren für Diebe unverschlossen.

Die Menschen werden einem eine Menge Schaden zufügen,

wenn es ihnen auch nur ein ganz kleines bisschen Vorteil bringt oder Spaß macht.

»Hören Sie sich das an, mein Lieber«, sagt sie und schlägt die erste Seite von Berryers neuestem Bericht auf.

Die Marquise de Piercourt, die alles tut, damit ihr schändliches Verhältnis mit dem Sohn eines Ladenbesitzers nicht bekannt wird, hat einen frischen Vorrat an Briefpapier gekauft.

Auf der Straße ist es so laut, dass ich nicht schlafen kann. Gänse, Hunde, Bettler. Bäcker, die sich zusammengerottet haben, lärmen vor meinen Fenstern. Ich habe ein Dienstmädchen hinausgeschickt, sie soll sich erkundigen, was da los ist, und sie sagt mir, dass sie sich mit den Barbieren im Krieg befinden.

Ihre Stimme ist klar, und sie wechselt geschickt den Ton, je nachdem, wie es gerade passt. Sie kann wie eine klatschsüchtige Zofe oder ein aufgeblasener Höfling klingen. Im Spiegel über dem Kaminsims blitzen die Diamanten in ihrem Haar bei jeder Bewegung ihres Kopfes.

Madame de Beauharnois war mit dem Oberst des Regiments de Soubise auf dem Opernball. Im Verlauf des Abends verschwanden sie für drei Stunden, und am nächsten Tag erzählte die Kammerzofe der Dame, dass sie in einem Strumpf ihrer Herrin die beiden Socken des Obersts gefunden hat.

Louis lacht über dieses Durcheinander von Strümpfen, während die Marquise anmerkt, dass die Zofe von ihrer Entdeckung entzückt gewesen sein muss. Höchstwahrscheinlich habe sie die Geschichte prompt an eine der Feindinnen ihrer Herrin verkauft. Wenn sie Aufzeichnungen darüber führe, was solche Geschäfte einbringen – je pikanter die Sache ist, desto mehr, versteht sich –, habe sie wohl schon ein ganzes Kassenbuch vollgeschrieben.

Lebel, meint sie, wisse bestimmt, wie viel man für so etwas verlangen kann.

»Ein guter Mann«, sagt Louis. »Loyal, vor allem.«

Mademoiselle Muress geht täglich in die Comédie Française, um Ausländern nachzustellen. Es vergeht keine Nacht, in der sich nicht einige Herren finden, die sie nach Hause begleiten wollen. Ihr Geliebter, M. de Varenne, wartet dort schon auf sie; sie lassen sich überreden, mit ihm Karten zu spielen, und werden in der Regel so geschröpft, dass ihnen kein Geld mehr bleibt, das sie dem Gegenstand ihrer Begierde versprechen könnten.

Madame de Pompadour wendet ihr strahlendes Gesicht dem König zu und lächelt, sodass ihre kleinen Zähne sichtbar werden. Ein zarter Perlenschimmer geht von ihr aus. Sie ist jetzt dreiunddreißig, aber sie weiß, dass sie ihm immer noch gefällt wie an dem Tag, an dem sie sich von ihm entdecken ließ: beim Blumenpflücken auf einer Wiese in ihrem blauen Musselinkleid, das Haar locker gebunden. Vielleicht ist sie jetzt ein bisschen runder, aber Louis sagt immer, dass ihr das gut steht. Er finde es scheußlich, wie eckig und kantig manche Frauen werden.

Nicht mehr Geliebte, aber verliebter denn je, stickte sie auf ein Seidenkissen, das sie ihm vor fünf Jahren schenkte. Ein tränenreicher Moment der Entsagung und doch befriedigend in seiner Bedeutungsschwere. Ihre Stimme zitterte, als sie sagte: »Weil ich nicht mehr das sein kann, was Sie, der Gebieter meines Herzens, brauchen und verdienen.«

Mehr denn je verliebt? Louis sah nichts als Peinlichkeit, Bitterkeit und Bedauern voraus. Bosheiten, eingewoben in Berichte von Diplomaten an die europäischen Höfe und tausendfach in den Tavernen zu hören: »Schaut euch den König von Frankreich an, der weder seine Frau noch seine Geliebte bumst.«

Aber nun sieht auch er, dass so alles gut geworden ist. Nicht dass der Übergang von dem einen zum anderen Zustand schmerzlos verlaufen wäre. Es gab ein paar Rückfälle, die immer enttäuschend waren, da die Erwartung und das wirkliche Erlebnis nie übereinstimmen, aber es herrscht jetzt ein neues Verständnis zwischen ihnen, ein Gefühl unkomplizierter Geborgenheit. Sie muss sich nicht mehr vor dem glühenden Schmerz in ihrem Inneren fürchten oder eine weitere blutige Fehlgeburt erleiden. Er hat keinen Grund mehr, sich zu fragen, warum sie, die immer so warm und lebhaft ist, in seinen Armen erstarrt.

Mademoiselle Deschamps hat den Duc de Richelieu innerhalb von sechs Wochen mehr als zwanzigtausend Livres gekostet, aber er war nicht der Einzige: Auch ein gewisser Monsieur Bazin hat einiges ausgegeben.

Inez hat das Interesse an Louis' Schuh verloren und liegt nun neben Mimi auf dem Teppich. Diese Hunde sind im Salon zu Hause, sie waren nie weiter weg als im Garten ihrer Herrin. Wie lange könnten sie im Wald überleben? Vielleicht ein paar Stunden, denkt sie. In ihrer Phantasie sieht sie einen dunklen Schemen, der sich auf die beiden appetitlichen Fleischhäppchen stürzt, und hört das Knacken von Knochen, die von Raubtierzähnen zermahlen werden.

Sie will nicht an den Tod denken. Nicht, wenn Louis hier bei ihr ist und in Gedanken versunken lächelt.

»Soll ich fortfahren, mein Lieber?«, fragt sie. »Jetzt, wo wir einen soliden Beweis haben, dass Richelieu sein Bedürfnis nach Abwechslung so teuer zu stehen kommt?«

»Machen Sie weiter«, sagt er, das Lächeln schwindet bereits.

Sie blättert um und schnappt hörbar nach Luft, weil sie auf etwas gestoßen ist, das ihn besonders freuen wird.

Monsieur de Guerigny ist derzeit dabei, in einer seinen höchst privaten Zwecken dienenden Wohnung in der Rue Carême Prenant ein Stutfohlen aus der Bourgogne zuzureiten. Die Kleine ist dreizehn, höchstens vierzehn Jahre alt: Wenn sie fünfzehn wäre, würde sie ihn nicht mehr interessieren.

Sie hält inne, hebt den Kopf von dem Dossier und sieht dem König in die Augen. Sie glaubt, seine Gedanken, seine Stimmungen, seine Begierden lesen zu können. Erst gestern rührte sie ihn zu Tränen der Dankbarkeit, als sie bemerkte, er verdiene jeden nur denkbaren Trost, da er in einem Käfig leben müsse, angekettet wie ein Sträfling. »Gift und Gegengift«, sagte sie. »Einander entgegengesetzte Kräfte, die zusammengebracht werden müssen, damit das Leben weitergehen kann.«

»Noch ein Glas Wein?«, fragt sie jetzt.

»Nein, mein Engel«, sagt er. »Wasser.« Er nippt etwas nach Minze duftendes kaltes Brunnenwasser mit ein paar Tropfen Zitronensaft, um sich zu erquicken.

Das Kleid, das sie heute trägt, erinnert an einen blühenden Strauch, dunkelrosa und matt weiß. Die Perlenkette um ihren Hals liegt ein bisschen zu eng an. Immer wieder zupfen ihre Finger daran, aber nur sanft. Wenn sie zu stark daran zieht, reißt die Schnur, und die Perlen fallen auf den Boden.

Das würde ihn ärgern.

Perlen wachsen aufgrund von Irritationen. Jede ist eine Hülle, die einen Fremdkörper umschließt, ein winziges Steinchen, ein Sandkorn. Die Juweliere, die nach Versailles kommen, werden immer ganz poetisch, wenn sie über dieses Wunder sprechen. »Schönheit, geboren aus Unvollkommenheit. Beachten Sie, Madame, die verschiedenen Nuancen in Farbton und Textur. Beachten Sie den Glanz.«

»Ein kleines Stutfohlen aus der Bourgogne«, wiederholt Louis. »Wie heißt sie?«

»Berryer weiß leider nicht alles.«

»Vielleicht weiß es Lebel.«

Das Lächeln ist wieder da.

»Soll ich ihn fragen, Liebster?«

»Nein, machen Sie sich keine Mühe.«

»Wie Sie wünschen.«

Nach dem, was Lebel ihr erzählt hat, war das letzte Mädchen eine Enttäuschung. Auf den ersten Blick recht hübsch, aber … Lebel brauchte den Satz nicht zu beenden. Sie kann sich das Mädchen gut genug vorstellen. Schüchtern, schweigsam, zupft an der Haut um ihren Fingernagel herum. Die Achselhöhlen schweißnass. Man muss ihr jedes Wort aus der Nase ziehen. »Gewiss, Hoheit … Nein, Hoheit … Auf keinen Fall, Hoheit …«

Immerhin nicht der schlimmste Fehlgriff, der Lebel unterlaufen ist, denkt sie. Diese O'Murphy war noch weit schlimmer. Das unverschämte kleine Luder wagte es, sie, die königliche Geliebte, eine alte Kokotte zu nennen. Sie fragte Louis: »Was wollen Sie noch von ihr?« Aber das war, wie Lebel immer wieder betont, das Letzte, was das Mädchen je zum König sagte, und sie kann nun jeden Tag bis an ihr Lebensende über ihre Dummheit nachdenken.

»Guter Mann, Lebel. Loyal.«

»Ja.«

»Das habe ich schon mal gesagt, nicht wahr?«

»Weil es wichtig ist.«

»So ist es. Er geht sogar wie ich, sagt man.«

»Dass das Ihre empfindsame Seele so in Erstaunen versetzt, mein Geliebter!« Sie lacht. Er, der von allen nachgeahmt wird, kann den Drang der Leute, wenigstens ein bisschen von seinem Glanz zu borgen, nie ganz verstehen.

Sie reden von allem und nichts. Von dem unerklärlichen muffigen Geruch im königlichen Schlafgemach, der sich einfach nicht vertreiben lässt. Von den Plänen für den Umbau von Trianon, die sie ihm immer noch nicht zeigen will. Von seinem Enkel Louis Auguste, einem feisten Säugling, der immer ruhig und zufrieden ist. Sein älterer Bruder nennt ihn eine Kröte.

Sie sprechen darüber, wie sie den Rest des Tages verbringen werden. Er muss zu einer dieser Sitzungen des Staatsrats, die er verabscheut, sie wird im Park ihren vorgeschriebenen Spaziergang machen. Sie wünschte sich so sehr, er würde sie begleiten, aber das geht leider nicht.

»Leider.«

Erst als Louis aufsteht, um zu gehen, erwähnt sie Lebel wieder. Von Berryer weiß sie, dass der *Premier Valet de Chambre* gerade eine neue Taschenuhr beim königlichen Uhrmacher bestellt hat. Keine gewöhnliche Taschenuhr, sagt Berryer, sondern eine Repetieruhr. Sie lässt auf Knopfdruck den Besitzer diskret die Stunden, Viertelstunden und Minuten wissen, ohne dass er sie aus der Tasche zu nehmen braucht. Solche Uhren kosten ein kleines Vermögen und sind der letzte Schrei in Versailles, was keineswegs überraschend ist.

»Denn so kann ein Höfling jederzeit herausfinden, wie spät es ist, ohne Gefahr zu laufen, seinen geliebten Monarchen mit seiner Ungeduld zu ärgern.«

* * *

Meine früheste Erinnerung an Francine ist die an ein schlankes, zierliches Mädchen, das sich am knisternden Feuer wärmte, an ihr schwarzes Haar, das ihr über die Schultern fiel. Als ich das Zimmer betrat, sprang sie auf, und im nächsten Moment, als hätte sie sich selbst bei einem Verstoß gegen irgendeine Verhaltensregel ertappt, fuhr ihre Hand hoch zu ihrem Mund. Wie hübsch sie ist, dachte ich. Obwohl mir immer noch nach Weinen zumute war, war ich doch bereits hingerissen von ihrer Lebhaftigkeit, von ihren schwarzen freudig funkelnden Augen.

»Du bist also Véronique«, sagte sie, sobald Lisette weg war.

»Ja«, sagte ich.

»Nur Véronique?«

»Véronique Roux.«

»Das ist dein Bett, Véronique Roux«, sagte Francine und deutete auf eine der beiden Schlafnischen.

Das Bett sah einladend aus, am liebsten wäre ich gleich unter die Decke geschlüpft, um mich zusammenzurollen und zu schlafen. Aber Francine war ausgehungert nach Gesellschaft.

»Schnarchst du?«, fragte sie.

Ich schüttelte zuerst den Kopf, dann sagte ich: »Ich weiß es nicht. Ich glaube nicht, aber es könnte schon sein.«

»Ah.« Francine seufzte resigniert. »Catin hat auch geschnarcht. Ich musste sie immer an den Fußsohlen kitzeln, damit sie sich auf den Bauch dreht.«

Catin, die élève, die man schließlich nach Hause zurückschickte, habe von Anfang an Ärger gemacht, erzählte Francine und zuckte dabei sonderbar mit der Nase. Sie kam aus einfachen Verhältnissen, ihr Vater war Fischhändler. Sie spuckte anfangs immer auf den Boden, aber zum Glück gewöhnte sie sich das schnell ab. Sie knirschte auch mit den Zähnen und war Schlafwandlerin. Sie stand mitten in der Nacht auf und ging nach unten in die Küche und, falls jemand die Tür offen gelassen hatte, in den Hof. Im Nachthemd! Madame befahl den Dienstmädchen, ihr vor dem Schlafengehen die Beine zusammenzubinden. Das half nicht, denn Catin kroch auf dem Boden. Aber nicht deswegen habe man ihr den Laufpass gegeben.

»Warum dann?«

»Sie hat einen Knallfrosch unter Madames Bett gelegt.«

Was für eine begabte Pantomimin Francine war! Nur ein paar Gesten und eine Grimasse von ihr genügten, und ich sah den explodierenden Feuerwerkskörper, hörte Madame panisch kreischen, sah, wie sie sich ans Herz fasste und Schluck um Schluck aus einer Flasche nahm. »Als ob der Teufel sie gezwickt hätte, du weißt schon, wo«, sagte Francine, während ich in Gelächter ausbrach.

Nun, da meine Stimmung etwas aufgeheitert war, machte ich mich daran, das Zimmer, das in den nächsten Monaten meines sein sollte, näher in Augenschein zu nehmen. »Fühl mal, wie weich es ist«, sagte Francine, als ich vor das Bett trat, das, wie mir plötzlich klar wurde, mir ganz allein gehören würde. Mit einer, wie Francine mir erklärte, Matratze, die mit Wolle und nicht bloß mit Stroh ausgestopft war. »Du kannst die Vorhänge auch zuziehen, wenn du willst«, fügte sie hinzu, während ich mit den Fingern über die blassgrünen, mit einer goldenen Borte verzierten Brokatvorhänge fuhr.

Es gab noch mehr, worüber man sich freuen konnte. An der Decke waren Bilder von herumtollenden Affen zu sehen. Auf dem Kaminsims stand eine mit Vögeln und Blumen bemalte Vase. Ein Porzellankorb auf dem Tisch war mit etwas gefüllt, das wie kleine Päckchen aussah. »Schokoladenpastillen«, sagte Francine, wickelte eine für mich aus und ließ mich schnuppern. Der Duft von Vanille und Nelken stieg mir in die Nase. Ich biss ein Stückchen von der Pastille ab und fand sie ganz köstlich, wenn auch leicht bitter. »Was machst du da?«, rief sie kichernd. Ob ich nicht wisse, dass man Schokoladenpastillen nicht isst, sondern sie, in heißem Wasser aufgelöst, als Getränk zu sich nimmt?

Nein, das hatte ich nicht gewusst. Ich mochte sie so, wie sie waren.

»Kein Wunder«, sagte Francine, »du bist eben eine richtige kleine Wilde.«

Ich wusste, ich würde sie mögen. Ihr Lachen, ihre Neckereien, die Freude, die in ihrer Stimme klang, als sie mir sagte, dass die fünf Kerzen in den silbernen Kerzenhaltern aus Wachs und nicht aus Talg waren. Dass die Sessel vergoldet waren, dass in einer Schminktischschublade Flakons mit echtem Parfüm standen. Dass wir einen ganzen Tiegel Rindermarkpomade mit Orangenblüten für unser Haar hatten.

Und dann waren da noch die Kleider. Vorerst vier für jede

von uns, und für den Herbst sollten wir noch welche bekom-
men. Kleider, die wir vor unsere Körper hielten, um uns in
dem großen silbergerahmten Spiegel an der Wand zu bewun-
dern. Die Haare hochgesteckt. Haare offen. Eine Verneigung,
ein Knicks. Auf den Zehenspitzen, ohne zu wackeln oder das
Gleichgewicht zu verlieren. Francines Augen suchten meine.
Was für eine hübsche Stupsnase sie hatte. Wir stritten darüber,
welche Farben uns am besten standen. Rot oder Seegrün? Alt-
rosa oder Königsblau? Eines der Kleider hatte ein Mieder aus
echter Alençon-Spitze, ein anderes mit weichem gelbem Samt
gefütterte Ärmel. Auf dem rosa Taft der Röcke waren keine
Flecken. Niemand hatte die Silber- und Gold-Stickereien ab-
getrennt. Die Erinnerung an das weiße Musselinkleid verflüch-
tigte sich, sein Verlust war leicht zu verschmerzen.

»Hast du ihn kennengelernt?«, fragte ich brennend vor Neu-
gier. »Seine Hoheit, den polnischen Grafen? Wie sieht er aus?«

Francine schüttelte den Kopf. »Er ist zurzeit in Polen«, sagte
sie in sonderbar strengem Ton und ließ das Satinkleid, das sie
in der Hand hielt, auf den Boden fallen. »Hat man dir das nicht
gesagt?«

»Wer? Madame Bertrand?« Ich hob das Kleid auf und schüt-
telte es, damit der Satin keine Knitterfalten bekam. »Oder
meinst du Monsieur Durand?«

»Durand! Willst du wissen, wie ich ihn nenne?«

»Ja.«

»Aber du musst versprechen, dass du es niemandem ver-
rätst.«

»Du kannst dich darauf verlassen.«

Francine kicherte und beugte sich zu mir vor. »Ein Arsch-
loch.«

»Warum?«

»Weil er immer so wichtigtuerisch mit seinem dicken Notiz-
buch herumstolziert. Weil er wie eine Vogelscheuche aussieht.
Vor allem aber, weil er sich für den heiligen Louis selber hält.«

Ich musste lachen. Dann erzählte mir Francine, dass unsere Madame, die so übel aus dem Mund roch und auffällig oft einen kräftigen Schluck von etwas nahm, das sie ihr Herztonikum nannte, einmal Äbtissin eines Klosters gewesen war. Bis man sie abgesetzt und rausgeworfen hatte. So also sah das vornehme Haus aus, in das ich geraten war. »Bist du jetzt enttäuscht?«, fragte sie.

Ich wusste nicht, was ich sagen sollte, also nickte ich.

»Du Ärmste. Was soll ich jetzt mit dir anfangen? Kannst du singen?«

»Ja.«

»Cembalo spielen?«

»Nein. Warum wurde Madame aus dem Kloster verstoßen?«

»Weil sie das Aborthäuschen abgefackelt hat.«

»Im Ernst?«

»Nein, Dummerchen.«

»Warum machst du dann Witze?«

»Weil mir danach ist. Geh schlafen, wenn du mich blöd findest.«

»Aber nein, ich finde dich nett.«

»Lieber Gott, ich danke für diesen unerwarteten Gnadenerweis!«

Draußen auf dem Gang waren Schritte zu hören, und Francine senkte die Stimme. Wir hatten eine Gouvernante, flüsterte sie, Mademoiselle Dupin mit den stechenden Augen. Eine pingelige Pedantin, die andauernd auf ihren dummen Regeln herumritt. Ob ich wisse, dass jede noch so kleine Sache es wert sei, gut gemacht zu werden? Nein? In welchem Schweinestall ich denn großgezogen worden sei?

Ich solle mich auch vor der kleinen Claire, der anderen élève, in Acht nehmen. Einer Petze, die im Zimmer von Mademoiselle Dupin schlafe, ihren Mund nicht halten könne und keine Gelegenheit versäumen werde, mich schlechtzumachen.

Das war noch nicht alles.

Eine große Dame, die alle Madame la Marquise nannten, sei neulich hierhergekommen, um zu sehen, was für Fortschritte sie machten. Zuerst verlangte sie, dass Francine aus dem Buch vorlas, das ihre Kammerfrau mitgebracht hatte. Es sei ein sehr schwieriges Buch mit vielen langen Wörtern gewesen, sagte Francine, weshalb sie ihre Sache nicht sehr gut gemacht habe, und Mademoiselle Dupin sei darüber sehr erbost gewesen.

»Und Claire?«, fragte ich.

Francine hob die Nase in die Luft und spitzte die Lippen. »Für Claire«, sagte sie mit einer Stimme, die offenbar die von jemandem imitierte, »ist Lesen so einfach wie ins Bett pinkeln.«

An diesem Abend, allein in meinem weichen, fremden Bett, konnte ich nicht einschlafen, meine Gedanken rasten nur so dahin in wildem Durcheinander. Das Rattern der Kutsche, die ersten Blicke auf das Haus, der Geschmack der Fischsuppe und die Neckereien von Francine vermischten sich mit der Erinnerung an die tastenden Finger des Arztes.

Ich konnte den Nachtwächter auf dem Hof hören, wie er seinen Hund rief. Ich hörte den Hund winseln und kläffen. Mir fehlte so sehr Mamans Körper neben mir, das Geräusch ihrer Atemzüge. So saß ich wach in meinem Bett, die Arme um die Knie geschlungen. Ich wusste nicht, was mir mehr Angst machte: die Dunkelheit dieses unvertrauten Raums? Die Ungewissheit, was aus mir werden würde? Oder die Drohung, dorthin zurückgeschickt zu werden, wo ich hergekommen war, wie diese Catin, die nur wenige Nächte zuvor im selben Bett gelegen hatte wie ich jetzt?

* * *

Lebel sagt: »Selbst wenn sie ihn nur für einen ausländischen Grafen halten, Madame, erwarten sie doch alle Federbetten. Oder gar Decken mit Schwanendaunen.« Diese Worte sollen sie beruhigen, obwohl er weiß, dass Madame de Pompadour keineswegs der Ansicht ist, sie habe Beruhigung nötig. Anders als die Königin hat sie ihren Platz im Herzen des Königs nicht abgetreten.

Sie hat ihn in ihrem goldenen Boudoir empfangen, das von dem gedämpften Licht des frühen Nachmittags erfüllt ist. Ihren Stickrahmen auf dem Schoß, sticht sie die Nadel durch den Stoff und zieht den Faden durch.

»Wie macht sich das neue Mädchen, Lebel?«, fragt sie, die Augen auf ihre Hakennadel gerichtet, die einsticht, sich dreht und wieder herauskommt.

Das Mädchen, und nicht Véronique, so nennt Madame la Marquise sie immer noch. Dass sie sich weigert, ihren Namen auszusprechen, ist von Bedeutung. Es ist ein Hinweis darauf, dass Lebel diesmal die richtige Wahl getroffen hat und dass sie es ihm bereits übel nimmt.

Der runde Stickrahmen ist schwarz, der darauf aufgespannte Stoff cremeweiß. Der Faden, den Madame so straff anzieht, ist seegrün.

»Recht gut. Jedenfalls, seitdem wir die Flöhe losgeworden sind.«

Madame blickt auf, ihre Lippen verzerren sich etwas, aber die leichte Grimasse verwandelt sich schnell in ein sanft strahlendes Lächeln.

Vor langer Zeit deutete Lebel einmal vorsichtig an, dass Madame la Marquise sich vielleicht die Mühe sparen sollte, sich mit diesen Mädchen zu befassen, aber er erhielt eine harsche Abfuhr. Ob er vielleicht ihre Hingabe an Seine Majestät in Frage stelle? Ihre Wachsamkeit in allen Dingen, die das Wohl des Königs betreffen? Ihren entschlossenen Willen, ihm das zu geben, was er braucht und begehrt und was er so reichlich verdient? Der Mann, der das Gewicht von ganz Frankreich auf seinen Schultern trage, sagte sie. Der aus seinem königlichen Pflichtgefühl heraus seinen eigenen Sehnsüchten, so teuer sie ihm auch waren, entsagt habe. Der gezwungen sei, Tag für Tag wie ein dressierter Löwe vor einer ungehobelten Menge aufzutreten.

Möchte Lebel – der schließlich nur ein Domestik ist, wie Madame la Marquise es ganz undiplomatisch ausdrückt – Geheimnisse vor ihr haben?

Natürlich hat er Geheimnisse vor ihr. Natürlich sagt er ihr, dass er keine hat. Genau wie Seine Majestät.

Bevor er hierherkam, hat Lebel beschlossen, die Ereignisse der letzten Tage in eine amüsante Geschichte zu verwandeln, ihr lauter kleine Leckerbissen vorzusetzen, die Madame la Marquise, auch wenn sie selbst sie nicht allzu amüsant findet, später dazu verwenden kann, den König zu unterhalten. Lebel sieht die Notwendigkeit ein, sie mit Anekdoten zu versorgen. Seine Majestät zum Lachen zu bringen, ist kein leichtes Unterfangen.

Er beginnt seine Schilderung mit breiten Pinselstrichen. Er beschreibt den Markt von Quinze-Vingts, der seinem schäbigen Ruf voll und ganz gerecht wird: Frauen in geschmacklosen Gewändern, gefolgt von ihren Dienstmägden, Männer, die ihnen noch lange nachgaffen. Sie stolzieren auf der Straße umher, als gehörte sie ihnen. Führen ihre geknöpften Schuhe vor, ihre Seidenstrümpfe, ihre feinen Handschuhe aus weißem Rehleder.

Das Mädchen, Véronique, schenkt ihm keine Beachtung, aber ihre Mutter in ihrem Verkaufsstand wirft einen unverkennbar beunruhigten Blick in seine Richtung. Die dralle Witwe Roux, wie Lebel sie nennt, mit ihrem rosa Gesicht und schlauen Augen, die schwört, dass die vergammelten Kleider, die sie verkauft, gestohlen und grob gesäubert von gewieften Kammerzofen, direkt aus Versailles stammen.

Es könnte viele Gründe für ihre geschärfte Wachsamkeit geben. Vielleicht waren Lebels Kundschafter nicht so unsichtbar, wie sie dachten, oder die Witwe Roux ist besorgt, dass Polizisten in Zivil ihren Stand nach verbotenen Büchern oder anderen

Drucksachen durchsuchen wollen. Wenn man bedenkt, was Berryer über den verstorbenen Lucien Roux berichtet hat, ist ihre Sorge nicht unbegründet, auch wenn sie in diesem Punkt unschuldig ist. Ein eifriger Polizist wird immer etwas finden, das nicht in Ordnung ist. Und selbst wenn er nichts findet, wird er vielleicht trotzdem die Hand aufhalten, um sich für seine Mühe entschädigen zu lassen.

Madame de Pompadour beugt sich über den Stickrahmen. Der Haken ihrer Nadel fasst den Faden auf der Unterseite des Stoffs und zieht ihn durch. Man denkt, sie wäre von ihrer Arbeit in Anspruch genommen, aber ihr ist kein Wort seiner Geschichte entgangen.

Um die dralle Witwe in Sicherheit zu wiegen, lässt Lebel ihren Stand scheinbar desinteressiert links liegen und schlendert weiter zu dem benachbarten Stand, wo Uniformröcke ausliegen. Von dort aus beobachtet er, wie die Witwe Roux ein Verkaufsgespräch mit einer redseligen Matrone anfängt, die ein Hochzeitskleid sucht. Ihre jüngste Tochter heiratet einen Vogelhändler. Papageien sind in Paris sehr gefragt. Auch Kanarienvögel und Turteltauben. Erst gestern hat ihr künftiger Schwiegersohn ein Paar an den Generalleutnant der Polizei verkauft.

»Aus der Garderobe der Königin. Geeignet für jeden feierlichen Anlass … elegant und doch schlicht«, sagt die Witwe Roux, die ein billiges Musselinkleid vom Haken nimmt und es leicht schüttelt. »Es braucht nur ein neues Band, dann ist es perfekt.«

»Ist das der Grund, warum es noch niemand gekauft hat?«, fragt die Kundin spöttisch. »Weil es so schlicht ist?«

»Zieh es an, Véronique«, sagt die Witwe zu Véronique, die neben ihrer Mutter steht und sich an der Oberseite ihrer Hand kratzt. »Damit Madame einen Eindruck bekommt, wie gut es aussieht.«

An diesem Punkt seiner Geschichte zögert Lebel einen kurzen Moment.

Madame de Pompadour muss nicht wissen, dass Véronique, als sie nach einer Weile aus einem Verschlag im hinteren Teil der Bude hervortritt, wo sie ihr unförmiges graubraunes Kleid abgelegt und das andere angezogen hat, vollkommen verwandelt ist. Das Musselinkleid mag schlicht weiß und gewöhnlich sein, aber sie ist schön, und das ist ihr bewusst. Warum sonst hätte sie ihre Haube so hindrapiert, dass eine Kaskade von Locken freigesetzt wird und sich über ihren Hals ergießt? So, dass sie die Sonnenstrahlen einfangen und wie Kupfer glänzen?

Die Hakennadel von Madame blitzt. An die Stelle des seegrünen Fadens ist ein goldener getreten. Höchstwahrscheinlich ein türkisches Muster, denn alles Türkische ist jetzt in Versailles *en vogue*. Haremshosen, alle Arten von türkischen Turbanen, Kaschmirschals. Jeden Tag weiß Lebels Kammerdiener von einer weiteren Hofdame zu berichten, die dem Osmanenfieber verfallen ist.

»Die Witwe Roux, Madame, versteht ihr Geschäft«, bemerkt Lebel.

»Dreh dich um«, sagt sie zu dem Mädchen und weist darauf hin, wie schön der Stoff fällt, wie viel besser Musselin als Seide ist, besonders für ein Hochzeitskleid.

»Wie viel?«

»Fünfzehn.«

»Halten Sie mich für blöd? Zehn, höchstens.«

Madame wirft ihm einen ungeduldigen Blick zu. Er verschwendet ihre kostbare Zeit mit uninteressanten Details.

Das Mädchen, so Lebel abschließend, hat tatsächlich Rosenknospenlippen. Sie hat etwas matt Verträumtes an sich. Sie ist klein und geschmeidig und wirkt in der Weise unschuldig, die der König so reizvoll findet, anmutig zurückhaltend, ja schüchtern. Ihr heller Teint ist ohne Makel, ihr Gesicht vollkommen oval. Ihr Haar, ein dunkles Kastanienbraun, ist immer ordentlich unter einer Haube versteckt.

Arglos nennt er sie. Bescheiden.

Madame de Pompadour richtet ihre Aufmerksamkeit wieder auf den Stickrahmen. »Alle diese Mädchen bemühen sich, einen arglosen Eindruck zu machen, zumindest in der ersten Zeit«, sagt sie. »Sorgen Sie nur dafür, dass es diesmal keine Probleme gibt.«

Lebel verbeugt sich, legt seine Hand auf sein Herz. »Ich werde alles tun, was in meiner Macht steht, Madame.«

Sie nickt in dem Wissen, dass er nichts anderes antworten konnte.

* * *

Ich wachte auf und wusste nicht, wo ich war.

Die Fensterläden knirschten und quietschten, als Rose sie öffnete, während Lisette heißes Wasser aus einer Kanne in ein Porzellanbecken goss.

Die Erinnerung an die Finger des Arztes in mir kam zuerst, gefolgt von der an das Musselinkleid, aber dann sprang Francine aus dem Bett und hüpfte zu mir herüber. »Hat dich deine Maman so erzogen?«, fragte sie mit einer komischen Stimme und stieß mich mit dem Ellbogen. »In welchem Schweinestall war es noch mal?«, fragte sie.

Ich kicherte.

»Genug herumgealbert. Aufstehen, alle beide. Das Wasser wird kalt«, sagte Rose und klatschte in die Hände.

Francine und ich wuschen uns schnell. Rose schnürte unsere Korsette, bürstete uns das Haar und steckte es hoch. Es gefiel mir, wie geschickt sie die Bänder einflocht, die der Frisur mehr Fülle verliehen. Kurz bevor sie uns half, unsere Kleider anzuziehen, ließ sie uns den Mund mit einer Salbeitinktur ausspülen, die Madame Bertrand selbst hergestellt hatte. Schlechter Atem, sagte Rose, sei Grund genug für eine Entlassung.

Francine und ich hielten uns zum Schnuppern die Hände vor den Mund und lachten.

»Sie haben schnell Freundschaft geschlossen, Sie beide«, sagte Rose. »Sie sind schon wie Pech und Schwefel.«

Unten an der Treppe wartete bereits Mademoiselle Dupin auf uns.

In ihrem schlichten grauen Kleid, ein schwarzes Band um den Hals gebunden, sah sie so streng aus, wie Francine sie beschrieben hatte, aber der Ton, den sie anschlug, war freundlich, fast ein bisschen neckisch. »Haben Sie in Ihrem neuen Zimmer gut geschlafen?«, fragte sie. »Ja?« Dann sei ich bereit, meinen ersten Tag als élève zu beginnen. Er fing, wie alle anderen Tage im Hirschpark, mit der morgendlichen Inspektion an.

Unser Erscheinungsbild müsse jederzeit einwandfrei sein, erklärte sie mir und musterte Francine und mich genau von oben bis unten. Kein Haar, das nicht so lag, wie es sich gehörte, kein bisschen Schmutz an den Händen, die Fichus züchtig am rechten Ort.

Dank Roses Fürsorge fand Mademoiselle Dupin an diesem Morgen nichts Unrechtes vor, wenn sie auch den traurigen Zustand meiner Hände beklagte und meinte, ich solle für Madame Bertrands Heilmittel dankbar sein. Sie führte uns ins Frühstückszimmer, wo Claire, die Petze, vor der Francine mich gewarnt hatte, bereits wartete. Sie kam mir einen Schritt weit entgegen. Sie ist noch ein Kind, dachte ich, mit ihren rundlich weichen Gesichtszügen. Sie hatte haselnussbraunes Haar, dessen Schönheit durch die gelbe Bordüre ihres Kleids noch unterstrichen wurde.

»Willkommen im Haus Hirschpark, Véronique«, sagte sie etwas zu schnell.

Mademoiselle Dupin runzelte die Stirn. »Versuchen Sie es noch einmal, Claire«, sagte sie. »Dieses Mal mit so viel Anmut und echtem Gefühl, wie Sie können.«

»Willkommen im Haus Hirschpark, Véronique«, wiederholte Claire und streckte mir ihre Hände, die Handflächen nach

oben, entgegen, als ob sie mir ein unsichtbares Geschenk über-
reichte.

»Danke«, sagte ich.

Mademoiselle erteilte uns die Erlaubnis, unsere Plätze einzu-
nehmen. Lisette hatte recht gehabt, als sie mir versicherte, dass
ich hier keinen Hunger leiden würde. Ich hatte noch nie so viel
Essen auf einmal gesehen. Auf dem Frühstückstisch, bedeckt
mit rosa Damaststoff, der mit weißen Lilien bestickt war, stan-
den eine Menge Servierplatten. Es gab Pasteten, dicke Schei-
ben gebratenes Fleisch und Käse verschiedenster Sorten. Eine
silberne Schüssel voll hartgekochter Eier stand neben einem
Porzellankorb mit duftig lockerem Weißbrot und einer Schale
mit Butter. Zu meiner Rechten entdeckte ich ein Kuchenbüfett,
das allerlei Blätterteiggebäck mit Sahne enthielt. Nur ein gut
gezielter Tritt von Francine gegen mein Schienbein hielt mich
davon ab, gleich nach einem Stück zu greifen.

Diese Fülle, sagte Mademoiselle Dupin, die mich ansah, als
hätte sie erraten, was geschehen war, wurde uns aus zwei guten
Gründen vor die Nase gesetzt. Erstens, um uns daran zu erin-
nern, dass wir dankbar sein mussten. Zweitens, um uns auf
die Versuchungen der Welt vorzubereiten, für die wir ausgebil-
det wurden. Darum dürften wir, egal wie hungrig wir waren,
nicht essen, bevor sie ihre Erlaubnis gab. Und auch nicht mäke-
lig das herauspicken, was uns am besten schmeckte und das üb-
rige auf dem Teller liegen lassen.

»Soll ich diese Worte noch ein zweites Mal sagen, Véroni-
que?«, fragte sie.

»Nein, Mademoiselle«, antwortete ich.

Francine warf mir einen Blick zu. Ich senkte den Kopf ge-
rade noch rechtzeitig, um nicht zu kichern.

In den folgenden Tagen lernte ich viel über die Kardinaltugen-
den Beharrlichkeit, Gehorsam und Fügsamkeit. Jeder Augen-
blick bot Gelegenheit, gute Manieren zu zeigen oder solche

zu erwerben, die uns noch fehlten. Und wir hatten viel zu lernen, um die verlogene Freundlichkeit des kleinbürgerlichen Kurzwarenhändlers, den Gestank der gebrauchten Kleidung, die Reden, die beim Metzger geführt werden, ein für alle Mal hinter uns zu lassen. Selbst so etwas Einfaches wie im Zimmer umherzugehen erforderte Aufmerksamkeit. Die Schritte sollten kurz sein, gleitend, was dadurch zu erreichen ist, dass man die Füße bewegt, ohne sie jemals vom Boden zu heben, um den Eindruck des Fließenden zu erwecken.

Was mich betrifft, so hat Papa mir vielleicht beigebracht, einige ziemlich ausgefallene Wörter zu lesen und zu schreiben, aber meine Handschrift war nur gut genug, um Listen mit alten Kleidern zu erstellen, die zum Verkauf standen, und nicht, um jene eleganten Briefe zu schreiben, die meine künftige Position vielleicht erfordern würde. Ich konnte zwar fließend lesen, aber für ein anspruchsvolles Ohr vorzulesen war etwas ganz anderes. Ich musste noch viel lernen, betonte Mademoiselle Dupin, den richtigen Tonfall, gute Aussprache, Gefühl für Stimmungen, damit ich nicht jedes Mal, sobald ich den Mund öffnete, meine niedere Herkunft verriet.

Frauen, so schärfte Mademoiselle uns ein, hatten besondere Pflichten im Leben. Von uns wurde erwartet, dass wir angenehm waren, vertrauenswürdig, ohne Künstlichkeit und ohne Verstellung. Wir mussten unsere Emotionen jederzeit im Griff haben. Alles Vulgäre war unbedingt zu vermeiden. Ebenso zu schnell und zu viel essen, rennen, springen, mit den Füßen stampfen, schreien, Fluchen, Trauer oder Freude zeigen. »Eine Todesnachricht und ein Heiratsantrag«, sagte sie immer wieder, »müssen mit der gleichen Gefasstheit aufgenommen werden. Lächeln Sie immer, ob Sie glücklich sind oder nicht. Ihre Augen müssen strahlen, egal woran Sie denken.« Um die Wirkung dieser Lektionen zu verstärken, ließ sie uns Fehler machen, die sie dann aufzeigte. Sie stellte mir zum Beispiel eine Frage, als ich gerade einen großen Bissen Brioche genommen

hatte, und ich versuchte prompt, ihr mit vollem Mund zu ant-
worten. Das komme davon, sagte Mademoiselle: Hätte ich
einen kleinen Bissen genommen, hätte ich ihn hinunterschlu-
cken können, bevor ich redete, statt mich zu blamieren, erstens
wegen meiner Gier und zweitens, weil ich knallrot anlief vor
Scham.

Ich habe immer schnell gelernt. Nach nur wenigen Tagen
Übung schaffte ich die gleitenden Schritte mit Anmut. Auch
meine Handschrift begann sich zu verbessern, und mein Vor-
trag beim Lesen wurde flüssiger. Der Musiklehrer erklärte
mich für hochmusikalisch. Ich hätte bereits von Natur aus eine
gute Gesangsstimme, mir fehle nur noch die richtige Atem-
technik, aber die werde er mir im Handumdrehen beibringen.
Und ich lernte, dass ich sogar während der Messe, die wir jeden
Sonntag in Begleitung von Mademoiselle Dupin besuchten,
gut aufpassen musste, damit ich die Fragen, die sie hinterher,
wenn wir wieder zu Hause waren, stellte, richtig beantworten
könnte.

»Sie nehmen langsam hübsche Formen an, Mademoiselle«,
sagte Lisette, die beim täglichen Schnüren merkte, dass ich das
Korsett immer besser ausfüllte. » Und Ihre Hände heilen gut. Se-
hen Sie nur, wie Ihre Nägel glänzen. Madame hat schon recht:
Es geht nichts über Gänseschmalz und Rosenöl jeden Abend.«

Ich fragte mich oft, was Adèle und Papa gesagt hätten, wenn
sie mich hätten sehen können, aber welche Worte auch immer
ich ihnen in den Mund legte, sie schienen mir nicht die richti-
gen zu sein. Ihre Gesichter verblassten bereits in meiner Vor-
stellung, und ich wusste nicht, wie ich sie zurückholen sollte.
Was blieb mir von ihnen? Ein paar Erinnerungen aus längst
vergangener Zeit. Ein Buch mit Kalbsledereinband und Gold-
schnitt, das zuunterst in der Kiste mit meinen Habseligkeiten
lag.

* * *

Königin Marie hat ein genau abgegrenztes Territorium. Nur diese Räume, diese Schränke, Korridore, Treppen. Ihre Wege führen zur Kapelle, zu den Kinderzimmern, durch Seitenalleen des Schlossparks – immer abseits von den Orten, an denen sich die Höflinge drängen. Und immer wieder zurück zu dem Fenster, aus dem sie auf den Horizont am äußersten Rand der Schlossanlage blickt. Manchmal ist er hell, aber meistens unerbittlich grau.

Belaste den König nicht mit Deinen Gefühlen, Maruchna, hat ihr Vater geschrieben. *Hab Geduld. Vor allem aber hüte Dich davor, ihm Vorwürfe zu machen. Es ist so würdelos, sich zu beklagen, sogar, wenn man es nur in Gedanken tut.*

Maruchna, so wurde sie als kleines Mädchen genannt. Und so nennt er sie noch jetzt: Sie hat selbst zehn Kinder zur Welt gebracht – vier davon liegen schon unter der Erde –, aber für ihn ist sie immer noch Tochter, nicht Königin.

Sie spürt ein Ziepen im Nacken: Kleine Härchen dort haben sich in ihrem Diamantenhalsband verfangen. Das Fischbeinkorsett ist zu eng geschnürt. Es wird wunde Stellen und blaue Flecken geben. Sie trägt ein prächtiges Kleid aus bestickter Seide mit mehreren Röcken. Seegrün nennen sie die Farbe. In ihren Augen ist es krötengrün.

Die Katze liegt auf der Chaiselongue, ihrem Lieblingsplatz. »Wirst du auch alt?«, fragt die Königin und streichelt Nutkas dickes graues Fell. »Aber nicht kahl! Du nicht!«

Nutka schnurrt und verengt ihre Augen zu zwei Schlitzen. Der polnische Name, der in etwa »kleine Musiknote« bedeutet, ist nicht mehr recht passend, da Nutka stark zugenommen hat. Wenn sie jemals noch eine Maus fangen wollte, hätte sie weder die Wendigkeit noch die Sprungkraft, die dafür nötig sind.

Die Zofe, die ihre Herrin zur Kapelle und wieder zurück begleitet hat, macht einen Knicks. »Brauchen Eure Majestät mich noch?«

»Sorgen Sie dafür, dass Erfrischungen gebracht werden, sobald der König eintrifft. Lassen Sie den Wein vorher atmen. Vergessen Sie dieses Mal nicht die kandierten Kirschen.«

»Ich werde daran denken, Majestät.«

Ein nettes Mädchen, denkt die Königin, ruhig, angenehm. Auch unscheinbar, die Haare immer unter der Haube versteckt. Der Königin ist das lieber so: Ihr Mann ist ohnehin schon genügend Versuchungen ausgesetzt. Mag er sie ruhig für langweilig und altmodisch halten.

Heute hat die Königin während der Messe darum gebetet, eine bessere Verwalterin der Gaben Gottes zu werden, das zu nutzen, was sie Gott näherbringt, und alles andere von sich abzutun. Sie will sich von Nächstenliebe leiten lassen, nicht von Eifersucht, von Liebe, nicht von Bitterkeit. In dem stillen Moment nach der Kommunion beschwor sie das Bild einer Fuchsie, ihrer tränenförmigen roten und violetten Blüten, herauf. Die Bienen flogen zu den offenen Blüten und ignorierten die geschlossenen, aber ohne Urteile zu fällen, ohne Groll. So einfach kann es sein: eine Biene, eine geöffnete Blume, eine anstehende Aufgabe. So sollen auch wir nach dem Willen Gottes uns seinen Geschöpfen gegenüber verhalten.

»Mir ist nur sehr wenig Kummer erspart geblieben«, sagte ihre Mutter bei ihrem letzten Besuch in Versailles. Sie waren hier allein, in ebendiesem Zimmer, als sie es sagte, und sie hatte die verlorene polnische Krone im Sinn, die Jahre des Exils, die unendliche Reihe von Mätressen ihres Mannes. »Man kann sich nicht schnell genug abwenden, um es nicht zu sehen«, sagte sie auch, und ihr Kinn zitterte. Aber sie fügte nicht hinzu: »Wie du wohl weißt, mein Kind«. Acht Jahre ist es jetzt her, dass sie gestorben ist. Begraben in Nancy. Die Inschrift auf ihrem Grabstein bittet alle, die vorübergehen, ein Gebet für ihre Seele zu sprechen.

Ist Zurückhaltung allein die Pflicht einer Frau? Gehorsam? Wegschauen?

Das sind genau die Gedanken, die Königin Marie jetzt, wo sie auf den Besuch ihres Mannes wartet, nicht haben sollte.

Sophie und Adélaïde, beide in weißer Seide, kommen als Erste und geben ihrer Mutter flüchtige Küsse auf die Wange. Sophie hebt Nutka mit dem Bauch nach oben und schaukelt sie, als wäre sie ein Baby. Die Katze zappelt und windet sich, um sich zu befreien. Auf der Chaiselongue sind graue Haarbüschel zu sehen. Man muss die Dienstmädchen daran erinnern, sie wegzubürsten.

»Also gut, ich lass dich ja schon los.« Sophie gibt sich geschlagen und lässt die Katze frei.

Louis Ferdinand kommt allein, seine Frau lässt sich entschuldigen. Das war zu erwarten und bedarf angesichts der Umstände eigentlich keiner Entschuldigung. Gott hat den Dauphin und seine Frau so manchen bitteren Kelch trinken lassen. Die Dauphine hat mehrere Fehlgeburten erlitten, eine Tochter hat erst vor zwei Monaten unter schrecklichen Krämpfen, gegen die alle ärztliche Kunst machtlos war, ihr Leben ausgehaucht. Noch nicht fünf, das süße Kind. Allerdings haben sie auch, denkt die Königin, Gottes Gnade und Güte erfahren: Er hat ihnen zwei gesunde Prinzen geschenkt, und wenn ihre Gebete erhört werden, wird sich bald ein dritter zu ihnen gesellen.

Victoire und Louise kommen zusammen herein. Sie halten einander an den Händen, besser gesagt: Louise führt Victoire an der Hand, obwohl diese vier Jahre älter ist. Alle in ihrem Festtagsstaat, eingehüllt in fünf Duftwolken, die sich zu einer Kombination aus Jasmin, Hyazinthe und Rose vermischen.

Henriette, die vor fast drei Jahren in eine bessere Welt entschwunden ist, hätte geniest.

Victoire und Louise flüstern miteinander und kichern. Als ihre Mutter sie fragt, ob sie nicht auch die anderen an dem, was sie so erheitert, teilnehmen lassen wollen, erzählen sie eine reichlich alberne Geschichte: dass Victoire ein Stück Rosinenkuchen ins Musikzimmer geschmuggelt hatte und, als sie eben einen großen Bissen in den Mund geschoben hatte, aufgefordert wurde, etwas vorzulesen. Sie versuchte es, schaffte es aber nicht, den Kuchen schnell genug hinunterzuschlucken, und rang verzweifelt nach Luft. Da kam Louise ihr zu Hilfe und rief, um die Gouvernante abzulenken, ganz aufgeregt, sie sehe im Garten einen Vogel Strauß, der gerade seinen Kopf in die Erde eines Blumenbeets stecke, woraufhin die Gouvernante tatsächlich aus dem Fenster schaute.

»Maman, Sie hätten ihr Gesicht sehen sollen!«

»Denn natürlich war da kein Strauß. Nur ein Eichhörnchen! ›Na ja, das ist schließlich auch ein Geschöpf Gottes‹, sagte ich. ›Genauso großartig, nicht wahr?‹ Maman? Hören Sie mir zu?«

Bleibt so, wie ihr seid, denkt die Königin, so heiter und unbekümmert, von keiner Enttäuschung verbittert. »Ich höre zu«, sagt sie.

Wie sie plaudern, ihre Kinder, und einander necken. »Ein Gewitter?«, fragt Victoire plötzlich und blickt aus dem Fenster, nur um Sophie zu erschrecken, die auch prompt ängstlich nach ihrer Hand greift.

»Sei lieb, Victoire.« Die Königin greift ein, bevor Tränen fließen. »Das ist nur Regen. Es gibt keine Gewitter im Oktober, Sophie!«

Zehn Jahre lang hat sie darum gebetet, solche Momente erleben zu dürfen, in denen sie mit allen ihren Kindern zusammen ist.

An dem Tag, als vier ihrer Töchter den Nonnen von Fontevraud zur Erziehung übergeben wurden, war Louise noch ein Kleinkind. Noch nicht einmal ein Jahr alt, auf allen vieren krabbelnd, Milch auf der Zunge. Wie süß! Und Thérèse, die immer ganz fasziniert die Ärmchen nach den funkelnden Rubinen am Hals ihrer Mutter ausstreckte, war erst zwei. Ach, sie ahnte nicht, dass sie ihre Eltern nie wiedersehen würde. Nur Victoire und Sophie waren alt genug, um sie zu fragen, warum sie weggehen mussten, während ihr Bruder und ihre älteren Schwestern in Versailles bleiben durften. »Deswegen, weil ich die ganzen kandierten Pflaumen gegessen habe, Maman?«, fragte Victoire zerknirscht. »Obwohl du mir gesagt hattest, ich solle welche für den nächsten Tag aufheben?«

Sobald die Kutsche nach Fontevraud abgefahren war, kam sie, ihre Mutter, hierher, in diesen Raum. Sie saß auf der Chaiselongue und zitterte, obwohl der Tag warm war. Gemartert von Gedanken, die sie wie wütende Wespen attackierten. Ihre Töchter würden ohne sie aufwachsen. Sie würde nicht da sein, um sie zu trösten, wenn sie weinten. Sie würde nicht mit ihnen lachen, singen, beten.

»Warum?«, fragte sie Louis, der schweigend dasaß.

Er schrak zusammen. »Warum was?«, fragte er, um Zeit zu gewinnen.

»Warum mussten sie nach Fontevraud gehen?«

Er versteifte sich, er fühlte sich angegriffen. »Die Töchter Frankreichs brauchen eine gute Ausbildung. Abseits des Hofs«, sagte er schroff und ging weg.

Am folgenden Tag kam er nicht zu ihr. Als sie ihn um einen Besuch bat, wurde ihr gesagt, dass Seine Majestät dringende Angelegenheiten zu erledigen habe. Und während der ganzen Zeit wurde das Flüstern um sie herum immer lauter. Dass es ihre eigene Schuld war. Dass sie zu viele Mädchen zur Welt brachte. Wenn ihre Töchter in Versailles blieben, würde jede von ihnen ihr eigenes Gefolge und ihre eigenen Lehrer benötigen. Und wer, bitte schön, würde das alles bezahlen?

Ging es darum? Um Geld? War Frankreich eine Bettlerin, die ihre Kinder aussetzen muss, weil sie sie nicht ernähren kann? Waren die Mätressen ihres Mannes und deren Bastarde weniger kostspielig?

Eine geschlossene Blüte, ermahnt sie sich selbst. Lass sie, wo sie ist. Flieg zu den offenen. Koste ihren süßen Nektar.

Adélaïde wendet sich zur Tür, wo der König jeden Augenblick erscheinen wird. Sie ist immer noch der Liebling ihres Vaters. *Loque*, so nennt er sie, »Lumpen«, weil sie sich als Kind gerne auf den Boden geworfen hat. Auch sie wäre weggeschickt worden, wenn sie sich nicht weinend an ihn geklammert hätte. »Ich könnte nicht leben, ohne dich jeden Tag zu sehen, Papa.« Vielleicht – und dieser Gedanke schmerzt wie ein Dorn im Fleisch – hätte sie, ihre Mutter, ihren Mann umstimmen können, wenn sie, statt zu fragen, warum, gelernt hätte, sein Herz zu erweichen.

»Seine Majestät, der König!«

Sie wendet sich zur Tür, um den Mann, mit dem sie nun schon dreißig Jahre verheiratet ist, zu begrüßen. Ihre Augen sind nicht mehr so gut wie früher, und zuerst sieht sie nur eine undeutliche zimtfarbene Gestalt und das Blitzen von Goldstickereien. Jeder Schritt, den er macht, erzeugt kleine Wellen im Raum. In die Kinder kommt Bewegung. Adélaïde ist die Erste, die ihre Arme um den Hals ihres Vaters wirft.

»Nur eine einzige Umarmung, Loque? Warum dieser Geiz? … Noch eine? Schon besser! … Hast du schon wieder Appetit, Coche? … Ich sehe Miette nirgends! Hat sie es endlich geschafft, ganz zu verschwinden?«

Coche ist Victoire, ein Schweinchen, weil sie zu viel isst. *Miette* ist Sophie, ein Krümelchen, weil sie zu wenig isst. Liebenswürdig genug, diese Neckereien. Die Scherze sind immer die gleichen und lösen immer helles Gelächter aus.

»Sie sehen so gut aus, Papa.«

»Tue ich das?«

»Sie wissen, dass es stimmt.«

Eine schüchterne Stimme, ein strahlendes Lächeln, gefolgt von Fragen über die letzte Jagd. Ganze Minuten können vergehen, wenn er aufzählt, was alles erlegt wurde: Hasen, Rebhühner, Hirsche. Wenn er beschreibt, wie er in Deckung gelauert hat, wie plötzlich Wild hervorbrach, einen perfekten Blattschuss, wie jemand sein Ziel verfehlte, wie er sich genau im richtigen Moment umdrehte und das Wild genau vor der Flinte hatte.

»Papa, nehmen Sie mich mit auf die Jagd?«

»Du kannst ja nicht einmal richtig reiten.«

»O doch, ich kann reiten.«

»Lügnerin. Du wirst ja ganz rot.«

»Das stimmt nicht.«

Es sollte sie freuen, zu sehen, wie ihr Mann es genießt, so von seinen Töchtern umworben zu werden. Aber sie sieht leider auch, wie Louis Ferdinand die Kiefermuskeln anspannt, wie er den Blick senkt und wegschaut.

Sie steht zum Hofknicks auf, als ihr Mann sich endlich ihr zuwendet, aber er wehrt ab. Keine zeremoniellen Höflichkeiten, nicht hier, gibt er ihr zu verstehen. Er beugt sich vor, um ihr einen winzigen Kuss auf die Wange zu geben. Das einzige Mal bei dieser Gelegenheit, dass es zu direktem Körperkontakt kommt. Das Streifen seiner Lippen fühlt sich an, als berührte sie ein Spinnennetz am Eingang zu einem verlassenen Gewölbe.

Ihre Unterhaltung ist steif, aber immer höflich. Der Regen, die Hitze, die Kälte. Erlauben Sie ... wenn es Ihnen beliebt.

»Die nächste würde Sie umbringen, Eure Majestät«, sagte der Arzt nach der Geburt von Louise, der zehnten, die Fehlgeburten und die kleinen Engel, die Gott zu sich nahm, nicht mitgezählt. Dennoch war sie bereit, ihre Pflicht zu tun, wenn Louis es nur wünschte. Sobald der Arzt sie für gesund erklärte. Aber er kam nicht zu ihr, und bald begannen die bösen Zungen im Schloss mit ihren Attacken. *Die Königin hält ihre Schlafzimmertür geschlossen! Die Königin lässt sich gehen! Die Königin beklagt sich andauernd!* Als ob der König nicht bereits längst eine Mätresse gehabt hätte.

Nachdem er Nutka weggescheucht und sich auf der Chaiselongue niedergelassen hat, streckt Louis die Beine aus. An den Schnallen seiner Schuhe glitzern Diamanten. Er ist ihr nahe genug, dass sie mit dem Finger die Linie seines prägnanten Kinns nachzeichnen könnte, wenn sie nicht wüsste, dass ihm das unangenehm wäre. Sein Gesicht ist so schön, so ausdrucksstark wie damals, als sie ihn das erste Mal sah, seine Augen sind immer noch so atemberaubend dunkelblau. Selbst wenn er nicht König wäre, würde er Blicke auf sich ziehen. Ein Löwe unter den Tieren.

Adélaïde hat sich den Platz neben ihrem Vater gesichert und hebt seine Hand an ihre Lippen. Als er sie fragt, worum es geht, flüstert sie ihm etwas ins Ohr.

»Wirklich?«, fragt er, und sie nickt.

Die Königin spürt einen Stich im Herzen. Eifersucht? Oder tut es ihr weh, dass sie ausgegrenzt wird? Das eine ist eine Sünde, das andere lediglich ein Zeichen, dass sie auch nur ein Mensch ist. Tu das nicht, Kind, möchte sie Adélaïde warnen. Geheimnisse, selbst die unschuldigen, haben ein Eigenleben, und am Ende wenden sie sich immer gegen einen.

»Marie.« Louis sieht sie an. »Adélaïde erzählt mir, dass Sie wieder etwas gemalt haben.«

»Eine Landschaft, aber sie ist noch nicht fertig«, sagt sie und schämt sich jetzt, weil sie nun auch noch eine falsche Beschuldigung auf ihrem Sündenregister stehen hat. Sie zeigt auf die verhängte Leinwand am Fenster. *Marie, Königin von Frankreich*, wird sie signieren. Obwohl Adélaïde ihn dazu gedrängt hat, wird er seine Gemahlin nicht darum bitten, ihm das Bild zu zeigen, aber sie ist stolz auf ihr Werk. Ein Häuschen mit Strohdach, auf dem ein Vogelschwarm rastet, bevor er weiterfliegt. Eine Birke am Fluss. Es ist ein Ort irgendwo auf den Ländereien ihrer Eltern, den sie aus ihrer Kindheit in Erinnerung behalten hat. Der Künstler, der ihr Malunterricht gibt, hat die Szene nach ihrer Beschreibung skizziert. Sie hat vor, zwei Figuren einzufügen, Mädchen, die in weißen Sommerkleidern unter dem Baum sitzen. Sie und Anna, ihre ältere Schwester, deren Tod im Alter von achtzehn Jahren, nach zwei Tagen mit hohem Fieber, ihrem Vater das Herz gebrochen hat. »Versprich mir, Maruchna, ihren Namen nie wieder in meiner Gegenwart auszusprechen«, sagte er.

Ein Versprechen, das sie gehalten hat.

Die Erfrischungen werden gebracht; diesmal ist alles wie gewünscht. Spießchen mit Wachteleiern und Fasanenhäppchen. Austern, süßes Gebäck, in Honig getauchte Walnüsse. Apfelschnitze, mit Zitronensaft bestrichen, damit sie nicht braun werden. Kandierte Kirschen.

Adélaïde, immer noch an der Seite ihres Vaters, erzählt eine Geschichte über einen Höfling, den sie dabei ertappt hat, wie er in einen Teich im Schlosspark spuckte. »Ich mache Blasen«, sagte er, als sie ihn zur Rede stellte.

»Er machte Blasen, Papa!« Sie schneidet eine komische Grimasse. »Haben Sie jemals so etwas Närrisches gehört?«

Die Stimmen gehen durcheinander, Gelächter setzt ein wie Abschnitte einer Fuge. Sogar Louis Ferdinand schließt sich an. Er erinnert an einen nächtlichen Streifzug durchs Schloss, den er als Kind mit seinen Schwestern unternommen hat. Sie taten so, als wären sie Gespenster, und schnitten im Spiegelsaal ihren Spiegelbildern Grimassen. Henriette schlidderte kichernd auf den Strümpfen über das glatte Parkett. Babette, die große Schwester, versuchte, auf eine der Marmorfiguren zu klettern und landete auf ihrem Hintern.

»Und was hast *du* getan, mein Sohn?«, fragt sein Vater in viel zu scharfem Ton. »Hast du die Kerze gehalten?«

Was hat es mit Vätern und Söhnen auf sich? Woher kommt diese Abstoßungskraft, die zwischen ihnen wirkt? Ihr Mann hält sich Mätressen, von denen manche jünger sind als seine Töchter. Ihr Sohn ist seiner Frau treu. Ihr Mann jagt. Ihr Sohn verabscheut die Jagd. Ihr Mann weigert sich, die Sakramente zu empfangen, selbst zu Ostern, was als Todsünde gilt. Ihr Sohn geht jeden Sonntag zur Kommunion. »Er hat ein polnisches Temperament«, hat der König einmal zu ihr gesagt, als sie noch über ihre Kinder sprachen. »Ungestüm und unbeständig.«

Warum ist es immer ihre Schuld? Weil, wie ihr Beichtvater meint, der Mensch dazu neigt, demjenigen die Schuld zuzuschieben, dem er weh getan hat.

* * *

Zwei Wochen später wies Mademoiselle Dupin nach dem Frühstück Francine an, nach oben zu gehen und sich »fertig zu machen«, wie sie es ausdrückte.

»Fertig wofür?«, fragte Francine und erhielt die Antwort, sie möge gefälligst ihre Neugierde zügeln, wie es ihr beigebracht worden war.

Francine errötete und blickte auf den Boden. Mademoiselle Dupin teilte ihr mit, dass Seine Hoheit nach längerer Abwesenheit gerade von ihren polnischen Gütern nach Versailles zurückgekehrt sei. Francine sei auserwählt worden, ihn willkommen zu heißen. »Machen Sie sich bereit, Francine. Sie haben jetzt Gelegenheit zu zeigen, wie viel Sie gelernt haben.«

Ich versuchte, mit Francine Augenkontakt aufzunehmen, aber sie hatte sich schon abgewandt und stieg die Treppe hinauf; ich sah nur noch den geschnürten Rücken ihres Kleids.

Im Haus herrschte an diesem Morgen aufgeregte Betriebsamkeit. Eine Kutsche kam aus dem Schloss und brachte neue Garderobe für Francine. Ständig von Madame Bertrand zur Eile angetrieben, hastete Lisette die Treppe auf und ab, um den beiden anderen Dienstmädchen alle möglichen benötigten Dinge zu bringen, vom Nähzeug über Bürsten bis zum Bügeleisen.

Während des Unterrichts waren meine Gedanken die ganze Zeit bei Francine, ich stellte mir vor, wie sie sich in ihrer neuen Pracht vor dem Spiegel bewunderte, bis schließlich Mademoiselle mich wegen meiner Unkonzentriertheit scharf zurecht-

wies, nachdem ich einen der moralischen Sinnsprüche, die ich
abschreiben sollte, aus Versehen zweimal geschrieben hatte:
»Undank erntet nichts als Schande, während Dankbarkeit zu
neuen Wohltaten ermuntert.«

Es wurde schon dunkel, als der Unterricht endlich zu Ende
ging und ich wieder in unser Zimmer durfte. Francine war be-
reits weg, und der Raum war ein einziges Durcheinander. Der
Tisch stand an der Wand, bedeckt mit Schnipseln von Bändern
und Spitzen. Töpfe mit Rouge und Cremes standen offen her-
um. Eine Schachtel mit Schönheitspflästerchen lag auf dem
Boden, daneben, achtlos hingeworfen, das Kleid, das Francine
am Morgen getragen hatte. Schwere Düfte von Jasmin, Rose
und Moschus brachten mich zum Niesen.

Ich war gerade dabei, ein bisschen aufzuräumen, als Lisette
hereinkam. »Lassen Sie mich das machen, Mademoiselle«, *sag-*
te sie fröhlich. Sie hob das Kleid auf, schüttelte es aus und häng-
te es in den Schrank. »Ich bin im Handumdrehen fertig.«

Aber ich wollte gar nicht, dass sie sich zu sehr beeilte. »Wird
Francine bald zurück sein?«

»Das weiß ich nicht, Mademoiselle. Ich fürchte, Sie werden
sich einfach gedulden müssen.«

»Was ist, wenn sie dem Grafen nicht gefällt? Wird man sie
dann nach Hause zurückschicken?«

»Am besten redet man nicht über solche Dinge, Mademoiselle. Was ist, wenn Madame Bertrand uns hört?«

Lisette arbeitete schnell, hob die Schachtel mit den Schön-
heitspflästerchen vom Boden auf, wischte Tiegel und Flakons
mit einem Zipfel ihrer Schürze sauber und reihte sie der Größe
nach geordnet auf der Frisierkommode auf. »Nun«, *sagte sie*
und warf einen prüfenden Blick auf ihr Werk, »alles wieder
hübsch am richtigen Platz. Ich bin fertig, Mademoiselle.«

»Geh nicht, bitte«, *flehte ich sie an.*

»Ich muss, Mademoiselle. Sonst bekomme ich Ärger.«

Ich nahm die Schale mit den Schokoladenpastillen und hielt sie ihr hin.

»Nimm dir eine«, sagte ich. »Man muss sie nicht unbedingt in Wasser auflösen, sie schmecken auch so.«

Lisette sah mich an, als fürchtete sie, ich wollte ihr eine Falle stellen, aber dann nahm sie eine Pastille, wickelte sie behutsam aus und steckte sie in den Mund. Ein breites Lächeln sagte mir, dass ihr die Schokolade ebenso gut schmeckte wie mir. Sie leckte sich sogar die Fingerspitzen ab, damit nichts davon verschwendet wurde.

»Nimm ruhig noch eine«, ermunterte ich sie. »Wir bekommen so viele, wie wir wollen.«

Sie ließ sich nicht zweimal bitten. Als sie auch die zweite Pastille gelutscht hatte, ließ sie sich endlich dazu überreden, sich kurz hinzusetzen. Aber nur, sagte sie, wenn ich nicht weiter nach dem Grafen fragte.

Ich versprach es ihr.

Lisette erzählte, sie komme aus Buc, einem Ort nicht weit von Versailles entfernt. Sie nannte es ein mieses Nest, woraus ich schloss, dass sie dort schlechte Erfahrungen gemacht hatte, auf die sie nicht näher eingehen wollte. Ihre Mutter kannte Madame Bertrand von früher, darum hatte Lisette die Stelle im Hirschpark bekommen. Sie hatte aber nicht vor, ihr Leben lang Mädchen für alles zu bleiben. Marianne, die früher im Haushalt von Madame la Marquise beschäftigt gewesen war, war mit einem Burschen in Aix verlobt. Sie hatte bereits sechshundert Livres für ihre Mitgift gespart und besaß außerdem auch noch Aussteuer im Wert von mindestens zweihundert: ein Federbett, einen silbernen Kerzenständer und ein Dutzend Leintücher. Sobald Marianne heiratete, würde Lisette in den Rang eines richtigen Dienstmädchens aufsteigen.

Ich ließ sie reden, dankbar für ihre Gesellschaft. Mir war nicht wohl bei dem Gedanken, dass ich, wenn Lisette ging, ganz allein in dem mittlerweile dunklen Zimmer sein würde.

Sie muss mein wachsendes Unbehagen bemerkt haben, denn sie versuchte, mich mit einer Geschichte über einen Papagei aufzumuntern. Er hatte rote, grüne und gelbe Federn, und der Seemann, der ihn oft dabeihatte, wenn er im Wirtshaus in Buc einen trank, ließ die Kinder das Tier aus der Nähe betrachten und seinen krummen Schnabel berühren. Als Lisette an der Reihe war, reckte der Papagei den Hals, öffnete den Schnabel und kreischte: »Verpiss dich! Verschwinde, verdammt noch mal!«

Lustig, nicht?

Das war es.

»Noch ein Stückchen Schokolade?«, fragte ich.

Lisette nahm noch eine Pastille, aß sie aber nicht, sondern steckte sie in die Tasche. Dann sagte sie, sie müsse jetzt gehen. Das neue Küchenmädchen habe die gute Servierschale, Madame Bertrands Lieblingsstück, zerbrochen, und der Koch sei ohnehin schon ziemlich gereizt. Er sei im Hof gestolpert, weil der Nachtwächter die kaputte Platte des Pflasters immer noch nicht ersetzt habe, und habe sich den Knöchel verstaucht. Er würde sie schimpfen, vielleicht sogar schlagen.

Als sie gegangen war, legte ich mich hin und lauschte den Geräuschen, die ins Zimmer drangen. Michel und Saint-Jean stiegen die Treppe zum Dachboden hinauf, Hunde in der Stadt bellten, einer fing an, andere antworteten ihm. Näher beim Haus ein Kreischen, gefolgt vom Miauen einer Katze.

Ich war gerade dabei einzuschlafen, als ich hastige Schritte hörte, dann ging die Tür auf, und im Licht einer Kerze sah ich Francine hereinstürzen, schluchzend und in Tränen aufgelöst. Direkt hinter ihr kam Rose, die auf sie einredete: Sie solle mit diesem Getue aufhören, sie mache ja das ganze Haus verrückt.

»Das geht Sie gar nichts an, Véronique«, fauchte sie, als ich von meinem Bett aufschrak und fragte, was denn los sei.

Sie half Francine aus ihrem Mantel und legte ihn über einen

Sessel. Als sie Francine das Korsett ausziehen wollte, schüttelte diese sie ab. »Wie Sie wollen«, sagte Rose und ging.

»Was ist passiert, Francine?«, fragte ich, aber sie antwortete nicht. Einen Augenblick später hörte ich, wie sie in den Nachttopf würgte, dann spuckte sie, dann würgte sie wieder.

Im Haus wurden Türen geöffnet und geschlossen. Schritte gingen die Treppe hinunter. Madame Bertrand verfluchte lautstark jemanden, der ihr in die Quere gekommen war. Im Zimmer nebenan beschwor Claire Mademoiselle Dupin, sie bitte, bitte nicht im Dunkeln allein zu lassen. Mademoiselle antwortete etwas, aber ich konnte die Worte nicht verstehen.

»Sag mir, was passiert ist, Francine«, flehte ich.

»Lass mich.«

Ich stand auf. Das Zimmer wurde nur von einer einzigen Kerze erhellt, die Rose auf dem Kaminsims zurückgelassen hatte. Die Luft roch nach Erbrochenem und nach etwas Versengtem. Francine saß jetzt auf der Bettkante und rieb sich den rechten Arm. War sie verletzt? War sie vielleicht dem Kamin des Grafen zu nahe gekommen und hatte sich verbrannt? Mademoiselle Dupin hatte uns oft eingeschärft, dass wir uns in Acht nehmen mussten: Wenn ein Kleid oder ein Schal Feuer fing, konnte man bei lebendigem Leib verbrennen, bevor jemand die Flammen löschen konnte.

»Francine, bitte.«

»Sei endlich still, Véronique.«

Ich setzte mich neben sie. Immer wieder fragte ich sie, was passiert war, aber sie wollte es mir nicht sagen. Als ich versuchte, ihr Haar zu streicheln, wich sie zurück. Ich saß noch eine Weile so da und ging dann zurück in mein eigenes Bett. Ich wusste nicht, was ich sonst hätte tun sollen.

Ich dachte, ich würde keinen Schlaf finden, aber irgendwann schlief ich doch ein.

* * *

Der Gartenspaziergang fängt nicht gut an. Madame de Pompadour tritt fast auf einen toten Vogel, eine Meise. Sie muss in die frisch geputzte Fensterscheibe geflogen sein und geglaubt haben, der Himmel, der sich darin spiegelte, sei real. Sie ist dagegengeflogen und hat sich das Genick gebrochen. Und doch wirkt der kleine blau-gelbe Körper, der so leicht und zart in ihren Händen liegt, ganz unversehrt.

Was man nicht sieht, kann einem nicht schaden, sagt man. Unsinn.

Ihr Herz schlägt schnell. Dunkle Flecken flimmern vor ihren Augen. Voller Mitleid eilt ihr Obergärtner zu ihr und nimmt ihr unter einem Schwall von Entschuldigungen die kleine Leiche ab. Er verspricht ihr, die pflichtvergessenen Gärtner, die den toten Vogel nicht rechtzeitig entdeckt und weggeräumt haben, streng zurechtzuweisen. Dieser neue Junge, den er erst vor kurzem eingestellt hat! Ein Dummkopf, der noch dazu zwei linke Hände hat. Er wird ihn entlassen.

»Tun Sie das nicht.«

»Madame hat ein gutes Herz. Zu gut, wenn ich das sagen darf.«

»Wir alle haben Vergebung nötig.«

Der Gärtner nickt. Seine blauen Augen blinzeln. Im rechten Augenwinkel ist ein Tröpfchen gelber Eiter zu sehen. Dr. Quesnay sollte einen Blick darauf werfen.

»Das kann leider passieren, wenn die Fenster zu sauber geputzt sind«, fährt der Gärtner fort. Ob Madame nicht ein bisschen rasten möchte?

Ja, gerne. Hier steht ja eine steinerne Bank.

»Soll ich Ihre Zofe rufen?«

»Nein. Bitte. Kein Aufhebens. Haben Sie es geschafft, die Schnecken loszuwerden?«

Leider nein. Der Gärtner seufzt. Schnecken haben in diesem Sommer ungewöhnlich viel Schaden angerichtet, besonders bei den Dahlien. Er hat es mit allen bewährten Mitteln probiert:

Bierfallen, Kaffeesatz, den man um die Wurzeln herum auf den Boden streut. Trotzdem muss er jeden Morgen zerfetzte Blätter und kahle mit Schleim bedeckte Stängel abreißen: »Es ist schon Ende Oktober, und sie sind immer noch zugange, Madame. Der Winter wird sie nicht umbringen, sie schlafen dann nur.«

Die Schnecken sind in der Tat unverschämt. Eine kriecht sogar an der Kante der Steinbank entlang. Alexandrine pflegte sie aufzusammeln, auf ihre Handfläche zu legen und zu summen, um sie aus ihren gewundenen Häusern zu locken. Wenn das Summen nicht funktionierte, flüsterte sie: »Schnecke, Schnecke, zeig mir deine Hörner. Ich gebe dir ...« Und dann folgte eine endlose Liste von Leckerbissen, mit denen man sie locken konnte. Ein Stück Käse. Eine Riesenerdbeere. Eine Schüssel Schlagsahne.

»Sie werden einen Weg finden«, sagt sie zum Gärtner und steht auf, noch etwas wackelig auf den Beinen, aber entschlossen, ihren Spaziergang fortzusetzen. »Sie finden immer einen Weg.«

Der Gärtner nickt. Er kündigt an, dass er morgen alle Dahlien durch chinesische Astern ersetzen wird, die er in Töpfen gezogen hat. Alle frei von Schnecken und in voller Blüte. »Sie werden Ihnen gefallen, Madame.«

»Welche Farben?«

»Rot, Rosa und Weiß.«

Früher stellte sie sich ihren Garten wie eine Leinwand vor, eine *Tabula rasa*, auf die jeden Tag ein neues Bild gezaubert wurde, eine Komposition von Farben, dazwischen eingewoben wechselnde Düfte. »Schließen Sie die Augen«, flüsterte sie Louis ins Ohr. »Riechen Sie sich hinein!« Aber ein Garten ist ein Schlachtfeld, ein Schauplatz, auf dem kühne Invasionen und schändliche Niederlagen sich ereignen. Egal wie gewissenhaft der Gärtner und seine Armee von Helfern auch sein mögen, nicht alle welkenden Blüten können entfernt, nicht alle zerfressenen Stängel abgeschnitten werden. Tod und Fäulnis finden immer einen Weg.

Ein schmerzhaft pulsierendes Pochen macht sich in ihrer Wirbelsäule bemerkbar, die Erinnerung an den letzten Wunsch ihrer Tochter: »Bitte, Maman, darf ich noch ein bisschen bei Ihnen bleiben?« Worauf sie antwortete, dass die guten Nonnen in der Klosterschule warteten, dass die Pflicht wichtiger sei als das Vergnügen. Alexandrine schaute sie zornig an und stieß eine Uhr vom Kaminsims, die auf dem Boden aufschlug und zerbrach. Die schöne vergoldete Uhr, ein Geschenk von Louis, zerschellte, und Alexandrine stand einfach da und starrte vor sich hin.

»Fanfan! Entschuldige dich auf der Stelle!«

Eine Entschuldigung, steif und schief. Ein Achselzucken, aber sie tat so, als bemerkte sie es nicht.

Die erste Nachricht aus dem Kloster war nicht alarmierend. *Unwohlsein, Magenverstimmung, leichtes Fieber am Abend.* Fanfan war immer noch wütend, dachte sie, und buhlte um Aufmerksamkeit. Sie hätte in ihrem Alter dasselbe getan, um ihre Mutter dazu zu bringen, sogleich voller Sorge zu ihr zu eilen.

In einem zweiten Schreiben war von Erregung die Rede, von kalten, feuchten Händen, von einer mit weißem Schleim überzogenen Zunge. Der Arzt habe einen Aderlass und Fasten verordnet, sei aber zuversichtlich, dass es sich um ein vorübergehendes Unwohlsein handele.

Peritonitis, so die dritte Nachricht. *Wir alle beten um die Gnade Gottes.*

Als sie im Kloster ankam, lag Alexandrine bereits in ihrem Sarg, Opfer einer schnell fortschreitenden Entzündung, wie ihr die Nonnen berichteten. So klein war ihr Kind, dachte sie, so unfertig, ihre Wangen eingefallen, ihre Augen tiefrot umrandet.

Der Tod beraubte ihre Tochter sogar ihrer Schönheit.

Sie versuchte, tapfer zu sein. Sie küsste Alexandrines Lippen, ihre wachsigen Hände, um die ein Rosenkranz gewickelt war. Sie bekreuzigte sich und fiel auf die Knie. Sie betete für die Seele ihrer Tochter, die jetzt Frieden bei Gott gefunden hatte.

Doch die Trauer war stärker. Sie erstickte sie. Sie verwandelte sie in eine Wahnsinnige, eine alte trauernde Frau, die vor Schmerz heulte. Die Nonnen hielten sie fest und flehten sie an, aufzuhören, aber wie könnte jemand neben der Leiche seines einzigen Kindes still sein? Wie könnte jemand dem Impuls widerstehen, sie zu schütteln, die verstorbene Seele zurückzurufen und sie zu zwingen, an der Seite ihrer Mutter weiterzuleben, um sie zu trösten? Was kann man gegen die bleierne Schwere der Trauer tun, gegen das lähmende Gefühl der Sinnlosigkeit und Ziellosigkeit des Lebens? Wie schafft man es, Fragen wie diese zum Verstummen zu bringen: Warum soll ich mir noch länger die Mühe machen … warum mich dazu zwingen, jeden Morgen aufzustehen … für wen?

Für mich, hatte Louis gesagt und dabei ihre Hand umklammert.

Für ihn.

Später, nach dem Begräbnis, sagte Dr. Quesnay ihr, dass die Entzündung nicht die sinnlose Katastrophe sei, für die die Nonnen sie hielten, sondern die Abwehrreaktion des Körpers gegen das unerbittliche Wirken gewisser tödlicher Erreger. Nein, er wusste nicht, welche das waren. Er wusste nur, dass der Körper von Alexandrine verzweifelt versucht hatte, sie abzuwehren. Die Peritonitis hat ihre Tochter nicht getötet. Der Versuch, sie mit allen Mitteln und unter zu schweren Opfern zu bekämpfen, hat sie getötet.

Was auch immer es war, es war alles Gottes Wille, sagte die Mutter Oberin.

Ist das auch Gottes Wille?, fragt sich Madame de Pompadour, als sie langsam in ihren Salon zurückkehrt. Die Trauer, die nicht weichen will, die bis ins Mark eingesickert ist. Die immergleichen Gedanken, deren Botschaft lautet: Das ist das Ende von allem. Nichts wird von dir übrigbleiben. Es wird keine Enkelkinder mehr geben. Keine Zukunft.

»Stimmt etwas nicht, Madame?«, fragt Nicole du Hausset, die auf ihre Rückkehr gewartet hat.

Eine treue Seele, Nicole, eine gütige. Sie dankt Gott dafür, dass er sie ihr geschickt hat. Auch wenn sie manchmal lästige Fragen stellt.

»Die Schnecken fressen die Dahlien, Nicole«, sagt sie. »Der Gärtner ist ganz nervös deswegen.«

»Oh, tatsächlich?« Nicole lacht erleichtert und zieht ihrer Herrin die schmutzigen Schuhe aus, nicht ohne darüber zu klagen, dass der durchnässte Satin einlaufen und seine Form verlieren wird. Es ist schon das zweite Paar in dieser Woche!

»Vergiss die Schuhe, Nicole!«

Ihre Kammerfrau errötet leicht angesichts des sanften Tadels und wechselt das Thema: Sie bietet nun Madame den neuesten Klatsch und Tratsch an. Man erzählt, dass der Gärtner häufig Lebel in seinem Garten besucht. »Weil er gleich nebenan liegt«, sagt der Mann immer, aber Nicole weiß aus zuverlässiger Quelle, dass er neugierig auf die roten Fische ist, die kürzlich aus China eingetroffen sind. Lebel würde Madame gerne einige für ihren Teich überlassen, wenn sie so gütig wäre, das Geschenk anzunehmen. Angeblich ist es schwierig, die Fische dazu zu bringen, sich fortzupflanzen, aber der Gärtner bezweifelt das. »Ich habe schon oft beobachtet, wie sie einander jagen«, sagte er.

»Wieder ein Geschenk von Lebel, Nicole? Was ist es diesmal? Will er etwas von mir, oder hat er Grund, sich für etwas zu entschuldigen?«

»Er sagt, es sei lediglich ein Zeichen seiner Dankbarkeit für die Freundlichkeit von Madame.«

»Dann ist es also ein Köder.«

Der Gärtner hat auch berichtet, dass Lebel ein Porträt von sich in Auftrag gegeben habe. Pastell, sagt Nicole mit gut gespielter Befremdung und einer ordentlichen Portion schlecht verborgenen Neids. »Er hat dem Künstler bereits dreimal Modell gesessen, Madame, und es ist fast fertig. Ich habe gehört, dass es in seinem Salon über dem Konsolentischchen aus Eiche hängen soll, sodass jeder Besucher es sehen kann.«

Die beiden mögen einander nicht, denkt Madame de Pompadour. Bestenfalls herrscht Waffenstillstand zwischen ihnen, aber ein leises Feuer, genährt von Klatsch und Tratsch, flackert immer unter dem Topf. Eigentlich langweilig, gleichwohl der Erinnerung wert, weil Louis die Geschichte von dem Pastellporträt seines Dieners amüsant finden wird. Und auch die vom Neid ihrer Zofe.

»Die Ähnlichkeit ist recht bemerkenswert«, sagt Nicole und beschreibt das Bild genauer: Lebel sitzend, den Blick zum Fenster gerichtet, durch das man einen Ausschnitt des Schlossparks sieht. Vor ihm das Rechnungsbuch, ein Tintenfass, eine Uhr und ein Schlüssel. »Oh, Madame, ich weiß nicht, was ich von so viel Stolz halten soll.«

Wie billig die belanglosen Träume kleiner Männer sind, die sich selbst für groß halten. Louis hat recht, wenn er Tiere den Menschen vorzieht. Keine Heuchelei, sagt er, keine Arglist, keine Trauer über das, was hätte sein können, aber nie sein wird, keine Sorgen um die Zukunft.

Aber wie entkommt man sich selbst?

* * *

Francine stand am Morgen nicht auf. Sie kam auch nicht zum Frühstück, und Mademoiselle Dupin sagte mir, ich solle aufhören, Fragen nach Dingen zu stellen, die mich nichts angehen. Mir blieb nichts anderes übrig, als mein Tagwerk anzupacken. Mittags hörte ich im Musikzimmer, wo ich ein neues Lied ein-

studiere, die Stimme von Monsieur Durand, der im Eingangsbereich mit Madame Bertrand sprach, und ihre nervös klingen-
den Antworten. Rose lief ständig die Treppe auf und ab. Lisette
wandte den Blick ab, wenn sie mich sah. Am Abend, als ich endlich hinaufgehen durfte, roch es in unserem Zimmer stark nach
Baldrian und Lavendel, und Francine schlief tief und fest.

Ich ging ins Bett und schloss die Augen. Das Nächste, woran ich mich erinnere, ist, dass plötzlich die Tür aufgerissen
wurde. Erschrocken und noch benommen vom Schlaf, spähte
ich durch die Bettvorhänge und sah die beiden Lakaien, Laternen in der Hand. Madame Bertrand beugte sich über Francine.
»Steh auf, du undankbare Person«, zischte sie. »Du hast hier
nichts mehr verloren.«

»Was hat sie getan?«, fragte ich.

»Gehen Sie wieder schlafen, Véronique«, fauchte Madame
Bertrand und befahl den Lakaien, die Laternen auf den Kaminsims zu stellen, damit sie besser sehen könne. Sie habe nicht die
Absicht, sich umzubringen, indem sie über einen Nachttopf
stolperte.

Auf dem Hof wieherten Pferde. Die Standuhr in der Eingangshalle schlug fünf.

Die Lakaien zerrten Francine aus dem Bett und hielten sie,
als sie taumelte, als würde sie gleich in Ohnmacht fallen. Madame Bertrand zog ihr ein Kleid über ihr Hemd. »Du kannst
von Glück reden, dass du nicht in denselben Lumpen von hier
weggehst, die du anhattest, als wir dich aus dieser Metzgerei
rausgeholt haben!«, schrie sie. Sie nannte sie eine Schande.
Eine Wilde, die nie gelernt habe, wann sie den Mund zu halten habe. Allenfalls als Putzfrau zu gebrauchen, wenn ihr Vater
sie zurücknehmen würde, jedenfalls müsse man das glauben,
wenn man bedenke, wie erpicht er darauf gewesen sei, sie loszuwerden.

Francine schoss nach vorne, und Madame schrie auf vor
Schmerz. »Du Natter«, schrie sie, hielt ihre Hand in die Luft

und suchte nach Blut. Es folgte eine Ohrfeige, und dann war es Francine, die weinte und zeterte. »Die Pocken sollt ihr kriegen, alle miteinander! Teufelsbrut!«

Es gelang ihr, sich aus dem Griff der Lakaien loszureißen. Mit einer kräftigen Armbewegung wischte sie den Porzellankorb vom Tisch; er zerschellte auf dem Boden. Der Kerzenständer flog ihm hinterher. Aber Francine hatte keine Chance. Die Lakaien packten ihre Hände und drehten sie ihr hinter den Rücken. Madame ohrfeigte sie noch einmal und erklärte, sie habe die ganze Zeit gewusst, dass es mit diesem Mädchen kein gutes Ende nehmen werde.

Sie bugsierten Francine, die sich heftig wehrte und sie wild beschimpfte, aus dem Zimmer.

Ich sprang aus dem Bett und eilte zum Fenster. Es war immer noch ziemlich dunkel draußen, aber ich konnte sehen, wie die Lakaien Francine in den Hof schleppten. Sie schoben sie in die Kutsche; es gelang ihr, die Tür aufzustoßen. »Arschlöcher ... Scheißkerle!«, schrie sie. »Der Teufel soll euch alle holen!«

Am Ende musste der Kutscher ihnen helfen. Das Letzte, was ich sah, war, wie er wieder auf den Bock stieg, mit der Peitsche knallte und die Pferde sich in Bewegung setzten.

Ich kehrte tränenüberströmt und verwirrt ins Bett zurück, voller Mitleid mit Francine, aber auch gekränkt, weil sie mich mit solchem Misstrauen und solcher Feindseligkeit behandelt hatte. Ich fragte mich, ob Francine von mir enttäuscht war, ob ich ihre Erwartungen nicht erfüllt oder sie gar im Stich gelassen hatte, wenn ich auch nicht ergründen konnte, auf welche Weise.

Ich schluchzte immer noch, als etwa eine Stunde später Lisette hereinkam und die Fensterläden öffnete. »Es ist Zeit, dass Sie sich fertig machen«, sagte sie und setzte sich auf die Bettkante.

»Wo haben sie sie hingebracht?«, fragte ich, Francines wildes Schreien noch in meinen Ohren.

»*Nach Hause, Mademoiselle. Kein Grund zur Sorge um sie.*«

Sie tätschelte bei diesen Worten die Decke über meinen Füßen, und das tat mir so weh, dass ich zusammenzuckte.

»*Was ist los, Mademoiselle?*«

Als ich nicht antwortete, hob Lisette die Decke an und schrie entsetzt auf. »*Was haben Sie getan, Mademoiselle!*«

Meine Füße waren geschwollen und mit Blut verschmiert. Ich muss auf die Porzellanscherben getreten sein, ohne es zu spüren. Madame Bertrand kam angerannt und erklärte mich für unvorsichtig und töricht. Mit einer Pinzette entfernte sie nach und nach die Scherben und Splitter aus der Wunde, während Lisette Verbandsmaterial holte und Leinenstreifen mit Essig befeuchtete.

Als meine Füße gereinigt und bandagiert waren, sammelte Madame Bertrand alles ein, was Francine dagelassen hatte, ihren Stickrahmen, ihr Korsett und eine Dose mit Haarpuder. Später sollten Michel und Saint-Jean kommen, um Francines Bett fortzutragen.

Ein neues Mädchen, sagte sie, werde morgen erwartet, aber sie werde nicht bei mir untergebracht werden. Von nun an solle auf strikte Anweisung Seiner Hoheit jede élève *ein eigenes Zimmer haben.*

* * *

Königin Marie ist ganz verängstigt, seit die Duchesse de Luynes ihr die Nachricht überbracht hat. Ein Erdbeben hat die Stadt Lissabon erschüttert. Vierzig Minuten später kam eine Flutwelle, die so groß und so schnell war, dass selbst Reiter ihr nicht entkommen konnten. Und als dann das Wasser sich zurückzog, brachen Brände aus.

Zerstört sind die Kathedrale von Lissabon, die Basiliken São Paulo, Santa Catarina, São Vicente de Fora und die Barmherzigkeitskirche. Alles das an Allerheiligen, während die Königin in der Kapelle von Versailles war und für die Seele von Henriette betete.

Die letzten Meldungen berichten von Hunderten, nein, Tausenden Toten. Ganze Stadtviertel von Lissabon liegen in Trümmern, noch immer stürzen Dächer ein, zerbröckeln Mauern, lodern Flammen. Das Stöhnen von lebendig begrabenen Menschen ist zu hören. Es hat Fälle von Cholera und Pocken gegeben.

Ernste Fragen schleichen sich in die Gedanken der Königin, hängen sich an ihre Gebete an. Warum Lissabon, eine immer so gläubige Stadt? Warum an Allerheiligen? Warum zur Zeit des Hochamtes, als Tausende die Kirchen überfüllten? Welche Sünden verlangten eine solche Bestrafung? Welche Übertretungen? Was hat den Allmächtigen so sehr erzürnt? Ihn, der so viele andere Sünden ungestraft lässt?

Sie, eine Königin ohne Macht, versteht die Tragödie von Lissabon als Aufruf Gottes an die Menschen, ihre Pflicht zu tun. Und sie will diesem Aufruf folgen: Sie verschiebt den jährlichen Umzug nach Fontainebleau, wo sie immer den Winter verbringt, auf später und verwandelt ihre Privatgemächer in ein Hauptquartier der Wohltätigkeit. Sie hat zwei ihrer Diamanthalsbänder verkauft, überwacht persönlich den Einkauf von Hilfsgütern und feilscht mit Händlern, um möglichst günstige Preise zu bekommen. Ihre Hofdamen sind damit beschäftigt, Sachspenden anzunehmen und Geld für die Opfer zu sammeln. Dank all dieser Bemühungen kann man täglich ganze Wagenladungen verschiedenster Güter, die in Lissabon dringend benötigt werden, auf den Weg bringen.

Nächstenliebe bedeutet harte Arbeit. An jeder Wand stapeln sich Körbe mit Wäsche und Medikamenten und warten darauf, verladen zu werden. Königin Marie hört auf den Rat ihrer Ärzte und schickt die wichtigsten Dinge, die man zur Behandlung von Wunden, Fieber und Durchfall braucht, sowie einige Kisten Nerventonikum. Ihre Hofdamen sortieren Kleider in Körbe, die mit *Für Männer, Für Frauen, Für Kinder* gekennzeichnet sind. Einige sind für die Herstellung von Scharpie für chirurgische Verbände zuständig: Ihre Dienstmädchen sitzen im Kreis beieinander und zerreißen Leinenstreifen. Königin Marie hat befohlen, ausschließlich neues Leinen zu verwenden, denn der königliche Chirurg versichert, dass solche Scharpie den Ausfluss von Wunden viel besser absorbiert.

Acht Tage sind auf diese Weise bereits vergangen. Pakete, Bündel, mit Strohzöpfen ausgepolsterte Kisten, alle nebeneinander aufgereiht, bereit für den Transport nach Lissabon, legen Zeugnis davon ab, dass man jede Stunde gut genutzt hat. Die Arme der Königin schmerzen vom Heben; ihre Füße sind geschwollen, weil sie viel zu lange gestanden hat. Aber das hat nichts zu bedeuten angesichts der tiefen Befriedigung, die aus dem Bewusstsein fließt, etwas Nützliches zu tun, und aus der zuversichtlichen Hoffnung, dass ihre Gaben den Menschen ihr schweres Los erleichtern werden. So stellt sie sich das Leben in den Klöstern vor. Im Chor gemurmelte Gebete, ein gemeinsames Streben, das tiefe Gefühl, ein Rädchen in der riesigen Maschinerie von Gottes Werk auf dieser Erde zu sein.

Es ist jetzt kaum vier Uhr, und der Raum ist bereits halb dunkel. Die Kerzen, die gerade angezündet wurden, flackern. »Hierher«, befiehlt die Duchesse de Luynes einem der Dienstmädchen und zeigt auf den Tisch vor ihr. Ihre Aufgabe besteht darin, die neuesten Meldungen aus Lissabon vorzulesen, um die Damen daran zu erinnern, warum sie hier versammelt sind. »Die jungen Leute verstehen einfach nicht, dass unsereins mehr Licht braucht«, sagt sie murrend und nestelt an ihrer Brille. »Aber sie werden es schon noch lernen!«

Die Duchesse Bibi, die mit einundsiebzig Jahren immer noch so unermüdlich ist wie an dem Tag, an dem sie ihre Königin in Versailles willkommen hieß, ist nicht nur Maries liebste Hofdame, sondern auch eine geschätzte Freundin. »Alles im Dienste des Herrn, Eure Majestät«, sagt sie gerne strahlend. Nur wenn sie allein sind, gesteht Bibi die Demütigungen des Altwerdens ein. Falsche Zähne, die nicht an ihrem Platz bleiben wollen. Die Haut hauchdünn, eine unvorsichtige Bewegung, und es gibt blaue Flecken und Verletzungen. Ein Finger, der sich krümmt, aber sich nicht ohne Nachhilfe strecken lässt. Fußballen, die jeden Schritt zur Qual machen. »Was für einen christlichen Soldaten hat Gott in mir, Eure Majestät?«, fragt Bibi. »Den besten«, antwortet Marie jedes Mal.

»Mütter graben mit bloßen Händen in den Trümmern auf der Suche nach ihren Kindern«, liest Bibi jetzt mit ihrer starken, ruhigen Stimme. »Waisenkindern sagt man, sie sollen für die Seelen der Verstorbenen beten, die so plötzlich aus dem Leben gerissen wurden, ohne dass sie Gelegenheit hatten, Buße zu tun und die Absolution zu erhalten. Tauben kehren zu ihren Schlafplätzen zurück, selbst wenn diese von den Flammen verzehrt werden; sie kreisen über ihnen, bis ihre Flügel versengt werden oder sie im Rauch ersticken und ins Feuer stürzen. Wenn es regnet, fällt lauter Asche vom Himmel.«

Sobald Bibi verstummt, macht sich mehr und mehr Geschnatter im Raum breit. Zuerst hört man noch Seufzer und Worte des Mitgefühls, doch schon bald wenden sich die Damen weniger ernsten Themen zu. Die Duchesse de Polignac schwärmt von den chinesischen Paravents und Lackkästchen, die sie in einem Pariser Salon gesehen hat. Ihre Begleiterin redet von jemanden, der »ungewöhnlich viele Diamanten besitzt«. Der Marquise de Viellard sind Pflanzen aus ihrem Garten gestohlen worden, schon im zweiten Jahr in Folge. Eines Nachts wurden Tulpenzwiebeln ausgegraben, dann ihre besten Hyazinthen. Ein Diener von Monsieur X ist von einem tollwütigen Hund gebissen worden. Madame Y muss ihr Schlafzimmer ausräuchern lassen, damit die Bettwanzen endlich verschwinden, denn alles Scheuern und Waschen hat nichts geholfen.

Die Königin versucht, das Geplapper auszublenden, und konzentriert sich auf die Kleidungsstücke, die sie zusammenlegt. Lauter einfache, praktische Teile: Hemden, Unterröcke, Hosen, alles frisch gewaschen und gebügelt. Sie bemüht sich, sie möglichst dicht und platzsparend zusammenzupacken. Wie Bibi gesagt hat: »Die Leute in Lissabon brauchen keine französische Luft, sie brauchen etwas zum Anziehen.«

Die Tür öffnet sich, und die Königin erwartet einen weiteren Besucher von der Art, wie sie heute schon etliche empfangen hat. Es waren bereits fünf Kaufleute da, zwei Ärzte, die mit der nächsten medizinischen Lieferung nach Lissabon reisen und dort so lange bleiben wollen, wie sie gebraucht werden, und dann noch ein Mann, der behauptet, ein Mittel zur Messung der Stärke von Erdbeben erfunden zu haben. Seine Erfindung, die ihr recht gut gefiel, bestand aus einem Gefäß mit Wasser darin. Dieses Wasser gerät in Wallung, wenn die Erde bebt, und weil die Innenwand des Gefäßes mit Puder bestäubt wurde, kann man hinterher genau sehen, wie hoch es aufgewallt ist.

»La Marquise de Pompadour, Eure Majestät«, verkündet der Diener. Offensichtlich kann die Mätresse ihres Mannes den Gedanken nicht ertragen, dass in Versailles etwas ohne ihre Anwesenheit geschieht.

Eine leise Bewegung geht durch den Raum, eine Erinnerung an all den bösartigen Klatsch, den die Königin mit aller Macht aus ihrem Herzen zu verbannen sucht. Das Gerede über diese Mädchen, die Madame la Marquise dem König zuführt. Sie sind jünger als die jüngste seiner Töchter. Ihr eigener Sohn hat der Königin davon erzählt.

Bibi wirft ihr einen prüfenden Blick zu, um zu sehen, wie sie sich hält. »Meine Übung in Demut«, wird Marie diesen Besuch später nennen, als sie alleine sind.

Eine Pause, ein Flattern, ein Rascheln von Seide und die Marquise de Pompadour – Maman Hure, wie der Dauphin sie nennt – hat ihren großen Auftritt. Durch und durch elegant, ihr Äußeres ist perfekt. Nie zu viel Rouge oder Puder, wenn auch der ekelerregende Geruch der Bleiweißschminke nicht ganz vom Parfümduft überdeckt wird.

Aus den Augenwinkeln bemerkt die Königin, dass Bibi ihren Platz verlassen hat und bereit ist, wenn nötig, einzugreifen. Ihre Wachsamkeit ist ein Zeichen wahrer Freundschaft.

»Meine demütigen Gaben, Eure Majestät … tausend Louisdor und einige Körbe mit dem Nötigsten«, zwitschert die Pompadour, bevor sie eine dramatische Pause macht, die so bemessen ist, dass ihre Lakaien die Gaben hereintragen können. »Hauptsächlich Unterwäsche, denn ich gehe davon aus, dass saubere Wäsche besonders rar ist.«

»Wenn nur alle so bescheiden wären!«, sagt Königin Marie.

Die Pompadour verneigt sich noch tiefer.

Wie geht es nach diesem Moment betretenen Schweigens weiter? Welche große Geste wird jetzt noch kommen? Vielleicht eine Rezitation? Oder eine gekonnte Zurschaustellung üppig fließender Tränen? Aber Maman Hure legt lediglich die Rollen mit den Goldmünzen auf den Tisch, um den herum die anderen Spenden stehen. Die Körbe werden nicht aufgedeckt, sodass ihr Inhalt sichtbar würde. Hoffentlich inszeniert sie jetzt einen raschen Abgang. Marie kann fast Bibis beruhigende Stimme hören: *Sehen Sie, die Übung erwies sich am Ende als gar nicht so sehr schlimm.*

Maman Hure gibt jedoch so schnell keinen Fußbreit Boden preis. Noch ein perfekter Knicks folgt, dann bittet sie darum, eine Aufgabe zugeteilt zu bekommen. »Es sind Ihre gewaltigen Anstrengungen, Eure Majestät, über die ganz Paris spricht. Der unermüdliche Einsatz Eurer Majestät für die Opfer.«

Die Königin legt einen Finger auf die Lippen, um diesen überschwänglichen Lobpreisungen Einhalt zu gebieten, aber der Schaden ist bereits angerichtet. Wie auch immer sie sich entscheidet, ob sie der Pompadour die Rolle der Vorbeterin zuweist oder sie in der hintersten Ecke Kleider sortieren und zusammenlegen lässt, die Reinheit dieser gemeinsamen Anstrengung und ihre Freude daran sind befleckt.

»Sie könnten uns helfen, Listen zu erstellen«, sagt sie zur Pompadour. Listen, aus denen ersichtlich ist, was welche Truhe oder Kiste enthält. Was für Gegenstände und in welchen Mengen. Damit man entscheiden kann, wozu der Inhalt zu gebrauchen ist, ohne dass man vorher alles durchwühlen und die Ordnung durcheinanderbringen muss.

»Das werde ich tun, Eure Majestät.«

Maman Hure rührt sich nicht vom Fleck, wohl in der Hoffnung, es würden noch mehr Nettigkeiten ausgetauscht, aber Bibi übernimmt bereits das Kommando und instruiert die Marquise, wie die Listen aussehen sollen. Ein gefaltetes Blatt, Bezeichnung der Gegenstände auf der linken Hälfte der Seite, sortiert nach Kategorien, Mengen. Gegebenenfalls Größen. Die Adressaten: Spitäler, Institutionen, die sich um Waisenkinder kümmern, unter freiem Himmel eingerichtete Küchen, die Mahlzeiten an Überlebende ausgeben. »Fangen wir mit dem an, was Sie mitgebracht haben, Madame«, sagt sie, öffnet einen Korb und holt heraus, was darin ist. Unterwäsche, alle in einer Größe, für ein Mädchen. Unterröcke, Westen, Korsetts, Hemden, Nachthemden, Pluderhosen. Alle aus weichem Batist, alle frisch gebügelt.

Es muss die Luft sein, die stickig ist vom Atem so vieler Menschen und von den Ausdünstungen der noch unsortierten Kleider, die in Haufen herumliegen, oder vielleicht liegt es auch einfach daran, dass die Pompadour unbedingt Aufmerksamkeit auf sich lenken muss, koste es, was es wolle. Was immer die Ursache sein mag, jedenfalls wird die Pompadour ohnmächtig, doch die starken Arme ihrer Kammerfrau fangen sie gerade noch rechtzeitig auf. »Madame, Madame«, jammert die Kammerfrau. Aus einem Riechfläschchen, das sie in der Hand hält, dringt der stechende Geruch von Hirschhornsalz.

Alle anwesenden Hofdamen scharen sich um sie, bieten Hilfe an, kümmern sich darum, dass die Fenster geöffnet werden. Vielleicht sollte Madame la Marquise ein bisschen hin und her gehen. Sitzen ist nicht gut für den Kreislauf.

Die Pompadour, blass mit zitternden Lippen, lässt sich all diese Aufmerksamkeit gern gefallen. Sie nippt von dem mit Wasser verdünnten Wein, den man ihr bringt, schnuppert noch einmal am Riechsalz, entschuldigt sich für ihre Schwäche und bittet schließlich darum, gehen zu dürfen.

Auf Nimmerwiedersehen!

Wie einfach es ist, ein Urteil zu fällen. Wie schwer es ist, etwas jenseits von dem, was wir zu wissen glauben, zur Kenntnis zu nehmen. Das sind die Gedanken der Königin, als die Marquise weg ist und Bibi sagt: »Es ist alles meine Schuld, Eure Majestät. Ich hätte mir denken können, dass es die Unterwäsche von Alexandrine ist. Es muss das erste Mal gewesen sein, dass die Marquise sie seit dem Tod ihrer Tochter gesehen hat.«

* * *

Nachdem man Francine fortgebracht hatte, wartete ich jeden Tag auf Neuigkeiten von ihr, aber es war, als wäre sie überhaupt nie im Hirschpark gewesen. Ihre Sachen waren alle weg. Niemand erwähnte ihren Namen. Eines Morgens, als ich daran erinnerte, wie gern Francine Brioche zum Frühstück aß, warf mir Mademoiselle Dupin einen schneidend bösen Blick zu. Zu wissen, was man sagen und wovon man schweigen sollte, verkündete sie, sei eine Fähigkeit, die man ausnahmslos von jeder élève erwarte.

Als ich Lisette mit weiteren Schokoladenpastillen bestach, sagte sie, man habe Francine den Laufpass gegeben, weil sie gehandelt habe, ohne vorher darüber nachzudenken. Viel mehr konnte sie mir nicht sagen, erinnerte mich aber noch daran, dass Francine eine schnelle Zunge besaß und immer wieder die guten Lehren von Mademoiselle Dupin in den Wind geschlagen hatte. Ich gab Lisette noch zusätzlich mein bestes Spitzentaschentuch und bekam dafür die Auskunft, dass Francine gut versorgt sei. Nicht so gut, wie sie hätte sein können, wenn sie klüger gewesen wäre, aber es gehe ihr immer noch besser als in der Zeit, bevor sie hierherkam. Der Graf sei ein sehr großzügiger Mann. Er wünsche niemandem Böses.

»Am besten denken Sie nicht an sie, Mademoiselle«, sagte Lisette.

Ich bemühte mich, aber zu viel erinnerte mich an Francine. Die leere Nische, in der einst ihr Bett gestanden hatte, die Schnitte in meinen Fußsohlen. Obwohl sie gut heilten, taten sie immer noch bei jedem Schritt weh, und am Abend waren meine Schuhe innen immer voller Blutflecke.

»Kümmern Sie sich am besten um Ihre eigenen Angelegenheiten, Mademoiselle«, sagte Lisette noch. Ich spürte in dieser Zeit, dass sie ein neues Selbstbewusstsein ausstrahlte. Madame Bertrand nahm sie oft mit auf den Markt und erklärte, dass Lisettes kluges Verhalten und ihre schnelle Auffassungsgabe ihr geholfen hätten, so manches gute Geschäft zu machen. Madame Bertrand vertraute Lisette nun auch die Aufgabe an, für sie Wein aus dem Keller zu holen, was bislang nur Rose erlaubt gewesen war.

Als das neue Mädchen, Amélie, ankam, konnte ich der Versuchung nicht widerstehen, auf dem Treppenabsatz zu lauern, als Rose und Lisette sie zum Baden in die Waschküche führten. Aber ich konnte gerade mal einen flüchtigen Blick auf eine schmächtige Gestalt in einem Reisemantel erhaschen, da rief mich Mademoiselle Dupin in den Salon, wies mich scharf zurecht wegen meiner höchst unziemlichen Neugier und trug mir auf, ein Mustertuch zu sticken, damit ich beschäftigt sei. Als Amélie am nächsten Tag zum Frühstückstisch kam, sah ich, dass sie ganz anders als Francine war. Nicht nur hübscher mit ihrer hohen Stirn und den vollen Lippen, sondern auch *ziemlich schweigsam, und sie schenkte Claire mehr Aufmerksamkeit als mir.*

Wie einsam ich mich fühlte! Ich wachte mit Furcht vor den kommenden Stunden auf; ich ging mit schwerem Herzen zu Bett. Eines Abends nahm ich ein Blatt von dem besonders edlen Papier, auf das Mademoiselle uns mit Schönschrift Lebensweisheiten schreiben ließ, und schrieb einen Brief an Francine. Ich hoffe, Du vermisst mich ebenso sehr, wie ich Dich vermisse, *begann ich.* Ich erzählte ihr von Amélie, die niemals meine Freundin werden würde, von Papa, Adèle und der Druckerei in der Rue des Jardins. Ich fragte Francine, ob sie wisse, wie weit Lissabon entfernt sei, und ob auch sie sich frage, wie es sich anfühlt, wenn die Erde sich unter einem auftut oder wenn man lebendig unter Trümmern begraben ist.

Ich wusste, dass Francine meinen Brief niemals zu Gesicht bekommen würde. Als ich fertig war, faltete ich ihn sorgfältig und versteckte ihn in der grünen Kiste in den Fabeln von La Fontaine.

Ich wurde eine Woche später vom Hausherrn vorgeladen: »Das ist Ihre Gelegenheit, Ihre Dankbarkeit zu zeigen«, *sagte Mademoiselle Dupin, als sie mir befahl, nach dem Frühstück nach oben zu gehen.* »Verderben Sie es nicht.«

Ich hatte Angst, dass meine Stimme mir nicht gehorchen würde, darum nickte ich nur stumm.

In meinem Zimmer lag ein neues Kleid auf dem Bett. Der Schnitt war einfach, aber es war aus schönem cremefarbenem Satin. Passend dazu gab es ein neues Paar Schuhe. Pantoletten, die ich ohne fremde Hilfe leicht abstreifen und anziehen konnte, aber sie hatten Absätze.

»Was schauen Sie so säuerlich?«, *fragte Rose.* »Können Sie nicht lächeln?«

»Seien Sie klüger als Sie-wissen-schon«, *sagte Lisette und reichte mir einen nassen Waschlappen.*

Rose verteilte etwas Bleiweißschminke auf meinen Wangen

und strich ein winziges Quantum Karminrot auf meine Lippen. Lisette schnürte mein Korsett viel enger als sonst.

Der cremefarbene Satin schimmerte. Lisette sagte, sie habe ihn selbst gebügelt, was nicht leicht gewesen sei, denn Satin sei empfindlich und man könne leicht alles ruinieren, wenn man nicht aufpasse.

Eingeschnürt in das neue Kleid, die Locken gezähmt und ordentlich hochgesteckt, sah ich älter aus und fühlte mich unsicher. Ich wusste nicht recht, was ich mit meinen Händen machen sollte.

»Woher weiß ich, wohin ich gehen soll?«, fragte ich.

Ich solle mir keine Sorgen machen, sagte Rose, Michel und Saint-Jean würden mich hinbringen.

»Was muss ich dort tun?«, fragte ich.

Rose zuckte mit den Schultern. »Woher soll ich das wissen?«, sagte sie. Der scharfe Ton ihrer Stimme warnte mich davor, weitere Fragen zu stellen.

Während wir auf die Sänfte warteten, redeten Lisette und Rose über die Lakaien. Alles, was von ihnen verlangt wurde, war, gut auszusehen und bereitzustehen für den Fall, dass sie gebraucht wurden, und doch bekamen sie doppelt so viel Lohn wie Dienstmädchen. »Ah, eine schöne Gerechtigkeit ist das!«, sagte Lisette.

Ich hörte nur halb zu, ängstlich, wie ich war. Ich wusste, dass ich Seiner Hoheit gefallen musste, aber was genau würde ich tun müssen? Singen? Cembalo spielen? Vielleicht, aber was kam dann? Denn da war noch etwas anderes, etwas Unvorstellbares, etwas, das für Francine mit bitteren Tränen geendet hatte.

Eine Prüfung, die sie nicht bestanden hatte.

»Ich will nicht erleben, dass sie dich mit Schande zu mir zurückschicken«, hatte Maman gesagt.

Eine Sänfte ist, wie ich bald merkte, weit weniger komfortabel als eine Kutsche. Vom ständigen Schaukeln wurde mir schlecht.

Bei einem heftigen Schlenker knallte mein Ellbogen gegen das Fenster. Zum Glück dauerte es nicht lang. Als die Sänfte abgestellt wurde und ich mit wackeligen Beinen ausstieg, stand da vor mir Monsieur Durand. Er fuhr die Lakaien an, weil sie so lang gebraucht hatten. Ihre Entschuldigungen tat er mit einem ärgerlichen Wedeln der Hand ab.

War dies das Schloss von Versailles? Ich hatte eine großartige Auffahrt erwartet, Scharen von Höflingen und Schweizergarde, die den Zugang bewachte, aber der Innenhof, in den man mich gebracht hatte, war klein und wirkte verlassen. Die Gebäude ringsum waren aus gelblichem Stein und ziemlich schlicht – ganz unten an den Mauern waren sogar hie und da hässliche Flecken –, die einzige Zierde waren die bronzenen Hirschköpfe mit Geweih, die wie Jagdtrophäen aussahen. Aber dann dachte ich, dass ein polnischer Graf, auch wenn er ein Verwandter der Königin war, sich nicht mit dem König von Frankreich vergleichen konnte. War es da ein Wunder, dass seine Wohnung nicht im besten Teil des Schlosses lag?

»Hat man Ihnen gesagt, was von Ihnen erwartet wird?«, fragte Monsieur Durand. Sein Ton war recht unfreundlich, was mich nicht überraschte. Ich hatte ihn ein paar Mal im Hirschpark gesehen, und obwohl er bei diesen Gelegenheiten nie mit mir gesprochen hatte, glaubte ich zu wissen, dass er mich nicht besonders mochte. Ich glaubte auch, dass er überhaupt niemanden besonders mochte.

Ich wiederholte wörtlich, was Mademoiselle Dupin mir eingeschärft hatte: »Dass ich mich dankbar für die großzügigen Wohltaten, die ich genossen habe, erweise.«

Offenbar fand er meine Antwort hinreichend, denn er nickte und befahl mir, ihm zu folgen. Ich hob die Seiten des Satinrocks an und eilte so schnell, wie es mir meine neuen Schuhe erlaubten, hinter ihm her.

Auf unserem Weg kamen wir an vielen Türen vorbei, aber nur wenige standen offen. Ein Raum war mit lauter Sänften

vollgestellt, in einem anderen sah ich nichts als in Stroh gepack-
te Nachttöpfe. In den Korridoren, durch die wir gingen, gab es
keine Höflinge, nur einen Jungen, der damit beschäftigt war,
Jagdstiefel in einer geraden Reihe nebeneinander aufzustellen,
und eine Zofe, die einem Schoßhündchen dabei zusah, wie es
auf den Marmorboden pinkelte.

Wir stiegen eine schmale Treppe bis zum zweiten Treppenab-
satz hinauf, wo Monsieur Durand einen Schlüssel aus seiner
Tasche holte und eine Tür aufsperrte, durch die er mich eintre-
ten ließ.

»Sie warten hier«, sagte er und deutete auf ein dunkelgrünes
Sofa mit vergoldeten Armlehnen, das an der Wand stand. »Bis
man nach Ihnen verlangt.«

Ich setzte mich auf die Sofakante, wobei ich sorgfältig dar-
auf achtete, den Rock schön glatt zu streichen, weil Maman im-
mer gesagt hatte, dass Satin es nicht gut verträgt, wenn man ihn
knittert. Die Haut meiner Hände, die auf Anweisung von Ma-
dame Bertrand jeden Abend mit Gänseschmalz eingeschmiert
wurden, war nicht mehr mit Schrammen und Schrunden über-
sät, wenn auch ganz schwache Spuren davon noch zu erkennen
waren. Der Ellbogen, den ich mir am Fenster der Sänfte ange-
schlagen hatte, tat zwar weh, es hatte sich aber kein blauer
Fleck gebildet. Monsieur Durand warf mir einen letzten Blick
zu, schnupperte an der Luft um mich herum und verließ den
Raum, als eine Uhr auf dem Kaminsims eben Mittag schlug.

Ich saß da und wartete.

Eine Zeit lang nahm das Zimmer, in dem ich mich befand,
meine ganze Aufmerksamkeit in Anspruch. Es war ziemlich
klein und niedrig, aber sehr schön ausgestaltet. Eine grüne Sei-
dentapete mit gelb gestickten Blumen, die Vorhänge ähnlich,
nur in einem dunkleren Ton. In einer Porzellanvase mit Gold-
rand, die auf dem Beistelltisch stand, prangten rosa Rosen,
die einen starken süßen Duft verströmten. Daneben, zu einer
Gruppe arrangiert, Porzellanfiguren. Eine Schäferin in einem

blauen Kleid, die dem Betrachter eine Kusshand zuwarf. Ein kleines Mädchen, das mit seinem Hund spielte. Eine Magd, die Eimer mit Milch trug. Ein barfüßiges Mädchen, umgeben von Schafen. Ich wollte sie so gerne aufheben, eine nach der anderen, nur um zu spüren, wie leicht sie waren, aber dann fand ich, dass ich es doch besser sein ließ. Was wäre, wenn der Graf plötzlich hereinkäme? Wenn er wütend auf mich würde, weil ich seine Sachen angefasst hatte?

Der Graf, sagte ich mir, war mein Wohltäter. Leider gab es nirgendwo Porträts von ihm, was mir zu denken gab. Wollte er nicht gemalt werden? Vielleicht, weil er alt und hässlich war?

Ich lauschte gespannt, ob Schritte sich näherten, und warf immer wieder einen Blick auf die Uhr. Je länger ich wartete, desto unruhiger wurde ich. Was wäre, wenn er gar nicht käme? Was sollte ich dann tun? Hierbleiben? Auf Monsieur Durand warten? Und wenn auch er nicht käme? Sollte ich dann versuchen, den Weg zurück zum Hirschpark allein zu finden?

Dieser letzte Gedanke veranlasste mich, aufzustehen und durch das Fenster zu schauen. Ich erwartete, den Hof zu sehen, in dem ich aus der Sänfte ausgestiegen war, stellte aber fest, dass der Raum auf den Schlosspark hinaus ging, dessen Rand in der Ferne mit der Linie des Horizonts verschmolz. Nicht so weit entfernt von mir leuchtete weiß vor grünem Hintergrund eine Reihe von Statuen auf Säulen. Auf dem breiten Weg, der daran entlangführte, spazierten zahlreiche Höflinge. Eine Gruppe stach mir ins Auge, vier Mädchen, die sich um eine stämmig aussehende Dame in einem grauen Mantel scharten. Könnte es die Königin mit den Mesdames sein, fragte ich mich, den Töchtern Frankreichs? Lisette hatte mir einmal erzählt, dass die Königin immer eine seltsame altmodische Kopfbedeckung trug, die wie ein kleiner Kissenbezug aussah, der unter ihrem Kinn gebunden war. Ich spähte angestrengt, um Genaueres zu erkennen, aber die Dame in dem grauen Mantel war zu weit weg. Sie konnte nicht die Königin sein, sagte ich mir schließlich. Wenn sie es wäre, würden all die feinen Herr-schaften dort ja doch wohl vor ihr stehen bleiben und sich tief verneigen oder knicksen, oder nicht?

Gedämpfte Musik und Stimmen von irgendwoher drangen an mein Ohr. Über mir hörte ich Hühner gackern und schar-ren, ein Hahn krähte hell. Hühner im Schloss? Der Gedanke war so absurd, dass ich lachen musste. Dann erregte ein Gemäl-de an der Wand meine Aufmerksamkeit. Es zeigte ein Schiff, das von Wellen umhergeworfen wurde. Es gefiel mir, wie eine feine Linie Sonnenlicht, das durch die Wolken brach, Meer und Himmel trennte. Neben dem Gemälde befand sich ein großer golden gerahmter Spiegel, in dem ich mich betrachtete, ent-zückt davon, wie schön glatt der cremefarbene Satin fiel, vom zarten Muster des Spitzenbesatzes, von der Art und Wei-se, wie Rose mein Haar hochgesteckt, aber einige Locken lose gelassen hatte, sodass sie über meinen Hals fielen, was mir sehr gut stand.

Die Uhr auf dem Kaminsims schlug zwei. Zwei Stunden wa-ren vergangen, seit Monsieur Lebel mich in dieses Zimmer ge-bracht hatte. Mittlerweile waren sowohl meine Ängste als auch meine Neugierde verschwunden und durch Langeweile ersetzt worden, deren Ursache, wie Mademoiselle Dupin immer sagte, in der Regel ein Mangel an Verstand war. Um mich abzulen-ken, übte ich Tanzschritte vor dem Spiegel – vorwärts, seit-wärts, eine Drehung und einen Knicks –, bis meine verletzten Füße zu schmerzen begannen. Ich nahm eine große Pose ein, die uns Mademoiselle beigebracht hatte, und trug ein Gedicht über die Herrlichkeit Frankreichs vor, wobei ich mich bemüh-te, auch die exaltierte Mimik von Mademoiselle nachzuahmen, bis ich kichern musste. Anschließend schlüpfte ich in die Rolle von Madame Bertrand und hielt mir, ihrer Schülerin, einen Vortrag über die Bedeutung von Gehorsam und Dankbarkeit, wobei ich von Zeit zu Zeit Schlucke aus einer imaginären Fla-sche mit Herztonikum nahm.

Ich bekam jetzt langsam Hunger und Durst. Ich versuchte, die Tür zum Korridor draußen zu öffnen, fand sie aber verschlossen, ebenso wie die andere Tür des Zimmers. Als ich durch die Schlüssellöcher spähte, stellte ich fest, dass sie verstopft oder zugehängt waren, also ging ich zum Sofa zurück, schlüpfte aus meinen Schuhen und legte mich hin. Bevor ich in einen unruhigen Schlaf fiel, glaubte ich, Geräusche hinter der Wand zu hören, aber sie waren so leise, dass ich sie als bloße Einbildung abtat.

Als Monsieur Durand mich wachrüttelte, war es bereits dunkel. Meine Schulter schmerzte, mein Haar war ganz zerzaust. Ich erwartete, dass er mich ausschimpfen würde, aber er wirkte nicht unzufrieden. »Die Sänfte steht unten, also beeilen Sie sich!«, sagte er und gab mir meine Schuhe. »Sie warten im Hirschpark mit dem Abendessen auf Sie.«

* * *

Lebels Repetieruhr bestätigt, dass es fünf Minuten nach zehn ist. Der König ist bereits bei Madame de Pompadour und wird noch mindestens eine Stunde dortbleiben, was Lebel genügend Zeit geben sollte, sich mit den Angelegenheiten von Haus Hirschpark zu befassen.

Ja, aber nur, wenn er etwas Ruhe hätte. Stattdessen hört er in seinem Arbeitszimmer den Kutscher draußen lautstark darüber klagen, in welch schrecklichem Zustand die Straße nach Paris ist. Jetzt ist schon wieder ein Rad gebrochen, das zweite innerhalb von drei Tagen. Etwas Schweres wird über den Boden geschoben, dann Poltern, als Holzscheite auf das Gestell vor dem Kamin gelegt werden. Wo ist sein Diener, wenn er gebraucht wird?

Der Hof hätte schon längst ins Winterquartier nach Fontainebleau umziehen sollen, aber die Königin hat ihre Abreise erneut verschoben, weil sie keinesfalls ihre Arbeit zur Unterstützung der Erdbebenopfer von Lissabon unterbrechen will. Diese Entscheidung, so edel das Motiv auch sein mag, hat zu zahlreichen Störungen im Zeitplan des Hofs geführt. Der jährliche Wechsel der Vorhänge und seidenen Wandbehänge in allen königlichen Gemächern wurde verschoben, die Bettgestelle wurden noch nicht mit heißem Wasser gründlich geschrubbt und die Matratzen noch nicht geräuchert. Hinzu kommt, dass der König hier *Grands Levers* abhalten muss, was ihm in Fontainebleau erspart bliebe, weswegen er jeden Morgen schlecht gelaunt ist.

Der König ist unzufrieden, ein alarmierender Gedanke.

Das Fiasko mit diesem Flittchen Francine hat die Sache nicht besser gemacht. Zuerst hat die dumme Göre zu viel getrunken, dann, als Seine Majestät sie berührte, jammerte sie, als würde sie bei lebendigem Leibe gehäutet. »Lebel wird nachlässig«, hat man die Pompadour zum König sagen hören.

Nein, er wird nicht nachlässig.

Aus diesem Grund hat er bei dieser Véronique besondere Vorkehrungen getroffen. Er hat sie im grünen Salon durch den Einwegspiegel beobachtet. Sie hat die Porzellanfiguren nicht angerührt, nicht in Schubladen gewühlt und nicht einmal im Feuer gestochert. »Sie ist folgsam und wird keinen Ärger machen«, versicherte ihm die Gouvernante. Aber das allein garantiert noch nicht, dass Louis Gefallen an ihr finden wird.

Das Geräusch der Tür, die geöffnet wird, dann ein Rascheln: Gaspard, Lebels Diener, ist gekommen. Die Dienstboten wurden ermahnt, sich ruhig zu verhalten, um ihren Herrn nicht bei der Arbeit zu stören, und sofort haben sie alles stehen und liegen lassen, womit sie gerade beschäftigt waren. Endlich ist Ruhe eingekehrt.

Lebel öffnet das Hauptbuch, greift nach seiner Feder und taucht sie in das Tintenfass. Er genießt es, wie die Feder genau die richtige Menge aufnimmt. Das Reich der königlichen Lust verlangt eine sorgfältige Buchführung.

»Königliche Bastarde« ist ein Tätigkeitsbereich, der sich ständig erweitert. Egal wie gewissenhaft Lebel zu verhindern versucht, dass sich ihre Zahl vermehrt, kommen doch immer neue hinzu, und er muss sich um sie kümmern. Die ersten drei Jahre ihres Lebens bringt er sie bei Ammen in einem der Dörfer um Versailles unter, wo die Bauern gelernt haben, dass Diskretion sich lohnt. Stirbt ein Bastard, bezahlt Lebel die Beerdigung. Wenn einer älter als sechs Jahre alt wird, trifft Lebel weitere Vorkehrungen. Jungen schickt er zuerst einmal ins Internat. Dann, je nach ihren Fortschritten, gehen sie in die Armee oder in einen anderen geeigneten Beruf. Mädchen schickt er zu Pflegeeltern; es ist nicht schwer, Leute zu finden, die sie aufnehmen – viele einfache Bürger von Versailles sind froh, wenn sie so etwas dazuverdienen können. Die meisten dieser Mädchen bleiben bei ihren Vormündern, bis sie so weit sind, dass man sie verheiraten kann. Wenn sie religiös veranlagt sind, schickt Lebel sie in eine Klosterschule, wo die Nonnen angewiesen sind, ihre Neigung zum frommen Leben mit größter Sorgfalt zu nähren.

Im Moment ist von den fünf Bastarden unter seiner Aufsicht das älteste Mädchen erst acht. Einem Versailler Möbeltischler und seiner Frau anvertraut, lernt sie gerade ihren Katechismus. Auch wird sie gut versorgt, obwohl einer seiner Spione berichtet hat, dass die Pflegeeltern *sie übertrieben nachsichtig behandeln und unerwünschte Aufmerksamkeit auf sich ziehen, indem sie Geld gegen Zinsen verleihen, was zu Spekulationen über die Abstammung des Mädchens Anlass gibt.*

Solche Wachsamkeit ist lobenswert und verdient eine prompte Belohnung.

Morgen wird der Möbeltischler unerwarteten Besuch erhalten und ermahnt werden, sich besser in Acht zu nehmen. Eine erste strenge Warnung.

Die Dokumente, denen Lebel sich als Nächstes zuwendet, bringen eine leidige Angelegenheit endlich doch noch zu einem erfreulichen Ende. Ein Kaufmann in Neufrankreich bestätigt die Ankunft seiner Braut. Diese, ein Kammermädchen in Versailles, an dem der König Gefallen fand, hat Lebel viel Ärger bereitet. Zuerst mit ihrer losen Zunge, dann mit ihrer Niederkunft, die sich vierzig Stunden lang hinzog und nach schrecklichen Leiden mit einer Totgeburt endete. »Sie wäre fast gestorben?«, fragte der König mit Tränen in den Augen. »Für mich?«

Die Braut kam mit ihrer Mitgift und der Aussteuer in Montreal an. Die Quittung über viertausend Livres ist unterschrieben: *Étienne Marchand. Am achtundzwanzigsten Juni 1755.*

Das ist schon fünf Monate her, aber es braucht Zeit, den Ozean zu überqueren. Die Neue Welt bietet ungeahnte Möglichkeiten, hat Lebel gehört. Biberpelze sind in Frankreich sehr gefragt. Der Handel mit Otterfellen ist noch profitabler, wenn die Felle nach China gebracht und gegen Tee eingetauscht werden, der dann in England verkauft wird. Tausend Prozent Gewinn, heißt es, oder sogar noch mehr. Vermögen werden gemacht, während er hier an seinem Schreibtisch sitzt.

Genug von solchen müßigen Gedanken. Die Welt mag riesig sein, immer mehr Möglichkeiten bieten, aber er hat nur in einem Teil davon etwas zu sagen. Er hat dafür zu sorgen, dass auf diesem Fleck Welt alles möglichst reibungslos funktioniert, wobei er die Augen vor dem verschließt, was außerhalb liegt. Konzentriere dich auf das, was in diesem Augenblick möglich ist, befiehlt er sich selbst. Auf das, was addiert oder subtrahiert, gemessen, bewertet werden kann.

Lebel beugt sich über sein Rechnungsbuch und studiert die Zahlen, die er eingegeben hat. Achthundert Livres pro Jahr für jeden königlichen Bastard, um die Lebenshaltungskosten zu decken. Ein Pauschalbetrag von sechstausend Livres für einen Jungen und viertausend für ein Mädchen, wenn die Zeit gekommen ist, dass sie auf eigenen Füßen stehen müssen. Großzügig, mehr als angemessen. Zumal immer dann, wenn der Tod eingreift, wie es schon fünfmal geschehen ist, die verbleibenden Kinder den frei gewordenen Anteil erben.

* * *

»Kein Grund zur Sorge, Mademoiselle«, versicherte mir Lisette. »Kein Mensch denkt daran, Sie nach Hause zu schicken.«

Lisette hatte recht. Anfang Dezember brachte mich Monsieur Durand in denselben Salon in Versailles, in dem ich zwei Wochen zuvor vergeblich gewartet hatte. Diesmal war ich für den Abend einbestellt worden, und ich fand den Raum von sanft flackernden Kerzen beleuchtet vor, unzähligen Kerzen, so schien es mir. Im Kamin brannten knisternd Buchenscheite und strahlten eine behagliche Wärme aus.

Ich trug dasselbe cremefarbene Satinkleid wie beim ersten Mal, aber Rose hatte es seitdem noch mit Spitze verziert. Lisette fand, dass es mir ausgezeichnet stand, denn die Spitze betonte meinen schön geschwungenen Hals. Kaum war Monsieur Durand gegangen, sah ich mich in dem großen Spiegel an. Sie hatte recht.

»Bonsoir, Mademoiselle!«

Ärgerlich über mich selbst, weil ich nicht bemerkt hatte, dass jemand zur Tür hereingekommen war, drehte ich mich um und machte einen unbeholfenen Knicks. Vor mir stand eine imposante Gestalt in einem zimtfarbenen Samtrock. Seine Hoheit, der polnische Graf. Ich schlug die Augen nieder, was mich jedoch nicht hinderte, noch einen weiteren Blick zu erhaschen. Ein hoch erhobener Kopf, eine gelockte Perücke, schön frisiert und gepudert, ein weißes Halstuch locker um den Hals gebunden. Sein ovales Gesicht mit dem etwas spitzen Kinn, den kräftigen Augenbrauen über den dunkelblauen Augen kam mir irgendwie bekannt vor, aber ich tat das Gefühl als Produkt einer überhitzten Phantasie ab.

Der Graf streckte seine Hand aus. Ich beugte mich darüber,

streifte die Haut mit den Lippen, so wie Mademoiselle Dupin es uns gelehrt hatte. Nur ganz leicht und flüchtig, anmutig.

Er beobachtete mich weiter schweigend, und ich fand seinen Blick sowohl unwiderstehlich als auch beunruhigend. Noch nie hatte mich jemand mit solcher Intensität angeschaut, und noch nie war es mir so wichtig gewesen, was ein anderer Mensch von mir hielt.

In meinen Gedanken herrschte ein wildes Durcheinander; ich war völlig verunsichert. Sollte ich ihn unaufgefordert ansprechen? War es das, worauf er wartete? Erwartete er, dass ich ihm für seine Großzügigkeit dankte? Sollte ich die »Ode auf die Dankbarkeit« singen, die mein Musiklehrer mit mir einstudiert hatte? Mein Verstand setzte bei diesem Gedanken einen Moment lang aus, und ich öffnete sogar schon den Mund, aber dann kam Zweifel auf, und die Worte blieben mir in der Kehle stecken.

Ich hob meine Finger vor meinen Mund.

»Haben Sie Hunger?«, fragte der Graf.

Eine einfache Frage, aber nicht ungefährlich. Wenn ich sagen würde, dass ich Hunger hätte, würde er dann annehmen, dass Madame Bertrand den élèves nicht genug zu essen gab? Oder dass ich ein Vielfraß sei, der sich nicht beherrschen könne?

Aber ich war hungrig, und Mademoiselle Dupin lehrte uns, dass man im Zweifelsfall immer die Wahrheit sagen solle.

»Ja, Eure Hoheit«, sagte ich und schluckte, damit meine Stimme nicht so zitterte.

Zu meiner Erleichterung missfiel dem Grafen meine Antwort nicht. Er läutete die Dienerglocke, und fünf Herzschläge später öffnete sich die Tür, und ein Lakai schob ein Tischchen mit Rädern, auf dem ich allerlei zugedeckte Platten sah, herein. Bevor er ging, nahm er zwei Stühle, die an der Wand standen, und stellte sie an den Tisch.

»Wollen wir doch mal sehen, was sie uns geschickt haben«,

sagte der Graf und hob eine silberne Kuppel nach der anderen an. »Fasanenpastete ... Wildschwein ... Schweinebraten, mit Pflaumen gefüllt, wenn ich mich nicht irre.«

Er fragte nicht nach meinem Namen. Vielleicht wusste er ihn schon, dachte ich. Aber er hatte mich noch nicht Véronique genannt, oder?

Er unterbrach mich in meinen Gedanken. »Setzen Sie sich, Mademoiselle«, sagte er, zeigte auf einen der Stühle, und ich gehorchte.

Mein Unbehagen ließ etwas nach. Das also war er, Graf Casimir Boski, der die Zimmer, in denen wir wohnten, eingerichtet hatte, der die Kleider bezahlte, die wir trugen, der unsere Zukunft sichern würde. »Vergessen Sie das nie«, hörte ich im Geist Mademoiselle Dupin sagen.

»Essen Sie.« Mit langsamen, präzisen Bewegungen lud der Graf verschiedenste verlockend aussehende Speisen auf einen Teller, den er mir reichte. »Ich will nicht, dass Sie verhungern.«

Ich aß genau so, wie unsere Gouvernante es uns beigebracht hatte. Kleine Bissen, an dem Wein, den mir der Graf aus einer Kristallkaraffe eingeschenkt hatte, nippte ich zurückhaltend. Hunger war etwas Vulgäres. Ebenso Ungeduld oder Neugier, die man nicht im Zaum halten konnte.

»Ist alles nach Ihrem Geschmack?«, fragte der Graf, nachdem ich einen Löffel von etwas, das sich als pürierter Sellerie entpuppte, probiert hatte.

»Köstlich, Eure Hoheit«, sagte ich. Der in den Besatz seines Rocks eingewebte Goldfaden schimmerte im Kerzenschein.

Er lächelte. Wie weiß seine Zähne sind, dachte ich, wie schön gleichmäßig.

»Dann essen Sie nur«, sagte er. »Nicht so schüchtern.«

Ich nahm ein Stück gebratenen Truthahn. Das Fleisch war von einem erdigen, knoblauchartigen Geschmack durchzogen.

»Trüffel«, sagte er. »Haben Sie das schon mal gegessen?«

Ich kaute noch, also schüttelte ich nur den Kopf.

»Man kann Hunden beibringen, sie mit ihrer feinen Nase aufzuspüren«, sagte er. »Auch Schweinen.«

Zwischen meinen Schneidezähnen hatten sich Fleischfasern festgesetzt. Ich saugte an ihnen, aber nur eine löste sich.

Der Graf beobachtete mich mit amüsiertem Lächeln, seine Finger trommelten leicht auf die Tischplatte. Dann griff er nach einer Schale mit Kirschen, die entkernt und enthäutet waren, nahm eine, tauchte sie in fein wie Staub gemörserten Zucker und steckte sie in den Mund. Als ihm Saft am Kinn heruntertropfte, wischte er ihn mit einem Taschentuch ab, das er aus seiner Brusttasche zog. Ich sah zu, wie er etwas Zucker, der an seinen Fingerspitzen klebte, ableckte – ein Fauxpas, der, wenn er mir unterlaufen wäre, Mademoiselle Dupin einen entsetzten Aufschrei entlockt hätte.

Der Gedanke brachte mich zum Lachen.

»Was amüsiert Sie so, mein liebes Kind?«, fragte der Graf.

Ich schüttelte den Kopf. Ich konnte es ihm unmöglich sagen. Es war zu peinlich.

»Aber Sie müssen«, sagte er und beugte sich zu mir vor. »Ich bestehe darauf.«

Ich sträubte mich noch eine Weile, gab aber schließlich nach. Zu meiner Freude fand auch er die Vorstellung amüsant, wie unsere Gouvernante beim Anblick eines Menschen, der seinen Finger ableckte, vor Schrecken aufschrie. »Ob sie mir wohl auf die Hand schlagen würde?«, fragte er nachdenklich. »Mit einem Stock?«

»Ja, Eure Hoheit«, sagte ich. »Mademoiselle ist sehr streng.« Dann, weil ich fürchtete, meine Worte könnten ihn beleidigen, fügte ich hinzu: »Sie bemüht sich, uns gute Manieren beizubringen«.

»Hat sie Erfolg?«

»Nicht immer.«

»Das ist vielleicht ein Glück.«

Unser Gespräch hatte jetzt eine angenehme Leichtigkeit. Der Graf stellte mir Fragen, und ich beantwortete sie mit wachsender Selbstsicherheit. Mein Vater war Drucker. Er ist gestorben.

»Woran?«

Ich beschrieb seinen ständigen Husten, seine geröteten Wangen, seine ausgedörrten Lippen, wie er sich nach Schlaf sehnte. Ich erzählte, dass er, kurz bevor er starb, gefragt hatte, warum man ihm einen so schweren Stein auf die Brust gelegt habe. Und dass er Maman gebeten hatte, die Vorhänge zu öffnen und mehr Licht hereinzulassen.

»Waren das seine letzten Worte?«, fragte der Graf.

Ich nickte. Es tat mir immer noch weh, dass Papa nichts zu mir gesagt hatte. Dass er nicht mehr die Zeit gehabt hatte, uns zu segnen, wie es andere Väter taten, wenn sie im Sterben lagen.

»Mehr Licht hereinlassen«, wiederholte der Graf und nickte dabei mit dem Kopf. »Ich werde es mir merken.«

Als ich erwähnte, dass Maman nach Papas Tod damit begann, gebrauchte Kleidung zu verkaufen, wollte der Graf wissen, wie viel so ein Kleid kosten kann. Ich wollte gerade erklären, dass es von der Qualität des Kleides abhing, wem es vorher gehört hatte und wie gut oder schlecht es erhalten war, als ich mich an eine Warnung von Mademoiselle Dupin erinnerte: Es sei ein Unterschied, ob man sich auskenne oder ob man mit seinen Kenntnissen angebe. Niemand, sagte sie, mochte eine Frau, die allzu selbstsicher auftrete.

»Alles von ein paar Sous bis zu ein paar Louisdors«, sagte ich vorsichtig.

»So ein Kleid wie das, das Sie da tragen, zum Beispiel«, fragte der Graf. »Wie viel würde ich dafür bekommen?«

»Einhundert Livres«, antwortete ich. »Schätzungsweise«, fügte ich hinzu, um die Gewissheit in meiner Stimme zu mildern.

»Oh«, sagte er zufrieden und schenkte mir und dann sich selbst Wein nach. »Das habe ich auch geschätzt.«

Der Wein war süß und schwer. Er stieg mir schnell zu Kopf, der letzte Rest Unbehagen in mir schmolz weg. Die Wände schwankten, und ich schloss die Augen, damit der Raum aufhörte, sich zu drehen. Ich hätte gerne etwas Wasser getrunken, aber auf dem Tisch stand keins.

Der Graf stand auf, zog seinen Rock aus und hängte ihn über die Rückenlehne seines Stuhls. Seine Weste, zimtbraun wie der Rock, war mit dem gleichen filigranen Blumen- und Blättermuster bestickt. Die Schweißflecken unter den Achseln seines Hemds wirkten wie dunkle Schatten. Er nahm auf dem grünen Sofa Platz, ein Weinglas in der Hand, und fragte: »Was hat man Ihnen über mich erzählt?«

Ich erzählte das Wenige, das ich wusste. Er war Seine Hoheit Graf Casimir Boski, der mit der Königin aus Polen nach Frankreich gekommen war. Er war ihr Cousin.

»Ein Cousin zweiten Grades«, sagte er und nahm noch einen Schluck Wein. »Was hat man Ihnen noch erzählt?«

Ich wiederholte die Worte von Mademoiselle Dupin: großzügig, freundlich, unser Wohltäter.

Er tätschelte auf die Stelle neben ihm. Ich erhob mich langsam, meine Beine fühlten sich schwach und zittrig an.

»Ich bin froh, dass Sie hier sind«, sagte er, als ich neben ihm saß.

Ich senkte den Blick.

Er nannte mich ein schlaues Mäuschen. Er nahm mich auf seinen Schoß und ließ mich ein bisschen auf und ab hüpfen, als wäre ich ein Säugling. Sein Atem roch sauer. Nicht so sehr, sagte ich mir, nur ein wenig.

»Küssen Sie mich«, sagte er.

Hastig ließ ich meine Lippen über sein Kinn huschen. Es war stachelig, wie das meines Vaters.

»Das nennen Sie einen Kuss?«, fragte er ziemlich scharf. Seine Augen wurden schmal; auf seiner Stirn erschien eine tiefe Falte. Ich murmelte eine Entschuldigung, ich hatte ihn nicht

kränken wollen. Es tat mir leid. Tränen schossen mir in die Augen. Ich versuchte sie aufzuhalten, aber es gelang mir nicht.

Er drückte meine Hand und flüsterte mir ins Ohr: »Verzeih mir, kleine Maus. Ich wollte dich nicht erschrecken.«

Seine Stimme klang jetzt heiter, freundlich, und ich war überwältigt von Dankbarkeit und Erleichterung, dass ich ihm doch nicht missfallen hatte.

»Komm«, sagte er dann, und ich folgte ihm in den angrenzenden Raum, wo ein großes Bett stand, über das eine tiefblaue Tagesdecke gebreitet war.

»Setz dich.«

Ich ließ mich auf der Bettkante nieder.

»Zieh deine Schuhe aus.«

Ich streifte die roten Satinpantoffeln ab. Ich wackelte mit den Zehen. Die Wunden von den Porzellanscherben, in die ich getreten war, waren schon verheilt, aber die Haut war noch zart und empfindlich.

»Warte hier«, sagte er und verschwand hinter einem Paravent aus Seide, auf die Pfauen gestickt waren. Ich saß auf dem Bett und kämpfte gegen das immer stärker werdende Gefühl an, dass sich nicht nur die Decke und die Wände um mich herum drehten, sondern die ganze Welt. Hinter dem Wandschirm ein Plätschern – offenbar pinkelte er –, eine Pause, dann ein letzter kleiner Schwall. Etwas Schweres fiel auf den Boden.

Ich schloss die Augen. Meine Kehle brannte, mein Herz pochte heftig, meine Wangen fühlten sich heiß an. Etwas Bedeutsames würde mit mir geschehen. Konnte ich noch davonlaufen, hinaus aus dem Zimmer, die Treppe hinunter? Mich verstecken?

»Du hast doch keine Angst vor mir?«, fragte der Graf, als ob er meine Gedanken hören könnte. Er stand neben mir, sein weißes Batisthemd stand an der Brust offen. Ohne Perücke sah sein Kopf kleiner, weniger imposant aus. Sein Haar war kurz geschoren, grau und spärlich.

»Ich werde dir nicht weh tun«, murmelte er, während seine Finger sich an meinem Rücken zu schaffen machten, die Häkchen meines Kleids öffneten, mir das Mieder und den Rock auszogen. Als er mir den Unterrock abgestreift hatte, musste ich mich zurücklehnen, sodass ich flach und wie auf dem Präsentierteller vor ihm lag. Am liebsten hätte ich mich zusammengerollt und weggedreht, aber ich traute mich nicht.

»Hat Mademoiselle Dupin dir gesagt, dass du hübsch bist?«

Ich schüttelte den Kopf.

»So etwas würde sie nie sagen, oder?«

Ein süßes Püppchen nannte er mich. Diese seidenweiche Haut. Wie zierlich meine kleinen Fingerchen waren. Wie dicht meine Wimpern. Wie die eines Hündchens. »Du hast doch keine Angst vor mir, oder?«, fragte er noch einmal, aber das war nicht wirklich eine Frage, und darum schwieg ich.

Er legte sich auf mich. Die Bartstoppeln kratzten. Seine Zunge schmeckte nach Asche.

Ich schloss die Augen.

Wie kann man gleichzeitig anwesend und abwesend sein? Weit weg von sich selbst entfernt und festgenagelt? Keine Luft bekommen und mit jedem Atemzug aufgerissen werden?

In meiner Erinnerung fühlt es sich an, als wäre alles auf einmal geschehen. Sein Gewicht auf mir, das meine Brüste zerdrückte. Seine Hände, die mich festhielten, etwas Hartes, das sich zwischen meine Beine schob und mich zerriss. Ich schrie auf vor Schmerz, spannte alle Muskeln an, voller Angst vor dem, was noch kommen würde. Mit angehaltenem Atem betete ich, dass es aufhören möge, während noch einige weitere Stöße folgten, bis er endlich heftig keuchte und schnaufte und dann erstarrte. Er wälzte sich von mir herunter, ich lag stumm da, nass von seinen Anstrengungen, mit pochendem Herzen. Da, wo er mich zerrissen hatte, war ein brennender Schmerz.

Neben mir begann der Graf zu schnarchen.

Der Schmerz hörte nach einer Weile auf, und ich betastete

vorsichtig die Stelle, aus der Flüssigkeit sickerte. Als ich an meinem Finger schnupperte, wehte mir der Geruch von Blut in die Nase. Ich fühlte mich wie betäubt, ausgehöhlt, unfähig, Worte für das zu finden, was geschehen war. Wertlos, ein Stück Treibgut, das von der Strömung des Flusses mitgerissen wurde, aber ich zweifelte keinen Moment lang daran, dass ich selbst und niemand sonst dafür verantwortlich war.

Aber wie? Ich ging in Gedanken den ganzen Abend noch einmal durch. War ich gierig gewesen und hatte zu viel gegessen? War ich zu redselig oder vorlaut gewesen? Hätte ich nicht erzählen dürfen, was Papas letzte Worte gewesen waren? Nicht eingestehen, dass mein Vater mich vor seinem Tod nicht gesegnet hatte?

Was auch immer ich falsch gemacht hatte, es war ein schlimmes Vergehen, und ich würde dafür bestraft werden, genau wie Francine. Deshalb hatte sie nicht mit mir sprechen wollen, dachte ich. Nicht weil sie mir böse gewesen wäre, sondern aus Scham. Ich stellte mir vor, wie Madame Bertrand und die Lakaien nachts in mein Zimmer brechen, mich mit Schimpf und Schande abführen und zur Kutsche bringen würden, wie entsetzt Maman mich anschauen würde, wenn man ihr sagte, was ich getan hatte.

Der Graf lag auf dem Rücken, den Mund offen, am Hals diese Ausbeulung, genau wie bei meinem Vater. Sein Adamsapfel. Ich dachte an die Worte des Priesters: Ein Bissen von der verbotenen Frucht stecke im Hals aller Männer, eine Erinnerung an die Sünde Evas, an das verlorene Paradies. Ich blickte auf seinen Körper hinunter. Das hochgerutschte Nachthemd enthüllte einen Hügel aus dunklen Locken, ein schlaffes Stück Fleisch und zwei Säcke mit faltiger Haut darunter. Zwischen uns lag ein schlauchförmiges Ding aus blauem mit Lilien besticktem Stoff, das mit Blut verschmiert war.

Ich setzte mich auf. Der brennende Schmerz in mir machte sich wieder bemerkbar.

*Dieser schlaffe Hautlappen hätte mich nicht verletzen kön-
nen, dachte ich. Ich schaute mich nach dem Gegenstand um,
der den Schmerz verursacht haben musste, aber da war nichts.
Ich setzte mich auf, um nach meinem Hemd zu schauen, und
fand es neben dem Bett auf dem Boden. Das Zimmer drehte
sich nicht mehr im Kreis, und der Schwindel, den der Wein verursacht hatte, war einem schmerzhaften Druck in Schläfen
und Stirn gewichen.*

*Der Gedanke, dass Monsieur Durand jeden Moment ein-
treffen könnte, um mich zum Hirschpark zurückzubringen,
machte mir Angst. Er durfte mich nicht in dem Zustand sehen,
in dem ich mich befand. Zumindest musste ich mir das Gesicht
waschen und den blutigen Schleim zwischen den Beinen abwischen.*

*Ich schnappte mir eine brennende Kerze vom Nachttisch
und verließ das Bett so geräuschlos wie möglich. Hinter dem
Paravent fand ich einen Nachttopf, ein leeres Porzellanbecken
und einen auf der Seite liegenden Wasserkrug. Der Teppich
war nass. Die Kleidung des Grafen lag zerknittert auf dem Boden. Ich musste an das Taschentuch in seiner Brusttasche denken und hob seinen Rock auf. Das Taschentuch war noch da,
mit Kirschsaft befleckt. Ich spuckte darauf und wischte erst
mein Gesicht und dann die Stelle zwischen meinen Beinen ab,
doch das Taschentuch war zu klein und schnell völlig durchnässt. Dann erinnerte ich mich an das Abendessen. Vielleicht
war noch etwas Wein übrig, mit dem ich mich reinigen konnte?*

*Auf Zehenspitzen, mit angehaltenem Atem ging ich in den
Salon nebenan, musste aber feststellen, dass jemand aufgeräumt hatte. Weder Wein noch Servietten waren noch da, der
ganze Tisch war weg. Aber dann fiel mein Blick auf den Fens-
tervorhang, und bevor ich den Mut verlor, pinkelte ich schnell
auf den Boden, tauchte die Ecke des Vorhangs in mein Pipi und
wischte mich damit ab.*

Bevor ich zurück ins Bett ging, trat ich ans Fenster. Der Mond schien durch eine dünne Wolkenschicht. Es waren graue Schatten darauf zu sehen, ferne Berge in einem unbekannten Land. Ein Nachtwächter ging unten in zügigem Schritt durch den Schlosspark, eine Laterne schwang an seiner Seite. Es war so still, dass ich das Knirschen seiner Stiefel im Kies hören konnte.

Als ich am Morgen aufwachte, pochte mein Kopf vor Schmerzen, mein Magen hatte sich zu einer sauren Kugel zusammengezogen, und in meinen Augen stach es, als wären lauter Sandkörnchen drin. Der Graf war nicht mehr da. Monsieur Durand blickte auf mich herunter, als wollte er sich vergewissern, dass ich nichts gestohlen hatte. Er hatte das blaue schlauchartige Ding in der Hand; er legte es in ein lackiertes Kästchen, das er einsteckte.

Ich fragte mich, ob er bereits wusste, was ich mit dem Vorhang angestellt hatte.

»Stehen Sie auf«, sagte er. »Ziehen Sie sich an. Schnell, schnell. Ich habe nicht den ganzen Tag Zeit.«

Er gab mir mein Kleid, und nachdem ich es, so gut es eben ging, ohne fremde Hilfe, angezogen hatte, machte er mir ein paar Haken am Rücken zu, gerade so viele, dass ich es beim Gehen nicht verlor. Statt mich zu schelten und zu verdammen, wie ich erwartet hatte, führte er mich einfach nur nach unten in den Hof, wo Michel und Saint-Jean mit der Sänfte bereitstanden.

Im Hirschpark rannte ich weinend die Treppe hinauf. Wenig später kam Madame Bertrand herein und sagte mir, ich solle nicht so ein Getue machen, schließlich sei doch nichts so sehr Schreckliches passiert, oder? Lisette werde mir helfen, mich wieder ordentlich herzurichten, und ich könne danach in meinem Zimmer bleiben, aber nicht länger als einen Tag, denn sie dulde keinen Müßiggang.

»Weinen Sie nicht, Mademoiselle«, sagte Lisette. »Es wird sich alles zum Guten wenden, Sie werden sehen.«

Sobald Lisette die Fensterläden geschlossen hatte und gegangen war, fiel ich in einen unruhigen Schlaf. Ich träumte von Papa, der ein finsteres Gesicht machte und den Kopf schüttelte. Maman schalt, das hätte ich mir alles selbst zuzuschreiben. Adèle wandte sich von mir ab und sagte, sie werde nicht mehr wiederkommen. Ich fragte sie, warum, aber sie schüttelte nur den Kopf und sagte, sie dürfe es nicht verraten.

Als ich aufwachte, stand ein silbernes Tablett mit Süßigkeiten auf dem Tisch, zusammen mit einer Kanne schaumiger Schokolade, die noch heiß war, und einem Holzkästchen, in dessen Deckel ein von Farnwedeln umkränzter Löwenkopf geschnitzt war.

Ich öffnete es.

In dem Kästchen ruhte auf einem schwarzen Samtkissen eine kleine Goldbrosche mit roten Rubinen, die in Form eines Herzens angeordnet waren.

In den folgenden Tagen gingen meine Gedanken ständig auf und ab zwischen Jubel und Scham, Zuversicht und Schuldgefühlen. In den guten Momenten nahm ich die Goldbrosche aus der Schachtel und sah mir genau an, wie die Rubine gefasst waren, jeder von kleinen goldenen Krallen gehalten. In den schlechten Momenten musste ich immer daran denken, wie linkisch ich gewesen war, an den schmutzigen Vorhang, wie weh es mir getan hatte. Am schlimmsten war es in der Nacht, wenn die Erinnerung daran, wie es Francine ergangen war, mich quälte, wenn ich ängstlich dem Knarzen von Bodendielen, dem Geräusch von Schritten im Korridor lauschte. Aber sobald dann ein neuer Morgen anbrach, ohne dass etwas passiert war, und der Unterricht wieder begann, wurde mir leichter ums Herz, und ich konnte so tun, als wäre alles in bester Ordnung.

Eine Woche später wurde ich erneut zum Grafen bestellt. Es war ein trostloser Abend, der Wind riss Zweige von den Bäumen, Schnee lag auf dem Dach der Sänfte. Ich rutschte fast auf dem eisigen Kopfsteinpflaster aus, als ich über den Hof zum Eingang eilte, wo Monsieur Durand bereits wartete.

»Sie haben sich Zeit gelassen«, sagte er.

Ich folgte ihm so schnell ich konnte die Treppe hinauf zu dem grünen Salon. Meine Schuhe waren durchnässt, der Saum meines neuen Kleides blieb nur deshalb sauber und trocken, weil ich den Rock hoch angehoben hatte. Das Kleid aus goldgelbem Brokat war erst am Morgen aus dem Schloss gebracht worden, Lisette erklärte, es sei von weit besserer Qualität als das cremefarbene Satinkleid. Auch der Schnitt sei etwas Besonderes, sagte sie; es war vorne geknöpft, was bei Hofe sehr à la mode sei.

Diesmal gab es kein Abendessen und keine Fragen. Sobald der Graf hereingekommen war, nahm er meine Hand, drückte meine Finger, steckte sie einzeln in seinen Mund und saugte an ihren Spitzen. Ich hielt es für ein Spiel, das ich mitspielte, indem ich mich neckisch widersetzte und meine Hand wegzog. Er biss mich in den Zeigefinger. Ich zuckte zusammen, denn der Biss war stärker, als ich erwartet hatte, es blutete sogar.

Im Schlafzimmer küsste er mich auf Mund und Hals, bevor seine Lippen nach unten rutschten und sich um meine rechte Brustwarze schlossen. Er lutschte daran so heftig, dass ich mich vor Schmerzen wand. Dann stieß er wieder in mich hinein, wenn es auch diesmal weniger weh tat, er zuckte wild und keuchte und schlief dann wie beim letzten Mal prompt ein. Ich lag eine Zeit lang wach und hörte zu, wie er schnarchte und mit den Zähnen knirschte. Ich fragte mich, ob Grafen auch Würmer bekamen. Ich überlegte, wie die Königin wohl aussah. Und dieses Polen, wo der Graf seine Ländereien hatte, wie weit war es entfernt? Wie viele Tage würde ich reisen müssen, um dorthin zu gelangen?

Als ich morgens aufwachte, war ich nicht überrascht, als ich sah, dass der Graf bereits weg war. Monsieur Durand brachte mich zurück zum Hirschpark.

* * *

Wie aufgeregt er heute ist, denkt Madame de Pompadour, als Louis zu seinem täglichen Besuch eintrifft. Es kann nicht das Mädchen sein, oder? Sie muss ihm gefallen haben, sonst hätte er sie nicht noch einmal zu sich bestellt.

Es ist nicht das Mädchen, es sind seine Minister. Seine Räte. Seine Bediensteten. Sein Hof. Unfähig, allesamt. Zu nichts zu gebrauchen. »Flinke Dummköpfe. Denken an nichts anderes als an sich selbst.«

Seine Augen blitzen, seine Stimme klingt angespannt. Ist er schon in Wut, oder ist es noch immer nur Frustration? Beide beginnen an der gleichen Stelle.

Madame de Pompadour wartet. Der König von Frankreich mag es nicht, wenn man ihn bittet zu erklären, was er meint. Auch die Hunde warten mit aufmerksam gehobenen Köpfen und wedelnden Schwänzen. Mimi zittert, als ob ihr kalt wäre, aber ihr ist nicht kalt. Hunde können riechen, was noch verborgen ist, glaubt Louis, sie erschnüffeln eine Krankheit, bevor sie ausbricht.

Nein, er will keinen Rotwein. Auch kein Wasser. »Unsere Truppen gehen unter«, sagt er. »In Kanada und Indien, auf Menorca und im Senegal, im Mississippi-Becken und in der Karibik. Die Engländer schlagen uns überall.«

Verkrüppelte Veteranen, die aus den Kolonien nach Frankreich zurückkehren, vergiften seine Untertanen mit ihren Geschichten. Geschichten, die von nichts als von lauter Niederlagen handeln. Diese Leute sagen, es sei eine einzige blutige Schande, die zum Himmel stinkt, berichtet Berryer. Zum Lohn für ihre Mühe werden sie in allen Kneipen freigehalten.

Louis geht auf seinen Sessel zu, überlegt es sich wieder anders und wendet sich zum Fenster. Mimi und Inez traben ihm nach, ohne Rücksicht auf ihre Bequemlichkeit zu nehmen, unbedingt pflichtbewusst, wie Hunde eben sind. Kein Mensch ist so treu, so vertrauenswürdig; daran hält Louis fest.

Madame de Pompadour wartet.

Es gibt nur eine Lösung, fährt Louis fort. Um die Demütigung einer Niederlage abzuwenden, braucht er mehr Steuerzahler, mehr Soldaten, mehr Siedler für all das Land, das Frankreich zwar zu seinem Besitz erklärt hat, das aber immer noch brachliegt und Wilderer einlädt, sich zu nehmen, was ihnen nicht gehört. Unmöglich, Majestät, sagen seine Minister, einer nutzloser als der andere. Die Bevölkerung Frankreichs, so sagen sie ihm alle, geht zurück. Die Armee stellt einen Mangel an diensttauglichen Rekruten fest. Schiffe fahren halb leer nach Neufrankreich.

Warum ist das so?, fragt er, und sie rasseln Gründe herunter wie aufgezogene Automaten. Immer noch wandern Protestanten aus Frankreich aus, Majestät. Katholische Priester leben zölibatär. Die Klöster sind voll von Frauen, die hätten heiraten und Kinder gebären sollen. Dienstboten dürfen nicht heiraten, solange sie im Dienst sind. Adelige Damen sind durch Luxus verdorben worden und haben vergessen, dass es ihre heilige Pflicht ist, königliche Untertanen zur Welt zu bringen und aufzuziehen.

»Warum lasse ich sie überhaupt sprechen, Jeanne? Sie sind eine kluge Frau. Sagen Sie es mir!«

Ein Nicken mit dem Kopf ist alles, was Louis verlangt, ein zustimmend klingendes Murmeln. Und, falls doch etwas mehr nötig ist, ein paar altbewährte Worte: *Weil Sie immer schon viel zu bescheiden waren. Zu leicht bereit, es geringeren Geistern zu gestatten, sich wichtig zu machen. Zu unvoreingenommen. Zu rücksichtsvoll darauf bedacht, niemanden zu kränken.*

»Wissen Sie, was sie noch sagen, Jeanne?«, fragt Louis.

Madame de Pompadour schüttelt den Kopf.

»Majestät, es sterben zu viele Säuglinge.«

Eine eklatante Verschwendung, sagen sie, ein Frevel. Und wenn er fragt, was dagegen getan werden kann, stottern, zucken und zappeln sie wie Insekten, die auf eine Korkplatte gesteckt werden. Es ist Gottes Wille, oder die Naturgesetze oder die abscheuliche Unmoral der unteren Klassen sind schuld, dass die Fundamente der Nation brüchig werden. Er wäre nicht überrascht, wenn man ihm sagen würde, Paris verdiene ein größeres Erdbeben als das, das in Lissabon gewütet hat. Damit Frankreich eine Lektion erteilt würde, die es nicht so leicht vergessen könnte.

Louis sinkt nun in seinen Sessel, knöpft seinen Rock auf. Wie gut ihm warmes Zimtbraun steht. Vor allem mit dem goldenen Besatz. Und dem *Cordon Bleu* über seiner Brust. Aber woher kommt dieses Zucken, wenn er sein rechtes Bein streckt? Bei der letzten Jagd hatte er es sich gezerrt. Ist es immer noch geschwollen? Offenbar, wenn auch nicht so stark, dass er hinkt.

Die Flasche Rotwein wartet immer noch auf einem Beistelltisch, neben zwei Kristallgläsern. Sie schenkt ein, mehr für ihn, weniger für sie.

Louis nimmt ihr das Glas aus den Händen. Hält es ans Licht, bewundert das Rubinrot.

»Das sind meine Ratssitzungen, Jeanne. Das ist der Rat, den ich bekomme.«

Das mag wie bloßes Gejammer klingen, aber es ist mehr als das. Louis möchte, dass sie ihm hilft, seine Minister in ihre Schranken zu weisen, ihnen klar und deutlich zu zeigen, dass sie unrecht haben. Und sie wird ihm dabei helfen. So wie sie es immer tut.

Seine unausgesprochene Bitte tut ihr gut, ein süßer Moment, den man am besten schweigend würdigt. Sie weiß, wie es ihn ärgert, wenn Lebel sich anmaßt, seine Gedanken zu kennen. Ist der König von Frankreich so leicht durchschaubar?, fragt Louis oft.

Deshalb will sie ihm nicht verraten, was sie vorhat.

»Seien Sie nachsichtig, Lieber«, flüstert sie ihm ins Ohr. »Haben Sie Mitleid mit uns gewöhnlichen Sterblichen. Wir können niemals Ihnen gleichen, natürlich nicht. Wir können es nur versuchen.«

* * *

Abend für Abend kam der Befehl, dass ich mich fertig machen solle, die Lakaien trugen mich ins Schloss, ich stieg die steilen Stufen zu der Wohnung hinauf und wartete auf den Grafen. Die ekelhafte Angelegenheit, die zuerst erledigt werden muss-te – so betrachtete ich die Sache mittlerweile –, war nicht mehr schmerzhaft, und wenn sie abgetan war, schlief der Graf nicht unmittelbar danach ein.

Ich entdeckte bald, dass ich ihn mit den gewöhnlichsten Ge-schichten erheitern konnte. Etwa, indem ich ihm beschrieb, wie Madame Bertrand Lisette beibrachte, Spitzen richtig zu wa-schen: »Nicht reiben, Mädchen, nicht reiben! Ist das so schwer zu kapieren?« Und dann imitierte ich für ihn Lisette, die ihre Augen verdrehte und die Lippen schmollend vorschob wie ein Fisch auf dem Trockenen. Oder ich stand vom Bett auf, um ihm die neuen Tanzschritte vorzuführen, die wir gerade lernten, und wie die kleine Claire über ihre eigenen Füße stol-perte und Amélie kichern musste.

Ich erzählte ihm, wie fein gekleidete Damen Interesse an den Kleidern, die Maman anbot, vortäuschten, nur um ein Fichu oder ein Taschentuch zu stehlen. Oder dass Chicorée, der im Dunkeln wächst, weiße Blätter hat, besser schmeckt und dop-pelt so teuer ist wie der, der im Freiland gezogen wird. Oder wie ein Schlosser für seine Produkte warb, indem er demjeni-

gen eine Belohnung versprach, der sein bestes Schloss knacken konnte.

»Hat es jemand geschafft?«

»Einmal.«

»Wie?«

»Mit einem Dietrich.«

»Wie viel müsste ich für eines seiner Schlösser bezahlen?«

»Zwanzig Sous, höchstens. Aber ich könnte den Preis für Sie auf zwölf herunterhandeln.«

»Würdest du das tun?«

Wie hell sein Lachen ist, dachte ich, und dieses leicht boshafte Funkeln in seinen Augen!

Er erzählte mir auch Geschichten.

Als er jünger war, ließ er sich manchmal auf eine nächtliche Tour durch die Kneipen von Paris oder eine Bootsfahrt auf der Seine mitnehmen. Es ging nicht ohne Pannen ab. Einmal wettete er, dass Stachelbeeren eine vollkommen glatte Schale hätten, und verlor natürlich. Wie hätte er auch wissen können, dass die im Schloss servierten Stachelbeeren rasiert worden waren?

»Du hättest das sicher gewusst, oder?«, fragte er nachdenklich und kniff mich in die Wange.

Eines Abends redete er darüber, dass er Tiere den Menschen wegen ihrer absoluten, von aller Berechnung freien Loyalität vorzog. Er hatte einmal einen Hahn besessen, der, sobald er ihn erblickte, auf ihn zugerannt kam und hingebungsvoll zu ihm aufschaute. Ein prächtiger Vogel mit schwarzen und gelben Federn und einem roten Kamm. Dieser Hahn starb an Altersschwäche, genau hier, in diesem Zimmer, sagte er und zeigte auf eine Stelle in der Nähe des Bettes. Bis zum letzten Atemzug suchte er den Blick seines Herrn.

Draußen heulte der Wind, und Hagelkörner klackerten gegen die Fensterscheiben. Ich schob meine Hand unter seine. Er drückte sie.

»Du gefällst mir, Mäuschen«, sagte er. Ihm gefalle es, dass

ich so ruhig sei. So bescheiden. So anders als andere. »Versprich mir, dass du so bleibst.«

Mein Herz schmolz vor Dankbarkeit.

»Ich verspreche es.«

Er schloss seine Augen, und ich rollte mich neben ihm zusammen und schlief mit ihm ein.

* * *

Nur etwa ein Dutzend ausgewählte Höflinge sind anwesend; die Beschränkung auf so wenige Personen wurde dadurch erleichtert, dass die Königin und die königlichen Töchter bereits in die Winterresidenz Fontainebleau umgezogen sind.

Wie die Vorstellung eines Zauberkünstlers, denkt Madame de Pompadour, obwohl die Hebamme keine besondere Magie ausströmt. Das Geflüster um sie herum bestätigt sie in ihrem Eindruck. Die Höflinge haben die flachen Schuhe, das schlammbraune Kleid, gut gepolstert und mit schlichtem Besatz versehen, bereits genauestens unter die Lupe genommen. Nicht unähnlich der Königin mit ihren nichtssagenden Nettigkeiten. Man könnte denken, dass Louis mit Ärger darauf reagierte, aber das ist offensichtlich nicht der Fall: Er beugt sich freudig gespannt nach vorn, ein Junge, der aufgeregt versprochenen Genüssen entgegensieht.

»Höchst dankbar, Eure Majestät, ... die Gelegenheit, mein Vorhaben darzulegen ... nicht alle Herrscher sind so aufgeklärt ... so leidenschaftlich interessiert, so sachkundig auf dem Gebiet der medizinischen Kunst.«

Du Coudray sollte zur Sache kommen, denn Louis wird der Dankesbekundungen müde. Die Worte sind sich allzu ähnlich, zu flüchtig, fadenscheinig. Obwohl es ihm durchaus gefällt, wenn man ihn »sachkundig auf dem Gebiet der medizinischen Kunst« nennt. Und auch das zustimmende Murmeln, das im Publikum aufkommt, ist ihm nicht zuwider.

Die Hebamme verbeugt sich und wartet auf die Erlaubnis anzufangen.

Louis nickt.

»Ich bin kein Höfling, Eure Majestät«, beginnt du Coudray. »Vergebt mir also bitte, wenn ich zu direkt spreche. Eine Hebamme hat wenig Zeit für Nettigkeiten. Wir werden zu oft Zeuginnen von schlimmem Unglück.«

Mit flinken Bewegungen legt sie Instrumente auf einem Tablett aus, stellt Tiegel und Glasbehälter hin und erklärt der Reihe nach, wofür die verschiedenen Dinge gebraucht werden. Das Röhrchen dient zur Behandlung von Inkontinenz, man öffnet damit den Blasenhals. Die Tiegel enthalten Salben für jede Gelegenheit. Zur Stimulation oder Beruhigung, zum Einfetten der Hände, wenn man in den Geburtskanal greifen muss. Wenn es Komplikationen gibt, wenn das Kind gedreht oder nach unten gezogen werden muss.

Hinter Madame de Pompadour kichert die Marquise de Guerigny über etwas, das ihr der Duc de Richelieu ins Ohr flüstert. Sie kam im letztmöglichen Moment, atemlos, mit roten Wangen, erhitzt, sodass alle ihr ansahen, was sie gerade getrieben hatte. Mit wem, das ist eine andere Frage. Lebel wird die Antwort noch früh genug liefern, wenn Louis auch nur das geringste Interesse zeigt.

De Guerigny ist eine hübsche Frau. Fröhlich, freundlich, unkompliziert. Das Altrosa, das Madame de Pompadour vor einiger Zeit für sich entdeckt hat und das mittlerweile in Versailles Mode ist, hellt ihren Teint auf. Wer immer derzeit mit ihr schlafen darf, ist ein glücklicher Mann. Das sind die Worte Louis', und sie haben die Phantasie der Pompadour zu der Vorstellung angeregt, wie die Finger der fröhlichen Marquise Louis' Weste aufknöpfen, durch den Schlitz seiner Kniehose schlüpfen, wie ihre seidenen Röcke leise raschelnd auf den Boden fallen.

Eine wirkliche Gefahr oder nur eine weitere vorübergehende Ablenkung?

Aus den Augenwinkeln sieht sie Lebel in kerzengerader Haltung an der Tür stehen und beobachten, was im Saal vor sich geht. Er macht eine gute, wenn auch knochige Figur in seinem lila Anzug. Ihre Kammerfrau hat herausgefunden, dass die roten Fische für seinen Gartenteich zweihundert Louisdor kosten. Vielleicht sollte sie sein Angebot, ihr ein Paar zu schenken, annehmen.

»Und nun, Eure Majestät, sind wir bereit für *la malade*.« Du Coudrays Stimme ist selbstbewusst, sogar eindringlich, als sie das Laken hebt und zurücktritt. Sie macht eine schwungvolle Geste, aber diese verweist nicht, wie alle erwartet hatten, auf die Puppe einer Frau in Wehen, sondern auf einen oben abgeschnittenen, aufgeblähten Bauch mit Beinen dran, die in der Mitte der Oberschenkel abgehackt wurden. Das Ganze ist rosa und wirkt ein bisschen unförmig, wie ein zu prall ausgestopftes Kissen.

Louis lehnt sich nach hinten, die Enttäuschung in seinem Gesicht ist für alle sichtbar.

»Sehr klug, finden Sie nicht?«, flüstert Madame de Pompadour ihm zu und streicht über seine Hand. »Damit man sich auf das Wesentliche konzentriert. Ist es nicht das, wozu Sie uns immer wieder aufrufen?«

Louis hebt die Hände. Sein Applaus ist zwar gedämpft, aber doch laut genug, dass die Höflinge ihn zur Kenntnis zu nehmen. Ein zustimmendes Raunen ist zu hören. Eine Frau keucht.

»Eine Hebamme in Ausbildung«, sagt Madame du Coudray mit einer an Vorträge gewohnten Stimme, »muss Monate an meiner Seite verbringen, bevor ich ihr über vorbereitende Untersuchungen hinausgehende Tätigkeiten anvertrauen kann. Mit dieser Maschine, dem Modell einer Mutter, kann ich sie bereits am ersten Tag alles, was bei einer Geburt zu tun ist, üben lassen. Sie kann ungestraft Fehler machen und daraus lernen.«

Es sei alles eine Frage der Zeit, erklärt sie. Zeit, die Frankreich, wie man ihr zu verstehen gegeben habe, nicht habe. Denn selbst jetzt, in diesem Moment, richten ungelernte Hebammen in den Provinzen eine Menge Schaden an. Die Mütter sterben. Oder sie leben mit ständigem Schmerz, während ihre inneren Organe infolge falscher Behandlung verkümmern und erschlaffen.

Es passiert auch, dass Kinder während der Geburt zu Schaden kommen und sterben. Oder sie bleiben als Krüppel am Leben, die ihren Familien zur Last fallen. Kinder, die zu tüchtigen Bauern oder Soldaten hätten heranwachsen können. Oder zu glücklichen Müttern vieler weiterer Untertanen Seiner Majestät.

»Man sagt mir nach, dass ich eine Mission habe, Majestät, und das stimmt. Ich will gesunde Kinder, denen kundige Hände auf die Welt geholfen haben. Nicht nur in Paris, wo es viele kompetente Hebammen gibt, sondern auch in kleinen Städten und abgelegenen Dörfern. Ich will gut ausgebildete Hebammen in jedem Winkel Frankreichs. Ich möchte, dass sie wissen, wie man Probleme vorhersehen kann. Wie man ihnen vorbeugen kann. Und sie müssen genügend wissen, um, wenn ihre Künste nicht ausreichen, einen Arzt zu rufen.

Diese künftigen Hebammen leben nicht in Paris. Und die meisten von ihnen können nicht nach Paris kommen, um eine Lehre zu machen oder sich im Hôtel-Dieu ausbilden zu lassen. Sie haben Familien, die sie nicht alleinlassen können, Eltern, Ehemänner, Kinder, die zu versorgen sind. Deshalb möchte ich mit meiner Maschine zu ihnen gehen, Majestät. Ihnen beibringen, wie man gesunden Kindern auf die Welt hilft. Sie in der knappen Zeit, die ihnen zur Verfügung steht, ausbilden.«

Louis lauscht, die Augen auf den aufgeblähten Bauch der unförmigen Maschine gerichtet. Die Marquise de Guerigny, die sich nach vorne in sein Blickfeld gedrängt hat, das glatte Gesicht nach oben gerichtet, die Augen weit aufgerissen, die Zungenspitze auf der Unterlippe, nimmt er gar nicht zur Kenntnis.

Ihrer Maschine, erklärt Madame du Coudray weiter, machen handwerkliche Fehler und Fehleinschätzungen nichts aus.

Die Schülerinnen lernen, ohne Gefahr zu laufen, Mutter oder Kind zu töten oder zu verstümmeln, und sie lernen schnell. Was ein Hebammenlehrling üblicherweise in drei Jahren lernt, kann man ihr nun in drei Monaten beibringen. Wie? Das wird sie sogleich vorführen.

Louis reckt seinen Hals, um besser sehen zu können.

Die Hebamme krempelt die Ärmel hoch und ist, so sieht es aus, schon im Begriff, sich auf einen niedrigen Schemel neben der Maschine zu setzen, da – Madame de Pompadour wird nie erfahren, ob es so geplant und also brillant durchdacht oder ob es völlig spontan und somit einfach nur brillant war – wendet sie sich an den König von Frankreich und fragt: »Würden Eure Majestät mir die Ehre erweisen, diesem Kind selbst auf die Welt zu helfen?«

Madame de Pompadour registriert diesen Moment in allen Einzelheiten, denn Louis wird noch lange darüber sprechen wollen. Die Totenstille am Anfang. Dann das Geräusch, wie sie, empört angesichts einer solchen Dreistigkeit, nach Luft schnappen, alle, auch die Marquise de Guerigny. Die Hebamme tritt unerschrocken zur Seite und macht dem König Platz. Sie wartet.

Louis steht auf, tritt auf die Maschine zu, bevor irgendein übereifriger Trottel sich wichtigmachen und erklären kann, das sei doch in hohem Grad unpassend. Oder irgendeinen lächerlichen Grund anführt, der es dem König verbietet, der Aufforderung zu folgen: »Nun, Sire, das verstößt ohne Zweifel … gegen die Etikette.«

Du Coudray lächelt, eine Lehrerin, die ihren prominenten Schüler ermuntert. »Hier, Eure Majestät. Bitte, nehmen Sie auf diesem Hocker Platz«, sagt sie. »Ziehen Sie bitte Ihre Handschuhe aus. Ich zeige Ihnen, was Sie machen müssen.«

Louis zieht seine Handschuhe aus und reicht sie einem Pagen. Er macht eine Faust, ganz fest ballt er die Finger und streckt sie dann weit aus, so wie es die Hebamme demonstriert.

Eine gute Angewohnheit, versichert sie ihm, um die Hände auf ihre Aufgabe vorzubereiten. Sie in Gang zu bringen.

Die Maschine, so du Coudray weiter, ist bis ins kleinste anatomische Detail präzise. Das Becken, die Gebärmutter, ihre Öffnung, ihre Bänder, der als Vagina bezeichnete Kanal, die Blase und das Rectum. Die Plazenta mit ihren Membranen und dem Wasser, das sie enthalten. Die Nabelschnur, bestehend aus ihren beiden Arterien und der Vene. Die Expertin zeigt, wie sie zwei Zustände simulieren kann, indem sie eine Hälfte der Nabelschnur schlaff und die andere prall lässt: die Nabelschnur eines toten Kindes und die eines lebenden Kindes.

»Aber im Moment, Majestät, sind wir von der Niederkunft noch weit entfernt.«

Du Coudray öffnet eines ihrer Gefäße und weist ihren königlichen Lehrling an, seine Hände zu schmieren. Damit er die Gebärende nicht verletzt, falls er in den Geburtskanal greifen muss.

»Brauchen Eure Majestät Hilfe?«

Louis schüttelt den Kopf. Er kann seine Hände selbst schmieren.

Nun muss Seine Majestät den Stoffbauch abtasten, ihn mit den Handflächen drücken, die Position des Kindes einschätzen. Erstaunlich, wie viel man allein durch Berührung mit den Handflächen und Fingern herausfinden kann.

Louis legt seine Hände auf den Stoffbauch und versucht, die Gestalt im Inneren zu bestimmen, aber – wie er hinterher gestehen wird – es ist alles nur eine einzige unregelmäßig geformte Masse.

»Fühlen Sie nach den Knochen, Majestät, nach der Rundung des Schädels«, fordert die Hebamme ihn auf. »Und drücken Sie fester.«

Er drückt härter, und der Stoffbauch gibt offenbar plötzlich seinen Widerstand auf, denn Louis lächelt. »Ich kann es fühlen«, sagt er. »Ein langer Knochen. Dann ein Knick. Ellbogen oder Knie? Der Schädel?«

Einen Moment später ist er sich sicher. Der Kopf dieses Kindes ist unten, seine Beine sind oben.

»Ist es so?«, fragt er, und als Madame du Coudray es bestätigt, strahlt er. »Das ist gut«, sagt er. »So soll es sein. Das Kind liegt nicht in Steißlage.« Von all seinen Kindern war nur Louise eine Steißgeburt. Sie kam mit den Füßen voran, sagte der Arzt, und hätte ihre Mutter fast getötet.

»Ausgezeichnet, Eure Majestät. Nicht viele hätten das gewusst.«

Ein zustimmendes Raunen geht durch den Raum.

»Wir wollen den Lauf der Zeit etwas beschleunigen«, fährt du Coudray fort. »Wir haben Stunden am Bett von *la malade* verbracht, die Wehen beobachtet und die Zeit zwischen den Wehen gemessen. Als Nächstes geschieht nun dieses.«

Sie macht sich an Schläuchen zu schaffen, und der Geburtskanal des Modells erweitert sich, wässrige Flüssigkeit spritzt heraus, die sich rot färbt. Dann schiebt sich aus dem Inneren etwas ans Licht, der Kopf des Stoffkinds.

»Sind Eure Majestät bereit?«

Während er nickt, beugt sich die Hebamme nach vorne und drückt einen unsichtbaren Hebel. Einen Moment lang passiert nichts, aber dann kommt das Kind mit Schwung heraus, und Louis fängt es in seinen Händen auf.

»Seine Majestät, der König von Frankreich«, verkündet du Coudray, »hat gerade einem gesunden Mädchen auf die Welt geholfen!«

Die Höflinge drängen sich näher heran. Die Stoffpuppe grinst sie mit offenem Mund an. Sie ist hässlich, aber das sind die meisten Neugeborenen. Was zählt, fährt die Hebamme fort, sind die grundlegenden Dinge: zehn Finger, zehn Zehen, zwei Augen, eine Nase, alles an seinem Platz. Nichts ist beschädigt. Ein Kind, das alle Chancen hat, erwachsen zu werden.

Louis folgt einem Wink der Hebamme, schneidet die Nabelschnur durch und reicht ihr die Stoffpuppe. Dann zieht er am

Ende der Nabelschnur, woraufhin die Plazenta hinausbefördert wird.

Die Puppe wird in ein warmes Handtuch gewickelt und beiseitegelegt. Du Coudray gibt Louis ein Tuch, an dem er sich die Hände abwischt.

Ein langer tosender Beifall bricht aus. Anschließend übertreffen die Höflinge einander mit Lobpreisungen. »Welch ein Talent, Majestät … Welche Haltung … außergewöhnlich … nur Schwachsinnige können leugnen, dass Fortschritt möglich ist.«

»Sie waren wirklich großartig, Liebster«, sagt Madame de Pompadour. »Jede Ihrer Bewegungen exakt. Immer im genau richtigen Moment.«

Du Coudray hat sich dem Applaus angeschlossen. Die natürliche Fähigkeit Seiner Majestät, sagt sie, sei ein Gottesgeschenk, für das Frankreich nicht genug danken könne. Die Hofdamen drängen sich um die Maschine. Wollen die Stoffpuppe anfassen, ihre Gelenke in verschiedene Positionen bewegen, ihre leicht spitzen Ohren kitzeln. Ob du Coudray gute Mittel gegen die Morgenübelkeit hat, fragen sie. Wo kann man ihre Salben bekommen? Nimmt sie Patientinnen an? Nein? Kann sie eine gute Hebamme in Paris empfehlen? Jemanden, dem sie ihre eigene Tochter anvertrauen würde?

Louis bedauert, dass die Demonstration so schnell vorbei ist. Später wird er Madame de Pompadour sagen, er hätte sich gewünscht, dass er es mit einer komplizierteren Geburt zu tun gehabt hätte. Mit Zwillingen, zum Beispiel. Wie seine erstgeborenen Töchter. Es würde ihn interessieren, was der Chirurg tat, als Marie mit ihnen niederkam. Er hätte gern Antworten bekommen auf die Fragen, die seine Frau immer mit »Wie es Gott gefiel« abtat.

Er wird auch sagen, dass diese du Coudray, eine Frau in mittleren Jahren, klüger ist als all die *philosophes* und Literaten, die sie, Jeanne, ihm ständig aufdrängt. Leute, die ihn mit hochtrabenden Reden überschütten und jeden einfachen Gedanken mit ihren Einwänden verhunzen. Das möchte ich erleben, so wird er ausrufen, dass die sich etwas einfallen lassen, das nützlicher und besser wäre als diese Maschine.

Wie recht Sie haben, wird sie ihm sagen und behaupten, er verfüge über ein drittes Auge, das mitten auf seiner Stirn sitze, unsichtbar, aber immer hellwach, und das ihm ermögliche, mehr zu sehen als andere.

Vor ihrer Abreise aus Versailles richtet Madame du Coudray eine demütigste Bitte an Seine Majestät Louis XV., den König von Frankreich und Navarra.

Ermutigt durch ihre bescheidenen Erfolge in den Provinzen, ersucht sie um die königliche Schirmherrschaft für ihre Bemühungen. Die Unterstützung des Throns würde es ihr ermöglichen, mit ihrer Maschine durch ganz Frankreich zu reisen, um die von ihr selbst konzipierte Ausbildung durchzuführen, durch welche begabte Dorfmädchen zu professionellen Hebammen gemacht und Aberglaube und Unwissenheit ausgetilgt würden. *Nachdem sie für alle möglichen Notfälle mit der Maschine geübt haben,* schreibt sie, *werden sie in der Lage sein, entweder selbst mit auftretenden Schwierigkeiten fertigzuwerden oder Hilfe zu suchen, wenn sie auf Probleme stoßen, denen sie nicht gewachsen sind. Keine Französin sollte bei einer Niederkunft verstümmelt werden. Kein französisches Kind sollte sterben müssen, weil die Hebamme mangelhaft ausgebildet ist.*

Louis fragt sich, was nötig wäre, damit dies geschehen kann. Ein offizielles Schreiben, in dem Madame de Coudray zur königlichen Hebamme ernannt wird? Musste man ihr ein Gehalt aussetzen? Wenn ja, wie viel?

»Was meinen Sie, Jeanne?«

Was Louis wirklich wissen möchte, ist, wer am Hof was dazu meint. Welche oppositionellen Formationen sich bereits bilden. »Nehmen Sie sich vor einer Mission in Acht, die zu einfach aussieht, Sire«, hat ihm der Duc de Richelieu bereits ins Ohr geflüstert.

Richelieu befürchtet eine Gegenreaktion der Provinzintendanten und Chirurgen, auf die du Coudray, vom König unterstützt und ermächtigt, losgelassen werden soll. Die Menschen stehen Innovationen weit weniger aufgeschlossen gegenüber als der König von Frankreich und achten streng darauf, ihr eigenes Prestige zu wahren.

»Eine Mission ist keine Sünde, oder?«, fragt Madame de Pompadour.

»Nein. Sie haben recht.«

Wenige Tage später, kurz vor seiner Abreise nach Fontainebleau, verkündet der König von Frankreich seine Entscheidung. Er wünscht, dass der Rat ein Dokument ausarbeitet, in dem *La Demoiselle du Coudray Sage-femme* die Unterstützung und der Schutz des Königs zugesagt werden. In Anerkennung ihrer Hebammenkunst, ihrer großartigen Erfindung, ihrer unermüdlichen und vorbildlichen Arbeit. Zur Unterstützung ihrer landesweiten Lehrtätigkeit. Der König will ein Heer von Hebammen, die für ihn und Frankreich arbeiten und gesunde Kinder zur Welt bringen.

Was ist er bereit, dafür auszugeben?

Achttausend Livres pro Jahr.

Sie werden alle meckern, nicht wahr?, sagt er sichtlich amüsiert zu Madame de Pompadour. Sie fühlen sich selbst dadurch herabgewürdigt. Eine Hebamme, die so viel bekommt wie ein General?

Generäle vergießen Blut, wird er ihnen sagen. Diese Frau und ihre Schülerinnen sorgen dafür, dass wir gesunde Soldaten haben, wenn Frankreich sie braucht.

Ist das nicht eine Mission, die der königlichen Unterstützung würdig ist?

Der Almanach für das Jahr unseres Herrn Jesus Christus 1756 ruft die Leserschaft zur Vorsicht auf: *Da Blut und Säfte jetzt in Bewegung sind, müssen wir uns vor Salz sowie vor kräftigem und verdorbenem Fleisch in Acht nehmen. Molke ist sehr gut für heiße Mägen, wie Wermutwein für kalte. Dicke und phlegmatische Menschen sollten ein Übermaß an berauschenden Getränken aller Art vermeiden.*

»Hast du das hierhergelegt, Nicole?«, fragt Madame de Pompadour ihre Kammerfrau.

Madame ist der Ansicht, dass Almanache von Leuten, die nicht schreiben können, für Leute, die nicht lesen können, geschrieben werden – ein Satz, der Louis immer zum Lächeln bringt. Ihre Kammerfrau, die auf Dauer gegen die Vernunft immun ist, glaubt indes fest an Vorhersagen aller Art. Auf die Frage, wie es möglich sein soll, nicht allein das Wetter für jeden Tag des kommenden Jahres vorherzusagen, sondern auch sämtliche Erdbeben, Überschwemmungen und Dürren, antwortet Nicole: »Genauso, wie man auch eine Sonnenfinsternis vorhersagen kann, oder nicht, Madame?« Louis schnaubt: »Haben Sie noch nie von den Umlaufbewegungen der Erde und des Mondes gehört? Und von der Himmelskugel?«

»Mir geht es nur um die Gesundheit von Madame«, verteidigt sich du Hausset jetzt. »Dr. Quesnay wird sicher wissen, ob Madames Magen kalt oder warm ist.«

Die Kammerfrau der Marquise macht sich ständig Sorgen, um alles und jedes. Sie bekreuzigt sich sogar vor der kürzesten Kutschfahrt, wobei sie so tut, als würde sie nur Locken und Rüschen zurechtstreichen: Stirn, Brust, linke Schulter, rechte Schulter.

Aber sie ist gutartig, im Gegensatz zu so vielen anderen.

Domestiken, Höflinge! Lauter Speichellecker, aber sobald

Sie einen Moment lang nicht aufpassen, werden sie sich umdrehen und Sie beißen, warnte Louis sie, als er sie nach Versailles brachte. Damals war sie noch Madame d'Étiolles geb. Jeanne Poisson, und ihr Herz floss über vor Liebe, die, so glaubte sie, alle Bosheit besiegen werde. Das ist jetzt elf Jahre her, aber sie hat kein Wort von dem vergessen, was er ihr damals sagte.

Hören Sie, Liebste, wie sie reden: *Ihre Majestät ist großzügig, wohlwollend. Wir flehen zu Ihrer Majestät. Wir bitten Sie, zu erwägen … gewähren … zu verleihen.* Sehen Sie dieses verzerrte, falsche Lächeln, beachten Sie die Entrüstung, die darin liegt. Lesen Sie, was man über mich schreibt: *Der König ist ein Feigling, ein Mann ohne Herz und Verstand, ein Mann von bösem Wesen, der keine Grausamkeit scheut, wenn er sie ungestraft tun kann.*

Lauter Heuchler, die ihm am liebsten auch noch das letzte bisschen Freude nehmen würden, hatte Louis ihr gesagt. *Sie dürfen schauen, aber nur durch dieses Fenster; gehen, aber nur auf diesen Wegen; essen, aber nur von diesen Speisen.* Sie hätten ihn genauso gut an die Wand ketten können. »Was unterscheidet den König von Frankreich von einem Gefangenen in der Bastille, Jeanne?«, fragte er. »Sagen Sie mir, was!«

Nicole weicht ihrer Herrin nicht von der Seite, legt ihr eine Decke über die Beine, klopft Kissen und Polster zurecht. Ihre allzu eifrige Fürsorglichkeit deutet darauf hin, dass sie etwas Unangenehmes mitzuteilen hat.

»Was ist los, Nicole? Ist es das Mädchen? Gefällt ihr das Kleid nicht, das ich ihr geschickt habe?«

Das Kleid aus goldgelbem Brokat ist etwas zu steif an der Taille, aber das Mädchen würde das gar nicht merken, oder?

»Madame war überaus großzügig. Viel zu großzügig, wenn ich das sagen darf.«

Zusätzlich zu dem Kleid schickte sie auch noch seidene Unterwäsche und ihren eigenen Friseur, den sie angewiesen hatte, diese widerspenstigen Locken ein bisschen zu zähmen. »Üppig, aber nicht zügellos« ist der gewünschte Effekt. Vielleicht muss man mehr Pomade verwenden?

Nicole unterbricht sie in diesen Gedanken: »Er hat sie schon wieder zu sich bestellt, Madame, zum vierten Mal in einer einzigen Woche. Elf Mal im Dezember. Sie gibt mit den Ohrringen an, die Seine Majestät ihr geschenkt hat. Und lässt sich von vorn bis hinten bedienen. Am Morgen ist sie zu müde, um zum Frühstück herunterzukommen! Außerdem wird sie neugierig.«

Madame Bertrand zufolge stellt das Mädchen viel zu oft Fragen nach den Besitzungen Seiner Hoheit in Polen. Wie groß sind sie? Wie lange dauert die Reise bis dorthin? Könnte Mademoiselle Dupin ihr auf einer Karte zeigen, wo Polen liegt?

»Ist das alles?«

»Sie wollte auch wissen, ob die Königin ihn jemals dort besucht habe.«

»Was hat man ihr geantwortet?«

»Dass die Königin nicht so einfach hierhin und dorthin reisen kann, wie es ihr gerade gefällt. Dass sie in Frankreich Pflichten hat.«

»Und was hat das Mädchen dazu gesagt?«

»Sie war sehr erleichtert. Die Bertrand glaubt allerdings, dass sie möglicherweise ziemlich große Rosinen im Kopf hat.«

»Die Bertrand glaubt auch, dass haufenweise seidene Bänder sie vornehm aussehen lassen.«

»Das ist wahr, Madame«, sagt Nicole und zieht sich in ihre Ecke zurück. Besiegt oder befriedigt, das ist schwer zu sagen.

Das Mädchen sei harmlos, sagt Lebel. Sicher, all die Aufmerksamkeit, die sie erhält, sei ihr vielleicht ein bisschen zu Kopf gestiegen, aber welchem »Vögelchen« würde es an ihrer Stelle anders ergehen?

Lebel ist auch davon überzeugt, dass das Mädchen weiterhin an die Geschichte von dem polnischen Grafen glauben wird, wenngleich er sich keineswegs selbstgefällig in Sicherheit wiegt.

Denn wenn ein Mädchen so oft zu Seiner Hoheit gerufen wird, fangen die Bediensteten von Hirschpark an, eigene Berechnungen anzustellen. Soll man ihr klammheimlich einen Tipp geben oder nicht? »Deshalb, Madame«, sagt Lebel, »habe ich immer ein wachsames Auge auf die Dienerschaft.«

Lebel sagt, was er wünscht oder sagen muss, aber Madame de Pompadour weiß, dass eben die *Harmlosigkeit* im Schlafzimmer des Königs eine mächtige Waffe sein kann.

Am folgenden Tag befiehlt Madame de Pompadour der Gouvernante im Hirschpark, eine Erweiterung des Unterrichtsplans der *élèves* bekannt zu geben: Zwei Stunden täglich sollen sie mit Sticken zubringen. Nicht nur Mustertücher, sondern richtige Arbeiten. Sie wird Stickrahmen und Garn schicken. Es wird eine Zeit der Stille sein, alle Gespräche sind verboten. Kein Gezappel, keine Ablenkungen, denn die *élèves* müssen die Tugend der Geduld lernen. »Alle *élèves*, ohne Ausnahme«, betont sie, denn sie rechnet damit, dass das Mädchen um Befreiung von dieser Pflicht bitten wird.

Und auch kein übertriebenes Lob, selbst wenn sie ihre Sache gut machen.

Man muss keiner *élève* noch mehr den Kopf verdrehen.

***

Ich war jetzt nicht mehr nur eines von mehreren Mädchen. *Auch ich konnte es mir nun leisten, Launen und Wünsche zu haben.*

Madame Bertrand sagte, ich könne in meinem Zimmer bleiben, wann immer ich wolle. Mademoiselle Dupin nutzte jede Gelegenheit, mich zu loben, Claire und Amélie gerieten in Schwärmerei, als sie die Geschenke sahen, die ich erhalten hatte. Claire sagte, das goldene Armband mit Diamanten, die wie Rosenknospen angeordnet waren, lasse mein Handgelenk noch

zierlicher wirken. Amélie, deren Vater früher bei einem Juwelier gearbeitet hatte, fragte mich, ob ich wisse, wie viel das Paar
Rubinohrringe wert sei, das mir der Graf gerade geschickt hatte.
Als ich sagte, ich hätte keine Ahnung, versicherte sie mir, es seien
mindestens zweihundert Livres oder vielleicht sogar mehr.

Lisette war entzückt von der in Tüll gehüllten Seidenunter-
wäsche, die angekommen war, und von der Tatsache, dass
ein leibhaftiger Hoffriseur mir nun zu Diensten stand. Ich
brauchte sie nicht mehr zu bestechen, damit sie mir Gesellschaft leistete. Sie machte mir heiße Schokolade, mischte Eigelb
darunter und bestreute sie mit gemahlenem Zimt und Nelken.
Sie erzählte mir, dass Claire verlangt habe, ihr Haar genauso
hochgesteckt zu bekommen wie ich, und dass Amélie eine verwöhnte Göre sei, die eine Tracht Prügel verdient hätte. Nichts
sei nach ihrem Geschmack, sagte sie. Die Eier waren nicht lange genug gekocht, das Brot war nicht frisch genug. Es war nie
genug Zucker in der Zuckerdose.

»Nicht wie Sie, Mademoiselle«, sagte sie. »Sie haben das
Zeug zu einer echten Dame. Das sagen alle.«

Es war schamlose Schmeichelei, aber ich ließ es mir nur allzu gerne gefallen.

Madame Bertrand kam jeden Morgen vorbei, wenn ich angekleidet wurde. Sie sprach meist über ihre Gicht oder schimpfte mit den Dienstmädchen wegen allerlei kleiner und kleinster
Nachlässigkeiten – Rose konnte meine neuen Strumpfbänder
nicht finden, Lisette schnürte mein Korsett zu eng – und ließ
mich keinen Moment lang aus den Augen.

»Lassen Sie mich mal sehen«, sagte sie an einem solchen
Morgen, als ich zusammenzuckte, weil Lisette mich leicht ge-
streift hatte. Widerwillig entblößte ich meine rechte Brust. Sie
war ganz wund, die Brustwarze eitrig entzündet.

Madame schickte Lisette, eine Wundsalbe zu holen. Ein Töpfchen mit einem silbernen Deckel, sagte sie, es stehe auf ihrer
Kommode.

Als sich die Tür hinter Lisette geschlossen hatte, wandte Madame Bertrand sich mir zu. Sie müsse gestehen, sagte sie, dass ihre anfänglichen Zweifel an mir falsch gewesen seien. Ich hätte mich als klüger erwiesen, als sie dachte. Ich hätte mir ihre Warnungen zu Herzen genommen und sei dafür belohnt worden. »Lassen Sie es sich nur nicht zu Kopf steigen«, sagte sie.

Wie alt und hässlich sie ist, dachte ich. Diese Runzeln um ihren Mund herum, das schwarze Muttermal an ihrem Kinn. Wie hatte ich sie je furchteinflößend finden können?

Aus den Falten ihres Kleids fischte Madame Bertrand eine dunkelbraune Flasche heraus, auf deren Etikett Nerventonikum stand. Das beste Mittel, um alle Schmerzen zu lindern, sagte sie, nahm einen langen Schluck und hielt dann mir die Flasche hin.

»Na los«, sagte sie. »Ich werde nicht zweimal bitten.«

Das Tonikum war wermutbitter, und ich musste husten, aber ich schluckte etwas davon, das ein angenehmes Brennen in meinem Magen erzeugte.

Ich verstand nicht ganz, was Madame Bertrand damit gemeint hatte, als sie sagte, ich sei klüger, als sie gedacht habe, aber ihre Worte lösten eine Welle von Freude in mir aus, ich war ganz berauscht von dem Hochgefühl meiner eigenen Bedeutung. So sehr, dass es mir nichts ausmachte, als sie mich daran erinnerte, dass ich mit niemandem über den Grafen sprechen durfte. Die Wände hätten Ohren, und es werde zu viel geklatscht, sagte Madame. Die Königin wäre entsetzt, wenn sie jemals erfahren müsste, dass ihr Cousin Gefallen an einem Mädchen aus ganz einfachen Verhältnissen, wie ich es sei, gefunden habe. Sie würde ihn zurück nach Polen schicken, und ich würde ihn nie wiedersehen.

»Cousin zweiten Grades«, sagte ich.

»Cousin zweiten Grades.« Sie nickte.

»Ich könnte nie etwas tun, was Seiner Hoheit schaden würde«, sagte ich.

Madame Bertrand blickte erfreut auf. Offensichtlich war ich jemand, dem sie ihr Herz ausschütten, mit dem sie vertrauensvoll reden konnte. Zum Beispiel über die Bediensteten. Über die unvernünftigen Erwartungen, die sie hatten. Nehmen Sie Lisette, fuhr Madame Bertrand nach einem weiteren Schluck ihres Tonikums fort. Früher war sie so fleißig, so gewissenhaft, aber sehen Sie sie jetzt an. Sie versäumt es dreimal hintereinander, die Asche aus dem Kamin zu räumen. Sie verlegt Wäsche, versengt eine Haube mit einem zu heißen Bügeleisen. »Dabei sollte man doch meinen, dass vierzig Livres ein guter Lohn für ein Mädchen für alles ist, oder nicht?«

Ich nickte, zu eifrig, zu schnell. Ich beugte mich vor, um besser hören zu können.

»Hat Lisette Ihnen jemals erzählt, warum sie Buc verlassen musste? Nein? Da war dieser Schmiedejunge, der sich Freiheiten herausgenommen und sie hinterher ausgelacht hat. Ich sage nicht, dass es allein ihre Schuld war, aber trotzdem. Vorausdenken ist nicht die ganz große Stärke des armen Mädchens.«

Sie bot mir noch einen Schluck Tonikum an. Es kam mir jetzt viel weniger bitter vor, und die angenehm beruhigende Wirkung war noch stärker.

Ich wisse es vielleicht noch nicht, fuhr Madame Bertrand mit leiser Stimme fort, aber ein Haus zu führen sei, als hätte man das Kommando auf einem Schlachtfeld. Aber eines Tages würde ich es herausfinden. Vielleicht früher, als ich dachte.

Sie hielt inne, als fürchtete sie, dass sie zu weit gegangen sei, zu viel gesagt habe. Oder als ob sie darauf wartete, dass ich fragte, wessen Haus das sein würde. Das des Grafen? Und was ich dort sein würde, eine Dienstkraft oder eine Mätresse?

Ich fragte nicht. Ich wollte nicht über die Zukunft nachdenken. Es war leichter, einfach nur zu träumen.

»Warum hat das so lange gedauert?«, fragte Madame Bertrand, als Lisette eintrat, das Töpfchen mit Salbe in der Hand.

Lisettes Kiefer spannte sich. Nicht viel, aber genug, dass ich es sehen konnte. »*Ich habe nicht getrödelt, Madame*«, *sagte sie.* »*Es stand nicht auf der Kommode. Ich musste ...*«

»*Das ist jetzt egal. Gib es mir.*«

Madame Bertrand nahm den Deckel ab. Die Creme, mit der sie meine Brustwarze bestrich, verströmte einen süßen Duft von Bienenwachs. Dann bedeckte sie meine Brustwarze mit einem gefalteten Stück Gaze.

»*So*«, *sagte Madame Bertrand und drehte ihr Gesicht zu mir.* »*Es wird heilen, ehe Sie sich versehen.*«

* * *

Madame de Pompadour betritt den Salon des Hirschparks, eine schwarze Maske bedeckt ihre obere Gesichtshälfte. Du Hausset geht direkt hinter ihr, oder besser gesagt, watschelt, denn sie wird immer dicker. Zu viel süßes Gebäck mit Sahne, obwohl die Kammerfrau es nie zugeben wird. Seltsam, wie blind wir für unsere eigenen Unzulänglichkeiten sein können.

Die Gouvernante läuft rot an, fährt abrupt hoch und knickst, wobei sie den *élèves* hektisch Zeichen macht, ihrem Beispiel zu folgen, was die drei auch tun. Eines der Dienstmädchen, deutlich flinker als die anderen, rückt einen Sessel näher an den brennenden Kamin. Sie tut es aus eigener Initiative – eigentlich keine übermenschliche Leistung, aber immerhin.

Die Wellen wohltuender Wärme sind Madame höchst willkommen, denn die Kutschenfahrt zum Hirschpark hat trotz gesteppter Unterröcke, Pelze und eines Fußwärmers ein Frösteln in ihren Knochen hinterlassen. »Nein, ich kränkle nicht«, sagte sie zu Nicole, die darauf bestand, etwas Karmin auf ihre Lippen zu tupfen, damit man nicht sah, wie hässlich lila sie waren. »Es ist einfach nur diese scheußliche Kälte. Dank sei Gott, dem Allmächtigen, der Januar ist fast vorbei.«

»Madame la Marquise wünscht, dass Sie mit dem, was Sie

tun, fortfahren«, verkündet Nicole auftragsgemäß. »Tun Sie so, als ob Madame la Marquise gar nicht da wäre.«

Véronique Roux ist diejenige auf der rechten Seite, signalisieren die Augen der Kammerfrau.

Die *élèves* nehmen ihre Stickrahmen zur Hand.

Die kleine Roux sticht die Nadel durch die Leinwand und zieht den grünen Faden des Stiels, an dem sie arbeitet, nach. Nicht so hübsch wie die beiden anderen, entscheidet Madame de Pompadour: Die Nase ist zu schmal, die Wangen sind ein wenig zu voll. Claire, die Madame de Pompadour schon einmal gesehen hat, erscheint ihr hübscher, besonders reizend findet sie den zarten Flaum über der Oberlippe. Auch das neue Mädchen sieht ganz bezaubernd aus, mit, wie Lebel es ausdrückt, »jenem Zigeunerflair, das Seine Majestät manchmal bevorzugt«.

Die Gouvernante wacht nervös über ihre Schützlinge, ermahnt sie, gerade zu sitzen und die Reifen genau so zu halten, wie sie es ihnen beigebracht hat. »Ich habe so hart daran gearbeitet, ihr Benehmen zu verbessern, Madame«, sagt sie. »Aber wie kann man Jahre dauernde Vernachlässigung wiedergutmachen?«

Drei Köpfe beugen sich tiefer über die Reifen, drei Hälse zittern. Die Blumen Frankreichs sind die Muster, an denen sie arbeiten. Claire an einem Gänseblümchen, Amélie mit dem Zigeuner-Flair an einem Vergissmeinnicht, die kleine Roux an einer Schwertlilie. Mit jeder Bewegung der Nadel verdickt sich der Stiel auf der Leinwand und nimmt immer mehr Form an.

Madame de Pompadour unterbricht die Konzentrationsübung der Mädchen. »Stehen Sie auf, Mademoiselle Roux«, befiehlt sie. »Ich möchte Sie ansehen.«

Claire und Amélie erstarren. Die kleine Roux erhebt sich von ihrem Stuhl, legt ihren Reifen ab.

»Gehen Sie ein paar Schritte nach rechts … jetzt nach links.«

Das Mädchen tut, was man ihr sagt. In ihren Bewegungen

wird kein Stocken bemerkbar, aber das Gleiten in ihren Schritten ist noch immer nicht geschmeidig genug. Sie ist nicht die Erste, die entdeckt, wie schwer es ist, die Illusion des Schwebens zu vermitteln.

»Haben Sie Schwestern, Mademoiselle Roux?«

»Ich hatte eine Schwester. Sie ist gestorben.«

»Wie alt war sie?«

»Fast zehn.«

»Wie hieß sie?«

Das Mädchen zögert, als ob man von ihr verlangt hätte, ein kostbares Geheimnis preiszugeben. Seine Majestät vertraue sich ihr manchmal an, hat Lebel gesagt. Neulich erzählte er ihr von dem Hahn, den er früher gehalten hat.

»Antworten Sie Madame la Marquise, Véronique«, ermahnt sie die Gouvernante. »Kein Grund, schüchtern zu sein.«

»Adèle«, sagt das Mädchen und richtet ihre Augen auf den Saum ihres Kleides, hellblau, mit Spitze verziert. Auch das ein großzügiges Geschenk von Madame la Marquise, hätte Mademoiselle Dupin ihr ins Gedächtnis rufen können.

Was interessiert sie Adèle Roux? Was interessiert sie das Kleid?

»Tun Sie Ihr Möglichstes, um die Erwartungen Ihrer Gouvernante zu erfüllen?«

»Ich versuche es.«

»Welche Lektionen gefallen Ihnen am besten?«

»Musik und Vortrag von Gedichten.«

»Dann tragen Sie mir doch etwas vor.«

Das Mädchen holt tief Luft und beginnt.

Hütet euch, die Armen zu verspotten,
Die aus den sonnigen Gefilden dieser Welt vertrieben sind.
Ihr wisst ja nicht, wie bald euch selbst
Ihr Los beschieden werden mag.

Ihre Stimme ist weich, kräftig, ungekünstelt melodiös. Sie ist eine sehr gute Tänzerin, hat Lebel gesagt. Der Musiklehrer lobt auch ihr Harfenspiel.

Das Mädchen macht einen Knicks und neigt den Kopf. Erwartet sie Applaus?

Ein Blick in die Richtung von Nicole genügt.

»Madame la Marquise möchte gehen … Nein, Madame la Marquise wird diesmal keine Erfrischungen mit den *élèves* einnehmen. Nein, auch das Vorlesen muss auf das nächste Mal verschoben werden.«

»Aber ja, natürlich, Madame«, stammelt die Gouvernante aufgeregt, als ob jemand sie um Erlaubnis gefragt hätte. Sie will lediglich Madame la Marquise versichern, dass sie ihr Bestes tut. Dass die *élèves* sich des Wohlwollens von Madame la Marquise und ihrer gütigen Protektion würdig erweisen werden.

Während Mademoiselle Dupins Stimme noch in der Luft hallt, gleitet Madame de Pompadour in einer perfekten Vorführung jener Schritte, die die *élèves* noch zu meistern lernen müssen, aus dem Raum.

* * *

Er begann, mich in andere Räume des Schlosses mitzunehmen. Zuerst in eine eher kleine Küche, wo er ein Omelett zubereitete und Kaffee für uns brühte. Als ich ihm nachher sagte, dies sei das beste Abendessen, das ich je zu mir genommen hätte, freute er sich sehr. Er führte mich dann in einen Raum, in dem er seine wertvollsten Schätze aufbewahrte: ein glänzendes Messinginstrument, mit dessen Hilfe man, wie er sagte, seine Position auf See bestimmen könne, und eine riesige Uhr, die nicht nur die Stunden, sondern auch die Wochentage und Mondphasen anzeigte.

Eines Abends ließ der Graf eine Sänfte kommen, die uns an einen Ort brachte, der so etwas wie ein Schlösschen irgendwo tief in den Gärten von Versailles zu sein schien. Da es gerade zu schneien begonnen hatte, hielten Lakaien Schirme über uns, als wir in den Sessel ein- und dann ausstiegen und zur Tür gingen, die sich wie von selbst öffnete, um uns einzulassen.

»Sehen Sie sich das an«, sagte der Graf und zeigte auf eine Reihe großer Eisenkäfige, in denen Adler, Bussarde und Habichte kreischten und mit den Flügeln schlugen. Ein Rabe, größer als alle Raben, die ich je zuvor im Freien gesehen hatte, putzte sein glänzend schwarzes Gefieder.

Die Leute, die dort arbeiteten, kamen schweigend auf uns zu. Einer brachte einen Handschuh aus dickem Leder mit, ein anderer trug einen mit einem Deckel verschlossenen Eimer. Habichte und Falken, so sagte der Graf, seien weitaus bessere Jäger als Hunde. Sie hätten Augen, die in der Lage seien, das kleinste Huschen am Boden wahrzunehmen.

Er streifte den Lederhandschuh über seine linke Hand, öffnete einen der Käfige und holte einen Falken mit an den Füßen angebundenen Schellen, die bei jeder Bewegung klingelten.

Der Falke saß auf dem Handschuh und wartete auf sein Futter.

»Schauen Sie«, sagte der Graf.

Der Eimer war voller Mäuse, die über- und durcheinander krabbelten. Der Begleiter hob eine nach der anderen am Schwanz hoch und warf sie in die Luft. Die Mäuse quiekten und zappelten einen kurzen Moment lang, bevor der Falke sie packte und in blutige Fetzen riss.

Mein Magen hob sich, ein saurer Geschmack stieg in meiner Kehle auf. Ich war froh, dass der Graf mich nicht ansah.

»Nun zu meinem Liebling«, sagte er und bot einem anderen Vogel, einem Habicht, seine Hand mit dem Handschuh an, als forderte er eine Dame zu einem Tanz auf.

Es war tatsächlich eine Dame. Sie hieß Merline. Die Art, wie sie mit blitzschnellen Bewegungen ihren Kopf hin und her drehte, erinnerte mich an eine Schlange.

»Ist sie nicht wunderschön?«, fragte der Graf und wies auf

Merlines langen Schwanz hin, ideal geformt für die Jagd im Zickzack durch den Wald, und auf die gefleckten Federn, die sie für ihre Beute unsichtbar machten, bis es zu spät war.

»Ja«, sagte ich.

»Ich bin kein Falkner, aber ich bin Jäger«, sagte er. »Es gefällt mir, wenn das Wild sauber erlegt wird.«

Ich verstand nicht genau, was er meinte, aber ich nickte.

»Hier«, sagte er und reichte mir einen kleineren Lederhandschuh. »Ziehen Sie den an.«

Als ich das getan hatte, setzte er den Vogel auf meine Hand. Merline zog ihren Griff fester an. Ohne das schützende Leder hätten die Krallen meine Haut durchbohrt und sich um meine blutigen Fingerknochen geschlossen. Jedes Mal, wenn eine Maus vor Angst quiekte, zogen sich die Füße zusammen, und ich spürte ihre mörderische Gewalt sogar durch das Leder hindurch.

Der Todesgriff, so nannte der Graf diese Reaktion auf jeden Schrei, der Schwäche oder Schmerz zu erkennen gab.

Es erschreckte mich, zu sehen, dass die Welt scheinbar so einfach geordnet war: Die Schwachen und Verletzten waren dafür da, gejagt und getötet zu werden.

Ich stählte mich für eine weitere Runde toter Mäuse, aber der Graf machte dem Mann mit dem Eimer ein Zeichen, sich zu entfernen. Mäuse seien nur Haut, Knochen und Fell, sagte er. Merline ziehe etwas weitaus Gehaltvolleres vor.

Er schnippte mit den Fingern, und ein weiterer Bediensteter näherte sich mit einem Tablett, auf dem in Scheiben geschnittenes Fleisch lag. Der Graf hob jedes Stück einzeln hoch und hielt es Merline hin, die es ihm mit dem Schnabel aus den Fingern riss. Nach dem Essen plusterte sie ihre Federn und schüttelte sie anschließend wieder an ihren Platz zurück.

»Es ist ein Zeichen, dass sie sich rundum wohl fühlt«, sagte der Graf, der offenbar die Frage in meinen Augen gelesen hatte.

* * *

Der Wind hat die ganze Nacht über geheult, Äste von Bäumen abgerissen und auch Schnee mitgebracht. Der Morgen ist kalt mit
grauen Wolken, die über den Himmel huschen. Draußen im
Hof des Schlosses Hufgetrappel und leises Wiehern. Ein Mann
schreit etwas, ein anderer antwortet mit einem scharfen Pfiff.

Während Lebel sich zu seinem Herrn hinunterbeugt, ihm
einen vorgewärmten Morgenmantel hinhält und seine Füße
in seine seidenen Pantoffeln führt, denkt er über dieses nach:

Der Ärger im Paradies beginnt mit einem Stolpern. Das eine
führt zum Nächsten, wobei keines für sich allein genommen
von Bedeutung ist. Was wirklich zählt, sind die Fragen, zu denen diese Fehler Anlass geben. Fragen nach dem Warum. Zum
Beispiel was die Sache mit Adam, Eva und dem Apfel betrifft.
Warum hat Eva von der verbotenen Frucht gegessen? Nur weil
sie Lust dazu hatte? Oder wollte sie wirklich die Erkenntnis
von Gut und Böse besitzen? Oder tat sie es aus reinem Trotz?
Oder aus dem törichten Glauben heraus, dass sie nichts Falsches tun könne? Oder weil jemand sie dazu angestiftet hat? Jemand, der ein ganz anderes Spiel spielte? Jemand, der weiß,
worum es in Wirklichkeit geht und immer schon ging?

Sein königlicher Herr stört seine Gedanken. »Ein perfekter
Morgen für eine Jagd«, sagt er. Was Louis dabei im Sinn hat,
ist, dass das Wild nach so einer harten stürmischen Nacht ausgehungert zu den Futterständen gehen wird, wo man es leicht
schießen kann. An einem solchen Wintermorgen hat er seinen
ersten großen Hirsch erlegt, ein unvergessliches Erlebnis.

Louis war schon immer ein Gewohnheitstier, ein Schauspie-
ler, der seinen Text nicht verändert, und darum macht sich Lebel nun darauf gefasst, dass er gleich die altvertraute Geschichte jener Jagd zu hören bekommen wird. Der schneebedeckte
Boden dämpft die Schritte des Jägers, die Bäume sind weiß gepudert, der Zehnender hebt sein Haupt. Das dichte, struppige
Winterfell. Der perfekte Schuss. Die Hunde lecken mit Blut getränkten Schneematsch.

»Leider, Lebel, ruft heute die Pflicht.«

Ist dies Ärger oder nur ein vorübergehendes Bedauern? Bei Louis kann man sich nie sicher sein.

»Vielleicht morgen, Majestät.«

»Vielleicht.«

Lebel klaubt einen unsichtbaren Fussel von den königlichen Schultern, streicht die Locken der königlichen Perücke zurecht. »Etwas zu dem Mädchen, Majestät«, sagt er fast flüsternd.

Der König wirft ihm einen warnenden Blick zu, der bedeutet: »Ich will es lieber nicht hören, Lebel«, aber zugleich will er es eben doch hören. Wie immer.

»Es betrifft die Mutter des Mädchens, Majestät«, fährt Lebel fort. Vor einigen Monaten konnte die Frau ihre Tochter gar nicht schnell genug loswerden. Sie hatte nie Geld. Kaum hatte er einen ihrer Gläubiger befriedigt, fiel ihr eine weitere Schuld ein, die ebenso dringend beglichen werden musste. Beim Metzger, Kerzenmacher, Fischhändler.

Die Lippen des Königs werden schmal. Sie signalisieren Ungeduld. Kein gutes Zeichen.

»Jetzt, so höre ich, leiht sie sich bereits Geld unter Verweis auf die, wie sie es ausdrückt, erheblich verbesserten Aussichten ihrer Tochter. Achthundert Livres, Majestät. Neulich erst … von einem Tabakhändler … zu 4 Prozent.«

»Kommen Sie endlich zur Sache, Lebel.«

»Gier liegt im Blut, Majestät. Diese Rubinohrringe, die ich dem Mädchen überreichen sollte, Sire. Man hat sie fragen hören, wie viel sie dafür bekommen könnte.«

Die königlichen Lippen kräuseln sich. Die königliche Hand zieht an der Spitzenmanschette des königlichen Ärmels.

»Ich weiß, was Sie denken, Majestät. Dass Lebel krankhaft misstrauisch ist, überall Betrug wittert. Aber ich bin gezwungen, dies zu erwähnen, Majestät, da Sie um sich herum nichts als Güte und Unschuld sehen. Während andere, die weit weniger großzügig und gutherzig sind, nur auf ihren eigenen Profit aus sind.«

* * *

Es war Madame Bertrand, die den Blutfleck auf meinem Hemd bemerkte.

»Hast du nichts gespürt, Véronique?«, fragte sie und zog Luft durch die Zähne.

Ich schüttelte den Kopf. Als ich aufwachte, hatte ich Krämpfe im unteren Teil meines Bauches gespürt, aber ich dachte, das läge daran, dass ich am Tag zuvor zwei Tassen Schokolade getrunken hatte. Erst jetzt erinnerte ich mich an Mamans blutige Lumpen, die in einem Eimer Wasser eingeweicht waren, den Fluch der Frau.

»Ein natürlicher Reinigungsprozess«, sagte Madame Bertrand, nannte mich ein kleines Dummerchen und schickte Lisette frische Wäsche und Scharpie holen. Dann zeigte sie mir, wie ich die dicke Binde zwischen meinen Beinen mit einem Gürtel befestigen konnte, half mir, ein frisches Hemd anzuziehen, und schickte mich wieder ins Bett. Ich sollte auf Schokolade und Kaffee verzichten, Lisette würde mir Leinsamentee bringen und eine Wärmflasche zur Linderung der Schmerzen.

Danach hörte ich Madame Bertrand auf dem Flur mit Lisette schimpfen. »Hast du keine Augen im Kopf? Wie konntest du das nicht kommen sehen? Was wäre, wenn sie so im Schloss aufgetaucht wäre?« Lisette entschuldigte sich wortreich und gelobte, in Zukunft wachsamer zu sein.

Ich blieb den ganzen Tag im Bett. Draußen spielte der Wind mit den kahlen Ästen des Baumes. Vögel kauerten auf ihnen, kleine graue Spatzen. Der Nachtwächter streute Körner für sie auf ein Tablett, die sie aufpickten, und hängte ein Stück Speck für die Meisen auf.

An diesem Abend hörte ich, wie Madame Bertrand Michel

rief und ihn anwies, die Sänfte bereitzuhalten. Hatte der Graf trotz meiner »natürlichen Reinigung« nach mir geschickt? Und ich war noch nicht fertig! Der Graf würde auf mich warten müssen! Ich sprang aus dem Bett, ich würde mich in aller Eile anziehen müssen. Mir würde nicht genügend Zeit bleiben, mich frisieren zu lassen.

In der Erwartung, dass Lisette gleich angerannt kommen würde, setzte ich mich an die Frisierkommode und griff nach dem Kamm. Ich hörte ihre Schritte, aber sie ging an meiner Tür vorbei. Auf meine Rufe reagierte sie nicht. Einen Augenblick später hörte ich sie in das Zimmer von Amélie eintreten.

Ich weiß noch gut, wie schlimm es mich traf, und noch heute tut es mir weh, wenn ich daran denke, wie ungerecht ich es fand und wie sehr ich litt.

Ich taumelte zurück ins Bett, zitternd vor Schmerz und Wut bei dem Gedanken, wie Madame Bertrand mich verraten hatte. Denn es war alles ihr Werk, dachte ich: Wie hatte ich so dumm sein können, zu glauben, sie ziehe mich ins Vertrauen, weil sie sich um mich sorgte, während sie in Wahrheit nur wollte, dass ich möglichst schnell von hier verschwand. Francine hatte recht gehabt, als sie sagte, diese Frau sei eine Viper und eine Intrigantin.

Ich weinte, bis ich keine Tränen mehr hatte. Dann stellte ich mir vor, der Graf würde Amélie zurückschicken und Madame Bertrand würde einen strengen Verweis erhalten, doch der Hof blieb leer und still. Nur eine streunende Katze kam vorbei, kratzte mit ihren Krallen an der Rinde des Baums und miaute, bis Rose das Fenster öffnete und sie verjagte.

Aber die Hoffnung stirbt nicht so leicht. Als klar wurde, dass Amélie nicht zurückgeschickt werden würde, erinnerte ich mich daran, dass der Graf, als Monsieur Durand mich zum ersten Mal ins Schloss mitgenommen hatte, überhaupt nicht zu mir gekommen war. Der Gedanke, dass Amélie allein auf dem grünen Sofa im Salon des Grafen saß, war beruhigend, und damit schlief ich schließlich ein.

Am Morgen sagte mir Lisette, ich solle wie üblich herunterkommen. Aus Amélies Zimmer drang unbeschwertes Gelächter. Und da brach eine Welle von Selbstmitleid mit einer Wucht über mich herein, die ich nicht erwartet hatte. Es war, als ob der Boden unter meinen Füßen zitterte und die Wände einstürzten.

Dieser ganze Tag war von großen und kleinen Demütigungen geprägt. Rose eilte mit einer Wärmflasche und ihrem Nähzeug die Treppe hinauf. Ich hörte, wie der Friseur, der aus dem Schloss gekommen war, Papier verlangte, damit er die Temperatur seines Brenneisens prüfen konnte. Am Abend wurde Amélie dann erneut ins Schloss bestellt, und wieder traf mich die Kränkung mit erschreckender Wucht. Ich verfluchte das Blut, das aus mir heraussickerte, die Krämpfe, den Gestank der Scharpie, die Lisette in einen Eimer mit kaltem Wasser warf, der dann fortgetragen wurde.

In der dritten Nacht wurde niemand zum Grafen gerufen.

Amélie kam nicht zum Frühstück herunter. Lisette, die man mit einem Tablett auf ihr Zimmer geschickt hatte, kehrte zurück und sagte, die junge Mademoiselle habe sie wieder fortgeschickt.

»Soll dieses Theater ewig so weitergehen?« Mademoiselle Dupin verdrehte gereizt die Augen in Richtung Himmel.

Am Abend kam eine Kutsche an. Obwohl ein kalter Wind blies, öffnete ich das Fenster und lehnte mich hinaus. Ich sah Madame Bertrand, die eine Laterne hielt und Amélie zum Wagen führte. Michel trug ihren Koffer, den der Kutscher mit Riemen auf der Rückseite des Fahrzeugs festschnallte.

Sieh hinauf zu mir, befahl ich ihr in meinen Gedanken. Aber Amélie stieg ein, ohne sich umzudrehen, und alles, was ich von ihr sah, war ihre Hand, die an ihrer grauen Reisehaube nestelte, kurz bevor die Kutsche abfuhr.

* * *

»Mamusia«, begrüßt Louis Ferdinand die Königin auf Polnisch. »Wie geht es Ihnen heute?« Für einen Moment lehnt er sich an sie, sie spürt seine Ellbogen und Beine wie damals, als er noch klein war, und sie wünscht, sie könnte dieses Gefühl festhalten.

»Der Tag, den der Herr gemacht hat«, sagt sie und sieht ein Lächeln auf seinen Lippen schweben.

Mit sechsundzwanzig Jahren wird ihr Sohn, ihr einziger lebender Sohn und französischer Thronfolger, schon dick. Nein, er ist nur gut gepolstert, behauptet ihr eigener Vater, denn Louis Ferdinand ist ihm seit jeher das liebste seiner Enkelkinder und hat, seit er Hosen trägt, von seinem Großvater zahlreiche Schwerter, Säbel und Musketen zum Geschenk erhalten, die er in einer Weise schwang, dass ihr oft das Herz vor Schreck stehen blieb.

»Wie haben Ihnen die Austern geschmeckt, die wir Ihnen geschickt haben, Mamusia?«

Sie fand die Austern köstlich und hat zu viele gegessen. Darum ist ihr im Magen noch ein bisschen mulmig, eine Erinnerung daran, dass Völlerei eine Sünde ist.

»Sie sind die besten. Aus der Bretagne.«

»Geht es Maria Josepha besser?«, fragt sie. Ihre Schwiegertochter ist wieder schwanger. Viel zu früh, Louis Stanislas ist erst vier Monate alt! Ihr Sohn hätte mehr Zurückhaltung üben sollen, obwohl es nicht klug wäre, wenn eine Mutter das sagen würde.

»Sie fühlt sich immer noch matt am Morgen. Muss sich tagsüber hinlegen, die Füße auf einem Kissen. Ihre Fußknöchel sind geschwollen.«

Sie empfiehlt kalte Umschläge. Wasser mit Essig. Ein Esslöffel pro Kanne.

»Ja, Mamusia.«

Ein Umschlag sollte mindestens eine Stunde lang liegen bleiben.

»Ja, Mamusia.«

Und dann nach einer Stunde oder so das Ganze noch einmal.

Louis Ferdinand, Gott segne ihn, kommt sie jeden Tag besuchen. Nicht nur aus Liebe – Ehrlichkeit ist immer am besten –, sondern damit seine Mutter von seinen dunklen Vorahnungen erfährt: Versailles verwandelt sich in ein Bordell, Hofdamen in Huren. Alle? »Nein, Mamusia«, antwortet er verärgert. »Natürlich nicht alle. Aber wie weit hat Sie Ihre Tugend in dieser Jauchegrube gebracht?«

Touché.

»Habe ich dir schon von meinem neuesten Vorhaben erzählt?«, fragt sie ihn jetzt, um ihn von solchen Gesprächen abzulenken. Verzweiflung, auch die allerschlimmste, ist eine Sünde.

Ihre Druckpresse in der Grünen Galerie hat ihr beim Druck von Einladungen und Gebeten bereits gute Dienste geleistet, aber nun hat sie noch einen weiteren schönen Verwendungszweck gefunden: Sie wird ein ABC-Buch für ihre Enkelkinder drucken. A steht für *artige Ameise*, B für *beherzter Biber*, C für *charmantes Chamäleon*. Die Zeichnungen, mit denen sie bereits begonnen hat, sind recht kompliziert. Der fünf Jahre alte Louis Joseph ist über eine so einfache Unterhaltung schon hinausgewachsen, aber Louis Auguste, der erst zwei Jahre alt ist, wird begeistert sein. So ein kräftiger, ruhiger Junge, mit schönen Augen und so klug. »Wer ist Babcias kleiner Liebling?«, fragt sie ihn immer, und dann zeigt er auf sich selbst, strahlend vor Freude.

Ihr Sohn nimmt ihre Hand und küsst sie, ein Kuss, der von einem trockenen Husten unterbrochen wird.

»Ist es der Rauch?«, fragt die Königin, und ihr Blick geht zu den brennenden Holzscheiten im Kamin, denn manchmal wird Qualm in den Raum gedrückt. Auch noch nachdem sie angeordnet hat, dass der Schornstein gefegt wird.

Aber Louis Ferdinand will weder über seine Söhne noch über Schornsteine, die nicht richtig ziehen, sprechen.

»Müssen wir noch ein Ostern ohne Beichte miterleben?«, fragt er. »Ohne Kommunion? In Sünde?«

Ihr Sohn spricht vom König, der seit der Zeit in Metz, als er so schwer krank wurde, die Kommunion nicht mehr empfangen hat.

»Das war vor elf Jahren, Mamusia. Der Priester musste ihn zwingen, seine Hure wegzuschicken. Und wie lang hat seine Besserung angehalten? Drei Monate? Vier?«

Der Dauphin von Frankreich erhebt seine Stimme.

Das ist das Bild, das er für sie malt. Ab Aschermittwoch werden vierzig Tage lang in jeder Kirche die Priester wettern: »Schau auf unseren Erlöser am Kreuz, der sich für dich geopfert hat. Sieh das Blut, das von Seiner durchbohrten Seite tropft. Die Krone aus scharfen Dornen auf Seiner Stirn. Bekenne deine Todsünden, sage dich los von Ehebruch und Unzucht. Denk daran, dass Gottes Gebote für alle gelten. Auch für Könige.«

»Ich bete, dass dieses Jahr anders wird«, sagt sie.

Ihr Sohn runzelt die Stirn: »Und welche Anzeichen deuten auf eine solche Veränderung hin? Hat vielleicht der Zuhälter meines Vaters angefangen, seine Sachen zu packen? Wurden die Huren aus jenem Haus der Verderbtheit weggeschickt?«

Die Fragen ihres Sohnes treffen wie spitze Steine.

Louis Ferdinand steht mit erhobenen Händen auf. Dies ist der große Wahn seines Vaters: Louis von Frankreich kann sündigen, so viel er will, kein plötzlicher, unerwarteter Tod wird ihn dahinraffen, davon ist er überzeugt. Der König des Himmels würde niemals zulassen, dass der Nachfahre des heiligen Louis ohne Beichte stirbt. Der König des Himmels hält an seiner Seite einen Platz für ihn bereit.

Louis Ferdinand hat recht mit seiner Empörung, natürlich hat er recht, und doch wünschte Königin Marie sich mehr Erbarmen als heiligen Zorn von ihm und auch – aber das einzugestehen ist nicht so leicht – mehr diplomatische Klugheit. Es ist wichtig zu wissen, was man wann sagen soll und wie man die

Menschen auf seine Seite zieht. Mag sein, dass auch sie selbst in dieser Hinsicht noch einiges zu lernen hätte, aber das ändert nichts daran, dass es eine Fähigkeit ist, von der Könige nicht genügend haben können.

»Der König setzt nicht nur sein Seelenheil aufs Spiel. Der niedrigste seiner Untertanen, der an Ostern die Kommunion empfängt, kann behaupten, dass er in den Augen Gottes seinem Souverän überlegen ist. Müssen wir auch davon schweigen?«

Was kann sie ihrem Sohn antworten? Dass der König nicht auf sie hören wird? Dass ihre Ermahnungen alles nur noch schlimmer machen werden? Oder soll sie ihren Sohn vertrösten? »Eines Tages, wenn du König bist, wirst du heilen, was zerbrochen ist. Denn du bist nicht wie dein Vater.«

Aber werden solche Worte Louis Ferdinand nicht noch mehr erbittern?

»Ich werde für den König beten, an jedem Tag der Fastenzeit. Zusammen mit deinen Schwestern«, sagt sie schließlich. »Wirst du dich uns anschließen?«

* * *

»Wo *warst du die ganze Zeit, Véronique«, fragte der Graf, als ich wieder ins Schloss gebracht wurde. »Wie viele Tage ist es her, dass ich das Vergnügen hatte, dich zu sehen?«*

»Zwölf«, sagte ich mit heißen Wangen.

Er ging auf mich zu, wischte sich den Mund mit dem Handrücken ab. Er roch nach Ambra.

»Hast du mich vermisst, kleine Maus?«

»Ja«, sagte ich.

»Hast du geweint, als ich nicht nach dir schickte?«

»Ja.«

»Hattest du Angst, dass ich nie wieder nach dir schicken würde?«

»Ja.«

Das gefiel ihm so sehr, dass er einen Ring von seinem Finger zog und ihn an meinen steckte. Er war allerdings zu groß. »Ich werde ihn anpassen lassen«, sagte er und nahm ihn zurück. »Und wenn ich es vergesse, wirst du mich daran erinnern, ja?«

Ich nickte, Tränen in den Augen vor Glück.

Er fasste mich bei den Armen und zog mich zu sich heran. Es folgte ein kratziger, aber leidenschaftlicher Kuss, seine Hand drückte meine Brust und glitt zu meinen Hüften hinunter. Aus seinem Stöhnen sprach Lust, nicht Ungeduld.

Der Raum um mich herum drehte sich. Mir war, als wäre ich Zuschauerin in einer Laterna-magica-Vorstellung. Was würde aus dem Dunkel erscheinen: Sonne, Mond und die sieben Sterne? Der Bäcker, der den Teufel am Schwanz zieht?

Nun, da er mich wieder begehrte, war alles möglich. Ich klammerte mich mit aller Kraft an ihn.

An diesem Abend, nachdem er sich von mir heruntergewälzt hatte, nahm er eine Haarbürste aus der Schublade des Beistelltisches und begann, mein Haar zu bürsten, entwirrte geduldig meine Locken. Er redete davon, wie sehr er die schicken Hofdamen mit ihren steifen Frisuren verabscheute. Falsche Haarflechten, Zöpfe, die man nicht anfassen konnte, weil sie sonst abfielen. Warum wollen Frauen partout solche Verzierungen? Haben sie vergessen, welchen Zauber natürliche Schönheit hat, wie weich echtes Haar ist, wie es duftet?

Er sagte viele Dinge. Dass es ihm gefiel, wie ich mit der Nase zuckte, wie ein Kaninchen. Das nächste Mal würde er mich in den Stall mitnehmen, um mir ein neues Pferd zu zeigen, das er gekauft hatte, eine Schimmelstute, die ziemlich launisch war. »Würdest du gerne mit mir reiten gehen?«, fragte er.

Ich nickte.

Das, was für mich immer »das schmutzige Geschäft« gewesen war, hatte seinen Charakter verändert. Ich hatte jetzt Wor-

te dafür, seine Worte. *Es war unser kleines Geheimnis, eines,*
das niemand sonst je verstehen würde.

    Und dass wir ein gemeinsames Geheimnis hatten, bedeutete,
dass er mir vertraute. Allein dieser Gedanke konnte mir so
schwindlig machen, wie es die Hoffnung vermag.

* * *

Nicole du Hausset hat eine Wohnung in Paris, in Versailles
steht ihr nur ein fensterloses Kabuff im Mezzanin über dem
Quartier von Madame zur Verfügung, kaum groß genug für
ein Bett, eine Kommode, ein Beistelltischchen und einen einzelnen Stuhl. Dennoch findet sie ihre Unterkunft nicht so übel.
Viele Höflinge in ihrer Position müssen sich mit Zimmern über
den Ställen oder den königlichen Hundezwingern zufriedenge-
ben. Im Übrigen verbringt sie die meiste Zeit ohnehin nicht in
ihrem Zimmer, sondern in einer kleinen Ecke vor dem Schlafzimmer von Madame und wartet auf die Befehle ihrer Herrin.
Nachts, wenn sich ihre Herrin nicht wohl fühlt, stellt du Hausset ein Klappbett in Madames Zimmer auf und schläft dort,
um ihr jederzeit beistehen zu können.

    Sie denkt jetzt gerade an die Pariser Wohnung. Das Vergnü-
gen, ihre eigene Herrin zu sein, eigene Dinge zu besitzen. Eine
Porzellansammlung im Wert von zwanzig Louisdor, die der
König an jedem Neujahrstag vergrößert, wenn er ihr ein neues
Stück schenkt. Ein Kreuz, das, wie ein Juwelier ihr versichert
hat, mindestens fünfundsechzig Louisdor wert ist, ein Geschenk
des geheimnisumwitterten Grafen von Saint Germain, der behauptet, schon zur Zeit von Julius Cäsar gelebt zu haben; Madame hat ihr erlaubt, es anzunehmen.

    »Du träumst wohl, meine Liebe.« Madame lacht. »Das ist
eine Haarbürste, was du in der Hand hältst, kein Taktstock.«

    Nicole du Hausset schrickt aus ihrer Versunkenheit auf. Das
Haar von Madame wird dünner und brüchiger. Wenn sie nicht

aufpasst, bleiben ihr ganze Büschel in der Hand, und Madame ist wieder einmal ganz schockiert bei dem Anblick. »Sie werden Zeit haben, sich darauf vorzubereiten«, versicherte die Wahrsagerin ihrer Herrin einmal, weigerte sich aber, ihr die Art und Weise ihres Todes mitzuteilen. Es ist derzeit nicht leicht, sie dazu zu bringen, an weniger ernste Dinge zu denken. Mit dem Herannahen der Fastenzeit hat sich die Stimmung der Predigten von Père Aubin verändert. Letzten Sonntag sprach er über Judas Ischariot. Er nannte ihn den größten aller Sünder, denn er hat Jesus auf die Wange geküsst und ihn verraten.

»Du warst auf dem Markt, Nicole. Was sagen die Leute?«

»Nichts als Klagen, Madame. Wie immer.«

Madame wedelt ungeduldig mit der Hand. »Was redet man über den König?«

Den Vielgeliebten, so nannten sie ihn früher. Jetzt nennt man ihn oft den Jäger, und das ist nicht freundlich gemeint. Oder – wegen des Mädchennamens von Madame – den Fischer, der Frankreich ausbluten lässt. Kaufmannsfrauen klatschen darüber, dass Essen aus der königlichen Küche den Hunden vorgeworfen oder an die Schweine verfüttert wird. Es ist eine Verschwendung, die sie nicht ertragen können, diese Frauen, die den Wert jedes einzelnen Dings, das durch ihre Hände geht, sehr genau kennen.

»Man sagt, dass Seine Majestät eine großartige Haltung hat. Dass seine Augen traurig und nachdenklich sind. Ganz anders als die des Dauphins, aus denen nichts spricht als Eifer, möglichst alle Sünden bestraft zu sehen.«

»Ist das alles?«

»Nein, aber ich zögere, es zu wiederholen.«

»Raus damit!«

»Aber, Madame …«

»Raus damit, sagte ich.«

»Man sagt, dass der König – anders als sein Urgroßvater – zu wenig Selbstvertrauen hat. Deshalb lässt er es zu, dass andere, die weniger Bildung und viel weniger Verstand haben, regieren.«

»Damit könnten sie recht haben.«

»Bitte, Madame. Bewegen Sie sich jetzt nicht.«

Das Haar der Madame ist so stark ausgedünnt, dass ohne falsche Locken und eingeflochtene Perlen nichts mehr damit zu machen ist. Du Hausset braucht beim Frisieren alle Konzentration, die sie aufbieten kann.

»Beeil dich, Nicole.«

»Ich arbeite so schnell ich kann.«

»Nein, das tust du nicht. Es gefällt dir, mich zu quälen.«

»Madame macht Scherze.«

Das Morgenlicht ist weich, barmherzig. Puder und Rouge verschmelzen in diesem Licht und lassen die Haut von Madame glatt und zart wie Porzellan erscheinen. Ein Hauch von Parfüm liegt in der Luft, Seide raschelt, als Madame – ihre Ungeduld siegt – ohne Vorwarnung aufsteht und schnell zum Fenster geht.

Der Garten sehnt sich nach dem Frühling, nach den Hyazinthen, die zuerst blühen werden, gefolgt vom Flieder und dieser von den Rosen. Welcher Monat gerade ist, kann man erschnuppern. Der Obergärtner spricht bereits von allerlei Verbesserungen. Neue Pflanzen kommen aus Amerika an. Aber Madame schaut nicht auf den Garten. Sie wartet auf den König, der jeden Augenblick hier sein sollte.

Madame seufzt und dreht dem Fenster den Rücken zu. Letzte Nacht ist sie aus dem Schlaf hochgefahren, ihre Zähne klapperten. Sie hatte wieder von Alexandrine geträumt, die vor Angst schrie. Madame versuchte, auf ihre Tochter zuzulaufen, aber ihre Beine waren bleiern schwer, sie kam nicht vom Fleck. »Glaubst du, sie macht mir Vorwürfe, weil ich nicht hingefahren bin?«, hat sie gefragt. »Nein, Madame«, antwortete Nicole entschieden. Alexandrine war über ihre Jahre hinaus vernünftig, und sie liebte ihre Mutter mehr als irgendjemanden sonst auf der Welt.

Wie macht man sich derzeit bei Madame beliebt? Mit Worten, mit beruhigenden Worten. Sie kann nicht genug bekommen von den Reden, nach denen sie lechzt. Dass ein hübsches Gesicht und Jugend nicht genug sind. Dass Seine Majestät nichts sehnlicher begehrt, als eine wahre Freundin bei sich zu haben, die ihn über alles liebt.

Das Porträt von Madame hängt über dem Bett. Auf dem Bild trägt sie ein Gewand aus schimmernder Seide. Ihr Lächeln ist zurückhaltend, der Mund leicht geöffnet, um alle an ihre schönen Zähne und die Leichtigkeit, mit der sie spricht, zu erinnern. Nicole du Hausset hat es genossen, beim Malen zuzusehen. Zuerst die Skizzen – seltsamerweise begann der Künstler mit den prall gefüllten Kissen, dem Buch auf dem Beistelltischchen, bevor die Figur der Madame erschien. Dann die große Leinwand, auf der die Juwelen am Hals von Madame mit jedem Spitzlicht, das der Maler setzte, immer stärker glitzerten, ebenso wie die Ringe an ihren Fingern. Erst als alles Übrige fertig war, begann der Maler mit der Arbeit am Gesicht von Madame. Als ob er das Wesen ihrer Person nicht allein für sich wiedergeben könnte.

Inez und Mimi winseln aufgeregt an der Tür. Auch die Hunde warten auf den König.

Die Kammerfrau räumt den Schminktisch ab. Falsches Haar wandert in die Seitenschublade ebenso wie Haarnadeln und Draht. Das Negligé wird zusammengelegt und verstaut. Sobald der Schmuck, den Madame nicht tragen wird, in der Schmuckschatulle eingeschlossen ist, wird Nicole du Hausset ein Mädchen rufen, das den auf dem Boden verstreuten Puder aufwischen wird.

Der Raum muss gelüftet und aufgeräumt werden, und auf dem Tisch muss Platz für Madames Überraschung, die Pläne für die Renovierung der Räume in Trianon, geschaffen werden. Sie sind jetzt in einem Schrank nebenan versteckt, aber sie wird sie holen, sobald Madame ihr ein Zeichen gibt. Sie wird auch einen Korb mit Stoffbahnen, Holz- und Marmormustern und karierten Fliesen mitbringen, die Madame auf dem Tisch auslegen wird. Harmonie ist nicht allein eine Sache der Augen, wird Madame zum König sagen. Sie ist der Effekt, den eine Anordnung von Formen und Farben auf die Seele hat.

Überraschungen erfordern geschickte Täuschung. Der König muss eine Szenerie harmlos gewöhnlicher Beschaulichkeit antreffen: Madame liegt auf ihrem Tagesbett und liest ein Buch; Nicole du Hausset sitzt in der Ecke, konzentriert auf ihre Stickerei, als ob sie gar nicht da wäre.

* * *

Die Luft wurde wärmer, die Sonne strahlte heller. Mitte März, als Mademoiselle Dupin uns am Sonntag in die Kirche führte, waren das Kruzifix auf dem Hochaltar und die Heiligenfiguren in violette Tücher gehüllt. Der von Père Aubin eingeladene Jesuit, der die Predigt hielt, betonte die Bedeutung von Demut und Verzicht. Königin Marie und die Töchter Frankreichs sollten uns ein leuchtendes Vorbild sein. Beim Anblick eines Priesters, der das heilige Sakrament auf der Straße trug, ließen sie nicht allein ihren Wagen anhalten, sondern stiegen aus und knieten im Schlamm nieder.

Im Haus Hirschpark sprach niemand von Demut und Verzicht. Die Fastenzeit kannte ich von zu Hause als eine Zeit des Schwarzbrots und der Kastanien, aber hier bedeutete Fasten lediglich, dass Rind- und Lammfleisch durch Fisch und Wassergeflügel ersetzt wurden, während Eier, Käse und Butter so reichlich wie eh und je vorhanden waren. Madame Bertrand sagte, Jesus Christus, unser Herr, habe seinen Jüngern nie ausdrücklich den Genuss von Omeletts verboten, und Mademoiselle Dupin behauptete, sämtliche Bewohner und Bewohnerinnen von Hirschpark hätten eine »bischöfliche Dispens« erhalten.

Lisette war immer sehr beschäftigt, denn Madame Bertrand hatte einen großen Frühjahrsputz befohlen. Alle Teppiche und Kissen mussten auf den Hof gebracht und so lange mit dem Teppichklopfer bearbeitet werden, bis die letzten Staubkörnchen herausgeschlagen waren. Fenster mussten geputzt, Böden geschrubbt und gewachst, Vorhänge abgenommen und ausgeschüttelt werden.

Wenn Lisette sich für kurze Momente davonstehlen konnte, um mit mir zu sprechen, beklagte sie sich bitter. Marianne hatte gekündigt und tat ihre Arbeit nur mehr nachlässig und achtlos, weswegen Lisette doppelt so viel wie vorher arbeiten musste und trotzdem in den Augen von Madame Bertrand immer noch zu wenig leistete. Claire trug jetzt ihr Haar hochgesteckt und wollte ihre Bänder schön gebügelt haben. Manon, die neue élève, die Amélie nahtlos ersetzt hatte, so Lisette, sei unordentlich wie ein Affe in einer Menagerie. Unter ihrem Kopfkissen habe gestern ein halb gegessener Kuchen gelegen, unter dem Bett zerrissene Strümpfe. Der Teppich voller verstreuter Asche. »Die sind nicht wie Sie, Mademoiselle«, sagte Lisette. »Das sagen alle.«

Ich lächelte geschmeichelt.

Ich wurde weiterhin immer wieder ins Schloss bestellt.

Alles war gut.

* * *

»Beeilen Sie sich, Lebel.«

Louis ist wieder im königlichen Schlafzimmer. Die Morgenmesse ist gerade zu Ende gegangen, und er hat die Gerüche der königlichen Kapelle noch in der Nase. Der Duft von Muskatnuss ist der des Dauphins, der Jasmin mit einem Hauch von Myrrhe gehört zu Königin Marie und den königlichen Töchtern. Um was haben sie heute gebetet?, fragt sich Lebel, hilft dem König geschickt aus dem anthrazitgrauen Rock und tritt zur Seite, um ihm den malvenfarbenen hinzuhalten. Darum, dass das Herz des Königs sich wandle? Dass er aus dem Reich der Sünde zurückkehre? Aus dem Reich, in das er, Lebel, der leibhaftige Teufel, ihn eingesperrt hat, als ob ein Diener seinem königlichen Herrn jemals befehlen oder sich ihm widersetzen könnte.

Die Rechtschaffenen dieser Welt sind so naiv, wenn sie glauben, dass sie alles, was verkehrt ist, in Ordnung bringen können.

»Machen Sie kein Getue, Lebel. Ich habe heute schon so viel Aufregung gehabt, dass es für den ganzen Tag reicht.«

Lebel führt die königlichen Hände in die Ärmel, sehr behutsam wegen der protzigen Ringe, die nicht zur Zierde da sind, sondern um von der Macht und Größe Frankreichs zu künden. Die Operation verläuft nicht so glatt wie gewünscht: Ein Edelstein bleibt im Spitzenbesatz von Louis' Manschette hängen, nur einen Moment lang, der König spürt nicht mehr als ein leichtes Zupfen, das aber genügt, um einen alten königlichen Groll wachzurufen. »Ich wollte lernen, wie man Spitzen macht, Lebel, aber als ich das zu meinem Erzieher sagte, schlug er die Hand vor den Mund vor Entsetzen. Als hätte ich darum gebeten, eine Krähe zum Abendbrot zu essen.«

Lebel lässt ein betrübtes Seufzen hören, ein Zeichen des Mitgefühls, das ein treuer Diener für seinen geliebten Herrn empfindet. Der malvenfarbene Rock ist prächtig, die Ärmel sind mit Goldfaden bestickt. Die Diamanten auf den Knöpfen glitzern im Morgenlicht. Als Louis sich im Schlafzimmerspiegel betrachtet, nickt er zufrieden. Ist er vielleicht schon ausreichend getröstet? Falls nicht, kann man auf Madame la Marquises Vorschlag zurückgreifen, schnell nach Choisy zu flüchten. Die Verbesserungen am Badepavillon des dortigen Petit Château bedürfen seiner Zustimmung.

»Sie reden davon, wie tief sie mir ergeben sind, Lebel, aber wenn ich morgen sterben würde, würden sie jauchzen. Das Herz meines Sohns …«

»Ist erfüllt von Respekt und Liebe für Sie, Majestät.«

»Ich brauche nicht noch mehr Lügen, Lebel.« Die königlichen Lippen ziehen sich dünn zusammen.

»Der Dauphin ist noch jung, und die Jungen brauchen jemanden, der sie bei der Hand nimmt und leitet, Majestät, wie Madame la Marquise immer sagt.«

Der Dauphin mit seinem Gerede vom Höllenpfuhl und von der ewigen Verdammnis ist lästig, aber nicht so wichtig, wie er sich selbst nimmt. Mehr Grund zu Besorgnis liefern Berryers Berichte darüber, dass der Pariser Pöbel Steine auf die Kutschen von Höflingen wirft und schreit: »Verschwindet nach Versailles!« Und dass Krakeeler in den Tavernen erklären, der König von Frankreich lasse sich von England und Österreich an der Nase herumführen, er habe ja nichts anderes im Sinn, als sich mit seinen Huren zu amüsieren.

»Mein Sohn wittert überall Sünde.«

»Die Argwöhnischen nehmen ihre Phantasie zu Hilfe, wenn ihnen Beweise fehlen, Majestät. Einige am Hof können sich noch daran erinnern, was manche früher ganz leise hinter vorgehaltener Hand über den Sonnenkönig gesagt haben: Er sei besessen von lauter Eitelkeit, gleichgültig gegenüber der ganzen Welt, er halte nur sich allein für wichtig.«

»Sagt man das auch über mich, Lebel?«

»Darf ich noch einmal Madame de Pompadour zitieren, Majestät? Stört es den Löwen, wenn ihn eine Mücke sticht? Oder: Was machen Kutschen, wenn Hunde bellen? Sie fahren weiter!«

»Sie hat recht, Lebel. Eine bemerkenswerte Frau.«

»In der Tat, Majestät.«

Ein schwaches Lächeln schwebt auf den königlichen Lippen, aber man soll sich nicht zu früh freuen. In der Kühle des Schlafzimmers kann Lebel den Dunst vom Atem seines Herrn wabern sehen. Er winkt dem Pagen, lässt sich den Mantel des Königs geben und legt ihn über seine Schultern.

So kurz vor Ostern könnte selbst eine gewöhnliche königliche Erkältung Anlass zu allerlei Geschwätz über Gottes Strafgericht geben. Die kleinste Kleinigkeit genügt, um Schwachköpfe in die Irre zu führen, hat Berryer gesagt. Ein Pulverfass braucht nur einen Funken, um zu explodieren.

* * *

»Ziehen Sie sich an«, sagte der Graf am folgenden Abend. Er wolle einen Spaziergang mit mir machen. Das sei gut für die Verdauung, sagte er.

Ich zog mich an, so gut ich es ohne Lisettes Hilfe konnte. Das Hemd, die Strümpfe und Strumpfbänder waren einfach, auch mit den Unterröcken und Röcken kam ich zurecht, ebenso mit den Schuhen, aber das Korsett musste ich weglassen, da ich mich nicht selbst schnüren konnte. Dann läutete der Graf eine Glocke, und als ein Page erschien, ließ er ihn eine Pelisse bringen, die er mir über die Schultern legte. Die Nächte seien immer noch kühl, sagte er.

In Pelz gehüllt, folgte ich ihm eine steile Treppe hinauf, dann noch eine bis zu einem Treppenabsatz, wo er eine schmale Tür öffnete, die zum Schlossdach führte.

»Pass auf, dass du nicht ausrutschst, Mäuschen«, sagte er.

Es war Vollmond, Regenpfützen glitzerten zu meinen Füßen, und ich beugte mich vor, um etwas Wasser in meinen Händen zu sammeln. Genug, um jemanden nasszuspritzen, so wie meine Brüder es gerne taten.

»Ist das für mich bestimmt?«, fragte er.

Ich weiß nicht, ob das Lachen, das in seiner Stimme klang, schuld daran war oder die Schnelligkeit, mit der er sich bückte, um Wasser in seinen eigenen Händen zu sammeln, jedenfalls dauerte es nicht lang, und wir bespritzten einander mit Regenwasser.

»Friede?«, fragte er schließlich keuchend und nass.

»Friede«, sagte ich und hob meine Hände, um zu zeigen, dass sie leer waren.

Nun zeigte er mir verschiedene Teile des Schlosses, den Flügel der Königin, den des Königs, die Stelle, wo das alte Jagdschloss lange vor allem anderen gestanden hatte. Der dunkle, neblige Glanz, den ich in der Ferne sah, war der des Grand Canal. Unter Bäumen in einiger Entfernung gingen drei Männer mit Laternen. »Ich frage mich, was die da wohl treiben«, sagte der Graf. »Wer immer sie sind.«

Das Dach war gepflastert, und die Steinbrüstung verwandelte es in eine lange, riesige Terrasse. So hoch war ich noch nie irgendwo gewesen.

»Was ist da?«, fragte ich und deutete auf einen Flecken Dunkelheit jenseits des Grand Canal.

»Wälder.«

»Ist es dort, wo Sie jagen? Mit dem König?«

Er schmunzelte. »Ja«, sagte er. »Aber ich muss dir sagen, dass der König, wenn man ihm persönlich gegenübersteht, viel weniger imposant ist, als man denkt.«

»Das dürfen Sie nicht sagen.«

»Das darf ich nicht? Und warum, kleine Maus? Was wäre, wenn ich dir sagte, dass ich den König nicht besonders sympathisch finde? Würdest du mich dann ohrfeigen?«

»Vielleicht.«

»Nur vielleicht? Du verteidigst Seine Majestät nicht gerade mit sehr viel Eifer.«

»Der König hat es nicht nötig, dass ich ihn verteidige.«

»Soll ich ihm das sagen, wenn ich ihn das nächste Mal sehe?«

»Wenn Sie möchten«, sagte ich.

Eine Eule rief in der Ferne. Der Pelzmantel über meinen Schultern war herrlich leicht und warm, aber meine Hände und Füße wurden langsam taub vor Kälte.

»Als ich jünger war«, sagte er und wies auf eine unterhalb von uns liegende Galerie, »rutschte ich auf den Balkon dort hinunter. Da war das Zimmer meines Freundes. Ich klopfte an das Fenster, um ihn zu erschrecken.«

»Ist er erschrocken?«

»Nein. Er wusste ja, dass ich es war.«

Ich versuchte, ihn mir als einen jungen Mann vorzustellen, der mit der polnischen Königin nach Versailles gekommen war. Wie er auf diesem Dach stand und auf die neue Welt blickte, die sich vor ihm ausbreitete. »Ich unterstütze meine Cousine bei ihren offiziellen Pflichten«, hatte er mir einmal gesagt, als ich ihn fragte, was er im Schloss mache. Er empfing Gäste der Königin, ging mit ihnen auf die Jagd. Zuerst hatte die Königin gewollt, dass er ihr Sekretär würde, aber seine Schrift war einfach grauenhaft. »Eine Henne, die auf dem Boden herumkratzt, wäre besser dafür zu gebrauchen als ich«, sagte er. Als ich ihn fragte, ob die Königin das so ausgedrückt habe, lachte er und sagte, das würde sie nicht wagen.

Durch sein Lachen ermutigt, fragte ich weiter. War er schon einmal beim Grand Lever des Königs gewesen? Hatte er Seine Majestät frühstücken sehen? War er schon einmal mit ihm auf die Jagd gegangen? Es war unverkennbar, dass ihm diese Fragen Spaß machten, darum sah ich darin keine Gefahr.

»Und die Prinzessinnen, die Töchter des Königs? Wie sehen sie aus? Viel hübscher als ich?«

Ich merkte sofort, dass ich einen schweren Fehler gemacht hatte. Eine peinliche, frostige Stille trat ein. Mein Herz erstarrte, mein Magen zog sich zusammen.

»Was ist das für ein dummes Geschwätz?«, sagte er schließlich. »Ich will davon nichts hören. Nie wieder.«

Ich sagte, es tue mir leid. Ich flehte ihn an, mir zu verzeihen. Er drehte mir den Rücken zu.

Mir liefen die Tränen über die Wangen, als ich ihm zurück zur Tür und die Treppe hinunter zum Schlafzimmer folgte.

Er sagte, er habe jetzt zu tun. Sein Diener würde mich abholen und zum Hirschpark bringen. »Warte hier«, sagte er.

*Ich klammerte mich an diese Worte, lange nachdem er ge-
gangen war, wiederholte sie immer wieder in Gedanken und
versuchte sie auszudeuten.*

*In dieser Nacht im Hirschpark schlief ich schlecht. Oft wachte
ich auf, voller Schrecken bei dem Gedanken daran, wie es Francine ergangen war, lauschte ich auf Schritte im Flur, wartete
darauf, dass plötzlich die Tür zu meinem Zimmer aufgerissen
werden würde. Aber dann wurde es langsam hell, und Lisette
kam, um mir beim Ankleiden zu helfen, so wie sie es immer
tat. »Guten Morgen, Mademoiselle«, begrüßte sie mich fröhlich, und ich schöpfte wieder Hoffnung. Was auf dem Dach geschehen war, war nur ein unangenehmer Moment gewesen,
dachte ich, eine plötzliche Gereiztheit, die ich selbst verschuldet hatte. Ich würde mir nie wieder erlauben, so leichtfertig,
so gedankenlos zu sein. Alles würde wieder gut werden.*

*Ich war mit Manon und Claire im Musikzimmer, wo wir die
Motetten übten, die wir am Ostersonntag im Gottesdienst singen sollten, als ich Monsieur Durands Stimme in der Eingangshalle hörte. Dann hörte ich seine Schritte die Treppe zum Zimmer von Madame Bertrand hinaufsteigen, und die Tür schloss
sich.*

*Sosehr ich mich bemühte, konnte ich mich nicht mehr auf
die Musik konzentrieren. Auch nicht, als Monsieur Durand ging,
als Madame Mademoiselle Dupin zu sich rief und als die Lakaien dann irgendetwas Schweres vom Dachboden holten. »Passen Sie doch auf, Véronique«, rief unser Musiklehrer, denn ich
hatte meinen Einsatz verpasst, und Claire und Manon kicherten.*

*Die Stunde war fast vorbei, als Madame Bertrand ins Musik-
zimmer kam und allen befahl, den Saal zu verlassen.*

*»Sie nicht«, sagte sie zu mir, als ich mit den anderen auf-
stand.*

Mein Herz begann zu pochen.

»Es ist besser, das nicht unnötig in die Länge zu ziehen, Véronique«, begann sie. Ihre Augen kamen mir ungewöhnlich groß vor. Ich erinnerte mich daran, dass Lisette gesagt hatte, Madame benutze Belladonna, weil sie dem Weinhändler gefallen wolle, der sich aber nicht im mindesten für sie interessiere.

»Bringen wir es hinter uns.«

Ich fühlte, wie etwas Saures in meiner Kehle hochkam, meine Knie wurden weich, knickten ein, und ein dunkler Nebel senkte sich wie ein Schleier über mich.

Das Nächste, was ich wahrnahm, war ein scharfer, beißender Gestank: Ich befand mich wieder in meinem Zimmer, ich lag im Bett, und Lisette hielt mir ein Fläschchen mit Riechsalz unter die Nase. Sie hatte mir mein Oberkleid ausgezogen und mein Korsett gelockert. Man habe einen Arzt aus dem Schloss gerufen, sagte sie, aber ich solle mir keine Sorgen machen. Es konnten nicht die Pocken sein, denn ich hatte kein Fieber, und es waren auch keine Pusteln auf meiner Haut zu sehen.

Ich war in meinem ganzen Leben noch nie ohnmächtig geworden, und trotz Lisettes Beteuerungen hatte ich schreckliche Angst. Ich wusste, wie schnell der Tod über einen kommen konnte, wie unvorhersehbar.

Mir war immer noch übel, mein Magen drehte sich um. Lisette hielt mir den Nachttopf hin, als ich mich erbrach. Madame Bertrand kam mit ihrem Nerventonikum und zwang mich, ein paar Schlucke zu trinken. Meine Kehle brannte, und ich musste husten, aber bald ging es mir etwas besser. Ich legte mich hin und schloss die Augen.

»Wann hat sie zuletzt geblutet?«, hörte ich Madame Bertrand fragen.

Lisette murmelte etwas, das ich nicht verstand.

»Und das sagst du mir erst jetzt, du dummes Ding!«, rief Madame aus.

»Das ist doch nicht meine Schuld«, sagte Lisette. »Und überhaupt: Es ist nun einmal nicht zu ändern.«

Madame Bertrand sprach jetzt leise, aber ich konnte verstehen, was sie sagte. »Als hätte der Teufel seine Hand im Spiel … gerade jetzt, wo alles geregelt ist … wir können nicht … nicht bevor das Kind geboren ist.«

* * *

Die Bediensteten im Hirschpark reden.

Wie man sät, so wird man ernten. So ist es eben. Die Natur nimmt ihren Lauf. Wo gehobelt wird, da fallen Späne. Nicht das erste Vögelchen, das mehr von hier mitnimmt, als es erwartet hatte, und es wird nicht das letzte sein. Und so sehr schlimm ist es ja gar nicht, oder? Man wird sie jetzt nicht zu ihrer Mutter zurückschicken. Man wird einen Ehemann für sie finden. Lisette hat gehört, dass Madame Bertrand einen Getreidehändler in Brest erwähnt hat. Und was ist, wenn der Händler bis Januar warten muss? Na ja, er muss es schließlich nicht umsonst tun: Sie bringt viertausend Livres Mitgift mit in die Ehe. Vielleicht sogar noch mehr, damit es ihm leichter fällt.

Es wurde bereits ein neues Mädchen angefordert. Am Anfang ist es immer mit Unannehmlichkeiten verbunden. Bis sie sich eingelebt haben.

Rose sagt, dass Véronique morgen für immer von hier verschwinden wird. Sie kennt das Haus, wohin man sie bringen wird, es ist nicht weit entfernt, in der Avenue de Saint-Cloud. Sie fragt sich, wer Véronique dorthin begleiten wird. Sie würde es gerne tun, zumal es im Hirschpark ein Dienstmädchen weniger gibt – hier schaut sie in Mariannes Richtung –, weswegen die beiden anderen noch mehr arbeiten müssen als ohnehin schon.

Sie sei ein schlichtes Gemüt, sagt der Koch über Véronique. Sie hat das Schießpulver nicht erfunden. Er hat schon schlauere hier gesehen.

Das ist ja wohl keine Sünde, meint Lisette. Schlichte Gemüter soll man beschützen und nicht den Löwen zum Fraß vorwerfen. Sie sind schließlich auch Christenmenschen.

Lisette hat viel nachgedacht. Am besten wäre es, wenn sie mit Véronique in dieses Haus in der Avenue de Saint-Cloud ginge, nicht Rose. Véronique mag sie lieber. Außerdem ist Lisette klüger und fleißiger als Rose.

Lisette ist bewusst, dass sie weit über Véroniques Schwangerschaft hinausblickt. Es könnte sein, dass Véronique sie, nachdem sie das Kind zur Welt gebracht hat, als ihr Dienstmädchen nach Brest mitnimmt. Lisette kann schon frisieren und Spitzen waschen. Sie müsste noch lesen und schreiben lernen, aber sie erkennt schon jetzt die meisten Buchstaben recht gut, und sie kann sogar dem im Messbuch gedruckten Text von ihr bekannten Gebeten folgen. Zumindest dann, wenn die Wörter nicht zu lang sind.

Darum springt Lisette sofort auf, als die Glocke von Madame Bertrand läutet. »Ich gehe schon«, sagt sie.

Madame ist schlecht gelaunt. »Was die Pompadour alles von mir verlangt«, murrt sie, während Lisette ihr beim Auskleiden hilft. »Lassen Sie den Arzt kommen, Bertrand. Stellen Sie eine Pflegerin ein, Bertrand. Besorgen Sie ihr ein Dienstmädchen, Bertrand. Wer bin ich, dass sie mich herumkommandiert? Ein Haus macht schon genug Ärger.«

»Ein Glas Wein? Um die Nerven zu beruhigen?«, fragt Lisette.

»Nur einen winzigen Schluck.« Madame Bertrand nickt. »Nein, nicht so viel …«, protestiert sie, während Lisette einschenkt, aber Lisette achtet nicht darauf.

Der Wein hebt die Stimmung von Madame. Lisette kennt das, ihr Vater ist genauso. Nach ein paar Schlucken sieht alles gleich weniger finster aus. Noch ein paar, und man glaubt, eine Lösung seiner Probleme zu sehen. Wenn sich der Boden des Glases zeigt, offenbart sich auch die Erkenntnis, dass die Welt doch nicht so eine stinkende Jauchegrube ist.

Lisette füllt das leere Glas wieder auf.

»Wissen Sie, was man über sie sagt, Madame?«, fragt sie, während sie den Rock und die Unterröcke von Madame Bertrand zusammenlegt. »Einmal ein Fisch, immer ein Fisch. Und knickrig ist sie obendrein, unsere Madame la Marquise, sagen ihre Dienstboten. Wenn sie einer Zofe ein Kleid schenkt, das sie nicht mehr trägt, achtet sie darauf, dass zuerst alle Goldstickerei entfernt wird. Sie möchte gern eine große Dame sein, aber sie schafft es einfach nicht.«

Madame Bertrand kichert. Die Marquise kann eben ihre niedere Herkunft nicht verleugnen. Sie kommt an den Tag, wenn sie es am wenigsten erwartet.

»Und diese du Hausset«, fährt Lisette fort, »die sich eine kinderlose Witwe von adliger Geburt nennt! Sie ist keine Dienstbotin, wohlgemerkt, sondern Gesellschafterin und Vertraute.«

Das Dorf, in dem Lisette aufgewachsen ist, war eine gute Schule für sie. Sie hört genau jeden falschen Ton und hat den flinken Witz derer, die die Dinge beim Namen nennen. Sie wischt sich ein Lächeln von den Lippen, setzt den Gesichtsausdruck von du Hausset auf und sagt, wobei sie die langgezogenen Vokale der Kammerfrau imitiert: »Gräfin D*** schenkt mir sehr viel Aufmerksamkeit. Ebenso die Familie Baschi, wegen einer kleinen Gefälligkeit, die ich ihr einmal erweisen konnte.«

Madame Bertrand nickt amüsiert.

»Die Familie Baschi, von wegen«, fährt Lisette fort. »In Wirklichkeit heißt sie Nicole Colleson, und ihr Vater war Gerber. Sie steht im Dienst einer Dame, und darum ist sie eine Dienstbotin, was sonst? Wie sie im Schloss über sie lachen. Ein riesengroßes Mundwerk und trotzdem noch zu viele Zähne.«

»Jemand hat ›du Hausset ist schon wieder hungrig‹ an ihre Tür geschrieben, und daneben sieht man ihr feistes Gesicht gezeichnet, das gerade ein riesiges Stück Blätterteiggebäck verschlingt. Und was sagt die Zofe der großen Dame dazu? *Solche*

Bosheit kommt nur von meiner Nähe zu Seiner Majestät und zu Madame.«

In dem Nachthemd, das sie wie ein Leichentuch umhüllt, hält Madame Bertrand sich den Bauch, Lachtränen in den Augen. So hat sie schon lange nicht mehr gelacht. Gott sei Dank gibt es auch solche Momente, sagt sie. Leider zu selten in diesem Tal der Tränen.

»Noch ein Schlückchen?« Lisette deutet auf das Weinglas, das schon wieder leer ist. »Ich könnte noch eine Flasche bringen.«

»Nein, nein, liebes Kind.« Madame Bertrand lässt sich ins Bett helfen, das unter ihr quietscht. Mit ihrer Mütze sieht sie aus wie ein monströses Baby. Zwei ihrer Zähne sind schwarz verfault, aber ihre Augen sind groß. Sie tropft immer noch Belladonna hinein, um diesem Weinhändler zu gefallen, der sich nicht die Bohne darum schert und es auch nie tun wird.

»Ich möchte, dass du mit Véronique gehst, Lisette«, sagt Madame Bertrand, und dann senkt sie ihre Stimme und fügt hinzu: »Wir können nicht zulassen, dass sich diese du Hausset noch mehr aufbläst.«

* * *

Zwei Tage später kam Madame la Marquise, offensichtlich sehr erregt, in mein Zimmer. Ihre schwarze Halbmaske war mit Gold verziert, was mich an eine wütende Wespe denken ließ. Doch dieses Mal folgte nicht ihre Kammerfrau, sondern Madame Bertrand ihr auf dem Fuße.

Ich ruhte im Bett, in meinem Negligé, die Füße auf einem Kissen. Der Arzt aus dem Schloss war schon zweimal bei mir gewesen. Beim ersten Mal hatte er mich lange befragt. Ob ich bei meinem letzten Zusammensein mit dem Grafen mehr Lust empfunden hätte als sonst? Ob ich unmittelbar danach Kälte oder ein Frösteln empfunden hätte? Eine Verlangsamung des Herzschlags?

Unzufrieden mit meinen Antworten, untersuchte er meine Brüste mit einer Lupe, ihre Färbung, die Form der Brustwarzen. Dann zog er meine unteren Augenlider herunter, um die Venen dort zu inspizieren. Am Ende bat er mich, in ein Glasfläschchen zu pinkeln, das er dann mit einem Stöpsel verschloss und mitnahm, um eine, wie er es nannte, Nesselprobe durchzuführen.

Am folgenden Tag, nachdem die Probe bestätigt hatte, dass ich schwanger war, teilte der Arzt mir mit, was ich von nun an alles zu beachten hatte. Ich sollte heftige Bewegungen vermeiden und meine Arme nicht über die Höhe der Schultern heben. Ich sollte mich vor Traurigkeit, Zorn und überhaupt Beunruhigungen aller Art hüten. Ich sollte meine Verdauung mit Pflaumen und gedünstetem Rhabarber anregen. Es sollte kein Aderlass vorgenommen werden, bis das Kind anfing, sich zu bewegen.

Das Kind des Grafen, dachte ich; ich klammerte mich an diese Worte, als ob sie irgendeine Garantie dafür böten, dass eine unlösbare Verbindung zwischen uns bestand. Sein Bastard, zischte es höhnisch in meinem Kopf, aber ich verbannte solchen Zynismus aus meinen Gedanken.

»Ich bin gekommen, um mich selbst davon zu überzeugen«, sagte Madame la Marquise zu niemand besonderem.

»Stehen Sie auf, Véronique«, sagte Madame Bertrand überraschend freundlich. »Heben Sie Ihr Hemd hoch.«

Ich stand langsam auf und tat, was sie befohlen hatte. Mein Bauch war glatt und flach. Es schien unmöglich, dass ein Kind da hineinpassen könnte. Ich hatte meine Brüder gleich nach ihrer Geburt gesehen. Ich hatte die losen Hautfalten am Bauch meiner Mutter gesehen.

»Decken Sie sie zu«, sagte Madame la Marquise, die mich kaum eines Blickes würdigte. Sie zupfte an ihren behandschuhten Fingern, als ob sie sich vergewissern wollte, dass sie noch an ihrer Hand hingen.

Madame Bertrand zog mein Hemd herunter und sagte mir, ich solle mich setzen. Ich setzte mich auf die Bettkante. Mit dem nackten Fuß zeichnete ich das Muster der hellbraunen Blätter auf dem Teppich nach.

Sie sprachen schnell über meinen Kopf hinweg, als ob ich gar nicht da wäre, als ob mich das, was sie redeten, nicht im Geringsten beträfe. Sie wissen doch, dass Dienstboten den Mund nicht halten können … Sie müssen es schon geahnt haben … Sind Sie sicher, dass wir ihnen vertrauen können? … Vorsicht ist besser als Nachsicht.

Von dem Grafen kein Wort. Auch nicht von Monsieur Durand.

Madame la Marquise ging durch den Raum, während sie sprach. Bei meiner Frisierkommode blieb sie stehen, zog ihre Handschuhe aus und untersuchte die Gläser und Töpfchen, die der Arzt geschickt hatte. Rosen- und Veilchenöl zum Einmassieren in die Haut meines Bauches. Gänseschmalz für meine Geschlechtsteile. Mandelmilch für mein Gesicht und meine Hände.

Schließlich wandte sie sich mir zu. »Werden Sie gut behandelt?«, *fragte sie. Sie hatte schöne Lippen, fand ich, herzförmig und voll.*

»Ja.«

»Haben Sie irgendwelche Wünsche?« *Aber ihre Augen sagten:* Machen Sie schnell, Mädchen. Strapazieren Sie meine Geduld nicht zu lange.

Ich sammelte mich, so gut es ging, brachte meine Gedanken in Ordnung und sprach dann die Frage aus, die mich am meisten beschäftigte: »Weiß der Graf Bescheid?«

Madame la Marquise räusperte sich, nickte. Der Graf war ein Mann von Ehre. Meine Zukunft war gesichert. Ich sollte mir nicht unnötig Sorgen machen. Ihre Worte verhallten in meinen Ohren, sie beantworteten meine Frage nicht.

»Wann werde ich ihn sehen?«, *fragte ich.*

»Der Graf ist nach Polen abgereist«, sagte sie. »Er hat Sie meiner Obhut anvertraut.«

»Wann wird er zurückkommen?«

Madame Bertrand warf mir einen warnenden Blick zu. Ich wurde zu dreist. Zu beharrlich. Das war nicht klug.

Die Pläne des Grafen, sagte Madame la Marquise, hätten niemanden der hier Anwesenden zu interessieren, auch mich nicht. Mich schon gar nicht. Besonders in dem Zustand, in dem ich mich befand.

Ihre Stimme hallte von der Decke und den Wänden wider, als spräche sie in einen Brunnen hinab, in den mich, wie in einem Märchen, ein böser Zauberer geworfen hatte. Der Ton ihrer Stimme gab mir noch mehr als die Worte selbst zu verstehen: Warum sollte der Graf sich um jemanden wie mich Gedanken machen?

Ich hörte, wie Madame Bertrand zischend den Atem einzog. Ein fauliger Geruch wehte vorbei.

Der Inhalt meines Magens stieg mir bis zur Kehle und zog sich wieder zurück. Es war gut, dass ich noch saß.

»Sie werden in ein anderes Haus gebracht. Das ist nur angemessen in Ihrem Zustand«, fuhr Madame la Marquise fort. »Meine Kammerfrau wird dafür sorgen, dass es Ihnen an nichts fehlt.«

Madame Bertrand verdrehte die Augen.

Ich weinte lange, nachdem sie weg waren. Düstere Gedanken beschäftigten mich. Das Los der Frau, Evas Strafe für ihren Ungehorsam, dafür, dass sie hatte wissen wollen, was zu wissen ihr nicht zustand. Unter Schmerzen sollst du gebären, sagten die Priester immer.

Lisette brachte mir eine Tasse Kräutertee, heiß und von bitterem Geschmack. »Weinen hilft nichts, Mademoiselle«, sagte sie, während ich ihn mit kleinen Schlucken trank. »Vielleicht wird sich alles zum Besten wenden.«

Die Hoffnung kehrte wieder zurück, wenn auch langsam. Als Lisette ging, erinnerte ich mich an die sanfte Stimme des Grafen, wenn er mich sein Mäuschen nannte. Oder wenn er sagte, dass ich ihm gefalle, und als er mir versprach, mich in die Orangerie des Schlosses mitzunehmen, in einen Raum, in dem das ganze Jahr über Schmetterlinge flogen. Einige waren so groß wie Vögel, versicherte er.

Was war, wenn Madame la Marquise mich angelogen hatte? Was, wenn er nicht nach Polen gereist war? Was, wenn er nicht wusste, dass ich mit einem Kind von ihm schwanger war?

Was war, wenn sie mich nur von ihm fernhalten wollte?

Wenn ich nur der Wachsamkeit von Madame Bertrand hätte entkommen, zum Schloss rennen, die Treppen, die ich so gut kannte, hinaufsteigen, die Tür zum grünen Salon hätte öffnen können.

Der Kräutertee hatte mich schläfrig gemacht. Ich schloss die Augen und sank in mein Bett. Bevor ich einschlief, stellte ich mir vor, wie der Graf sich freuen würde, wenn er mich sähe, und wie zornig er auf all diejenigen wäre, die es gewagt hatten, uns zu trennen.

* * *

Am Ostersonntag erwacht Nicole du Hausset in ihrer beengten Ecke vom Läuten der Glocke im Schlafzimmer von Madame la Marquise. Die Luft ist stickig und riecht nach Staub. Erst neulich hat sie eine Maus unter dem Tisch herumschnüffeln sehen. Ziemlich dreist, sie versuchte nicht einmal, sich zu verstecken. Sie sollte sich eine Katze anschaffen. Aber keine gewöhnliche. Vielleicht eine weiße Angora.

Die Glocke läutet erneut, und du Hausset rappelt sich auf, reibt sich den Schlaf aus den Augen. Etwas in ihrem Traum erinnert sie an einen entfernten Cousin, der sie um einen Gefallen gebeten hat und einfach nicht lockerlässt. Er kann nicht verstehen, warum sie sich weigert, Madame um Hilfe zu bitten. Er hat sich nie gefragt, was für ein Geflecht von Abhängigkeiten, welche Verpflichtungen zu Dankbarkeit eine solche Bitte schaffen würde. Außerdem, was hat er je für sie getan?

Zu ihrer Überraschung ist Madame nicht allein. Der König geht im Raum umher, Diamanten funkeln in den Zierborten seines Rocks, die Locken seiner Perücke wiegen sich bei jedem Schritt. Er hat ein verlegenes Grinsen im Gesicht, wie ein Junge, den man dabei erwischt hat, wie er seinen nassen Finger in die Zuckerdose tauchte.

Es ist viel zu früh für seinen täglichen Besuch. Der König ist ein Mann mit festen Gewohnheiten, den es normalerweise ärgert, wenn er auch nur die geringste ändern oder aufgeben muss.

Madame, einen Morgenrock über ihrem Hemd, steht am Kaminsims, ihre Lippen zu einem dünnen Lächeln zusammengepresst, als ob sie Zahnschmerzen hätte. Hat es Streit gegeben? Das kann nicht sein. Die Handlungen anderer Menschen können Madame zu tobendem Zorn oder zu Tränen reizen, aber niemals die des Königs. Deshalb kehrt er immer zu ihr zurück, während andere Mätressen verstoßen werden. Sobald sie, wie Madame beobachtet hat, eifersüchtig werden oder anfangen, Forderungen zu stellen.

»Du musst sofort zu dem Haus in der Avenue de Saint-Cloud gehen, Nicole«, sagt Madame. »Da ist eine der jungen Damen in einem delikaten Zustand. Ich habe bereits eine Hebamme angefordert. Sie wird so oft kommen, wie sie es für angebracht hält, und sie wird auch bei der Geburt dabei sein. Du wirst die junge Dame jeden Tag besuchen und dann kurz vor der Entbindung bei ihr einziehen.«

Darum geht es also, um einen weiteren königlichen Bastard. Nicht der erste, nicht der letzte – warum also ist Madame dieses Mal so aus dem Häuschen? Hat sie nicht immer gesagt, dass dem König seine Kinder gleichgültig sind, weil er zu viele hat? Bestimmt geht es wieder um dieses eine Mädchen. Vielleicht bedeutet sie ihm immer noch etwas? Vielleicht möchte er sie danach zurückhaben? So wie die kleine O'Murphy, diese Hure.

»Du bist mir für dieses Haus verantwortlich, Nicole«, fährt Madame fort. »Sorge dafür, dass von all dem, was dort geschieht, absolut nichts nach außen dringt. Wenn das Kind geboren ist, wirst du es zur Taufe bringen.«

»Darf ich mich nach dem Vater des Kindes erkundigen?« Du Hausset stellt die Frage, auf die sie die Antwort bereits kennt. Aber es ist wichtig zu signalisieren, dass sie nicht in Vermutungen schwelgt.

Der König erstickt ein Glucksen, ein böser Junge, der weiß, dass ihm bereits vergeben worden ist. »Der Vater ist ein sehr ehrenwerter Mann«, sagt er.

»Von allen geliebt und angebetet von denen, die ihn kennen«, fügt Madame hinzu.

Du Hausset knickst mit so viel Anmut, wie ihre massige Figur es zulässt. Auch etwas wackelig, denn sie hat sich in Eile angekleidet und muss ohne den festen Halt, den Walbein verleiht, auskommen. Dr. Quesnay, der klüger ist als jeder Mann, dem sie je begegnet ist, zeigte ihr einmal eine Zeichnung eines Wals. Ein riesiges Ungeheuer, und doch sehen seine Zähne aus wie ein feines Sieb.

Madame öffnet einen kleinen Schrank und holt einen kleinen mit Diamanten besetzten Steckkamm heraus. Sie nennt ihn eine *aigrette*, obwohl er keine Federn hat. »Sie werden ihn der jungen Dame als Geschenk überreichen, aber nicht jetzt. Sie bekommt ihn nach der Geburt.«

Die *aigrette* ist nicht mehr als zwanzig Louisdor wert, ein Geschenk für eine Zofe. Die Diamanten sind klein und höchstwahrscheinlich fehlerhaft. Madame hat viele solcher Stücke – Mängelexemplare, die ihr Juwelier im Dutzend verkauft.

»Wie nett und fürsorglich Sie sind«, sagt der König.

Madame geht auf ihn zu und legt ihre Hand auf sein Herz. »Das ist es, was ich schützen möchte.«

Nicole du Hausset versteht die Bedeutung dieses peinlichen kleinen Dramas, das für sie aufgeführt wird: Die Tändeleien des Königs haben nichts zu bedeuten.

Der König ergreift die Hand der Madame und küsst ihre Fingerspitzen. Nicole du Hausset senkt den Blick, was bedeutet: Ich habe es zur Kenntnis genommen, möchte aber nicht neugierig erscheinen.

Der König wendet sich ihr zu, was ungewöhnlich und überraschend ist. »Lebel wird Sie in allem unterstützen«, sagt er. »Sie werden Taufpaten finden.«

»Ja, Majestät.«

»Leute von der Straße. Dienstboten vielleicht.«

»Ja, Majestät.«

»Einen Mann und eine Frau.«

»Ja, Majestät.«

»Geben Sie jedem nur zwölf Francs, es soll nicht auffällig viel sein.«

»Nicht einen Louis?«, fragt Madame.

»Erinnern Sie sich an den Kutscher, dem ich einmal einen Louis schenken wollte?«

Nicole du Hausset hat den König diese Geschichte schon oft erzählen hören. Sie beginnt damit, dass er Sehnsucht nach Madame hatte und beschloss, sie im Haus ihrer Mutter zu besuchen, aber er wollte es unbedingt vermeiden, erkannt zu werden. Dann erzählt er von dem Fiaker, den der Duc d'Ayen für ihn bestellt hat, und von der Fahrt inkognito durch Paris, während der eine Passantin sie entzückend grob mit Schimpfworten überhäuft, weil die Kutsche sie im Vorbeifahren mit Schlamm bespritzt. Am Ziel angelangt, wollte der König dem Kutscher einen ganzen Louis geben, aber der Duc d'Ayen sagte: »Wenn Sie ihm mehr geben, als er unter normalen Umständen zu erwarten hat, wird die Polizei davon erfahren, ihre Kundschafter werden Nachforschungen anstellen, und bald wird jeder wissen, dass Sie es waren, Sire.«

Der König liebt diese Geschichte, und er liebt es, sie immer wieder zu erzählen. Ein Monarch, der sich mit seiner Großzügigkeit fast verraten hätte, wird im letzten Moment von einem wachsamen Freund davor bewahrt. Zu jedem anderen Zeitpunkt hätte Madame sie gerne noch einmal angehört, aber jetzt gönnt sie sich den Luxus, ihm das Wort abzuschneiden.

»Sie waren zu großzügig, Liebster, wie immer, zu gut. Aber bis zur Niederkunft dauert es noch Monate, weswegen wir uns mit diesen Dingen Zeit lassen können.«

»Das stimmt«, sagt der König sichtlich frustriert, weil ihm das Vergnügen vorenthalten wird, auf das er sich so sehr gefreut hatte. Einen Augenblick später murmelt er vor sich hin: *Die Polizei wird davon erfahren, ihre Kundschafter werden Nachforschungen anstellen ...«* Dann hält er inne und richtet seine dunkelblauen Augen auf sie. Verwirrt, als ob er sich fragte, wer sie ist. Es ist nicht das erste Mal, dass Nicole du Hausset das deutliche Gefühl hat, der König halte die Menschen seiner Umgebung für Wechselbälge. Schatten aus einer anderen, bedrohlichen Welt, die ihm in den Weg gelegt wurden, um ihn zu verwirren oder zu quälen.

»Wenn das Kind getauft ist, wird Lebel dem Priester und der Hebamme Geschenke überreichen«, fährt der König fort, »aber es ist nur recht und billig, dass Sie Ihre Belohnung jetzt bekommen.«

Es ist eine Rolle mit fünfzig Louisdors.

Nicole du Hausset nimmt die Rolle und küsst dem König die Hand. Der Duft des ungarischen Wassers hängt um Seine Majestät. Hat der König begonnen, es zu trinken? Ein Stärkungselixier, wie Dr. Quesnay es nennt. Man reibe täglich die schwachen Glieder damit ein, dann sieht man bald die Wirkung.

Es ist ein angenehmer Geruch. Die stärksten Noten sind die von Rosmarin, Lavendel und Zitronenblüten.

* * *

Das zweigeschossige Haus, zu dem Madame du Hausset mich brachte, lag nur eine kurze Kutschenfahrt vom Hirschpark entfernt, was bedeutete, dass ich mich immer noch in der Stadt Versailles befand. Ein Zeichen – so schloss ich –, dass der Graf mich in seiner Nähe haben wollte. Außer Lisette gab es noch eine Köchin, eine Magd und zwei Lakaien. Mein Schlafzimmer befand sich im Erdgeschoss, sodass mir »in meinem Zustand«, wie Madame du Hausset es ausdrückte, das Treppensteigen erspart bleiben würde. Das Bett war breit und weich, der Kleiderschrank gut gefüllt mit Wäsche und weiten Gewändern. Alles feiner Batist, sagte sie, jedes Stück mindestens zwanzig Livres wert. Neben dem Schlafzimmer befand sich ein kleines Boudoir, in dem ich mich ausruhen oder mich mit Sticken beschäftigen konnte.

»Sie müssen gut essen«, fuhr Madame du Hausset fort. Die Köchin würde dafür sorgen, dass immer Fleischbrühe für mich da war. Jeden Morgen sollte Lisette mir ein Glas Rotwein mit Wasser gemischt bringen, damit mein Blut eindickte.

Die Tür knallte zu, als sie ging.

Die folgenden Tage waren geprägt von schmerzhaft angespanntem Warten. Abends stürzte ich jedes Mal, wenn das Klappern von Hufen oder das Klirren von Sporen zu hören war, ans Fenster, davon überzeugt, dass der Graf mich endlich zu sich bestellt hatte. »Dachtest du wirklich, ich würde dich im Stich lassen?«, würde er mich fragen. »Weinst du deshalb, kleine Maus?« Manchmal waren diese Visionen so lebhaft, dass ich spürte, wie seine Hand meine Wange streichelte.

Als die Tage vergingen, ohne dass er nach mir schickte, wurde ein anderer Gedanke in mir immer stärker: Da ich nun ein Kind von ihm erwartete, wollte er mich vielleicht auf die Probe stellen? Meinen Gehorsam, meine Treue, mein Vertrauen in seine Güte ermessen? Wurde ich beobachtet? Wurde ihm jedes Wort, das ich sagte, berichtet? Ich redete mir ein, dass dies ein guter Gedanke war. Er spornte mich an, auf meine Haltung zu *achten, mich mit mehr Anmut zu bewegen und Heiterkeit in meine Stimme zu legen.*

Doch als aus Tagen eine Woche wurde, dann zwei, erwies sich die Hoffnung als ein unbeständiger Gast, der sich leicht verscheuchen ließ. Ich dachte an diesen schrecklichen Abend auf dem Schlossdach zurück, als ich den Grafen mit meinem albernen Geschwätz über die Prinzessinnen verärgerte. Dachte er, ich würde mich für hübscher halten als die Töchter des Königs? Besser als sie? Konnte er wirklich glauben, ich sei derart eitel?

Und noch andere Erinnerungen verfolgten mich. An den gereizten Blick, den er mir zuwarf, wenn ich meine Arme um seinen Hals schlang und meine Wange an seine Brust drückte. Daran, wie ich einmal mit ihm Karten spielte und schummelte, damit er gewann, was ihn sehr erboste, weil er es anmaßend von mir fand. »Kannst du nicht einen Moment lang still sein?«, fragte er einmal.

Jedes Mal, wenn die Hoffnung der Trauer wich, verschwanden Worte in meiner Kehle, bevor ich sie aussprechen konnte. Es fiel mir immer schwerer, morgens aufzustehen, auf Lisettes gut gelaunte Fragen zu antworten oder ihrem Klatsch und Tratsch Gehör zu schenken. Warum sollte es mich kümmern, dass du Hausset Lisette herumkommandierte oder alles kritisierte, was sie tat? Oder dass die Köchin Talg stahl und ihn an den Kerzenmacher verkaufte? Oder dass das Dienstmädchen nicht einmal wusste, dass man zuerst lüften und anschließend Staubwischen muss, nicht umgekehrt? Selbst die fernen Geräusche der Straße waren schwer zu ertragen. Menschen lachten, riefen einander, jemand stimmte ein Lied an. Die Traurigkeit wog schwer, so schwer wie das Kind, das in mir wuchs, die Ursache meiner Verbannung. Ich versuchte, die Schatten von Adèle und Francine aus dem trüben Zwielicht dieser Zeit zu locken, aber sie weigerten sich, zu kommen und Trost zu spenden. Und es fiel mir immer schwerer, die Gegenwart des Grafen, den ich so schmerzlich vermisste, heraufzubeschwören. Die Momente der Zärtlichkeit, die ich mir in Erinnerung rief, gerieten mit jedem Mal undeutlicher. Sogar mein eigenes Gesicht im Spiegel sah verschwommen aus, als ob ich mich von einer weit entfernten Geisterwelt aus betrachtete, als ob mein wirkliches Leben überhaupt nie stattgefunden hätte.

Schließlich entschied ich mich, ihm einen Brief zu schreiben. Ich dankte ihm für seine Fürsorge, fragte ihn, ob er wisse, dass ich schwanger sei, und wann ich ihn wiedersehen würde. Da ich nicht wusste, wie ich den Brief beenden sollte, wünschte ich ihm Gesundheit, erkundigte mich nach dem Habicht, der einmal auf meiner Hand gehockt hatte, und unterschrieb mit »Ihre kleine Maus«. Ich bat Lisette, dem Grafen mein Schreiben zukommen zu lassen, und sie versprach es. Schwören wollte sie allerdings nicht, weder bei der Jungfrau Maria noch bei der heiligen Elisabeth, ihrer Namenspatronin. »Wenn ich kann, Mademoiselle«, zu mehr war sie nicht zu bewegen.

Um mit den langen, leeren Stunden besser zurechtzukommen, bat ich um Papier und Holzkohle. Die Zeichnungen, die ich anfangs machte, waren einfach. Eine Blume in einer Vase, ein Blick aus meinem Fenster in den kleinen Garten, die Ranken von Kletterpflanzen an einer Mauer. Aber bald traten andere Bilder an ihre Stelle. Verstümmelte Kreaturen erschienen, halb Mensch, halb Tier, mit bedrohlichen Blicken. Augen, manche wie Knöpfe, andere so groß wie Untertassen, tauchten aus der Dunkelheit auf.

Angesichts einer solchen Zeichnung schrie Madame du Hausset vor Entsetzen auf. »Wollen Sie das Kind in Ihnen in ein Monster verwandeln?«, fragte sie. Und als ich nicht antwortete, riss sie die Zeichnung in Stücke und verbrannte sie.

An diesem Tag traf die Hebamme aus Paris ein, eine große Frau, kräftig gebaut, von energischer Art, mit Augen aus Stahl. Madame Leblanc nannte Madame du Hausset sie.

Wenn die Hebamme von mir sprach, nannte sie mich la malade, *die Patientin. Wenn sie mich direkt ansprach, nannte sie mich Mädchen oder Kind. Als ob ich keinen Namen hätte. Ich fand sie alt, herrisch und streng. Auch ihre Kleidung gefiel mir nicht, ein einfaches braunes Wollkleid, eine steife weiße Schürze, eine gestärkte Haube. Von dem Kampfergeruch, den sie ausströmte, wurde mir übel.*

»Legen Sie sich hin, Kind«, sagte sie. »Heben Sie Ihre Röcke hoch.«

Als ich das tat, betastete sie lange meinen Bauch und drückte ihn mit ihren Händen. Sie waren warm und trocken, bemerkte ich mit Erleichterung.

Madame Leblanc machte keinen Hehl daraus, dass sie mit der Art und Weise, wie ich behandelt wurde, unzufrieden war. Als sie die geröteten Abdrücke des Korsetts auf meinen Rippen sah, verlangte sie eine Erklärung dafür, dass man mir erlaubte, enge Kleidung zu tragen. Die Haut musste atmen. Das Blut musste ohne Behinderung fließen. War das so schwer zu verstehen? Und warum war die Luft im Raum so abgestanden? Warum hatte ich keinen Schemel, auf dem meine Füße ruhen konnten?

Du Hausset stand da, die Hände in unruhiger Bewegung. Ich konnte sehen, dass es ihr schwerfiel, nicht zu widersprechen; immer wieder spannte sich ihr Kiefer vor Anstrengung. Ich hatte Mitleid mit Lisette, an der sie schon bald ihren Zorn auslassen würde.

Ich lag immer noch da, nun mit aufgeschnürtem Korsett, als die Hebamme sich zu mir umdrehte. Sie fixierte mich mit ihren Augen, die von einem Netz aus winzigen Fältchen umgeben waren, und fragte, ob ich regelmäßig Stuhlgang hätte. Weich oder hart? Wie oft wachte ich nachts auf, um Wasser zu lassen?

Neugierige Person, dachte ich immer wieder, unverschämt.

»Sie brauchen nicht rot zu werden, Kind«, sagte sie. »Das ist nichts, wofür Sie sich schämen müssten.«

Nachdem ich ihre Fragen beantwortet hatte, erklärte sie, ich sei in einem schlechten Zustand. Ich hätte wenig Energie. Meine Lebenskraft nehme ab. Melancholie sei schlecht für eine werdende Mutter. Sie mindere die Abwehrkräfte des Körpers, schwäche das Kind im Inneren.

Du Hausset holte wieder tief Luft, schaffte es aber, nichts zu sagen. Lisette berichtete mir später, dass die Hebamme von Madame la Marquise ausgewählt worden sei. Deshalb musste du Hausset die Zähne zusammenbeißen und ihr Schicksal schweigend hinnehmen. Geschah der grauen Stute recht, nicht wahr?

Bevor sie wieder ging, ersetzte die Hebamme die Salben des Arztes durch ihre eigenen Pomaden. Die Fruchtblase eines Zickleins, sagte sie, würde meine Haut weicher machen und verhindern, dass sie riss, wenn es so weit sein würde. Sie ordnete wöchentliche Aderlässe an, um meine Säfte im Gleichgewicht zu halten, Einläufe, um dem Darm Bewegung zu machen, und flotte Spaziergänge im Garten, damit die Sehnen stark und widerstandsfähig blieben. Sie betonte, dass ich unbedingt einfaches, schlichtes Essen brauchte. Keine Ragouts, Soßen oder fettes Fleisch mehr, keine ausgefallenen Delikatessen.

»Sie sind jung«, sagte die Hebamme. »Sie sind gesund. Wenn meine Anweisungen befolgt werden, wird alles gut ausgehen.«

* * *

Hätte Véronique, wenn Lisette nicht gewesen wäre, es geschafft, den Rest ihrer Tage in dem Glauben an die Geschichte von einem polnischen Grafen, einem Cousin zweiten Grades der Königin, zu leben? Der von seinen eifersüchtigen Dienern daran gehindert wird, seine Geliebte zu sehen? Oder, was Lisette noch schlimmer findet, der fortgejagt wurde wegen irgendeiner schrecklichen Verfehlung, für die niemand anderer als Véronique selbst verantwortlich ist?

Vielleicht, aber Lisette weiß, dass manche Überzeugungen wie Geschwüre auf der Haut sind. Sie wuchern, werden immer größer und vergiften den ganzen Körper, und nur ein scharfer Schnitt kann sie unschädlich machen. Außerdem verfolgt Lisette auch eigene Interessen. Wenn nicht sie auf sich selbst aufpasst, wer dann?

Es ist der Abend nach dem Besuch der Hebamme. Nachdem sie ihre Hände über dem Feuer erwärmt hat, beginnt Lisette damit, Véronique zu entkleiden, die mit dem Rücken zu ihr steht, damit Lisette ihr Kleid aufhaken kann.

»Bitte, werden Sie mich mitnehmen, Mademoiselle?«, fragt Lisette, als sie den letzten Haken geöffnet hat. »Nach Brest.«

Véronique dreht sich verwirrt zu ihr um. »Wieso sollte ich nach Brest fahren?«

Lisette wirft ihrer Herrin einen zögerlichen Blick zu, aber sie ist bereits über den Punkt hinaus, wo sie noch umkehren könnte. »Um zu heiraten, Mademoiselle.«

»Wovon redest du?«

»Jeder weiß es, Mademoiselle. Es ist nur recht und billig, dass Sie es auch wissen.«

So erfährt Véronique, dass sie einen Getreidehändler in Brest heiraten und in einem großen Haus mit einem Garten und einer Backsteinmauer darum herum wohnen soll. Und dass sie, Lisette, ihr Dienstmädchen sein will. Sie ist nicht undankbar, ganz im Gegenteil. Madame Bertrand war immer gut zu ihr. Aber sie will sich verbessern. So wie Véronique es bald tun wird.

»Ich werde treu sein, Mademoiselle«, sagt Lisette. »Sie werden es nicht bereuen, mich mitgenommen zu haben. Niemals.«

»Und das alles hat Madame Bertrand dir erzählt?«, fragt Véronique.

Nicht ganz, gibt Lisette zu. Sie hat gelauscht, als Mademoiselle Dupin und Madame Bertrand darüber redeten, wie alles geregelt ist. Dass der Kaufmann etwas unterschrieben und sogar schon einen Teil der Mitgift bekommen hat. Alle im Hirschpark sind der Meinung, dass Véronique es sehr gut getroffen hat.

»Niemals«, sagt Véronique. Ihre Stimme ist entschlossen und viel zu laut. Ihre Hände sind zusammengepresst, so fest, dass die Knöchel weiß hervortreten.

»Warum, Mademoiselle?«

Weil Seine Hoheit es niemals erlauben würde. Er weiß nicht, dass sie schwanger ist, aber sobald er ihren Brief erhält, wird er ihr alle ihre Verfehlungen vergeben und sie abholen. Es steht alles in dem Brief, den Lisette ihm zukommen lassen wird, sobald sich eine Gelegenheit ergibt.

Lisette wedelt mit der Hand, als wollte sie diese dummen Reden wie lästige Fliegen vertreiben.

»Du hast versprochen, ihm den Brief zu geben, Lisette.«

Das ist der Tropfen, der das Fass zum Überlaufen bringt.

»Es gibt keinen polnischen Grafen, Mademoiselle«, sagt Lisette unverblümt, schonungslos. »Es ist alles Schwindel.« Alle stecken mit drin, erklärt sie. Madame Bertrand, die Dienstboten des Hirschparks, Madame la Marquise, die keine Geringere ist als Madame de Pompadour höchstselbst. Es gibt auch keinen Monsieur Durand. Der Mann heißt in Wirklichkeit Lebel, und er ist der Kammerdiener des Königs. Sie alle hätten Véronique noch vor Ostern nach Hause geschickt, wenn ihr Bauch nicht gewesen wäre. Sie hatten sogar schon Lisette angewiesen, Véroniques Kiste zu packen!

»Ja, Mademoiselle«, sagt Lisette und antwortet auf die Frage, die in Véroniques Augen aufblitzt. »Der König von Frankreich ist der Vater Ihres Kindes.«

Véronique sinkt auf die Bettkante nieder. Lisette redet weiter und rechnet Véronique das ganze Glück vor, das zu sehen sie sich so hartnäckig weigert. Ein Kaufmann in Brest, das große Haus am Meer, zwei Geschosse, ein Balkon und eine große Mansarde. Kleider und Schmuck, die Véronique behalten darf. Und eine Esszimmergarnitur aus dem Schloss noch obendrein. Véronique war arm, jetzt ist sie reich.

Doch Véronique schüttelt den Kopf.

Manche Geschwüre wuchern einfach weiter, wenn sie aufgeschnitten werden, denkt Lisette. Manchen Menschen kann man
die Wahrheit zeigen, doch sie weigern sich, sie zu glauben. Mag
es Lisette auch schwerfallen, es zu begreifen, es ist nun einmal
so.

Dann kommt ihr ein anderer Gedanke, gefolgt von einem
Schauder. Was ist, wenn Véronique ihre eigenen Pläne hat? Wenn
sie etwas im Schild führt, von dem niemand weiß? Denn warum sonst sollte sie das Glück ausschlagen, Herrin eines Hauses
zu werden, in dem Lisette sich bereits aufsteigen gesehen hat?

»Bitte, Mademoiselle«, sagt Lisette, die mit plötzlichem
Schrecken sieht, was sie getan hat. »Verraten Sie niemandem,
dass ich es Ihnen gesagt habe, Mademoiselle.«

Aber Véronique schaut sie überhaupt nicht an.

* * *

*An die Tage, die auf Lisettes Eröffnung folgten, erinnere ich
mich nur bruchstückhaft, wie durch einen Nebel. Aufgewühlt
schritt ich durchs Zimmer, schob Teller weg, nachdem ich wenige Bissen zu mir genommen hatte. Nachts schlief ich unruhig
und wachte beim leichtesten Geräusch auf.*

*Du Hausset beäugte mich misstrauisch. War etwas passiert?
Hatte mich jemand geängstigt?*

*Nein, sagte ich, ich sei nur besorgt wegen der Geburt, das sei
alles. Wenn sie mich allzu sehr bedrängte, gestand ich ihr, dass
ich einen bösen Traum gehabt hätte, was sie zu meiner Erleichterung jedes Mal dazu animierte, mir einen ihrer Träume zu
erzählen. Von einem Land, in dem alles Geld durch ein Zauber-
pulver ersetzt worden war. Von einem prächtigen Ball in Versailles, bei dem ihr ein maskierter Mann ein mit Blut beflecktes
Taschentuch gab, in das ein Name eingestickt war – aber sie
konnte sich leider, sosehr sie sich auch bemühte, nicht erinnern, welcher.*

Wenn Lisette gehofft hatte, die Wahrheit würde mich von meinen Wahnvorstellungen befreien, hatte sie sich getäuscht.

Vielmehr erhielt meine Hoffnung dadurch neue Nahrung.

Ich hatte ihm nicht missfallen. Er war mir nicht böse. Er war der König von Frankreich. Kein Wunder, dass er nie hierher kam, um mich zu sehen. Könige können nicht immer tun, was sie wollen. Die Königin war nicht seine Cousine zweiten Grades, sondern seine Frau. Ich war seine Mätresse. Ich trug sein Kind der Liebe. Auch wenn er sich von mir fernhalten musste, waren die Zeichen seiner Fürsorge überall zu sehen. In diesem Haus, in diesem Zimmer, in dem täglich frische Blumen standen, in dem ich alle erdenklichen Annehmlichkeiten hatte.

Dieser Gedanke brachte mich zum Lächeln.

Madame Leblanc kam jede Woche, um mich zu untersuchen. Alle Bedenken, die ich anfangs gegen sie hatte, verflogen. Sie ertastete die Lage des Kindes, ließ mich zur Ader, wenn nötig, machte mir einen Einlauf, massierte meine Arme und Beine. Nichts entging ihrer Aufmerksamkeit: kein trockener Hautfleck, keine pochende Ader, nicht meine geschwollenen Knöchel, für die sie mir kalte Umschläge und ein Kissen verordnete, auf das ich nachts meine Füße legen sollte.

Ihre Berührung war fest, aber nie schmerzhaft.

»Sie werden weinen«, sagte sie. »Alle schwangeren Frauen weinen.«

»Sie werden Angst haben«, sagte sie. »Geburten sind immer beängstigend.«

»Es wird weh tun«, sagte sie, »denn es tut immer weh, aber ich werde die ganze Zeit bei Ihnen sein.«

Eines Tages, als ich schon im neunten Monat war, fragte mich Madame Leblanc: »Weiß Ihre Mutter, wo Sie sind? Hat man ihr gesagt, dass Sie schwanger sind?«

Ich schüttelte den Kopf.

»Möchten Sie sie sehen?«, fragte sie.
Ich zögerte. Aber dann sagte ich ja.

* * *

Madame Leblanc hätte sich nicht einmischen sollen, meint Nicole du Hausset, aber sie hat es nun einmal getan, und jetzt ist Danielle Roux in die Avenue de Saint-Cloud gekommen in ihrem wohl besten Samtkleid und mit geknöpften Schuhen. Die Witwe Roux mit ihrem teigigen Teint und ein paar Spuren ihrer früheren Schönheit. Sie sind ein bloßes Echo der Schönheit ihrer Tochter, aber nicht zu leugnen, wenn man das feine Profil ihrer Nase, ihre mandelförmigen Augen genauer betrachtet.

»Wann ist es bei meiner Tochter so weit?«, fragt sie Madame du Hausset, die darauf bestanden hat, vor dem Besuch mit der Mutter zu sprechen. Lebel hat ihr gesagt, dass er für »Maman« immer noch Monsieur Durand ist, der Kammerdiener eines polnischen Grafen, der als ein Ehrenmann seine Pflicht erfüllt, und dass sie mit dem Lauf des Schicksals ganz zufrieden ist.

»Ende Dezember, meint die Hebamme.«

»Und die Hochzeit?«

»Sobald die Hebamme sie für wiederhergestellt erklärt. Aber man hat ihr noch nichts davon gesagt, also erwähnen Sie es nicht.«

Danielle Roux nickt.

»Dann folgen Sie mir«, sagt Nicole du Hausset. »Sehen Sie selbst, dass sie nicht zu Schaden gekommen ist.«

Véronique mit ihrem dicken Bauch steht unbeholfen neben einem vergoldeten Sessel. In einem Kleid aus feiner Gaze, das mindestens einhundert Livres wert ist, in einem Raum mit dicken Teppichen, tapezierten Wänden, einer vergoldeten Uhr auf dem Kaminsims, einem Mahagonitisch, auf den Lisette Erfrischungen gestellt hat: Zuckerpflaumen, Obsttörtchen, mit Zucker überzogene Mandeln, ein Kännchen heiße Schokolade. Alles arrangiert auf einem glänzend polierten silbernen Tablett. Sieht Danielle Roux das alles? Oh ja, sie sieht es.

Ein paar Grußworte werden gewechselt, es folgt eine Umarmung, unbeholfen wegen Véroniques Bauch.

»Geht es dir gut?«

»Ja. Und Ihnen, Maman?«

»So gut, wie ich es in meinem Alter erwarten darf.«

Nicole du Hausset begibt sich in eine entfernte Ecke und nimmt ihren Stickrahmen zur Hand. Danielle Roux soll nicht vergessen, dass die Kammerfrau hier ist, um dafür zu sorgen, dass nichts gesagt wird, was nicht gesagt werden sollte.

Danielle Roux spricht in leichtem, heiterem Ton. Sie erzählt ihrer Tochter, dass ihr neues Geschäft direkt neben dem Tabakladen liegt. Sie verkauft jetzt weniger schäbige und geänderte Kleidung. Die Kundschaft ist noch nicht die allerbeste, steht aber auf einer deutlich höheren Stufe als die Schnäppchenjäger auf dem Markt von Quinze-Vingts. Sie ist in eine Wohnung im ersten Stock umgezogen und hat ein Dienstmädchen für die gröberen Arbeiten.

»Deine Brüder gehen zur Schule«, sagt sie zu Véronique. »Wenn sie gut lernen, könnte Eugène eines Tages Anwalt werden. Marcel und Gaston wären in der Armee vielleicht besser aufgehoben.«

»Wissen sie alles über mich?«

»Das ist doch nicht nötig, oder?«

»Nein.«

Sie reden nichts, was zu Besorgnis Anlass gibt, findet Nicole du Hausset. Obwohl sie nach wie vor der Meinung ist, dass die Hebamme leichtfertig war, als sie sich dafür einsetzte, diesen Besuch zu erlauben. Selbst im günstigsten Fall weckt er doch nutzlose Erinnerungen.

»Wie verkraftest du den Winter, Véronique?«

»Ich hab es warm hier.«

»Isst du genug?«

»Ja.«

»Kannst du schlafen?«

»Ja.«

Danielle Roux nimmt eine Zuckerpflaume und isst sie mit Genuss. »Magst du eine?«, fragt sie ihre Tochter, die den Kopf schüttelt. »Du hast immer welche, so viele du willst, oder?«, fragt die Mutter wehmütig. Und dann, ohne auf eine Antwort zu warten, erzählt sie in unbekümmert heiterem Ton von ihren eigenen Schwangerschaften. Alles war ganz einfach. Die Wehen bei Véronique dauerten fünf Stunden, sie rutschte aus ihr heraus, ohne sie zu zerreißen. Adèle auch. Bei den Jungs lief es nicht so glatt, aber es war längst nicht so schlimm wie bei anderen Frauen. »Du bist wie ich«, sagt sie und schaut Véronique in die Augen, »du wirst dich nicht lange plagen müssen.«

»Wie steht es um Ihre Gesundheit, Maman?«, fragt Véronique, als ob sie nicht schon gefragt hätte.

Diesmal listet Danielle Roux ihre Leiden sorgfältig der Reihe nach auf. Gicht, Muskelkrämpfe, Verdauungsstörungen. Sie redet von Heilmitteln, die sie ausprobiert hat oder ausprobieren will. Öle, Tropfen, Entschlackungsmittel. In alldem der Hinweis: Deine Mutter wird alt, Véronique. Es kann sein, dass du dich früher um sie kümmern musst, als du denkst.

Véronique spielt mit dem Saum ihres Taschentuchs, rollt ihn auf und streicht ihn wieder glatt.

Solches Gerede gleicht den Perlen eines Abakus, die hin und her geschoben werden. Es ist Zeit, damit aufzuhören. Nicole du Hausset steht auf und legt ihre Stickerei weg.

»Ein höchst merkwürdiger Anblick, Madame«, sagt sie zu Madame de Pompadour später an diesem Tag, während ihre Herrin die neuen Pläne für die Gärten von Trianon entrollt und die Ränder mit den Steinen beschwert, die Seine Majestät ihr gegeben hat. Die Witwe Roux, die sich mit Zuckerpflaumen voll-stopft, Véronique, die kaum mehr Interesse an ihrer eigenen Mutter zeigt als unbedingt nötig.

»Und dann, Madame, als ich sie hinausbegleitete, fragte mich die Frau: ›Was ist, wenn meine Tochter bei der Geburt stirbt? Bevor sie heiratet?‹ Worauf ich mit den einzigen Worten antwortete, die eine solche Person verstehen kann: ›Sie können ganz beruhigt sein, niemand wird von Ihnen erwarten, dass Sie den Bastard aufziehen.‹«

* * *

»*Es ist so weit*«, *sagte Madame Leblanc zu mir. Das Geburts-zimmer wurde gelüftet, weiche Bettwäsche und Handtücher wurden auf einem Beistelltisch aufgestapelt.*

Ich lag im Bett, mit losen Laken zugedeckt und voller Angst vor dem, was mich erwartete. Ich keuchte und zitterte. »*Wird es sehr weh tun?*«, *fragte ich.*

»*Wir werden sehen.*«

Ich klammerte mich an ihre unbekümmert heitere Stimme. Sie gab mir zu verstehen: Ich habe schon vielen Frauen durch-geholfen, ich werde auch Ihnen durchhelfen. Es wird weh tun, aber ich bin bei Ihnen mit zwei starken Händen, um Ihr Kind in Empfang zu nehmen.

»*Wann?*«

»*Wenn die Zeit gekommen ist.*«

Sie legte ihre Hände auf meinen Bauch. »*Alles ist, wie es sein soll*«, *sagte sie mir. Sie öffnete eine Vene in meinem Arm.* »*Da-mit Sie leichter atmen können*«, *erklärte sie, während mein Blut in eine Schüssel sickerte.* »*Und um Sie innen weicher zu machen.*«

»*Wie lange wird es dauern?*«

»*So lange es eben braucht. Es hat keinen Sinn, die Natur zur Eile anzutreiben.*«

Ich richtete meine Augen auf die Tür.

»Machen Sie sich keine Sorgen. Ich lasse diese du Hausset nicht rein.«

Sie ist aus mir herausgerutscht, mein Kind, meine Tochter. So schnell, dass ich fürchtete, die Hebamme hätte sie nicht erwischt. Deshalb schreit sie so, dachte ich.

»Hier ist sie«, sagte Madame Leblanc und hielt sie mir, in ein warmes Handtuch gehüllt, die Augen weit aufgerissen, hin, damit ich sie sehen konnte. »Ein neugieriges Zwerglein. Die meisten schlafen einfach ein, aber sie nicht.«

Ich streckte meine Hände aus.

Ich erinnere mich an die warme, weiche Haut meiner Tochter, als die Hebamme sie in meine Arme legte. Ich erinnere mich an jede Falte um ihre Augen, dunkel, dunkelblau, wie die ihres Vaters. Ich erinnere mich an die zarten Finger, die sich um meine klammerten, an das komische Büschel Haare.

Kastanienbraun, genau wie meine.

So ein leises Geräusch, das Wimmern meines Kindes.

»Perfekt«, sagte Madame Leblanc, und ich wusste, wenn jemand bestraft werden würde, dann nicht sie.

Es gab einen Streit an der Tür. Lisette stand davor, die Füße fest auf den Boden gestellt. Madame du Hausset verlangte, durchgelassen zu werden. »Was glauben Sie, wer Sie sind?«, fauchte sie.

Die Hebamme seufzte und machte Lisette ein Zeichen, die Tür zu öffnen.

Ich jammerte, bettelte und schluchzte. Ich grub die Zähne in die Lippen, bis sie bluteten. »Sie dürfen sie mir nicht wegnehmen«, flehte ich. »Noch nicht.«

Nutzlose Worte, wirkungslos, vergeblich.

»Wohin werden sie sie bringen?«

»Eine Amme steht schon bereit.«

Eine gütige, saubere Frau, nannte Madame Leblanc sie, ihr

eigenes Kind sei gerade entwöhnt worden. Nicht der kleinste Fleck auf ihrer Haut.

»Es ist am besten so, Mademoiselle«, flüsterte Lisette mir ins Ohr.

* * *

Marguerite Leblanc sieht es nicht zum ersten Mal, das kleine Theaterstück, das da vor ihr und der Amme aufgeführt wird. Angeblich sind die Paten nicht gekommen, offenbar sind sie aufgrund unbekannter Umstände unterwegs aufgehalten worden. Man hat sie durch Leute ersetzt, die von der Straße weg engagiert wurden. Man hat ihnen so viel gezahlt, dass sie zufrieden sind, aber nicht übertrieben viel, damit sie nicht misstrauisch werden und womöglich den Verdacht schöpfen, der Vater sei vielleicht ein sehr hoher Herr. Vier Sous pro Person, ein Lohn für einen ganzen Tag, verdient in einer Stunde. Das Geflüster ist auch Teil des Stücks: Es ist laut genug, dass die Hebamme alles gut verstehen kann. Ein polnischer Graf, der zu seinen Gütern abgereist ist, aber nicht ohne vorher für Mutter und Kind zu sorgen. »Ah, die Folgen süßer Leidenschaft. Oh, der Leichtsinn der Jugend«, ruft Madame du Hausset aus und drückt ihre Hand auf ihr Herz.

Véronique schlief, als Marguerite Leblanc ging, nachdem die Nachgeburt vollständig ausgestoßen war und die Hebamme Gliedmaßen und Bauch der jungen Mutter mit Ölen und Salben massiert hatte. Es gab keine Anzeichen von Lethargie, Krämpfen oder ungewöhnlich heftigen Blutungen. »Sie wird in den nächsten Tagen viel weinen«, sagte Madame Leblanc zu Lisette. »Der Körper muss wieder in seinen normalen Zustand zurückfinden.«

Die Taufe ist eine traurige Angelegenheit. In der Pfarrkirche von Versailles ist es eiskalt. Der Pfarrer hat es eilig, der Ministrant, der das Tablett mit dem heiligen Öl hält, schnieft und stampft mit den Füßen. Die Paten sind abwechselnd neugierig und fürsorglich, und Marguerite Leblanc kann sich nicht entscheiden, wer sie mehr irritiert: die rothaarige Patin, die immer wieder kichert, als hätte ihr jemand in den Hintern gekniffen, oder der bullige Pate, dessen Atem nach Schnaps riecht.

Sie ist erleichtert bei dem Gedanken, dass die beiden auf Nimmerwiedersehen verschwinden werden, sobald die Zeremonie beendet ist.

Am Taufbecken fasst der Priester den Saum seiner mit goldenen Kreuzen bestickten Stola. Trotz des schweren Mantels unter seinem Messgewand sind seine Wangen gerötet, und wenn er ausatmet, steht jedes Mal ein weißes Wölkchen vor seinem Mund.

»Das Kind, das ich in meinen Armen halte«, bezeugt Marguerite Leblanc, »ist ein Mädchen, und ich, die Hebamme, war bei der Geburt dabei.«

In Wein gewaschen und mit Butter gesalbt, wurde das kleine Ding ruhiger. Die Amme hat sie gewickelt, aber, Gott segne sie, die Beine frei gelassen, sodass sie strampeln kann und nicht krummbeinig wird.

Filia nullius. Sie ist das Kind von niemandem.

Die Patin erstickt einen Schluckauf. Der Pfarrer runzelt die Stirn. Marguerite Leblanc übergibt der Taufpatin das Kind. Der Taufpate legt seine Hand auf den Kopf des Mädchens.

Der Priester spricht ein Gebet.

Marie-Louise, die das ewige Leben in der Kirche Gottes durch den Glauben an Jesus Christus zu erlangen wünscht, entsagt schweigend dem Teufel und all seinen Werken und all seinen Verlockungen. Erst als der Priester ihr einen Strom heiligen Wassers über die Stirn gießt, erhebt sie zum zweiten Mal in ihrem jungen Leben Protest. Ebenso kräftig und lautstark wie unmittelbar nach der Geburt.

Welcher Name soll ins Kirchenbuch eingetragen werden?

Madame du Hausset hält den Namen bereit. Er steht auf einem zerknitterten Zettel geschrieben, den sie aus ihrer Tasche zieht: Marie-Louise Bosque.

Marguerite Leblanc glaubt daran, dass man für alles Gute, das einem widerfährt, dankbar sein soll, und sei es auch noch so unscheinbar. Marie-Louise Bosque klingt viel besser als Marie-Louise Blanc, wie das Findelhaus sie genannt hätte, wo sie allenfalls ein paar Tage am Leben geblieben wäre.

* * *

»Ein Geschenk des Grafen.« Madame du Hausset überreichte mir ein Holzkästchen, um das ein silbernes Band gebunden war.

Ich drehte es in meinen Händen.

»Sie müssen es nicht jetzt öffnen«, sagte sie. »Sie können damit machen, was Sie wollen.«

Ich lag im Bett und zitterte trotz des lodernden Feuers. Madame saß neben mir und räusperte sich. Ihr Gesicht war gerötet. Sie legte ihr Fichu ab und entblößte ihren Hals. Runzlig wie der eines Truthahns, dachte ich.

Es sei an der Zeit, darüber zu sprechen, was aus mir werden solle, sagte sie.

Sie breitete meine Zukunft vor mir aus, als wäre sie ein Kleid im Stand meiner Mutter, zeigte sie mir von ihrer besten Seite. Eine gute Partie, ein Kaufmann mit Aussichten ... er wolle ... er sei bereit, mich zu nehmen. Ein Leben als geachtete Frau ... mit allen Annehmlichkeiten ...

»Es wird noch andere Kinder geben«, sagte sie in einem Ton, als wäre damit der Handel abgeschlossen.

Meine Finger suchten den Saum meines Ärmels ab, die Spitze, die ich früher so bewundert hatte.

»Ich will nicht heiraten«, sagte ich.

»Seien Sie nicht dumm, Kind.« Auf diese Worte folgte ein tiefer Seufzer, ein Zucken ihrer Nasenflügel. Ich konnte mir vorstellen, wie sie der Marquise ins Ohr flüsterte. Wie sie darüber lamentierte, was für ein Theater ich veranstaltete, was für welt-

fremde Vorstellungen Leute entwickeln, die unklugerweise dazu ermutigt wurden, sich für wichtig zu halten.

Ich zupfte an der Spitze. Dann noch einmal.

»Es sei denn, Sie haben die Berufung, den Schleier zu nehmen«, fuhr Madame du Hausset fort. »Auch das lässt sich arrangieren. Die Barmherzigen Schwestern werden Sie mit offenen Armen empfangen.«

Da ich immer noch nicht antwortete, sagte Madame du Hausset, bleibe ihr nichts anderes übrig, als sich klar und deutlich auszudrücken. Es sei ihr ein Rätsel, worauf ich spekulierte oder was andere mir vielleicht erzählt hätten. Die Wahrheit sei, dass sie sich schon um viele Mädchen wie mich habe kümmern müssen. Um Mädchen, die sich in derselben misslichen Lage befanden.

Ich zupfte weiter an dem Ärmel, und da löste sich ein Faden. Ich rollte ihn zwischen zwei Fingern ein, bis die Spitze an einer Stelle riss.

»Was machen Sie denn da, dummes Ding!«, schrie Madame du Hausset und schlug mir auf die Hand. »Sie machen es kaputt.«

Von dem Schlag aus meiner Versunkenheit gerissen, blickte ich auf. Etwas in meinen Augen muss sie erschreckt haben, denn ihre Stimme wurde weicher. »Es muss nicht heute entschieden werden«, sagte sie.

Nicht in dem Zustand, in dem ich mich befand, empfindlich, anfällig für Hysterie und Phantastereien.

Als sie ging, öffnete ich die Schachtel und fand eine aigrette, die mit kleinen Diamanten besetzt war. Dem Geschenk lag kein Brief bei, und ich fragte mich, ob der König von Frankreich wusste, dass er eine weitere Tochter hatte. Und ob er jetzt bei mir wäre, wenn ich einen Sohn geboren hätte.

* * *

»Kümmere dich gut um deine Herrin«, hat die Hebamme gesagt.

Um Milchfieber vorzubeugen, muss Lisette Véronique alle drei Stunden Bouillon bringen, die nicht aus Kalbfleisch gemacht ist, denn solche Brühe würde Durchfall verursachen. Dann soll Véronique mit Bouillon getränktes Weißbrot essen, dünn und klein geschnitten, damit es leichter verdaulich ist. Zu trinken soll sie lauwarmes Wasser mit ein wenig Wein oder Sirup aus Frauenhaarfarn bekommen. Lisette muss auch die Laken auf Blutgerinnsel untersuchen und darauf achten, dass die Brüste ihrer Herrin immer bedeckt und warm eingepackt sind. Und sie muss sie mit einer Mischung aus Olivenöl, Lein und Honig einreiben.

Und dann noch eine Warnung: »Lass sie nicht allein, sie könnte etwas Dummes tun.«

Véronique hat viel dummes Zeug geredet. Zum Beispiel hat sie gefragt, ob man ihr das Kind weggenommen hat, um sie für ihre Sünden zu bestrafen. Sie hat behauptet, sie höre das Kind im Zimmer nebenan weinen, und hat Lisette gebeten, nach ihm zu sehen. Nicht nur einmal, sondern immer und immer wieder. Obwohl Lisette ihr versichert hat, dass das Kind bei der Amme auf dem Land ist, wo es gut versorgt wird.

Véronique schläft auch nicht gut. Nacht für Nacht wacht sie schluchzend auf und sagt, dass dem Kind etwas passiert sei. Die Amme hat es fallen lassen, oder es ist allein in einem Zimmer und weint, und niemand kümmert sich um die Kleine.

»Woher wollen Sie das wissen, Mademoiselle?«, fragt Lisette.

Véronique möchte vielleicht nicht an Brest und ihr neues Leben denken, aber Lisette stellt schon allerlei Rechnungen an. Sie wird zunächst achtzig Livres verlangen, so viel, wie die Dienstmädchen im Hirschpark bekommen. Aber sobald Véronique klar wird, wie sehr sie sie braucht, wird Lisette eine Lohnerhöhung verlangen. Jede Familie hat ihre Geheimnisse.

In jedem Haus werden hinter den Kulissen Pläne geschmiedet.

Man braucht eine vertrauenswürdige Seele, damit man Bescheid weiß.

* * *

»Welchen Namen haben sie ihr gegeben?«, fragte ich Lisette. Ich wusste, dass meine Tochter nicht mehr im Haus war, denn ich hatte sie einen ganzen Tag lang nicht weinen hören.

»Marie-Louise«, sagte sie, und ich probierte den Namen in meinem Mund, rollte ihn auf der Zunge. Es ist nichts von mir drin, dachte ich verbittert. Als hätte es mich nie gegeben. Als spielte ich überhaupt keine Rolle.

Madame Leblanc kam wieder. Sie wickelte mich in mit einer übelriechenden Lotion getränkte Laken, um meine Blutung zu stillen. Sie zeigte mir, wie ich die ungewollte Milch aus meinen Brüsten auspressen konnte. Sie hielt mich, wenn ich weinte, lockte mich aus meiner Verzweiflung und vertrieb meine Ängste. Meine Tochter sei bei einer Amme, sagte sie, einer freundlichen, anständigen Frau aus einem Dorf in der Nähe von Paris. »Ich kenne sie gut«, sagte die Hebamme. »Sie hat viel Milch. Bei ihr wird es Ihrem Kind an nichts fehlen.«

Als ich nicht aufhörte zu weinen, erzählte sie mir von Neugeborenen, die an Kirchentüren ausgesetzt und in Findelhäuser gebracht wurden. Die Kinder wurden mit Brei aus Hafer und saurem Wein gefüttert und starben wie die Fliegen. Im Geist sah ich winzige in alte Lumpen gehüllte Leichen, die in einem Massengrab beerdigt wurden. Jemand murmelte ein kurzes Gebet, wenn sie Glück hatten – das war's.

»Ihr Kind hat einen Namen, Véronique«, sagte sie. »Ihr Kind hat eine Zukunft.«

Ihre Worte klingen immer noch in meinen Ohren, ich höre die Verheißung, die darin liegt.

»Auch Sie haben eine Zukunft, Véronique. Sie sind erst vierzehn Jahre alt, Ihr Leben liegt noch vor Ihnen. Ihr wirkliches Leben.«

1757

*M*adame Victoire hält ihre Hand an ihre Kehle. »Nur ein bisschen Halsweh, Papa«, sagt sie zum König, der an der Kante ihres Bettes sitzt. »Ich fürchte, Sie sind den ganzen Weg von Fontainebleau umsonst gekommen.«

Auch Lebel ist geneigt, so zu denken. Nichts rechtfertigt diese überstürzte Reise nach Versailles, die die Königin mit ihrer alarmierenden Nachricht provoziert hat. Ja, Madame Victoire hat Fieber, aber es gibt keine Anzeichen von Pusteln oder Ausschlag. Der Arzt, der sie untersucht hat, fand die Quelle des Übels im Hals. Man hat sie zur Ader gelassen und purgiert, man hat sie mit Salbeitee gurgeln lassen und ihr karamellisierte Zwiebeln gegen den Husten gegeben. Im Zimmer hängt der Geruch von Schießpulver, das man verbrannt hat, um die Luft von Krankheitskeimen zu reinigen. Falls es denn wirklich welche gab.

»Maman sagt, es war dumm von mir, ohne meine Pelisse im Garten spazieren zu gehen«, fährt Madame Victoire fort. »Aber es war so mildes Wetter.«

»Mild für Januar«, sagt der König. »Nicht wirklich mild.«

»Ja, Papa.«

»Madame isst außergewöhnlich gut«, bemerkt der Arzt, der ein paar Schritte entfernt bereitsteht, die Fragen des Königs zu beantworten. Sie und ihre königliche Mutter, die so pflichtbewusst an der Seite ihrer Tochter geblieben ist, werden in einer Woche an den Hof von Fontainebleau kommen können.

»Coche, ist es wahr? Du stopfst dich voll wie eine Gans vor Weihnachten?«, fragt Louis, und Victoire lächelt ihn mädchenhaft schelmisch an.

Dass der Arzt dem König erlaubt hat, das Zimmer zu betreten, ist ein weiteres Indiz dafür, dass es sich um ein bloßes Unwohlsein und nicht um eine Krankheit handelt. Als Madame

Henriette im Sterben lag, durfte der König die Schwelle ihres
Schlafzimmers nicht überschreiten. Jetzt darf er die Stirn von
Madame Victoire fühlen und ihr die Wermuttinktur verabrei-
chen, die er so sehr schätzt. »Fünf Tropfen«, *sagt Louis und*
setzt seine Brille auf, um das Etikett der Flasche zu lesen, die
er aus Fontainebleau mitgebracht hat.

Victoire trägt ein gerüschtes Nachthemd und eine spitzenbe-
setzte Mütze. Weder das eine noch das andere macht sie besonders attraktiv. Sie sieht mehr wie eine stämmige Kaufmanns-
frau aus als wie mein Kind, hat der König einmal bemerkt. Lebel
erinnert sich gut daran, und er weiß genau, was der König damit sagen wollte: Das ist das polnische Blut meiner Kinder.
Ein Mangel, der unbestreitbar der Königin anzulasten ist.

»Ja, Papa … Danke, Papa … Oh, es ist scheußlich, Papa.«

Sie sprechen davon, dass die Winterdunkelheit jetzt so früh
hereinbricht, aber die Tage werden bald länger werden. Louis
lobt die Vorteile von Fontainebleau gegenüber Versailles. Weniger Repräsentationspflichten, kein *Grand Lever,* kein Essen in
der Öffentlichkeit. Umgeben nur von den vertrauenswürdigs-
ten Dienern. »Du wirst bald wieder bei uns sein, Coche«, sagt
er. »Aber im Winter verbiete ich dir sämtliche Gartenspazier-
gänge. Sogar mit einer Pelisse.«

Da Madame Victoire nicht wirklich in Gefahr ist, wird der
König samt seinem Gefolge noch heute Abend nach Fontainebleau zurückkehren. Die Kutschen warten bereits. Der Dauphin wird in der Kutsche Seiner Majestät mitfahren, was Lebel
beunruhigt. Die Gespräche des Königs mit Louis Ferdinand
waren in letzter Zeit besonders angespannt. Der Dauphin kann
es nicht lassen, seinem Vater mit seinem kaum verhüllten Tadel
gründlich die Laune zu verderben: »Es ist unsere heilige Pflicht,
die Monarchie rein zu erhalten, Majestät … der Bevölkerung
ein Beispiel zu geben.« Jemand muss ihm von dem neuesten
Bastard erzählt haben, meint Lebel. Könnte es sein, dass er einen Spion im Hirschpark hat? Oder dass eine eifrige Seele in

der Hoffnung auf eine Belohnung ein Geschrei erhebt? Vielleicht wäre es klug, dieser Lisette eine kleine Lohnerhöhung zu gewähren, damit sie gar nicht erst in Versuchung gerät.

»Sie müssen jetzt gehen, Papa. Es ist schon spät«, sagt Madame Victoire ganz vernünftig, denn die Fahrt nach Fontainebleau wird einige Stunden dauern. Ihre Wangen sind nur deshalb gerötet, weil das Schlafzimmer auf Befehl der Königin überhitzt ist. Aber wer wollte mit einer ängstlichen Mutter streiten? Auch wenn sie unvernünftig ist.

Es ist bereits sechs Uhr, als der König, in seinen pelzgefütterten Umhang gehüllt, die Hintertreppe hinuntergeht, den Wachraum durchquert und den Marmorhof betritt. Fackelträger gehen ihm voraus und erhellen den Weg. Hinter ihm der Dauphin und der Duc de Richelieu, Seite an Seite. Der Duc d'Ayen folgt ihm. Es ist schade, dass d'Ayen nicht statt des Dauphins in der königlichen Kutsche mitfahren kann. Ein Gespräch über Botanik würde den König nicht so misslaunig machen.

Der Abend ist bitterkalt, der Vollmond zeigt sich zwischen den Schäfchenwolken und den Flammen der Fackeln. Die Soldaten des Königs sind in zwei Reihen aufgestellt, die ein Spalier von der Schlosstür bis zur Kutsche bilden. Lebel, der ein paar Schritte hinter d'Ayen geht, bemerkt die üblichen Müßiggänger, die gaffend herumlungern. »Als ob ich eine Missgeburt wäre, die man auf einem Jahrmarkt zur Schau stellt«, sagt der König oft. »Für was halten die mich, Lebel? So etwas wie eine bärtige Frau oder ein Kalb mit zwei Köpfen?«

Die undeutliche Gestalt, die plötzlich auftaucht, scheint aus dem Nichts zu kommen. Eine Kraft, die aus der Dunkelheit hervorschießt, ein Wirbel von Energie, der keine feste Form hat und zwei der Soldaten beiseiteschiebt. Ein Geist, denkt Lebel, bevor er die Hand des Attentäters nach vorn schnellen sieht.

Der Mann, der seinen Schlag ausgeführt hat, huscht zurück in die Dunkelheit.

»Jemand hat mich getroffen«, sagt der König zum Duc d'Ayen und schiebt seine Hand unter den Umhang. Als er sie wieder hervorzieht, ist seine Hand voller Blut.

Überall sind Rufe und Schreie zu hören. »Der mit dem Hut! Fangt ihn! Schnell!«

Ein Stallknecht, ein Lakai und einige Soldaten werfen sich auf den Mann, halten ihn fest. D'Ayen wiederholt fassungslos schockiert immer wieder dieselbe Frage: »Was geht hier vor? Was geht hier vor?« Der Dauphin bekreuzigt sich. Richelieu wedelt aufgeregt mit den Händen, als wollte er davonfliegen. Von dort, wo der geisterhafte Mann mit den Männern kämpft, die ihn überwältigt haben, sind dumpfe Schläge und Stöhnen zu hören.

Lebel hat sich zu seinem Herrn durchgedrängt. Im Fackel-schein ist das königliche Gesicht nur undeutlich zu sehen, es hat etwas Unheimliches. »Sind Sie verletzt, Majestät? Haben Sie Schmerzen?«, fragt er, aber der König schaut durch ihn hin-durch. »Verwirrt und abwesend«, wird Lebel später, als er Ma-dame de Pompadour Bericht erstattet, die Verfassung des Kö-nigs nennen. Aber nicht lange, wird er ihr versichern.

Der Duc d'Ayen und die anderen scharen sich um den Kö-nig; sie wollen ihn nach oben tragen, aber Louis winkt ab. Er kommt allein zurecht. Es ist nur ein Kratzer. Er fühlt sich nicht im Geringsten schwach.

Als er sieht, dass Seine Majestät in Richtung Schlafzimmer geht, eilt Lebel durch den Dienstbotenkorridor dorthin und findet den Raum in völliger Unordnung vor. Das Bett ist abge-zogen worden, Vorhänge und Teppich hat man weggeschafft, um sie gründlich zu reinigen. Und es ist kalt im Zimmer. Es braucht einige Zeit, bis es warm wird, jammern die Diener, selbst wenn sie jetzt sofort Feuer machen. Ein trauriger Hau-fen, alle miteinander, denkt Lebel. Das Stammpersonal ist in Fontainebleau. Auch die königliche Bettwäsche ist dort. Und der königliche Leibarzt.

»Dann holt irgendeinen Chirurgen«, faucht Lebel an einen schniefenden Pagen gewandt, der ängstlich zusammenzuckt, als fürchtete er, Prügel zu bekommen. »Aber schnell, lauf!« Zwei weitere Pagen, zerzaust und derangiert, als wären sie beim Trinken oder Huren in einem stillen Winkel gestört worden, glotzen ihn mit großen, blinzelnden Augen an. Keinen von beiden hat man je einmal den König bedienen lassen.

Die Tür öffnet sich, der König tritt auf den Arm seines Sohnes gestützt ein. Der Dauphin führt seinen Vater zu dem kahlen Bett und hilft ihm, sich hinzulegen. Richelieu zieht Louis den Umhang aus, knöpft ihm den Rock auf, dessen Futter, wie man jetzt sieht, mit Blut befleckt ist. Lebel hat den Eindruck, dass die Wunde nicht tief ist, aber da er ein Stück weit entfernt hinter d'Ayen steht, kann er es nicht genau sehen. Eine unsichtbare, gleichwohl unbestreitbar existierende Grenze verläuft quer durch den Raum. Auf der einen Seite befinden sich die Freunde des Königs, auf der anderen ist er, ein königlicher Diener, der von seinem Herrn abgeschnitten ist, bis dieser ihn ruft.

Richelieu und d'Ayen flüstern aufgeregt miteinander. Lebel hört das Wort *Gift*. Der König muss es auch gehört haben, denn plötzlich ist sein Gesicht schweißbedeckt. Der Dauphin tritt von der Seite seines Vaters weg und verlässt eilig den Raum.

Wenn Lebel die beiden auf ihre Dickschädel schlagen könnte, würde er es tun. Kapieren sie nicht, dass sie Louis in einem Moment, der ohnehin belastend genug ist, mit ihrem Geschwätz vollends in Angst und Schrecken versetzen? Panik, weiß Lebel, ist wie eine Flutwelle, die jeden Widerstand zermalmt. Louis stellt sich bereits vor, wie jenes Gift durch seine Adern strömt. Er stellt sich die Schmerzen vor, die Krämpfe, wie ihm der Bauch aufgeschnitten wird, wie die Eingeweide schon in Auflösung sind und dem Arzt durch die Hände fließen, während er versucht, sie zu halten. Wie viel Zeit hat er noch? Eine Stunde? Oder zwei? Vielleicht sogar drei?

»Lebel, holen Sie meinen Beichtvater«, hört er den König befehlen.

Aber natürlich ist auch der königliche Beichtvater in Fontainebleau.

»Dann holt irgendeinen Priester«, bellt Lebel in die Richtung der Pagen. »Schnell.«

Mittlerweile hat der schniefende Page einen Chirurgen aus den Unterkünften der Wachen geholt. Noch ein zweiter kommt von Gott weiß woher angelaufen, also muss sich schon herumgesprochen haben, was passiert ist. Die beiden Chirurgen inspizieren die Wunde gemeinsam, ganz verängstigt angesichts der Verantwortung, die auf ihren Schultern lastet. Das Ergebnis ist vorhersehbar. »Man muss einen Druckverband anlegen, um die Blutung zum Stillstand zu bringen«, sagt der eine. »Nein, man muss die Wunde offen halten, damit sie atmen kann«, sagt der andere.

Mein König braucht jemanden, der ihm ein Gefühl von Sicherheit vermittelt, denkt Lebel, *und diesen Schwachköpfen fällt nichts Besseres ein, als zu streiten.*

Außerhalb des Schlafzimmers noch mehr Aufregung. Schritte, Schreie, Türenschlagen. Ein Diener stolpert über den anderen im Getümmel, selbst die einfachsten Aufträge werden nicht richtig ausgeführt. *Meuchelmörder ...* hört Lebel ... *ein Verrückter ... Der König tödlich verwundet ... Die Königin ist auf dem Weg.*

Mittendrin der König, nur mit seinem Morgenmantel bedeckt, denn die saubere Bettwäsche ist noch nicht gebracht worden, die Augen geschlossen.

Einen Augenblick später hört Lebel die tränenerstickte Stimme der Königin, gefolgt von der des Dauphins: »Lasst uns hineingehen, in Gottes Namen.« Als ob sie göttliche Boten wären.

Gleich werden sie dem König ihr Mitleid mit den größten Löffeln, die sie finden können, eingeben, dazu jede Menge »Hab-ich-dich-nicht-gewarnt?«, und zur Sicherheit noch ein paar Tränen vergießen. Sie haben es schon einmal so gemacht, in Metz, als Louis todkrank war. Sagen Sie sich los von Ihren Sünden, verbannen Sie diejenigen, mit denen Sie gesündigt haben. Ziehen Sie ein Büßergewand an, streuen Sie Asche auf Ihr Haupt.

Sehen Sie uns an, die für Sie beten, damit Ihre Seele vor der ewigen Verdammnis gerettet wird. Sehen Sie uns an, die Ihnen Ihre Schuld vergeben.

Wie bitter sie ist, die Barmherzigkeit der Frommen!

Bis Mitternacht hat der König dreimal gebeichtet. Zuerst in aller Eile beim Garnisonspriester. Dann beim Beichtvater der Königin und schließlich beim königlichen Kaplan, der aus Fontainebleau herbeigerufen wurde und der auch die Letzte Ölung spendete. Die Sünden, die Louis in Gedanken und Werken begangen hat, sind ihm vergeben worden. Sie alle, von der Lüge und dem Missbrauch des Namens Gottes bis hin zur Unzucht und dem Verstoß gegen das Gebot, an Ostern die Kommunion zu empfangen. Der Weg zum ewigen Heil ist jetzt frei.

Nach der Beichte und der Absolution beginnt der Leibarzt des Königs und gute Freund Lebels La Martinière, der mit dem Kaplan aus Fontainebleau angereist ist, seine Untersuchung. Nachdem er seine Hände kräftig gerieben hat, um sie zu wärmen, untersucht er die Wunde und erklärt sie für nicht sehr tief und oberflächlich. »Es wurden keine Organe verletzt, Majestät, es gibt keine Anzeichen von Sepsis oder Gift. Kaum mehr als ein Kratzer.«

»Die Wunde ist tiefer, als Sie glauben«, antwortet der König grimmig. »Ich bin mitten ins Herz getroffen.«

* * *

Ich hätte mich vielleicht von den Worten der Hebamme beeinflussen lassen, wenn da nicht die Nachrichten aus dem Schloss gewesen wären. Die eisige Nacht, der mit Fackeln beleuchtete Hof, der verrückte Mann, der aus der Dunkelheit hervorstürzte. Es war Lisette, die mir erzählte, dass der König verwundet worden war. Obwohl sie sichtlich erschüttert war, genoss sie die Details. Damiens, sagte sie, war der Name des Attentäters. Ein ehemaliger Diener, der mit einem Messer bewaffnet war. Einem Federmesser, die Klinge dreieinhalb Zoll lang. Wäre da nicht der Wintermantel Seiner Majestät gewesen, das dicke Pelzfutter …

Sie sprach den Satz nicht zu Ende. Ich war froh, dass sie es nicht tat.

»Oh, Mademoiselle.« Sie seufzte. »Dieser Kerl erhebt seine Hand gegen den König! Was ist nur aus dieser Welt geworden?«

Mein Herz taumelte, flatterte.

Er sei jetzt in Sicherheit, sagte Lisette, aber ich kannte die Korridore des Schlosses und wusste, wie leicht es war, sich dort einzuschleichen. Man musste nur entschlossen auftreten, zielbewusst dahinschreiten. Was wäre, wenn jetzt gerade ein Attentäter in einem Dienstbotenkorridor auf der Lauer läge? Wenn er sich in der kleinen Wohnung versteckte, die ich so gut kannte?

Solche Gedanken machten mich ganz elend und schwach.

Die folgenden vier Tage war ich fast wahnsinnig vor Sorge; wie ein gefangenes Raubtier drehte ich endlose Runden durchs Zimmer, ich biss meine Nägel ab, dass die Finger bluteten. Lisette, die sich selbst dafür verfluchte, dass sie mir nicht verschwiegen hatte, was passiert war, strich meine Fingerspitzen mit einer Wermuttinktur ein in der Hoffnung, der bittere Geschmack würde mir das Nägelbeißen verleiden, aber es half nichts.

Sie beobachtete mich mit Adleraugen. Sie schlief in meinem Zimmer auf einem Klappbett, weigerte sich, mich allein zu lassen. »Damit Sie keine Dummheiten machen, Mademoiselle«, sagte sie.

»Was kann ich schon tun?«, fragte ich, zuckte mit den Schultern und sah, wie sich ihre Stirn glättete.

Es fiel mir immer leichter, zu lügen.

Am fünften Tag sah ich meine Chance gekommen. Madame Bertrand hatte Lisette an diesem Morgen zum Hirschpark gerufen, und obwohl sie nur widerwillig ging, war damit zu rechnen, dass sie nicht vor Mittag zurückkehren würde. Aber ich brauchte ohnehin nicht viel Zeit. Eingehüllt in meinen Reisemantel schlich ich mich aus dem Haus und machte mich auf den Weg zum Notre-Dame-Markt. Dort mischte ich mich, sobald die Postkutsche aus Paris eintraf, unter die Menge auf dem Weg zum Schloss.

Es waren überwiegend Frauen. Kaufmannsfrauen in ihren Sonntagskleidern, höhere Bedienstete mit eleganten Handtaschen, Kinder, die von ihren Müttern an der Hand geführt wurden. Sie alle waren begierig darauf, den König mit eigenen Augen zu sehen. Sie wollten sich vergewissern, dass Seine Majestät auf dem Weg der Besserung war, sagten sie. Mit ein bisschen Glück würden sie einen Blick auf ihn erhaschen, wenn er auf einen Schlossbalkon trat oder durch den Saal zwischen dem königlichen Schlafzimmer und dem Sitzungssaal des Staatsrates schritt.

Sie sprachen auch über Damiens. Ein Verrückter, sagten sie. Die Engländer hatten ihn dazu aufgehetzt. Nein, nicht die Engländer. Ein verrückter Mönch, auf den er hörte. Der habe ihm Gräuelgeschichten von Kindern erzählt, die entführt und nach Versailles verschleppt wurden, wo sie elend zugrunde gingen. Genau das Zeug, das so ein Verrückter hören wollte. Er wollte, dass der König Buße tat und sich vom Pfad der Sünde für immer abwandte.

Es gab Spekulationen über seine Bestrafung. Von einem Rad war die Rede und davon, dass sein Körper von Pferden zerrissen würde. Was auch immer es sein wird, alle werden Zeugen sein.

Ich ging schnell, den Kopf gesenkt. Die Gespräche wandten

sich den Mitgliedern der königlichen Familie zu, die aus Fon-
tainebleau gekommen waren, um beim König zu sein. Viel-
leicht konnte man sie beim Frühstück beobachten, wenn Seine
Majestät sich nicht zeigte. Die gute Königin war immer so zu-
vorkommend, und die Töchter Frankreichs standen ihr darin
nicht nach. Gewiss, Madame Adélaïde aß ohne Zweifel nicht
genug, im Gegensatz zu Madame Victoire, die so schön mollig
war. Eine der Frauen neben mir wollte sehen, ob der Spiegel-
saal wirklich so herrlich und lichtdurchflutet war, wie sie ge-
hört hatte. Sie trug ein kleines Kind, eingewickelt in ein dickes
Wolltuch, auf dem Arm. Mir war nicht bewusst, dass ich sie an-
starrte, aber offenbar tat ich es, denn sie flüsterte ihrer Beglei-
terin etwas zu und ging schneller. Ich fühlte Tränen unter mei-
nen Augenlidern kribbeln.

Der Wind war schlimmer als die Kälte, er fand seinen Weg in
die Falten meines Mantels. Der Boden war mit Schnee be-
stäubt. Schwärme von Spatzen ließen sich auf den Bäumen ent-
lang des Wegs nieder, um wenige Augenblicke später wieder
davonzufliegen.

Sobald wir die Schwelle des Schlosses überschritten hatten,
schlüpfte ich durch die nächste Tür des Dienstbotenkorridors,
und niemand hielt mich auf. Auf meinem Weg begegnete ich
Dienern, die hin und her eilten und Wäsche, Handtücher und
Wasserkrüge trugen. Zwei Lakaien schafften Holzkisten in ei-
nen Lagerraum. Ein Dienstmädchen eilte mit einem Korb vol-
ler weißer Blumen vorbei.

Nicht so starren, *ermahnte ich mich.* Langsam.

Man konnte mich leicht für ein Dienstmädchen halten, das
irgendetwas für seine Herrin zu besorgen hatte. Ich wusste,
wie ich gehen musste und wie schnell, jene Andeutung eines Lä-
chelns im Gesicht, die suggeriert, dass eine Person sich auf ver-
trautem Gelände bewegt. Ich wusste, wen ich nicht zu beach-
ten hatte und wem ich respektvoll den Vortritt lassen musste.
Wenn ich im Vorbeigehen mit anderen kleine Höflichkeiten

austauschte, hatte meine Stimme den richtigen Ton unhinter-
fragter Selbstverständlichkeit. »Guten Tag ... Nicht so sehr
kalt, Gott sei Dank.«
Ich wusste, wo ich hinwollte.

* * *

Im Hirschpark schlägt die große Uhr in der Eingangshalle elf.
Lisette im Zimmer von Madame Bertrand hört es mit Ungeduld: Sie ist schon so lange hier, und Madame findet kein
Ende. Sie hat bereits erzählt, dass der Frost die Dachziegel gelockert hat und dass bestimmt Wasser hereinkommen wird, sobald es taut. Sie hat sich auch über die neuen *élèves* beklagt.
Eine dachte, sie sei in Polen, eine andere versuchte, nachts wegzulaufen, als hätten sie keinen Wächter. Manon, so erfährt Lisette, ist schon lange weg, aber Claire ist noch im Hirschpark
und wird immer noch ins Schloss gerufen, wenn auch wahrscheinlich ihre Zeit bald abgelaufen sein wird. »Man kann es
nicht mit absoluter Sicherheit sagen«, meint Madame, »aber
gewisse Anzeichen deuten darauf hin.«

Madame Bertrand redet gerne, das ist nun einmal nicht zu
ändern. Am besten, man übt sich in Geduld. Am besten ist es,
nur zu nicken und zu lächeln.

»Also, Lisette. Erzähl mir von Véronique. Du hast noch kein
Wort davon gesagt, wie es ihr geht.«

»Sie kränkelt.«

»Was stimmt denn nicht mit ihr?«

Lisette zögert: Was soll sie sagen und was für sich behalten?
Bis jetzt weiß niemand, dass sie Véronique die Wahrheit über
den Grafen gesagt hat, und sie möchte, dass es so bleibt. Kein
Wort über Véroniques Anfälle von Niedergeschlagenheit und
über ihre törichten Hoffnungen, nichts, was Madame Bertrand
stutzig machen würde.

Véroniques Brüste sind immer noch geschwollen, sagt Lisette, ihre Brustwarzen sind entzündet, und es kommt Milch heraus, die mit Eiter vermischt ist. Die Verbände müssen täglich gewechselt werden. Die Hebamme musste noch einmal kommen, um nach ihr zu sehen.

Madame Bertrand seufzt. Sie ist bereits ungeduldig. Sie war immer schon der Meinung, dass es nicht gut ist, Leute zu verhätscheln. Wenn es nach ihr ginge, wäre Véronique schon längst in Brest. Verheiratet. Auf dem besten Weg, zur Ruhe zu kommen.

Lisette, die nicht weiter über Véronique sprechen will, geht über zu Klatsch von der Avenue de Saint-Cloud. Madame du Hausset hat es Madame Leblanc nie verziehen, dass diese sie vom Geburtszimmer ferngehalten hat.

»Ich wünschte, ich wäre dabei gewesen, um es zu sehen«, sagt Madame Bertrand.

Lisette beschreibt die Szene, so gut sie kann: wie sie die Tür zuhielt, wie Madame du Hausset mit den Fäusten dagegen schlug, wie sie schrie und zeterte, wie sie ihnen die Pest an den Hals wünschte.

»Die Pest.« Madame Bertrand kichert. »Das ist gut. Als ob die Pest sie verschonen würde, wenn sie käme.«

Im Korridor vor der Tür hört man Rose schimpfen: »Pass doch auf, was du tust, dummes Ding!« Eine neue Dienstmagd, wie sich herausstellt. Schon die zweite, seit Marianne weg ist. Es ist nicht leicht heutzutage, gutes Personal zu finden.

Madame Bertrand will sich nicht länger mit Nebensachen beschäftigen. »Du kommst doch zurück, Lisette, nicht wahr?«, fragt sie. »Du denkst doch wohl nicht daran, dich mit ihr aus dem Staub zu machen?«

»Warum sollte ich?«, sagt Lisette. Und dann, weil sie weiß, dass eine Lüge am besten funktioniert, wenn sie bestätigt, was die Gegenseite bereits vermutet, fügt sie hinzu: »Monsieur Lebel hat mir schon eine Lohnerhöhung versprochen.«

* * *

Ich hörte zuerst seine Stimme. »Ist das wahr?«, fragte er.

Eine Mädchenstimme antwortete: »Ja.«

»Gut!«

Die Dienstbotentür war gut geschmiert und öffnete sich lautlos. Sie saßen auf dem grünen Sofa, Seite an Seite, Claire in einem schönen Musselinkleid, der König in einem dick gefütterten Morgenmantel.

Er bemerkte mich erst, als ich stammelnd, halb ohnmächtig, peinlich unbeholfen die Worte aus mir herauslaufen ließ.

»Ich weiß, wer Sie sind.

Sie sind der König von Frankreich, aber Sie sind auch der König meines Herzens.

Ich hatte solche Angst.

Ich wollte nur wissen, dass Sie in Sicherheit sind. Dass es Ihnen gutgeht.

Ich habe jeden Tag für Sie gebetet.

Ich war verrückt vor Kummer.«

Claire kicherte, als wäre das alles ungeheuer lustig, aber ich schenkte ihr keine Beachtung.

Er stand auf, sein Gesicht wurde durch ein Lächeln weicher. Ein wundes Lächeln, dachte ich besorgt. Seine Augen waren rot gerändert, blutunterlaufen. Konnte er nicht schlafen? Hatte er Schmerzen? Ich fühlte eine solche Zärtlichkeit in mir, dass meine Knie schwach wurden und ich auf den Boden sank.

»Psst, kleine Maus«, sagte er und hob mich hoch. »Es geht mir gut. Die Wunde ist schon fast verheilt.«

Ich klammerte mich an ihn und schluchzte den Schmerz der Geburt, meine Angst vor der Zukunft heraus.

»Sie haben mich von Ihnen ferngehalten.

Sie haben mir unser Kind weggenommen. Ein kleines Mädchen. Marie-Louise.

Ich habe gewartet. Jeden Tag. Jede Stunde.«

Was, glaubte ich, würde passieren? Dachte ich, dass ich wieder seine Geliebte sein dürfte? Dass er mich mein Kind behal-

ten ließe? Dass ich mit meiner Tochter irgendwo in diesem Schloss leben dürfte?

»Du musst jetzt nach Hause gehen und dich ausruhen«, sagte er. »Ich werde heute Abend zu dir kommen. Wirst du auf mich warten?«

»Wo?«

»Im Haus.«

»Wissen Sie, wo ich bin?«

»Ja. Wirst du warten?«

»Ja.«

»Versprichst du es?«

»Ja.«

»Lebel wird dich nach Hause bringen. Jetzt gleich.«

Wann hat er die Glocke geläutet? Ich frage mich das immer noch. Denn bevor ich irgendetwas tun konnte, packten mich kräftige Hände. Zwei Lakaien, die ich nicht kannte, brachten mich aus dem Raum. Das Letzte, was ich vom König sah, waren sein lächelndes Gesicht und seine Hand vor seinen Lippen, die einen Kuss in meine Richtung hauchten.

* * *

»Wer sind Sie?«

»Véronique Roux.«

»Wer ist der Vater Ihres Kindes?«

»Der König von Frankreich.«

* * *

Ich erinnere mich an eine schneebedeckte Gasse, einen Steinbogen, einen schwarz gekleideten Mann, der ein eisernes Tor hinter uns schloss, daran, dass die Kutsche mit einem Ruck vor einem Haus anhielt, dessen Fenster vergittert waren.

Lebel selbst brachte mich nach Charenton. Um dafür zu sor-

gen, dass ich nicht wieder entkam. Er vertraute niemandem mehr, sagte er. »Bis du zur Vernunft kommst«, sagte er. »Bis du dich beruhigt hast«, sagte er.

»Wo bin ich?«, fragte ich, heiser vor Schmerz und Wut. »Wissen Sie nicht, dass Seine Majestät auf mich wartet?«

»Ich maße mir nie an, die Meinung Seiner Majestät zu kennen«, sagte er mit einer Stimme, die mich innerlich zusammensacken ließ. »Und du solltest das auch nicht tun.«

Seine Augen waren hart und kalt wie Stein. Er habe mich hierhergebracht, damit ich geheilt würde, sagte er. Geheilt von dem Wahn, dass der König von Frankreich mein Geliebter gewesen sei.

Ich hörte ihn reden, aber es drang nicht zu mir durch. »Ich bleibe nicht hier«, sagte ich.

Dann öffnete sich die Wagentür, zwei Männer packten mich an den Armen und zerrten mich heraus. Ich schrie. Ich beschimpfte Lebel und die Lakaien. »Der König wird davon erfahren«, schrie ich. »Es wird euch allen noch leidtun.«

* * *

Während der nächsten zwei Tage sitzt Lisette am Bett ihrer Herrin in einem Raum, der nach Erbrochenem und Urin stinkt. Es ist ein Zimmer mit schmutzigen, grauen Wänden, einem Kruzifix, das so hoch hängt, dass man es nicht erreichen kann, einem harten, schmalen Bett, auf dem eine graue, fadenscheinige Decke liegt. Die Matratze ist ein mit muffigem Stroh gefüllter Sack, steif und stachelig.

Zunächst bewirkt der Schlaftrunk, den man Véronique gegeben hat, dass sie ruhig und träge ist. Die Nonne, die nach ihr sieht, Schwester Bernadette, ist eine freundliche Person. Sie hat wegen des schlechten Geruchs im Zimmer eine mit Nelken und Zimtsplittern gespickte Orange neben Véroniques Bett gelegt.

Véronique träumt offenbar schlecht, denn sie strampelt wild

im Schlaf. »Raus, raus, sofort«, schreit sie mit heiserer Stimme. »Raus, schnell.«

Lisette tut, was sie kann. Sie weckt Véronique aus ihren Albträumen, legt ihr noch eine Decke über die Schultern, wenn sie zittert.

Jeden Morgen dieselben Fragen mit immer denselben Antworten:

»Wer sind Sie?«

»Véronique Roux.«

»Wer ist der Vater Ihres Kindes?«

»Der König von Frankreich.«

* * *

Man ließ mich zur Ader. Man verabreichte mir purgierende Mittel. Ich wurde mit Wasser begossen, bis ich dachte, ich würde ertrinken, und hektisch nach Luft schnappte. Ich verfluchte meinen Körper dafür, dass er unbedingt am Leben bleiben wollte. Die Welt schrumpfte zusammen, bis nur noch das Tappen von nackten Füßen auf dem Boden, der Geschmack von Blut auf meiner Zunge davon übrigblieb. Meine Stimme klang wie das Gewinsel eines Hundes. Raue Hände zogen an meinen Armen und packten meine Taille. Bei jeder Bewegung wurden die Griffe fester. Dann trafen mich Schläge, bis ich das Bewusstsein verlor.

Als ich wieder zu mir kam, war ich an ein Bett geschnallt, ein Stück Holz zwischen meinen Zähnen. Aus anderen Betten hörte ich Heulen und Schreie und inbrünstige Bitten: »Holt mich hier raus ... Ich habe Hunger ... Mutter, bitte ... Ich bring dich um, und ich bring sie um ... dumm, dumm, dumm, dumm ...«

Eine Frau mit langem, zerzaustem Haar kam auf mich zu, starrte mir in die Augen, als ob sie mich kennen würde, und spuckte mir ins Gesicht. »Verräterin«, sagte sie, und ich schloss die Augen, um den Irrsinn in ihrem wild zuckenden Gesicht

246

nicht zu sehen. Eine andere hob den Rock hoch, hockte sich hin, und dann floss ein Strom Pisse unter ihr hervor. »Meine Fruchtblase ist geplatzt«, kreischte sie panisch. »Holt eine Hebamme, schnell.«

* * *

»Warum sind Sie so stur, Mademoiselle?«, fragt Lisette zwei Tage später, als sie Véronique endlich sehen darf. »Sagen Sie ihnen doch einfach, was sie hören wollen.«

Aber der Tag endet, und ein neuer beginnt.

»Wer sind Sie?«

»Véronique Roux.«

»Wer ist der Vater Ihres Kindes?«

»Der König von Frankreich.«

Ein Moment erschreckt Lisette mehr als die anderen. Im Garten, wohin sie ihre Herrin mitnehmen darf, picken Tauben Brotkrumen auf, die über den Schnee verstreut liegen. Véronique beobachtet die Vögel aufmerksam. »Ich bin ihnen egal, oder?«, fragt sie Lisette. »Sie würden weiter picken, auch wenn ich tot umfallen würde.« Sie beugt sich hinunter, hebt ein paar Krümel auf, legt sie auf ihre Handfläche und wartet, bis ein Vogel auf ihr landet. Als einer das tut, greift sie nach seinem Bein. Der Vogel fängt erschrocken an, mit den Flügeln zu schlagen. Erst als Lisette sie anschreit, lässt Véronique los.

Sie redet auch schreckliche Dinge. Dass sie sich die Augen ausstechen oder sich umbringen wird. Dass es der Teufel ist, der ihr diese Gedanken in den Kopf setzt. Dass, wenn die Sonne die Erde mit ihrer Hitze ausgetrocknet hat, nichts darauf wachsen wird, weil sie innen noch immer brennt.

* * *

Jemand holte Maman. »Was erhoffst du dir, Véronique?«, frag-
te sie mich.

Sie holte ihren Nähbeutel heraus, fädelte eine Nadel ein und
fing an, meine Kleider auszubessern, die zerrissene Spitze zu
flicken und die Nähte zu verstärken. »Damit sie halten«, sagte
sie.

Ich biss mir auf die Lippen.

»Du brauchst nicht hierzubleiben, Véronique«, sagte sie.

Monsieur Durand habe sie angefleht, diese »unnötige Tor-
tur« zu beenden. Sein Herr wünsche mir nichts Böses. Der Ge-
treidehändler sei immer noch bereit, mich zu heiraten.

»Er heißt Lebel«, sagte ich. »Nicht Durand.«

Maman runzelte die Stirn.

»Der König ist der Vater meines Kindes«, sagte ich.

Maman legte ihren Finger auf meine Lippen. »Das bringt
uns nicht weiter, so ein Gerede.«

»Es ist die Wahrheit.«

»Die Wahrheit wird uns nicht weiterbringen.«

Sie legte ihre ganze Überzeugung in ihre Stimme. Es ist die
Pflicht einer Frau, zu heiraten. Es werde nicht leicht sein, aber
im Gegensatz zu ihr hätte ich immerhin die Möglichkeit, die
Enttäuschungen abzumildern. Ich solle daran denken, was
für ein Trost es sei, wenn man sich keine Sorgen darum ma-
chen muss, wo die nächste Mahlzeit herkommt, sagte sie, einen
Ehemann zu haben, der nach allem, was man hörte, ein guter
Mann war.

»Nach allem, was man hört?«, fragte ich. »Was wissen Sie
denn von ihm?«

Ich wusste nicht, dass meine Stimme so hart, so unversöhn-
lich klingen konnte. »Ein guter Mann, Maman, muss sich kei-
ne Frau kaufen.«

»Was willst du, Véronique?«

»Ich will mein Kind zurück.«

»Deine Tochter ist ohne dich besser dran«, sagte Maman.

»Kein Mann will einen Bastard großziehen. Du wirst andere Kinder haben.«

   »Ich möchte keine anderen Kinder.«

* * *

»Wer sind Sie?«

   »Véronique Roux.«

   »Wer ist der Vater Ihres Kindes?«

   »Der König von Frankreich.«

* * *

Es dauerte noch vier weitere Tage, vier lange dunkle Tage, bis ich antwortete:

   »Ein polnischer Graf, ein Cousin der Königin.«

ZWEITER TEIL

Versailles

1762

*I*n der Zeit vor Versailles lebte Marie-Louise bei ihrer Amme auf dem Land.

Dort gab es ein Dickicht, das sie ihr Versteck nannte. Ein Gewirr aus Büschen und Brombeersträuchern, Ästen, die ihr ins Gesicht schlugen, wenn sie sich zur Mitte durchkämpfte, wo die Luft feucht war und nach Minze und ein bisschen modrig roch. Dort zog sie Klee aus dem Boden, dessen Wurzeln weiß und süß waren. Manchmal fand sie kleine Knochen, zerfetzte Federn oder die zerdrückten Schalen kleiner Eier. Schlangen glitten durchs Gras. Einmal überraschte sie eine knochendürre, räudige Katze, die bei ihrem Anblick weghumpelte, obwohl sie sie anflehte, bei ihr zu bleiben. Sie hielt sich gerne dort auf, sah zu, wie die Schatten der Bäume immer länger wurden, bis sie in der Dämmerung ihre eigenen Hände nicht mehr sehen konnte, bis sie nicht mehr wusste, wo sie begann oder endete.

Sie hat noch andere Erinnerungen an diese Zeit. An die Schmiede, zu der ihre Amme sie manchmal brachte, wo Marie-Louise ehrfürchtig zu dem riesigen Mann mit den geschwärzten Wangen aufsah, der sich über einen Gluthaufen beugte. Wenn heiße Luft ihr ins Gesicht fauchte, nahmen ihre Augen die hellen Funken wahr, ihre Nase den Geruch von Ruß und Asche, ihre Füße spürten die Steinchen unter den Sohlen ihrer Schuhe. Alles faszinierte sie: der Blasebalg, der das Feuer anfachte, das glühende Eisen, das der Schmied mit einer langen Zange hielt, der unerbittliche Schlag des Hammers, der die feurige Masse zu etwas formte, das immer mehr wie ein großer Nagel aussah, das wütende Zischen des Wassers im Eimer, in das der Schmied den fertigen Nagel tauchte, um ihn abzukühlen.

Sie erinnert sich, dass sie ihre Amme fragte: »Wann holt meine Mutter mich ab?«

»Ich weiß es nicht.«

»Sind Sie ihre Schwester?«

»Nein.«

»Also die meines Vaters?«

»Nein.«

»Wessen dann?«

»Von niemandem.«

Im Sommer des Jahres, in dem Marie-Louise sechs Jahre alt wurde, kam ein Herr aus dem Schloss in einer schwarzen Kutsche, um sie abzuholen. Vor Freude wurde ihr ganz schwindlig, weil sie dachte, dass sie endlich zu ihrer Mutter gebracht würde, so wie es auch bei anderen Kindern gewesen war, die bei ihren Ammen im Dorf lebten. Darum sagte Marie-Louise nein, als ihre Amme sie umarmte und fragte, ob sie sie vermissen würde.

»Nicht einmal ein bisschen?«, fragte die Amme und machte ein sehr betrübtes Gesicht.

»Vielleicht ein bisschen«, räumte Marie-Louise ein, denn sie wollte nicht, dass ihre Amme traurig war.

Ihre Kittel, Schürzen und Taschentücher wurden alle ordentlich gefaltet und in einen Weidenkorb mit Deckel gelegt. Auch ihre Spielsachen wurden eingepackt: Poupette, die Puppe, die ihre Amme für sie aus zwei Arten Stoff gemacht hatte, Baumwolle für den Körper und Seide für das Gesicht; ein Kreisel, bemalt mit einer Spirale in Rot und Gelb, den Farben, die für Marie-Louise die schönsten der Welt waren.

Der Herr aus dem Schloss sagte, er habe nicht den ganzen Tag Zeit. Er trommelte mit den Fingern auf der Tischplatte, schaute zuerst an die Decke und blickte dann Marie-Louise an. Draußen wieherten die Pferde. Da zeichnete die Amme mit dem Daumen das Kreuzzeichen auf Marie-Louises Stirn und schenkte ihr ein Nadelkissen, das mit einer roten Rose bestickt war. Marie-Louise begann zu weinen, und ihr lief die Nase.

»Na, na«, sagte die Amme und putzte ihr die Nase.

In der Stadt Versailles waren die Häuser groß, golden und glitzernd; die langen Gassen, die zu ihnen führten, waren voll von Kutschen und hektisch umhereilenden Menschen. Glocken läuteten. Jemand rief: »Macht Platz! Macht Platz!« Sie sah einen Jungen, der einen Käfig mit einem Vogel trug, dessen Federn grün, leuchtend rot und blau waren. Ein Mann auf einem Schimmel ritt vorbei. Hunde liefen mit aufgeregtem Gebell hinter einer Kutsche her.

Bevor Marie-Louise Zeit hatte, sich Gedanken darüber zu machen, wie ihre Mutter sie jetzt, da sie nicht mehr bei ihrer Amme war, finden könnte, fuhr die Kutsche in einen kleinen Hof, wo ein anderer Herr, groß und dünn, in einem purpurnen Rock mit glänzenden Goldknöpfen, auf sie wartete. Marie-Louise fand, dass er seltsam aussah, ein wenig wie die Vogelscheuchen, die die Felder in der Nähe des Hauses ihrer Amme bewachten. Sein runzliges Gesicht hatte rosafarbene Flecken, und seine Lippen wirkten verkniffen, woraus Marie-Louise schloss, dass er sie nicht mochte und folglich nicht ihr Vater sein konnte.

»Ich bin Marie-Louise«, sagte sie für den Fall, dass die Vogelscheuche ihren Namen nicht wusste und sie zu einer falschen Mutter brachte.

»Tatsächlich?«

»Ja.«

Er fragte sie, ob sie brav gewesen sei während der Fahrt und keinen Ärger gemacht habe.

»Ja«, sagte sie, obwohl es sehr wohl Ärger gegeben hatte, weil sie verlangt hatte, dass man ihre Puppe aus dem Weidenkorb nahm und ihr gab. Der Herr, der sie begleitete, hatte sie eine ungezogene Göre genannt. Sie hielt Poupette jetzt immer noch auf dem Arm, und zwar mit dem Kopf nach unten, denn so gefiel es Poupette am besten, die ihre Knopfaugen weit aufgerissen hatte, um alles zu sehen, was Marie-Louise vielleicht entging.

»Dann komm mit.«

Sie folgte ihm auf einem Weg, der von Bäumen gesäumt war, die in riesigen Töpfen wuchsen, als wären sie Blumen. Sie fragte sich, was ihre Mutter zuerst sagen würde, wenn sie sie sah. Wie groß sie geworden war? Würde sie fragen, ob sie brav gewesen sei, als sie bei ihrer Amme lebte? Ja, meistens jedenfalls.

»Sei dankbar, dass man sich um dich kümmert«, sagte der Herr aus dem Schloss, als sie hinter ihm die Treppe in einem seltsam aussehenden Haus mit vielen Türen, das weder golden noch glitzernd war, hinaufstieg. »Gehorche immer deinen Vormündern. Lerne, was sie dich zu lehren haben.«

Vormünder, sagte sich Marie-Louise, das muss ein anderes Wort für Eltern sein.

»Gib ihnen keinen Grund, böse zu werden, niemals.«

Mit krähender Stimme erklärte er ihr, sie dürfe nicht patzig und zickig sein und keine Widerworte geben, lauter Ausdrücke, unter denen sie sich nichts Rechtes vorstellen konnte. Auch *Müßiggang* war schlecht, aber was dieses Wort bedeutete, war leichter zu erraten, weil der Herr hinzufügte: »Untätige Hände tun des Teufels Werk.«

So waren die Erwachsenen. Sie tauchten aus dem Nichts auf, sprachen in Rätseln und verschwanden dann. Es war sinnlos, ihnen Fragen zu stellen; wenn man sie genau beobachtete, hatte man mehr davon. Der Herr mit dem purpurnen Rock musste ein wichtiger Mann sein, denn die Leute, zu denen er sie brachte, empfingen ihn mit einer tiefen Verbeugung und einem Knicks. »Sie werden Ihre Entscheidung nicht bereuen, Monsieur Lebel. Und Madame de Pompadour auch nicht«, sagte die Frau, die er als Madame Gourlon ansprach. »Bei uns wird es dem Kind an nichts fehlen.«

Marie-Louise freute sich, als sie das hörte.

Der kleine, drahtige Mann mit der geröteten Nase, der neben Madame Gourlon stand, war Monsieur Gourlon. Er hielt seine Hände hinter dem Rücken, so wie es Marie-Louises Amme tat, wenn sie eine Überraschung für sie hatte. Würde er ihr ein Pfeifchen schenken, in das sie blasen konnte? Oder vielleicht eine neue Puppe? Aber als er seine Hände fallen ließ, waren beide leer, was Marie-Louise traurig und ein wenig wütend machte, aber nicht Poupette, die sehr eifersüchtig war und sich über eine neue Puppe überhaupt nicht gefreut hätte.

Zuerst hörte Marie-Louise aufmerksam zu, was geredet wurde. Dass die Anordnungen von Madame de Pompadour streng befolgt werden mussten. Dass das Kind nicht verwöhnt werden sollte. »Der Unterricht muss sich an ihren Fähigkeiten orientieren«, sagte die Vogelscheuche. »Man muss sie gut anleiten.« Da aber niemand das Wort an Marie-Louise richtete, sahen sie und Poupette sich in dem Raum um, in dem sie sich befanden. Beiden gefiel besonders das Bild eines röhrenden Hirschs auf einer vom Mond beschienenen Waldlichtung, das an einer der Wände hing, und ein glänzender Kerzenständer mit sechs Kerzen, der in der Mitte eines Tisches stand.

Schließlich verkündete der Herr aus dem Schloss, dass alles besprochen und er ein vielbeschäftigter Mann sei. Kaum war er gegangen, wandte sich Marie-Louise an Madame Gourlon und fragte: »Sind Sie meine Mutter?«

Madame riss die Augen weit auf und runzelte dann die Stirn. »Wie kommst du denn auf diese Idee, Kind?«, fragte sie.

»Sind Sie es?«

»Nein.«

»Dann bringen Sie mich zu ihr.«

»Hör dir diese Göre an«, höhnte Monsieur Gourlon. »Kaum eine Spanne hoch und gibt uns schon Befehle.«

Es stellte sich heraus, dass Vormünder keine Eltern waren. Sie waren fremde Leute, die sich bereit erklärt hatten, ein Kind aus reiner Herzensgüte aufzunehmen, um ihre Christenpflicht zu erfüllen.

Als Marie-Louise sich auf den Boden warf und zu weinen begann, fragte Madame Gourlon: »So zeigst du deine Dankbarkeit? Ist das die Art von Verhalten, die deine Mutter sich wünscht?« Daraufhin weinte Marie-Louise nur noch heftiger und beruhigte sich auch nicht, als Madame Gourlon, die ihr sagte, sie sei ihre Betreuerin, ihr Zuckerstückchen in die Hand drückte und ihr die Nische zeigte, in der sie schlafen und ihre schönen neuen Kleider aufbewahren würde. Sie begrüßte auch Poupette mit großer Geste und fragte nach ihrem Namen. »Sie wird ihn Ihnen nicht sagen«, sagte Marie-Louise, aber die Betreuerin erriet ihn.

Die Gourlons waren Diener von Madame de Pompadour. Madame de Pompadour war eine sehr vornehme Dame, eine liebe Freundin des Königs. Die Betreuerin war Madame de Pompadours Zofe, Monsieur Gourlon, den alle den alten Gourlon nannten, war Kutscher der Marquise, darum trug er eine Livree mit purpurnen Borten. Sie bewohnten zwei Mezzaninzimmer im *Grand Commun,* einem großen Wirtschaftsgebäude, in dem es auch Wohnungen für Schlossbedienstete gab; in dem größeren der beiden Räume befand sich jene Ecke, in der Marie-Louise jeden Abend ihr Bett ausklappte, um es am nächsten Morgen wieder ordentlich zusammenzuklappen und wegzuräumen.

»Sie ist unser Mündel«, sagte die Betreuerin, wenn jemand fragte. Sie sei eigensinnig, aber mit der Zeit bessere sie sich, Gott und allen Heiligen sei Dank. »Meine eigenen Kleinen sind bei den Engeln im Himmel«, sagte sie auch. »Sie waren zu gut für diese Welt.«

Manchmal, wenn weitere Fragen folgten, flüsterte die Betreuerin der anderen Person etwas ins Ohr. Die Satzfetzen, die Marie-Louise hörte, »ein polnischer Bastard« oder »eines dieser Hirschpark-Mädchen«, wurden immer mit einem Stirnrunzeln gesprochen. Was auch immer sie genau bedeuten mochten, gaben sie doch jedes Mal Anlass zu wissendem Nicken und neugierigen Blicken in ihre Richtung. Als ob sie etwas Absonderliches an sich hätte, etwas, das mit gewöhnlichen Worten nicht hinreichend zu beschreiben war.

Die Betreuerin sagte, dass Marie-Louise schon genug Zeit bei »dieser Amme« vertändelt und dass sie deshalb jetzt Pflichten habe. Sie müsse lernen, sich nützlich zu machen, damit auch sie, wie ihre Betreuerin, eines Tages die Zofe einer großen Dame, vielleicht sogar von Madame de Pompadour selbst, werden könne. Doch bevor dies geschehen könne, müsse Marie-Louise erst nähen, flicken und sticken lernen, damit sie sich um die Garderobe ihrer Herrin kümmern könne. Und sie müsse auch gute Manieren lernen, damit ihre Gesellschaft ihre künftige Herrin aufmuntern und erheitern könne.

»Pass auf, Marie-Louise«, sagte die Betreuerin jeden Morgen und ließ Marie-Louise verschiedene Stiche üben, bis sie perfekt gleichmäßig aussahen und nicht den Stoff zusammenzogen oder er Falten warf. Oder sie ließ sie ein für junge Mädchen in ihren Lebensumständen passendes Mustertuch sticken. Der Unterricht verlief recht gut, außer wenn Marie-Louise nachlässig wurde und ihre guten Manieren vergaß. Das Nägelkauen war ein typisches Beispiel dafür. Denn trotz der Wermuttinktur, die zweimal täglich auf ihre Fingerspitzen geschmiert wurde, kaute Marie-Louise ihre Nägel immer bis auf das rosa Fleisch ab. Deshalb hatte Poupette, die Puppe, bald genug von Marie-Louise und fiel auseinander. Ihre Seiden- und Baumwollteile wurden fadenscheinig und rissen auf, sodass die Füllung im Inneren zum Vorschein kam, die aus alten Lumpen und trockenem Gras bestand.

Die Betreuerin wackelte oft betrübt mit dem Kopf, wenn sie Marie-Louise betrachtete. Gegen einen schlechten Charakter könne man nichts machen, sagte sie. Es sei ein Kreuz mit dem Kind. Marie-Louise sei ein Nagel zu ihrem Sarg. Eine Strafe Gottes.

Wenn der Unterricht vorbei war, durfte Marie-Louise draußen spielen.

In den Ställen Seiner Majestät brachte ihr der rothaarige Stallknecht mit den dunklen Sommersprossen bei, wie man ein nervöses Pferd beruhigt. Eine Milchmagd mit vielen Lachfältchen um die Augen zeigte ihr, wie man die Zitzen einer Kuh drücken muss, und gab ihr frische schaumige Milch zu trinken, die noch warm vom Euter war.

»Meine echte Mutter«, sagte Marie-Louise zu ihnen, »ist eine Gräfin, die mich vor ihrer bösen Familie verstecken musste. Mein richtiger Vater wird mich bald zu sich holen. Aber das ist ein Geheimnis, also erzähle es niemandem.«

»Wenn es so ist«, sagten sie, »dann bist du ein Glückspilz.«

Marie-Louise nickte und lief davon. Oder sie schlug zum Dank für sie ein Rad, was sie sehr gut konnte. Oder sie führte ihnen vor, wie der Barbier den alten Gourlon rasierte, wobei sie mit der einen Hand ihre Nase hielt und mit der anderen ein imaginäres Rasiermesser führte, das sie vorher an einem imaginären Riemen abgezogen hatte.

Sie sei eine richtige Schauspielerin, sagten sie. Sie könnte sich ihren Unterhalt beim Theater verdienen.

Aber war sie ein Glückspilz?

Wenn ja, warum geriet sie dann ständig in Schwierigkeiten? Sie kam durchnässt, schmutzig, mit zerrissener Kleidung und mit Pech beschmiert nach Hause. Die Betreuerin schlug die Hände über dem Kopf zusammen, wenn sie die ruinierten Kleider sah, schnitt ihr verklebte Haarsträhnen ab und fragte, warum um alles in der Welt sie sich nicht von Ärger fernhalten konnte.

»Weil ich«, gestand Marie-Louise schließlich, »auf der Suche nach meiner Mutter war.«

»›Auf der Suche nach meiner Mutter‹!«, wiederholte die Betreuerin spöttisch, die Hände zum Himmel erhoben. »Und warum, bitte, sag mir, sollte deine Mutter Wert auf so einen ungeratenen Fratz legen?«

Das tat weh, mehr als jede Ohrfeige. Es bedeutete, dass ihre Mutter sie verlassen hatte, weil Marie-Louise nicht gut genug war, nicht gehorsam genug, nicht brav genug.

Ihre Mutter hatte nicht so ein eigensinniges Kind haben wollen, das nichts als Ärger machte.

Ihre Mutter hatte sie aus gutem Grund verlassen.

* * *

Die Leute, die bei den Gourlons vorbeischauten, waren meistens Dienstmädchen oder Lakaien von Madame de Pompadour. Marie-Louise mochte sie wegen der Geschichten, die sie erzählten. Eine dickköpfige königliche Prinzessin lief den Schlosskorridor entlang und hinterließ eine Spur von Pisse, die eines der Mädchen wegputzen musste. Ein Offizier in Versailles tötete seinen Diener mit seinem Degen. Der König hatte Privatzimmer im Dachgeschoss über dem *Salon de la Guerre*: Eines war voller Karten und seltsamer Steine, ein anderes eine Werkstatt, in der Seine Majestät Blei in Gold umwandelte.

Eine Besucherin verursachte jedes Mal, wenn sie erschien, einen kleinen Aufruhr. Die Betreuerin nannte sie Nicole, aber Marie-Louise sollte sie mit Madame du Hausset ansprechen. »Wie schaffst du das nur jeden Tag, Diane?«, fragte Nicole immer keuchend, nachdem sie die Treppe zum Mezzanin hinaufgestiegen war. »Erst diesen langen Weg und dann diese Treppe.« Die Betreuerin antwortete jedes Mal, dass es bloß eine Strecke von zehn Minuten sei und die Treppe nicht so steil. Außerdem schaue man einem geschenkten Gaul nicht ins Maul.

»Jeder, wie er will«, sagte Nicole dazu oder: »Muss man mögen«, oder sonst irgendeinen nichtssagenden Spruch, der die Betreuerin jedes Mal dazu veranlasste, in feierlichem Ton zu erklären, dass sie Madame de Pompadour für ihre Großzügigkeit von Herzen dankbar sei.

»Bezweifelt das irgendjemand, Diane?«, fragte Nicole in diesem seltsam gereizten Ton, in den sie oft verfiel. Die Betreuerin antwortete, sie hoffe, dass niemand es bezweifeln werde. Und wenn es jemand täte, würde Madame nie so etwas glauben, nicht wahr?

Nicole, Madame du Hausset, betrachtete sich als Gesellschafterin und Vertraute von Madame de Pompadour. »Madame de Pompadour vertraut mir rückhaltlos«, sagte sie. »Genau wie Seine Majestät, die mir viele Beweise Ihrer Wertschätzung gegeben hat.« Weder der König noch Madame de Pompadour würde sich jemals damit einverstanden erklären, dass sie auch nur einen Tag von ihnen getrennt war, weshalb sie im großen Schloss in einem Zimmer neben dem Appartement von Madame de Pompadour wohnte. Diejenigen, die sie um dieses Privileg beneideten, vergaßen, dass von ihr erwartet wurde, jederzeit nach wenigen Augenblicken bei ihrer Herrin zu sein. Tag und Nacht, denn die arme Madame schlief schlecht, wegen des Königs, der nicht genügend an sich selbst dachte und zuließ, dass andere seine Herzensgüte ausnutzten. Sie wachte nachts oft keuchend und in kalten Schweiß gebadet auf.

Die arme Madame, seufzte die Betreuerin voller Mitgefühl. Wenn sie sich auch glücklich preisen konnte, jemanden wie Nicole an ihrer Seite zu haben.

Was Marie-Louise betraf, so hatte Madame du Hausset immer die gleichen Fragen. War Marie-Louise ein braves Kind? Hatte sie keinen Hang zu Frivolität wie gewisse Mädchen, von denen sie nicht weiter reden wollte? War sie ihren Vormündern dankbar, dass sie sich um sie kümmerten? Was für Fortschritte hatte sie im Unterricht gemacht? Konnte sie bereits Seidenstrümpfe stopfen? Hatte sie damit angefangen, den Katechismus zu lernen?

Marie-Louise gab ihr wohlüberlegte Antworten, immer in dem Bewusstsein, dass die Betreuerin zuhörte. Ihre Vormünder waren freundlich zu ihr. Sie machte Fortschritte, aber nicht so viele, wie die Betreuerin es sich gewünscht hätte, woran niemand sonst als Marie-Louise selbst schuld war. Nein, sie hatte noch nicht begonnen, den Katechismus zu lernen, aber die Betreuerin sagte, im neuen Jahr würde es so weit sein.

Madame du Hausset glaubte daran, dass man offen und ehrlich seine Meinung sagen sollte, was in der Praxis vor allem bedeutete, dass sie immer wieder erbarmungslos die Fehler und Defizite von Marie-Louise auflistete. Ihr widerspenstiger Haarschopf, ihre zerkauten Nägel, ihr »rätselhafter, aber absoluter« Mangel an Anmut, der von der unbestreitbaren Tatsache zeugte, dass manche Äpfel eben doch weit vom Stamm fallen. Diese Tatsache, die sie und die Betreuerin als sonderbar empfanden und die ihren Erwartungen einigermaßen zuwiderlief, war Gegenstand heftigen Geflüsters über »diese Hirschpark-Mädchen«. Dass man manche Dinge hätte vorhersagen können. Dass manche Dinge nur bewiesen, dass man sein Blut nicht verleugnen kann.

»Ich beneide dich nicht, Diane. O nein, bestimmt nicht.«

Für die Betreuerin waren die Besuche von Madame du Hausset nicht immer ein reines Vergnügen. »Was die sich einbildet!«, sagte sie etwa, nachdem ihre Freundin gegangen war. Oder: »Als ob ich glaubte, sie müsse neidisch auf mich sein!« Oder: »Man könnte meinen, sie wäre was Besseres.« Oder: »Manchmal frage ich mich, was sie Madame hinter unserem Rücken über uns erzählt.«

»Wenn's Arscherl brummt, ist's Herzerl g'sund«, sagte der alte Gourlon dann immer, was nun wirklich überhaupt keinen Sinn ergab.

Marie-Louise glaubte immer noch, dass ihre Mutter nach ihr suchte, aber woher sollte sie jetzt, da Marie-Louise nicht mehr bei ihrer Amme lebte, wissen, wo sie sie finden konnte? Deshalb fing sie an, Zeichen zu hinterlassen, eine Spur, der ihre Mutter folgen konnte. Zweigstückchen in Form eines Pfeils, der in Richtung der Mezzaninzimmer zeigte, oder eine kleine

Pyramide aus Kieselsteinen mit einem Papierfetzen darin, auf den sie das Haus gezeichnet hatte, in dem sie wohnte.

Aber ihre Mutter kam nicht.

1763

Die Pflastersteine auf dem Hof waren rutschig vom Schnee. Marie-Louise ging hinter der Betreuerin her auf dem Weg zur Wohnung von Madame de Pompadour, wo sie Kleider von Madame zum Ausbessern holen sollte, denn sie war jetzt alt genug, um sich nützlich zu machen. Wie die Betreuerin es ihr befohlen hatte, achtete sie genau auf ihre Schritte, als sie plötzlich an der Schulter gerüttelt und aufgefordert wurde, zu knicksen.

Erst in diesem Moment sah Marie-Louise eine Dame mit einem freundlich lächelnden Gesicht vor sich, das sie ein wenig an das ihrer Amme erinnerte. Aber im Gegensatz zu ihrer Amme trug die Dame einen prächtigen silbergrauen Umhang und eine schwarze Haube, die unter dem Kinn gebunden war. Sieht komisch aus, dachte Marie-Louise, wie ein kleines Kissen mit Rüschen. Einen Schritt hinter ihr folgten Hofdamen, alle himmelblau gekleidet, die Hände in dicken Muffen versteckt. Konnte es sein, dass die Dame Madame de Pompadour selbst war?

Ein Knicks muss makellos sein. Kein Schwanken, kein Wackeln, Blick gesenkt. Das hatte die Betreuerin Marie-Louise gelehrt.

»Was für ein schönes Gesicht dieses Kind hat«, rief die Dame mit der schwarzen Haube aus. »Wie ein Engel!« Ihre Begleiterinnen scharten sich um sie und murmelten zustimmend. Sehen Sie diesen Kupferton in ihrem Haar! Das dunkle Blau ihrer Augen! Und wie anmutig sie ist! Ah, die vollkommene Unschuld eines Kindes!

Die Betreuerin warf Marie-Louise einen warnenden Blick zu, wenn auch rätselhaft blieb, wovor er sie warnen sollte.

Die freundliche Dame beugte sich über sie. Ein Finger mit Handschuhen hob ihr Kinn an. Er duftete nach einem süßen zitronigen Parfüm.

»Wie heißt du?«

»Marie-Louise.«

»Und wie alt bist du, Marie-Louise?«

»Fast sieben«, sagte sie, wobei sie die fünf Finger ihrer linken Hand hochstreckte und dann zwei von ihrer rechten Hand hinzufügte.

»Und wohin bringt dich deine Maman?«

Marie-Louises Gesicht lief rot an.

»Sie ist mein Mündel, Majestät«, sagte die Betreuerin und knickste. Dann wandte sie sich an Marie-Louise und sagte in dem sanften, wohlgelaunten Ton, der, wie Marie-Louise gelernt hatte, der Ton für die Außenwelt war: »Danke Ihrer Königlichen Majestät, der Königin von Frankreich, für ihre übergroße Freundlichkeit!«

»Sind Sie eine echte Königin?« Marie-Louise schnappte nach Luft vor Staunen, denn die Königin war ohne Zweifel noch vornehmer als Madame de Pompadour.

Die Dame lächelte. Eine ihrer Begleiterinnen kicherte.

»Ja, das bin ich.«

»Wo ist dann Ihre Krone?«, fragte Marie-Louise mit ernstem Stirnrunzeln, was das Gefolge der Königin noch mehr erheiterte.

»Ich bewahre sie an einem sicheren Ort auf. Ich möchte nicht, dass sie verlorengeht oder, Gott bewahre, gestohlen wird. Das siehst du sicher ein, oder?«

»Ja.«

»Soll ich dir sagen, was ich in deinem Alter am liebsten getan habe?« Die Königin hatte um die Augen und die Lippen herum Fältchen. Einer ihrer Schneidezähne war dunkler als die anderen, aber nur ein bisschen.

»Ja, bitte.«

»Cembalo spielen. Spielst du ein Instrument?«

»Nein.«

Die Königin schüttelte ungläubig den Kopf. Wie konnte man

einem Kind ein so einfaches Vergnügen verweigern? Etwas, das jedem Kind Spaß machen musste, so wie Seifenblasen pusten.

»Ich weiß nicht, wie das geht«, sagte Marie-Louise.

Alle ihre Enkelkinder liebten es, Seifenblasen zu pusten, versicherte ihr die Königin. Selbst Louis Auguste, der sonst immer so ernst war. Er war übrigens nicht viel älter als Marie-Louise, er würde bald neun werden.

Sie wandte sich an die Betreuerin: Es sei Gottes Wille, dass kleine Kinder spielen. Erwachsene sollten diese wichtige Wahrheit nicht vergessen.

»Ja, Majestät. Ich werde daran denken, Majestät.«

»Ich muss jetzt gehen«, sagte die Königin zu Marie-Louise. Ihre Stimme klang wieder ganz sanft. »Aber vorher möchte ich noch wissen, ob du jeden Morgen und jeden Abend betest.«

»Ja, das tue ich.«

»Für wen betest du?«

»Zuerst für meine Mutter und meinen Vater, dann für meine Vormünder, dann für den König und die Königin und den Ruhm Frankreichs.«

»So, du betest auch für mich«, sagte die Königin, schob ihre Hand zwischen die Falten ihres Kleids und holte ein kleines Bild hervor. »Dann habe ich etwas für dich.«

Später, als die Betreuerin dem alten Gourlon von der Begegnung erzählte – »Seifenblasen! Als ob wir Seife übrig hätten!« –, zog Marie-Louise das Geschenk der Königin aus der Tasche. Auf dem Bild war Maria, die Mutter Gottes, zu sehen, die ihren Sohn in den Armen hielt. Das Jesuskind, mollig und rosa, lächelte seine Mutter an, die ihm das Gesicht zuwandte und sein Lächeln erwiderte.

Als Marie-Louise daran schnüffelte, roch es immer noch leicht nach Zitronen.

Marie-Louise hielt es für das schönste Bild auf der ganzen weiten Welt und legte es in die Holzkiste, in der sie ihre Schätze aufbewahrte: das Nadelkissen, das ihr die Amme geschenkt hatte, die zerrissenen Stücke von Poupette, den Kreisel, der sich nicht mehr drehen ließ, weil die Spitze abgebrochen war, und ein weißes Kleidchen, in dem sie – wie die Amme ihr gesagt hatte – getauft worden war.

Das Kleidchen, von dem Marie-Louise glaubte, ihre Mutter habe es selbst für sie ausgewählt.

* * *

Als sie sieben wurde, bedeutete das für Marie-Louise, dass einige ganz gewöhnliche Dinge, die sie tat, mit einem Mal sehr böse wurden. Zum Beispiel in ihrem Bett zu sitzen, die Knie hochzulegen und sich hin und her zu schaukeln. Oder an ihrem Oberarm zu saugen, bis rote Flecken entstanden. Oder die Hand zwischen ihre Beine zu legen, wo es juckte.

Um sich davon abzuhalten, diese bösen Dinge zu tun, rollte Marie-Louise sich unter ihrer Bettdecke zusammen, ließ oben eine Öffnung, damit sie Luft bekam, und tauchte in Geschichten ein, die sie selbst erfunden hatte.

In einer davon war ihr Vater gerade mit leichter Eleganz von einem glänzend schwarzen Pferd abgestiegen, als er ihre Mutter erblickte. Ein Lichtfunke sprang durch den Raum, der sie trennte. »Ein Blick genügt«, sagte Madame Gourlon gerne.

Es war ein schöner Tag, sonnig, kein Wölkchen am Himmel. Ihre Eltern sahen einander lange an und wechselten dann Worte, die Marie-Louise noch lange immer wieder in ihren Gedanken hören sollte: »Bitte gehen Sie noch nicht. Wie heißen Sie? Wie kann ich Sie finden? Wo?«

Mit der Zeit wurden die Worte, die ihre Eltern wechselten, kühner.

»Ich werde Sie nicht verlassen.«

»Kann ich Ihnen vertrauen?«

»Ja.«

»Warum weinen Sie dann?«

Sie nannten sich bei ihren Vornamen, aber da sie so leise miteinander redeten, konnte Marie-Louise die Namen nie verstehen.

Maman, Papa, murmelte sie, Bilder von ihnen im Kopf, die sie aus einzelnen Zügen von Menschen, die sie mochte, zusammengestückelt hatte. Da waren die warmen blauen Augen des Dienstmädchens, das sie an den Blumen schnuppern ließ, die in Porzellanvasen den Salon von Madame la Marquise schmücken sollten, das rabenschwarze Haar des Zimmermanns, der ihr, als er sie einmal mit Holzklötzen spielen gesehen hatte, einen ganzen Korb davon schenkte.

Um ihre Eltern einzukleiden, spionierte Marie-Louise die königlichen Höflinge aus. Für ihre Mutter dieses mit Silber bestickte Samtgewand, dieses Musselin-Fichu, diese Straußenfedern. Für ihren Vater diese weißen Seidenstrümpfe, diese glänzenden Stiefel, dazu Sporen und diese polierten Silberschnallen.

Schwarze Perlen. Der Duft von Ambra.

Die Sehnsucht, so lernte sie, konnte die süßesten aller Träume hervorbringen.

* * *

»Wir werden mit Lesen und Schreiben anfangen, Kind«, sagte Schwester Seraphina, die Marie-Louise den Katechismus beibringen sollte. Deshalb schrieb Marie-Louise nun jeden Sonntag im Schulzimmer die Buchstaben des Alphabets in Kursivschrift ab, bis sie alle Formen richtig hinbekam und es schaffte, keine Tintenkleckse zu machen.

»Eine Träumerin«, nannte Schwester Seraphina sie manchmal. Ein gewisses Maß an Sorge schwang in diesem Wort mit. Träumer wurden von ihren Visionen leicht in die Irre geführt. Nicht jeder war ein Heiliger, der in Gottes Auftrag wirkte und göttliche Gnadengaben spendete. Der Teufel hatte seine schmutzigen Finger in den Angelegenheiten dieser Welt. Er peitschte die Phantasie unglückseliger Seelen auf, säte in ihnen trügerische Erwartungen.

Schwester Seraphina hatte graue Augen und lange Finger mit schönen Nägeln, rund und glatt, frei von Tintenflecken. Ihr Atem roch nach Minze und etwas Süßem.

»Kann es sein, dass eine Mutter ihr Kind vergisst?«, fragte Marie-Louise.

Manche Dinge werde man vielleicht nie wissen, sagte Schwester Seraphina. Indes sei dies kein Grund, die Hoffnung aufzugeben oder nicht dankbar zu sein für das, was uns geschenkt wurde.

Indes war ein sonderbar geschraubter Ausdruck. *Dessen ungeachtet* auch.

»Warum wird man es vielleicht nie wissen?«

Schwester Seraphina seufzte und sagte zu Marie-Louise, dass es Dinge auf dieser Welt gebe, die ein Kind niemals verstehen werde.

»Warum?«

Weil Gott es so gewollt habe. Und bevor Marie-Louise wieder nach dem Grund fragen konnte, sagte sie: »Du wirst verstehen, was ich meine, wenn du erwachsen bist.«

Alle Antworten der Erwachsenen endeten mit diesen Worten, und das war wirklich überhaupt nicht fair.

Nur wenige Monate zuvor hätte Marie-Louise zornig gegen eine solche Ungerechtigkeit aufbegehrt. Jetzt verbarg sie ihre Enttäuschung unter einem strahlenden Lächeln, denn Schwester Seraphina war ihre Freundin, und sie wollte sie nicht verärgern. Und sie wollte auch nicht das feierliche Gelübde brechen, das sie in der Gegenwart von Schwester Seraphina abgelegt hatte: *Ich werde mich nicht der Partei des Bösen in der Welt anschließen, sondern immer für die Sache des Guten eintreten.*

* * *

Sieben zu sein bedeutete auch, dass Marie-Louise wuchs. Die Säume ihrer Kleider mussten wieder heruntergelassen werden. Nur ein bisschen, aber immerhin. Im Sonntagsunterricht bei Schwester Seraphina schrieb Marie-Louise nun ganze Sätze auf, die sie später auswendig lernen sollte: *Wenn die ganze Menschheit ein Leben in gegenseitiger Liebe führte, würde diese Welt jener dort oben ähnlich werden.*

»Die Zeit verfliegt«, sagte die Betreuerin, aber das tat sie nicht. Die Zeit schritt im Takt des Stundenschlags der Uhren im Schloss dahin. Oder sie rieselte von einem Kolben der Sanduhr in den anderen. Die Sanduhrzeit, die Marie-Louise bevorzugte, bestand aus winzigen weißen Sandkörnern. Sobald der obere Kolben leer war, musste die Sanduhr umgedreht werden. Aber selbst wenn sie nicht umgedreht wurde, blieb die Zeit nicht stehen.

»Was bist du für ein schlauer Winzling«, sagte der alte Gourlon und zwinkerte ihr zu. Manchmal zauste er dann auch noch ihre Haare, zwickte ihre Schulter oder kitzelte sie unter dem Kinn. »Unser kleines Spiel«, nannte er es, weigerte sich aber zu erklären, um was für ein Spiel es sich handelte.

»Schönheit«, sagte Schwester Seraphina, »ist das zweifelhafteste Geschenk der Natur. Verderblich, oft tödlich.«

Verderblich bedeutete gefährlich.

Warum?

Es sei sehr selten, dass eine vollkommen schöne Frau in anderer Hinsicht liebenswürdig sei. Eine solche Frau denke, die Natur hätte bereits alles für sie getan. Sie denke, um alle zu bezaubern, müsse sie nichts weiter tun, als sich zu zeigen, andere Eigenschaften als die Schönheit seien gar nicht wichtig.

Liebenswürdig bedeutete angenehm.

Marie-Louise wusste nicht recht, was das alles zu bedeuten hatte. »Ich bin keine Frau«, sagte sie, »ich bin ein Mädchen.«

»Ich habe mich lange mit einer sehr hochgestellten Dame unterhalten, der du aufgefallen bist«, sagte Schwester Seraphina, als hätte sie gar nicht zugehört. Vernünftig und sympathisch sei sie gewesen und um das Wohlergehen von Marie-Louise ehrlich besorgt.

Marie-Louise richtete sich auf und legte ihre Hände auf dem Schoß übereinander, sodass die Hälfte ihrer abgekauten Nägel bedeckt war.

»Diese Dame«, fuhr Schwester Seraphina fort, »gestand mir, wie es sie in Erstaunen versetzt habe, dass man dir solche Komplimente wegen deiner Schönheit machte. ›Dabei ist Mademoiselle Marie-Louise gar kein schönes Kind‹, sagte sie. ›Sie ist recht hübsch, aber in keiner Weise ungewöhnlich. Diejenigen, die ihr diese übertriebenen Komplimente machen, müssen sie für sehr eitel und sehr dumm halten, weil sie annehmen, sie würde nicht nur glauben, was sie sagen, sondern sich auch noch darüber freuen.‹«

Marie-Louise fühlte, wie sie errötete. Schwester Seraphina wandte den Blick nicht von ihr ab. Es fiel dem Mädchen nicht leicht, ihrem Blick standzuhalten, aber Marie-Louise schaffte es und dankte Schwester Seraphina dafür, dass sie die Worte der Dame an sie weitergegeben hatte. »Wenn mich jemand schön nennt«, sagte sie, »werde ich sagen, dass ich viel lieber vernünftig genannt werden möchte.«

Schwester Seraphina lächelte vor Freude, umarmte Marie-Louise und drückte sie an ihr Herz.

Danach legten sie den Katechismus beiseite, und Schwester Seraphina erzählte ihr interessante Dinge über Kamele. In den Wüsten Arabiens, in denen sie lebten, konnten Kamele wochenlang ohne Wasser auskommen. Ihre Füße waren so geformt, dass sie gut auf dem Sand laufen konnten.

»Arabien.« Marie-Louise bildete das Wort erst lautlos mit den Lippen, dann murmelte sie es leise vor sich hin.

Die Wüste war heiß wie glühende Kohlen, deshalb hatten Kamele so lange Beine, damit ihre Bäuche weit genug vom Sand entfernt waren. Ihre Höcker, sagte Schwester Seraphina, und auch einige ihrer vielen Mägen speicherten Wasser.

Kamele wurden für harte Arbeit trainiert. Gleich nach ihrer Geburt wurden ihnen große Lasten auf den Rücken gelegt, damit sie sich von Anfang an daran gewöhnten und gar nicht erst auf die Idee kamen, dass sie sich frei bewegen könnten. Sie bekamen wenig Futter, denn in der Wüste, wo es nichts als Sand gab, würden sie auch nicht viel fressen können. Deshalb waren ihre Knie so deformiert, ihre Körper so hager. Aber das war auch der Grund, warum sie dort durchhielten, wo ein Pferd oder ein Mann allein umkommen würde.

»Woher wissen Sie das?«, fragte Marie-Louise, und Schwester Seraphina holte ein dickes Buch aus ihrem Regal und zeigte ihr das Bild eines Kamels. Es hatte einen Höcker und lange Beine mit knubbeligen Knien, genau wie Schwester Seraphina gesagt hatte. In dem Buch, sagte Schwester Seraphina dann, stünden noch viele andere schöne Sachen. Wenn Marie-Louise weiter so fleißig sei wie bisher, könne sie das alles bald selbst lesen.

»Ich werde mir noch mehr Mühe geben«, sagte Marie-Louise.

Danach legten sie das Buch und den Katechismus beiseite und gingen gemeinsam in den Gemüsegarten. Schwester Seraphina zeigte Marie-Louise eine kleine Parzelle, auf der sie und andere Schwestern Kräuter anbauten. Zichorie für ein beruhigendes Getränk; Minze, die gut für den Magen war; Johanniskraut, das schwermütige Stimmungen vertrieb.

»Ich werde beim Morgengebet für dich beten«, sagte Schwester Seraphina. »Mit besonderer Andacht.«

»Danke«, sagte Marie-Louise, glücklich darüber, dass sie sich weder als eitel noch als dumm erwiesen hatte. Aber warum weinte sie sich noch in derselben Nacht in den Schlaf, immer mit dem Gedanken, dass ihre Mutter sie verlassen hatte, weil sie nicht schön war?

***

Die Betreuerin interessierten Kamele nicht die Bohne.

Marie-Louise sei zutiefst böse, erklärte sie in dem Ton, den sie anschlug, wenn keine Außenstehenden zuhörten. Warum sonst konnte sie der Milchmagd erzählen, dass sie in einem Haus ohne Fenster wohne? Dass ihre Vormünder fünfundzwanzig Katzen hätten, die wie Könige lebten? Dass sie Stimmen hörte, die ihr sagten: »Du wirst sterben. Jeder, den du siehst, wird sterben.«

»Diese schrecklichen Lügen müssen aufhören«, so die Betreuerin weiter. »Ich will nicht zusammen mit einer Phantastin unter einem Dach leben. Wenn du nicht aufhörst mit diesen üblen Lügengeschichten, werden wir dich aus dem Haus jagen.«

Phantastin bedeutete so viel wie Lügnerin.

Marie-Louise starrte auf die Wolken vor dem Fenster, weiße Kissen an einem strahlend blauen Himmel. In einem der Haine in den Gärten des Schlosses stand eine Skulptur mit fröhlichen Kindern, die im Wasser spielten. Sie stellte sich gerne vor, es seien ihre Brüder und Schwestern. Wenn sie die Augen schloss, konnte sie sich sogar selbst unter ihnen sehen, wie sie Wasser spritzte, kicherte oder so tat, als wären sie und ihre Geschwister Delphine, von denen Schwester Seraphina ihr ebenfalls erzählt hatte. Es hieß, dass Delphine wie Säuglinge weinten, wenn Seeleute sie fingen und an Bord hievten.

Hatte Marie-Louise wirklich nichts zu sagen? Nun denn. Sie hatte sich an die Regeln zu halten. Kein Gefasel mehr von erfundenen Dingen, als ob sie wirklich passiert wären. Es gab keine dreifarbige Katze, die auf zwei Füßen und mit einem Hut auf dem Kopf durch den Dienstboteneingang spazierte. Es gab auch kein Kamel auf dem Markt.

Verstanden?

Wenn die Betreuerin Marie-Louise Näharbeiten machen ließ, gab diese oft Anlass zu Klagen, weil sie andauernd redete, statt sich darauf zu konzentrieren, was von ihr erwartet wurde. Alles Schimpfen half nichts, sie wollte einfach wissen, warum es, wenn *Phantastin* nichts anderes als *Lügnerin* hieß, zwei Wörter für ein und dieselbe Sache gab. Warum manche Worte, zum Beispiel *Bastard*, gleichzeitig schmutzig und geheimnisvoll klangen und warum solche Worte immer ganz leise gesprochen oder gar ohne Ton nur mit den Lippen geformt wurden. »Was ist ein polnischer Bastard?«, hatte sie einmal gefragt, woraufhin die Betreuerin sie gezwungen hatte, sich den Mund mit Seife auszuwaschen und der heiligen Mutter Gottes zu versprechen, nie wieder solche schmutzigen Worte auszusprechen.

Marie-Louise machte es nichts aus, Staub zu wischen oder Wäsche zusammenzulegen, denn dann ließ die Betreuerin sie in Ruhe, und sie konnte ihre Geschichten spinnen, die sie ganz in Beschlag nahmen. Ihre Mutter mochte es aufgegeben haben, nach ihr zu suchen, aber nicht ihr Vater. Er war ein Adliger von Rang und Namen, und er trug eine parfümierte Perücke, die er sie anprobieren ließ, wenn sie es wollte. Seine Kleider waren tadellos geschnitten, ein Ausdruck, den Marie-Louise oft gehört hatte und der ihr sehr gefiel. Seine Hände waren weich und warm, aber ungewöhnlich kräftig, seine Nägel zu Halbmonden gefeilt.

Als Marie-Louise ihrem Vater von den Kamelen erzählte, nickte er und stellte Fragen, die nicht allzu schwer zu beantworten waren. Wie oft mussten sie trinken? War ein Kamel stark genug, ihn zu tragen?

Sie antwortete kurz und knapp – sie tranken einmal, vor der Reise, und sie konnten sie beide zusammen tragen –, denn sie wollte nicht, dass ihrem Vater langweilig wurde, dass er nervös zu zappeln anfing oder gar, Gott bewahre, blass wurde und in Ohnmacht fiel, wie er es jetzt tat.

»Sind Sie krank?«, fragte sie und machte schnell das Kreuzzeichen, das ihn sofort wieder zum Leben erweckte. Das Lächeln auf seinen Lippen war ein wissendes Lächeln, denn ihr Vater hatte Geheimnisse, die sonst niemand kannte. Auch wenn er sie ihr noch nicht verraten wollte.

»Sind alle Geschichten Lügen? Werde ich in die Hölle kommen, weil ich sie erzählt habe?«, fragte sie. Er warf ihr einen langen, zögerlichen Blick zu und räusperte sich, aber genau in diesem Augenblick rief die Betreuerin aus dem Zimmer nebenan.

»Marie-Louise! Ich brauche dich hier. Sofort.«

Die Betreuerin änderte für Madame de Pompadour ein Kleidungsstück, das sie Haremshose nannte. Die Hose bestand aus Seidenstoff, der lose, bauschige Falten bildete. Die Taille musste etwas gerafft werden, denn Madame la Marquise hatte in letzter Zeit abgenommen, was die Betreuerin sehr beunruhigte. Zumal Madame du Hausset berichtete, dass ihre Herrin nachts oft fröstelte und zudem unter lange anhaltenden Hustenanfällen litt, die immer schwerer zu lindern waren.

»Fädle mir die Nadel ein, Kind.« Die Augen der Betreuerin waren nicht mehr so gut wie früher, auch nicht mit Brille.

Das Einfädeln der Nadel war einfach. Sie musste nur den Faden mit Spucke befeuchten, dann schlüpfte er ganz leicht durch das Nadelöhr. Dies bedeutete jedoch nicht, dass Marie-Louise nun gehen durfte. Es sei höchste Zeit, dass sie feinere Stiche lernte als die, die sie bis dahin gemacht hatte, sagte die Betreuerin.

Während sie zusammensaßen und nähten, redete die Betreuerin davon, dass Madame de Pompadour ihr vertraue und sie mehr als alle anderen Zofen schätze, die ein bisschen gewöhnlich seien. Dieses besondere Vertrauen äußerte sich auf mancherlei Weise, aber am meisten hatte es der Betreuerin geschmeichelt, dass sie, als Madame de Pompadour noch jede Woche Theateraufführungen für den König veranstaltete, jedes Mal ausgewählt worden war, darin aufzutreten. Ihre beste Rolle war die einer als einfaches Dorfmädchen verkleideten Nymphe. Sie hatte ein Lied gesungen, das sie ihr Leben lang nie vergessen würde:

Welch heiteres Leben ein Seemann führt,
Wie glücklich ist der Müllersbursch zu preisen,
Ein reines Herz, ein ehrliches Gemüt …

Es war eine Geschichte von lauter Triumph und Glückseligkeit.

»Madame, Gott segne ihr gütiges Herz, sagte zu mir: ›Ach, Diane, was täte ich nur ohne dich!‹ Und der König stand auf, applaudierte und rief: ›Brava, Brava!‹ Und dann schenkte er mir fünf Louisdors und eine schöne *aigrette*. Mit glitzernden Diamanten besetzt!«

Eine *aigrette* war ein Haarschmuck, den auch Madame de Pompadour gerne trug, denn er war sehr kostbar.

Bis dahin hatte Marie-Louise nur halb zugehört, denn sie kannte die Geschichte schon. Sie fragte sich, warum Erwachsene manche Geschichten immer und immer wieder erzählten. Würde sie auch so werden, wenn sie erwachsen war? Seit einiger Zeit stellte sie eine Liste von Dingen zusammen, die sie niemals tun wollte. Dieselben Geschichten immer wieder zu erzählen war eines davon. Kinder in die Wangen kneifen gehörte auch dazu. Und ihnen ein Bein zu stellen, wenn sie vorbeigingen. Und zu lachen, wenn sie hinfielen.

Ihre Nadel ging stetig dahin, die Kreuzstiche, die Marie-Louise lernte, gerieten immer weniger schief. »Man muss sie gesehen haben, als sie hier im Schloss einzog«, fuhr die Betreuerin fort. »Diese glatten Wangen mit nur einem Hauch von Rouge, diese wie Perlmutt schimmernden Zähne, diese Figur. Der König konnte seinen Blick nicht von ihr abwenden.«

Die Geschichten von Madame de Pompadour interessierten Marie-Louise nicht besonders. Mittlerweile hatte sie Madame bereits einige Male gesehen, als die Betreuerin sie ins Schloss mitgenommen hatte. Madame hatte gelesen oder aus dem Fenster gestarrt oder an ihrem Schreibtischchen gesessen und ihnen keinerlei Beachtung geschenkt. Einmal hatte sie Madame und den König auf das Schloss zu gehen sehen, wobei

Madame sich auf den Arm Seiner Majestät gestützt hatte. Der König hatte ihr etwas ins Ohr geflüstert, und Madame hatte gelacht, als hätte er sie gekitzelt.

Die Hunde von Madame interessierten Marie-Louise viel mehr. Sie kannte sie gut, denn die Betreuerin musste sich oft um sie kümmern. Die alte Mimi, der Liebling von Marie-Louise, war ein *Phalène,* eine Bezeichnung, die sehr vornehm und ein bisschen geheimnisvoll klang. Früher gab es zwei Phalènes, aber Inez starb, nachdem sie im Park etwas gefressen hatte, das ziemlich unappetitlich aussah, vielleicht einen vergifteten Maulwurf, und Madame ließ sie vor ihrem Fenster begraben.

Mimi spielte gerne Tauziehen und hatte ein spezielles Hundebett mit einem Baldachin und Vorhängen. Es war mit scharlachrotem Samt ausgekleidet, und Marie-Louise musste es oft reinigen, denn die alte Mimi hamsterte Knochen, die sie in dem Bett versteckte.

Nachdem sie mit einer Reihe Kreuzstiche fertig war, fädelte Marie-Louise die Nadel neu ein und begann die zweite Reihe, wobei sie ihre Gedanken zurück in ihre eigene Geschichte abschweifen ließ. Nun, nachdem sie ihren Vater mit dem Kreuzzeichen gesegnet hatte, war er nicht mehr schwach und blass. Allerdings sah er sie nicht mehr an. Hatte sie ihn verärgert? Vielleicht mit ihrer Frage, ob sie in die Hölle kommen würde? War das Reden über die Hölle genauso schlimm, wie den Namen Gottes unnütz im Munde zu führen?

»Ich bin dir nie böse, Marie-Louise«, antwortete ihr Vater auf ihre Gedanken. »Weißt du das nicht?«

»Das haben Sie mir nie gesagt«, erwiderte sie, aber das war kein Vorwurf, nur eine Feststellung.

»Alles hat seine Zeit.«

Im Hintergrund plätscherte das stetige Geplapper der Betreuerin. Madame la Marquise war die Freundlichkeit selbst! Und die Geduld, die sie mit ihrer Tochter, Gott habe sie selig, gehabt hatte, war geradezu heiligmäßig gewesen. Die arme Alexandrine! Wenn sie nicht so jäh aus dem Leben gerissen worden wäre, wäre sie bereits mit dem Duc de Picquigny verheiratet. Kein Wunder, dass sie der geliebte *chou d'amour* ihrer Mutter war.

Alexandrine, dachte Marie-Louise, brauchte man nicht zu bemitleiden. Auch wenn sie jetzt tot war, hatte sie doch ihr ganzes Leben lang die Liebe ihrer Mutter genießen dürfen. Oder nicht, Papa?, fragte sie ihren Vater, aber er begann ihr zu entgleiten, und sie konnte seine Antwort nicht hören. Darum dachte sie jetzt an die Milchmagd, der sie zugesehen hatte, wie sie ihr Neugeborenes stillte, einen winzigen Jungen, die Augen fest geschlossen, den Mund an der Brustwarze seiner Mutter. Als die junge Frau sah, wie Marie-Louise das Kind anstarrte, ließ sie das Mädchen näher kommen und zusehen, bis der Kleine satt war. Dann hob sie ihn hoch, und aus seinem Mund sprudelten Milchbläschen. Sie hielt ihn Marie-Louise hin. »Da«, sagte sie, »lass ihn sein Bäuerchen machen.« Das Kind war so warm, dachte Marie-Louise, weil es die Liebe seiner Mutter aufgesaugt hatte.

»Ich hätte gerne ein Kind«, sagte sie laut.

Die Betreuerin schlug sie ins Gesicht, so hart, dass ein roter Fleck auf der Wange zu sehen war.

»Für deine schmutzigen Gedanken«, sagte sie.

Als Marie-Louise in dieser Nacht zusammengerollt in ihrem Klappbett lag und auf Schlaf wartete, stellte sie sich vor, dass ihr Vater in der Türöffnung erschien. Er zog eine Uhr aus seiner Westentasche und sagte, sie solle sich beeilen. Sie wollten weg.

»Jetzt?«, fragte sie.

»Ja, jetzt. Man darf den rechten Moment nicht verstreichen lassen, mein *chou d'amour*, meinst du nicht auch?«

Ja, sie war ganz seiner Meinung, aber dann, als ihr Vater sah, dass sie ihre Wange hielt, holte er aus einer anderen Tasche ein

Vergrößerungsglas und beugte sich über sie, um sie zu untersuchen.

»Es tut nicht mehr weh«, sagte sie.

»Ja …. ach so … nur ein Kratzer«, erklärte er. »Kein Grund, zu weinen.«

»Ich weine ja gar nicht.«

»Doch, natürlich weinst du«, sagte ihr Vater, und Marie-Louise strich mit dem Finger über ihre Wange und spürte, dass sie nass war.

»Macht nichts«, sagte er. »Wir werden deine Mutter finden.«

Sein Pferd wartete draußen, ein Fuchs mit glänzenden Flanken. Ihr Vater vertraute diesem Tier mehr als irgendeinem Menschen.

Sie stand auf von ihrem Bett und folgte ihm. Bald ritten sie durch dichten Urwald; manchmal schnellten ihr Zweige ins Gesicht, aber es tat gar nicht so weh. Der Boden unter den Hufen des Pferdes war mit Gras bewachsen. Die Bäume, an denen sie vorbeikamen, waren üppig belaubt. An einem Ast hing ein Affe an einem Bein, aber sie galoppierten so schnell vorbei, dass Marie-Louise ihn sich nicht genauer ansehen konnte.

Sie blieben an einem weiß schäumenden Wasserfall stehen. Ihr Vater half ihr beim Absteigen, aber er berührte sie dabei nur ganz leicht, es kam ihr fast unwirklich vor. Als er ihr Kinn streichelte, konnte sie seine Hand nicht spüren. Dann küsste er sie auf die Stirn, und sie konnte auch seine Lippen nicht spüren. »Sind Sie tot, Papa?«, fragte sie, aber das war eine falsche Frage, denn sie bewirkte, dass die Lippen ihres Vaters weiß wurden, als wären sie von Reif bedeckt.

Als sie weiterritten, veränderte sich die Landschaft. Bäume verschwanden, Gras verwandelte sich in Sand, auf dem Kieselsteine und Geröll lagen. Das musste die Wüste Arabiens sein, dachte sie, und das war sie wahrscheinlich auch.

Am Morgen, als Marie-Louise aufwachte, erinnerte sie sich

an die karge Schönheit dieses Landes. Die Felsen bläulich dunkel, enge Passagen, die tiefer ins Gebirge führten, Dünen mit welligen Flanken, Sand, der unter ihren Füßen nachgab. Das Pferd, erinnerte sie sich, war verschwunden. Das sei nicht weiter schlimm, sagte ihr Vater, denn in der Wüste brauche man ein Kamel und kein Pferd.

* * *

Eines Tages, nicht lange danach, schickte die Betreuerin Marie-Louise ins Schloss, ein Tuch zu holen, das Madame besonders gernhatte und an dem etwas auszubessern war. Marie-Louise sollte zusehen, dass es flott ging, sie sollte nicht trödeln oder sich sonst irgendwie aufhalten lassen. »Du gehst rein und bist wieder weg, wenn Madame von ihrem täglichen Spaziergang in der Orangerie zurückkehrt, den der Arzt ihr gegen die nächtlichen Hustenanfälle verordnet hat«, sagte die Betreuerin.

Es war ein Juwel, dieser kleine Raum vor dem inneren Salon von Madame, die Wände mit blassgrünem Satin tapeziert und eingefasst von vergoldeten Zierleisten. Marie-Louises Augen huschten über ein Gemälde, auf dem eine geheimnisvoll lächelnde Frau zu sehen war, über eine Vase mit rosa Blumen auf dem Kaminsims, zwei Sessel am Kamin, einen Tisch mit geschwungenen goldenen Beinen.

Sie hatte die feste Absicht, das Tuch zu nehmen und sofort wieder zu gehen, aber dann entdeckte sie die Porzellanfiguren in der kleinen Vitrine bei der Tür. Affen, alle in Anzügen und eleganten Roben, machten Musik. Sie spielten Trommeln, Flöte, Klavichord oder sangen, Notenblätter in den Händen. Einer zupfte die Saiten einer Gitarre, ein anderer spielte eine winzige Geige. Sie fand ihre Gesichter hässlich, aber gleichzeitig äußerst faszinierend. Vielleicht, weil sie alle so freudig grinsten. Die Vitrine war nicht verschlossen, und Marie-Louise konnte nicht anders als sie öffnen, um die Figuren hochzuheben und wieder abzusetzen; sie waren leichter als erwartet, offenbar hohl.

Dann hörte sie plötzlich Stimmen aus Madames Salon nebenan und erstarrte vor Schreck: Damit hatte sie nicht gerechnet.

Sie hätte den Affengeiger wieder in die Vitrine stellen, das Tuch nehmen und durch den Dienstbotenkorridor verschwinden sollen, so wie sie gekommen war. Aber die Tür öffnete sich bereits, und es blieb ihr gerade noch genügend Zeit, hinter den Vorhang zu huschen.

Zwei Personen kamen herein, Madame und Seine Majestät, die Marie-Louise bisher nur von weitem gesehen hatte. Sie sprachen von verschiedenen grässlichen und unwissenden Leuten, die noch dazu, versteht sich, unnütze Faulenzer waren. Jemand, den sie den Intendanten nannten, war besonders unangenehm und nervtötend. Jemand anders hatte eine böse Zunge und kannte keine Gnade.

»Aber ich habe es versprochen«, sagte der König. Seine Stimme war zögerlich, als ob er gar kein König wäre.

»Sie haben nichts versprochen. Sie wurden ausgenutzt.«

»Ich sagte … «

»Weil Sie immer zu freundlich sind, mein Lieber. Sie haben Hemmungen, Ihr Gegenüber zu enttäuschen. Sie nehmen zu viel Rücksicht auf andere, statt an sich selbst zu denken.«

»Daran ist vielleicht etwas Wahres.«

»Sie wissen, dass ich recht habe.«

Das Gespräch ging weiter, immer weniger verständlich. Ein alter Schmeichler wollte, dass der König seine neue Bronzestatue lobte. Der König war sich nicht sicher, ob sie ihm gefiel, aber Madame sagte, sie sei schön. »Sie hoch zu Ross blicken über die Menschenmenge hin, die sich zu Ihren Füßen versammelt. In Ihrer ganzen Glorie. Die Statue wird in der Mitte des Platzes aufragen, nicht allein als ein Gegenstand der Bewunderung für künftige Generationen«, sagte sie, »sondern auch der

Dankbarkeit, die das Volk seinem geliebten Souverän entgegenbringt.«

Durch einen Spalt zwischen den Vorhängen beobachtete Marie-Louise, wie Madame die Vitrine an der Tür öffnete, ein Glas herausnahm und Wein einschenkte. »Die Zukunft wird jeden Tag geschaffen«, sagte sie. »Mit oder ohne unseren Willen.«

Die Affen, dachte Marie-Louise, hatten sie nicht verraten.

»Ihr Lieblingsburgunder«, sagte Madame zum König und überreichte ihm das Glas.

Der König nahm einen Schluck und schürzte genießerisch die Lippen. »Louis Auguste ist wieder mal in Schwierigkeiten«, sagte er. »Wurde dabei erwischt, wie er einen Springbrunnen anstellte, gerade als der alte d'Ayen vorbeikam. Der Mann wurde pitschnass. Zur Strafe musste der arme Junge den Satz *Wenn Prinzen wüssten, was Gott alles von ihnen verlangt, würden sie jeden Tag ihres Lebens zittern* abschreiben. Hundert Mal! Seine Mutter ließ eine Messe für ihn lesen. Ich weiß nicht, was schlimmer ist. Er ist doch noch ein Kind.«

»Hätten Sie nicht manchmal auch Lust, d'Ayen nasszuspritzen?« Madame kicherte. »Der Junge ist Ihr Enkel, durch und durch.«

»Er bettelt ständig, dass ich ihn mit auf die Jagd nehme.«

»Dann nehmen Sie ihn doch mit.«

»Erst wenn er dreizehn wird.«

»Wie recht Sie haben.«

Es war Mimi, die Marie-Louise verriet, als ein Dienstmädchen ein Tablett mit Erfrischungen brachte und der Hund durch die offene Tür ins Zimmer schlüpfte. Die alte Mimi watschelte freudig jaulend und schwanzwedelnd direkt auf Marie-Louise zu.

Madame zog den Vorhang zur Seite. »Wieder ein kleiner Spion«, sagte sie, als ob sie die ganze Zeit Kinder hinter ihren Vorhängen vorfände. Ihre Wangen waren gerötet, ihr Mund verzogen, als hätte sie Schmerzen. »Nicht sehr gut versteckt dieses Mal.«

So bloßgestellt, überlegte Marie-Louise, ob sie vielleicht durch die Dienstbotentür entwischen könnte, aber Madame hatte sie bereits an der Schulter gepackt, ihre Finger hielten sie fest wie ein Schraubstock. »Und sie spioniert nicht nur, sondern stiehlt auch«, rief sie aus, denn sie hatte den Affengeiger in Marie-Louises geballter Faust entdeckt. Sie nahm ihn ihr weg und untersuchte ihn auf Schäden.

»Ich wollte nichts stehlen.«

»Nein? Warum bist du dann hier?«

»Meine Betreuerin hat mich geschickt, um Madames Schal zum Flicken zu holen.«

Madame de Pompadour schüttelte den Kopf, als glaubte sie kein Wort von dem, was Marie-Louise sagte. Doch dann wandte sie sich an das Dienstmädchen und sagte: »Bring sie zu Diane Gourlon. Und richte ihr aus, sie soll besser auf die Kleine aufpassen.«

Das Dienstmädchen fasste nach Marie-Louises Hand.

»Warte!«, sagte der König, erhob sich vom Sessel und reichte Madame sein leeres Glas.

»Warte«, wiederholte Madame de Pompadour, als ob das Mädchen die Worte des Königs nicht selbst hören könnte.

Marie-Louise wandte sich dem König zu. Die alte Mimi stand auf ihren Hinterbeinen und leckte ihr mit ihrer rauen, warmen Zunge die Finger.

»Wie heißt du, Kind?«, fragte der König.

»Marie-Louise.«

»Wie alt bist du?«

»Sieben.«

»Wo wohnst du?«

»Im Grand Commun.«

Der König nickte, als wüsste er, wo das war. Marie-Louise sah ihn direkt an, obwohl man ihr beigebracht hatte, dass sie genau das nicht tun durfte, aber jetzt, wo sie ohnehin Ärger mit der Betreuerin bekommen würde, kam es darauf auch nicht mehr an. Die Perücke des Königs war ordentlich gelockt, auf seinem Kinn zeigte sich ein Schatten von Bartstoppeln. Seine Augen waren dunkelblau, und Marie-Louise gefiel es, wie der König sie zu Schlitzen zusammenkniff, wie eine große Katze. Sie mochte auch seine Stimme, die ruhig war und nicht so ernst. Sie hatte den Eindruck, dass er sie – wäre Madame de Pompadour nicht gewesen, die hinter ihm stand und sie streng im Auge behielt – ungestraft hätte davonkommen lassen.

»Hast du den Affen gestohlen, Marie-Louise?«

»Nein.«

»Aber du hattest ihn doch in der Hand, oder nicht?«

»Ich wollte ihn nicht behalten.«

»Aber warum hast du ihn dann genommen? Du wusstest doch, dass er nicht dir gehört.«

»Ich wollte ihn nur einen Moment lang halten. Ich mag Tiere.«

»Magst du auch Pferde?«

»Ja.«

»Weißt du, wie man sie richtig striegelt?«

»Ja.«

»Du scheinst auf jede Frage eine Antwort parat zu haben. Versuchen wir es einmal damit: Kannst du ein Omelett machen?«

»Nein.«

»Aha!«, sagte der König so erfreut, als hätte ihm jemand eine Honigwabe zum Auslutschen geschenkt. »Als ich so alt war wie sie«, sagte er triumphierend zu Madame, »wusste ich, wie man Suppe kocht und ein Omelett macht.«

»Nicht alle sind so klug wie Sie«, sagte Madame.

Die alte Mimi ließ von Marie-Louises Fingern ab, trottete zu ihrem Hundebett und kam kurz darauf mit einer kopflosen Puppe zurück, deren Körper mit Bissspuren übersät war. Sie ließ das Spielzeug vor Marie-Louise fallen und duckte sich, bereit für eine Partie Tauziehen.

»Aus, Mimi!«, rief Madame erbost. »Zurück in dein Bett!«

Der König gähnte und trat ans Fenster. Offenbar hatte etwas dort draußen seine Aufmerksamkeit erregt, denn er schmunzelte und murmelte etwas vor sich hin. Aber was es war, sollte Marie-Louise nie erfahren, denn im nächsten Moment öffnete sich die Dienstbotentür, und die Betreuerin trat herein.

»Bitte verzeihen Sie mir meine Unachtsamkeit«, sagte sie in ängstlichem Ton zu Madame. »Ich habe das Kind hergeschickt, das blaue Tuch zu holen. Ich dachte nicht, dass da irgendetwas Böses geschehen kann. Ich werde sie in Zukunft nicht mehr aus den Augen lassen.«

»Schon gut, Diane«, sagte Madame mit müder Stimme. »Geht jetzt, ihr beiden. Der König und ich haben weitaus wichtigere Angelegenheiten zu besprechen.«

Die Betreuerin biss sich auf die Unterlippe, was, wie Marie-Louise wusste, ein Zeichen unterdrückter Wut war, packte ihr Pflegekind bei der Hand und drehte sich um in Richtung der Tür.

»Nicht so schnell!«

Der König wandte sich vom Fenster ab und ging auf Marie-Louise zu. »Versprich mir, dass du nie mehr etwas nimmst, was dir nicht gehört«, sagte er.

Dieses Versprechen fiel ihr leicht.

»Gut«, sagte der König. »Welche Hand?«, fragte er dann und streckte ihr beide, zu Fäusten geballt, hin. »Die«, sagte Marie-Louise und zeigte auf die rechte Faust. Der König öffnete sie, und eine glänzende Münze kam zum Vorschein.

»Dann gehört das dir«, sagte er. Sie wollte gerade fragen, was in seiner anderen Hand war, aber ein Blick der Betreuerin hielt sie davon ab.

Auf dem Weg zum Grand Commun zeterte die Betreuerin ohne Pause, während die Dinge, die an ihrer Châtelaine hingen – eine Schere, ein Fingerhut, eine Lupe, ein kleiner Beutel mit Riechsalz –, bei jedem Schritt leise klirrten. »Diese Demütigung! Vor Seiner Majestät! Niemals hätte ich das gedacht!«

Marie-Louise folgte, so schnell sie konnte, ohne auf dem Schnee auszurutschen, und überlegte dabei, welche Strafe sie erwartete. Eine Tracht Prügel? Kein Abendessen? Eine Woche lang Stubenarrest? Vielleicht würde sie ihr Zimmer nicht einmal verlassen dürfen, um zum Unterricht zu gehen?

»Maria, Mutter Gottes«, betete die Betreuerin laut, »schenke mir Geduld, die Bosheit dieses Kindes zu ertragen, ohne zornig zu werden.«

Die Münze, die der König ihr geschenkt hatte, lag warm in Marie-Louises Hand. Sie trug sein Profil, man sah die sanfte Krümmung seiner Nase, den Kranz auf seinem Kopf. Sie hatte bereits entschieden, dass sie das Goldstück nicht ausgeben würde, niemals. Es würde ihr ganz besonderer Schatz sein.

»Schämst du dich nicht, Kind?« fragte die Betreuerin, eine Frage, die am besten unbeantwortet blieb.

Scham würde nur eine von vielen Unannehmlichkeiten sein, die an diesem Tage noch über Marie-Louise hereinbrechen würden, und dazu würde dann noch die Furcht vor dem allmächtigen Gott und das Bewusstsein ihrer Undankbarkeit kommen. Ungeheure Gewalten, neben denen sie nur ein Sandkörnchen, ein winziges Stäubchen war. Immer dichter und härter zu werden war ihre einzige Verteidigung.

Die Betreuerin schwor, Marie-Louise nie wieder auch nur in die Nähe der Wohnung von Madame de Pompadour zu lassen. Nein, nicht einmal, um Mimis Bett zu putzen. Marie-Louise hatte es sich selbst zuzuschreiben. Glücklicherweise gab es für sie im Grand Commun genug zu tun. Die Zimmer mussten gekehrt, die Betten gemacht, die Wäsche zur Waschfrau gebracht werden. Es gab Besorgungen zu erledigen, Kleidungsstücke, an denen Näharbeiten zu machen waren, mussten abgeholt und wieder weggebracht werden. Ein Kind musste sich nützlich machen. Auf die eine oder die andere Weise.

»Du bist zu hart zu ihr, Diane«, murmelte der alte Gourlon. »Sie hat es nicht böse gemeint.«

Damit hatte Marie-Louise nicht gerechnet, denn er hatte sie noch nie zuvor verteidigt. War sie vielleicht doch ein gutes Kind? Nur ein bisschen zu neugierig?

Auch die Betreuerin war überrascht. So sehr, dass sie die ganze Geschichte von Marie-Louises Verfehlungen noch einmal vor ihrem Mann ausbreitete, ihm alle Beweise für ihre Schlechtigkeit noch einmal vor Augen führte und noch einige mehr. Sie hatte ja nicht nur den Affengeiger ohne Erlaubnis genommen, sondern auch zu erkennen gegeben, dass sie vor den Menschen, die sie aufzogen, nicht die geringste Achtung empfand. Diese Undankbarkeit. Diese Sturheit. Dieser Hochmut.

Marie-Louise hatte einen schlechten Charakter. Sie, Diane Gourlon, bereute es, dass sie sich bereit erklärt hatte, dieses Kind aufzunehmen, eine Last, die sie nicht verdient hatte. »Ich habe mir eine Rute für meinen eigenen Rücken ins Haus geholt«, rief sie erbittert, die Fäuste so fest geballt, dass die Knöchel weiß hervortraten. »Ich ziehe eine Giftschlange groß.«

Worte, die der alte Gourlon mit einem Wedeln der Hand und einem Augenzwinkern abtat, das Marie-Louise zu verstehen gab: Achte nicht auf sie.

Und auch: Du hast dich in mir getäuscht. Ich mag dich. Ich bin dein Freund.

*N*ach Neujahr kamen immer mehr Besucher zu den Gourlons, lauter Leute, die bei der Madame de Pompadour beschäftigt waren: Zofen, Dienstmädchen, Pagen, Lakaien. Und was sie redeten, ließ keinen Zweifel daran, dass Madame de Pompadour täglich weniger wurde.

Madame ließ sich nicht mehr in ihrer Pariser Residenz sehen, hörte Marie-Louise. Sie mache für ihre langen Hustenanfälle die ungesunde Stadtluft verantwortlich, die im Winter sogar noch schlechter sei als in den wärmeren Monaten. Es gebe auch keine kleinen Soireen in Choisy mehr, denn Madame finde selbst die kürzeste Reise zu anstrengend. Bei Hof zeigte sie sich nur noch bei Kerzenlicht und in glitzernden Kostümen. Als Königin von Golconda mit Unmengen von Diamanten, Schleiern und Armbändern. Als türkische Odaliske mit ihrem Stickrahmen.

Im März verbrachte Madame ihre Tage damit, sich auf ihrer Chaiselongue auszuruhen, und sie empfing niemanden außer dem König. Der Husten dauerte nun fast die ganze Nacht, sie hatte Ohnmachtsanfälle und Herzrasen. Dr. Quesnay versicherte Madame, sie sei auf dem Weg der Besserung, aber sie waren klarsichtig genug, um solche Tröstungen als das zu erkennen, was sie wirklich waren. Überhaupt, was kann ein Arzt schon tun, wenn es so weit ist?

Tränen wurden vergossen, Erinnerungen ausgekramt. Madame habe Alexandrines Tod nie wirklich verwunden, natürlich, keine Mutter kommt über so einen Verlust hinweg, oder? Wie sehr sie Blumen geliebt hatte, wie viel Freude ihr ihre Theateraufführungen machten. Die Erinnerungen endeten immer mit Spekulationen darüber, welche Legate sie für ihre Dienstboten ausgesetzt hatte. War es genug, dass man es nicht mehr nötig haben würde, sich eine neue Herrschaft zu suchen? Mit achthundert Livres Vermögen, so hörte Marie-Louise, könne ein Dienstmädchen einen Wachtmeister heiraten. Oder einen Ladenbesitzer. Vor allem, wenn sie auch noch brauchbare Sachen aus der Hinterlassenschaft ihrer verstorbenen Herrschaft mit in die Ehe brachte: eine Matratze, Bettwäsche, vielleicht ein paar Stücke Silberbesteck. Auch die Kleider von Madame würden irgendwie verteilt werden. Sie würde sie nicht mit ins Grab nehmen.

Mit tausend Livres konnte ein Lakai einen kleinen Laden eröffnen. Oder zurück nach Hause gehen und sich einen Bauernhof kaufen.

Wein wurde eingeschenkt. Die Gläser klirrten. Der alte Gourlon wischte sich den Mund mit dem Handrücken ab und zwinkerte Marie-Louise zu. Das tat er jetzt ziemlich oft. Als ob die beiden etwas wüssten, was sonst niemand wusste.

Marie-Louise richtete ihren Blick auf den Boden, der stets ihre Wachsamkeit erforderte. Die Leute trugen Dreck und Sägemehl an ihren Stiefeln ins Haus, sie stießen mit den Ellbogen Gläser vom Tisch oder verschütteten Wein. Immer musste etwas unter dem Tisch weggefegt werden: eine zerbrochene Untertasse, ein Apfelbutzen, eine zerquetschte Zuckerpflaume.

Wenn Nicole du Hausset in die Mezzaninwohnung kam, klagte sie nicht mehr über den langen Weg oder die steilen Treppen. Auch Marie-Louise schenkte sie keine Beachtung mehr. Sie nahm auf dem breitesten Sessel der Betreuerin Platz und bat ihre liebe Diane, ihr ein Glas Kräuterlikör einzuschenken, der ihre Lebensgeister in dieser Zeit der Trauer etwas erquicken sollte.

Beim besten Likör der Betreuerin und dem einen oder anderen Stück Biskuit führten die beiden leise lange Gespräche.

Die arme Madame war dabei, allen Lebensmut zu verlieren. Wieder hatte sie eine ganze Nacht lang geweint, eine Nacht voller Schmerzen.

All die schlaflosen Nächte hinterließen deutliche Spuren:

Die Fältchen um den früher so reizenden Mund von Madame wurden immer tiefer. Obwohl sie kaum die Augen offen halten konnte, bestand Madame darauf, jeden Morgen höfisch gekleidet bereit zu sein, den König zu empfangen.

»Sie werden Zeit haben, sich auf den Tod vorzubereiten«, hatte ihr die Wahrsagerin prophezeit, was immer ein großer Trost für Madame gewesen war. Ebenso das, was die Frau noch gesagt hatte: »Ich sehe einen sehr großen Mann neben Ihnen, der Sie bis zu Ihrem Todestag in seinen Armen halten wird.«

Wie wunderbar sich das als wahr erwiesen hatte! Welch prophetische Gabe! Seine Majestät kam jeden Tag vorbei. Nie wendete er den Blick ab. Nicht, als Madame vor Husten fast erstickte, nicht, als das Taschentuch, das sie sich vor den Mund hielt, ganz rot von Blut war.

»Oh, Diane, ich sage dir. Was müssen wir in dieser Welt durchmachen!«

Marie-Louise, die alles gehört hatte, empfand nicht allzu großes Mitleid mit Madame de Pompadour. Sie hatte noch nicht vergessen, wie hart Madame an jenem Tag gewesen war, als sie sie mit dem Porzellanaffen erwischte. Als Schwester Seraphina sie daran erinnerte, dass man seinen Schuldigern vergeben muss, fragte Marie-Louise: »Warum muss ich immer alles vergeben?«

»Weil du eine Sünderin bist«, rief Schwester Seraphina ihr in Erinnerung. »Wie wir alle.«

Mitte März wurden die Besuche von Nicole du Hausset im Grand Commun kürzer. Sie schaue nur auf einen Sprung vorbei, um Luft zu schnappen, sagte sie, wollte nichts zu sich nehmen und sich nicht einmal setzen, da sie Madame nicht lange allein lassen könne.

Marie-Louise beugte sich über das Übungsblatt, das Schwester Seraphina ihr zum Abschreiben gegeben hatte, und lauschte. Dass die Bosheit niemals schlafe, hörte sie. Dass die Gier ihr hässliches Haupt erhebe. Dass, wenn der Tod hinter der nächsten Ecke lauere, so wie bei Möbeln die Vergoldung sich abnutze und das Holz zum Vorschein komme, auch die Menschen ihre wahre Natur zeigten.

Ist etwas dran an dem Gerede davon, dass Madame vergiftet worden ist, Diane? Von den Jesuiten? Oder dass Madame stirbt, weil sie ihre Schönheit nicht überleben will?

Oder dieser Monsieur Colin, der Haushofmeister von Madame, Diane. Er glaubt, dass niemand außer ihm sich um Madame sorgt. »Brauche ich Anweisungen, wie ich mich um sie kümmern soll? Muss mir befohlen werden, ihr Zichorienwasser zu bringen? Ich bin nicht von gestern. Ich weiß, wann ich beiseitegeschoben werde.«

Auch Diane Gourlon solle sich ihrer Position nicht so sicher sein.

Werden nicht die Zeiten, in denen sie Madame bedienen darf, immer kürzer und weniger häufig? Hat man sie nicht immer wieder bei sich zu Hause Flickarbeiten machen lassen? Seit wann ist sie nicht mehr als bloß Näherin?

Die Sehnsucht nach Gott ist in das menschliche Herz eingeschrieben. Diesen Satz schrieb Marie-Louise von ihrer Vorlage ab. Ihre Buchstaben gerieten deutlich zu groß und sehr schief, aber sie konnte den Satz nicht einfach durchstreichen, oder? Denn natürlich würde Schwester Seraphina es bemerken und böse auf sie werden.

»Aus den Augen, aus dem Sinn, Diane. Merke dir meine Worte«, fuhr Nicole du Hausset fort. Die Betreuerin murmelte zustimmend. Nebenbei bemerkt: Wo war Monsieur Colin, als jeder Mensch, der Augen im Kopf hatte, sehen konnte, dass immer mehr Sachen von Madame spurlos verschwanden? »Ein ganzes Stück neuer Spitze ist nirgendwo zu finden, Diane, und es fehlt schon wieder eine von Madames Haremshosen. Ebenso ihre Batisttaschentücher. Obwohl doch niemand was damit anfangen kann, weil sie mit dem Monogramm von Madame bestickt sind.«

»Die stehlen alle wie die Raben«, sagte der alte Gourlon, sobald Nicole du Hausset weg war. »Merk dir meine Worte, Diane. Uns wird es so ergehen wie vielen anderen vor uns: Für uns werden am Ende nur noch Krümel übrigbleiben.«

»Und wer sagt das, bitte schön?«, fauchte die Betreuerin. »Deine Kumpane, mit denen du Karten spielst?«

»Du wirst schon sehen, wer recht hat.«

Marie-Louise beugte sich noch tiefer über ihr Heft, um nicht ins Kreuzfeuer zu geraten. Erst als die Betreuerin sich in ihr Schlafzimmer zurückgezogen hatte, wobei sie Pech und Schwefel auf alle herabwünschte, die einen Keil zwischen sie und Madame zu treiben versuchten, wagte Marie-Louise es, aufzustehen und ihre Sachen wegzuräumen.

Den alten Gourlon beachtete sie gar nicht.

Als sie nach ihrem Tintenfass und den Federkielen griff, packte er sie plötzlich am Handgelenk. Seine Hände waren groß und rau wie Leder. Marie-Louise zappelte, um sich zu befreien, aber er packte sie nur noch fester. »Magst du mich nicht mehr?«, flüsterte er. »Hab ich dir was getan?«

Nein, musste sie zugeben.

»Hältst du dich für was Besseres? Wie sie immer sagt?«

Mit *sie* meinte er die Betreuerin, was seltsam und unerwartet war, denn bis dahin hatte er sie immer Madame Gourlon genannt, wenn er mit Marie-Louise sprach.

Marie-Louise schüttelte den Kopf.

»Ich kann meinen Elfenbein-Fingerhut nicht finden. Hast du ihn genommen, Antoine?«, rief die Betreuerin aus dem Schlafzimmer.

»Wieso sollte ich deinen Fingerhut nehmen?«, fragte der alte Gourlon und lockerte seinen Griff. Marie-Louise nutzte die Gelegenheit, riss sich los und verzog sich in ihre Ecke.

* * *

In den ersten Apriltagen verschlechterte sich der Zustand von Madame de Pompadour noch mehr. Nicole du Hausset berichtete davon, dass Teller mit Essen unangetastet aus Madames Schlafzimmer hinausgetragen wurden. Alles, was Madame schlucken konnte, waren ein paar Löffel Consommé, und das nur, wenn der König darauf bestand, sie selbst zu füttern.

Nacht für Nacht erschien Alexandrine in den Träumen ihrer Mutter. In ihrem weißen Kleid schwebte sie über den Gartenanlagen des Schlosses. Lachend flog sie von Baum zu Baum. Sie kehrte als Vogel aus dem Jenseits zurück, klopfte mit dem Schnabel an die Fensterscheiben und bat darum, eingelassen zu werden.

»Streiche etwas Rouge auf meine Wangen, Nicole. Etwas Karminrot auf meine Lippen«, bat Madame jeden Morgen, bevor Seine Majestät sie besuchte, und bestand darauf, sich aufzusetzen, mit Kissen gestützt. »Zieh die Vorhänge zu. Das Licht ist zu grausam.« Wenn der König gegangen war, ließ sie sich in ihr Bett zurücksinken und lag lange Zeit regungslos da.

Die Schmerzen wurden immer schlimmer, ebenso der Husten. »Geben Sie ihr etwas, um Gottes willen«, hörte Nicole du Hausset den König zu Dr. Quesnay sagen, aber was immer der Arzt tat, half nur für wenige Augenblicke. Madame wurde zu schwach, um sich aufzurichten, um sich auch nur auf die Ellbogen zu stützen, zu müde, um zu sprechen. Ihre Lippen waren zerbissen, ihre Nägel hinterließen tiefe Spuren in ihren Handflächen, wenn sie die Fäuste ballte. »Ich weiß nicht, wie lange ich es noch schaffe, Nicole«, sagte sie nach jedem Hustenanfall. »Du bist meine Zeugin, dass ich es versuche.«

Im Hôtel des Réservoirs, der Residenz von Madame direkt außerhalb des Schlossgeländes, wurden alle Räume warm gehalten und gut gelüftet, damit sie für Madame bereit waren, wenn man sie dorthin brachte. Es konnte nicht mehr lange dauern, bis es so weit war, denn nur diejenigen, die königlichen Blutes waren, durften in Versailles sterben.

»Lassen Sie mich bitte gehen«, bat Madame, aber Seine Majestät weigerte sich. »Nein, liebes Herz«, sagte er. »Sie werden bleiben, wo Sie sind.«

Nicole du Hausset beobachtete von ihrer Ecke aus, wie Madame die Hand hob und versuchte, nach etwas zu greifen, das niemand außer ihr sehen konnte.

Am Palmsonntag hauchte die Marquise de Pompadour in ihrem Schlafzimmer in Versailles ihr Leben aus. Zwei Lakaien legten ihren Leichnam auf eine Bahre und trugen ihn zum Hôtel des Réservoirs, wo ein von einem Kerzenmeer erleuchteter Saal schwarz ausgeschlagen wurde. Der Sarg wartete bereits. Sie legten die Leiche hinein.

Zwei Priester standen zu beiden Seiten des Sarges und beteten Tag und Nacht laut, bis die königliche Mätresse zwei Tage später nach Paris in den Konvent der Kapuzinerinnen gebracht wurde. Dort sei sie, hörte Marie-Louise, neben ihrer Mutter und ihrer geliebten Tochter, ihrem *chou d'amour*, zur letzten Ruhe gebettet worden.

Bei den Gourlons wurden die Aufbahrung und das Begräbnis ausführlich besprochen. Die Messe am Abend in der Kirche Notre-Dame de Versailles, die Fahrt des Leichenwagens auf der Avenue de Paris durch die Nacht bis nach Paris. Die in die Augen springende Bedeutsamkeit der Zahlen. Der Tod ereilte Madame nicht ganz zehn Jahre nach Alexandrines Tod. Als ob sie nicht noch einen weiteren Jahrestag hätte erleben wollen.

Ein so grausamer Regen fiel an diesem Tag. Er trommelte an die Fensterscheiben. Was für ein Tag für ein Begräbnis.

Kammerzofen, Mägde, Lakaien und andere Bedienstete bekreuzigten sich, schlürften Wein, rieben sich die Hände, damit sie warm wurden an diesem kühlen Apriltag. Der Tisch war mit Brotkrumen und abgenagten Hühnerknochen übersät. Marie-Louise eilte hin und her und sorgte dafür, dass alle zu essen und zu trinken bekamen, räumte Geschirr ab. Sie hatte sich die Finger verbrannt, als sie einen Kerzendocht schneuzen wollte. Ihre Fersen waren wund gescheuert, weil sie schon wieder aus ihren Schuhen herausgewachsen war. Wollte sie wirklich so groß werden? Sehr unvorteilhaft für eine Frau, hatte die Betreuerin gesagt.

Zwölf Pferde hatten den Leichenwagen gezogen, hörte Marie-Louise. Die besten Pferde aus den Stallungen Seiner Majestät. Araber von reinem Blut. In schwarzer und silberner Seide. Einhundert Priester gaben ihr das Geleit, dazu vierundzwanzig Kinder mit Kerzen. Zweiundsiebzig Bettler, ausgestattet mit guter Kleidung und Hüten; eigentlich hätten sie die Sachen nachher zurückgeben sollen, aber natürlich taten sie das nicht.

Wenn sie sie verkauften, brachte das mindestens zwanzig Livres.

So kalte Tage diesen April. Man friert bis ins Mark. Was ist nur aus der Welt geworden?

Die Leute nicken, dann seufzen sie. Ohne Madame wird Versailles nicht mehr so sein wie früher. Der König, Gott segne das Herz Seiner Majestät, wird auch nicht mehr derselbe sein.

Ein Säugling begann zu weinen. »Willst du ihn nicht schaukeln, Schätzchen?«, fragte die Mutter Marie-Louise. Die Frau war zehn Jahre lang Wäscherin bei Madame. »Du kannst so gut mit Kindern umgehen.«

Aber der Junge wand sich und wimmerte, als Marie-Louise ihn auf den Arm nahm. Erst als sie ihn an einem in süßen Wein getauchten Tuch nuckeln ließ, beruhigte er sich und konnte seiner Mutter zurückgegeben werden.

Einer der Pagen Seiner Majestät, ein Junge, nicht älter als Marie-Louise, war auch da und wurde überall herumgereicht, denn er war derjenige, der Seiner Majestät die Nachricht von Madames Tod überbracht hatte. Der König befand sich in der Schlosskapelle, er kniete auf der Empore, die Hände ganz verkrampft gefaltet. Sein Gesicht wurde starr und weiß wie ein Laken, als er die Nachricht hörte. Die Ader an seiner Stirn pochte.

»Ich habe es mit meinen eigenen Augen gesehen«, sagte der Page, und der alte Gourlon klopfte ihm auf die Schulter.

Marie-Louise schaute auf die Hände des Jungen. Abgebissene Nägel, genau wie ihre.

»Hast du Seine Majestät seitdem noch einmal gesehen?«, fragte jemand.

Der Page schüttelte den Kopf. Der Kammerdiener des Königs sagte ihm, er solle sich nie mehr blicken lassen. Seine Majestät wolle ihn nie wieder sehen. Er würde ihn an den Tod von Madame erinnern.

»Dann trink noch einen Schluck.«

»Nichts dagegen.«

Das Auf und Ab von Stimmen, unterbrochen von Hustenanfällen, lautem Rülpsen oder ersticktem Lachen. In der Ecke, neben dem Waschtisch, spielten zwei Mädchen in grauen Kitteln mit Kieselsteinen, warfen sie in die Luft und fingen sie in ihren Handflächen auf. Bis eine von Madames Mägden ihnen sagte, sie sollten aufhören. Sie zögen Unglück auf sich. »Ihr wollt doch nicht, dass euer Leben hart wie Stein wird, oder?«, fragte sie.

Die Zimmer von Madame im Schloss waren menschenleer, hörte Marie-Louise. Im Hôtel des Réservoirs winselte Mimi die ganze Nacht jämmerlich, als sähe sie etwas.

Es dauerte immer eine Weile, bis eine Seele diese Welt wirklich verlassen hatte.

* * *

Am Tag der Testamentseröffnung kam Marie-Louise mit einem Stapel sauberer Wäsche in die Mezzaninwohnung zurück und traf dort ihre Vormünder allein an. Der alte Gourlon hielt einen Korb mit einer Flasche Wein darin hoch wie eine Trophäe. »Das ist der Dank, den man erntet«, rief er.

Zur Erleichterung von Marie-Louise schaute er nicht sie, sondern seine Frau an, die mit dem Kopf nickte.

»Ich hätte das nie gedacht.«

»Das hättest du aber tun sollen.«

»Du wirst doch nicht im Ernst behaupten, dass *du* das erwartet hast.«

»Ich habe Gerüchte gehört, aber ich wollte es nicht glauben.«

»Eben! Das läuft doch auf dasselbe hinaus, oder nicht?«

Worte, Seufzer, Gläser wurden gefüllt, ausgetrunken, wieder vollgeschenkt. Langsam sickerte die Nachricht durch, die Ungerechtigkeit der Sache, die Gefühllosigkeit. Die höchste Rente von sechstausend Livres ging an Monsieur Colin, den Haushofmeister von Madame; die zweithöchste von viertausend Livres an Dr. Quesnay. Die Rentenansprüche aller Bediensteten sollten nach den allgemeinen Anweisungen von Madame berechnet werden. Zehn Prozent des Lohns für jedes Dienstjahr. Diane Gourlon standen demnach fünfhundert Livres zu, Antoine Gourlon schlappe zweihundertvierzig.

»Wenn man bedenkt, was ich alles für sie getan habe«, sagte Diane Gourlon. Sie zupfte ein Stückchen trockener Haut von ihrer Unterlippe. »Die schlaflosen Nächte. Die Anstrengung.«

Und warum bekam sie nur zwei Kleider von Madame, fuhr sie fort. Während andere Kammerzofen drei bekamen und dazu auch noch seidene Unterröcke? Und ein Hemd aus feinstem Batist.

»Madame fand wohl, dass wir das nicht verdient hatten.«

Die Galle würde ihnen noch Tage und Wochen danach hochkommen. Der alte Gourlon war nicht damit einverstanden, wie seine Dienstzeit berechnet wurde. Diane Gourlon empfand es immer bitterer, dass Madame ihr kein besonderes Vermächtnis ausgesetzt hatte. Auch für Nicole du Hausset war kein besonderes Legat vorgesehen, was sogar noch mehr zu denken geben musste, nicht wahr? Kein Wunder, dass sie Versailles in solcher Eile verlassen hatte.

Gier und Bosheit triumphierten über Liebe und Opferbereit-schaft. Die Reichen dieser Welt haben nie viele Gedanken an ih-re Untergebenen verschwendet.

* * *

Drei Monate nach der Beerdigung von Madame fand sich Monsieur Lebel, der Kammerdiener Seiner Majestät, in der Mez-zaninwohnung ein, jene Vogelscheuche, die Marie-Louise zwei Jahre zuvor zu den Gourlons gebracht, ihr aber seitdem keine Beachtung mehr geschenkt hatte. Eine wichtige Persönlichkeit, nach der aufgeregten Art zu urteilen, in der die Eheleute ihn hereinbaten und ihm den besten Platz anboten, damit er es be-quem hatte. »Eine so seltene Ehre, eine solche Auszeichnung.«

Monsieur Lebel hatte seine eigenen Gründe für diesen Be-such, und Bequemlichkeit gehörte nicht dazu. Er wollte die ak-tuellen Bestimmungen angesichts der jüngsten Änderungen dis-kutieren.

Marie-Louise wurde in ihre Ecke geschickt, während sich die drei unterhielten.

»Das Mädchen wächst so schnell … der Saum ist schon drei-mal ausgelassen worden … braucht schon wieder neue Schu-he … wir tun unser Bestes … man muss sich nach der Decke strecken.«

»Ich kann andere Vorkehrungen treffen, wenn Sie es nicht schaffen«, sagte Monsieur Lebel.

»Wer sagt, dass wir es nicht schaffen? Verbreitet jemand ge-meine Lügen über uns? Vielleicht wollte Madame du Hausset uns eins auswischen, bevor sie von hier verschwand? Sie, die selbst nie Kinder hatte.«

Marie-Louise kauerte in der Ecke ihrer Schlafnische, die Ar-me um die Knie geschlungen, und hielt den Atem an. Welche Vorkehrungen hatte Monsieur Lebel im Sinn? Konnte es sein, dass ihn ihre Eltern geschickt hatten? Dass sie bereit waren, sie zurückzunehmen, weil sie doch nicht so böse oder hässlich war, wie manche sagten? Schwester Seraphina hätte ihr gesagt, Lauschen sei eine Sünde, der erste Schritt auf dem schlüpfrigen Weg zur Hölle, aber was konnte Marie-Louise schon dagegen tun, wenn sie es nun einmal hörte?

»Die Menschen sehen, was sie sehen wollen … sie stellen sich vor, dass die Erziehung eines Kindes einfach ist. Wo werden wir wohnen? Was wird aus uns werden? Jetzt, wo unsere geliebte Madame nicht mehr da ist.«

Es folgte Geflüster, noch dringlicher bittend, bis sie schließlich hörte: »Komm her, Marie-Louise. Monsieur Lebel möchte wissen, was für Fortschritte du gemacht hast.«

Fortschritte? Da war der Stickrahmen mit den gestickten Lilien, denen Marie-Louise lediglich die letzten Stiche hinzugefügt hatte.

»Ist das alles?«

Es gab noch die Musterseiten, die Schwester Seraphina sie abschreiben ließ. Zwar hatte sich ihre Handschrift immer noch nicht verbessert, aber sie konnte die Sätze mittlerweile auswendig.

»*Die Sehnsucht nach Gott ist in das menschliche Herz eingeschrieben, denn der Mensch ist von Gott und für Gott geschaffen*«, stammelte sie und zeigte mit dem Finger auf jedes Wort. »*Alle Geschöpfe weisen eine gewisse Ähnlichkeit mit Gott auf, insbesondere der Mensch, der nach Gottes Bild, ihm ähnlich erschaffen ist.*«

»Ist das alles, was du gelernt hast?«, fragte Monsieur Lebel. »Das ist ziemlich dürftig. Ich hatte mir etwas mehr erhofft.«

Ihre Wangen waren jetzt heiß, ihr Puls raste. Glücklicherweise war er mit ihr fertig. Jetzt waren die Gourlons an der Reihe und mussten genau zuhören.

Marie-Louise war nicht ihre Küchenmagd. Verbindlichkeiten und Verpflichtungen mussten gewissenhaft eingehalten werden, sie durften nicht nach Belieben mal erfüllt, mal ignoriert werden. Das war seine Philosophie. Hatte er sich klar ausgedrückt?

Ja.

Einmal pro Woche Katechismusunterricht war nicht genug. Von nun an würde es tägliche Lektionen geben.

Ja.

Monsieur Lebel stand auf und nahm seinen Stock, ein prächtiges Stück, in dessen Knauf ein glitzernder Edelstein eingefasst war. Die Dielen quietschten, und die Absätze seiner glänzenden schwarzen Schuhe klackten, als er die Wohnung verließ.

Die Gourlons warfen einander erleichterte Blicke zu.

* * *

Von nun an fand sich Marie-Louise jeden Morgen, die Hände sauber geschrubbt, die Kleider gebürstet, die Haare geflochten und unter einer frisch gebügelten Haube verborgen, im Schulzimmer der Kapelle ein. Sie befolgte die Anweisungen von Schwester Seraphina, so gut sie konnte, fest entschlossen, sich nicht der Partei des Bösen in dieser Welt anzuschließen, sondern immer für die Sache des Guten einzutreten.

Schwester Seraphinas weißer Schleier war so makellos gestärkt, ihr Lächeln so einladend wie eh und je. Aber es gab auch etwas Neues an ihr, das ein bisschen verwirrend war. Marie-Louise sollte nicht neben ihr sitzen wie früher, sondern an einem eigenen Tisch, wie eine richtige Schülerin.

»Ich nehme meine Verpflichtungen ernst«, sagte Schwester Seraphina. »Im Gegensatz zu anderen, von denen wir hier schweigen wollen. Nächstenliebe ist eine christliche Tugend. Und wir sollen denen vergeben, die uns Leid zugefügt haben.«

»Auch wenn sie im Unrecht waren?«

»Besonders dann.«

Marie-Louise dachte darüber nach. »Es ist nicht gerecht«, sagte sie. »Aber ich glaube, es ist richtig.«

Schwester Seraphina lächelte, und Marie-Louise fragte sich, ob es wohl sehr schwer war, eine Nonne zu werden. Ihr gefiel der gestärkte weiße Schleier. Er ließ Schwester Seraphinas Gesicht rund und prall aussehen. Auch rosig, mit winzigen blauen Äderchen auf den Wangen, wie ein Spinnennetz. Sie überlegte, ob sie Schwester Seraphina danach fragen durfte. Oder ob sie vielleicht noch ein bisschen warten sollte.

»Genug geschwatzt.« Die Worte von Schwester Seraphina beantworteten ihre Frage. »Fangen wir an.«

Anständige Mädchen sollten immer danach streben, sich einen Ruf der Tugend und Nützlichkeit zu erwerben.

In den Wochen und Monaten, die folgten, schrieb Marie-Louise viele solcher Maximen und Merksätze ab und lernte sie auswendig. Selbst wenn Schwester Seraphina sie mitten in der Nacht aufwecken würde, wäre sie in der Lage, sie zu rezitieren:

Wenn man anderen Menschen ein Übermaß an Aufmerksamkeit zuwendet, wenn man ihnen eine Verbundenheit aufdrängt, die sie nicht wünschen, ist man nicht allein lästig, sondern auch verächtlich.

Sie fragte, warum.

Es sei eine Frage der Schicklichkeit, antwortete Schwester Seraphina, des Anstands, der unter allen Umständen gewahrt werden müsse. So sei es zum Beispiel nicht anständig, zu nah bei den Menschen zu stehen oder ihre Hände zu fest zu fassen. Oder sie wie ein hungriger Wolf anzustarren.

Warum?

Warum war weder eine nützliche noch eine richtige Frage. Schwester Seraphina gab Marie-Louise Textstücke zum Lesen, Abschreiben und Nachdenken, nicht damit sie sie wie ein Anwalt zum Streitgegenstand machte.

Zu ihrem eigenen Wohl.

Eines Tages, als Marie-Louise Schwester Seraphina fragte, ob ihre Mutter jemals kommen würde, um sie wieder zu sich zu nehmen, griff Schwester Seraphina in ihre Tasche und holte ein kleines Kreuz an einer silbernen Kette heraus. Sie legte es Marie-Louise um den Hals und sagte ihr, sie solle sich immer daran erinnern, dass sie ein geliebtes Kind Gottes sei.

Marie-Louise dankte ihr und fragte sich dann, ob dieses Geschenk eine Verpflichtung bedeute. Eine, die Schwester Seraphina überhaupt nicht wünschte.

Erwachsenwerden bedeutete, dass Marie-Louise nach dem morgendlichen Unterricht bei Schwester Seraphina nicht mehr in aller Eile ins Grand Commun zurückkehren musste. Seit dem Besuch von Monsieur Lebel trug die Betreuerin ihr weniger Hausarbeiten auf und kümmerte sich nicht darum, was Marie-Louise machte, wenn sie weg war.

Mit der Zeit lernte Marie-Louise, dass sie die Einsamkeit tief in ihr Inneres abdrängen, sie dazu bringen konnte, dass sie in den pulsierenden Farben bei Hof, im Glitzern von Kristall, im Glanz der polierten Böden erlosch. Die Einsamkeit schmolz dahin im Getümmel all der Leute im Schloss, der emsig hin und her eilenden Diener, der gaffenden Besucher, die durch die Korridore schlenderten, der Höflinge, die in ihren wichtigen Geschäften vorbeirauschten.

Nach dem Tod von Madame de Pompadour hatte man in ihrer Wohnung mit Renovierungsarbeiten begonnen, die, darin waren sich alle einig, nun schon viel zu lange andauerten. Der König, so hörte Marie-Louise, wenn sie in den Zimmern des Schlosses zu tun hatte oder durch die Dienstbotenkorridore streifte, wisse nicht, was er wollte. Die Arbeiter hatten eine Innenwand herausreißen müssen, nur um sie anschließend wieder aufzubauen. Eine Abstellkammer neben Madames Schlafzimmer war in ein Schrankzimmer und dieses dann wieder in eine Abstellkammer verwandelt worden.

Der Staub, Kind!

Die Mäuse!

Überall Löcher in den Wänden!

Marie-Louise war recht beliebt im Schloss. Die Dienstmädchen sagten, sie habe ein so gewinnendes Lächeln. Und sie war hilfsbereit. Sie weigerte sich nie, eine Besorgung zu machen oder irgendwo mit Hand anzulegen, wenn man sie bat. In der königlichen Küche hob ein Küchenjunge immer eine dicke Scheibe Brot mit Butter für sie auf. Oder ein zerbrochenes Stück Pastete oder Kuchen. In den Stallungen Seiner Majestät ließ der rothaarige Stalljunge sie ihr Lieblingspferd striegeln und dem Tier Apfelschnitze füttern, dessen eifrig knabberndes Maul sich wie Seide anfühlte.

Den Pferden machte es nichts aus, dass sie ihnen ein Übermaß an Aufmerksamkeit zuwendete, oder?

Als die Tage wärmer wurden, konnte sie das Schlossgelände erkunden. Es gab Gärten mit Springbrunnen, aus denen kühles Wasser sprudelte, und endlose Labyrinthe von Kieswegen, von denen aus sie, wenn irgendein Aufpasser sie verjagte, hinter den Holzzaun verschwinden und im Dickicht verwilderter Bäume und Sträucher umherstreifen konnte. Es gab Eishäuser, wo ein freundlicher Wächter sie Eisbrocken lutschen ließ. Es gab Volieren, in denen Raubvögel flatterten und krächzten und aus denen Falkner manchmal Bussarde mit Kapuzen herausholten, auf ihre dicken Handschuhe setzten, von wo sie aufstiegen, um die Tauben zu verscheuchen.

Und dann entdeckte sie das Schlossdach.

Marie-Louise fand den Weg dorthin zufällig, nachdem sie eine Leiter hinaufgestiegen war, die Bauarbeiter stehen gelassen hatten. Das Dach war riesig, flach und mit Steinplatten gepflastert, ein Königreich für sich. Sie konnte auf den Platten hüpfen, sie konnte von einem Ende des Schlosses zum anderen gehen, Schornsteinfegern oder Dachdeckern bei der Arbeit zusehen. Über dem *Salon de la Guerre*, wo sich die Dachzimmer des Königs befanden, konnte sie in einem Winkel sitzen und in einem Buch lesen, das Schwester Seraphina ihr gegeben hatte, oder einfach nur den Hof darunter beobachten.

Dort entdeckte sie die Katzen zum ersten Mal.

Sie waren scheu und mussten mit Futter gelockt werden, mit Stückchen Fisch und Leber, Küchenabfällen, die sie in immer kleinerer Entfernung von dem Platz, an dem sie saß, auslegte.

Die Mutigsten wagten sich zuerst bis in Reichweite heran, ließen sich berühren, erlaubten ihr dann, ihnen über den Kopf zu streichen, und schließlich auch, ihnen den Bauch zu kraulen.

Sie verliebte sich in ihr weiches Fell, in die Art, wie sie sich an ihren Knöcheln rieben und sie mit eindringlichem Miauen begrüßten. Sie gab ihnen Namen. Herkules hieß der große Kater, ein Muskelprotz mit einem Knick im Schwanz. Fleckie war weiß mit braunen Tupfen an Pfoten und Ohren. Minous gestreckter Bauch berührte beim Laufen fast den Boden.

Sie waren ihre besten Freunde. Bald kamen sie angelaufen, um Leckereien und Streicheleinheiten einzufordern, sobald sie auftauchte. Sie antworteten schnurrend, wenn sie leise murmelnd mit ihnen redete. »Ah, Herkules, wo bist du gewesen? Bist du ein paar Runden um den heißen Brei geschlichen?« Sie führten sie in ihre Verstecke, zu den Nestern, in denen sie ihre Würfe aufzogen, blinde Kätzchen mit scharfen Krallen und komischen Gesichtern. Sie ließ die Kleinen ihre Zähne an ihren Fingerspitzen erproben, auch wenn es manchmal weh tat. Sie war dabei, wenn sie zum ersten Mal die Augen öffneten, wenn sie hinter trockenen Blättern oder den Schwänzen ihrer Geschwister herjagten, und es stach ihr ins Herz, wenn sie feststellen musste, dass welche fehlten und nicht zurückkehrten.

* * *

Es waren keine Katzen in Sicht, als Marie-Louise an diesem warmen Frühlingstag auf das Schlossdach stieg. In der Nähe der Gemächer des Königs entdeckte sie, was der Grund dafür war: ein tapsig wirkender Junge mit langem blondem Haar, das von einem schwarzen Band zusammengehalten wurde. Sein brauner Rock war zerknittert und schmutzig. Offenbar war der Junge gerannt, denn sein pausbäckiges Gesicht war gerötet und verschwitzt. Ein Stein, den er in der Hand hielt, verriet, dass er gewiss nichts Gutes im Schild führte. Ein zweiter, größerer Stein lag vor seinen Füßen.

Da sie wusste, dass ihre Katzen versteckt bleiben würden, wollte sie gerade umkehren und gehen, als sie eine weiße Schloss-katze erblickte, eine große, verwöhnte Angora, die zu naiv oder zu dumm war, um zu erkennen, dass sie in Gefahr sein könnte.

Der Junge schleuderte den Stein. Die Katze schrie vor Schmerz.

»Was machst du da?«, rief Marie-Louise. »Hör auf damit!«

Der Junge schenkte ihr keine Beachtung. Er stampfte mit dem Fuß auf, aber die dumme Katze ergriff immer noch nicht die Flucht, also hob er den anderen Stein auf.

»Bist du taub?«

Er ließ den Arm sinken und drehte sich zu ihr um. »Nein«, sagte er. Er war hier, weil es ihm so passte, und er tat, was ihm gefiel, und überhaupt hatte sie ihm nichts zu befehlen. Und er war sicher nicht taub.

Wenn sie nicht so wütend gewesen wäre, hätte Marie-Louise ihn sofort erkannt und vielleicht den Mund gehalten. Stattdes-sen fragte sie: »Was hat das arme Tier dir angetan?« Sie nahm die weiße Angora auf den Arm und betastete das getroffene Bein. Die Katze miaute ängstlich.

»Das blöde Vieh hat sechsmal an mein Fenster gepinkelt«, sagte der Junge immer noch wütend, aber er ließ den Stein auf den Boden fallen.

Vergebung ist eine christliche Tugend, erinnerte die Stimme von Schwester Seraphina Marie-Louise. Und sie fügte hinzu: Jetzt, da du neun Jahre alt bist, erwartet Gott noch mehr von dir, und ich erwarte das auch.

Die Angora hatte Glück gehabt: Offenbar war ihr Bein heil geblieben; sie suchte humpelnd das Weite, sobald Marie-Louise sie absetzte.

»Ich habe dich schon dreimal gesehen«, sagte der Junge. »Du bist die Katzenmama.«

»Was ist schlecht daran, eine Katzenmama zu sein?«

Er ignorierte ihre Frage. »Du kannst mich Auguste nennen«, sagte er.

Jetzt erkannte sie ihn. Louis Auguste. Der Duc de Berry, der Sohn des Dauphins. Eigentlich müsste sie ihn Königliche Hoheit nennen, oder nicht? Auch wenn er sich nicht wie eine benommen hatte.

»Marie-Louise.«

»Soll ich dir etwas zeigen?«

»Was?«

»Mach dir zuerst die Hände sauber.«

Sie spuckte in ihre Hände und wischte sie an ihrem Rock ab.

Auguste beugte sich zu einem Lederetui hinunter, das an der Balustrade lehnte, öffnete es sichtlich aufgeregt und zog ein Fernrohr heraus. Die Linse, sagte er, müsse mit dem weichen Tuch, das er mitgebracht hatte, gründlich poliert werden. Er zeigte ihr, wie sie es machen musste, behutsam, ohne die Linse mit den Fingern zu berühren, denn diese würden fettige Flecken hinterlassen. Sie erwartete, dass er ihr das Fernrohr geben würde, aber er behielt es. Er drehte es in Richtung der Ställe und kicherte immer wieder leise, während er hindurchschaute.

»Lass mich auch mal«, bat sie, mittlerweile verärgert, bereit, wieder zu gehen, wenn er nur ein bisschen zögerte.

Aber er gab es ihr sofort.

Zuerst sah sie nur eine verschwommene, gräuliche Wolke, aber Auguste sagte ihr, sie solle ihr linkes Auge zukneifen, das Fernrohr tiefer halten und sich etwas nach rechts drehen. »Kannst du sie jetzt sehen?«, fragte er, und Marie-Louise schnappte nach Luft vor Staunen, denn da war eine Milchmagd, so deutlich, als stünde sie direkt vor ihr. Sie hatte ein rotes Gesicht, eine weiße Haube, die unter ihrem Kinn gebunden war, sie trug einen Eimer mit Milch in der Hand und wusste offensichtlich nicht, dass sie beobachtet wurde.

Die Magd stolperte, etwas Milch schwappte auf den Boden.

»Jetzt bin ich wieder dran«, sagte Auguste. »Du hast es jetzt dreieinhalb Minuten gehabt.«

Marie-Louise gab ihm das Fernglas zurück. Mit dem bloßen Auge war die Milchmagd nur als eine winzige Figur in der Ferne zu sehen, die sich in Richtung des Schlosses bewegte.

Als Marie-Louise am nächsten Tag auf das Dach stieg, wartete Auguste bereits auf sie. Diesmal hatte er zwei Fernrohre mitgebracht und reichte ihr eines, ohne zu verlangen, dass sie sich erst die Hände abwischte. Sie beobachteten Leute, die im Gartenlabyrinth herumirrten und in ihrer Dummheit jedes Mal kurz vor dem Ziel falsch abbogen. Es war auch ein Boot auf dem Grand Canal, in dem ein Mann ein Buch las.

»Warum lesen, wenn man segeln kann?«, fragte Auguste spöttisch.

»Vielleicht gefällt ihm Lesen besser.«

»Oder vielleicht liest er ein Buch über das Segeln?«

Auguste freute es, dass er sie zum Lachen brachte. Niemand sonst lachte über seine Witze, beschwerte er sich.

Marie-Louise hatte ihm den Steinwurf bereits verziehen, vor allem, weil er viele Dinge wusste, von denen sie bis dahin noch nie gehört hatte. Die roten Marmorplatten, die die Bauarbeiter über den Hof unten schleppten, stammten aus dem Languedoc, der grüne Marmor kam aus den Pyrenäen, aber der teuerste war der weiße aus Carrara. Das lag in Italien, einem Land, das er auf einer Karte finden könnte.

»Woher weißt du das alles?«

»Leute erzählen einem Dinge, wenn man sie fragt. Man muss nur wissen, wen man am besten fragt.«

Er hatte mit Maurern, Baumeistern und Zimmerleuten gesprochen. Er hatte sich zeigen lassen, wie man zwei Steinquader mit Metallklammern miteinander verbindet. Wie man es anstellt, dass eine Mauer eben wird. Wie man sie bauen muss, damit sie vor Frost und vor Hochwasser schützt. Wie man Ziegel und Steine mit Kalkmörtel verputzt und wie man Sichtmauerwerk schön verfugt. Welche Art von Pariser Kalkstein gut für Fundamente war und welche für Mauern.

»Einmal durfte ich sogar kochenden Teer umrühren«, sagte er und warf ihr einen prüfenden Blick zu, um zu sehen, ob sie auch gebührend beeindruckt war. Und das war sie tatsächlich.

»Ich erzähle den Leuten nicht mehr viel. Und du?«

Sie schüttelte den Kopf und dachte, wie viele Dinge sie den Gourlons und nun auch Schwester Seraphina verschwieg. Sie dachte, wie schön es war, zu wissen, dass jemand anders sich genauso verhielt.

Er erzählte ihr auch von seinen Brüdern. Die zwei älteren waren gestorben. Einer der beiden jüngeren Brüder lief gern wie ein tollwütiger Hund herum und schrie: »Aus dem Weg!« Der andere rempelte jeden an, der an ihm vorbeiging, oder er stellte ihnen ein Bein. Es gab noch zwei Schwestern, aber die waren noch klein.

»Magst du sie nicht?«, fragte sie. Sie selbst hätte so gerne einen Bruder oder eine Schwester gehabt. Er überlegte kurz und sagte dann, dass er manchmal am liebsten allein wäre. Dagegen sei ja wohl nichts einzuwenden, oder?

Er hatte an diesem Tag einen Korb mit lauter Köstlichkeiten mitgebracht. Gebratenes, in Stücke geschnittenes Huhn, Fasanenpastete, Brötchen mit Butter. Er forderte sie auf, zu nehmen, worauf sie Lust hatte, aber am Ende aß er das meiste davon selbst. Nicht etwa, weil er ihr etwas davon missgönnt hätte, sondern nur, weil sie zu langsam war. Besonders drängte er sie, die Pastete zu probieren, die ihm selbst von allen Sachen am besten schmeckte.

»Mein Großvater jagt am liebsten Hirsche, aber bei der letzten Jagd hat er dreiunddreißig Fasane erlegt«, sagte er. »Er hat versprochen, mit mir auf die Jagd zu gehen, wenn ich dreizehn werde.« Er hielt inne und fügte dann hinzu: »Das wird in zwei Jahren und zwei Monaten sein.«

Marie-Louise begann, sich auf ihre Begegnungen zu freuen. Sie hatte nie daran gedacht, Pläne für die Zukunft zu schmieden, aber Auguste hatte bereits einen Plan für sich selbst fix und fertig entworfen. Früher hatte er Baumeister werden wollen, aber dann war er davon abgekommen und wollte lieber Entdecker werden. Er würde nach Amerika segeln wie Samuel de Champlain, der so große Teile von Neufrankreich vermessen hatte, jedoch nie jenes »Nordmeer«, das er suchte, hatte finden können.

»Sieht Neufrankreich wirklich so aus?«, fragte sie eines Tages, als Auguste eine seiner Karten mitbrachte. Der Gedanke, dass ein ganzes Land so verkleinert werden konnte, dass es auf ein Stück Papier passte, faszinierte sie.

»Vielleicht«, sagte Auguste, »vielleicht auch nicht.« Karten, meinte er, könnten täuschen. Es konnte sein, dass eine Insel, die sie mit dem Finger nachzeichnete, in Wahrheit überhaupt nicht existierte. Oder dort, wo die Karte Seeleuten eine Passage vorgegaukelt hatte, befand sich lediglich eine langgestreckte Bucht, aus der man nur auf dem Weg wieder hinausgelangte, auf dem man gekommen war. Und warum war das so? Weil nicht alle wie de Champlain waren. Sein Lehrer hatte ihm gesagt, dass viele Karten lediglich zeigten, was die Menschen glaubten oder gern glauben wollten. Damit die Karten der Wahrheit entsprachen, mussten Entdecker hinfahren und das Land von einem Ende zum anderen vermessen.

Sie stellte sich diese Entdecker vor, die mit Zollstöcken unter dem Arm wie Schneider zu fernen Küsten segelten. Was taten sie, wenn sie dort auf steile Felsen oder dichte Wälder stießen?

»Das ist kein Hindernis«, sagte Auguste. »Man hilft sich mit Berechnungen.«

Sie zeigte auf die weiße Leerstelle auf der Karte, wo in großen Buchstaben geschrieben stand: Unbekannte Gebiete.

»Das bedeutet, dass noch niemand dort gewesen ist«, sagte Auguste.

»Warum nicht?«, fragte sie und dachte dabei an die Seeungeheuer, die sie auf Gemälden im Schloss gesehen hatte, Wesen, die mit aufgeblähten Backen Stürme gegen Segelschiffe bliesen. Und an eine riesige Schlange, die kühne Entdecker verschlang, aber Auguste war vollkommen sicher, dass diese unbekannten Länder auf ihn warteten. Er hatte auch schon einen Plan. Sobald er fünfzehn Jahre alt war, würde er durchbrennen und in See stechen. Er hatte die Route bereits auf einer Karte eingezeichnet, die er selbst koloriert hatte, damit man sah, wie hoch die einzelnen Landstriche lagen.

»Ich werde auch Entdeckerin«, sagte Marie-Louise, aber er schüttelte den Kopf. Wusste sie etwas über Sextanten? Astrolabien? Darüber, wie man seine Position auf See bestimmte? Konnte sie berechnen, wie viel Ballast ein Schiff brauchte? Und wie man ihn verteilte, damit das Schiff richtig im Wasser lag? Wusste sie vielleicht, was man gegen Skorbut und Fieber tun kann? Wie man gebrochene Knochen einrichtet? Außerdem brachten Frauen auf einem Schiff Unglück, darum wollte niemand sie auf einer Reise dabeihaben.

»Woher weißt du das?«

»Aus einem Buch.«

»Ja, wenn das so ist«, sagte sie, stand auf und schob die Karte weg. »Dann geh doch allein auf dein blödes Schiff.«

Sie schaffte ein paar Schritte, bevor er nach ihr rief.

»Komm zurück.«

Sie ging weiter.

»Bitte. Sei mir nicht böse.«

Sie kehrte um.

»Niemand sonst mag mich«, sagte er, seine Stimme schrill und angespannt. »Sogar mein älterer Bruder hat mich immer nur beschimpft.«

»Wie? Was hat er denn gesagt?«

312

»Beleidigungen eben. Gemeinheiten.«

Marie-Louise verdrehte die Augen. »Warum regt dich das auf?«

Er biss sich auf die Unterlippe und runzelte die Stirn.

Die Gourlons, fuhr sie fort, beschimpften sie ständig. Früher war es nur sie, aber jetzt machte er auch mit. Also hörte sie einfach nicht mehr hin. Sie dachte an etwas anderes. Zum Beispiel an das Pferd, das sie später striegeln würde. Wie es bei ihrem Anblick wieherte und den Kopf schüttelte.

Das beeindruckte ihn ziemlich. »Wer sind diese Gourlons?«, fragte er.

»Niemand. Die Gourlons eben. Also, darf ich jetzt auf diesem Schiff mitfahren?«

»Sie sind nicht deine Eltern?«

»Nein. Meine Eltern leben weit weg von hier, aber eines Tages werden sie kommen und mich holen. Wirst du mir helfen, auf das Schiff zu kommen?«

»Ja.«

»Wie kommen wir zum Meer?«

»Wir reiten.«

Die Pläne wurden von Tag zu Tag umfangreicher und mussten niedergeschrieben werden, in einem dicken Notizbuch, das Auguste mitbrachte. Marie-Louise würde sich als Junge verkleiden und eine ihrer Katzen mitnehmen, Herkules, den besten Rattenfänger, denn Ratten waren auf Schiffen ein großes Problem. Sie würden zuerst nach Brest reiten. Dort würden sie sich auf ein Schiff schleichen und erst aus ihrem Versteck hervorkommen, wenn sie schon zu weit vom Land entfernt wären, als dass der Kapitän noch umkehren könnte.

Zuerst würde der Kapitän wütend auf sie sein, aber Auguste wusste, was er tun würde. Er würde warten, bis sie den Kurs ändern müssten oder, noch besser, bis sie in einen wirklich schlimmen Sturm gerieten und vom Kurs abkämen. Dann würde er den Kapitän beeindrucken, indem er ihm demonstrierte, dass er ohne weiteres imstande war, ihre Position zu bestimmen. Erst wenn der Kapitän ihm versicherte, dass er bleiben könne, würde Auguste ihm offenbaren, wer er war. Und dann würde er auf die immer noch verkleidete Marie-Louise zeigen, und sie als seinen »Helfer und Freund« vorstellen.

Sie waren begeistert von dieser Szene und spielten sie zweimal durch. Die Überraschung, die Bewunderung, die Ehrfurcht der Seeleute. »Eure Hoheit, ich bitte Sie um Verzeihung«, würde der Kapitän sagen. »Wie hätte ich das wissen können!«

Den ganzen Sommer über feilten sie bei jedem Treffen an den Einzelheiten ihrer geplanten Eskapade. Eine besondere Herzenssache war Marie-Louise die Liste der Fragen, auf die sie während ihrer Reise Antworten suchen würden: Sind die Menschen überall gleich groß? Was essen sie, was wir nicht essen? Wie jagen sie? Welche Arten von Schiffen oder Booten benutzen sie? Wie viele Kinder haben sie normalerweise? Halten sie Katzen?

»Überlassen sie jemals ihre Kinder fremden Leuten?«, fügte Marie-Louise hinzu und beobachtete Auguste dabei, wie er es aufschrieb. Seine Handschrift war klein und dicht gedrängt, noch weniger leicht zu lesen als ihre.

* * *

Dieser Herbsttag begann so viel besser als andere. Marie-Louise wachte früh auf und erledigte alle ihre morgendlichen Aufgaben in aller Ruhe. Der alte Gourlon starrte sie nicht an, stellte ihr nicht die üblichen dummen Fragen und sagte ihr nicht, sie solle nicht versuchen, klüger zu sein, als gut für sie war. Schwester Seraphina war mit ihrem Gedicht-Vortrag zufrieden. Sie zeigte sich auch erfreut darüber, dass Marie-Louise nur einen Fehler im Diktat machte, und lobte sie ausdrücklich für ihren Fleiß und ihre Gewissenhaftigkeit, die sich sehr verbessert hätten.

Nach dem Unterricht räumte Marie-Louise ihre Bücher weg und ging. Auguste wartete vielleicht schon auf sie. Da die Liste der Fragen für ihre Expedition fast fertig war, wollte er ihr nun beibringen, wie man mit dem Sextanten umging. »Können wir die Entfernung zwischen zwei Schlosstoren messen?«, fragte sie. Zuerst sagte er nein, weil dies nicht der Zweck von Sextanten sei. Aber dann meinte er, sie könnten es versuchen.

Sie war schon draußen und wollte eben zu dem Gerüst gehen, über das sie immer auf das Dach kletterte, als plötzlich die Betreuerin erschien, als hätte sie ihr aufgelauert, und sagte: »Diese Herumstreunerei hat jetzt ein für alle Mal ein Ende.«

Sie fragte nicht einmal, wohin Marie-Louise wollte.

Was für eine peinliche Szene: Marie-Louise versuchte ohne Erfolg, ihre Hand aus dem Griff der Betreuerin zu befreien. Sosehr sie sich auch dagegen stemmte, wurde sie über den Hof und zum Grand Commun gezerrt, in aller Öffentlichkeit. Was für eine Schande. Es war abscheulich. »Warte nur, bis wir in der Wohnung sind«, murmelte die Betreuerin. »Niemand wird mir vorwerfen, dass ich meine Pflicht nicht tue. Dass ich dich dorthin gehen lasse, wo deinesgleichen nichts zu suchen hat. Niemand, hörst du?«

Im Grand Commun wurde Marie-Louise in die Wohnung gestoßen, die Tür klappte zu, der Schlüssel drehte sich im Schloss und verschwand zwischen den Falten des Rocks der Betreuerin. Was konnte Marie-Louise tun? Sie schlug mit den Fäusten gegen die verschlossene Tür, bis ihre Knöchel bluteten. Sie schrie. Sie schluchzte: »Was habe ich getan?«

»Du besitzt die Frechheit, das zu fragen?«

Rücksichtslos hatten sie Marie-Louise schon genannt, eigensinnig, undankbar. Aber niemals intrigant, berechnend, eine, die sich an Herrschaften anwanzt, die weit über ihr stehen. Schimpfreden wie das Gebell einer wütenden Bestie.

Worte, die einem die Knochen brechen können, wenn man nicht stark genug ist.

»Will sich unter den Nagel reißen, was ihr nicht gehört! Dass du dich nicht schämst! Ich verfluche den Tag, an dem ich dich aufgenommen habe.«

Später, als die Gourlons endlich schliefen, lag Marie-Louise in ihrem Bett und dachte an Auguste. Hatte er sehr lange auf sie gewartet? Wie erklärte er sich, dass sie nicht gekommen war? Sie stellte sich vor, wie er mit einem Sextanten in der Hand auf das Gerüst hinunterblickte und sich sagte, sie sei bestimmt schon auf dem Weg. Vielleicht hatte er einen Diener ausgeschickt, Nachforschungen anzustellen. Er wusste, dass sie im Grand Commun wohnte. Er hatte gehört, wie sie die Gourlons erwähnte. Es konnte nicht schwer sein, sie ausfindig zu machen und aus diesem Gefängnis zu befreien. Sie genoss es, sich vorzustellen, wie die Betreuerin vor Auguste im Staub kriechen und Seine Hoheit um Verzeihung bitten würde. Der alte Gourlon würde beteuern, er habe es nicht böse gemeint, als er Marie-Louise hinterhältig und schamlos nannte. »Was soll ich mit ihnen machen?«, würde Auguste fragen, und Marie-Louise würde sagen: »Wirf sie in die Bastille, alle beide. Ich will sie nie wiedersehen.«

Doch dann regte sich ein anderer Gedanke in ihr. Was, wenn Auguste glaubte, sie käme nicht mehr auf das Dach, weil sie es nicht mehr wollte? Dass sie genau wie seine Brüder war, ihn langweilig fand, hinter seinem Rücken über ihn lachte und ihn bei der ersten Gelegenheit verriet?

Zuerst wies sie diesen Gedanken als absurd zurück, dann kämpfte sie mit Argumenten dagegen an, dann musste sie ohnmächtig zusehen, wie er immer stärker wurde.

Von jenem Tag an begleitete entweder die Betreuerin oder der alte Gourlon Marie-Louise zum Unterricht und wieder nach Hause, und die Tür der Mezzaninwohnung war immer abgeschlossen, wenn sie sich dort aufhielt. Sie konnte ihren Pflichten im Haushalt nachkommen, sie konnte den Unterricht besuchen. Wenn sie noch übrige Zeit zur Verfügung hatte, gab es immer genügend Näharbeiten zu erledigen. Oder sie konnte sticken.

Wenn Marie-Louise sich bei Schwester Seraphina darüber beklagte, dass sie in Gefangenschaft gehalten wurde, obwohl sie doch nichts verbrochen hatte, sagte die Nonne, Gehorsam sei eine christliche Tugend. »Aber sicher würde Gott doch wollen, dass ich weiß, wofür ich bestraft werde«, sagte Marie-Louise. »Hör auf, Gott Worte in den Mund zu legen«, antwortete Schwester Seraphina. Und dann fügte sie lapidar hinzu: »Man hat mich gewarnt, du würdest dich für etwas Besseres halten als andere, Kind. Ich wollte es nie glauben, aber jetzt bin ich mir nicht mehr sicher.«

Als Marie-Louise einige Tage später gerade an einer botanischen Zeichnung arbeitete, die ihr Schwester Seraphina aufgegeben hatte, ein Maiglöckchen, dessen dünne Wurzeln in alle Richtungen sprossen, hörte sie das Wiehern von Pferden und Geräusche, die ihr verrieten, dass Kutschen und Wagen aus den Remisen ins Freie geschoben wurden, Zeichen dafür, dass der Hof, wie jedes Jahr im Oktober, in sein Winterquartier nach Fontainebleau umzog. Als der Unterricht zu Ende war, liefen überall Pagen umher, die Anweisungen überbrachten, Lakaien luden Möbel und Bettzeug auf, schnallten große Körbe am Heck von Kutschen fest.

»Sind sie schon weg?«, fragte sie den alten Gourlon, der gekommen war, um sie zurück zum Grand Commun zu eskortieren.

Seine Majestät war bereits abgereist, und also waren auch die besten Pferde weg. Marie-Louise würde jetzt nur noch die Percherons sehen.

»Auguste?«, fragte sie.

Die blutunterlaufenen Augen des alten Gourlon starrten sie an. »Was hast *du* mit dem Duc de Berry zu schaffen?«, fragte er.

Als der Hof aus Fontainebleau zurückkehrte, war Augustes Vater tot, und Auguste war zum Dauphin, zum Thronfolger von Frankreich, geworden. Er war ständig von kriecherischen Höflingen umringt, berichteten die gelegentlichen Besucher der Mezzaninwohnung. Anzüge aus feinem Satin waren an die Stelle des schlichten braunen Rocks getreten, aber der Prinz wirkte immer noch angespannt und unbeholfen, als steckte er in einer falschen Haut. »Er muss es erst noch lernen«, sagten sie. »Er hat den Bogen noch nicht raus.« Das Regieren war ein schwieriges Geschäft. Es brauchte Übung wie alles andere auch.

Mit der Zeit wird es schon werden.

Niemand nannte ihn mehr Auguste. Er war nun Louis, der künftige König von Frankreich und Navarra. Marie-Louise erhaschte von Zeit zu Zeit einen Blick auf ihn, immer schwarz gekleidet, zuerst in Trauer um seinen Vater, dann um seine Mutter, die fünfzehn Monate später an der Hustenkrankheit starb. Zu diesem Zeitpunkt war er schon deutlich dicker als früher, und er errötete leicht.

Einmal sah Marie-Louise ihn an der Seite des Königs reiten, als er von einer Hirschjagd zurückkehrte, müde, erschöpft, die Zügel locker. Hinter ihnen Höflinge, Stallknechte, bellende Hunde; Pelzwerk und erlegte Hirsche waren hoch auf einem Karren gestapelt, von dem Blut tropfte. Der König sah seinen Enkel mit sichtlichem Stolz an.

Die Augen des Dauphins glitten über Marie-Louise hinweg, als wäre sie Luft.

*D*er Tod, so hatte Marie-Louise gehört, kam als ein unge-
ladener Gast und verschonte niemanden, er machte alles
gleich, so unterschiedlich es auch sein mochte.

Königin Marie, die Marie-Louise einst ein frommes Bildchen geschenkt und gesagt hatte, sie sehe aus wie ein Engel,
starb im Juni, am Fest des heiligen Johannes des Täufers, und
wurde in der Abteikirche von Saint-Denis bestattet. Obwohl
seitdem ein Monat vergangen war, waren die königlichen Gemächer in Versailles immer noch schwarz verhängt, und der
König ging immer noch jeden Tag dorthin und betete für die
Seele seiner Frau. Die Höflinge legten Wert darauf, dass sie gehört wurden, wenn sie zitierten, was der König über seine Frau
gesagt hatte: »Sie hat mir nie Kummer bereitet, außer mit
ihrem Tod.« Am Schlosstor verkauften Händler immer noch
Fransen von dem Tuch, das den königlichen Sarg bedeckt
hatte, und getrocknete Blütenblätter, die man nach der Bestattung der Guten Königin von den Blumengestecken abgezupft
hatte.

»Jetzt ist Lebel an der Reihe«, hörte Marie-Louise. »Er wird
nicht mehr lange auf dieser Erde sein.« Der Kammerdiener des
Königs war von seinen Pflichten entbunden worden und in ein
Haus in der Avenue de Saint-Cloud umgezogen. Ein königlicher Diener durfte nicht in Versailles sterben.

Ein reicher alter Mann mit Häusern, Gärten, Möbeln, Gemälden, sagten die Gourlons. Keine Frau. Keine Kinder. Wer
würde das alles erben?

Im Schloss munkelte man, dass Lebels Lieblingsneffe mit mindestens fünfundsechzigtausend Livres rechnen konnte. Auch
Lebels Diener würden nicht betteln gehen müssen. Jeder seiner
Lakaien würde dreitausend Livres und eine jährliche Rente erhalten. Sein Kammerdiener würde sechstausend Livres bekom-

men, zusätzlich zu der Kleidung seines Herrn, den Stöcken, Jagdgewehren und Messern sowie der Repetieruhr, die von keinem Geringeren als dem *Horloger du Roi* gefertigt worden war. Marie-Louise hatte auch gehört, dass dieser Kammerdiener im Pariser Louvre wohnen würde, wo Lebel für ihn eine Wohnung gekauft hatte, die mit seinen eigenen Möbeln eingerichtet war. Und dass man sich fragen müsse, womit der Mann eine solche Großzügigkeit verdient habe. Dieser letzten Bemerkung war oft ein Augenzwinkern oder Räuspern gefolgt, beides gleichermaßen rätselhaft.

»Ein einsamer Mann an der Schwelle des Todes, in Erwartung des Tages, da er vor seinen göttlichen Richter treten wird«, sagte Schwester Seraphina mit schmalen Lippen, die Augen nach oben gerichtet. So unvorhersehbar die Wege des Allmächtigen auch zu sein schienen, so werde am Ende doch immer die Gerechtigkeit triumphieren. Dann blickte sie Marie-Louise streng an und fügte hinzu: »Eine christliche Seele, die ein Gebet nötig hat.«

Marie-Louise ließen diese Worte kalt. Warum sollte sie für diesen Mann beten, der nie einen freundlichen Blick für sie übriggehabt hatte? Sie hatte Gott genügend andere Anliegen vorzutragen.

* * *

Die Angst, sollte Marie-Louise in diesem Sommer erfahren, war dem Tod nicht unähnlich. Auch sie kam ungebeten und kannte keine Gnade.

Die Tage waren heiß und stickig, sie saugten ihr die letzten Tropfen Kraft aus dem Körper. Wenn nachts endlich eine kühlere Brise wehte, fiel sie in einen erschöpften, traumlosen Schlaf. Nichts würde sie aufwecken, dachte sie, und doch erwachte sie in einer solchen Nacht und sah den alten Gourlon mit einer Kerze in der Hand an ihrem Bett stehen. »Wo ist mein Stock?«, murmelte er, während Marie-Louise sich tiefer unter der Bettdecke vergrub. »Hast du ihn versteckt, du kleine Diebin?«

Sie war jetzt zwölf Jahre alt, und seine fadenscheinigen Lügen konnten sie nicht täuschen. Der schmierige Ton seiner Stimme gefiel ihr nicht, auch nicht die Art, wie er den Kopf wegdrehte und sich die Lippen leckte, aber sie wusste, dass sie gut daran tat, mitzuspielen, um Zeit zu gewinnen.

»Er steht bei der Tür. Wo er immer steht.«

»Tatsächlich? Na dann.« Er setzte sich auf den Rand ihres Betts. Sein Atem roch faulig und nach saurem Wein. Die Kerze in seiner linken Hand kippte, und ein Tropfen Talg fiel auf den Boden. In den vergangenen Monaten hatte er ihr zu seinem Vergnügen immer wieder Geschichten von der haarigen Bestie vom Gévaudan erzählt, die kleine Mädchen wegen ihres weichen Fleisches jagte. Oder er hatte sich von hinten angeschlichen und plötzlich mit dem Fuß aufgestampft, sodass sie zusammenfuhr, oder sie bei den Schultern gepackt und gesagt: »Jetzt bist du ganz schön erschrocken, nicht?«

»Du hast mich gerufen, Marie-Louise«, murmelte er.

»Nein, habe ich nicht.«

»Lüg mich nicht an. Ich habe gehört, wie du mich gerufen hast.«

Seine Stimme nahm einen selbstgerecht nachdrücklichen Ton an; seine rechte Hand schwebte über ihrem Kopf. »Nun, warum tust du das, Marie-Louise? Warum reißt du einen gottesfürchtigen Mann mitten in der Nacht so aus dem Schlaf?«

Seine Hand senkte sich auf ihre Schulter herab, wo sie schwer und heiß liegenblieb. Angst schoss ihre Wirbelsäule hinauf und erfasste ihr Herz.

»Madame hätte es sicher mitbekommen«, sagte sie. »Wir können sie fragen. Ich kann hören, dass sie wach ist.«

»Nein, das kannst du nicht«, sagte er, aber schon die Erwähnung seiner Frau brachte die immergleiche Litanei von Klagen in Gang. Madame Gourlon war eine richtige Schlampe ohne

Herz. Nichts als Hohn und Spott von ihr. Gleich nach dem Abendessen versteckte sie seinen Weinkrug. Sie hielt ihren Medikamentenschrank immer verschlossen und gab den Schlüssel nicht heraus. In den Ställen Seiner Majestät lachten die Stallknechte hinter seinem Rücken. Als er noch der Kutscher der Pompadour war, hatten alle Angst vor seinen Fäusten. Jetzt sagten sie: »Was macht deine Gicht, Opa?« Oder: »Kannst du noch was beißen mit den paar Stumpen, die dir geblieben sind?« Sie luden ihn nur zum Kartenspielen ein, um ihn schamlos zu betrügen. Wie sonst hätte er verlieren können, mit drei Assen und zwei Königen? »Sag mir, Marie-Louise, wie ist das möglich?«

Klebrige Worte, wie Teer.

Durch das offene Fenster drangen das Quaken von Fröschen und entfernte Männerstimmen. Der Wagen der Truppe, die nachts in den Gartenanlagen Abfall und Fäkalien aufsammelte und zum Misthaufen brachte, fuhr vorbei. Wenn der Wind umschlug, würde Marie-Louise schlecht werden von dem Gestank.

Die Kerze fauchte, noch mehr Talg tropfte auf den Boden. Schließlich war aus dem Zimmer nebenan Madame Gourlons schlaftrunkene Stimme zu hören: »Antoine? Antoine, wo bist du? Komm ins Bett.«

Der einst so gefürchtete alte Gourlon seufzte und stand auf. »Kann man nicht mal mehr in Ruhe pissen«, sagte er viel zu laut.

»Ich bin nicht blöd, Antoine.«

Als der alte Gourlon mit schlurfenden Schritten wegging, erlaubte Marie-Louise sich erleichtert, ihre Muskeln etwas zu entspannen, sodass ihr Herz nicht mehr so eingeschnürt war.

Am Morgen, als Marie-Louise steif und verschwitzt aufwachte, stand der alte Gourlon bereits ohne Hemd vor der Waschschüssel und zog sein Rasiermesser an einem Ledergürtel ab. »Ein echter Kutscher kann sich überall rasieren«, prahlte er. »Er braucht keinen Spiegel.«

Mit halb geschlossenen Lidern beobachtete sie, wie er sein Kinn und seine Wangen einseifte und sie mit seiner Rasierklinge abschabte. Scharf genug, um einem bösen Mädchen die Kehle aufzuschlitzen, hatte er viele Male gesagt. Als er fertig war, wischte er sich die Seife mit einem Waschlappen vom Gesicht und zog seine alte, verblichene Livree an, von der die violette Paspel, welche die Diener von Madame de Pompadour getragen hatten, entfernt worden war. So wie es aussah, würde er schon bald auf der Suche nach Gesellschaft aus dem Haus gehen. Wenn Marie-Louise Glück hatte, würde sie ihn vielleicht erst am Abend wiedersehen.

Wenig später hörte sie, wie er das Zimmer verließ und die Treppe hinunterging.

Marie-Louise hatte gerade noch genug Zeit, ihr Bett zusammenzuklappen und das Zimmer aufzuräumen, bevor Madame Gourlon aufstand. Sie arbeitete schnell, wischte Spritzwasser vom Boden auf, leerte die Waschschüssel in den Schmutzwassereimer, nahm den Waschlappen und spülte ihn gut aus, bevor sie ihn zum Trocknen aufhängte, denn es waren Blutflecken drauf.

Dann kratzte sie die Kerzenreste vom Boden ab. Vorerst nur grob mit dem Fingernagel, später würde sie den Rest des Talgs mit einem Bügeleisen entfernen. Gerade heiß genug, um ihn zu schmelzen, sodass sie ihn mit einem weichen Lappen wegtupfen konnte.

* * *

Sie hatten neue Nachbarn, die in den Zimmern nebenan wohnten: die Jalettes, ein Gärtner und seine Frau Charlotte. Ihr Sohn Jacques ging noch am Gängelband, und ein zweites Kind war auf dem Weg. »Wie kann man nur so leichtsinnig sein!«, hatte die Betreuerin gesagt, als sie einzogen. Der alte Gourlon hatte nur stumm die Lippen vorgestülpt.

»Ich hoffe, es ist ein Mädchen«, sagte Charlotte zu Marie-Louise, als sie sich auf der Treppe zum ersten Mal trafen. Sie fasste Marie-Louises Hand und legte sie auf ihren Bauch. »Spürst du es?«, fragte sie.

Marie-Louise schüttelte den Kopf.

»Du musst stärker drücken. Keine Angst.«

Sie drückte stärker, und dann spürte sie es. Eine zuckende Bewegung, ein kleines Etwas stieß oder schlug aus. Ein Ellbogen, schlug Charlotte vor, oder eine Ferse. Etwas, das noch verborgen war, aber bereits lebendig.

»Es hätte mein viertes sein können«, sagte Charlotte, »aber wenn es der barmherzige Gott erlaubt, wird es mein zweites sein.«

Gott nahm einen Menschen zu sich, um ihn zu strafen oder wenn er ihn an seiner Seite haben wollte, würde Schwester Seraphina sagen, wenn Marie-Louise sich noch die Mühe machen würde, ihr Fragen zu stellen.

Der kleine Jacques zog an der Schürze seiner Mutter. »Wenn er etwas will, lässt er sich nicht so leicht davon abbringen«, sagte Charlotte und nahm ihn auf den Arm. »Möchtest du ihn halten, Marie-Louise?«

Ein kleiner Junge mit einem runden Gesicht, hellgrauen Augen und einem strahlenden Lächeln. Sie wollte ihn gerne halten, fühlen, wie seine dicken kleinen Finger die ihren umklammerten, wie seine Lippen einen feuchten, warmen Kuss auf ihre Wange drückten.

Seitdem hatte es viele solche Begegnungen gegeben.

Charlotte redete gerne. Von Buc, wo sie herkam, von der Kneipe ihres Vaters, in der sie wie eine Sklavin arbeitete, während ihr Papa das Geld, das er einnahm, versoff. Von einem verwitweten Schlossgärtner, der nach Buc kam, um seine Mutter zu besuchen. »Er ist bei uns eingekehrt. Ihm hat gefallen, was er sah.« Sie zeigte auf sich selbst und lachte. »Und das war's dann.«

In ihrer Wohnung standen immer noch überall halb ausgepackte Körbe und Kisten herum. »Ich weiß nicht mal, wohin mit der Wiege, wenn das Kind da ist«, sagte Charlotte und warf die Arme hoch. Marie-Louise fand bereits, dass die Augen ihrer neuen Freundin, grau wie die ihres Sohnes, viel schöner waren als ihre eigenen dunkelblauen. Und dass es weit attraktiver war, klein und mollig zu sein, als groß und schlaksig wie sie.

Charlotte gefiel weder Versailles noch das Grand Commun. Viel zu viele Leute, die alle ihre Nase sehr hoch trugen, sagte sie. Sie sahen einen nicht, wenn sie vorbeigingen. Sie konnten sich die Namen ihrer Mitmenschen nicht merken, aber sie wussten immer etwas Böses über sie zu sagen, sobald sie ihnen den Rücken zuwandten. Am liebsten würde sie wieder zurück nach Buc ziehen, aber ihr Mann wollte nichts davon hören. So erging es einem, wenn man verheiratet war. Die Dinge wurden anders entschieden, als man gedacht hatte.

»Ich will nicht heiraten«, sagte Marie-Louise.

»Niemals?«

»Niemals.«

»Was willst du dann tun? Du kannst so gut mit Kindern umgehen.«

Sie konnte wirklich gut mit Kindern umgehen. Der kleine Jacques war süchtig nach dem Händeklatschspiel geworden, das Marie-Louise ihm beigebracht hatte. Sie sangen auch »Backe, backe Kuchen« und taten dann so, als würden sie ihn essen. Schnell, schnell, schnell! Wenn er lachte, lief Spucke über sein kleines Doppelkinn, aber er ließ es sich ohne Widerstand gefallen, wenn sie ihm übers Gesicht wischte. Wenn sie ihn aufhob, schmiegte er sich an ihre Schulter und murmelte etwas vor sich hin, das wie ein Schlaflied klang.

Diese Jalettes!, rief die Betreuerin oft. Was für ein Lärm! Und diese Unordnung! Sie brauchte Charlotte Jalettes Wohnung nicht zu sehen, um das zu wissen. Sie erkannte eine faule, klatschsüchtige Frau, wenn sie eine sah. O ja, da brauchte Marie-Louise gar nicht so blöd zu grinsen.

Und sie war so *gewöhnlich*, sagte die Betreuerin.

»Wie sie ihren Bauch vorführt, damit ja alle ihn sehen«, fügte der alte Gourlon mit diesem verschlagenen Grinsen hinzu, das Marie-Louise verabscheute.

Außerdem steckten die Jalettes, alle beide, ihre Nasen in Dinge, die sie nichts angingen. Andauernd begegnete man ihnen *zufällig* auf der Treppe. So wie die Betreuerin das Wort *zufällig* aussprach, klang es fast ein bisschen bedrohlich. Warum war Charlotte immer an der Tür, wenn jemand vorbeiging? Und ständig diese neugierigen Fragen. Warum erkundigte sich ihr Ehemann, der Gärtner, nach Monsieur Gourlon? Und warum hatten die Jalettes überhaupt die Wohnung im Grand Commun bekommen und nicht eine in einem der Häuser am Grand Canal, wo andere Gärtner untergebracht waren? Offensichtlich hatte jemand es mit Bedacht so arrangiert. Damit sie die Gourlons ausspionieren konnten vielleicht?

»Leise, Antoine«, sagte sie zum alten Gourlon. »Die Wände hier sind dünn. Wir brauchen keinen Ärger.«

* * *

Anfang August erhielt die Betreuerin einen Brief von Madame du Hausset, die sie für einige Tage nach Paris einlud. Ihre liebe Nicole wünschte, sie in einigen wichtigen Angelegenheiten zu konsultieren. »Außerdem habe ich mir doch ein paar Tage Erholung verdient, nicht wahr?«, fragte die Betreuerin, als sie zu packen begann. Marie-Louise würde die Wohnung in Ordnung halten und Monsieur Gourlon sein Essen bringen. So viel konnte sie allein bewältigen, nicht wahr?

Der erste Tag verlief einigermaßen gut. Der alte Gourlon kam spät in der Nacht stockbetrunken nach Hause, brabbelte etwas von einem üblen Scheißkerl, der ihn offenbar beleidigt hatte, der es aber noch bitter, bitter bereuen würde, und dabei schlief er ein. Am nächsten Morgen, als Marie-Louise zu ihrem

Unterricht bei Schwester Seraphina ging, schlief er noch. Erst als Marie-Louise ihm sein Abendessen brachte, verließ er das Bett. Der Koch war großzügig mit Ziegeneintopf und Brot gewesen. Sie dachte, das würde ihn in eine angenehme Stimmung versetzen, aber zur Sicherheit hatte sie auch noch zwei Flaschen Wein mitgebracht.

»Burgunder?«, fragte der alte Gourlon, als er das erste Glas leerte. »Der Koch hat dir Burgunder gegeben?«

Sie aßen zusammen. Der alte Gourlon riss Brotstücke ab und tauchte sie in die Soße. Dann fragte er Marie-Louise nach ihrem Unterricht, was ungewöhnlich war, sie aber nicht beunruhigte. »Ich habe nur zwei Fehler im Diktat gemacht«, sagte sie, ohne zu erwähnen, dass Schwester Seraphina fand, es seien zwei zu viel.

»Gut«, murmelte er und schenkte sich noch ein Glas ein.

Auch der Wein, sagte er, sei überraschend anständig. Ob sie probieren wolle?

»Nein.«

»Komm schon, nur eine Kostprobe. Ich werde es ihr nicht sagen.« Mit *ihr* meinte er seine Frau.

»Nein.«

Er seufzte und fing wieder mit seinen alten Tiraden an. Seine Frau hatte kein Herz. Er konnte ihr nichts recht machen. Dann starrte er Marie-Louise an und fragte: »Du bist nicht so schlimm, wie sie sagt, oder?« Auf seiner roten Nase glitzerten Schweißtröpfchen. Ein Krümel Brot klebte an seinem Kinn.

Marie-Louise antwortete nicht. Sie wusste, dass er sie nur ködern wollte.

»So ein kleines Ding warst du, als wir dich aufgenommen haben. Frech warst du auch«, fuhr er fort. In rührseliger Stimmung erinnerte er daran, wie beeindruckt Marie-Louise damals vom Schloss, den riesigen Spiegeln und den Kristalllüstern gewesen war. Wie neugierig sie war: Andauernd stellte sie Fragen. Wo schläft der König? Wie viele Hunde hat er? Wenn der König regiert, was macht dann die Königin?

»Ein schlaue kleine Maus warst du.«

Schlau war sie immer noch. Der Koch hatte ihr den Burgunder nicht gegeben. Während er ein Blech mit heißem Gebäck aus dem Ofen holte, nahm sie die beiden Flaschen, die noch mit Stroh umhüllt in einer Kiste lagen, und versteckte sie unten in ihrem Korb.

Der alte Gourlon zog seinen Rock aus und öffnete den Kragen seines Hemds. Er hatte einen schmutzig gelben Rand. Seine Frau hätte ihn gezwungen, ein frisches Hemd anzuziehen.

Egal. Kopf runter. Keinen Blickkontakt.

Die Sache mit dem Wein war ein dummer, dummer Fehler gewesen. Der Burgunder hatte den alten Gourlon müde gemacht, sodass er sich gleich nach dem Abendessen hinlegte, aber nicht müde genug, um ihn die Nacht durchschlafen zu lassen. Marie-Louise hätte die Schlafzimmertür blockieren sollen. Sie hätte sich irgendwo in den Dienstbotenkorridoren im Schloss ein Versteck suchen und dort schlafen sollen.

Sie hatte es nicht getan, und jetzt, mitten in der Nacht, taumelte er auf sie zu und murmelte schwer atmend etwas, das sie lieber nicht hören wollte.

»Was wollen Sie von mir?«, fragte sie so laut, wie sie nur konnte.

»Psst! … Du weckst ja das ganze Haus auf.«

Er war immer noch kräftig, aber nicht mehr schnell. Darum, so dachte sie, würde sie ihm leicht entwischen können.

Das war ein weiterer Fehler. Sein ganzes Leben lang hatte der alte Gourlon mit Pferden gearbeitet, die oft viel nervöser und panischer waren als sie. Er wusste, was es ausmacht, wenn man die Ruhe bewahrt.

Marie-Louise kämpfte mit aller Kraft, die sie hatte. Sie trat und zappelte, grub ihre Nägel in das Fleisch seiner Hände.

Aber mit ihren zwölf Jahren war sie noch ein Kind, nicht stark genug.

Am Ende waren es ihre Schreie, die sie retteten, laut genug, um die Lakaien auf dem Dachboden über ihnen zu wecken. Sie stampften auf den Fußboden, und dann waren auch Schläge gegen die Wände zu hören und die Stimme von Monsieur Jalette an der Wohnungstür, der fragte, ob alles in Ordnung sei.

Schließlich gewährten die Nachbarn Marie-Louise Asyl, die tränenüberströmt und keuchend vor Wut und Schrecken aus der Wohnung geflüchtet war. Inmitten von im Raum verstreuten Löffeln und Töpfen, mit denen der kleine Jacques gerne spielte, saß sie auf einer der noch ungeöffneten Kisten, während Monsieur Jalette mit dem alten Gourlon stritt, der die Herausgabe von Marie-Louise verlangte.

Charlotte hatte eine Schüssel mit kaltem Wasser vor sich. »Sieht aus, als hättest du etwas von deinem schönen Haar verloren, Kind«, murmelte sie, tupfte mit einem Waschlappen behutsam auf Marie-Louises Kopfhaut und schmierte Salbe auf ihre Wangen und Arme. Marie-Louise zuckte mit den Nasenflügeln, denn die Salbe stank ein bisschen, wie nasses, in Branntwein getauchtes Papier.

»Das ist Hamamelis«, sagte Charlotte. »Tut es sehr weh?«

Marie-Louise hatte keine Schmerzen. Sie empfand nichts als Erleichterung und Dankbarkeit.

»Morgen wird es schlimmer sein«, sagte Charlotte. »Du wirst überall blaue Flecken haben. Und sieh dir dein Hemd an, ganz zerrissen.«

Das war noch das Wenigste, oder?

»Ist das schon einmal passiert?«

Marie-Louise wusste nicht, was sie sagen sollte. Ja und nein. Es war schon früher passiert, nur nicht genau so wie dieses Mal.

»Er behauptet, er habe dir nur eine Lektion erteilt«, sagte Monsieur Jalette zu Marie-Louise, als er zurückkam. »Dass du Wein aus der Küche gestohlen hast. Stimmt das?«

Sie zögerte.

»Grund genug für deinen Vormund, dich zu bestrafen, wenn du mich fragst.«

Marie-Louise wusste bereits, was sie tun würde. Sie würde abstreiten, dass sie den Wein gestohlen hatte. Wenn die Jalettes sie zurückschickten, würde sie weglaufen. Sie würden sie nicht so leicht finden. Sie wusste, wie sie ins Schloss gelangen konnte. Und dort konnte sie sich tagelang versteckt halten.

»Sie geht nicht zu ihm zurück«, sagte Charlotte. »Es ist mir egal, was er sagt. Schau doch, wie verängstigt das arme Mädchen ist.«

Ihr Mann seufzte. Er war nicht ganz überzeugt, aber Marie-Louise konnte sehen, dass er nachgeben würde. Vorerst war sie in Sicherheit.

Sie räumten einen Teil des Bodens frei, streuten eine Schicht frisches Stroh auf die Dielen und legten eine Decke darüber. Sie gaben ihr noch eine zweite, mit der sie sich zudecken konnte. Nachdem sie eine Weile in einem der Weidenkörbe herumgekramt hatte, zog Charlotte ein Hemd aus grobem Leinen hervor, das Marie-Louise anstelle des zerrissenen anziehen konnte.

»Es ist ein bisschen zu groß für dich, aber das macht nichts.«

Marie-Louise wechselte das Hemd und legte sich hin. Bevor sie ging, tätschelte Charlotte ihren Kopf und sagte ihr, sie solle sich keine Sorgen machen. Alles könne gut werden … es werde etwas geschehen … sie verspreche es. Sobald Diane Gourlon zurückkehrte, würde sie, Charlotte Jalette, mit ihr sprechen. Und wenn das nicht half, wüsste sie, an wen sie sich als Nächstes wenden konnte.

Zwei Tage später hörte Marie-Louise in ihrer Ecke die Betreuerin vor Entrüstung toben, dass sie eine Standpauke dieser Emporkömmlinge, der Jalettes, über sich ergehen lassen musste. War sie eine Gefangene in ihrem eigenen Haus? Konnte sie nicht einmal für zwei Tage verreisen, um eine liebe Freundin zu besuchen, die ihren Rat zu ihren Memoiren brauchte, die sie gerade schrieb?

Es sei alles Marie-Louises Schuld, sagte der alte Gourlon. Die schamlose Art, wie sie durch den Raum ging, die Blicke, die sie ihm zuwarf. War sie nicht schon immer tückisch und ungezähmt gewesen? Niemand kann sein Blut verleugnen, stimmt doch, oder? Dicker als Wasser … früher oder später kommt alles an den Tag.

»Wir haben uns eine Rute für uns selbst ins Haus geholt, Diane«, sagte er. »Wir haben eine Giftschlange großgezogen.«

Die Betreuerin rang ihre Hände. »O ja, Antoine«, sagte sie. »Das haben wir, Antoine.«

* * *

Die Nachricht kam drei Tage später: Monsieur Lebel, zu schwach, um sein Bett zu verlassen, wünschte Marie-Louise und Diane Gourlon in seinem Haus in der Avenue de Saint-Cloud zu sehen. Nur diese beiden. Niemand sonst.

»Von einer Kutsche war nicht die Rede«, sagte der Page, der die Nachricht überbrachte, hochmütig. Auch von einer Sänfte war nicht die Rede.

Die Betreuerin machte aus ihrem Ärger keinen Hehl. Sie würden zu Fuß gehen müssen. »In dieser drückenden Hitze«, klagte sie mit einer Stimme, die keinen Zweifel daran ließ, dass auch das Marie-Louises Schuld war.

Marie-Louise war es gleichgültig. Der Weg war nicht so sehr weit, und außerdem sah sie ihre Betreuerin gern mit rotem Kopf und verärgert. Es war keine sehr große Genugtuung, aber immerhin. Seit ihrer Rückkehr aus Paris hatte die Betreuerin an allem etwas auszusetzen gehabt. Ihr missfiel Marie-Louises äußere Erscheinung, die zerzausten Haare, das verrutschte Fichu. Die Art und Weise, wie sie sprach (zu laut) oder nicht sprach (was unhöflich war). Dass sie nie da war, wenn sie gebraucht wurde, und ständig im Weg, wenn sie nicht gebraucht wurde. Und ihre Gesellschaft! »Sie läuft dieser Madame Jalette nach wie ein streunender Hund!«

Das zweigeschossige Haus in der Avenue de Saint-Cloud war mit Reliefdarstellungen von Vögeln verziert: ein Falke, ein Bussard, ein Adler in lebensechten Farben auf vergoldetem Hintergrund.

»Schick, nicht wahr?«, murmelte die Betreuerin. Dann warf sie einen Blick auf Marie-Louise und schüttelte ihren Finger. »Wage es nicht, das jemandem zu erzählen!«

Das Vorzimmer, in dem sie warten mussten, war voller Leute. In düstere Farben gekleidete Männer, schlicht angezogene Frauen, einige mit Kindern, drängten sich im Raum, warfen einander misstrauische Blicke zu und wischten sich den Schweiß vom Gesicht. Alle hofften auf ein Vermächtnis, hatte die Betreuerin gesagt.

Der Kammerdiener, dem die Wohnung im Louvre zugedacht war, entpuppte sich als ein stattlicher Mann mit einer Zahnlücke. »Der Herr möchte das Mädchen zuerst sehen«, sagte er zu der Betreuerin, nachdem sie ziemlich lange gewartet hatten. Die Betreuerin schaffte es, nicht mit der Wimper zu zucken, als ob es ihr nicht das Geringste ausmachte. Der Kammerdiener wandte sich an Marie-Louise und wies sie an, mit klarer, lauter Stimme zu sprechen, denn der Herr hörte nicht mehr gut.

»Geh«, sagte er, öffnete die Schlafzimmertür und schob sie hinein.

Das Schlafzimmer war weitaus heller, als Marie-Louise erwartet hatte, allerdings erfüllt von einem dumpf muffigen Geruch, der nur wenig von Lavendelduft gemildert wurde. Der Boden war mit einem dicken Teppich bedeckt, der ihre Schritte dämpfte. Monsieur Lebel lag in einem Bett mit vier Pfosten, die Vorhänge waren offen, sein Kopf ruhte auf einem spitzenbesetzten Kissen. Sein langer, dünner Körper war mit einer Steppdecke bedeckt, als ob er die Hitze des August nicht mehr spüren könnte.

»Wer ist da, Gaspard?«, fragte er. Ohne Perücke sah sein Gesicht geschrumpft aus, aber seine Stimme hatte sich nicht verändert. Sie war so scharf und trocken, wie Marie-Louise sie in Erinnerung hatte.

»Das Mündel der Gourlons, gnädiger Herr.«

»Alleine?«

»Ja, gnädiger Herr, wie Sie gewünscht haben«, antwortete der Kammerdiener. »Die Gourlon wartet draußen.«

»Gut. Lassen Sie sie warten.«

Der Diener schmunzelte, als ob es ein guter Witz wäre.

»Lass uns jetzt allein, Gaspard«, sagte Monsieur Lebel. Er verzog das Gesicht, als überfiele ihn plötzlich ein krampfartiger Schmerz.

Als sich die Tür hinter dem Kammerdiener schloss, verspürte Marie-Louise einen Anflug von Unbehagen. Was, wenn Monsieur Lebel starb, während sie allein mit ihm war?

»Komm näher, Kind, ich bin noch nicht tot«, sagte er, als ob er ihren Gedanken erraten hätte.

Sie ging einen Schritt auf ihn zu und sah, dass er eine goldene Uhr in der Hand hielt. War es die Repetieruhr, die sein Kammerdiener bekommen sollte? Und was war überhaupt eine Repetieruhr?

»Näher, sagte ich.«

Marie-Louise machte einen weiteren Schritt und bereitete sich auf eine Predigt darüber vor, was für eine einzige große Enttäuschung sie für alle war. Dass sie die Chancen, die man ihr gegeben hatte, vertan und Bitternis über die gebracht hatte, die sich um sie kümmerten. Die Gourlons. Schwester Seraphina.

»Ist es wahr, was ich über dich höre?«, fragte er. »Dass du dich unmöglich aufführst?«

Sie starrte ihn schweigend an, sein verhärmtes, knochiges Vogelscheuchengesicht, seine blutunterlaufenen, in den Schädel eingesunkenen Augen.

»Sprich«, forderte er. »Erklär es mir.«

Sie fühlte, wie sich ihr Kiefer trotzig anspannte.

»Ich kann dich nicht hören. Was hast du gesagt?«

»Nichts.«

»Das dachte ich mir. Du sollst näher kommen, habe ich gesagt.«

Sie machte einen weiteren Schritt auf das Bett zu, Fäulnisgeruch stieg ihr in die Nase.

»Lügen. Stehlen. Mit den Betreuern streiten wie ein Terrier mit Dachsen.«

»Es war nicht meine Schuld!«

Er schloss seine Augen und atmete schwer. »Wessen Schuld war es dann?«, murmelte er.

»Seine.«

»Ich habe etwas anderes gehört.«

»Sie haben Lügen gehört.«

»Du kümmerst dich mehr um streunende Katzen und die Kinder anderer Menschen als um deinen Unterricht. Du vernachlässigst deine Pflichten. Du bist ungehorsam. Sind das auch Lügen?«

»Ja!«

»Und du erwartest, dass ich das glaube?«

Sie hob ihre Augen zur Decke, die mit ineinander verschlungenen Weinreben bemalt war, zwischen denen violette Trauben glitzerten. Draußen vor der Tür hustete jemand, laut genug, um den Sterbenden daran zu erinnern, dass wichtigere Dinge auf ihn warteten.

»Wenn du so weitermachst, wirst du es nie zu etwas bringen.«

Langsam kochte Wut in ihr hoch. Warum konnten sie sie nicht alle in Ruhe lassen?

»Töricht«, fuhr er fort. »Du hältst dich für so viel klüger als alle anderen. Flatterhaft, genau wie deine Mutter. Wie sagt man so schön: Der Apfel fällt nicht weit vom Stamm.«

Damit hatte sie nicht gerechnet. Niemand hatte je gesagt, dass er ihre Mutter kannte, geschweige denn, dass Marie-Louise genau wie sie war. Töricht? Flatterhaft? Sie griff nach dem Bettpfosten, um sich festzuhalten, bevor sie die Frage stellte, die, wie er ohne Zweifel wusste, unvermeidlich war: »Sie kannten meine Mutter?«

Er warf ihr einen strengen, gereizten Blick zu. »Deine Mutter war immer unbesonnen, sie hat gehandelt, bevor sie nachgedacht hat, und sich von ihren Launen beherrschen lassen.«

»Wo ist sie jetzt?«

»Sie macht, was sie will, taub für alle Warnungen. Nicht überraschend, wenn man bedenkt, dass sie nie an jemand anderen gedacht hat als an sich selbst.«

Marie-Louise schloss ihre Augen und öffnete sie wieder. Sie wollte auf keinen Fall, dass dieser schreckliche alte Mann sie weinen sah.

»Es war meine Pflicht, dafür zu sorgen, dass du dich anders entwickelst«, fuhr Lebel fort. »Eine Pflicht, die ich erfüllt habe, so gut ich konnte.« Er wollte noch etwas sagen, aber ein weiterer Anfall von Schmerz hielt ihn davon ab. »Geh jetzt«, murmelte er durch die zusammengebissenen Zähne. »Geh einfach.«

Marie-Louise taumelte in das Vorzimmer hinaus, Gedanken stürzten auf sie ein. Das alles ergab keinen rechten Sinn. Ihre Mutter war am Leben? Machte, was sie wollte? Sie dachte an niemanden außer an sich selbst? An die Wand gelehnt, versuchte sie, diese Worte aufzubrechen und herauszufinden, was darin verborgen war, aber alles, was sie tun konnte, war, Tränen über ihre Wangen fließen zu lassen.

»Was hast du ihm gesagt?«, fragte die Betreuerin scharf, aber weiter kam sie nicht, denn der Kammerdiener wies auf die Tür und befahl ihr einzutreten.

Als die Betreuerin zurückkehrte, waren ihre Wangen so rot, als wäre sie geohrfeigt worden. Sie schaute Marie-Louise nicht an. Sie fragte sie auch nichts.

Sie nahmen eine Kutsche nach Hause. Es war eine kurze Strecke, und der Kutscher, den es ärgerte, dass er sie fahren musste, war unfreundlich, aber die Betreuerin schenkte ihm keine Beachtung. Sie starrte teilnahmslos aus dem Fenster auf die Bäume, die vorbeischlendernden Leute, die Wäscherinnen, die mit ihren Wäschekörben zum See gingen.

Der Wagen hielt am Tor des Schlossgeländes. Der Kutscher sagte, er dürfe nicht weiter fahren, sie müssten den Rest des Weges zu Fuß gehen.

Die Betreuerin kramte in ihrer Geldbörse. Offenbar gab sie dem Kutscher zu wenig Trinkgeld, denn er schimpfte lautstark und schrie, sie sollte verschwinden, er sei kein Bettler und habe die Nase voll von allen diesen Lackaffen im Schloss, die sich Wunder was einbildeten.

Wütend zog er dem Pferd eins mit der Peitsche über, das erschrocken wiehernd einen Satz nach vorne machte.

Auf dem Weg zur Wohnung gingen Marie-Louise ständig die immergleichen wenigen Worte durch den Kopf: Töricht. Flatterhaft. Unbesonnen. Beherrscht von ihren Launen.

Hatte ihre Mutter sie deshalb verlassen? War sie deshalb nie zurückgekommen, um sie zu suchen?

Zu Hause zogen die Gourlons sich in ihr Schlafzimmer zurück und schlossen die Tür.

Deine Schuld. Du alter Narr … was hast du getan … was hat sie ihm gesagt … wo sollen wir jetzt hin? Dann begann die Betreuerin zu schluchzen, und der alte Gourlon schlug mit der Faust auf den Tisch.

Als Madame Gourlon wieder herauskam, rief sie Marie-Louise zu sich. »Du wirst eine neue Betreuerin bekommen«, sagte sie in steifem, kleinlautem Ton. »Der barmherzige Gott stehe ihr bei! Die arme Seele hat ja noch keine Ahnung, was auf sie zukommt.«

DRITTER TEIL

Paris

1768-1789

*M*arie-Louises letzte Erinnerung an Versailles ist diese: Eine stämmige Frau in einem schlichten braunen Kleid mit einer weißen Haube, die unter dem Kinn gebunden ist, sagt mit fester Stimme zu den Gourlons: »Ich bin Marguerite Leblanc. Es war der letzte Wunsch von Monsieur Lebel und sein Befehl, dass ich mich um dieses Kind kümmere.« Unbeeindruckt von der Empörung, die ihre Worte auslösen, fügt sie hinzu: »Ich gehe davon aus, dass Sie bereits hinreichend informiert worden sind.«

Mehr als zwanzig Jahre später sollte es Marie-Louise immer noch wundern, wie bereitwillig sie mit dieser wildfremden Person mitging. Der unbekümmerte Leichtsinn der Jugend, diese hartnäckige Überzeugung, dass das Glück einem zu Hilfe kommen wird, allen Erfahrungen, die dagegensprechen, zum Trotz. Um der Jugend auf die Sprünge zu helfen, macht die Natur sie blind für die Gefahren, die vor ihr liegen.

Nach der langen Fahrt von Versailles nach Paris kamen sie zu diesem Haus in der Rue du Cygne, über dessen Tür das Hebammenzeichen hing: eine Wiege neben einem Boten, der eine Laterne trug. Sie erinnert sich, wie sie durch die Haustür ging und Hortense angesichts ihrer mageren Gestalt ausrief: »Hat man dir in diesem großartigen Versailles nichts zu essen gegeben, Kind?« Sie erinnert sich an das schmutzige Wasser nach ihrem Bad, an die Läuse, die Hortense zwischen ihren Fingernägeln zerquetschte. Sie erinnert sich an die Wärme ihres neuen Betts, an das steif gestärkte Hemd, das man ihr gegeben hat, an den bitteren Geschmack des Entwurmungstees, daran, wie die neue Betreuerin ihr die Schulter tätschelte und sagte, dass sie Tante Margot genannt werden wollte. Durch ihren Kopf schwirrten immer noch die alten Fragen. »Wer sind meine Eltern? Wo ist meine Mutter jetzt? Wo ist mein Vater?«

Sie spürt den heulenden Schmerz noch wie damals, als sie die Antwort hörte: »Das weiß ich nicht. Aber ich werde mich gut um dich kümmern.«

Es war nicht leicht in der Zeit danach. Tante Margot und Hortense hatten es nicht einfach mit ihr. Die Wut in ihr saß tief und war fest mit ihrem ganzen Wesen verflochten. Eine Wut, die sie weder erklären noch kontrollieren konnte. Sie erinnert sich an eine Blumenvase, die sie nachlässig vom Tisch gewischt, an Ruß, den sie in die Teppiche getreten hat, an ihre zornig erhobene Stimme, schroff, schrill, rasend vor Wut. »Ich habe nicht darum gebeten, hierhergebracht zu werden!«

»Stimmt, du hast nicht darum gebeten. Ich werde mich trotzdem um dich kümmern, und damit hat sich's.«

Madame Margot, so nannte Hortense sie. Für Marie-Louise war sie Tante Margot. Nicht sofort, aber sie wurde es.

Marie-Louise war ein schweres Stück Arbeit. O ja! Ein Satansbraten. Eine Plage, die ihrer Tante das Leben oft sauer machte, ihre Geduld auf eine harte Probe stellte, ihre Haare grau werden ließ, wie Hortense, die Hände übereinandergelegt, ein Lorbeerblatt im Mund, um Unglück abzuwenden, Marie-Louise täglich in Erinnerung rief.

Marie-Louise fühlte sich wie eine Gefangene in diesem Haus. Hortense, die auf sie aufpassen musste, erwies sich als eine Wächterin, die sich nicht überlisten ließ. Ihre scharfe Stimme machte jeden Fluchtversuch schon im Ansatz zunichte: »Jesus, Maria und Joseph, helft uns, jetzt und in der Stunde unseres Todes. Wohin so eilig, edle Mademoiselle aus Versailles? In die Gosse? Willst du bei den Ratten wohnen?«

Sie wusste es nicht. Es war ihr egal.

»Aber mir nicht.«

Eingeschlossen in dem Zimmer, in dem sie jetzt ihre Aufzeichnungen zu ihren eigenen Patientinnen aufbewahrt, schlug Marie-Louise mit den Fäusten auf die Tür ein, bis ihre Knöchel bluteten. Hortense, der fette Drache, wie sie sie damals nannte, spuckte Feuer.

Und doch war es Hortense, in deren Gesellschaft die Klinge von Marie-Louises Wut zuerst etwas von ihrer Schärfe verlor.

Hortense, die ihr zeigte, wie man das Feuer im Kamin abends zusammenschob und mit Asche zudeckte, damit die Glut sich bis zum nächsten Morgen hielt. Welche Teile von welchem Heilkraut man zerkleinert für Aufgüsse verwendete, wie man Fett ausschmolz, um Salben daraus zu machen. Mochte Hortense auch viel über ihr Rheuma oder über allzu anspruchsvolle Untermieterinnen klagen, bemerkte sie doch zuverlässig, wann Marie-Louises Rocksäume ausgelassen werden mussten, wann ihre Schuhe zwickten oder wann ein gesteppter Unterrock für den Winter angebracht war.

Dennoch versuchte Marie-Louise zu fliehen, undankbares Gör, das sie war. Eines Nachts schlich sie in ihrem Reisemantel die Treppe hinunter, wurde aber von Tante Margots Stimme aufgehalten: »Wo willst du hin, Kind?«

Marie-Louise antwortete nicht. Wohin wäre sie gegangen, fragt sie sich heute noch manchmal, oder eher: wie weit, bevor sie umgekehrt wäre?

Im Flur war Tante Margot gerade dabei, sich ein wollenes Schultertuch umzulegen. »Trag du meine Sachen«, sagte sie und deutete auf ihre Hebammentasche. »Ich kann etwas Hilfe gebrauchen.«

Draußen wartete ein Junge mit einer Laterne. Sie hatten es nicht weit, nur ein paar Straßen in Richtung der Markthallen. Das Haus, vor dem Tante Margot anhielt, war klein. Ein Mann stand davor und winkte uns, sein Gesicht war von Sorge gezeichnet.

»Ist da oben genug Licht?«, fragte Tante Margot.

Der Mann schüttelte den Kopf und schaute schüchtern zu, als Tante Margot mit dem Jungen verhandelte, bis dieser ihr seine Laterne abtrat und, sichtlich zufrieden mit dem Geschäft, das er gemacht hatte, abzog.

»Genug warmes Wasser?«

Der Mann nickte. »Hat der Mann seine Zunge verschluckt?«, hätte Hortense gefragt.

»Genug weiche Lappen?«

Erst nach einem weiteren Nicken folgte Tante Margot dem Mann die knarzende Treppe hinauf zum oberen Treppenabsatz. Das Stöhnen, das aus der Wohnung zu hören war, klang so, dass man nicht sicher sein konnte, ob es sich um menschliche Laute handelte. »Sie bleiben hier«, sagte Tante Margot zu dem Mann, während sie Marie-Louise winkte, ihr zu folgen.

Im Inneren des Raums sah Marie-Louise, die nun die Laterne hielt, eine Frau auf einem Bett liegen. Ihr Haar war zerzaust, ihr Gesicht schweißüberströmt. Ihr riesiger Bauch sah aus, als könnte er jeden Moment platzen, und Marie-Louise dachte, dass er wirklich platzen könnte.

Die Frau richtete den Oberkörper etwas auf. »Ich hatte schon die Hoffnung aufgegeben, dass Sie kommen würden«, sagte sie.

»Ich bin hier. Wie versprochen.«

Marie-Louise sah zu, wie Tante Margot flink an die Arbeit ging. Sie schlug den Rock der Frau hoch, tauchte einen Lappen in ein Becken mit warmem Wasser und wischte den großen weißen Bauch ab. Jede Bewegung wirkte bestimmt und präzise, jedes Wort strahlte Ruhe aus. »Es geht gut voran … nicht mehr lange.«

»Das haben Sie beim letzten Mal auch gesagt.«

»Und? Hatte ich nicht recht?«

Die Frau gab ein ersticktes Glucksen von sich.

»Halt die Laterne näher, Marie-Louise!«

Im gelben Licht sah Marie-Louise den schwarzen, haarigen Fleck zwischen den Beinen der Frau und das geschwollene Fleisch, aus dem etwas Rundes hervortrat. Sie wusste es damals noch nicht, aber dieses Kind drängte schneller in die Welt als die meisten anderen.

So lebendig, als wäre es gestern gewesen, ist die Erinnerung an diese erste Geburt. Der Schwall von blutigem Wasser, der kleine unbestimmt graue Körper, der herausflutschte in die

Hände von Tante Margot. Wie sie mit sicheren Bewegungen den gelben Schleim aus dem Mund des Neugeborenen herauszog, wie sie mit dem Rasiermesser die Nabelschnur durchtrennte, bevor sie sie zu einem Knoten band.

Sind alle Hebammen so?, fragte sich Marie-Louise.

Es dauerte nicht lang, dann schrubbte der Vater auf den Knien den Boden. »Wie Sie gesagt haben, Madame Margot … ganz flott, Madame Margot.« Die Mutter weinte und lachte und turtelte mit dem Kind, als hätte sie nie Schmerzen gehabt.

»Ist es immer so?«, fragte Marie-Louise Tante Margot, als sie durch den Morgennebel nach Hause gingen.

»Nein. Manchmal geht alles schief.«

»Was macht man dann?«

»Man lässt einen Chirurgen kommen.«

»Und dann?«

»Dann betet man.«

Als Marie-Louise im Haus in der Rue du Cygne angekommen war, wollte sie gleich nach oben eilen, aber Tante Margot packte sie an den Schultern und zwang sie, ihr in die Augen zu schauen. Sie waren wasserblau, erinnert sich Marie-Louise, rot umrandet, blinzelnd nach der schlaflosen Nacht.

»Weißt du, Kind«, sagte sie, »du kannst diese Wut in dir immer weiter mästen, oder du kannst endlich anfangen, das zu nähren, was das Beste in dir ist.«

Vielleicht war es nur ein Riss, aber das reichte, damit ein winziger Schimmer Licht eindringen konnte.

Von da an wurde Marie-Louise ruhiger. Sie half Hortense in der Küche, saß mit den anderen im besten Zimmer, wenn sonntags die Freundinnen von Tante Margot kamen. Sie waren alle Hebammen, und sie redeten von dem Schicksal, das in den weiblichen Körper eingeschrieben ist. Von Geburten, die lang oder kurz dauerten, die schmerzhaft waren oder so leicht, dass man staunen musste. Von Frauen, die Unmengen von rotem

Fleisch aßen in der Hoffnung auf einen Jungen, oder Früchte, wenn sie sich ein Mädchen wünschten. Von Kindern, die sie mit ihren starken, geschickten Händen herauszogen, von Kindern, die schwach oder robust waren, von solchen, die man wiederbeleben musste, und anderen, die eiserne Lungen besaßen. Hebammen, die lachten, als sie sich an ein zähes Ringen mit einer jungen Mutter erinnerten, die flehte, man möge dem Kopf des Kindes eine schönere Form geben. »›Haben Sie Geduld‹, sagte ich ihr, ›geben Sie Gott eine Chance!‹« Die Marie-Louise Schauer über den Rücken jagten, als sie von einem Mädchen erzählten, das man erfroren auf dem Wall gefunden hatte, halb nackt, ihr totes Kind an die Brust gedrückt, oder von einer jungen Mutter, die eine Tochter ohne Gesicht zur Welt gebracht hatte.

Hebammen, so hörte sie, müssen auf alles vorbereitet sein.

Was Marie-Louise immer noch schmerzt, ist, dass sie wertvolle Zeit damit vergeudet hat, Phantomen hinterherzujagen, statt zur Kenntnis zu nehmen, was doch offensichtlich war.

Dass sie ein Zuhause gefunden hatte.

Dass die Vergangenheit nicht ihr Leben beschädigen musste.

* * *

Beifuß, Wermut und schwarzer Pfeffer taten dem Magen gut, sie hatten sedierende Wirkung und stärkten die Lebenskraft. Kamillentee beruhigte überreizte Nerven. Die geheimnisvollen Tiegel auf der Fensterbank im Zimmer von Tante Margot wurden für die Brennnesselprobe gebraucht: Man legte über Nacht frische Brennnesseln in den Urin einer Frau. Wenn sie schwanger war, fand man am Morgen rote Flecken auf den Blättern, wenn nicht, waren sie schwärzlich verfärbt.

Aber am Ende waren es die Bücher von Tante Margot, die die letzten Spuren von Marie-Louises Wut auslöschten, Bücher, die wie zufällig auf einem Beistelltisch, auf dem Kaminsims la-

gen. Eine Zeichnung, eine markierte Passage auf der aufgeschlagenen Seite lockte sie auf eine Fährte, der sie folgen musste. Vesalius, *Über den Aufbau des menschlichen Körpers*: »die
vorübergehende Behausung und das Werkzeug der unsterblichen Seele«. Das Geflecht von Muskeln und Adern unter
der menschlichen Haut, das zeigte, wie Knochen und Organe
miteinander verbunden waren. Madame du Coudray, *Abrégé
de l'Art des Accouchements*: »Darstellung der Gebärmutter,
ihrer Lage, ihrer Öffnung, ihrer graduellen Ausdehnung, ihrer Kontraktion und verschiedener Unregelmäßigkeiten«. Zwei
Hände mit weißen Manschetten halten den Kopf eines Kinds,
ziehen ihn durch ein verengtes Becken oder drehen den Fötus,
um die Geburt zu ermöglichen. Die starken Hände einer Hebamme: flinke, geschmeidige und kräftige Hände.

Die hochgeschätzte Madame Angélique du Coudray war,
wie Marie-Louise wusste, drei gesegnete Jahre lang die geliebte
Lehrerin von Tante Margot gewesen. Sie hatte Tante Margot
alles beigebracht, was sie wusste. »Eine Lehrerin, die ich jeden
Tag vermisse«, fügte Tante Margot hinzu, denn mittlerweile
konnte man Madame du Coudray nicht mehr einfach in Paris
aufsuchen, denn sie reiste ständig in ganz Frankreich umher
und bildete Mädchen vom Land in der Hebammenkunst aus.
Indes konnte Tante Margot Marie-Louise eine Zeichnung der
Maschine zeigen, die Madame du Coudray erfunden hatte; es
handelte sich dabei um eine Stoffpuppe mit einem großen
Bauch, an der angehende Hebammen ihre Fähigkeiten üben
konnten, ohne jemanden zu gefährden. Und sie konnte ihr die
Geschichte erzählen, wie Madame diese wundersame Maschine nach Versailles gebracht hatte, wo Seine Majestät höchstselbst unter dem tosenden Applaus des Hofes mit großem Stolz
ein Mädchen aus Stoff ans Licht der Welt befördert hatte.

Die Spur aus Brotkrumen führte Marie-Louise weiter.

»Ich kann dich in die Lehre nehmen … wenn du es wirklich
willst … wenn du beweist, dass du zu gebrauchen bist.«

Wie sie das beweisen konnte? Indem sie sich um die Hausgäste kümmerte.

»Meine Mädchen«, so nannte Tante Margot sie. Einige wurden von Verwandten hergebracht, andere tauchten von sich aus auf, schluchzend und verängstigt. Fleur, die der Madonna auf dem Kupferstich ähnelte, der über dem Bett von Hortense hing, wünschte ihrem untreuen Liebhaber die Pocken an den Hals. Pascaline, die Marie-Louise jeden Morgen bat, ihr von der großen Welt der Mächtigen zu erzählen. Catherine, die, als sie einmal einen einbeinigen Bettler sah, fragte, ob wohl seine Liebste ihm das Bein abgebissen habe oder der Teufel.

Alle baten Tante Margot, ihnen zu helfen, murrte Hortense oft, und dann beklagten sie sich, dass ihr Zimmer zu klein sei oder die Seife zu scharf oder der Kuchen nicht süß genug. Als ob sie Madame ein Vermögen für Kost und Logis zahlen würden, fügte sie hinzu, denn sie beurteilte ganz allgemein die Art und Weise, wie Tante Margot ihre Geschäfte führte, äußerst kritisch. Warum verlangte sie für ihre Dienste nur zehn Livres pro Tag, wo doch andere Hebammen zwölf nahmen? Und warum musste Hortense drohen, zu gehen, bevor ihre Herrin einwilligte, die Kosten für Wäsche extra in Rechnung zu stellen?

Das, meinte Marie-Louise, sei keine gute Frage. Viel interessanter sei die Frage, warum Tante Margot überhaupt noch hinhörte, wenn Hortense drohte, zu gehen. Das tue sie ja andauernd, zweimal täglich, wenn nicht dreimal. Was ihre Position nicht eben stärke, oder?

»Du hältst dich schon für *sehr* klug, du Schlossfräulein«, schnaubte Hortense. »Was hast du sonst noch in Versailles gelernt?«

»Dass der beste Marmor aus Carrara kommt. Das liegt in Italien.«

»Ist das alles?«

Ihr Leben in Versailles war kein Thema, mit dem sich Marie-Louise weiter beschäftigen wollte. Zumal die Erinnerung an die spöttische Stimme des alten Gourlon ihr noch immer das Blut in den Adern gefrieren ließ. *Nun, warum tust du das, Marie-Louise? Warum reißt du einen ehrlichen, gottesfürchtigen Mann mitten in der Nacht so aus dem Schlaf?*

Was wäre, wenn sie in dieser Nacht schwächer, langsamer gewesen wäre und weniger Glück gehabt hätte? Was wäre, wenn Tante Margot nicht gekommen wäre, um sie zu sich zu holen?

Um diese Gedanken zu unterbinden und sich in die Gegenwart zurückzurufen, kniff sie sich fest in den Arm.

Du beweist, dass du zu gebrauchen bist.

Deshalb war Marie-Louise, wenn Tante Margot nach *ihren Mädchen* schaute, immer mit einem warmen Handtuch und der richtigen Salbe in der Nähe und lernte, die ersten Anzeichen von Problemen zu erkennen: Blutungen, geschwollene Füße, Mundgeruch. Sie lernte auch, erste Anzeichen von Verzweiflung zu erkennen: in albernem Geschwätz, in allzu lang andauernden Gebeten, in abgebissenen Fingernägeln. Und sie sah, wie Tante Margot mit fester, aber nie unfreundlicher Stimme die Mädchen durch Dunkelheit und Schmerz leitete, hörte, wie sie, wenn sie ein Neugeborenes in den Armen hielt, flüsterte: »Armes unschuldiges Mäuschen. Ich werde dafür sorgen, dass es dir an nichts mangeln wird.«

Sie wusste, dass sie sich bewährt hatte, als Tante Margot sie zu ihren Patientinnen mitnahm und sie mit den Worten »Mein Lehrling« vorstellte, die sie vor Stolz erröten ließen.

* * *

Erst als Marie-Louise siebzehn Jahre alt wurde, konnte Tante Margot in einem Notariat in der Rue des Jardins einen ordentlichen Lehrvertrag mit ihr abschließen. Ein Vertrag, der eine dreijährige Ausbildung versprach und in dem »die vereidigte Hebamme Madame Marguerite Leblanc sich verpflichtete, ihren Lehrling ihre ganze Kunst zu lehren, ohne etwas zu verbergen oder zu verschleiern«. Nicht nur, was die eigentliche Geburtshilfe betraf, sondern auch »Medikamente und Heilmittel, Verbände, Kompressen und Räuchern«.

All dies diente der Vorbereitung auf die Prüfung an der École de Chirurgie. Das Examen verursachte Kosten in Höhe von 169 Livres und 26 Sous und wurde von einem Gremium durchgeführt, dem der erste Chirurg des Königs, leitende Mitglieder der medizinischen Fakultät und vier vereidigte Hebammen angehörten. »Und andere Personen von Rang«, pflegte Marie-Louise abkürzend zu sagen, damit die Liste nicht gar zu erschreckend imposant geriet.

Sie formten sie, diese Lehrjahre, härteten sie ab, machten sie zu dem, was sie ist. Jeden Tag begleitete sie Tante Margot bei ihrer Visite. Jeden ersten Montag im Monat nahmen sie, wie alle Pariser Hebammen, an der Messe in der Kirche Saint-Côme teil und machten anschließend Hausbesuche bei armen Frauen, die eine Hebamme brauchten. Sie hörten monatliche Vorlesungen in der angrenzenden École de Chirurgie und waren bei Sektionen von Frauen anwesend, die bei der Geburt gestorben waren. Jeder dieser Fälle vermittelte genauere Einblicke in die Ursachen furchtbarer Tragödien. *Becken zu schmal, Knochen durch Rachitis deformiert ... Kopf des Fötus zu groß,* schrieb Marie-Louise in ihr dickes in Leder gebundenes Notizbuch. *Blutungen, die nicht zum Stillstand gebracht werden konnten ... Fieber, das nicht nachließ.*

Berichte von Freude und Verlusten füllten viele solcher Notizbücher. Siebenundneunzig Kinder kamen allein im ersten Jahr wohlbehalten zur Welt, und es gab zwölf Totgeburten. Siebzehn Mütter starben bei der Niederkunft, zwei mit ihrem ungeborenen Kind; der Chirurg war rechtzeitig gerufen worden, aber er konnte nicht helfen. Einundzwanzig Fehlgeburten, fünf davon unter Umständen, die Tante Margot veranlassten, die Stirn zu runzeln und die Patientin ausführlich zu befragen. Zeichnungen von Beckenformen, Kindslagen, Beschreibungen von Wehen, manches mit Fragezeichen versehen, anderes mit Ausrufezeichen.

Notizbücher, die Tante Margot am Ende jeder Woche noch einmal durchsah, wobei sie mit ihrer halb strengen, halb scherzenden Stimme ihrem Lehrling in Erinnerung rief: »Die Patientin interessiert sich einen Dreck für deine Zweifel, Marie-Louise, und für deine Gefühle. Sie hat ein Kind zu entbinden. Dem ist es übrigens auch egal.«

Und ja, Marie-Louise, eine gute Hebamme braucht eine starke Blase.

Alles wäre schwieriger gewesen ohne Anne und Madeleine, die im selben Jahr bei zwei mit Tante Margot befreundeten Hebammen ihre Lehre begannen. Anne war ein wenig mollig, mit haselnussbraunen Augen; Madeleine war fast so groß wie Marie-Louise, aber dünner, mit Zähnen, die kaum in ihrem Mund Platz fanden.

Marie-Louise verglich sich und diese beiden oft mit Soldaten auf dem Schlachtfeld. Unerschrocken stürmten sie im Kugelhagel vorwärts, während andere um sie herum fielen. Man denke nur an Josée, die prompt ohnmächtig wurde, als sie zum ersten Mal bei einer Sektion dabei war. Oder an Josseline, die Knochen, die ein Fleischer für den Wachhund von Saint-Côme geliefert hatte, für menschliche Gebeine hielt. Oder an dieses südländisch aussehende Mädchen, das betrunken zur Sektion kam und sagte, sie habe nur einen Schluck Nerventonikum getrunken. Und die danach nie wieder auftauchte.

Sie sahen einander täglich, lernten gemeinsam, wann immer sie konnten. Es ging allerdings nicht immer so ganz ernst zu. Einmal machten sie sich, statt anatomische Zeichnungen zu kopieren, Teufelshörner aus Papier, schmierten sich die Gesichter mit Ruß ein und schlichen in die Küche, wo sie Hortense fast zu Tode erschreckten.

Sie mussten sich deswegen einem strengen Verhör durch

Tante Margot unterziehen, was allerdings ihre Heiterkeit nicht auf Dauer trübte. Der Vorfall wurde in Madeleines Notizbuch festgehalten und mit einer Zeichnung, auf der zwei Hörner zu sehen waren, illustriert.

Als Marie-Louise das erste Jahr ihrer Lehrzeit abschloss, kam ein Maler zu einer Sitzung, um mit einem passenden Porträt an diesen bedeutsamen Tag zu erinnern.

Es war Tante Margots Idee gewesen. Eine Hebamme und ihr Lehrling, eine Erinnerung an ein Jahr gemeinsamer Arbeit.

Der Maler wollte die beiden auf dem grünen Sofa posieren lassen, Marie-Louise den Kopf an die Schulter ihrer Tante gelehnt und zu ihr aufblickend. Entweder ernst oder fröhlich, schlug der Maler vor. Wenn Ersteres gewünscht werde, sollte Tante Margot ihren Blick auf Marie-Louise richten, und sanftes Licht sollte auf beiden Gesichtern liegen. Im zweiten Fall sollte die Freude ihren Ort in den dunkelblauen Augen und dem Lächeln von Marie-Louise finden.

Tante Margot wollte weder das eine noch das andere. Die beiden sollten nebeneinandersitzen und sich über das Handbuch von Madame du Coudray beugen, bestimmte sie. Die aufgeschlagene Seite sollte diejenige sein, auf der man in einer schematischen Darstellung den Mutterleib mit einem zusammengerollten Fötus sieht.

»Wie Madame wünscht; Sie sind die Auftraggeberin«, sagte der Maler steif, ohne Zweifel vorgewarnt. Hebammen hatten einen Ruf. Sie galten als überaus selbstbewusst oder, um es offener auszudrücken, dickköpfig. Es sei gegen die Natur und daher ganz falsch, einer Frau so viel Macht zuzugestehen. Das Wort einer Hebamme soll vor Gericht für wahr gelten? Sogar gegen das Wort eines Mannes?

Nach vier Sitzungen und zwei Monaten des Wartens, weil die Farbe trocknen musste, stand das Porträt auf einer Staffelei im besten Raum. Der Maler lüftete den Schleier, nicht ganz so elegant mit einer einzigen Bewegung, wie er es beabsichtigt hatte, aber anmutig genug. Für einen Moment sah alles so aus, wie es sein sollte: Die beiden Figuren saßen nebeneinander auf dem grünen Sofa mit den gelben Quasten; das Buch zwischen ihnen war auf der Seite mit dem Bild einer Gebärmutter mit Fötus geöffnet.

Aber wenn man genauer hinsieht, fällt einem auf, dass die gemalten Hände von Tante Margot ein bisschen zu groß sind. Sagen wir zwei bisschen. Oder drei. Ihr halb geöffneter Mund klafft, ihre Ellbogen sind zu spitz. Marie-Louises Gesichtsausdruck wirkt eher geistesabwesend als selbstbewusst.

Als Hortense um ihre Meinung gebeten wurde, erklärte sie: »Madame hat keine so schlechten Zähne.«

Die Zähne wurden in Ordnung gebracht, die Hände etwas verkleinert, allerdings erst nach einem Schlagabtausch, in dessen Verlauf einige herabsetzende Bemerkungen fielen, und nachdem Tante Margot gedroht hatte, die letzte Rate der Zahlung zurückzuhalten. Das Porträt wurde über dem Sofa aufgehängt, das, wie Marie-Louise findet, noch am besten weggekommen ist, da sein Konterfei sowohl seinem Äußeren als auch seinem Wesenskern gerecht wird.

Und was ist mit Marie-Louise selbst?

»Verzeih mir, dass ich es so undiplomatisch ausdrücke«, sagte Madeleine. »Aber du siehst auf diesem Bild wie das Musterexemplar einer Gans aus. Einer sehr hübschen Gans, gewiss …«

Das ist die ungeschminkte Wahrheit.

* * *

Ihre Versailler Jahre waren verschwendete Lebenszeit, denkt Marie-Louise verbittert.

Wenn man anderen Menschen ein Übermaß an Aufmerksamkeit zuwendet, wenn man ihnen eine Verbundenheit auf-

drängt, die sie nicht wünschen, ist man nicht allein lästig, sondern auch verächtlich.

Sie war dort nie erwünscht, oder?

Ein uneheliches Kind, das für Geld aufgenommen wurde. Man erduldete sie wie eine Strafe. Weil man seine Pflicht erfüllen musste.

Es war nicht viel nötig, um solche Gefühle wieder aufflammen zu lassen. Eine Pariser Katze konnte denselben Grauton haben wie Minou vom Dach des Schlosses von Versailles oder hinken wie die weiße Angorakatze. Jemand konnte hinter ihrem Rücken etwas flüstern und verschwinden, wenn sie sich umdrehte. Ein Mann, der aus einer Kneipe torkelte und allen Weibern die Pest an den Hals wünschte, konnte etwas von dem alten Gourlon an sich haben; eine Frau mit verkniffenem Gesicht, die sich in schrillem Ton mit einem Kaffeesieder stritt, konnte der Betreuerin ähneln. Einmal erschrak Marie-Louise fast zu Tode, als sie Monsieur Lebel vor dem Palais Royal umherstolzieren sah, als wäre er noch am Leben. Dunkler Rock mit silbernen Borten, ein Spazierstock schwang in seiner krallenartigen Hand. Sie beschleunigte ihre Schritte und bog um die nächste Ecke, nicht weil sie wie Hortense glaubte, dass die Toten wiederkehren, sondern nur, weil – wie Tante Margot zu sagen pflegte – ein bewegliches Ziel schwerer zu treffen ist.

Sie fragte sich immer noch, wer ihre Eltern waren, obwohl sie inzwischen ihre alten kindlichen Phantasien nur noch lächerlich fand. Diese Zeichnungen, die sie unter Steinen versteckt hatte! Diese Wüsten Arabiens!

Eine Frucht der Sünde. Im falschen Bett gezeugt.

Nein, ein Kind der Liebe, sagte Tante Margot. Ihr Vater wollte nicht, dass sein Name genannt wurde, aber er hatte großzügige Vorkehrungen getroffen. Jedes Vierteljahr wurde ein Betrag für ihren Unterhalt gezahlt. Sie würde auch eine Mitgift bekommen, wenn sie heiratete. Unzählige andere hatten es viel schlechter.

»Arrangements treffen« nannte Tante Margot das, was sie jedes Mal in aller Hektik bewerkstelligen musste, wenn eines »ihrer Mädchen« sie bat, ein Zuhause für ihr Kind zu finden, oder einfach verschwand und das Neugeborene zurückließ. Sie meinte damit die Suche nach Adoptiveltern, das Hin und Her von Zusicherungen und Forderungen, das dazugehörte. Manchmal wechselte Geld den Besitzer. Manchmal wurde Geld einem Treuhänder übergeben oder in Form einer Rente gesichert. Eine Mutter musste unter Umständen schwören, niemals nach ihrem Kind zu suchen. Es konnte vorkommen, dass die Hebamme das Kind taufen ließ und ihm einen Nachnamen gab. Dieser Name konnte etwa von dem Namen der Straße, in der ein solches Kind geboren worden war, abgeleitet werden oder von irgendeinem beliebigen Gegenstand, auf den die Mutter während der Geburt geblickt hatte. Und manchmal wählte man einfach den Namen *Blanc*, »weiß«, weil die Stelle auf dem Papier, auf der man den Namen des Vaters hätte eintragen müssen, weiß, also leer, blieb.

Madame Leblanc? Le Blanc?

»Eines Tages werde ich es dir sagen, Marie-Louise, aber nicht jetzt.«

»Was ist mit meinem eigenen Namen?«, fragte sie. »Gibt es eine Straße namens Bosque? Oder eine Stadt?«, fragte sie.

»Das weiß ich nicht.«

Was Tante Margot wusste, war dieses: Der Vater von Marie-Louise war ein Ausländer, ein polnischer Graf, der im Gefolge der Königin nach Frankreich gekommen war.

»Und meine Mutter?«

»Sie war hübsch.«

»Kannten Sie sie?«

»Hübsch sein ist ein Unglück«, sagte Tante Margot, was keine Antwort war, sondern der Beginn einer Litanei, die Marie-Louise schon viele Male gehört hatte: Hübsche Mädchen wissen nicht, was und wer sie sind. Sie sind wie Wetterhähne, die sich mit dem Wind drehen. Sie sind zu abhängig vom Strom der Bewunderung, sie sind süchtig danach.

»So war meine Mutter?«

Tante Margot holte tief Luft, hielt den Atem an und ließ ihn dann wieder ausströmen. »Ich habe bei der Jungfrau Maria geschworen, meinen Mund zu halten«, sagte sie. Und dann, als sie sah, wie Marie-Louise blinzelte, um die Tränen zurückzuhalten, fügte sie hinzu: »Schweigen ist kein zu hoher Preis dafür, dass man einem Kind das Findelhaus erspart, nicht?«

Wie hätte Marie-Louise dem widersprechen können? Schließlich sagte sie genau das oft genug selbst.

***

Versailles sei ein anderes Land, sagten die Leute. Der König mochte Paris nicht, also mochte Paris den König nicht. »Seine Majestät wird nicht überall in gleichem Maß geachtet«, konnte eine Hebamme bei einer Versammlung in Saint-Côme anmerken. Nach der Sonntagsmesse konnte jemand sagen, dass der Große Sünder immer noch nicht die Kommunion empfing, ein Beweis dafür, dass er sich nicht im Zustand der Gnade befand. Oder davon reden, dass es allgemein bekannt sei, welche Profession die derzeitige königliche Mätresse Madame du Barry ausübe. Oder sie einfach eine königliche Hure nennen. »Wie viel kostet sie jährlich?«, hörte Marie-Louise Leute fragen. »Mehr als all diese Hirschpark-Mädchen?«

Es war ein Glück für Frankreich, dass der Dauphin nicht nach dem alten König kam. Keine Mätresse, keine Bastarde des Thronfolgers in Sicht, für die man zahlen müsste. Etwas zu schüchtern fand Madeleine ihn, und so unbeholfen. Anne meinte, glücklicherweise sei seine österreichische Frau Marie-Antoinette hübsch und lebhaft. Schade nur, dass sie möglicherweise unfruchtbar sei. Fünf Jahre verheiratet und immer noch flach wie ein Bügelbrett.

Tante Margot ging dazwischen, wenn sie solche Spekulationen hörte. Man sollte doch annehmen, dass sie mittlerweile wussten, dass es nicht immer die Schuld der Frau war. Sagte Madame du Coudray nicht, dass Hebammen alle Möglichkeiten im Auge behalten müssen? Erinnerte sie sie nicht daran, dass Hebammen nicht ohne Grund »weise Frauen« genannt werden?

O ja, das hat sie getan.

Es war eine bekannte und unbestrittene Wahrheit, dass die verehrungswürdige Madame du Coudray für jede Gelegenheit einen passenden Spruch geprägt hatte. Und wenn nicht, erfand Tante Margot auf der Stelle einen, ohne auch nur einen Moment lang zu stocken.

Marie-Louise war auf halber Strecke ihrer Lehrzeit, als der alte König krank wurde. Es war Ende April 1774, drei Wochen nach Ostern. Hortense kam vom Markt nach Hause und verkündete, Seine Majestät habe sich bei einer Hirschjagd eine Erkältung zugezogen. Sie sei so ernst, dass man ihn zurück nach Versailles habe bringen müssen.

Einen Tag später sprachen die Marktfrauen von einem wütenden Fieber und dass der Körper des Königs mit Pusteln übersät sei. Das seien die Klauen des Teufels, hörte Hortense die Leute sagen, Sünden hinterließen eben immer Spuren, die alle sehen könnten.

Was für Sünden waren das?

Kindesentführung. Und er hat das Blut von Jungfrauen vergossen.

»Was wird sonst noch geredet auf dem Markt? Dass die Erde eine Scheibe ist?«, fragte Marie-Louise. »Und dass man runterfällt, wenn man bis zum Rand segelt?«

»Es gibt keinen Rauch ohne Feuer, oder?«, antwortete Hortense und schlug mit einem Geschirrtuch nach Marie-Louise. Hortense, die im Laufe der Jahre nur immer stämmiger und kräftiger geworden war und nach wie vor gut in der Lage war, einem Küchenmädchen zu zeigen, wie man zwei große Wassereimer auf einmal schleppt. Kein Wunder, dass die Küchenmädchen in der Rue du Cygne nicht lange blieben, sagte Tante Margot.

Hortense brachte immer schlimmere Details vom Zustand des Königs mit nach Hause. Anfang Mai brachen die Pusteln auf. Zwei Tage später gaben die Ärzte ihn verloren. Ein Priester nahm dem König die Beichte ab und sprach ihn von seinen Sünden los. Lakaien begleiteten Madame du Barry zu ihrer Kutsche. Madame Hure schluchzte sich ihr verruchtes Herz aus dem Leib, den ganzen Weg zurück nach Paris.

Vater unser, der Du bist zu Versailles, geheiligt werde Dein Name, so verhöhnten die Marktfrauen die täglichen Aufrufe, für den König zu beten: *Dein Reich vergeht, Dein Wille geschieht im Himmel so wenig wie auf Erden.* Es gab Gerüchte, dass der alte räudige Löwe im Jardin des Plantes mit Steinen beworfen worden sei. Weil er der König der Tiere war.

Der Tod des Königs eine Woche später brachte die Klatschmäuler keineswegs zum Verstummen. Der Gestank sei so schrecklich gewesen, dass kein Höfling sich der Leiche nähern wollte, hörte Marie-Louise. Man habe vier Bettler ins Schloss geholt und dafür bezahlt, dass sie die königliche Leiche in einen Holzsarg legten. Einer von ihnen fiel angeblich tot um, bevor der Sarg geschlossen wurde. Der Holzsarg wurde in einen Bleisarg gelegt und dieser in einen dritten Sarg, gleichwohl war der Gestank noch so stark, dass Leute in Ohnmacht fielen. Als der Leichnam zur Bestattung nach Saint-Denis gefahren wurde, ahmten die Leute auf der Straße Jagdhörner nach und heulten wie Hunde, die sich gleich auf ihre Beute stürzen werden.

Niemals seit Anbeginn der Welt habe man etwas Derartiges erlebt, erklärte Hortense.

Als wäre sie dabei gewesen, als die Welt erschaffen wurde, sagte Marie-Louise zu Madeleine, die lachen musste. Im Gegensatz zu Tante Margot, die nur eine Grimasse zog, als Marie-Louise die Geschichte von Hortense erzählte. Sie sagte, dass die Menschen immer nur das Schlimmste von ihren Mitmenschen im Gedächtnis behalten und dass dies eine tückische Sache sei. »Außerdem maße ich mir im Gegensatz zu gewissen anderen hier nicht an, Gottes Urteil zu kennen«, sagte sie auch.

Eigentlich machte sich Marie-Louise nicht so viele Gedanken über den alten Louis. Aber sie sprach ein Gebet für den jungen, den sie als Auguste gekannt hatte und der mit ihr hatte durchbrennen wollen. Sie hatte gehört, dass Höflinge durch die Korridore von Versailles gerannt waren, weil jeder der Erste sein wollte, der ihm die Nachricht brachte, dass er nun König war.

König Louis XVI. von Frankreich und Navarra, so heißt es, fiel auf die Knie und bat Gott, er möge ihn leiten, denn er sei zu jung, um zu regieren. Die neue Königin, Marie-Antoinette, kniete neben ihrem Mann nieder und brach in Tränen aus.

* * *

»Mir ist bis jetzt noch kein Mann begegnet, der es einer Frau nicht übelgenommen hätte, dass sie ihre eigenen Ansichten hat«, sagte Tante Margot oft.

Aber auch: »Man spricht mit viel Respekt von Pierre Vernault, das muss ich zugeben.«

Oder: »Ich möchte nicht, dass du etwas Überstürztes tust.«

Aber auch: »Ich möchte dich gern in gesicherten Verhältnissen sehen, Marie-Louise, bevor ich die Augen für immer schließe.«

Eine Zeit lang war es nur etwas, worüber Marie-Louise sich gemeinsam mit Madeleine und Anne lustig machte. Denn letztlich lief die Argumentation von Tante Margot darauf hinaus: Sei so nett, lass mich meinen Kuchen aufessen und ihn zugleich für später aufheben.

Anne verlobte sich mit einem sehr gut aussehenden Chirurgen von der École de Chirurgie und lief mit einem Lächeln umher, das Marie-Louise als »verklärt« bezeichnete. Madeleine nannte es nervtötend. Einig waren sich die beiden darin, dass Anne es verstand, die Treppe hinauf zu fallen, was ihnen neidlosen Respekt abnötigte.

Pierre Vernault war ein Anwalt, den Tante Margot wegen einer Rechtssache konsultiert hatte. Sie erwog eine Klage, um überfällige Zahlungen für Unterbringung, Geburtshilfe und Auslagen in Höhe von dreihundert Livres einzutreiben. Monsieur Vernault war überaus hilfreich gewesen. Er überprüfte die Familie und stellte fest, dass sie bereits bei fünf Geschäftsleuten Schulden hatte. Es lohne sich nicht, dass Madame ihre kostbare Zeit darauf verwende, sagte er. Tante Margot war sehr dankbar für diese Bemühungen, aber es war ihr peinlich, als er sich strikt weigerte, Geld dafür anzunehmen. Darum lud sie ihn in die Rue du Cygne ein. Er stammte aus Nancy und hatte keine Verwandten in Paris, weswegen Hortense entschied, dass ihr bester Marzipankuchen genau das Richtige für ihn sein würde.

Da Tante Margot gesagt hatte, dass »mit viel Respekt« von Pierre Vernault gesprochen werde, hatte Marie-Louise sich ihn als einen strengen und düsteren Mann vorgestellt, aber er war nichts dergleichen. Keck, beschrieb sie ihn später Madeleine, aber nicht auf Teufel komm raus. Raffiniert also, sagte Madeleine, worauf zu ihrer Überraschung Marie-Louise ziemlich verärgert reagierte.

»Ziehen Sie es vor, bewundert oder angenehm unterhalten zu werden?«, hatte Pierre gefragt, als sie ihn ins beste Zimmer führte. »Sind das meine einzigen Möglichkeiten?«, gab sie zurück und sah ihn lächeln.

Das beste Zimmer war plötzlich ziemlich peinlich. Zu viele Beistelltischchen mit gehäkelten Deckchen drauf. Überall Geschenke von dankbaren Patientinnen: die Porzellanfigur einer

Milchmagd, eine Holztafel mit einem Gebet an die heilige Margareta, jeder Buchstabe eingeritzt und mit Ruß geschwärzt. An der Wand das schreckliche Porträt von Tante Margot und Marie-Louise. Sie sah darauf wirklich wie eine Gans aus, musste sie zugeben. Und mittendrin Pierre, gut aussehend in seinem einfachen schwarzen Anzug, die Perücke tadellos gelockt.

Ein Mann der wohlgewählten Worte, hatte Tante Margot über ihn gesagt.

Nicht immer allzu behutsam gewählt, dachte Marie-Louise, denn Pierre redete mit viel Leidenschaft zwischen herzhaften Bissen Marzipankuchen. Über die Fälle, die er in letzter Zeit durchgefochten hatte, ihre Bedeutung. Man zieht die Steuerschraube an, und plötzlich ist Gemeindeland nicht mehr Gemeineigentum? Jemand muss für Chancengleichheit in der Armee, in der Kirche eintreten. Und für Gedanken- und Redefreiheit. Warum soll es ein Verbrechen sein, wenn man ein Buch liest, das der Zensor für bedenklich hält?

»Ich langweile Sie, Mademoiselle Bosque, nicht wahr? Ich hätte mich darauf beschränken sollen, den Kuchen zu loben.«

»Nein. Aber Sie sollten den Kuchen noch viel mehr loben, wenn Sie noch einmal eingeladen werden möchten.«

»Köstlich. Der beste, den ich je gegessen habe. Marzipan – ach, wie mich das gerührt hat! Meine Mutter hat diesen Kuchen über alles geliebt.«

»Ich werde dafür sorgen, dass unsere Hortense davon erfährt.«

Sie war es nicht gewohnt, dass Männer ihr so unverwandt in die Augen schauten.

Er erzählte Geschichten von den Vernaults *en famille* in Nancy. Der Vater von Pierre erschlug Wespen auf dem Gartentisch, als hinge sein Leben davon ab, dass er sie alle bis zur letzten vernichtete. Er nannte sie abscheuliche Räuber, die ihn des göttlichen Genusses frischer Früchte beraubten. Und gleichzeitig jammerten Pierres zwei Schwestern, und seine Mutter hielt ihrem Mann eine Predigt darüber, dass man allen Geschöpfen mit Barmherzigkeit begegnen müsse. »So habe ich gelernt, laut zu sprechen. Anders konnte ich mir nicht Gehör verschaffen.«

»Und auf welcher Seite waren Sie? Für oder gegen die Wespen?«, fragte sie.

»Dagegen.« Es waren bei weitem zu viele von ihnen. Haben Sie jemals versucht, mit den Händen zu fuchteln und gleichzeitig einen köstlichen Kuchen zu essen?

Tante Margot rutschte ungeduldig auf ihrem Stuhl hin und her. Hatte sie es schon gemerkt?

Man hätte es fast glauben können, ihren Fragen nach zu urteilen, die Pierre mit eifrigem Ernst beantwortete. Sein Vater, ein angesehener Anwalt, war bereits vor zwei Jahren an einem Schlaganfall gestorben. Seine Mutter folgte ihm drei Monate später. Die zwei jüngeren Schwestern lebten noch in Nancy. Beide waren verheiratet. Eine noch kinderlos, die andere hatte drei Jungen im Alter von acht, sechs und zwei Jahren. Der Achtjährige wollte Anwalt, der Sechsjährige wollte acht werden. Der Zweijährige war noch unentschieden, was er werden wollte.

»So habe ich schon lange nicht mehr gelacht«, sagte Tante Margot, nachdem Pierre gegangen war.

Marie-Louise half Hortense nicht, den Tisch abzuräumen, sondern schlich sich in den Garten hinaus. Sie ging langsam und bemerkte, wie sich die Blumen öffneten und der alte Kirschbaum seine Äste ausbreitete. Ein Star landete auf dem Zaun, schlug mit den Flügeln und sah zu ihr hinüber, als wartete er auf sie. Sie wurde sich der Form ihrer Brüste und ihrer Lippen bewusst und fragte sich, wie es sich anfühlen würde, wenn Pierre sie küsste.

Etwas in ihr flüsterte: Was nun?

Da kam ihr der Gedanke, dass sie, wenn sie ihn heiraten würde, Madame Vernault werden würde. Sie würde denselben Namen tragen wie sein Vater und sein Großvater, die auf demselben Friedhof neben ihren Frauen und Kindern begraben lagen. In einem Familiengrab. Sie lächelte, denn war es nicht seltsam, einen solchen Gedanken attraktiv zu finden?

Pierre machte alles richtig, das musste sogar Tante Margot zugeben. Er saß im Esszimmer, trank Kaffee, lobte Hortenses Kuchen. Beantwortete noch mehr Fragen von Tante Margot.

Aussichten?

Gut und auf längere Sicht noch besser.

Und jetzt?

Er vertrat einen Bauern, der das Recht seines Grundherrn anfocht, seine Kühe von Gemeindeland zu vertreiben. Kein sehr bedeutender Fall, mochten manche sagen, aber er stimmte dem nicht zu. Wenn es um Gerechtigkeit für die Unterdrückten ging, gab es keine unbedeutenden Fälle.

Zwei Wochen später bat Pierre um ein Gespräch mit Tante Margot unter vier Augen. Es dauerte eine halbe Stunde, die Marie-Louise allerdings bedeutend länger vorkam. Gegenstände der Unterredung waren die unbekannte Abstammung von Marie-Louise, die Mitgift, die sie bekommen sollte, sowie die Hebammenprüfung, auf die sie sich vorbereitete. Wie Tante Margot hinterher sagte: »Wenn und Aber und alles dazwischen.« Als ob Pierre nicht schon gesagt hätte, dass er Marie-Louise so haben wollte, wie sie war. Ob sie ein Kind der Liebe war oder nicht. Obwohl sie Hebamme werden wollte mit allem, was dazugehörte: Patientinnen, medizinische Bücher, Aufstehen mitten in der Nacht, wenn sie zu Geburten und Notfällen gerufen wurde, das ganze chaotische, blutige, wundersame Geschäft einer Hebamme.

Als sie endlich aus dem Zimmer von Tante Margot kamen, war Pierre sichtlich aufgeregt, aber beide lächelten, und Marie-Louise wusste, dass die Erlaubnis erteilt worden war. »Die Erlaubnis, zu werben, nicht zu heiraten«, erinnerte Tante Margot monatelang. Das klang gemein, war es aber nicht.

Verliebt, wie Marie-Louise schon war, plapperte sie immerfort von ihm. Pierre war ehrgeizig. Pierre plante, seine Tätigkeit zu erweitern. Pierre sagte: »Mademoiselle Bosque, ich bewundere Ihre Entschlossenheit noch mehr als Ihre Schönheit.« Als Pierre einen Hund sah, der hinter einer Kutsche herrannte, sagte er: »Als ob er glaubte, er wüsste, wie man sie fährt.«

Sowohl Anne als auch Madeleine fanden zwar durchaus, dass Pierre ein überaus kluger junger Mann war, sie wurden es aber langsam satt, immer nur von ihm zu hören. Besonders Madeleine, die im Gegensatz zu Anne keinen Verlobten hatte, den sie zitieren konnte.

»Ihre höchstgeschätzten Klatschtanten«, nannte Pierre sie, aber das behielt Marie-Louise für sich.

Auf ihren zahlreichen Spaziergängen in den Jardin du Luxembourg schenkte Pierre ihr Bücher mit markierten Passagen.

Die Großen werden klein, die Reichen werden arm, der Monarch wird Untertan; sind Schicksalsschläge so selten, dass ihr damit rechnen könnt, von ihnen verschont zu werden? Wir nähern uns einem Zustand der Krise und dem Jahrhundert der Revolutionen.

Das war aus *Émile* von Jean-Jacques Rousseau.

»Was für einer Krise?«, fragte sie auf einem dieser Spaziergänge.

»Einer Krise des Vertrauens darauf, dass das, was zerbrochen ist, repariert werden kann.«

»Wieso sollte das Vertrauen so wichtig sein? Es kann entweder repariert werden oder nicht.«

»Sie haben recht, was beweist, dass ich recht habe.«

»Womit haben Sie recht?«

»Mit meiner Überzeugung, dass Schönheit noch der geringste Ihrer Vorzüge ist.«

»Das haben Sie schon mal gesagt.«

»Und ich werde es immer wieder sagen.«

Über Rousseaus *Bekenntnisse* führten sie eine lange, lebhafte Diskussion. Marie-Louise, die, nachdem sie *Julie oder Die neue Heloise* und *Émile* gelesen hatte, Rousseau für einen feinfühligen und warmherzigen Menschen gehalten hatte, fand nun einige dieser Bekenntnisse verabscheuungswürdig. Wie konnte jemand, der behauptete, es gebe keine größere Weisheit als Freundlichkeit, alle seine Kinder in einem Waisenhaus zurücklassen?

»Ich weigere mich, noch mehr von diesem Mann zu lesen«, sagte sie großspurig.

»Nun, da Sie mich darauf hingewiesen haben, finde ich es auch abscheulich«, sagte Pierre.

»Vorher nicht?«

»Vorher bewunderte ich Rousseau für seine Aufrichtigkeit. Seine Bereitschaft, seine eigenen Sünden offen einzugestehen. Er versucht nicht, ein möglichst gutes Bild von sich zu zeichnen, wie es die Leute ständig tun. Offensichtlich hatte ich nicht gründlich genug darüber nachgedacht.«

So viel zu Tante Margots Behauptung, ihr sei noch nie ein Mann begegnet, der es einer Frau nicht übelgenommen hätte, dass sie ihre eigenen Ansichten hat.

»Ist es immer noch so schlimm für Sie, daran zu denken?«, fragte Pierre. Er meinte die Jahre in Versailles, dass sie bei fremden Leuten aufgewachsen war. Nicht im Waisenhaus, sagte er, aber der Unterschied war nicht so sehr groß.

Wie alles aus ihr herausströmte. Die Erinnerungen an die abfälligen Bemerkungen, die Ohrfeigen, die Einsamkeit. Die Eltern, die sie nicht abholten. Das Getuschel hinter ihrem Rücken. Die schiefen Blicke. Dass sie so lange derart unerwünscht gewesen war, wie sehr sie sich bemüht hatte, so zu tun, als ob es ihr egal wäre.

Nachdem sie das alles gesagt hatte, musste sie sich hinsetzen, hier, auf eine Bank im Jardin du Luxembourg. Sie blinzelte heftig, um die Tränen aufzuhalten. Ein kleiner Junge rannte an ihnen vorbei, rollte einen hölzernen Reifen mit einem Stock.

»Jetzt sind Sie erwünscht«, sagte Pierre, und das war das Einzige, was zählte. Dann fügte er hinzu: »Wir brauchen nie wieder über diese schrecklichen Jahre zu sprechen.«

Das erste Mal küsste Pierre sie im Garten am Kirschbaum, was, wie sie zugeben musste, als Madeleine sie darauf aufmerksam machte, kein besonders klug gewählter Ort war. Er war vom Küchenfenster aus gut zu sehen, was erklärte, warum Hortense am nächsten Tag so grinste, als ob sie alle Weisheit der Welt mit Löffeln gefressen hätte. Und warum das neue Küchenmädchen kicherte, das auch nicht länger als ihre Vorgängerin durchhielt.

Ein langer, warmer Kuss, der so viel versprach. Vielleicht zu viel, jedenfalls riet Tante Margot Marie-Louise zur Vorsicht.

Was hatte sie dabei im Sinn? Dass die Leidenschaften mit ihr durchgehen könnten? Das Erbe des Blutes?

* * *

Sie verblasst schnell, die Erinnerung an das Warten. Erstens wegen der Hebammenprüfung, die schwer, aber zu schaffen war, wie Tante Margot versprochen hatte. Dann wegen ihrer Vereidigung, nach der Morgenmesse, bei der sie die Kommunion empfangen hatte: Sie gelobte, sich nach Kräften um ihre Patientinnen zu kümmern, niemals eines jener Mittel, die zu einem Schwangerschaftsabbruch führten, zu verabreichen, in schwierigen Fällen immer die Meister der Kunst zu Hilfe zu rufen und den monatlichen Dienst an den armen Patientinnen in Saint-Côme pflichtgemäß zu leisten.

Zunächst wurde Marie-Louise Hebamme der Stadt und der Faubourgs von Paris, ihr Name wurde in das Register der *Chambre de Police* am Gericht von Châtelet eingetragen. Unter dem von Madeleine und über dem von Anne. Dann kam die sommerliche Hochzeit mit ihrem ganzen Wirbel. Das Kleid aus hellblauem Satin mit Alençon-Spitze. Seidenstrümpfe. Ein Strauß Tuberosen, der später getrocknet wurde und noch immer auf dem Dachboden an einem Balken hängt. Hortenses Kaninchenfrikassee, in Butter gebratener Aal mit Champignons und Zwiebeln, Ratafia mit Engelwurz, um dem Gaumen zu schmeicheln.

»Es ist Zeit, endlich die Wahrheit zu sagen«, flüsterte Pierre Marie-Louise ins Ohr. »Tut mir leid, aber es muss sein: Hortenses Küche ist der einzige Grund, warum ich Sie heirate.«

Sie gaben ein so schönes Paar ab! Monsieur und Madame Vernault. Sie wohnten in der Rue du Cygne, genau wie Tante Margot es sich gewünscht hatte, und da Pierres erweiterte Praxis gutes Geld einbrachte, brauchte man keine Untermieterinnen mehr, nicht wahr?

»Hat *er* das so beschlossen?«, fragte Tante Margot. »Findet er nicht, dass er da zuerst mich hätte konsultieren sollen?«

Wozu Marie-Louise das Einzige sagte, was sie konnte. Dass sie beide wollten, dass Tante Margot sich mehr ausruhte. Dass sie ohnehin schon zu viele Patientinnen hatte, um die sie sich kümmerte. Dass sie bald ein Kinderzimmer brauchen würden.

»Macht es, wie ihr wollt«, sagte Tante Margot.

Was besser war, als wenn sie gesagt hätte: »Soll er es machen, wie er will.« Auch wenn es klar war, dass Tante Margot und Pierre wie zwei brennende Holzscheite waren, die allein aufgrund ihrer Nähe Feuer spuckten.

Manchmal. Aber nicht immer.

* * *

Die Mutterschaft überraschte Marie-Louise. Nicht die einzelnen Stadien der Geburt, die sie so gut kannte, nicht die Aufregung von Tante Margot, sondern die Gefühle, die über sie kamen.

Nichts hatte darauf hingedeutet. Die Schwangerschaft verlief gut. Das Kind bewegte und drehte sich, wie man es normalerweise erwartet. Als die Fruchtblase platzte, befahl Tante Margot den beiden neuen Dienstmädchen Suzette und Cécile, die Handtücher und Laken, die sie bereitgelegt hatte, hereinzubringen. Hortense bestand darauf, alle Schlösser und Riegel im Haus zu öffnen, damit die Geburt reibungslos verlief, und zur Abwehr von Unglück Lorbeerblätter unter Marie-Louises Kissen zu legen. »Genau wie wir es zu Hause in Saint-Christophe immer gemacht haben«, sagte sie.

Marie-Louise, purgiert und zur Ader gelassen, dachte, sie sei bereit. Tante Margot war an ihrer Seite. Sowohl Madeleine als auch Anne assistierte ihr, denn wie hätte man eine von ihnen abweisen können? Pierre wurde aus dem Zimmer verbannt. Hortense kam und ging und berichtete über die Stimmung im Haus: Maître Pierre geht wieder im Flur auf und ab. Jacques, Pierres Diener, nimmt Wetten an. Zehn zu eins, dass es ein Junge wird. Die Dienstmädchen sind sich beide sicher, dass es ein Mädchen wird.

Als die erste Welle der Angst kam, verbarg Marie-Louise sie gut. Es war der Fluch der Hebamme, zu wissen, was alles schiefgehen könnte. Nach allem, was sie gelernt oder schon miterlebt hatte, war es kein Wunder, dass in ihrem Geist eine katastrophale Möglichkeit nach der anderen auftauchte. Das Kind steckte im Geburtskanal fest. Zu schwache Wehen. Die Nabelschnur zog sich um den Hals des Babys zusammen.

Ja, das hätte alles passieren können, aber es passierte nicht. Es tat weh, aber nicht mehr, als sie erwartet hatte. Es riss nichts. Die Plazenta wurde vollständig ausgestoßen. Die Blutung war moderat und kam rechtzeitig zum Stillstand. Das Kind war rosa. Es schrie so laut, dass Pierre sofort nach oben lief, immer zwei Stufen auf einmal.

Alles war gut, nicht? Marie-Louise hielt ihren kleinen Sohn im Arm. Ihr perfekter Sohn, der sie ansah, zu weinen aufhörte und gähnte.

Du bist ein Teil von mir, dachte sie und schaute in seine Augen, die dunkelblau waren genau wie ihre. Allerdings veränderten sich, wie Tante Margot ihr in Erinnerung rief, die Augen der Kinder oft noch.

Niemand sonst gehört mir auf dieselbe Weise wie du.

Als sie seine Lippen berührte, saugte er an ihrem Finger. *Du wirst immer wissen, wer deine Eltern sind.*

Das Schluchzen kam zuerst. Dann die Überzeugung, dass etwas Schreckliches passieren würde. Ihm und damit ihr, denn sie waren miteinander verbunden, untrennbar. Sie betete, Gott möge sie zu sich nehmen, wenn ihr Sohn dafür am Leben bliebe. Sie war bereit, für ihn zu sterben. Oder im Fegefeuer zu leiden. Almosen für ihn zu erbetteln und vor den Füßen der Menschen zu kriechen.

Hat sich meine Mutter so gefühlt, als sie mich im Arm hielt?, fragte sie sich. *Und hat dennoch eingewilligt, mich aufzugeben?*

»Sollen wir den Vater hereinlassen?« Madeleines Stimme holte sie aus der Dunkelheit heraus. »Er wird seine Sohlen durchlaufen, wenn wir es nicht tun.«

Pierre erklärte seinen Sohn für ein Genie und einen künftigen Anwalt. Er sah das an der Art, wie der Kleine gähnte und an seiner geballten Faust lutschte. Das Gähnen war sein Kommentar zu dem Getue, das alle um ihn machten, besonders die Frauen. Was ihn dazu veranlasste, die Faust zu ballen, war der traurige Zustand des Landes, in das er gerade geboren worden war. Und was hatte es mit dem Lutschen auf sich? Na ja, vernünftig, wie er war, gab er damit zu verstehen, dass er Hunger hatte.

»Und warum ein künftiger Anwalt?«

»Sehen Sie ihn sich nur an.«

»Ist das genug?«

»Das Kind ist gerade geboren worden, was erwarten Sie?

Dass er die Reden von Cicero aufsagt? Oder dass er seinen Vater, diesen armen Pantoffelhelden, verteidigt?«

Marie-Louise schaffte es, zu lachen, auch wenn ihr das Lachen weh tat. Aber sie war erleichtert, als Tante Margot Pierre aus dem Schlafzimmer scheuchte. »Gehen Sie und prahlen Sie vor Ihren Anwaltsfreunden«, sagte sie in einem Ton, der gerade noch als spaßig durchgehen konnte. »Falls die sich für Kinder interessieren, ich meine: für *Kinder* und nicht nur fürs *Kindermachen.*«

»Sie denken immer das Schlimmste von Männern, Tante Margot, nicht wahr?«

»Gehen Sie einfach. Sie muss sich ausruhen.«

Marie-Louise brauchte tatsächlich Ruhe. Aber warum schluchzte sie so hemmungslos? Warum heulte sie wie ein geprügelter Hund? Warum schlug sie nach Tante Margot, die das Kind in seine Wiege legen wollte? Hatte Marie-Louise nicht selbst schon Neugeborene gesehen, die im Bett erstickt waren? Warum fragte sie mit einer so stählernen, harten Stimme: »Glauben Sie, ich würde ihm jemals etwas zuleidetun? Halten Sie mich für eine so schlechte Mutter?«

Tante Margot schüttelte nur den Kopf.

Marie-Louise weinte, weil sie wie alle Frauen war, die je ein Kind zur Welt gebracht haben. Sie war ein Vogel in der Mauser, der abwirft, was nicht mehr gebraucht wird. Flugunfähig, hilflos, ausgesetzt, bis neue Federn nachwachsen.

Das Kind wurde auf den Namen Jean-Louis getauft.

Jean nach Pierres Vater. Louis war ein Echo von Marie-Louises eigenem Namen.

Jean-Louis Vernault.

Vernault und Sohn?

Und Söhne?

* * *

Marie-Louise stillte Jean-Louis einige Wochen lang selbst, bis sich ihre Brustwarzen entzündeten. Zuerst versuchte sie es vor Tante Margot zu verbergen, dann unterzog sie sich allen möglichen Kuren. Schließlich, nach zwei Wochen Schmerzen, gab sie nach, und eine Amme namens Joséphine wurde engagiert, die bei ihnen im Haus lebte. Eine recht nette, gutartige Frau vom Lande, wie Tante Margot es ausdrückte. Sauber, jung, ihr eigenes Kind war entwöhnt.

Viele Kinder hatte Marie-Louise immer haben wollen, eine große Familie. Anne bekam ihr zweites ein Jahr nach dem ersten. Ein Junge, dann ein Mädchen, beide pummelig, beide mit Annes haselnussbraunen Augen und ihrem Mund. »Wenn meine Tochter deinen Sohn heiraten würde, wären wir verschwägert«, sagte Anne einmal, als sie zu Besuch in der Rue du Cygne war. Als Marie-Louise es ihrem Mann später erzählte, bemerkte er etwas unfreundlich, dass Anne unfähig sei, sich eine Welt außerhalb ihres eigenen Gesichtskreises vorzustellen.

»Meinen Sie damit, dass Jean-Louis etwas Besseres kriegen kann als die Tochter einer Hebamme?«, fragte Tante Margot.

»Ich meine, dass wir alle auf so albernes Geschwätz verzichten können«, sagte Pierre.

Die erste Fehlgeburt geschah, lange bevor das Kind anfing, sich zu bewegen, weswegen Marie-Louise sich nicht allzu große Sorgen machte. Die nächste ereignete sich, als ihr die Schwangerschaft bereits anzusehen war und sie sich in Sicherheit wähnte. Sie saß unten im Erdgeschoss und brachte ihre Aufzeichnungen zu ihren Patientinnen auf den neuesten Stand, als sie ein Stechen im Bauch verspürte. Einen Herzschlag später glitt dicke, glitschige Flüssigkeit aus ihr heraus. Oben im Schlafzimmer entdeckte sie atemlos klebriges, dunkles Blut auf ihrem Hemd und ihren Oberschenkeln.

Tante Margot fand sie zusammengesackt auf dem Boden vor dem Bett, des Herz zerfleischt von Trauer. Sie wusch sie, hielt sie in ihren Armen. »Es war ein winziges Mädchen«, sagte sie.

»Mit ihr war alles in Ordnung. Sie wollte nur nicht geboren werden.«

»Sie wollte nicht zu mir?«, fragte Marie-Louise, aber wie konnte sie nur so dumm, so unvernünftig daherreden?

Nein, sie war nicht dumm und nicht unvernünftig, sagte Tante Margot und hielt sie noch fester. Sie litt.

Aber sie hatte immerhin Jean-Louis, nicht wahr?

Ja.

∗ ∗ ∗

»Unser Pierre hat einen teuren Geschmack«, sagte Tante Margot, als er die ersten beiden Raten der Mitgift von Marie-Louise nutzte, um seine Kanzlei neu einzurichten und dann zu erweitern. Sie dachte dabei an das Schild mit der vergoldeten Schrift, an die Ledersessel, an die Teppiche.

Marie-Louise sagte nichts dazu.

Die Kanzlei Vernault beschäftigte fünf Schreiber und eine ständig wechselnde Anzahl junger Anwälte, die sich profilieren wollten. Alle aus der Provinz, wo, wie Pierre es ausdrückte, die Anwälte zahlreicher waren als Kaninchen. Das Geschäft blühte. Händler verklagten Kunden wegen unbezahlter Rechnungen, Lieferanten verklagten Händler, Privatleute verklagten Nachbarn. Frankreich war ein brodelndes Chaos, Minister stiegen auf und stürzten, die Gemüter erhitzten sich, kochten über. Jeder schikanierte alle anderen und hackte nach Kräften auf die ein, die unter ihm standen.

Abends, wenn das Haus schlief, sprachen Marie-Louise und Pierre über alles. Im besten Zimmer, aus dem das so wenig schmeichelhafte Porträt entfernt worden war, nachdem Tante Margot die letzte von mehreren Diskussionen über dieses Thema mit den Worten beendet hatte: »Dann hänge ich es eben in meinem Schlafzimmer auf.« Was Pierre dazu veranlasste, Marie-Louise gegenüber zu bemerken: »Ihr selbst hat es doch auch nie gefallen. Warum also stellt sie sich jetzt so an?« Während Tante Margot sagte: »Warum manche Leute so verdammt rigide sein müssen, ist mir unbegreiflich.«

Offenbar konnte es nun einmal nicht anders sein, dachte Marie-Louise resigniert angesichts des ständigen Kampfs der beiden, wer wo das Sagen haben sollte und um welchen Preis, sie, Marie-Louise, immer in der Mitte gefangen, an beiden Armen zugleich hin und her gezerrt. Aber sie kam ja meistens recht gut damit zurecht, nicht wahr?

Das jedenfalls dachte Pierre. Das waren doch nur Reibereien, wie es sie in jeder Familie gab. Manchmal ärgerlich, gewiss, aber mehr nicht. Auch die Vernaults in Nancy blieben nicht davon verschont. Seine eigenen Schwestern waren entweder die besten Freundinnen, oder sie schworen, nie wieder ein Wort miteinander zu wechseln. Er habe schon vor langer Zeit aufgehört, dergleichen ernst zu nehmen. Es gebe viel wichtigere Dinge, mit denen man sich beschäftigen müsse.

Da war zum einen der aktuelle Zustand des Landes.

Frankreich wurde von einem – vielleicht – wohlmeinenden, aber wankelmütigen König regiert. Seine Gemahlin, eine verschwendungssüchtige Schuldenmacherin, sorgte sich mehr darum, Geld beim Kartenspiel zu gewinnen, als um ihre Untertanen. Versailles war ein Nest von Inkompetenz und gehässiger Gier. Frankreich gehörte den Reichen, zu Tode gelangweilten Müßiggängern, die sich über alle anderen erhaben dünkten.

Die Kirche? Fragen Sie nicht! Die Kirche hielt Frankreich im Würgegriff, kümmerte sich mehr um ihren Reichtum als um das Heil der christlichen Seelen.

Ja, Frankreich war eine Senkgrube, die geleert werden musste, damit die Miasmen, die von ihr aufstiegen, nicht weiter Krankheiten verbreiteten.

Wie?

Nicht indem man Regierungsämter kaufte, wie es einige Anwälte, die Pierre kannte, taten. Oder indem man sich bei den Reichen anbiederte. Was Pierre wollte, war eine konstitutionelle Monarchie. Genau definierte Grenzen für die Macht des Königs.

Wie er strahlte, wenn er davon sprach!

»Warum sollten nur die Bürgerlichen Steuern zahlen, frage ich Sie. Warum nicht auch der Adel und die Kirche? Warum wieder einem unfähigen Trottel ein Amt anvertrauen, nur weil er es gekauft hat? Sollten wir dafür nicht den Besten unter uns auswählen?«

Wie seine Stimme lauter, sonorer wurde, wie sie das beste Zimmer ganz ausfüllte! So musste es sein, wenn er bei Gericht auftrat, dachte Marie-Louise. Er zwang alle dazu, ihm zuzuhören und sich jedes seiner Worte zu merken.

Aber am Ende redeten sie immer von Jean-Louis. Über seine wackeligen ersten Schritte. Seine ersten Worte: Mama ... Papa ... Tante ... Hortense ... Die kluge Zeichnung, die er von Papa bei der Arbeit angefertigt hatte. Ein riesiger Strichmännchenvater mit Stachelhaaren und einer schief auf seiner Nase sitzenden Brille, der über winzigen Strichmännchen thronte.

»Mein Sohn ist kein Freund von lockigen Perücken, so scheint es.«

»Er hat Sie ohne eine gesehen.«

»Und er denkt, ich habe so eine Stachelfrisur?«

»Er hält Sie für wichtig.«

»Und für einen Igel?«

Ihr kluger Sohn, groß für sein Alter, geschickt und sicher in seinen Bewegungen. Er sah in jedem Gewand gut aus, im einfachen Leinenhemd ebenso wie in seinem besten Sonntagsstaat.

»Einen hübschen Kavalier« nannten ihn Suzette und Cécile. »Er kommt nach seiner Maman.«

Sie bewunderten seine dichten braunen Locken, ein Gottesgeschenk, das sie sich selbst gewünscht hätten. Seine dunkelblauen Augen, die sich mit zunehmendem Alter nicht veränderten.

* * *

Marie-Louise hatte eine weitere Fehlgeburt. Dann kam eine Tochter zu früh auf die Welt. Sie wurde auf Wunsch von Tante Margot Angélique getauft und lebte nur fünf Tage. Ihr winziger Grabstein auf dem Friedhof Sainte-Catherine erinnerte daran, was hätte sein können.

Aber Jean-Louis wurde größer, stark und gesund und von allen geliebt. »Ich bin auf«, verkündete er jeden Morgen, woraufhin die Mädchen kicherten und ihn fragten, ob er vielleicht ein Prinz sei. Cécile erklärte ihn für hübscher als einen Engel und prophezeite, dass Scharen von Mädchen sich vor seiner Tür drängen würden, die nach ihm schmachteten. »Bald wird die Herrin einen Schweizer Gardisten anheuern müssen, der aufpasst, dass sie dich nicht entführen«, sagte sie lachend.

Kurz nach seinem sechsten Geburtstag kletterte Jean-Louis auf den Kirschbaum im Garten, nur um gleich wieder herunterzuklettern. »Ich will sehen, wo die Sonne untergeht, Maman«, protestierte er, als sie ihn aufhielt, ehe er durchs Gartentor entwischen konnte. »Aber sie hat sich hinter diesem Haus versteckt. Dahin gehe ich jetzt.«

Sie erzählte ihm vom Horizont. Vom äußeren Rand dessen, was man sehen kann.

Er dachte über ihre Worte nach. Sein Hemd war an der Schulter zerrissen und mit Harz befleckt. Nicht so schlimm wie Teer, dachte Marie-Louise und erinnerte sich an ihre eigenen Eskapaden auf dem Schlossdach in Versailles, sagte aber nichts, aus Angst, ihn auf gefährliche Ideen zu bringen.

»Und wenn ich dorthin gehe, Maman? An diesen Rand, an diesen Horizont?«

»Das kannst du nicht, mein *chou d'amour*. Mit jedem Schritt, den du tust, entfernt er sich von dir: Er ist immer gleich weit weg.«

* * *

Marie-Louise hörte von Georges Jacques Danton, lange bevor sie ihn kennenlernte. Er sei einer der Stammgäste des *Café Procope*, sagte Pierre. Ein junger Anwalt aus der Provinz, der in Paris sein Glück zu machen hoffte und in der Kanzlei von Maître Vinot arbeitete. »Ich glaube, er schaut zu mir auf, einem älteren Kollegen«, sagte Pierre. »Vielleicht sollte ich ihn Vinot abwerben.«

Georges Jacques Danton, so hörte Marie-Louise auch, war nie um Worte verlegen. Er nannte Troyes, wo er gelebt hatte, bevor er nach Paris kam, »ein Kuhkaff, das sogar die Schmeißfliegen meiden«. Seine Familie, sagte er gerne zu den anderen Gästen des *Procope*, sei keiner Erwähnung wert, abgesehen von einer Schwester, die ins Kloster gegangen sei und ständig um das Heil seiner Seele betete. Was ihn zu dem Schluss geführt habe, dass er sich ruhig noch ein paar weitere Laster gönnen könne.

Als Pierre schließlich Georges Jacques mit nach Hause brachte, gelang es Marie-Louise nur unvollkommen, ihr Entsetzen bei seinem Anblick zu verbergen. Sie hatte ihn sich geschmeidig und gewandt vorgestellt, aber er war groß und grobschlächtig, und sein Gesicht war mit Narben von nachlässig versorgten Wunden übersät. »Das Wort, nach dem Sie suchen, ist ›zerfleischt‹, Madame Vernault«, sagte er, als er den Ausdruck auf ihrem Gesicht sah. »Aber es ist zum Glück nicht weggefressen.«

Er war geistreich, das musste sie ihm lassen. Auch unterhaltsam, auf eine mitreißende Art und Weise. Ein Mann, der nicht zu übersehen war.

Ein hungriger Mann, der ein Abendessen brauchte. »Ich nehme an, aber nur, wenn Sie mir versichern, dass ich in Ihrer Küche keinen Aufruhr verursache«, sagte er. »Schließlich ist dies kein geplanter Besuch, sondern eine beiläufige Invasion.«

»Wollen Sie damit andeuten, dass man in diesem Haus nicht weiß, wie man mit hungrigen Männern umgehen muss?«, fragte Marie-Louise, die ihn bereits mochte.

Hortense mochte ihn auch, denn sobald er fertiggegessen hatte, verlangte Monsieur Danton, ein ernstes Gespräch mit ihr über die Kaninchenpastete führen zu dürfen. »Wie haben Sie es angestellt, dass alles so zart und saftig ist?«, fragte er und lauschte konzentriert, als Hortense ihm beschrieb, wie man mit der Soße aus Zitrone und Eigelb verfahren musste. Dass man sie zugab, sobald die Pastete aus dem Ofen war, damit sie in jede Pore und jede Ritze eindrang, bevor sie von der Hitze im Inneren fest wurde.

Wenige Tage später wurden Marie-Louise und Pierre in die Wohnung der Dantons in der Cour du Commerce eingeladen. Sie war mit ihren sieben großen Zimmern und einem Zwischengeschoss, in dem die Bediensteten ihre Schlafkammern hatten, sehr viel besser als die, in der sie in den ersten Monaten nach ihrer Hochzeit gewohnt hatten. »Leider nur gemietet, nicht gekauft«, sagte Georges Jacques mit einem theatralischen Seufzer. »Wie Frankreich bin ich bis über beide zerfleischten Ohren verschuldet.«

Madame Danton, Gabrielle, hatte eine reizend warmherzige Art an sich und strahlte vor Energie. Sie habe darauf gedrängt, sie zum Essen einzuladen, sobald sie von der »Invasion« ihres Mannes in der Rue du Cygne und der Kaninchenpastete von Hortense gehört habe, sagte sie. Auch sie wisse, wie es sei, wenn unerwarteter Besuch ins Haus schneie und verköstigt werden wolle. »Ich bin es von klein auf gewöhnt«, sagte sie. »Meine Eltern führten eine Gastwirtschaft.«

Gabrielle verstand etwas vom Kochen, das Abendessen war ein richtiges Festmahl. Austern, gefolgt von Consommé und gebratenen Kapaunen, dazu ein ausgezeichneter Burgunder, von dem Gabrielle allerdings, wie Marie-Louise gleich bemerkte, fast nichts trank.

Während Pierre und Georges in ein langes Gespräch über den traurigen Zustand Frankreichs vertieft waren, zog Gabrielle Marie-Louise beiseite. »Alle sagen mir, dass ich einen außergewöhnlichen Mann geheiratet habe«, sagte sie. »Einen Mann, der zu großen Dingen bestimmt ist. Ich nehme an, das bedeutet, dass ich mich auf ein ziemlich hartes Leben vorbereiten sollte.«

Sie sprachen darüber. Und über Jean-Louis, der bereits zehn Jahre alt war und sich für sehr fleißig hielt, wenn auch der Lateinlehrer, der ihn auf seine Aufnahmeprüfung für das Collège Louis-le-Grand vorbereitete, in diesem Punkt anderer Meinung war. Er sammelte jetzt Steine, was für die Bediensteten etwas angenehmer war als seine Angewohnheit, Frösche mit nach Hause zu bringen oder, wie schon zweimal geschehen, lebende Mäuse. Sie unterhielten sich auch über Gabrielles Eltern, die gerade dabei waren, die Gastwirtschaft, in der Gabrielle Georges kennengelernt hatte und an der sie sehr hing, zu verkaufen, um nach Sèvres zu ziehen, weil ihre Mutter Paris scheußlich laut und schmutzig fand.

Sie sprachen auch über die Cour du Commerce, die so bequem zentral lag. Freunde wohnten ganz in der Nähe. Zum Beispiel die Desmoulins, die häufig vorbeischauten. Die Gélys im Obergeschoss hatten eine Tochter namens Louise. Sie war erst elf, aber erstaunlich klug für ihr Alter. »Werden Mädchen schneller erwachsen, weil sie es müssen?«, fragte Gabrielle.

Die Stimmen, die aus der Mitte des Raumes herüberdrangen, wurden lauter. Pierre und Georges, von denen jeder gut und gern zwei Flaschen Wein intus hatte, waren sich einig, dass es so, wie es jetzt war, nicht weitergehen könne. Was danach kommen würde, war jedoch nicht so leicht vorherzusehen. Denn wie sollte die von Pierre bevorzugte konstitutionelle Monarchie möglich werden, wenn man einen König hatte, der gerne sagte: »Ich wünsche es, also ist es Gesetz«? Einmal ein Tyrann, immer ein Tyrann, meinten manche.

»Und wie weit sind Sie schon?«, fragte Marie-Louise schließlich.

Gabrielle errötete leicht. Ihr braunes Haar glänzte, bemerkte Marie-Louise. Sie war lebhaft, ermüdete nicht leicht. All das waren Zeichen, die eine Hebamme gerne sah, zumal Gabrielle bereits vierundzwanzig war, ziemlich alt, um ihr erstes Kind zu bekommen.

»Irgendwann Anfang Mai soll es so weit sein«, sagte Gabrielle. Und dann fasste sie Marie-Louises Hand. »Meine Mutter will mir eine Hebamme aufdrängen, die ich nicht mag. Und ich habe so viel Gutes über Sie gehört, Marie-Louise. Würden Sie mich bitte als Ihre Patientin annehmen?«

*　*　*

Die Verhältnisse in Paris verschlechterten sich. Hortense kam wütend vom Markt nach Hause. Es gab keinen Salat zu kaufen. Auch Lauch war nicht mehr zu haben. Die Händler boten ihr runzlige Karotten an, und als sie murrte, sagte man ihr, sie solle nicht zu wählerisch sein, sonst bekomme sie überhaupt nichts. Der Käsehändler, zu dem sie immer ging, verlangte doppelt so viel für seine Ware wie vor einer Woche, weswegen sie den Käse woanders kaufte. Der Preis für Brot war wieder gestiegen. Die Leute sagten, an alldem seien die vielen Landstreicher schuld, doch was genau die Landstreicher damit zu tun haben sollten, dass Lauch vom Markt verschwunden und Brot teuer war, blieb rätselhaft. Aber wehe dem, der das auf dem Markt zu sagen wagte! Man wurde angespuckt oder in den Dreck gestoßen. Ein junger Bursche wurde verprügelt, weil ein Fischhändler behauptete, er sei ein Spion des Königs. Statt sich um seinen eigenen Kram zu kümmern, hatte jetzt jeder eine Meinung zu verteidigen. Je ungeheuerlicher, desto besser. Die Leute redeten nicht mehr, sondern schrien. Wo sollte das alles hinführen? Wo würde es enden?

»Je schlimmer, desto besser«, sagte Pierre und verzog jedes Mal spöttisch das Gesicht, wenn Hortense sich bekreuzigte.

Pierre verbrachte mehr und mehr Zeit im *Café Procope* mit Männern, die sich als die der Zukunft, nicht der abgewirtschafteten Vergangenheit verstanden. Der König lag im Streit mit den *Parlements*, den Obersten Gerichtshöfen. Wenn er ihre Zustimmung zu seinen Steuergesetzen nicht erhielte, würde er die Generalstände einberufen müssen. In Zeiten wie diesen musste man sich entscheiden, auf wessen Seite man stehen wollte. Andernfalls würde man, wie Georges Danton es ausdrückte, auf dem Misthaufen der Geschichte enden.

»Dieser Monsieur Danton hat eine Art, mit Worten umzugehen«, sagte Tante Margot.

Lange Zeit hatte Tante Margot es geschafft, nichts dazu zu sagen, dass die Abende, die Pierre außer Haus verbrachte, immer länger wurden, und sie hatte sich auch Kommentare zu den neuen Melodien, die er morgens summte, wenn Jacques ihn rasierte, und zu den nicht sehr lustigen Witzen, die er erzählte, verkniffen. Allerdings hatte Marie-Louise es sehr wohl mitbekommen, als sie einmal bemerkte, »unser Pierre« blicke »geradezu ehrfürchtig zu diesem Monsieur Danton und seinen Freunden« auf.

»Georges Danton hat diese Art, weil er in erster Linie Anwalt ist wie Pierre«, antwortete Marie-Louise.

Tante Margot wedelte mit der Hand, als verscheuchte sie eine Fliege. »Genau das dachte ich auch. Pierre ist in erster Linie Jurist. Warum also, bitte schön, kümmert er sich nicht um seine Kanzlei?«

Es war nicht zu leugnen, dass Pierre seine Arbeit als Anwalt vernachlässigte. Marie-Louise hatte gesehen, wie er bis spät in die Nacht hinein Polemiken für Zeitungen schrieb, neben sich Unmengen stumpfer Federkiele. Einmal schlief er in seinem

Sessel ein. Als sie ihn weckte, murmelte er immer noch: »Wir wollen nicht Anarchie, sondern lediglich die Macht der Krone begrenzen.«

Um die Frage von Tante Margot zu beantworten, sagte Marie-Louise, was Pierre selbst gesagt hätte. Dass man sich im Kampf gegen das Unrecht nicht darauf beschränken dürfe, vor Gericht zu argumentieren. Dass ein einziger gut geschriebener Artikel bewirken könne, dass Hunderte ihre Stimmen erhöben.

Man konnte Tante Margot kaum genügend dafür rühmen, dass sie es über sich brachte, dem nichts zu entgegnen.

Die Schwangerschaft von Gabrielle verlief reibungslos. Das Kind wuchs stetig, es fing an, sich zu bewegen und zu treten, wie man es erwartet. Gabrielle sprudelte vor Plänen. Sie würde neue Möbel kaufen, neue Teppiche. Ein Kind würde natürlich eine Umwälzung bewirken, wenn auch nicht eine von der Art, die Georges und seine Freunde im Auge hatten.

Die Entbindung verlief ebenso gut wie die Schwangerschaft. François war ein kräftiges Maikind, die meiste Zeit rundlich und zufrieden und nur dann laut, wenn er einen guten Grund hatte. »Genau wie Georges«, sagte Gabrielle. Sie stillte das Kind selbst, ohne Anzeichen von Entzündung oder übermäßigem Wundsein. Ihre Eltern kamen einmal pro Woche aus Sèvres, um ihr zu helfen, sagten sie, aber Gabrielle meinte, es sei ganz offensichtlich, dass sie spionierten. Ihre Mutter hoffte, dass möglichst bald ein weiteres Enkelkind folgen würde, vorzugsweise ein Mädchen. Oder dass Gabrielle ein Jahr lang kein weiteres Kind bekäme.

Es sei eine Spezialität ihrer Mutter, erklärte Gabrielle, im Ton unumstößlicher Überzeugung einander widersprechende Meinungen zum Ausdruck zu bringen. »Werden wir auch einmal so enden, Marie-Louise?« Marie-Louise musste lachen und sagte, sie hoffe es nicht.

Eine weitere ärgerliche Angewohnheit der Mutter war, dass

sie Gabrielle ständig drängte, mit François nach Sèvres zu kommen, und zwar nicht nur für ein paar Tage, sondern mindestens einen Monat lang. »Denk an die frische Landluft, Gabrielle«, sagte sie immer wieder. »Und an die Ruhe.«

Sicher, aber diese Ruhe fand man nur, wenn es einem nichts ausmachte, dass der Gockel einen im Morgengrauen aufweckte.

Denn Gabrielle war glücklich dort, wo sie mit Georges lebte. Es gab in der Gegend mehr Grün als anderswo, auch wenn man einige Bäume nach dem schrecklichen Unwetter im Juli hatte fällen müssen. Hagelkörner so groß wie Hühnereier waren auf die Stadt niedergestürzt.

Ja, es stimmte, viele hatte es schwerer getroffen. All die Obstgärten im Umland von Paris waren ruiniert.

In der Rue du Cygne hatte der Kirschbaum seinen dicksten Ast verloren, überlebte aber, worüber Jean-Louis sehr froh war, denn er kletterte oft in seine Krone hinauf. Nachdem Marie-Louise ihm von der Entdeckungsreise des Comte de La Pérouse erzählt hatte, hatte er eine Astgabel weit oben zu seinem Ausguck erklärt. Dort konnte er stundenlang sitzen und so tun, als befände er sich auf einem der Schiffe von La Pérouse, die den Ozean nach Land absuchten und eben dabei waren, einen neuen Kontinent zu entdecken. Leider kletterte er in letzter Zeit mit Vorliebe immer dann dort hinauf, wenn er eigentlich lateinische unregelmäßige Verben pauken sollte. Was Pierre sehr ärgerte und dazu führte, dass Marie-Louise mehr Zeit damit verbringen musste, Familienfrieden zu stiften.

Aber das erzählte sie Gabrielle nicht. Es war ja auch nicht so wichtig, oder?

* * *

Das Jahr 1789 fing nicht gut an. Im Januar fror die Seine zu, Lastkähne konnten nicht in die Stadt fahren, und die Folge davon war, dass die Preise für Lebensmittel weiter anstiegen.

Einige Hebammen, so hatte Marie-Louise gehört, ließen sich in Naturalien bezahlen. Unter den Obdachlosen, die im Winter immer nach Paris kamen, sah Marie-Louise jetzt manchmal ganze Familien in Lumpen. Nachts drängten sie sich in Hinterhöfen, unter Brücken und auf den Friedhöfen eng aneinander, um sich gegenseitig ein bisschen zu wärmen. In Saint-Côme erfroren eine Mutter, ein Vater und ein Säugling in einem Winkel neben dem Eingang der Kirche. In der Rue du Cygne klopften jeden Morgen ausgemergelte, vor Kälte zitternde Kinder an die Hintertür und bettelten um Essen. Zur Frühstückszeit war Hortense gezwungen, die Suppe, die sie für die Hungrigen immer auf dem Herd hatte, mit Wasser zu strecken.

»Je schlimmer, desto besser« – das schloss nun auch die Verbrennung von Strohpuppen dieses oder jenes Ministers ein. Auf der Place Dauphine schossen königliche Garden in eine Menge protestierender Menschen. Auf dem Pont Neuf stürzte ein wütender Mob die Stände der Orangenverkäufer um. Es kam zu einer weiteren Regierungsumbildung, die aber wenig durchdacht war und wirkungslos blieb, wofür der König und seine österreichische Frau verantwortlich gemacht wurden.

Geschichte machen war eine chaotische, blutige Angelegenheit. »Wie eine Geburt«, sagte Pierre zu Marie-Louise. Er stand im besten Zimmer am Fenster, in seinem schlichten schwarzen Anzug, um den Hals eine weiße Krawatte.

»Es wird Wahlen zu den Generalständen geben, Marie-Louise. Wir werden eine Verfassung bekommen. Der König wird einen Teil seiner Macht aufgeben müssen. Das sind monumentale Veränderungen.«

Pierre hatte beim Reden mit der erhobenen Hand gestikuliert. »Unsere Zeit ist gekommen. Jahrhundertelang war der Dritte Stand nichts. Jetzt wird er alles werden.«

Man hätte ihn gut einen *Patrizier* nennen können, aber es passte nicht ganz. *Ein zielstrebiger Mann von würdigem Ernst* war viel besser. Marie-Louise konnte ihre Augen nicht von ihm lassen.

»Ich vernachlässige meine Kanzlei nicht, wie gewisse Leute sagen. Wir sind dabei, Frankreich umzugestalten!«

»Gewisse Leute«, damit meinte er Tante Margot.

»Wir«, damit meinte er Danton und den immer größer werdenden Kreis um ihn. Einen Kreis von Mitarbeitern? Von Unterstützern?

»Von Freunden, Marie-Louise. Von unseren Freunden.«

Im April wurde François, das Kind der Dantons, krank. Eben noch völlig gesund, bekam er Fieber, zunächst leichtes, dann heftiges Fieber. Er wollte nicht trinken, weinte immer nur, blasigen Speichel vor dem Mund. Gabrielle hielt ihn, ging hin und her und schaukelte ihn in ihren Armen. Dann legte sie ihn ab, und er starb.

Gabrielle schloss sich in ihrem Schlafzimmer ein.

»Habe ich ihn getötet?«, fragte sie, die Augen blutunterlaufen, die Nase rot und vom Weinen geschwollen, als Marie-Louise kam, um das anzubieten, was sie als Trost zu geben hatte.

Bevor Marie-Louise antworten konnte, setzte Gabrielle ihre Fragen fort. Warum hatte Gott ihr ihren Sohn weggenommen? Um ihn vor künftigen Sünden zu bewahren? Oder um sie und Georges für ihre Sünden zu bestrafen?

»Wer hat Ihnen das gesagt?«, fragte Marie-Louise.

Der Priester.

»Wie kommt er dazu?«

Weil Georges nicht zur Kommunion gehen wollte.

Der Priester hatte Gabrielle auch gesagt, dass aus der Perspektive der unsterblichen Seele alles anders aussehe. Während Georges sagte, er verabscheue solche Sprüche, mit denen man die Leute über Ungerechtigkeiten aller Art hinwegtröste. Und ihre Mutter sagte ihr, sie solle an die Kinder denken, die sie bald haben werde.

Marie-Louise sagte Gabrielle nichts. Als Angélique starb, waren die einzigen Worte, die ihr etwas nutzten, die von Tante Margot gewesen: »Weine, so viel du musst, aber vergiss Jean-Louis nicht. Mach ihm keine Angst mit deinem Kummer.«

Da Gabrielle kein anderes Kind hatte, setzte sich Marie-Louise einfach neben sie und hörte ihr zu.

Nein, sie war keine große Hilfe.

* * *

Jean-Louis wurde im Juni elf Jahre alt. Er hatte einen neuen Lehrer, der ihn auf die Aufnahmeprüfung des Louis-le-Grand vorbereiten sollte, das neben Grundkenntnissen in der klassischen Literatur und der Arithmetik auch fließendes Latein verlangte. Dass Pierre die Auffassung des früheren Lehrers davon, was genau unter dem Begriff »Grundkenntnisse« zu verstehen war, in Frage stellte, hatte dazu geführt, dass der Mann den Dienst quittierte.

Möglicherweise war Jean-Louis nicht der Fleißigste, aber er war überaus beliebt. Nachbarn, denen Marie-Louise auf der Straße begegnete, blieben stehen, um sich nach ihm zu erkundigen. Suzette nannte ihn ihren Schatz. Cécile prophezeite ihm immer noch Scharen von Verehrerinnen, die ihn heiraten wollten. Bald würde man das Haus verbarrikadieren müssen, um ihrer Herr zu werden. »Aber ich will nicht heiraten«, protestierte Jean-Louis. »Ach, mein lieber Junge«, sagte Hortense, »du wirst keine Ruhe haben, bis du dich für eine entschieden hast.« Und als er fragte: »Habe ich denn nicht das Recht, meine Freiheit zu behalten?«, antwortete sie: »Nicht, wenn sie in der Sache etwas zu sagen haben.«

Wenn Jean-Louis ins Collège Louis-le-Grand aufgenommen würde, würde er im Internat leben müssen. Wie würde es ihm dort ergehen?, fragte sich Marie-Louise. Ohne jemanden, der ihn immer wieder anstupste, seine Pflichten zu erfüllen? Der die schwächelnde Seele mit einer Belohnung bestach, mit einem Versprechen zur rechten Zeit? »Sie sind viel zu nachsichtig mit ihm«, sagte Pierre.

Seine eigenen Gespräche mit Jean-Louis entwickelten sich zu Verhören.

»Sind Sie wütend, Vater?«

»Ja, ich bin wütend.«

»Wieso?«

»Nichts als Verrat. Überall böswillige Machenschaften. Doppeltes Spiel. Lügen. Jeder beschuldigt einen anderen, niemals sich selbst.«

»Aber Sie sind doch nicht auf mich böse, oder?«

»Warum? Hast du etwas angestellt?«

Etwas war ein so vages Wort, das sich mit kreisenden Gedanken füllte und zu den Gruben der Angst führte.

»Schau mir in die Augen, mein Sohn. Sprich die Wahrheit, egal wie verlockend die Lüge auch sein mag.«

* * *

Am Morgen des 14. Juli war Marie-Louise zu Hause und ruhte sich nach einer langen Nacht aus, in der sie Zwillingen auf die Welt geholfen hatte, zwei Jungen, die, nachdem sie ihnen ein paar Tropfen Wein in den Mund geträufelt hatte, recht robust zu sein schienen, auch wenn sie kleiner waren, als sie es gerne gehabt hätte. Pierre war schon in die Kanzlei gegangen, und sie versuchte, noch eine Weile zu schlafen, gab es dann aber auf und ging nach unten.

In der Küche zerdrückten die Dienstmädchen Suzette und Cécile Erdbeeren mit einem hölzernen Stampfer. Die Tischplatte war mit abgezupften Kelchblättern übersät. Jean-Louis, dessen Lippen bereits rot gefärbt waren, versuchte, so viele Beeren wie möglich zu schnappen. Eine der Hofkatzen hatte es geschafft, durch die Tür zu schlüpfen, und das Küchenmädchen versuchte, sie hinauszuscheuchen. In der Ecke bei der Hintertür polierte Jacques Pierres bestes Paar Reitstiefel. In einem Topf über dem Feuer köchelte bereits Marmelade. Hortense rührte sie mit einem Holzlöffel um, den sie von Zeit zu Zeit am Rand des Topfs abklopfte, was Tante Margot – die damit beschäftigt war, Haushaltsrechnungen zu addieren – so in ihrer Konzentration störte, dass sie sich die Ohren zuhielt und erklärte, sie lebe in einem Irrenhaus.

In dieses Chaos hinein taumelte Pierre, zerzaust, ohne Perücke, und schrie: »Die Bastille ist gestürmt worden. Nichts wird mehr so sein, wie es war.« Er hatte eine böse Schnittwunde am Arm, die wochenlang nicht verheilen sollte, die er aber als bloßen Kratzer abtat. Er hatte erwachsene Männer schluchzen sehen wie Kinder. Sie waren fremden Menschen weinend um den Hals gefallen. Frankreich war aufgewacht. Frankreich hatte die Fesseln der Tyrannei und Ungerechtigkeit abgestreift. Frankreich war frei.

»Oh, diese Freude!«, rief er. »Erst denkt man das Unmögliche, dann sieht man, wie es geschieht!«

Ein Stück grünes Band war an seinem Revers festgemacht. Ein Mädchen, sagte er, habe es ihm gegeben. Die Farbe der Hoffnung.

Tante Margot schickte Jacques in den Keller und ließ ihn die Eisenbänder, die dort aufbewahrt wurden, heraufholen. Er sollte damit sowohl die Vorder- als auch die Hintertür verstärken.

Ich weiß, was ich tue, sagte der warnende Blick, den sie Marie-Louise zuwarf. Versuche ja nicht, mich daran zu hindern!

VIERTER TEIL

Paris

1792

Oktober

Nun, in ihrem dritten Jahr, ist die Revolution in einer Krise, sie weiß nicht, welchen Verlauf sie nehmen wird; es ist eine Zeit, in der man immer wieder vorwärts marschiert, um unvermittelt wieder umzukehren. Immer noch wird am Abriss der Bastille gearbeitet: Ziegelsteine und Eisenschrott sollen wiederverwertet werden. Es geht langsam voran, denn die Arbeit wird mit zwanzig Sous pro Tag bezahlt, und diejenigen, die das Glück hatten, sie zu bekommen, wollen sie möglichst lange behalten. Derzeit wird auch das Material der einst geheimen Akten gesichtet und zu Enthüllungspamphleten verarbeitet, die unter viel Reklamegeschrei auf der Straße für ein paar Sous verhökert werden:

Das ist die Jauchegrube der Monarchie!
Die nackte Wahrheit über Versailles ... über die Polizei ... über den Klerus ...
Unter der Despotie war Schweigen eine Tugend, unter dem Zepter der Freiheit ist es ein Verbrechen!

Täglich Zusammenrottungen und Demonstrationen. Gegen steigende Preise, Spekulanten, die Lebensmittel horten, Konterrevolutionäre, die sich unter verlässlichen Patrioten verstecken. Gegen die Emigranten, diese gemeinen Söldner der Tyrannei, die Frankreich in den Rücken fallen.

Der König? Louis XVI.? Mitsamt seiner Familie eingesperrt im Temple.

Louis der Letzte, so nennen sie ihn auf den Straßen, denn Frankreich ist jetzt eine Republik, frei von Königen. Oder Louis der Falsche, Gegenstand endloser Auseinandersetzungen.

Ist er ein Verräter am Vaterland oder einfach nur ein Stümper? Aber könnte je einer regieren, ohne sich schuldig zu machen?

Schwer zu glauben, dass er einst Louis Auguste war, denkt Marie-Louise, der tapsige Junge auf dem Schlossdach, der davon träumte, durchzubrennen und Seefahrer zu werden.

Die Frauen auf dem Markt nennen Louis ein Schwein mit riesigem Appetit. Seine Frau ist eine Harpyie, die das Geld Frankreichs verschlingt in der Hoffnung, eines Tages das ganze Land zu schlucken, diese österreichische Schlampe, die für alles Leid Frankreichs verantwortlich ist.

Antworte uns, Marie-Antoinette, fordern Wandplakate, *was hast du mit dem Herzen deines Mannes gemacht? Du hast in seinem Namen regiert, während er betrunken oder auf der Jagd war oder Türschlösser schmiedete.*

»Woher kommt das?«, fragt Marie-Louise. »Dieser Hass?«

Sie verwechsle Hass mit Zorn, sagt Pierre. Der gewaltige Zorn des Volks. Er sei roh und grausam, aber das könne gar nicht anders sein. Er sei die unausweichliche Folge davon, dass man dem Volk zu lange Gerechtigkeit vorenthalten habe. Gerade Marie-Louise sollte wissen, dass es keine Geburt ohne Schmerzen und Blutvergießen gibt.

Immer mehr Flüchtlinge strömen aus der Provinz nach Paris. Hagere Frauen mit zerfetzten Umhängen, Männer mit langen, dicken Stöcken. Kinder laufen ihnen hinterher oder ziehen in Rudeln durch die Stadt wie wilde Hunde. In den Straßen zupfen schmutzige kleine Hände am Rock von Marie-Louise und betteln um ein Stück Brot, um Almosen aus Erbarmen. Was auch immer sie dabeihat, es ist nie genug. Wenn sie sagt, »Ich habe nichts mehr«, klammern sich die Hände nur noch fester an sie oder versuchen, in den Falten ihres Kleides zu kramen.

Auf die Wand des Palais Royal hat jemand einen Baum der Despotie gemalt, der von abscheulichen Schlangen wimmelt. Der Baum ist weit verzweigt, die Schlangen haben gespaltene

Zungen und gemeine Reptilienaugen. Unter dem Baum ruft ein dreifarbiger Hahn den Betrachtern zu: *Bürger, seid wachsam. Der Feind versteckt sich in unserer Mitte.* Unter den Arkaden führt eine Theatertruppe ein Lehrstück auf, in dem der Geist des alten Königs, »des lasterhaften Louis XV. unseligen Angedenkens«, in den mittlerweile leeren Gemächern von Versailles herumspukt und murmelt, dass die Zeit der Abrechnung nahe sei.

»Was wird abgerechnet, du alter Lustmolch?«

»All die Huren, die ich nach Versailles geholt habe, all das Geld, das ich verschwendet habe. Meine ganze Brut, die immer noch Frankreich aussaugt.«

* * *

An diesem Oktobermorgen erwacht Marie-Louise feucht von Schweiß, Pierres schweren Arm quer über der Brust. Das Liebesspiel der letzten Nacht ist eine angenehme Erinnerung, trotz zu viel Wein und der groben Ungeduld ihres Mannes. Strümpfe, Schuhe, Unterröcke liegen verstreut auf dem Boden. Seine Hose, ihr Fichu. Pierre wird sich darüber ärgern, dass sein Lieblingsrock so zerknittert ist. Schwarzes Kammgarn, Seidenfutter. Solche Kleidung ist eine Visitenkarte, kein modischer Schnickschnack.

Vorsichtig, um ihn nicht zu wecken, hebt Marie-Louise den Arm von Pierre an und schwingt die Beine aus dem Bett. Die Bodenbretter unter ihren Füßen sind glatt und kühl. Kein Bettvorleger für Pierre, nicht einmal ein Wollteppich. Seit kurzem verschmäht ihr Mann auch Bettvorhänge und Steppdecken. Das Bedürfnis nach Bequemlichkeit verweichlicht die Seele und ist ein Erbe der Knechtschaft.

Marie-Louise blickt in den Spiegel über dem Waschtisch. Von der Nachthaube befreit, reicht ihr Haar bis zur Hüfte. Es ist nicht mehr ganz so lockig wie früher, aber es hat seinen Kupferton behalten und sieht hochgesteckt auch ohne künstliche Haarteile gut aus. Lächelnd erinnert sie sich an die Liebkosungen der Nacht, ihr albernes Gemurmel: »Sie sagen mir, ich habe eine überaus hübsche Frau.« ... »Wer sagt das?« ... »Das wollen Sie gar nicht wissen.« ... »Und wenn doch?« ... »Genau davor habe ich Angst.«

Ihr Morgenmantel aus Kattun ist über einen Stuhl drapiert. Bevor sie ihn anzieht, gießt Marie-Louise etwas Wasser in das Waschbecken, taucht den Waschlappen ein und wischt vorsichtig über ihre Brüste, ihren Bauch und ihre Oberschenkel. Ihre rechte Brustwarze ist geschwollen und rot und braucht etwas Salbe. Pierre ist ein starker, energischer Mann.

Dies ist ein befriedigender Gedanke.

Das Eheschlafzimmer ist das geräumigste Zimmer im Haus in der Rue du Cygne. Auf dem großen Tisch am Fenster liegen die Papiere von Pierre in Stapeln geordnet. Die Dienstmädchen sind angewiesen, beim Staubwischen streng darauf zu achten, dass sie nichts durcheinanderbringen. Es sind, da Pierre sich vom Tagesgeschäft der Kanzlei Vernault zurückgezogen hat, keine Dokumente, die mit juristischen Angelegenheiten zu tun haben, sondern Entwürfe von Konventsreden und Artikeln, die er für die *Gazette Nationale* und andere revolutionäre Zeitungen schreibt. Oder Pamphlete, die er von der Straße mitgebracht hat und auf denen er Passagen unterstrichen und kommentiert hat. Man muss sein Ohr nah am Boden halten, sagt Pierre immer. Man muss darauf achten, was die Leute reden.

Mittlerweile ist Pierre Vernault zu einem der beliebtesten Redner des Konvents geworden. Eifrige junge Männer folgen ihm, versuchen, seine Aufmerksamkeit zu erregen. Seine Worte, seine Redewendungen werden von anderen Delegierten in ihren Reden aufgegriffen. *Die Revolution ist wie ein gut geschnittener Baum. Er spendet Schatten, sodass man vor der Glut der Sonne geschützt ist, verführt aber nicht durch Dunkel-*

heit zu lichtscheuem Treiben. Er ist kein Versteck für Verschwörer.

Diese Leute verwechseln rhetorische Schnörkel mit Substanz, sagt Pierre, aber Marie-Louise weiß, dass es ihm gefällt. Ja, es macht ihn stolz. Sie hat gehört, wie er Jean-Louis in der Kunst der Rede vor Publikum unterwiesen hat. »Lass deine Stimme von tief innen kommen ... atme mit diesen Muskeln hier, direkt über deinem Bauch ... Demosthenes übte bei stürmischem Wetter, tosenden Lärm zu überwinden ... er rezitierte Verse beim Laufen ... Noch einmal, mein Sohn, mit Gefühl: *Die Menschen werden frei und gleich an Rechten geboren und bleiben es ... Diese Rechte sind das Recht auf Freiheit, auf Eigentum, auf Sicherheit und auf Widerstand gegen Unterdrückung.*«

In der trüben Oktoberdämmerung ist das Haus immer noch ruhig. Wäre Tante Margot noch am Leben, würde sie jetzt unten im Kamin das Feuer neu anfachen. Oder sie säße bereits am Küchentisch über dem Haushaltsbuch und verfluchte ihre Strumpfbänder, weil sie ihre Beine anschwellen ließen. Sie würde Marie-Louise bitten: »Sei so lieb und mach mir eine Tasse Kaffee, ja?«

Tante Margot ist vor acht Monaten gestorben, im Februar, aber ihr Grab hat noch immer keinen Grabstein. Jedes Mal, wenn es regnet, ertappt Marie-Louise sich bei dem Gedanken an schlammiges Wasser, das die Erde durchtränkt und in den Sarg sickert. Der Steinmetz sagt, der Boden müsse sich ein ganzes Jahr lang setzen, bevor er mit der Arbeit beginnen könne. Auf labilem Untergrund kann nichts Dauerhaftes gebaut werden.

Hortense bekreuzigt sich jedes Mal, wenn sie an Tante Margots Zimmer vorbeigeht. Sie sagt, dass in ihren Träumen die Herrin in die Küche kommt, als wäre nichts geschehen, und Bohnensuppe mit einem Schuss Sahne und etwas fein gehacktem Schnittlauch verlangt. Oder sie steckt den Finger in den

Kuchenteig, um ihn zu kosten, ohne sich um Hortenses Warnung zu kümmern, dass sie davon Bauchschmerzen bekommen würde. Sie weigert sich, Hortense zu sagen, wie es im Himmel ist. Nur einmal hat sie angefangen, davon zu sprechen, aber dann ist Hortense aufgewacht und konnte sich an kein einziges Wort der Herrin erinnern. »Es ist ihr nicht erlaubt«, schloss Hortense. »Wir Sünder dürfen es nicht erfahren.«

Die beiden haben immer gezankt, solange Marie-Louise zurückdenken kann, aber nie so heftig wie in den letzten Wochen vor der Erkrankung von Tante Margot. »Müssen Sie partout den ganzen lieben langen Tag herumrennen? In Ihrem Alter? Mit Ihren geschwollenen Füßen?«, fragte Hortense. Und wenn sie die Antwort bekam, sie solle sich um ihre eigenen Angelegenheiten kümmern, klapperte sie stundenlang finster mit Töpfen und Pfannen und weigerte sich, auch nur ein einziges Wort mit Tante Margot zu sprechen. Wenn Marie-Louise zu vermitteln versuchte, trug Hortense ihr auf, ihre Herrin daran zu erinnern, dass sie nicht unsterblich war. »Sagen Sie ihr, dass selbst der allmächtige Gott kein Verständnis für solche Dummheiten haben wird.«

Hortense wirft sich immer noch vor, nicht entschiedener gewesen zu sein. »Ich hätte die Tür verrammeln sollen«, sagt sie grimmig. »Ich hätte mich auf den Boden werfen sollen.

Ich hätte es wissen müssen, nicht wahr?«

Das ist genau die Frage, die Marie-Louise sich selbst immer noch stellt.

Gleich nach Neujahr verwandelte sich das, was Tante Margot tagelang als bloßes Kratzen im Hals abgetan hatte, in einen hartnäckigen, hohlen Husten. Schuld daran sei das Holz, mit dem sie heizten, so Tante Margot; es sei nicht richtig trocken, und darum sei das Haus ständig voller Qualm. Kein Wunder, wenn man husten musste. Was nicht ganz falsch und jedenfalls plausibel war.

Als der Husten anhielt, wollte Marie-Louise Dr. Simons rufen lassen, aber Tante Margot wollte davon nichts hören. Sie wollte auch nicht, dass man sie zur Ader ließ. *»Im Januar kein Aderlass, außer im Notfall«,* warnte der Almanach. Alles, was sie brauchte, war Ruhe und Hortenses Lindenblütentee mit Honig. Vielleicht auch eine Orange, wenn die Händler am Pont Neuf noch welche hätten, aber sonst nichts. Und ganz bestimmt nicht so ein aufgeregtes Getue!

Jedes Mal, wenn Marie-Louise nach ihrer Tante sah, bekam sie zu hören: »Hast du nichts Nützlicheres zu tun?« Jean-Louis erging es besser. Jeden Tag eilte er, sobald sein Hauslehrer gegangen war, in das Schlafzimmer von Tante Margot, und die beiden unterhielten sich stundenlang. Besser gesagt: Tante Margot hörte zu, und Jean-Louis redete. Hauptsächlich über La Pérouse und das ungewisse Schicksal seiner Expedition: Mittlerweile hatte man ihn für auf See vermisst erklärt. Jean-Louis war sich aber ziemlich sicher, dass der große Entdecker nach einem Schiffbruch auf einer unbewohnten Insel gestrandet war und bald von den beiden Schiffen, die man ausgeschickt hatte, ihn zu retten, nach Frankreich zurückgebracht werden würde.

»Aber ich will es hören«, beteuerte Tante Margot, als Marie-Louise zu bedenken gab, dass die Kranke vielleicht nicht jeden Tag so ausführlich über La Pérouse informiert werden müsse. Offenbar nahm Jean-Louis sich ihre Worte jedoch zu Herzen, denn am nächsten Tag erzählte er Tante Margot eine Geschichte, die davon handelte, wie Marcus Antonius versuchte, Kleopatra mit seinen Angelkünsten zu beeindrucken, und die damit endete, dass er ein Stück gesalzenen Hering aus dem Wasser zog.

Ende Januar bekam Tante Margot plötzlich hohes Fieber und heftige Kopfschmerzen. Dr. Simons, der nun endlich doch geholt wurde, nannte die Patientin eine starrköpfige alte Frau, die es besser hätte wissen müssen, und ließ sie zur Ader. »Zu spät«, sagte er ein paar Tage danach zu Marie-Louise, als das Fieber wieder hochschnellte. »Der Schaden ist angerichtet.«

Von da an wurde am Krankenbett mehr und mehr gebetet. Ein Priester kam, um Tante Margot die Beichte abzunehmen und ihr die Letzte Ölung zu spenden. Es war ein neuer Geistlicher, denn der alte Père Daneau hatte sich geweigert, den Treueid auf die Verfassung abzulegen, und hatte Paris verlassen. Tante Margot nahm es schweigend hin.

»Kümmere dich um das, was ich nicht mehr erledigen kann, Marie-Louise.«

Die Erinnerung an die Worte von Tante Margot und an den schwachen Druck ihrer einst so starken Hand wird von Bildern begleitet. Die faltige Haut um ihre Augen, die sich lila färbt. Auf ihrem Kinn ein kaum sichtbarer Fleck von der Erbsensuppe, die Hortense ihr zu füttern versucht hatte. Als ob, wenn sie auch nur einen Löffel voll gegessen hätte, damit bewiesen wäre, dass das Leben den Tod noch besiegen könnte.

»Möge die Mutter Gottes dich in diesen schweren Zeiten segnen.«

Marie-Louise erinnert sich an die knorrigen Finger ihrer Tante, die sich über den schwarzen Rosenkranzperlen verkrampften. An einen Atemzug, länger als gewöhnlich, gefolgt von einem Keuchen. Sie erinnert sich an Hortenses durchdringenden Klagelaut und die schweren Schläge ihrer eigenen Gedanken. Der Tod ist übermächtig. Das Leben ist vergänglich. Ein Pünktchen in der Weite der Ewigkeit. Alle irdische Wärme ist im Nu verschwunden.

Sie weinte, sie bekreuzigte sich, sie betete für die verstorbene Seele und für die Zurückgebliebenen. Sie hielt die zitternde Hand ihres Sohnes und sagte in der Hoffnung, sein ersticktes Schluchzen zu lindern: »Tante Margot ist in den Himmel gekommen. Sie wird sich um uns kümmern. Bis zu dem Tag, an dem wir sie wiedersehen.«

Pierre war der Einzige mit trockenen Augen. Marie-Louise empfand das nicht als verletzend. Jede Hebamme weiß, dass Schmerz sich auf unterschiedliche Weise äußern kann.

Der Arzt der *section de commune* kam, um die Leiche zu untersuchen und die Sterbeurkunde aufzusetzen. Die Dienstmädchen verhängten die Haustür mit schwarzem Stoff. Marie-Louise half Hortense, den Leichnam von Tante Margot mit warmem Wasser zu waschen und für die Beerdigung anzukleiden. Sie legten Rosmarin und getrocknete Rosenblütenblätter unter die Kleidung. Als sie den Leichnam umdrehten, strömte die Luft aus den Lungen, und Marie-Louise glaubte fast – den Bruchteil einer Sekunde lang –, dass Tante Margot aufstehen und sie zurechtweisen würde, weil sie so ein Getue veranstalteten. Dass sie augenzwinkernd sagen würde: »Um *mich* umzubringen, braucht es mehr als so ein läppisches Fieber.«

Nach der Beerdigung mischten sich Weinen und gerührtes Lachen. *Was würde unsere Margot davon halten? Sie hätte nicht gewollt, dass man wegen ihr so ein Theater veranstaltet, aber sie hätte sich bestimmt gefreut, uns alle hier zu sehen.* Hebammen, die sie ausgebildet hatte. Kinder, bei deren Geburt sie dabei war und die jetzt erwachsen waren und selbst Kinder hatten.

Marie-Louise, Pierre und Jean-Louis standen zusammen im besten Zimmer und nahmen in tiefschwarzer Trauerkleidung, wie man sie trägt, wenn der Vater oder die Mutter gestorben ist, Beileidsbekundungen entgegen. Pierre murmelte: »Ja ... wirklich außergewöhnlich ... eine Säule ... nichts wird dasselbe sein ohne sie ...« Marie-Louise schwieg, ihr Herz war schwer, jeder Atemzug kostete Mühe. Jean-Louis umklammerte ihre Hand, als wäre er noch ein kleiner Junge, voller Angst, verlorenzugehen.

So viele Tränen, so viele geflüsterte Worte, so viele Erinnerungen.

Sie hat mir alles beigebracht, was ich weiß.
Ohne sie wäre ich gestorben.

Sie waren ihr Stolz, Marie-Louise. Ihre Freude. Vergessen Sie das nie.

Jean-Louis! Wie du gewachsen bist! Lass mich dich anschauen, Kind!

Wollten Sie nicht Hebamme werden, als Sie klein waren?

Haben Sie nicht schon einmal den Wind angeschrien, als er Ihnen den Hut wegwehte? »Hör auf damit, sofort!« Wie alt waren Sie damals? Drei?

Wie sehr ihr Sohn geliebt wird. Von allen.

In den Tagen unmittelbar nach der Beerdigung prallte ein Vogel gegen die Fensterscheibe und fiel leblos in den Schnee. Eine Tür zum Zimmer von Tante Margot wurde mit solcher Wucht aufgesprengt, dass sich die Scharniere lockerten. Von einem Buchbinder wurde ein neues Patientenjournal geliefert, das Tante Margot bestellt hatte. Marie-Louise bückte sich, um eine Nadel aufzuheben, die sie fallen gelassen hatte, und fand unter dem Sessel in einem Riss in einer Bodendiele die silberne Spange, die Tante Margot ihr hatte schenken wollen, die aber dann verschwunden war.

Es gab so viel zu regeln nach Tante Margots Tod.

Der Notar eröffnete das Testament. Marie-Louise war die Alleinerbin ihrer Tante und auch die Testamentsvollstreckerin, die dafür sorgen musste, dass Vermächtnisse, Schenkungen und Stiftungen, für die Geld beiseitegelegt worden war, ausgezahlt wurden. Das Haus in der Rue du Cygne gehöre ihr, sagte der Notar, obwohl es, da der Ehemann die Steuern bezahlte, nun unter dem Namen von Pierre eingetragen werde und er für die Verwaltung zuständig sei.

Vermächtnisse waren für Jean-Louis, Hortense und die Dienstmädchen ausgesetzt, insgesamt fünftausend Livres, nicht gerechnet die Kleider und andere Geschenke. Die Verpflichtungen waren alle akribisch aufgelistet. Ausstehende Zahlungen an Gewerbetreibende, Beihilfen für drei ältere Hebammen und zwei ehemalige Ammen *aus meiner Bekanntschaft, die nicht mehr in der Lage sind, selbst ihren Lebensunterhalt zu verdienen*, für eine mittellose Witwe, die bei den Barmherzigen Schwestern lebte und der Tante Margot versprochen hatte, sie bis an ihr Lebensende zu unterstützen, sowie eine Summe für das Findelhaus, die ausschließlich für die Bezahlung von Ammen verwendet werden sollte.

Noch sechs Wochen später, als man bei aller Trauer von schwarzer Wolle zu Seide übergehen durfte, kamen Briefe an Madame Leblanc: Eine ehemalige Patientin berichtete freudig von der Geburt ihres ersten Enkels, eine Hebamme aus Sèvres bat um das Rezept für Margots berühmte Salbe. Und aus Bordeaux traf eine dringende Bitte der so hochverehrten Madame du Coudray ein: Ob nicht die liebe Margot bei Monsieur Charbonne, diesem Tuchmacher im Marais, intervenieren könne, der die neue Maschine für das Spital in Bordeaux immer noch nicht geliefert hatte? Die Bestellung war bereits sechs Monate und zehn Tage überfällig. Nachdem sie auf ihre eigenen Briefe keine Antwort erhalten habe, sehe Madame du Coudray keinen anderen Ausweg mehr als den, Margot um Hilfe zu bitten. Darauf musste Marie-Louise mit der traurigen Nachricht und dem Bericht über die letzten Tage von Tante Margot antworten.

Was bedeuten wir den Felsen und Bergen, Marie-Louise?

Die Stimme von Tante Margot ist ihr noch in guter Erinnerung. Ebenso, wie es sich anfühlte, wenn ihre knochigen Finger sie berührten.

Was wird Jean-Louis von ihr, Marie-Louise, im Gedächtnis behalten, wenn sie nicht mehr da ist?

Ach, hör auf, Marie-Louise. Hast du nichts Nützlicheres zu tun, als trüben Gedanken nachzuhängen?

O doch, jede Menge.

Marie-Louise knöpft ihren Morgenmantel zu. Vom Bett her ein Stöhnen. Pierre dreht sich auf die Seite, murmelt etwas von einer unchristlichen Zeit und dass Marie-Louise einen Lärm mache, der Tote zum Leben erwecken könnte. Vögel stünden auf, sobald es dämmert, aber doch nicht die Menschen.

»Ich gehe ja schon, schlafen Sie weiter«, sagt Marie-Louise und öffnet die Schlafzimmertür. Sie quietscht immer noch, obwohl sie Jacques schon zweimal gebeten hat, die Scharniere zu ölen. Beim ersten Mal hat er es einfach vergessen, beim zweiten Mal sagte er, er habe »wichtigere Aufgaben zu erledigen«.

Welche Aufgaben das sein könnten, wollte Hortense wissen. Den Dienstmädchen mit seinem ständigen Gerede über die Guillotine Angst zu machen?

Die Guillotine, die zuerst auf der Place de Grève gestanden hatte, wurde auf die Place du Carrousel vor den Tuilerien verlegt. Marie-Louise läuft es jedes Mal kalt über den Rücken, wenn sie hört, wie Leute sie eine *Maschine* nennen. Genauso wie die Puppe, die Madame du Coudray erfunden hat!

Wie sollte Jacques nicht über die Guillotine sprechen, sagte Pierre, als sie sich darüber beschwerte, dass sein Diener die Dienstmädchen in Angst und Schrecken versetzte. Erinnerte sich Marie-Louise nicht an die Hinrichtung von Damiens? Wie die Hand, die es wagte, sich gegen den alten Louis zu erheben, in kochendes Pech getaucht wurde? Wie man mit glühenden Zangen sein Fleisch aufriss, um dann kochendes Öl in die Wunden zu gießen? Wie man ihm auf dem Rad alle Knochen brach? Damiens war noch stundenlang am Leben, bis schließlich Pferde ihn in vier Teile zerrissen? Sie muss doch wohl zugeben, dass die Guillotine im Vergleich dazu schnell und schmerzlos ist?

»Das wissen Sie nicht wirklich«, widersprach Marie-Louise.

»Da haben Sie recht«, räumte Pierre ein. »Ich weiß es nicht. Und da ich weder ein Fälscher von Assignaten noch ein verurteilter Mörder bin, erwarte ich nicht, dass ich guillotiniert werde. Obwohl ich so immerhin einen Streit mit meiner Frau gewinnen würde.«

»Machen Sie keine Witze.«

»Warum nicht? Sie sind doch nicht abergläubisch, oder?«

Marie-Louise rechnet auch nicht damit, guillotiniert zu werden. Doch jedes Mal, wenn sie an der Place du Carrousel vorbeikommt, fasst sie sich unwillkürlich an den Hals. Wie würde es sich anfühlen, darauf zu warten, dass die Klinge fällt? Gefesselt dazuliegen und zu wissen, dass sie nur noch wenige Augenblicke zu leben hat? Die Luft zu riechen, den Lärm der Stadt zu hören, zu spüren, wie sich ihr Magen vor Angst zusammenzieht?

Das Haus erwacht. Marie-Louise hört Hortenses schlurfende Schritte, Jacques' Stimme, die warmes Wasser zum Rasieren verlangt, damit der Herr nicht wieder warten muss.

Die Treppe knarrt unter ihren Füßen. Unten in der Küche haben die Dienstmädchen ihre Klappbetten weggeräumt und helfen Hortense, Frühstück zu machen. Die Kaffeekanne auf dem Tisch ist noch unberührt – auch das erinnert schmerzhaft daran, dass Tante Margot nicht mehr am Leben ist.

Wäre Jean-Louis nicht im Louis-le-Grand, säße er jetzt genau an diesem Tisch, würde seine Spiegeleier verschlingen und Hortense fragen, ob sie ihm Reste des gestrigen Abendessens aufgehoben hat.

»Wenn man daran denkt, dass er dort ganz allein ist, das arme Lämmchen.« Hortense seufzt, als ob sie Marie-Louises Gedanken gelesen hätte, und erinnert daran, mit welchem Appetit Jean-Louis ihren Kanincheneintopf mit Lauch und Pastinaken isst und wie er die Soße mit Brotstücken auftunkt. »Immer hungrig, dieser Junge«, sagt sie strahlend. »Es ist nie genug. Ich hoffe, sie lassen ihn dort nicht verhungern!«

Bauernschlau, wie sie ist, hat Hortense sich immer gewünscht, dass Jean-Louis ordentlich Fett ansetzt. Damit er etwas hat, wovon er zehren kann in mageren Jahren.

»Was ist das für ein Geruch, Hortense?«, fragt Marie-Louise, um ihrer Klage um den armen hungernden Jungen ein Ende zu setzen.

Es ist der Rauch. Der Schornstein muss gereinigt werden. Der Kaminkehrer, der sich für gestern angekündigt hatte, ist nicht gekommen. Ebenso wie der Rattenfänger, den Jacques später in der Kneipe fand und mit in die Rue du Cygne nahm. Der Mann war ziemlich betrunken und hatte eine Kopfverletzung, weil er gestolpert und hingefallen war. Hortense verarztete ihn, bevor sie ihn nach Hause schickte. Eigentlich hatte er, fand Jacques, nur einen kräftigen Tritt in den Hintern verdient.

Ob Monarchie oder Republik, Frauen hören nicht auf, schwanger zu werden und Kinder zur Welt zu bringen. Während Marie-Louise ihre Hebammentasche für die tägliche Visite packt, lockt sie Tante Margot aus dem Schatten hervor und erzählt ihr, wie viel ihr erspart geblieben ist.

Was ist mir erspart geblieben, Marie-Louise?

Der Anblick des ausgeweideten königlichen Palais des Tuileries, der ermordeten Schweizergardisten, der Matratzen und Kissen, die aufgeschlitzt wurden, weil man glaubte, darin wären Edelsteine versteckt, der Federn, die durch die Luft wirbelten. Der königlichen Familie, die mit knapper Not entkam und die Abgeordneten um Schutz anflehte. Des Schilds am Tor des Palais: *Zu vermieten.*

Erspart geblieben ist ihr die Angst vor den auf Paris marschierenden Preußen. Entlang der Stadtmauern wurden Gräben ausgehoben. Nacht für Nacht läuten die Sturmglocken. Überall in der Straße werden Fenster aufgerissen, und die Nachbarn fragen: »Hat es schon angefangen?«

Was verschweigst du mir, Marie-Louise?

Mit Spitzhacken ausgerüstete Menschenmengen versammeln sich vor Gefängnistoren. Vor dem Temple, vor La Force, der Conciergerie, vor der Salpêtrière und Bicêtre. *Die Gefäng-*

nisse sind voller Verräter … sie wollen blutige Rache nehmen, wir alle stehen auf ihrer schwarzen Liste … es ist besser, den Teufel zu töten, bevor er uns tötet.

Der Pont au Change ist übersät mit zerrissenen Hüten, zerquetschten Schuhen, gebrochenen Wagenrädern. Was sie für einen überfahrenen Vogel gehalten hat, entpuppt sich als eine in den rötlichen Schlamm getretene Straußenfeder. Eine Kutsche rumpelt an ihr vorbei, so knapp, dass sie ihre Schulter streift; die Vorhänge sind zugezogen, der Fahrer lässt seine Peitsche knallen.

Was ist los, Marie-Louise?

An den Wänden bei der Conciergerie sind rostrote Flecken zu sehen.

Die Pike mit dem aufgespießten Kopf steht aufrecht gegen das schmale Fenster gelehnt. Es ist der Kopf eines Mannes, sein Haar ist gepudert und gelockt. Sie registriert die hervortretenden Augen, die Handvoll Heu, die man ihm in den Mund gestopft hat. Die beiden Frauen, die an dem steinernen Sims daneben lehnen, sind hager und pockennarbig, ihre Röcke hochgeschlagen, ihre grauen Haare wirr und verfilzt. »Was glotzt du so?«, schreit eine von ihnen. »Er hätte das Gleiche mit uns gemacht, wenn er gekonnt hätte.«

* * *

Marie-Louise geht zur Cour du Commerce, wo die Dantons leben, gleich nachdem sie sich um die Bürgerin Valour gekümmert hat, deren neugeborenes Mädchen kräftig saugt. Raison, so hat Claire Valour das Kind genannt. Für einen Jungen hatte sie die Namen Sacré, kurz für *Amour sacré de la Patrie*, und *Droit de l'homme* in Erwägung gezogen. Eine Patientin von Madeleine wünschte sich, ihr Sohn wäre mit geballter Faust geboren worden, bereit für einen Kampf mit den Feinden Frankreichs. Man kann von Glück reden, dass bis jetzt noch keine auf die Idee gekommen ist, zu behaupten, ihr Kind sei mit einer Jakobinermütze auf dem Kopf zur Welt gekommen.

Der Türklopfer in der Cour du Commerce ist mit einem Lappen umwickelt, der das Geräusch dämpfen soll – offenbar sind Gabrielles Kopfschmerzen inzwischen ziemlich heftig. Es ist ihre vierte Schwangerschaft, das Kind soll im Februar kommen. Nach François, möge das arme Lämmchen in Frieden ruhen, kam Antoine, jetzt fast zweieinhalb Jahre alt, dann François Georges, der acht Monate alt ist. Es gab keine Komplikationen bei den Schwangerschaften und Entbindungen, aber Marie-Louise weiß, wie schnell sich die Dinge ändern können.

»Die Herrin fährt mit den Kindern nach Sèvres«, verkündet das sauer dreinblickende Dienstmädchen Catherine, als sie endlich die Haustür geöffnet hat. »Ich habe angefangen zu packen.« Aus der Küche dringt der scharfe Geruch von verbrannter Milch.

Die Wohnung ist in Unordnung. Überall stehen Truhen und Körbe mit Kinderspielzeug, Wäsche und Wollsachen herum. Zwei dick gefütterte Unterröcke warten darauf, zusammengefaltet zu werden. Schuhe liegen wild durcheinander in der Ecke. Aus dem Korb mit Kinderspielzeug schaut eine Handpuppe heraus, die eine Narrenkappe trägt und breit lächelt. Aus dem Schlafzimmer ist eine schrille Frauenstimme zu hören: »Hör auf, Antoine! Auf der Stelle!«

Marie-Louise atmet tief durch und folgt dem Dienstmädchen hinein.

Gabrielle liegt auf einer Chaiselongue, inmitten von noch mehr Chaos aus verstreuten Decken und Steppdecken. Der Säugling liegt in seiner Wiege, die Hände in Richtung des Beißrings ausgestreckt, der auf dem Boden liegt. Antoine zieht an den Ärmeln seiner Mutter. »Will hoch, Maman, hoch«, jammert er, schon ziemlich quengelig.

»Genau wie sein Vater«, sagt das Dienstmädchen, hebt den Beißring auf und gibt ihn dem Säugling. »Und du, kleiner Racker, komm her«, sagt sie zu Antoine und schnappt sich den Jungen, bevor der merkt, dass das nicht das ist, was er verlangt hat. Sie wiehert wie ein Pferd, und Antoine quietscht vor Vergnügen, als sie mit ihm hinaustrabt.

Gabrielles langes Haar hängt lose unter der Haube hervor, verfilzt, etwas dünner als früher. Ihr Bauch ist größer als bei ihrer letzten Schwangerschaft, sie wirkt eher aufgedunsen als füllig, und ihre Hände sind geschwollen, was Anlass zur Sorge gibt. In den vergangenen Monaten hatten fünf von Marie-Louises Patientinnen eine Fehlgeburt, und zwei haben im siebten Monat entbunden, beides Totgeburten. Madeleine hat allein im vergangenen Monat drei Mütter verloren. Es gab insgesamt zu viel verängstigtes Geflüster, findet Marie-Louise, zu viele verschwitzte Hände, die nach den ihren griffen, eine anflutende Panik, der eine Hebamme nur ihre brüchigen Beruhigungsformeln entgegensetzen kann: *Wir haben schon Schlimmeres überstanden. Die Zukunft ist nie gewiss. Es wird alles gut werden. Es wird alles gut.*

»Catherine sagte, Sie wollen weg. Mit den Kindern. Das kommt plötzlich.«

Gabrielle richtet den Oberkörper etwas auf. Georges müsse nach Belgien reisen, sagt sie, in einer Mission, über die nichts nach außen dringen darf, auch nicht, wie lange sie ihn in Anspruch nehmen wird. Gabrielle hat aber gehört, wie jemand von mindestens zwei Monaten geredet hat.

Sie schafft es mit einiger Mühe, aufsteigende Tränen wegzuzwinkern.

»Ich ertrage es nicht, hier allein zu sein.«

Der Säugling kaut auf dem Ring herum, was zu der Hoffnung Anlass gibt, dass er das Spiel, den Ring aus der Wiege zu werfen, zumindest für eine Weile aufgegeben hat. Das Fenster ist einen winzigen Spalt weit geöffnet, ein schwacher Versuch, den sauren Geruch loszuwerden. Aus dem Zimmer nebenan lockt eine Mädchenstimme Antoine mit dem Versprechen, er würde einen Lutscher bekommen. »Aber nur, wenn du alles auf deinem Teller aufisst.«

Eine neues Kindermädchen?

Gabrielle schüttelt den Kopf. Das ist die Tochter der Nachbarn im oberen Stock. Louise Gély. Sie ist noch ein Kind, erst fünfzehn, aber ernsthaft, verantwortungsbewusst, besonnen. Ein Engel im Umgang mit Kindern. »Ich habe Glück, dass sie im selben Haus wohnt.«

Ein stechender Schmerz lässt sie zusammenzucken. Das kann ihrer Hebamme nicht gefallen, zumal sie immer noch viel zu blass ist, obwohl Marie-Louise ihr empfohlen hat, mehr Leber zu essen. Sie nimmt Gabrielles Hand und tastet nach dem Puls. Zu schnell.

»Hat Dr. Souberbielle Sie schon untersucht?«

Gabrielle nickt erst, dann schüttelt sie den Kopf und tischt schließlich die ganze komische Geschichte auf.

Souberbielle war tatsächlich da, aber nur zum Abendessen, für das Gabrielle vier Kapaune briet. Georges hatte seinen roten Gehrock an und aß einen Vogel ganz allein. Auch Souberbielle putzte seinen Teller leer, und anschließend vertilgten beide noch eine zweite Portion. Dann wischte der große Arzt seine fettigen Finger an Gabrielles Tischdecke ab und beglückwünschte sie zu ihrem gesunden Aussehen, bevor er das Thema wechselte und auf Robespierres Geschwür zu sprechen kam, das anscheinend sehr hartnäckig ist und eine radikale Behandlung erfordert. Konkret bedeutet das, jedenfalls nach Souberbielles Überzeugung, dass der Patient möglichst viele Orangen essen soll, die glücklicherweise immer noch reichlich zu haben sind, wenn auch ziemlich teuer.

»Nun ja, natürlich könnte es sein, dass ich ein bisschen übertreibe«, schließt Gabrielle mit einem bezaubernden Lächeln.

»Bitte, Gabrielle. Was hat er gesagt? Aber seien Sie ernst.«

Souberbielle hat eine Luftveränderung empfohlen und viel Ruhe. Das ist der Grund, warum Gabrielle nach Sèvres geht.

Ihre Eltern haben dort zwei Anwesen im Grünen gekauft, von denen eines, so drückt Gabrielle es aus, »vermutlich uns gehört«. Es ist nur eine Vermutung, denn wenn ihr Mann das Geld für den Kauf aufgebracht hat, hat er es ihr nie gesagt. Was sie nicht überraschen sollte, denn Georges macht immer, was er will und sagt ihr nie etwas, genauer: er sagt ihr, was sie seiner Meinung nach hören will. Was entweder gefühllos oder rücksichtsvoll ist. Je nachdem, wie man es betrachtet.

»Sie haben letzte Nacht nicht geschlafen, oder?«, unterbricht Marie-Louise sie.

»Sieht man das?«

»Ein bisschen.«

»Ich sehe wie ein Gespenst aus, oder?«

»So kann man das nicht sagen.«

»Ein fettes, aufgedunsenes Gespenst also?«

»Sagen Sie mir einfach, wie Sie geschlafen haben.«

Mit einem tiefen Seufzer gibt Gabrielle Danton zu, dass ihr die ganze Nacht schlecht gewesen ist. Ständiger Brechreiz, aber keine Erleichterung. Was im fünften Monat nicht mehr vorkommen sollte. Die üblichen Mittel, Bettruhe, eine Kompresse mit Lavendelwasser auf der Stirn, ein kleines Kissen unter dem Rücken, haben nicht geholfen.

»Es wird nicht immer so bleiben«, sagt Marie-Louise und misst mit einem Löffel Wermuttonikum ab, das sie mit Wasser verdünnt; trotzdem schmeckt es so bitter, dass Gabrielle das Gesicht verzieht, als sie es einnimmt.

»Das will ich doch hoffen, denn bis Februar ist es noch lange hin.« Gabrielle lacht unfroh, als sie aufzählt, was sie ironisch ihre großen Heimsuchungen nennt. Ihre Kopfhaut juckt. Ihre Zähne schmerzen. Ihre Füße schwellen an. Sie ist die ganze Zeit müde. »Ich bin bestimmt die schlimmste von allen Ihren Patientinnen, nicht, Marie-Louise?«

»Kaum.«

»Aber ich bin auf dem besten Weg, es zu werden?«

Marie-Louise bittet Gabrielle, ihr Hemd hochzuziehen. Keine seltsam aussehenden Beulen, keine Verfärbungen, kein Ausschlag. Sie drückt Gabrielles Bauch mit beiden Händen und ertastet so den Rücken des Ungeborenen auf der rechten Seite, die knubbeligen Beulen der Knie, der Ellbogen und der Fersen links. Die harte Masse des Kopfes befindet sich direkt unter Gabrielles Magen. Eine mögliche Ursache für das Erbrechen?

Indem sie ihr Ohr fest an Gabrielles Bauch legt, lauscht sie auf den Herzschlag des Kinds. Er ist stark genug und regelmäßig.

»Tritt es viel?«

»Es schlägt lieber Purzelbäume.« Gabrielle lacht leise. »Georges sagt, wenn es ein Junge wird, kann er zur Not seinen Lebensunterhalt als Akrobat bei Franconi verdienen.«

»Wann ist es am aktivsten? Wann ruht es?«

»Aktiv am Abend, wenn ich mich hinlege. Am ruhigsten, wenn ich spazieren gehe, um mir Bewegung zu verschaffen.«

»Ein kluges Kind.«

»Ja. Genau wie meine anderen.«

Die Untersuchung ist zu Ende, aber Gabrielle macht keine Anstalten aufzustehen. Die Kopfschmerzen sind das Schlimmste, sagt sie. Es fühlt sich an, als wäre ihr Kopf in einen eisernen Schraubstock gespannt. Das kommt wohl daher, dass sie nicht gut schläft. Kein Wunder, da ihr ständig übel ist, und außerdem kommt Georges oft erst mitten in der Nacht nach Hause und weckt sie auf, wenn er über herumliegendes Spielzeug stolpert und die Dienstmädchen verflucht.

»In Sèvres werden Sie mehr Frieden haben«, sagt Marie-Louise.

»Werde ich das?«, antwortet Gabrielle. Letztlich finde man nirgends Frieden, wohin man auch fliehen oder wo man sich auch verstecken mag. Die Menschen seien so gemein, so voller Hass. Wie sie über Georges redeten. In ihrem Beisein, als ob sie taub wäre! Dass er zu viel Geld ausgibt. Geld, von dem niemand weiß, woher es kommt. Dass die Frau von diesem oder jenem ihm »gefällig« ist. Sie hasst diesen Ausdruck, weil er zu verstehen gibt, dass nur Georges es will und die Frauen sich ihm lediglich fügen.

»Liegt es daran, dass ich wieder schwanger bin, Marie-Louise?«, fragt sie. »Hat er vor, mich zu verlassen? Es ist jetzt so einfach, sich scheiden zu lassen.«

Bevor Marie-Louise widersprechen kann, fügt Gabrielle hinzu: »Georges sagt, ich sehe in allem immer nur das Schlechte.«

Was bleibt Marie-Louise anderes übrig, als Gabrielle zu versichern, dass die Landluft ihre trübe Stimmung aufheitern wird? Die Gesellschaft ihrer Mutter wird ein Übriges tun, ebenso der ungestörte Schlaf und flotte Spaziergänge in der freien Natur, die auch ihre körperliche Verfassung verbessern werden. Sie schärft ihrer Patientin noch einmal ein, dass sie jeden Tag Leber oder Nieren essen und Rotwein statt Weißwein trinken soll, weil das gut für das Blut ist. Sie greift in ihre Tasche, holt ein Glas Gänsefettsalbe heraus und stellt es auf den Beistelltisch. Wenn sie gewusst hätte, dass Gabrielle aufs Land geht, hätte sie zwei mitgebracht.

François Georges hat es satt, auf den Ring zu beißen, und wirft ihn wieder aus der Wiege. Er rollt ein Stück weit über den Boden und kippt dann um.

Als Marie-Louise gehen will, hebt Gabrielle noch einmal den Kopf aus dem Kissen. »Warum hassen sie ihn so sehr?«, fragt sie.

»Wer hasst Danton? Wie kommen Sie darauf?«

Doch Gabrielle Danton spricht nicht von ihrem Ehemann. Sie meint den König, der im Temple gefangen ist. Und seine armen Kinder. Vor allem den Jungen, den Dauphin. Er ist noch zu jung, um zu verstehen, was mit ihm geschieht. »Georges sagt, ich bin wie alle Frauen: Wir kennen die historischen Tatsachen nicht. Ich soll nicht über Dinge sprechen, von denen ich nichts verstehe. Aber ich weiß, dass der König kein Verbrecher ist. Warum sollte man ihn also vor Gericht stellen? Können wir ihm nicht verzeihen, was er getan hat? Wir haben schließlich gewonnen, nicht?«

»Pierre sagt, dass sie im Konvent immer noch darüber diskutieren«, sagt Marie-Louise. »Ob man ihn wirklich vor Gericht stellen soll. Ich habe gehört, dass sie ihn nach Amerika schicken wollen. Auf einen Bauernhof in Virginia.«

Gabrielle schüttelt den Kopf. »Es wird einen Prozess geben«, sagt sie grimmig. »Dann werden sie ihn töten. Ich habe sie davon reden hören, genau hier, in dieser Wohnung. Louis muss sterben, damit die Nation leben kann.« Und dann fügt sie hinzu: »Mein Mann wird für seinen Tod stimmen. Und Ihrer auch.«

* * *

Seit Jean-Louis im Louis-le-Grand ist, steht die Tür zu seinem Zimmer immer weit offen. Es sieht schmerzhaft aufgeräumt aus, denkt Marie-Louise jedes Mal, wenn sie vorbeikommt. Die Bücher stehen der Größe nach geordnet im Regal, das Lehrbuch von Bézout, gefolgt vom *Cours de Latinité*. Daneben ein dickes Notizbuch, in dem Jean-Louis alles, was er über die Entdeckungsreise von La Pérouse finden konnte, festgehalten hat. Die beabsichtigte Route seiner beiden Schiffe *La Boussole* und *Astrolabe*, die 1789 nach Frankreich hätten zurückkehren sollen, Berichte von Kapitänen, die ihnen unterwegs begegnet sind, Spekulationen darüber, was aus ihnen geworden sein mag. Sie sollte einen Tisch besorgen, an dem Jean-Louis arbeiten kann, wenn er im Sommer nach Hause kommt, aber bis dahin ist noch viel Zeit.

Der Rektor und vier Prüfer haben entschieden, Jean-Louis Vernault für ein Jahr als Anwärter zuzulassen, hieß es in dem Schreiben der Schule. *Danach wird er sich einer weiteren Prüfung unterziehen müssen.*

Als Anwärter? Nicht als vollwertiger Schüler?

Es erbittert sie immer noch, wenn sie daran denkt, wie harsch Pierre darauf reagiert hat.

»Ist das alles, was mein Sohn zustande bringt, nach all dem Privatunterricht, der eine Menge Geld gekostet hat? An der Schule, die Maximilian Robespierre für seine glänzenden Leistungen ausgezeichnet hat? Ich spreche mit dir, mein Sohn. Sieh mir in die Augen. Was, glaubst du, erwartet einen Mann, der nicht imstande ist, jetzt auf das eine oder andere kleine Vergnügen zu verzichten, um die Ziele zu erreichen, die er sich gesetzt hat? Kannst du diese einfache Frage beantworten, mein Sohn? Vollständig? Zu meiner Zufriedenheit?«

Dieser verzweifelte Blick, den Jean-Louis ihr zugeworfen hat!

Sie fragt sich, wie er dieses Probejahr schaffen wird. Ohne Privatlehrer, im Internat, von Versuchungen geplagt? Was ist, wenn er die Prüfung nicht besteht?

Pierres Stimme verwebt sich mit diesen Gedanken: »Er ist im Juni vierzehn geworden, Marie-Louise, ich bitte Sie. Was stellen Sie sich vor? Braucht er immer noch ein Kindermädchen?«

Marie-Louise erinnert sich an Jean-Louis in seiner Schuluniform, neben sich den gepackten Koffer. Auf Anweisung der Schule legte sie die Federkiele und das Tintenfass in eine separate Schachtel, sodass sie nicht mit den Büchern, dem Schreibpapier und der Wäsche in Berührung kamen.

Ängstlich kam ihr Sohn ihr vor.

Er sei ernst, sagte Pierre. Er habe endlich doch erkannt, dass es ein bedeutsamer Moment war.

Jean-Louis' erster Brief nach Hause war kurz: *Die Schule ist sehr gut. Mein Bett ist bequem. Mein Lateinlehrer ist sehr gut. Das Essen ist recht gut, wenn auch nicht so gut wie zu Hause, bitte sagen Sie das Hortense.*

»Da sieht man, wie weit es her ist mit seinen stilistischen Fähigkeiten«, sagte Pierre. »Elegant ist das nicht gerade.«

»Geben Sie ihm Zeit«, sagte sie. Sie stellte sich Jean-Louis nachts im dunklen Schlafsaal vor, wie er den Geräuschen um ihn herum lauschte, dem Schnaufen, Husten, Räuspern und Zähneknirschen.

In ihrer Antwort schrieb Marie-Louise, dass es allen gut gehe und dass sich das Haus ohne ihn leer anfühle. Um die Stimmung aufzulockern, erwähnte sie Missgeschicke im Haushalt. Mäuse waren in die Speisekammer gelangt und hatten ein Nest hinter dem Mehlsack gebaut. Ob er sich an sein altes Taschenmesser erinnere, das er verloren hatte? Hortense hatte es wiedergefunden. Jemand hatte es in die Werkzeugschublade im Keller gelegt, aber wer es war, ließ sich nicht feststellen. Jacques beschuldigte Suzette, Suzette beschuldigte Jacques, woraus man ersehen könne, dass manche Dinge sich nie ändern, oder? Alle, auch die Nachbarn, schickten ihm gute Wünsche und ließen ihm ausrichten, er solle tüchtig essen, einen Schal und Handschuhe tragen und fleißig lernen.

Der zweite Brief von Jean-Louis umfasste eine ganze Seite. Er listete alle seine Lehrer auf: Die Professoren La Garde, Germain und Le Provost. Er beschäftigte sich mit der Geschichte der Insekten und der Politikwissenschaft. La Garde unterrichtete Latein, und Jean-Louis mochte ihn, weil er jung war und ihnen großartige Geschichten erzählte. Die Schulordnung war streng. Auf dem Hof wurde nicht geredet. Man musste immer pünktlich sein. Kein wie auch immer gearteter Handel unter den Schülern. Keine persönlichen Geschenke irgendwelcher Art, keine exklusiven Beziehungen, was bedeutete, dass er mit jedem reden musste, ob er ihn mochte oder nicht. Ja, er hatte die Jurastudenten bemerkt. Sie verließen das Collège am Morgen und kehrten kurz vor dem Abendessen zurück.

Antworten auf Pierres Fragen, natürlich. Er strengte sich an, ihm zu gefallen.

Marie-Louise hat Jean-Louis zweimal gesehen, seit er in dieser Schule ist. Das erste Mal ging sie während der Nachmittagspause zum Louis-le-Grand. Sie wusste, dass sie ohne Erlaubnis des Rektors nicht hineingelassen werden würde, aber sie war schon dankbar dafür, dass sie durch das Gitter ihren Sohn sehen konnte, als er über den Hof schlenderte und anhielt, um mit einem anderen Jungen zu sprechen.

Es heißt jetzt Collège d'Égalité, Maman, würde Jean-Louis sie verbessern, wenn er ihre Gedanken hören könnte.

An diesem Tag versuchte sie, ihn mit den Augen einer Fremden zu sehen. Wie groß er war, wie gutaussehend. *Imposant* würde sie ihn nennen, wenn das ein passendes Wort für einen Kollegiaten im ersten Jahr wäre, den das neue Leben, in das er eingetreten ist, bereits verändert hat.

Das zweite Mal stattete sie der Schule einen formellen Besuch ab, der vom Rektor, dem Bürger Champagne, genehmigt worden war.

Da im Internat selbst keine Besucher, nicht einmal Mütter, zugelassen waren, führte man sie in ein Empfangszimmer, das bis auf einen Tisch und zwei Stühle leer war. Der Tisch war fleckig von geschmolzenem Kerzenwachs, die Platte an vielen Stellen, wo jemand eingeritzte Inschriften akribisch weggeschabt hatte, verschrammt und zerkratzt. An der Wand hingen Kupferstiche: Einer zeigte die Pflanzung eines Freiheitsbaums, auf dem anderen war zu sehen, wie auf dem Platz, der heute Place de la Révolution heißt, die Reiterstatue von Louis XV. von ihrem Sockel gestürzt wurde. An der Wand stand in großen Buchstaben geschrieben: *Seid die Kinder des Lichts gegen den Dämon der Finsternis.*

Jean-Louis kam herein, immer noch ihr Sohn, aber verändert. Seine dichten Locken waren recht kurz geschnitten, seine Wangen wirkten fast hager, und er hatte dunkle Ringe unter den Augen. Sie sehnte sich danach, ihn zu umarmen, aber sie hatte Angst, dass es ihm peinlich wäre.

»Ist dir warm genug?«, fragte sie mit heiserer, seltsam schüchterner Stimme.

»Ja, Maman.«

»Ist dein Bett bequem? Hast du genug Bettwäsche?«

»Ja.«

»Wie ist das Essen?«

»Gut. Sie müssen sich wirklich keine Sorgen machen.«

Der Lehrer, der sie hereingeführt hatte, hielt ihr eine einstudierte Begrüßungsrede. Er betonte, dass das Collège junge Männer auf das Leben in der Gesellschaft vorbereitete, nicht der Gesellschaft der alten Zeit vor der Revolution, sondern derjenigen, der die Zukunft gehörte. Dass es den Charakter der Studenten formte und nicht nur seine Talente entwickelte, dass es ihnen half, Fehler zu vermeiden, die aus Nachlässigkeit erwachsen, dass man Wert auf die Verfestigung von Arbeitsgewohnheiten legte. »Ich unterrichte Latein«, sagte der Lehrer. »Eine Sprache, die den Geschmack bildet, ein Übungsfeld für die Kunst des Ausdrucks.« Und dann warnte er sie davor, Erinnerungen an daheim in Jean-Louis aufzuwühlen. »Erwachsenwerden ist schwer genug«, sagte er.

Marie-Louise fand den Ratschlag ausgezeichnet.

Sie hatten nur eine halbe Stunde zusammen. Auf ihre Bitte hin berichtete Jean-Louis, wie seine Tage abliefen: Aufstehen um halb sechs, Lektüre im Studiersaal bis zum Frühstück, danach Unterricht, unterbrochen von Mahlzeiten und Erholung. Um neun Uhr abends war er wieder im Schlafsaal. Fiel ihm das schwer? Nein. Hatte er Schwierigkeiten, dem Unterricht auf Latein zu folgen? Manchmal. Aber er lernte fleißig, jeden Tag. »Stete Wiederholung führt dazu, dass wir immer besser werden. Vortrefflichkeit ist also nichts anderes als Gewohnheit.« Das war Aristoteles, sagte er stolz. Ihn bewunderte er mehr als alle anderen.

»Nicht La Pérouse?«

»Aristoteles ist ein Philosoph, Maman. La Pérouse ist ein

Entdecker. Jeder gehört einer anderen Kategorie an. Man kann sie nicht vergleichen. Das wäre ein Denkfehler.«

Sie sehnte sich danach, ihre Arme um seine knochigen Schultern zu legen. Seinen Herzschlag zu spüren. Den leicht rauchigen Duft, der ihn umgab, einzuatmen. Ein Sonnenstrahl kam durch das Fenster und blendete ihn; er kniff die Augen zusammen. Im Geist sah sie ihn, wie er als kleiner Junge in der Küche Hortense zuschaute, die mit einem ihrer Aufgüsse gurgelte. »Schauen Sie, Maman, Hortense unterhält sich mit Geistern«, sagte er kichernd. Dann, auf ihrem Schoß, schmiegte er sich an sie und fragte mit seiner kindlichen Piepsstimme: »Müssen wir alle sterben, Maman?«

»Warum schreibst du nicht öfter, Jean-Louis?«

»Ich weiß nicht, was ich schreiben soll.«

»Alles, wirklich alles. Was du im Unterricht lernst. Wer deine Freunde sind.«

»Ich weiß nicht, wer sie sind. Man kann nicht so einfach fragen, Maman. Es wäre neugierig. Sie würden es sowieso nicht sagen.«

»Ich meine nicht die Dinge, die sie dir sagen müssten. Einfach nur das, was du siehst.«

»Auch wenn es langweilig ist?«

»Ich würde es nicht langweilig finden.«

Langsam wurde er wieder er selbst. Seine Schultern wurden weicher, seine dunkelblauen Augen wichen ihrem Blick nicht mehr aus. Sie achtete auf die Warnung des Lehrers und lenkte das Gespräch von zu Hause weg. Letzte Nacht, gestand er, habe er nicht gut geschlafen, denn der Junge neben ihm hatte einen Alptraum und schrie immerfort. Der Lehrer kam und brachte ihn in die Krankenstation. Dann ging es dem Jungen wieder gut.

»Wie heißt er?«

»Gaston.«

»Gaston wie?«

»Gaston Parot.«

»Aus Paris?«

»Ich bin mir nicht sicher. Aber er weiß eine Menge darüber, wie man Kerzen macht.«

Am Ende des Besuchs ließ er zu, dass sie ihre Hand auf seine legte. Seine Hand war kalt, obwohl er es abstritt und sagte, er friere kein bisschen. Dann gestand er, dass er seine Schlafmütze verloren hatte. Vielleicht hat sie ein anderer Junge mit seiner verwechselt, Gaston war allerdings überzeugt davon, dass jemand sie gestohlen hatte. Er würde eine Rüge wegen Unachtsamkeit bekommen, wenn er sie nicht fand. Und dann würde Papa sich furchtbar aufregen.

»Ich schicke Suzette, sie soll dir eine neue bringen.«

»Heute noch?«

»Ja.«

Die Zeit wurde von einer Sanduhr gemessen; Sandkörner rieselten langsam durch eine enge Öffnung und bildeten unten einen Hügel. Als die Zeit um war, brachte der Lateinlehrer sie zurück zum Tor. Erst da bemerkte sie seinen verkrüppelten linken Arm, den er eng an seinen Körper drückte. Folge einer Steißgeburt, die unglücklich verlaufen war?

Sie erkundigte sich, wie sich Jean-Louis in Latein machte. Pierre hatte bereits dreimal erwähnt, dass im nächsten Jahr der *Concours général* der höheren Schulen im Jakobinerklub stattfinden werde. Es werde eine große Feier geben, sagte er, mit Eltern auf der Tribüne, und eine Delegation des Nationalkonvents werde auch anwesend sein. Wie gerne würde er seinen Sohn dort unter den Gewinnern sehen. Die Schande, dass er als Anwärter und nicht als vollwertiger Schüler aufgenommen worden war, wäre damit getilgt.

»Er muss fleißiger an seiner Grammatik arbeiten«, sagte der Lateinlehrer nach einer Pause, die Marie-Louise zu ignorieren versuchte. Sein Kinn war schlecht rasiert, bemerkte sie, lauter schwarze und graue Stoppeln.

»Sein Vater will, dass er Anwalt wird.«

»Dann wird er es schaffen.«

Ihre Absätze klackten auf dem Pflaster, als sie den Hof über-
querten, aber es ging nicht so schnell, wie sie es sich gewünscht
hätte. Der Lehrer blieb plötzlich stehen. Er zeigte auf die Fenster und erklärte, welche zum Schlafsaal, welche zur Bibliothek
und welche zu den Klassenzimmern gehörten. Ein Flügel der
Schule war mit dicken Seilen abgesperrt. »Da sind Soldaten untergebracht«, sagte er. »Die Eltern fragen oft danach, aber es
besteht kein Grund zur Sorge. Sie können sich darauf verlassen,
dass die Schüler nicht gestört werden.«

Am Tor räusperte er sich. »Eines noch möchte ich Ihnen mit
auf den Weg geben, Bürgerin Vernault«, sagte er. »Das Collège
hat eine Verpflichtung gegenüber allen Schülern, und besonders gegenüber denjenigen mit geringeren Fähigkeiten, die unsere Hilfe umso mehr benötigen.«

Bei diesen Worten lief es ihr kalt über den Rücken. War Jean-
Louis in Gefahr zu scheitern? Jetzt schon?

»Sie sollten nicht gleich das Schlimmste denken«, schloss
der Lateinmeister ziemlich steif. »Viele Jungen mit langsame-
rem Verstand, die von geschickten und geduldigen Händen geleitet wurden, sind tüchtige Männer geworden, auf die wir jetzt
alle stolz sind.«

* * *

Zum Frühstück bringt Suzette flaumig zarte Omeletts, ein Luxus, der nur möglich ist, weil Gabrielle Danton Butter und Zucker geschickt hat, die in den Geschäften kaum mehr zu haben
sind. Ärger auf den Westindischen Inseln, sagt Pierre, aber er
hat keine gute Erklärung dafür, warum der Brotpreis von neun
auf achtzehn Sous gestiegen ist.

»Reine Geldgier«, sagt Hortense. Außerdem hat sie gehört,
dass Bäcker Kreide in den Teig tun. Sie würde es ihnen auch zu-

trauen, dass sie Nägel dazugeben, damit die Brote schwerer werden. Und sie hat den Verdacht, dass Cécile sich mit einem Nationalgardisten herumtreibt. Wie sonst wäre es zu erklären, dass sie diese neuen Schnürschuhe hat? Die sie jeden Tag auf Hochglanz poliert?

Zusammen mit dem Kaffee bringt Suzette einen Stapel Briefe. Der oberste ist von Pierres jüngster Schwester Charlotte. Marie-Louise ist ihren Schwägerinnen nur ein einziges Mal begegnet, als sie zur Hochzeit nach Paris kamen, und sie fand, dass die ältere, Diane, die so natürlich und gewinnend lachte und kein so großes Getue um Pierre machte wie Charlotte, die weitaus sympathischere von beiden war.

Pierre bricht das Siegel und fängt an zu lesen. »Raten Sie mal, worum es hier geht«, sagt er, während seine Augen über die Seite streichen. Seine neue Brille hat wie die von Robespierre grüne Gläser, die angeblich gut für die Augen sind, die aber der Haut darum herum eine ungesunde Tönung verleihen. Er trägt keine Perücke mehr und hat sein Haar kurz schneiden lassen wie ein römischer Senator. Das ist jetzt der letzte Schrei, so wie die Reitstiefel, die man anstelle von Schuhen trägt, und die breiten Krawatten, die den ganzen Hals bis zum Kinn umschließen.

Kurze Haare stehen ihm gut. Pierre ist ein gutaussehender Mann.

»Zuerst wird der geliebte Bruder Abgeordneter, dann werden seine Briefe immer kürzer, und er antwortet nicht einmal mehr, wenn man ihn daran erinnert, dass er einen Besuch versprochen hat.«

»Sie haben versprochen, dass wir sie besuchen werden?«

»Wahrscheinlich. Sie beherrscht die Kunst, so lange zu jammern, bis man nachgibt. Warten Sie … da ist noch ein Postskriptum. Aber natürlich bin ich nicht so selbstsüchtig, zu erwarten, dass Du uns in dieser Zeit besuchst, da die Liebe zum Vaterland uns allen Opfer abverlangt.«

»Uff. Wir sind noch einmal davongekommen.«

»Mit knapper Not.«

»Aber immerhin.«

Heute ist nichts von Jean-Louis dabei.

Die meisten der Briefe landen zerknüllt auf dem Boden, sobald Pierre sie überflogen hat. Bitten um Hilfe oder Gefälligkeiten. Drohungen, Verfluchungen, Versicherungen, dass Gott Pierre Vernault bitter dafür büßen lassen werde, dass er seinen Beitrag zur Zerstörung der natürlichen Ordnung geleistet hat. Dazu düstere Prophezeiungen von Nostradamus, dessen »unfehlbare und schreckliche« Vorhersagen neu im Druck erschienen sind.

»Vom versklavten niederen Volk Lieder, Gesänge und Forderungen, während Fürsten und Herren in Gefängnissen schmachten. Eine große Nation wird sich selbst regieren, ohne einen Fürsten, Adlige und Priester.« Über solchen Unsinn kann Pierre nur lachen: Als ob die Geschehnisse künftiger Jahrhunderte bereits in Stein gemeißelt wären!

Ein Brief ist allerdings anders. Marie-Louise weiß es in dem Moment, in dem sie Pierre erröten sieht.

»Wer hat den Brief gebracht?«, fragt er Suzette, die gekommen ist, um die Frühstücksteller abzuräumen.

»Ich weiß es nicht«, sagt Suzette und fingert nervös an den Bändern ihrer Haube, die sie von Tante Margot geerbt hat.

»Hortense!«, schreit Pierre, und als Hortense kommt, die Schürze mit Fett bespritzt, wiederholt er seine Frage.

»Ein Junge«, sagt sie. »Ein frecher Kerl. Ich gab ihm eine Scheibe Brot, denn er sah halb verhungert aus, und er sagte: ›Du gibst einem wahren Patrioten zu essen.‹«

»Ist er noch hier?«

»Nein. Er ist längst weg.«

»Und es ist dir nicht in den Sinn gekommen, nachzufragen, wer ihm den Brief gegeben hat?«

»Bin ich jetzt auch noch dafür zuständig?«, fragt Hortense und sieht ihn böse an. »Dass ich alle Boten verhöre?«

Hortense, immer auf der Hut, wenn es um ihre Stellung geht, bläht sich auf und bereitet sich auf einen Kampf vor. »Dieses Haus ist fast so schlimm wie der Konvent.« Pierre lacht. Daraufhin antwortet Marie-Louise: »Es ist schlimmer. Sie müssen nicht essen, was andere Delegierte kochen. Wenn Sie Hortense verärgern, wird sie Ihren Braten anbrennen lassen.«

»Es ist einfach ein Gebot des gesunden Menschenverstands, dass man so etwas fragt, und keine unzumutbare Zusatzleistung«, sagt Pierre gereizt und wedelt mit der Hand zum Zeichen, dass Hortense abtreten kann. Sie geht mit hochgerecktem Kopf und lässt die Tür hinter sich zuschlagen. Das empörende Benehmen des Hausherrn wird in der Küche in allen Einzelheiten stundenlang diskutiert werden. So gründlich, wie man jedes Fäserchen Fleisch von einem Knochen nagt. Diese Ungerechtigkeit, diese Unvernunft, diese Taktlosigkeit! Marie-Louise wird eingreifen müssen, um die Wogen zu glätten, ihr wird das mühsame Geschäft der Beschwichtigung überlassen werden.

Sie kann ihren Mann so sehen, wie er den Bediensteten erscheinen muss. Das Kinn nach vorne gestreckt. Die stählerne Sicherheit in seiner Stimme. Harsch, unnachgiebig muss er ihnen vorkommen. Ausgenommen vielleicht Jacques, dessen Gedanken ein Rätsel sind.

»Was ist los, Pierre?«, fragt sie.

»Das weiß ich noch nicht«, sagt er, zerknüllt den Brief und wirft ihn ihr zu.

Sie nimmt ihn, streicht das Papier flach.

Monsieur, ich kann nicht länger schweigen und Sie darüber in Unkenntnis lassen, dass ich im Besitz von Papieren, unterzeichnet vom Sekretär des Finanzministers, bin, in denen beträchtliche Geldbeträge ausgewiesen sind, die Sie aus Versailles erhalten haben.

Erpressung?

Pierres Stimme brodelt vor Entrüstung. »Royalistischer Abschaum ... seit wir Louis Capet ins Gefängnis gebracht haben ... das sind ihre schmutzigen Methoden.«

Marie-Louises Augen kehren zum Brief zurück.

Ich beabsichtige, die in meinem Besitz befindlichen Dokumente an den Präsidenten des Nationalkonvents zu schicken, es sei denn, Sie könnten mich davon überzeugen, dass es besser wäre, davon Abstand zu nehmen.

Im Gegensatz zu unzähligen anonymen Briefen, die im Kamin enden, ist dieser unterschrieben: *Bertrand Dillaud*, wohnhaft in der *Rue de la Croix 56*. Es gab keinen Grund, Hortense zu tadeln.

»Eine Lüge«, sagt Marie-Louise.

»Eine royalistische Lüge.«

Inzwischen hat sich Pierres Ärger in Zorn verwandelt. Das ist die Taktik der Royalisten: Sie beschuldigen gesetzestreue Bürger, Bestechungsgelder anzunehmen. Wenn sie ihre Anschuldigungen nur oft genug wiederholen, finden sich viele, die bereit sind, ihnen zu glauben.

»Bertrand Dillaud? Kennen Sie ihn?«

»Ich weiß von ihm und anderen seinesgleichen. Sie schikanieren Abgeordnete. Sie reden immer davon, dass wir Louis Loyalität schulden, als ob er uns nicht hundertmal verraten hätte. Jetzt, da sie wissen, dass es einen Prozess geben wird, versuchen sie mit verzweifelter Anstrengung, Leute auf ihre Seite zu ziehen.«

Pierre steht vom Tisch auf, geht zum Fenster und schaut hinaus, als ob draußen in der Rue du Cygne dieser Bertrand Dillaud lauerte. Seine Stimme klingt zittrig und ein bisschen heiser. »Meistens machen sie Versprechungen. Früher haben sie Leute damit gelockt, dass man ihnen den Titel eines Barons oder Marquis verleihen würde, jetzt sagen sie ihnen, sie würden Minister werden. Dieser Dillaud zieht offensichtlich Erpressung vor.«

»Was werden Sie tun?«, fragt sie.

»Ich werde zu ihm gehen und verlangen, die Papiere zu sehen. Ich habe genug Fälschungen gesehen, um eine zu erkennen.«

»Alleine?«

»Ich werde Jacques mitnehmen. Machen Sie sich keine Sorgen.«

Aus der Küche kommt das Geräusch von scheppernden Töpfen. Hortense verkündet etwas mit schriller, gekränkter Stimme. Es wird nicht leicht werden, sie versöhnlich zu stimmen.

* * *

Einige Stunden später hat Hortense sich so weit beruhigt, dass sie ihre Drohung, fristlos zu kündigen, zurückgenommen hat und dazu übergegangen ist, die Dienstmädchen herumzuscheuchen. Sie mussten die Küchenregale gründlich putzen und mit frischem Metzgerpapier belegen, den Tisch abschaben und schrubben, die Asche auf den Beeten im Garten verstreuen.

Zum Abendessen wird es Kaninchenpastete geben. Sie ist bereits aus dem Ofen, und Hortense schneidet vorsichtig ein Loch in den Deckel, damit sie die Zitronensoße einfüllen kann. Kaninchenpastete ist Pierres Lieblingsgericht – es besteht also Grund zu der Hoffnung, dass Hortense ihm vielleicht verziehen hat.

Im besten Zimmer fragt sich Marie-Louise, wo ihr Mann so lange bleibt. Aber sie ist nicht übermäßig besorgt: Es gibt in diesen bewegten Zeiten viel zu viele Verleumdungen, Denunziationen und weltbewegende Enthüllungen, als dass man sie alle ernst nehmen könnte. Jeden Tag wird jemand beschuldigt, Bestechungsgelder angenommen zu haben. Zuletzt Danton, und zwar in hochgradig böswilliger Weise, weshalb Marie-Louise froh ist, dass sich Gabrielle nach Sèvres zurückzieht.

Als Marie-Louise die Haustür gehen hört, schlägt die Kaminuhr bereits sechs. Wenig später sagt Jacques auf dem Flur mit leiser Stimme etwas zu seinem Herrn.

Da sie nicht ungeduldig erscheinen will, wartet sie im besten Zimmer. Aber sobald Pierre erscheint, stürzt sie auf ihn zu.

»Was haben Sie herausgefunden?«

Er zieht seine Handschuhe aus und lässt sie auf den Beistelltisch fallen. »Warum ist es hier drinnen so kalt?«, sagt er, als hätte er ihre Frage nicht gehört.

Es ist nicht kalt. Das Feuer brennt seit dem Morgen. Der alte Kirschbaum, der das schwere Unwetter vor ein paar Jahren überlebt hatte, ist im Frühling eingegangen und musste gefällt werden. Sie haben genug Brennholz, zumindest für den Moment.

»Was ist los?«, fragt sie. »Was hat er gesagt, Pierre?«

»Dass ich Geld aus Versailles genommen habe. Achttausend Livres, um genau zu sein. Von Louis Yon, dem Sekretär des Finanzministers.«

Sie erinnert ihn daran, dass Hunderte von Schmierfinken Verleumdungen in die Welt setzten und niemanden verschonten. Nicht einmal Robespierre, von dem man sagt, er sei ein Verwandter jenes Damiens, der seine Hand gegen den alten Louis erhob.

»›Je schlimmer, desto besser‹, sagt das nicht jeder?«, fragt sie. »Worte sind billig, haben Sie das nicht selbst gesagt?«

»Die einzigen achttausend Livres, die ich je erhalten habe«, sagt Pierre, »waren Ihre Mitgift.«

* * *

Es ist, als weckten sie Tote auf.

Das alte Zimmer von Tante Margot ist kalt und feucht, hier wurde seit einiger Zeit nicht mehr geheizt. Das Porträt an der

Wand ist mit der Zeit nicht besser geworden: Marie-Louise sieht darauf steif und unbeholfen aus, Tante Margot streng und missbilligend. Die Schubladen quellen über vor Papieren. In jedem Regal stehen gebundene Journale mit Aufzeichnungen über Patientinnen, Lehrlinge, Ammen, in Pflege gegebene Kinder.

Wo sollen sie beginnen?

Der erste Stapel Briefe ist mit einem ausgefransten Band zusammengebunden: *Können Sie mir etwas über den Verbleib eines Jungen sagen, der im Januar 1768 geboren wurde? ... Ich war eine Ihrer Untermieterinnen und habe im April 1767 ein Kind zur Welt gebracht ...*

»Weiter«, drängt Pierre. Das ist jetzt alles irrelevant, auch Marie-Louises eigener Brief an die liebe Tante Margot, den sie an dem Tag, an dem sie ihre Hebammenprüfung bestanden hat, mit so viel Herzblut geschrieben hat ... *Ich verdanke Ihnen alles, was gut an mir ist* ... Eine getrocknete Tuberose aus ihrem Hochzeitsstrauß. Und ein Umriss von Jean-Louis' winzigem Fuß.

Lauter Überbleibsel aus ferner Vergangenheit. »Tolles Nistmaterial für Mäuse«, murrt Pierre und rümpft die Nase, weil ihm aus dem Kiefernschrank, in dem Tante Margot ihre Rezepte und Handwerkerrechnungen aufbewahrte, ein dumpfer Geruch entgegenweht. »Wie konnte sie in diesem höllischen Chaos jemals etwas finden?«

Marie-Louise hört es mit leisem Ärger. Das hat Tante Margot nicht verdient, dass er so abschätzig über sie redet. Nicht dass es ihr etwas ausgemacht hätte. Sie war nicht so leicht gekränkt. Zumindest nicht wegen Kleinigkeiten. Und falls doch, wusste sie, wie sie zurückschlagen musste.

Und tatsächlich, höllisches Durcheinander hin oder her, da ist, zwischen den Journalen versteckt, eine Mappe mit den Initialen M und L vorne drauf, zugebunden mit einem Band aus roter Seide.

Pierre beugt sich vor, drückt von hinten gegen ihre Schulter, während sie sie öffnet. Das Licht der flackernden Kerze fällt auf einen Brief von Diane Gourlon, in dem sie bitter über die bösartigen Verleumdungen klagt, aufgrund deren man sie ihres geliebten Mündels beraubt hat, ein Verlust, der jetzt, da sie verwitwet und mittellos ist, weil ihr verstorbener Ehemann das gemeinsame Vermögen schlecht angelegt hatte, noch schwerer wiegt. Darunter in Tante Margots Handschrift die Notiz: *Dreihundert Livres geschickt, unter der Bedingung, dass ich nie wieder von ihr höre.*

Davor habe ich dich abgeschirmt, Marie-Louise, flüstert die Stimme von Tante Margot. *Vor all diesen Belastungen, für die du nichts kannst.*

Das erste Bündel von Belegen, unterschrieben von Monsieur Louis Yon, Sekretär des Finanzministers in Versailles, bezieht sich auf jährliche Zuwendungen von jeweils fünfhundert Livres *für die Lebenshaltungskosten von Marie-Louise Bosque.* Den Belegen sind die akribisch geführten Listen von Ausgaben beigefügt: für Baumwollkleider, Unterröcke aus Flanell, Leinen, Bücher, Federkiele, Tinte. Sogar Taschengeld ist dabei. Und die Gebühr für die Hebammenprüfung in Höhe von 169 Livres und 26 Sous.

Alles ordentlich verrechnet, Marie-Louise, sagt die Stimme von Tante Margot. *Ich habe keinen einzigen Sou für mich selbst genommen.*

Ganz hinten das Dokument zur Mitgift: *Achttausend Livres … Madame Marguerite Leblanc zu treuen Händen übergeben, die das Geld an den Bräutigam Pierre Vernault auszahlen wird.* Unterzeichnet von demselben Monsieur Yon.

»Die kluge Madame Margot«, sagt Pierre, seine Stimme klingt belegt und ganz anders als sonst. »Ich hätte wissen müssen, dass sie mir nicht über den Weg traut.«

»Wie meinen Sie das?«, fragt Marie-Louise.

Was Pierre meint, ist, dass Tante Margot das Geld für die

Mitgift auf einmal erhielt, es aber in vier Raten unterteilt an ihn weitergab. Die letzte erhielt er, wie er sich erinnert, um drei Monate verspätet, was Probleme verursachte, auf die er jetzt nicht näher eingehen will. Unnötige Probleme, wie sich jetzt herausgestellt hat.

Madame Margot. Gerissen … sie spielte ihre eigenen Spiele.

»Welche Spiele, Pierre?«

Er weigert sich, noch etwas dazu zu sagen. Man soll nicht schlecht über Tote sprechen.

Eine Mitgift ist keine Bestechung, betont Marie-Louise. Und kein Lohn für geleistete Dienste. Dieser Dillaud hat einfach ins Dunkle geschossen, in der Hoffnung, dass er jemanden trifft. Aber er hat nichts getroffen.

Pierre könnte zufrieden sein, aber er ist es nicht.

Die Falten auf seiner Stirn werden tiefer. Seine Augen huschen von ihr zur Tür, als ob er erwartete, dass jeden Augenblick jemand hereinkommen könnte.

»Sehen Sie wirklich nicht den Ernst der Lage, Marie-Louise? Wie leicht man es so hindrehen kann, als hätte ich Wunder was verbrochen?«

Ihre Mitgift kam aus Versailles. Die Mitgift, die es Pierre ermöglichte, seine Anwaltskanzlei zu erweitern. Er hat königliches Geld angenommen, das steht fest. Und nun haben Monarchisten die Kühnheit, von ihm zu verlangen, dass er für sie Partei ergreift. Unter der Androhung, ihn öffentlich bloßzustellen. Pierre sieht im Geist bereits seinen Namen auf der Liste derer stehen, die die Revolution verraten haben, oder in einer der Schlagzeilen des *Père Duchesne*: *Vernault suhlt sich im Dreck von Versailles!*

Er stößt schnaubend den Atem aus. »Können Sie es jetzt sehen, Marie-Louise?«

Sie nickt verblüfft, unsicher, wohin dieses Geständnis sie führen wird. Sie weiß nicht, was sie sagen soll. Was er von ihr erwartet. »Sind Sie wütend auf *mich*?«, fragt sie.

Pierre beißt sich auf die Unterlippe, genau wie Jean-Louis, wenn er sich ungerecht behandelt fühlt. Dann setzt er sich ihr gegenüber, nimmt seine Brille ab und schaut ihr in die Augen.

Was folgt, ist ein *Verhör* – Marie-Louise findet kein anderes passendes Wort dafür.

Wie lange sie im Schloss gelebt habe, will er wissen.

Mit wem?

Wo genau?

Sie durchsucht angestrengt ihr Gedächtnis, zieht ans Licht, was sie nur kann, voller Argwohn, was alles jetzt enthüllt werden könnte. Das Grand Commun, die Wutausbrüche der Betreuerin, der feste Griff der knochigen Hand des alten Gourlon. Monsieur Lebel, Schwester Seraphina. Die alte Königin, die ihr ein frommes Bildchen schenkte, der alte König, der sie fragte, ob sie wisse, wie man ein Omelett macht, und ihr eine glänzende Münze mit seinem Profil darauf schenkte. Aus dem wirren Strudel von Erinnerungen lösen sich einzelne geflüsterte Gesprächsfetzen:

Sei dankbar, dass man sich um dich kümmert …

Ein polnischer Bastard …

Eines dieser Hirschpark-Mädchen …

Die Einsamkeit, die Angst, die Kränkung, unerwünscht zu sein.

Jetzt sind Sie erwünscht, hat Pierre ihr einmal gesagt. Wir müssen nie wieder darüber sprechen. Pierre, der sie jetzt nicht ansieht, der durch den Raum schreitet, als würde er alles, was ihm im Weg steht, einfach umstoßen. Ein Beistelltisch wackelt, ein Stuhlbein kratzt über den Boden.

»Diese Dienstboten, die Sie aufgezogen haben, wer waren die?«

»Eine Zofe der Pompadour und ein Kutscher.«

»Wussten sie, wer Ihr Vater war?«

»Wenn sie es wussten, haben sie es mir verschwiegen.«

»Wusste es Tante Margot?«

Was kann Marie-Louise sagen, was Pierre noch nicht gehört hat? Diese Geschichte, dass ihr Vater ein Ausländer war, ein Ehrenmann, der dafür sorgte, dass ihre Zukunft gesichert war. Ihre Mutter eine wie viele der Frauen, die sich an eine Hebamme wenden. Jung, verängstigt, gezwungen, ihr uneheliches Kind wegzugeben.

Ihr Kind der Liebe, Marie-Louise, sagt die Stimme von Tante Margot.

Alles Lügen?

»Sind Sie je dem alten Louis begegnet?«

»Einmal, zufällig. Er war mit der Pompadour zusammen. Die Betreuerin schickte mich ins Schloss, einen Schal zu holen.«

»Hat er Sie etwas gefragt?«

»Ob ich wüsste, wie man ein Omelett macht.«

»Ein Omelett? Sind Sie sicher, dass er Sie danach gefragt hat?«

»Ja.«

»Sonst nichts?«

Sie schüttelt den Kopf und denkt, es ist besser, die Münze, die er ihr geschenkt hat, nicht zu erwähnen.

»Und Louis Capet, sind Sie dem auch begegnet?«

»Ja.«

Wann? Und wo? Wie oft?

Hier glaubt sie sich auf festerem Boden zu befinden. Sie erzählt, wie sie zufällig auf dem Schlossdach mit ihm zusammengetroffen ist, von dem Fernrohr, von dem Plan, weit weg übers Meer zu fahren. Es war alles ganz unschuldig. Sie waren beide Kinder. Er nannte sich Auguste.

»Er hat Menschen nachspioniert? Eine Flucht geplant?«, fragt Pierre. »Damals schon?«

Warum verdreht er ihre Worte und hört nur, was er hören will? Sie hätte ihm nicht von diesen albernen, kindischen Plänen erzählen sollen. Und sie hätte die Katzen nicht erwähnen sollen. »Der Bürger Capet jagt Katzen auf dem Schlossdach. Pures Gold!« Es hat etwas Falsches, wie Pierre sich breit grinsend auf die Schenkel schlägt, ein Komödiant, der höhnische Reden schwingt. »Wie viele dieser wilden Bestien hat unser glorreicher königlicher Herr mit seinem Heldenschwert erschlagen?«

Sie fängt an, auf einen ihrer Finger zu beißen, an der Nagelhaut zu zupfen. So entstehen verleumderische Gerüchte, denkt sie.

»Louis, der Katzentöter!«

»Müssen wir jetzt über ihn sprechen?«

»Das ganze Land spricht über ihn. Warum sollten wir anders sein?«

In der Stimme ihres Mannes liegt so viel Wut, dass Marie-Louise eine Weile braucht, um zu merken, dass noch etwas anderes mitklingt. Furcht?

Denn was wäre, wenn jemand diesen Dillaud zu diesen Beschuldigungen angestiftet hätte? Um Pierre aufzuscheuchen, ihn zu einem voreiligen Schritt zu zwingen, dazu, seine Position zu verraten. Jemand, den Pierre vielleicht immer noch für einen Verbündeten oder Freund hält, der aber in den Korridoren des Konvents anderen zuflüstert: »Wenn Vernault uns das verheimlicht hat, was verheimlicht er wohl sonst noch?«

Falls Pierre eine bestimmte Person verdächtigt, wird er es ihr nicht sagen. Genauso wenig, wie sie ihm sagen wird, dass in ihrem Kopf immer noch die Frage herumschwirrt: Wessen Kind bin ich?

Etwas huscht an den Hausmauern entlang, sucht eilig den Schutz der Dunkelheit.

»Kein Wort über all das«, sagt Pierre. »Zu niemandem.«

Die Revolution hat Feinde, die nur darauf warten, in der Gosse ein bisschen Dreck zu finden, den sie sich zunutze machen können. Feinde, die in Hinterzimmern intrigieren und Gemeinheiten aushecken. »Sie werden Ihnen Schandtaten aller

Art vorwerfen«, hat Danton ihn gewarnt. »Dass Sie ihre Schlösser anzünden oder ihre Wäsche von der Leine stehlen.«

Auf die Tür zu dem Saal, in dem der Konvent tagt, hat jemand mit großen roten Buchstaben geschrieben: *Die Hölle ist leer, alle Teufel sind da drin.*

Sie nickt, froh, dass sie sitzen kann. Das Gespräch hat sie ausgelaugt, sie fühlt sich leer.

»Ich werde nicht zulassen, dass sie mich zum Verräter machen, Marie-Louise. Verstehen Sie das?«

»Ja.« Sie spricht leise und so, als redete sie mit ihren Händen, die gefaltet in ihrem Schoß liegen. Wer sind die Leute, die er »sie« nennt? Dieses Wort ist ein wahres Chamäleon, das die Kunst der Verwandlung perfekt beherrscht.

Die große Uhr unten im Flur schlägt zwölf, als Pierre sämtliche Papiere, die Zahlungen aus Versailles belegen, in den Kamin wirft.

»Kein Wort«, wiederholt er und beugt sich mit der Kerze hinunter, um sie anzuzünden. »Zu niemandem.«

Die Kerze flackert. Die Flamme lodert schnell hoch auf und erhellt den Raum. Aber Papier brennt schnell. Wenige Augenblicke später ist nichts mehr übrig als ein Haufen Asche.

Nachdem er die Asche mit einem Schürhaken durchwühlt hat, um sich davon zu überzeugen, dass wirklich alles restlos verbrannt ist, steht Pierre auf und stellt die Kerze wieder auf den Tisch. Es ist eine schlechte Talgkerze, die einen üblen Geruch verströmt. Das tierische Fett zieht Ratten an, klagt Hortense. Seit Jahren füttert sie auf Marie-Louises Anordnung streunende Katzen mit Essensresten. Wo sind diese blöden Biester, wenn man sie braucht? Sind sie nicht hungrig genug?

»Ich gehe ins Bett«, sagt Pierre. Er ist jetzt ruhiger, seine Schultern sind nicht mehr so angespannt, er atmet nicht mehr so flach. Er hat einen Rußfleck an den Fingern, den er mit seinem Taschentuch abwischt. »Kommen Sie?«

Sie zeigt auf die im Raum verstreuten Briefe. »Ich muss noch aufräumen.«

»Das hat doch Zeit bis morgen.«

»Ich könnte jetzt sowieso nicht schlafen.«

Sie hört, wie er im Korridor etwas zu Jacques sagt, der in der Ecke bereits sein Bett aufgeschlagen hat.

Allein in der anschließenden Stille, legt Marie-Louise alte Journale zurück in die Regale, faltet und bündelt die verstreuten Briefe. Eigentlich sollte sie das ganze Zeug verbrennen, das meiste jedenfalls, aber nicht heute Abend.

Sie arbeitet schnell und füllt die Schubladen eine nach der anderen. Erst als sie die Briefe von Madame du Coudray in die Hand nimmt, hält sie inne: *Eine Fehlgeburt ist meistens die Folge von schlechter Ernährung, was aber im Fall Ihrer Nichte ausgeschlossen werden kann … Haben Sie eine Verdickung ihrer Gebärmutter gespürt? … Ich empfehle Schneeball und Schwarzdorn in den üblichen Dosierungen …*

Sie sind viel zu großzügig mit Ihrer Dankbarkeit … Wenn es ein Mädchen ist, wäre es mir eine Ehre, wenn Ihre Nichte Ihnen erlauben würde, es Angélique zu nennen …

Ihre Tochter wäre im Dezember zwölf Jahre alt geworden. Würde sie jetzt ihre letzten Milchzähne verlieren? Würde sie sagen, dass sie nichts mit dem Hebammenberuf zu tun haben will?

Nein, Marie-Louise wird nicht weinen. Sie hat einen Sohn, der gesund und stark ist. Dem alle Herzen zufliegen.

Der Gedanke an Jean-Louis macht ihr innerlich warm. Wie konzentriert er als Kind an seinen Zeichnungen gearbeitet hat, die Tante Margot alle sorgfältig nummeriert und datiert hat: ein großer Kopf, aus dem spinnendünne Beine und Füße sprießen, ein Vogelnest mit drei gesprenkelten Eiern drin, eine Karte von der Umgebung ihres Hauses: Rue du Cygne, Rue Saint-Denis. »Wie klug du bist, Jean-Louis«, sagte Tante Margot, als er sie ihr zeigte. Denn er war schon immer klug, nicht wahr, nur nicht in allen Dingen.

Das hätte das Ende dieses Tages sein können. Ein warmer Gedanke, eine gute Erinnerung zum Einschlafen, die einem in den kommenden Tagen Halt geben kann.

Das wäre es gewesen, wenn die Schublade, in die Marie-Louise das letzte Bündel Briefe zu legen versuchte, nicht stecken geblieben wäre. Wenn sie sie nicht wieder ausgeräumt und darin herumgetastet hätte. Wenn nicht ihre Finger auf eine vorstehende kleine Leiste getroffen wären. Wenn diese nicht mit einem leisen Klicken nachgegeben hätte, als sie darauf drückte.

Wenn Tote einmal aufgeweckt worden sind, kann es passieren, dass sie zu reden anfangen. Das hätte sie wissen müssen.

An der Rückseite des Schreibtischs springt eine Blende auf, und eine kleine längliche Schublade wird sichtbar. Darin findet Marie-Louise einen Brief. Er ist hastig mit fahriger Hand geschrieben, in einer Ecke ein verschmierter Tintenfleck mit dem deutlich erkennbaren Abdruck eines Fingers.

Madame Berlin hat mich gedrängt, diesen Brief zu schreiben, da sie sich nicht länger in der Lage sieht, mir zu helfen, und sie hat versprochen, ihn an Sie zu überbringen. Ich habe nicht die Absicht, Ihnen oder meiner Tochter Ärger zu bereiten, aber mir wurde gesagt, dass Sie vom Schloss Geld für ihren Unterhalt erhalten haben, und da ich völlig mittellos bin, sehe ich mich gezwungen, Sie um Hilfe zu bitten.

Unterzeichnet *Véronique Clerantin.*

An den Brief angeheftet sind Quittungen: achthundert Livres, *mit Dank erhalten von der Witwe Clerantin am 4. Juni 1776*; dreihundert Livres im Dezember desselben Jahres; vierhundert Livres im Februar 1777.

Marie-Louise muss an eine Bauernweisheit denken, die Hortense gerne triumphierend zitiert: *Die Antwort auf die Frage, worum es geht, ist immer dieselbe: Es geht immer ums Geld.*

434

Marie-Louise starrt auf das vergilbte Papier, ihr Herz klopft. Man muss ihr nicht sagen, wer Madame Berlin ist. Sie ist die Betreiberin eines bekannten Pariser Bordells.

* * *

Um zum Etablissement von Madame Berlin zu gelangen, mietet Marie-Louise eine zweirädrige *Chaise,* die flinker und schlichter ist als eine Kutsche. Sie will lieber nicht zu Fuß gehen, weil sie die revolutionären Ordnungskräfte fürchtet, die jetzt überall auf den Straßen patrouillieren. Erst neulich haben solche Leute Madeleine mit Schlägen gedroht, weil sie keine Kokarde trug, obwohl nur Männer gesetzlich dazu verpflichtet sind.

Die Straßen von Paris sind voller Menschen, die Stimmung ist aufgeheizt, es stinkt nach Pisse und Exkrementen, Schweiß und Fäulnis. Vor einem offenen Keller schimpfen zwei Betrunkene mit Flaschen in der Hand auf Marie-Antoinette. Eine Bestie. Eine Hure. Unersättlich bei ihren Orgien. Eine Furie. Macht es mit Männern, Frauen, ja, mit ihrem eigenen Sohn. Morgens und abends. Wälzt sich im Schlamm ihrer Laster.

Verräter sind sie alle beide, sie und ihr Ehemann.

Und was mit Verrätern geschieht, ist klar.

Ein Klecks Spucke landet auf dem Bürgersteig. Eine Hand streicht quer über eine Kehle.

In der Rue Saint-Honoré schreien Zeitungsjungen die heutigen Schlagzeilen aus. *Ist Louis Capet ein Opfer oder ein Tyrann?*

Die Tür des Hauses, vor dem der Kutscher Marie-Louise absetzt, ist mit Schlamm bespritzt. Das Portal wurde vor kurzem von Wappenschmuck und anderem Zierrat befreit und neu gestrichen. Man sieht dergleichen jetzt häufig in Paris. Es ist ratsam, nicht den Eindruck zu erwecken, man sei von edler Geburt.

Marie-Louise hebt den schweren Messingklopfer an und lässt ihn fallen.

»Melden Sie mich bei Madame Berlin«, sagt sie dem angespannt wirkenden Dienstmädchen, das ihr die Tür öffnet. Die Worte »vereidigte Hebamme« auf der Visitenkarte, die sie dem Mädchen gegeben hat, scheinen dessen Befürchtungen ausgeräumt zu haben, denn Marie-Louise wird in einen Saal geführt, in dem es etliche Abteile, alle mit einem scharlachroten Sofa und einem Tisch ausgestattet, gibt. In einem davon sind zwei junge Frauen in ein Gespräch vertieft. Hinter ihnen ist ein Bierfass zu sehen, das die Aufschrift trägt: *Wahre Patrioten trinken nur, wenn sie wirklich durstig sind.*

Die Frauen werfen Marie-Louise einen kurzen Blick zu, lassen sich aber nicht in ihrer Unterhaltung stören. Die Hübschere untersucht ihre Fingernägel.

»Weißt du, woher diese weißen Flecken kommen?«

»Nicht genug Milch?«

»Das könnte stimmen.«

Eine Frau kommt herein und klatscht in die Hände. »Jeannine, Pauline, raus mit euch beiden«, ruft sie. Sie ist nicht mehr jung, aber elegant in taubengrauen Satin gekleidet, eine Kokarde an die Brust geheftet. »Immer noch eine gutaussehende Frau«, hätte Tante Margot sie genannt.

Jeannine und Pauline gehen, aber vorher erkundigen sie sich noch, wann die versprochene Harfe geliefert wird. Ist morgen damit zu rechnen?

»Wir werden sehen«, sagt Madame Berlin und bittet Marie-Louise, ihr in ihr Boudoir zu folgen. Zwei Sessel mit vergoldeten Armlehnen stehen dort vor dem Kamin, dazwischen ein Tischchen. Am Fenster ein Schreibtisch, mit einem Tintenfass und einer Porzellanpuppe in einem roten Satinkleid. Daneben liegt ein Kater mit rotem Fell und schiebt mit der Pfote die Puppe hin und her.

Marie-Louise hat sich auf das vorbereitet, was kommen wird. Sie will die Sache möglichst schnell hinter sich bringen.

»Ich bin gekommen, um …«

»Bürgerin Vernault, bitte setzen Sie sich«, sagt Madame Berlin und zeigt auf die Sessel am Feuer. Winzige Flämmchen züngeln über die kläglichen Reste eines verkohlten Holzscheits. »Kaffee? Aber ich warne Sie, er ist mit Zichorie gemacht. Nicht dass ich mich beklagen wollte, verstehen Sie mich recht. Wir alle müssen Opfer bringen. Für *la patrie*.«

Ich bin eine Geschäftsfrau, sagen ihre Augen. *Vorsicht kann nie schaden.*

»Ich bin gekommen –«, wiederholt Marie-Louise, diesmal lauter.

Madame Berlin runzelt die Stirn. Das ist nicht die Art und Weise, ein wichtiges Gespräch zu führen. »Gehen wir zurück zum Anfang«, sagt sie und läutet die Dienstbotenglocke. »Kaffee?«

»Nein, danke.«

»Wie Sie wünschen. Ich trinke einen, wenn Sie erlauben.«

Das Dienstmädchen kommt herein, der Zichorienkaffee wird gebracht, auch für Marie-Louise eine Tasse, obwohl sie abgelehnt hat. Der Kater, der seinen Platz neben der Puppe verlassen hat, springt auf den Tisch und schnuppert an den Tassen. »Er heißt O«, sagt Madame Berlin, streichelt mit einer Hand den Kopf des Katers und führt mit der anderen die Tasse zum Mund. Auf der Tasse prangt der gallische Hahn, den Kopf stolz aufgereckt.

Der Blick von Madame Berlin ist auf Marie-Louise gerichtet. Der Kater, sagt sie, kennt keine Gnade mit Ratten; er beißt ihnen die Köpfe ab und legt die Kadaver vor die Eingangstür. Ihr gegenüber ist O ganz brav und folgt ihr wie ein Hund. »Er hasst es allerdings, auf den Arm genommen zu werden. Und versuchen Sie auch besser nicht, ihn am Bauch zu kraulen. Sie können mich jetzt fragen: Wofür steht O?«

»Wofür steht es?«

»Es kommt darauf an.«

In der Pause, die folgt, hört Marie-Louise eine Stimme aus

dem Zimmer nebenan: »Und dann sagte er mir: ›Bürger Jesus hat die Reichen nie gemocht.‹«

Madame Berlin nippt von ihrem Zichorienkaffee und stellt die Tasse wieder ab. »Das Wetter ist heutzutage so unberechenbar«, sagt sie. »Erinnern Sie sich an das Unwetter in dem Jahr vor dem Fall der Bastille? Der Hagel hat die Obstgärten verwüstet und das Getreide auf den Feldern in Grund und Boden geschlagen.«

»Ich bin nicht hierhergekommen, um über das Wetter zu sprechen«, sagt Marie-Louise, die langsam wütend wird. »Ich bin …«

»Ich weiß, wer Sie sind.«

»Ich bin gekommen, um mich nach Véronique Clerantin zu erkundigen. Die Frau, die Sie zu meiner Tante geschickt hat, um sie um Geld zu bitten.« Beinahe hätte sie gesagt, »um Geld zu fordern«, aber sie konnte sich gerade noch zurückhalten. »Ist sie meine Mutter?«

Madame Berlin lässt Marie-Louise nicht aus den Augen. Ihr Stirnrunzeln zeigt an, dass sie angestrengt überlegt: Sie will genügend preisgeben, um die Besucherin zufriedenzustellen, aber ja kein bisschen mehr.

»Ja.«

»Ist sie noch am Leben?«, fragt Marie-Louise. Ihre Stimme klingt heiser.

»Ja.«

»Ist sie hier?«

»Nein.«

»Wissen Sie, wo sie ist?«, fragt Marie-Louise, den Blick auf die Oberfläche des Tisches gerichtet, als studierte sie die komplizierten Formen der Maserung. Die Uhr schlägt die halbe Stunde.

»Wissen ist mein Geschäft.«

O macht einen Buckel und schnurrt. Er wirft Marie-Louise einen Blick zu, der ihr vorkommt, als wollte er sie verspotten.

Dieser Bursche hätte sich auf dem Schlossdach behaupten können.

Madame Berlin legt ihre Handflächen zusammen, als wollte sie beten. »Vielleicht wird es Ihnen nicht gefallen, was ich zu erzählen habe«, sagt sie.

Marie-Louise blickt unverwandt auf eine Stelle im gepuderten Haar von Madame Berlin, wo sich vergilbte Strähnen mit Weiß vermischen. »Lassen Sie mich darüber richten«, sagt sie.

»Es gibt eine Menge Richter in diesen Tagen, Bürgerin Vernault. Vielleicht zu viele?«

Madame Berlin gibt eine großartige Vorstellung von gut einstudierter Aufrichtigkeit und Offenheit. Ihre Stimme zittert im richtigen Moment, wird leise und schwillt wieder an, wenn es nötig ist.

Im Gegensatz zu manchen ihrer Kolleginnen, die sie nicht nennen will, ist sie, Julie Berlin, kein Geier, der an den Stadttoren auf der Lauer liegt und auf entlaufene Mädchen aus den Dörfern wartet, um ihre Jungfräulichkeit an den Meistbietenden zu verkaufen und sie dann ihrem Schicksal zu überlassen. Sie wählt ihre Mädchen immer sorgfältig aus. Sie legt Wert darauf, dass sie Talent haben, dass sie sich anmutig zu bewegen wissen, Manieren haben, vielleicht auch eine schöne Singstimme. Ein Talent kann Türen in eine bessere Zukunft öffnen. Wenn eines ihrer Mädchen seine Sache gut macht, profitieren beide davon. Wenn es nichts taugt, haben beide den Schaden.

Verbindungen sind alles in ihrem Geschäft. Verbindungen und ein ausgezeichnetes Gedächtnis. Mädchen, Kunden, andere Bordellbetreiberinnen, alle diejenigen, die Julie Berlin bezahlt, und diejenigen, die sie bezahlen. Man ist immer nur so gut wie die Leute, die einem helfen können, wenn man stürzt.

Sie hat ihren Verhaltenskodex. Nummer eins: Niemals Ärger mit der Polizei. Nummer zwei: Immer darauf achten, dass die Papiere in Ordnung sind. Nummer drei: Jede Gelegenheit nutzen, auf die Mädchen aufmerksam zu machen und den guten Ruf des Etablissements noch weiter zu verbessern. Viertens: Nie ein Mädchen im Stich lassen, das in Schwierigkeiten ist.

Diese Regeln haben sich bewährt, alle vier.

Es gibt gute Gründe, warum Mädchen sie aufsuchen. Mädchen ohne Geld und Beziehungen, mit nichts als gutem Aussehen. Die meisten von ihnen, muss sie sagen, brauchen eine strenge Führung, damit sie nicht vergessen, dass gutes Aussehen nur ein paar Jahre hält und dass es klug ist, hart zu verhandeln, solange es noch möglich ist.

»Ihre Mutter ist zu mir gekommen«, sagt Julie Berlin. »Aus freien Stücken.«

Langsam entsteht in Marie-Louises Kopf ein Bild. Sie sieht diesen Raum hier, im Kamin ein loderndes Feuer. Véronique Clerantin, eine junge Witwe mit nichts als Schulden, erzählt Madame Berlin, dass ihr verstorbener Ehemann, ein Getreidehändler, sein Vermögen verspielt hat. Dass ihre Schwiegereltern sie aus ihrem Haus vertrieben haben. Dass sie nach Paris kam, wo ihre Mutter, die ihr eine Zeit lang geholfen hatte, bis sie gestorben war, gewohnt hatte. Dass ihre Brüder nichts mit ihr zu tun haben wollten.

Sie sei kinderlos, sagte sie. Zwei Söhne waren in Brest begraben, einer war nur eine Woche, der andere drei Monate am Leben geblieben.

Es hatte ihr nicht an Anstrengung gefehlt. Sie hatte bei einem Hutmacher gearbeitet, wo sie die Haare von Biberfellen ablösen musste, aber die Lauge, in denen die Bälge eingeweicht wurden, hatte ihr die Haut an Händen und Armen verätzt. Dann hatte Véronique zu Hause Näh- und Stickarbeiten gemacht, da sie eine ausgezeichnete Näherin war. Törichte Versuche, natürlich. Von Anfang an zum Scheitern verurteilt. Wann hätte man je darauf vertrauen können, dass man mit Tüchtigkeit und harter Arbeit genügend verdient, um anständig leben zu können? Wann hätten Tränen und Händeringen je einem Menschen geholfen?

»Meine Liebe«, sagte Julie Berlin zu Véronique Clerantin, »wenn die Erde bebt, dann siehst du zu, dass du möglichst schnell ins Freie kommst. Und wenn dein Haus einstürzt, durchwühlst du den Schutt, nimmst das, was noch zu gebrauchen ist, und ziehst weiter. Du sitzt nicht jammernd zwischen den Trümmern herum und wartest auf die Gnade Gottes.«

Nicht, wenn du so hübsch bist, dachte Julie Berlin. Und so anmutig und dich so gut zu benehmen weißt. Nicht, wenn du zu alledem auch noch eine schöne Stimme hast. Nicht, wenn du mich mit diesem Kapital arbeiten lassen kannst.

»Ich will dir nichts vormachen, Véronique. Ich halte nichts davon, um den heißen Brei herumzureden«, sagte sie.

Julie Berlin begann, Nachforschungen anzustellen. Zuerst über die hübsche Witwe selbst. Nicht, dass sie geglaubt hätte, sie hätte gelogen, aber irgendetwas ist immer unter der Matratze versteckt, nicht wahr? Es gibt Gerüchte, Dinge, die man nur hinter vorgehaltener Hand erzählt. Alte Geschichten, die wie Gespenster wieder zum Leben erwachen und die Arrangements, die sie getroffen hat, stören könnten.

Sie hatte ihre Kanäle. Zunächst einmal Inspektor Marais, so unsympathisch er ihr auch war. Aus gutem Grund. Seine Vorgänger hatten immer für die Mädchen bezahlt, die ihnen gefielen; er tat das nicht. Das ist schlecht für mein Geschäft, Monsieur, sagte sie einmal, und auch schlecht für Ihres. Da bin ich anderer Meinung, Madame, sagte er, und das war's.

Die Mädchen beschwerten sich oft bei ihr über seinen Mundgeruch und seine Grobheit. »Setzt ein Lächeln auf und ertragt es«, sagte sie ihnen. »Macht euch Marais nicht zum Feind, ihr habt auch ohne das schon genug Ärger in eurem Beruf.« Wenn sie immer noch keine Ruhe gaben, erinnerte sie sie daran, dass Freier sich manchmal einfach weigerten zu zahlen, etwa mit der Begründung, das Mädchen sei entweder zu zurückhaltend oder zu schamlos für ihren Geschmack gewesen. Wenn in so einem Fall Marais nicht auf ihrer Seite wäre, was könnte Julie Berlin dann tun, um ihnen zu helfen?

Ja, Marais hatte seine Fehler, aber er brauchte sie so sehr, wie sie ihn brauchte. Wie alle Pariser Puffmütter versorgte sie ihn mit Informationen: Namen, Datum, Uhrzeit und Dauer jedes Besuchs, Vorlieben der Freier. Alles, was die Männer den Mädchen erzählten, egal wie unbedeutend es war. Über uneheliche Kinder, die geboren und in Pflege gegeben wurden. Medizinische Behandlungen mit Quecksilber. Und wenn sie ihren Teil der Abmachung erfüllte, konnte sie im Gegenzug ihn um Gefälligkeiten bitten.

Es stand alles in den Akten von Marais, Véronique Clerantins ganze schmutzige Geschichte. Dass ihr Vater ein verkrachter Drucker gewesen war, der starb und seine Frau mit fünf Kindern mittellos zurückließ. Der Handel mit Gebrauchtkleidung, die Kundschafter des Königs, die von den Reizen des Mädchens berichteten, das Angebot, sie in den Hirschpark zu bringen.

Madame Berlin lehnt sich zurück. In ihrer Stimme klingt ein neuer Tonfall, einer der wohlverdienten Zufriedenheit.

»›Du hättest mir das nicht verschweigen dürfen, Dummerchen‹, sagte ich zu Véronique. ›Hirschpark-Mädchen ziehen immer eine sehr gut zahlende Kundschaft an.‹«

Die Sache verursachte einige Kosten, wohlgemerkt. Kleider aus feiner bestickter Seide, die Haare aufwendig frisiert und gepudert, neue Handschuhe, Strümpfe, Schuhe. Alles Investitionen, kein Luxus. Nachdem Julie Berlin in der richtigen Umgebung ein paar verlockende Andeutungen gestreut hatte, nahm sie »ihre liebe Freundin Véronique« mit zu Bällen im Palais Royal, zu gemächlichen Spaziergängen im Jardin du Luxembourg. Wie sie vorausgesagt hatte, hatte es eine Flut von Billetdoux und großen Versprechungen gegeben, aber nur Monsieur

Bout bot tausend Livres im Monat, eine ausgezeichnete Wohnung in der Rue Saint-Honoré plus Lohn für drei Bedienstete, und er stellte obendrein noch eine Kutsche zur Verfügung. Auch das Willkommensgeschenk für Véronique war nicht zu verachten. Ein Rubinhalsband und mehrere gute Möbelstücke, das beste davon ein mit Schnitzereien reich verziertes Bett mit Damastvorhängen. Alles in allem mindestens zehntausend Livres wert. Und sie sollte die Sachen behalten dürfen, egal wie es ausging.

»Man sagt, ich verhandle hart, und das stimmt.«

Monsieur Bout versuchte natürlich, mit ihr zu feilschen, worauf sie antwortete: »Wahrscheinlich könnte ich Véronique dazu bringen, einem niedrigeren Preis zuzustimmen, denn unser süßes Mädchen hat Sie schrecklich gern. Nur würde sich das bald herumsprechen, und das wäre nicht gut für Ihre Reputation. Eine Geliebte ist ein Accessoire, Monsieur. Alles, was Sie für sie ausgeben, steigert Ihren eigenen Wert.«

Dem konnte er nicht widersprechen.

Ach, wenn nur alles Übrige auch so gut gegangen wäre.

Die ersten Symptome verschwieg Véronique. Ein Ausschlag, der bald wieder verschwand. Müdigkeit, die ganz banale Ursachen haben konnte. Kopfschmerzen, die sie mit kalten Umschlägen behandelte. Aber als ihr die Haare büschelweise ausfielen, kam ihr Dienstmädchen weinend zu Madame Berlin und flehte um Hilfe. Ein gutes Mädchen, diese Lisette. Anständig und klug. Mit einem bisschen Rouge und Ceruse hätte die eine große Karriere machen können.

Julie Berlin zitiert die Arztrechnungen: vier *Grand-remède-Kuren* zur Behandlung der Syphilis, jeweils sechs Wochen. Aderlässe, Klistiere, regelmäßige Anwendung von Salben, gefolgt von einer zweiwöchigen Erholungsphase mit strenger Diät. Dreihundert Livres pro Kur.

Aber das Übel entwickelte sich zu einer wahren Lawine. Geschwüre an Véroniques Mund, die nicht heilten. Graue Haut, violette Ringe unter den Augen. Schwarze Spucke und dunkel verfärbte Zähne. Der reiche Gönner zieht sich angewidert von ihrem Anblick zurück, nach und nach auch andere.

»Ich habe ihr Geld geliehen«, sagt Julie Berlin. »Ich habe ihre dringendsten Schulden bezahlt.«

Die Quecksilberbehandlung zeigte schließlich Wirkung. Véronique erholte sich. Bei Kerzenlicht und mit Lisettes fachkundiger Hilfe konnte sie noch immer bezaubern. Sie hatte Freier, aber einen Gönner, der sie ausgehalten hätte, fand sie nicht mehr. Wenn die Leute einmal anfangen zu reden, hören sie nie wieder auf, nicht wahr?

Julie Berlin wedelt abschätzig mit der Hand und fasst in dieser Geste den ganzen traurigen Rest der Geschichte zusammen. Immer weniger Freier der besseren Sorte. Kleinere und noch kleinere Zimmer, schäbigere Kleider, wachsende Schulden. Lisette blieb, so lange sie konnte, aber schließlich ging auch sie. Wer kann ihr das verdenken? Wir alle müssen essen.

Der Raum schwankt, als ob ein Windstoß durch ihn fegen würde. Marie-Louise umklammert die Tischkante. Ihre Mutter war eines der Hirschpark-Mädchen? *Die königlichen Huren strecken ihre gierigen Hände aus*, wie es in den Flugblättern heißt. *Wie viel haben sie Frankreich gekostet?*

Als Kind fand sie Trost in Geschichten von Liebe und Sehnsucht. Was sie jetzt sieht, ist dieses:

Der alte König auf der Pirsch. Er scheucht seine Beute auf, er verfolgt sie in wilder Jagd durch das Gelände von Versailles. Nackte, mit Wein abgefüllte Mädchen, die bewusstlos im Gebüsch gefunden werden, die in ihrem eigenen Erbrochenen ertrinken. Hundebisse, blaugeschlagene Augen, Blutergüsse am Körper. Sie strecken ihre Hände aus, um ihren Lohn in Empfang zu nehmen. Sie zählen auf, wofür sie bezahlt werden wollen. So viel für die blauen Flecken, so viel für das erste Blut einer Jungfrau, so viel für ihr Schweigen. So viel für einen Bastard, den sie austragen und zur Welt bringen müssen. Welche von ihnen hat sie, Marie-Louise, geboren?

Warum sollte sich deine Mutter um so einen Fratz kümmern?

Warum sollte sie sich um so eine Mutter kümmern?

Unbeantwortete Fragen drängen sich in ihrem Kopf, bahnen sich ihren Weg ins Freie.

»Wo ist sie jetzt?«, fragt sie.

Draußen auf der schmutzigen Straße geht sie langsam. Die Bäume sind bereits kahl, die unteren Äste hat man alle abgerissen und als Brennholz weggekarrt. Vom Fenster einer Konditorei springt Marie-Louise ihr Spiegelbild ins Auge. Erschrocken sieht sie aus, gequält. Sie kneift sich in die Wangen, um ihnen etwas Farbe zu geben, leckt ihren Zeigefinger, um ihre Augenbrauen zu glätten, bemüht sich, die Falte zwischen ihnen zum Verschwinden zu bringen. Sie will Hortense keinen Grund geben, in diesem besonderen Ton, den sie immer anschlägt, zu fragen, was um Himmels willen denn jetzt schon wieder passiert ist.

Der Vogel Strauß steckt den Kopf in den Sand und hält sich für unsichtbar. Zumindest stellen wir uns das so vor. Jean-Louis fragte immer ganz pragmatisch: »Aber Maman, wie kann er dann atmen?«

Sie hätte Pierre alles erzählen sollen. Ist er nicht ihr Mann? Der Vater ihres Kindes? Sie hätte es sagen sollen: Ich bin ein Bastard des alten Königs. Meine Mutter war eine seiner Huren im Hirschpark.

Sie hätte sagen sollen: Tante Margot wusste es. Sie hat meiner Mutter Geld gegeben. Sie wollte mir ersparen, es zu erfahren.

Warum schweigt Marie-Louise dann?

Es gibt eine Menge Richter in diesen Tagen. Vielleicht zu viele?

Auf den Straßen hört man jetzt allenthalben Leute, die lautstark den König beschuldigen, ein doppeltes Spiel zu spielen. Dieser Vorwurf wird durch eine Entdeckung genährt, die man kürzlich gemacht hat: Im ehemaligen königlichen Tuilerienpalast hat man eine eiserne Truhe voller Dokumente gefunden, die hinter einer Wandtäfelung versteckt war. Die Wahrheit ist in all ihrer Hässlichkeit ans Licht gekommen. Louis der Lügner hat die Revolution nie unterstützt. Er hat die Verfassung »absurd und verabscheuungswürdig« genannt. Er hat Komplotte mit Preußen und Österreich geschmiedet, Abgeordnete bestochen, damit sie ihm halfen.

Wen hat er bestochen?

Mirabeau, der nicht mehr am Leben und daher leicht anzuklagen ist, und andere, deren Namen noch nicht öffentlich bekannt sind.

Die Truhe, so Pierre, sei ohne richtige Zeugen aus den Reihen des Konvents geöffnet worden. Es ist die Rede davon, dass Beweise beiseitegeschafft oder verfälscht worden sind. Robespierre schäumt vor Wut und fordert die Demaskierung von Heuchlern. Niemand wird es jetzt noch wagen, sich dagegen auszusprechen, dass man Louis Capet den Prozess macht.

Pierre kommt immer später nach Hause, angespannt, müde, reizbar – wehe, wenn nicht alles bis ins Kleinste so gemacht wird, wie er befohlen hat. Eine Orange, ungeschält, damit auch ja sichergestellt ist, dass sie frisch ist, muss ihm zum Kaffee serviert werden. Im Haus muss absolute Stille herrschen, wenn er arbeitet. Seine Stiefel müssen jeden Morgen glänzend schwarz poliert, seine Jacke muss gelüftet und gebürstet sein. Manchmal wacht Marie-Louise in der Frühe auf und stellt fest, dass er bereits weg ist, nur der Abdruck seines Körpers auf der Matratze oder herumliegende Kleidungsstücke zeigen an, dass er überhaupt zu Hause war.

Hirschpark-Mädchen ziehen immer eine sehr gut zahlende Kundschaft an.

»Dillaud?« Pierre tut ihre Frage mit dieser leicht spöttischen Attitüde ab, die er sich in letzter Zeit angewöhnt hat, so als hätte sie nach dem Schnee des letzten Jahres gefragt. Liest sie keine Zeitungen? Wenn dieser Dillaud jemals eine Chance gehabt hat, ist es damit jetzt vorbei. Was sind schon achttausend Livres Mitgift, die vor Jahren aus den Kassen von Versailles bezahlt wurden? Danton ist gerade beschuldigt worden, hunderttausend »verlegt« zu haben.

Hat Pierre immer schon so gereizt gewirkt? So unnahbar? Wie lange hat er schon diese dunklen Ringe unter den Augen?

Sie sind im Schlafzimmer. Es ist nach Mitternacht, Schlafenszeit. Marie-Louise bürstet ihr Haar, bevor sie es für die Nacht flicht. Suzette hat ihr Nachthemd und ihre Schlafhaube bereitgelegt. Pierre sitzt noch an seinem Schreibtisch. Seine Brille ist ein Stück weit heruntergerutscht. Der Tisch ist übersät mit Papieren, aufgeschlagenen Büchern, Notizen, Entwürfen. An den Rändern Korrekturen, einige davon bereits wieder durchgestrichen.

»Sprechen Sie mit mir«, bittet sie in der Hoffnung, eine Unterhaltung mit ihm würde sie von ihrem Schuldgefühl ablenken.

Pierre nimmt seine Brille ab und hebt die Hände hoch, wie der Priester am Ende der Messe, unmittelbar vor der Segnung. Es ist eine Einleitungsgeste, wie sie weiß, kein Zeichen, das Kapitulation signalisiert. In seiner Stimme ist kein Schwanken bemerkbar, kein Zögern.

Frankreich schwebt in Lebensgefahr.

Das unreine Blut des Tyrannen muss vergossen werden.

Das sind die schrecklichen, aber notwendigen Wahrheiten.

Pierre schaut sie nicht an beim Sprechen, zumindest nicht direkt, denn sein Blick huscht immer wieder über sie hinweg und überprüft, ob sie zuhört.

Das tut sie.

Die Anklage muss mit absoluter Präzision formuliert werden. Es geht in diesem Prozess ja nicht nur um Louis, sondern um die Zukunft der Revolution. Nein, weit mehr als das: um die Zukunft der ganzen Welt, denn Frankreich ist ein Leuchtturm für alle Unterdrückten, überall. Wenn derart viel auf dem Spiel steht, muss jeder ohne Rücksicht auf sein persönliches Wohlbefinden seine Pflicht tun, wie Robespierre, der von jedermann und von sich selbst nichts Geringeres als Perfektion verlangt, immer wieder betont.

Pierre steht auf, schiebt den Stuhl zurück, der über den Boden scharrt. Den Wollteppich, der früher dort lag, hat er zusammenrollen und in den Dachboden schaffen lassen, wo ihn die Motten fressen werden. Sie sollte die Dienstmädchen anweisen, ihn zu lüften. Oder ihn Hortense schenken, die über die Zugluft aus dem Keller klagt.

»Dies ist nicht die Zeit für unentschiedenes Zaudern und Haarspalterei, Marie-Louise.«

Sie denkt: Tue ich das? Zaudern? Haare spalten?

Pierre macht einen Schritt auf sie zu. Er hat abgenommen, was seinen Bewegungen eine jugendliche Geschmeidigkeit verliehen hat. Sogar diese dunklen Schatten unter seinen Augen wirken attraktiv. Was wäre, wenn sie ihre Arme um seinen

Hals schlingen und ihr Gesicht an seine Brust schmiegen würde?

»Die Revolution, Marie-Louise, ist in großer Gefahr. Und es sind die Royalisten, die sie bedrohen.«

Pierre verdammt die vielköpfige Hydra der alten Moral, der alten Verhaltensregeln, des alten Glaubens. Man schlägt dem Ungeheuer einen Kopf ab, und ein neuer wächst nach. Die Menschen sind schwach. Sie klammern sich an ihre alten Überzeugungen. Sie wollen eine Revolution ohne Revolution. Als ob so etwas möglich wäre.

Wenn Menschen einmal anfangen zu reden, hören sie nie wieder auf, oder?

Marie-Louise ist mit dem Flechten ihrer Haare fertig und hat ihre Nachthaube aufgesetzt. »Wer braucht schon Feinde?«, sagt Pierre, zieht sich schnell aus und geht ins Bett. »Wir reißen uns gegenseitig in Stücke, ganz ohne fremde Hilfe.«

Die Uhr im Flur schlägt halb eins. Sie bläst die Kerze aus. Pierre neben ihr schnarcht bereits.

Als auch sie einschläft, führt ein Traum sie in eine verlassene Straße. Den Köpfen, die sie anstarren, hat man Heu in die Münder gestopft.

* * *

Das Kloster der Barmherzigen Schwestern liegt auf der anderen Seite der Seine.

Das *ehemalige* Kloster, hätte Pierre korrigiert, denn im Zug der Revolution ist die Kirche enteignet worden. Ehemalige Schwestern, die von ihren Gelübden entbunden sind, können nun heiraten oder nützliche Arbeit in Krankenhäusern oder Schulen verrichten. Der Konvent findet Letzteres besser, weil die Frauen dann mit ihrer Arbeit der Nation etwas von den Kosten, die ihr die Kirche früher aufgebürdet hatte, zurückerstatten.

Auf der Place du Carrousel, auf der die Guillotine steht – sie ist aber heute nicht in Betrieb –, klopft jemand Marie-Louise auf die Schulter, doch sie dreht sich nicht um, denn sie vermutet, dass es ein Taschendieb ist, der sie aufs Korn genommen hat. Sie weiß, dass diese Leute so ihre Opfer ablenken, damit sie nicht merken, dass sie bestohlen werden.

»Warum so eilig, Bürgerin?«

»Pass auf, schöne Bürgerin, sonst stolperst du noch!«

Es ist eine Kunst, unsichtbar zu werden, mit der Menge, die einen umgibt, zu verschmelzen. Das Gesicht muss leer sein, der Blick gleichgültig, die Schritte zielstrebig. Es fällt einem leichter, wenn man weiß, wo man hinwill, und den kürzesten Weg nimmt. Vorbei an den Zwiebelverkäufern, vorbei an den Gardisten mit Freiheitsmützen, Piken in den Händen, über den Pont Royal.

Schwester Geneviève, die Hände in den losen Ärmeln versteckt, kann nicht älter als zwanzig sein; ihr Gesicht ist noch frei von Sorgenfalten.

»Kommen Sie mit«, sagt sie, und Marie-Louise folgt ihr durch den Korridor. Sie fragt sich, ob die junge Frau mit der gestärkten weißen Haube und dem einfachen schwarzen Habit wohl die Flugblätter kennt, die Nonnen als Sünderinnen darstellen, die es mit Priestern trieben und die Bastarde, die sie zur Welt brachten, töteten. Diese Schriften enthalten sogar Wegbeschreibungen für Interessierte, die einst geheime Friedhöfe voller Kinderskelette besichtigen möchten.

Die Schwester manövriert geschickt an einem Haufen von Kisten vorbei, die zum Abtransport bereitstehen. »Viele unserer Schützlinge sind weg, aber nicht alle«, sagt sie und wendet sich an Marie-Louise. »Wir sind dankbar, dass es Menschen wie Sie gibt, die am Geschick der wenigen Unglücklichen Anteil nehmen, die noch unter unserer Obhut sind. Gott wird es Ihnen vergelten.«

»Ich erwarte keinen Lohn dafür.«

»Madame Clerantin ist eine liebende Seele«, fährt Schwester Geneviève fort, dann stockt sie und wirft Marie-Louise einen ängstlichen Blick zu. »Ich hätte natürlich *Bürgerin* Clerantin sagen sollen. Bitte verzeihen Sie mir.«

»Es gibt nichts zu verzeihen.«

Schwester Geneviève geht schweigend weiter. Nach einer Weile wird die Neugierde in ihr dann doch übermächtig, und sie fragt: »Ist sie eine Verwandte von Ihnen?«

Marie-Louise zögert. Noch ist das Wissen nur halb real, seine Konsequenzen undeutlich. Dennoch muss sie erst hart schlucken, bevor sie eine Lüge über die Lippen bringt.

»Eine entfernte Verwandte, von deren Existenz ich erst vor kurzem erfahren habe.«

»Oh, ja«, sagt Schwester Geneviève, »das erleben wir oft.« Sie meint den Fall, dass Leute ganz plötzlich mit der Tatsache konfrontiert werden, dass es da jemanden gibt, mit dem sie verwandt sind und den sie von nun an mit durchfüttern müssen. Sie wird einen besonderen Rosenkranz für Marie-Louise und die Witwe Clerantin beten.

Aus einem der Räume, an denen sie vorbeigehen, winkt eine alte bucklige Frau und ruft mit flehender Stimme: »Bitte bringen Sie mir noch etwas von Ihrem Weidenrindentee, Schwester. Meine Füße tun mir immer noch weh.«

»Das werde ich, auf meinem Rückweg«, verspricht Schwester Geneviève, hält aber nicht an.

Die schwere Tür am Ende des Korridors, die mit zwei Drehungen eines großen Schlüssels aufgeschlossen wird, knarzt, als die Schwester sie öffnet. Ein kleiner abgedunkelter Raum wird sichtbar. Der Gestank eines ungeleerten Nachttopfes hängt in der Luft.

Marie-Louise ist eine vernünftig denkende Person. Sie weiß, dass sie ihre Mutter, die sie noch nie gesehen hat, unmöglich erkennen kann. Und doch hofft sie mit wild pochendem Herzen auf eine Art von Offenbarung.

Die Frau, die mit krummem Rücken auf einem Stuhl sitzt, ist winzig klein, ein Puppenkörper, gehüllt in ein einfaches Baumwollkleid. Ihr Gesicht sieht ganz falsch aus, schief, als ob jemand es zerschnitten und die Stücke dann neu arrangiert hätte. Die tiefliegenden Augen starren leer. Aus den Falten des Kleides schaut ein Fuß hervor. Auch er ist klein, aber wohlgeformt, mit einem schwarzen Strumpf und einem Schuh mit Absatz.

Die Frau hebt den Kopf, und Marie-Louise, deren Augen sich nun an das Dämmerlicht gewöhnt haben, sieht die hageren Wangen, die glatte Stirn, das ungewisse Lächeln auf ihren verwelkten Lippen. Ihre Zähne sind schwarz, als hätte sie Ruß gegessen.

Das kann nicht meine Mutter sein, denkt Marie-Louise.

Die Frau steht steif wie ein Automat auf, aber in dem Moment, in dem sie den Blick auf Marie-Louise richtet, wird ihr Gesicht weicher, weniger schief, fast schön. Und dann geht ein strahlend freudiges Lächeln darin auf, sie stürzt vorwärts, fällt Marie-Louise um den Hals in einer engen, verzweifelten Umarmung, als ob jemand sie auseinanderreißen wollte.

»Adèle, du bist wieder da! Du bist hier!«

Marie-Louise befreit sich von den Händen, die sich anklammern, und weicht zurück. Sie schmeckt Asche. Wer auch immer diese Adèle ist, sie ist diejenige, an die diese Frau sich erinnert, die sie erwartet, die sie vermisst hat. Nicht das uneheliche Kind, das sie weggegeben hat.

»Ich bin nicht Adèle.«

»Ich wusste, du würdest kommen, Adèle, ich wusste es.«

»Pssst, meine Liebe«, interveniert Schwester Geneviève mit einem entschuldigenden Lächeln, als wäre alles ihre Schuld. »Madame heißt Marie-Louise Vernault. Sie ist hier, um Ihnen einen Besuch abzustatten.«

Die Witwe Clerantin hört nicht zu. Sie ist voller Freude und taumelt wieder mit ausgestreckten Armen auf die Besucherin zu, als spielten sie Fangen.

Die Gedanken von Marie-Louise wirbeln wild im Kreis herum. Das Kind, das sie einmal war, sehnt sich immer noch nach der Berührung seiner Mutter, nach ihrem Lächeln, sogar nach ihren Ermahnungen. Das Kind, das sie einmal war, sehnt sich danach, sein Gesicht in den Röcken seiner Mutter zu verstecken, zu fühlen, wie ihre Hände ihm übers Haar streichen, ihre Stimme zu hören, die es sich immer als unendlich sanft und beruhigend vorgestellt hat. Für dieses Kind kann es eigentlich kein größeres Glück auf der Welt geben, als im selben Raum wie seine Mutter zu sein.

Überleg dir genau, was du dir wünschst, hätte Tante Margot gesagt.

Die Witwe Clerantin klammert sich an Marie-Louises Hand, Finger wie Krallen graben sich in ihr Fleisch. »Adèle ist da. Adèle ist zu mir gekommen«, wiederholt sie strahlend. »Wo warst du so lange, Adèle? Auf dem Markt? Hast du mir etwas mitgebracht?«

»Nein, Madame Clerantin.«

Ein Schatten huscht über Véroniques Gesicht. »Warum bist du böse auf mich, Adèle? Was habe ich falsch gemacht? Kennst du mich nicht? Ich bin's, Véronique!«

Ein Klopfen an der Tür. Marie-Louise empfindet es wie eine Erlösung.

»Jetzt ist ihre Essenszeit«, sagt Schwester Geneviève und öffnet die Tür, um eine Dienstmagd mit einem Tablett hereinzulassen, das sie auf den Tisch am Fenster stellt. Marie-Louise drückt ihr eine Münze in die Hand. »Ein kleines Geschenk«, murmelt sie, während die Magd vor Freude errötet.

Véronique Clerantin nimmt am Tisch Platz, die Hände gefaltet auf ihrem Schoß. Sie sieht nur noch den Teller, der vor ihr steht. Das Essen ist einfach: eine Scheibe grobes Brot, dazu eine geriebene Karotte, die mit etwas Zucker bestreut ist. Das Letztere muss heutzutage als Luxus gelten.

»Du musst auch essen, Adèle«, sagt Véronique und zeigt

auf den anderen Stuhl. »Sonst fängst du wieder an zu husten.«

Marie-Louise setzt sich an den Tisch. »Ich bin nicht Adèle«, sagt sie. »Ich bin Marie-Louise Vernault. Ich bin gekommen, um Sie zu besuchen.«

Sie erwähnt Madame Berlin. Julie Berlin. »Erinnern Sie sich an sie, Madame Clerantin?«, fragt sie.

»Ich bin Véronique.«

»Erinnern Sie sich an Julie Berlin?«

Véronique Clerantin schüttelt den Kopf.

Es ist, als watete man durch einen Sumpf, denkt Marie-Louise frustriert. Sie ärgert sich über sich selbst, weil sie es nicht einfach aufgibt, die alte Frau mit Fragen zu quälen. Es scheint ihr plötzlich grausam sinnlos zu sein.

»Madame Leblanc, die Hebamme aus der Rue du Cygne. Erinnern Sie sich an sie?«

Véronique Clerantin isst mit sichtlichem Genuss. »Du hast so schöne Augen und so schöne Haare, Adèle«, plappert sie weiter. »Wenn du diese Karotte nicht essen willst, kann ich sie dann haben?«

Marie-Louise nickt.

Nachdem Véronique Clerantin den letzten Rest der Karotte verschlungen hat, ergreift sie wieder die Hand von Marie-Louise. »Schau«, sagt sie. »La Grise ist auch wieder da.«

Erst da bemerkt Marie-Louise eine halb ausgewachsene grau gestromte Katze, die unter dem Bett hervorschaut. Jung und neugierig, aber äußerst vorsichtig. Sie zieht sich sofort ins Dunkel zurück, als Marie-Louise sich bewegt.

Die ehemalige Mutter Oberin, eine große, dünne Frau mit schmalen Lippen und wächserner Haut, hält Marie-Louise auf ihrem Weg nach draußen an. Ihre strenge, harsche Stimme ruft unwillkommene Erinnerungen an Diane Gourlon wach.

»Es geht um die Witwe Clerantin …«

Ein heftiger Hustenanfall hindert die Mutter Oberin daran, weiterzusprechen. »Die Lunge«, sagt sie, als es vorbei ist. Es werde hoffentlich wieder werden, aber alles liege in Gottes Hand.

Nun zu der Sache mit der Witwe.

Ja, Madame Leblanc hat großzügig Geld gestiftet. Und ja, die Barmherzigen Schwestern haben sich verpflichtet, für die Witwe Clerantin zu sorgen, bis Gott sie zu sich riefe. Aber das Licht der Kirche wird ausgelöscht. Es gibt keine Barmherzigen Schwestern mehr.

Marie-Louise steht ganz still, während das, was nicht ausgesprochen wurde, in der Luft klingt. *Ausgelöscht von der Revolution. Von Männern wie Robespierre, Danton und ihren Gefolgsleuten, zu denen auch Pierre gehört.*

»Wenn die Menschen dem göttlichen Willen zuwiderhandeln«, so die Mutter Oberin weiter, »zieht das unvorhersehbare Konsequenzen nach sich.«

»Vorsicht vor denen, die sich für die Gerechten dieser Welt halten!«, würde Pierre sagen. »Sie glauben, dass sie die Wahrheit gepachtet haben.«

»Die Witwe Clerantin ist eine von denen, die Gott mit Unglück geschlagen hat. Es steht mir nicht zu, über sie zu richten oder zu beurteilen, was für eine Strafe sie für ihre Sünden verdient hat. Gleichwohl ist es so, dass sie nicht hierbleiben kann. Man hat uns befohlen, das Haus vor dem Jahreswechsel zu räumen. Freiheit ist, wie sich gezeigt hat, nicht für alle da. Das ist die ungeschminkte Wahrheit, die Sie, Bürgerin Vernault, nicht mit gutem Gewissen anfechten können.«

Draußen, aus der Ferne, ist eine Salve Musketenfeuer zu hören. Es ist ein Zeichen der Zeit, dass das Geräusch die beiden Frauen weder besonders überrascht noch erschreckt.

Die Mutter Oberin hält ihre Hand vor den Mund, aber diesmal gelingt es ihr, das Husten zu unterdrücken.

Marie-Louise hat nicht die Absicht, die Wahrheit, ungeschminkt oder nicht, anzufechten. Die Pflichten der Toten werden zu den Pflichten der Lebenden. Sie hat versprochen, sich um das zu kümmern, was ihre Tante nicht mehr erledigen konnte, und das wird sie auch tun.

Auf dem Rückweg nach Hause sieht sie nur wenige Leute auf den Straßen, bis sie die Rue Saint-Denis erreicht, die zwar voller Menschen, aber seltsam still ist. Keine Ausrufer mit den neuesten Nachrichten, keine Flugblattverkäufer, die neueste Enthüllungen verhökern. Die Leute recken ihre Hälse und tuscheln miteinander. An den Ecken stehen Gendarmen und beobachten die Menge.

Marie-Louise braucht nicht lange, um zu erfahren, worauf sie alle warten. Der König wird aus dem Gefängnis im Temple zum Konvent gebracht, wo die Anklage gegen ihn verlesen wird.

Der Prozess hat begonnen.

* * *

Wenn Pierre nicht zu Hause schläft, was immer öfter geschieht, kommt Jacques morgens vorbei, um saubere Wäsche abzuholen. »Er plündert den Schrank«, klagt Hortense. »Er macht sich nicht einmal die Mühe, mir zu sagen, was er mitnimmt. Zwölf der besten Hemden des Herrn sind weg, aber wer weiß, was sonst noch?«

Jacques runzelt die Stirn, wenn Marie-Louise ihn befragt. Nein, er weiß nicht, was für Termine sein Herr hat. Bürger Vernault hat viele Pflichten. *Seine,* Jacques', patriotische Pflicht ist es, den Bürger Vernault vor allem zu schützen, was ihm in die Quere kommen könnte.

Mehr kann er nicht verraten.

Verraten?

Marie-Louise dreht sich auf dem Absatz um und geht weg.

Es steht sowieso alles in den Zeitungen:

Louis, die französische Nation beschuldigt Sie ... eine Vielzahl von Verbrechen begangen zu haben, um Ihre Tyrannei zu befestigen und die Freiheit zu unterdrücken ... Louis, Sie haben das Blut von Franzosen vergossen.

Und was sagt Louis dazu? Ich weiß nichts ... einen schriftlichen Beweis liefern ... Ich erinnere mich nicht ... meine Minister waren verantwortlich ... es ist kein einziges wahres Wort in dieser Anklage.

Sein Gewissen, so behauptet er, sei rein, er habe sich nichts vorzuwerfen! Nachdem man ihn ins Gefängnis zurückgebracht hatte, aß er sechs Koteletts, ein Huhn und einige Eier und ging dann zu Bett.

Marie-Louise bemerkt, dass es schlau von Danton war, sich aus der Affäre zu ziehen, indem er sich nach Belgien davonmachte. Davon könne nicht die Rede sein, sagt Pierre in ziemlich scharfem Ton. Danton gehe Beschwerden über die französische Armee nach, und das sei dringend notwendig, um die Belgier von einem Aufstand gegen Frankreich abzuhalten.

»Kümmern Sie sich um das, wovon Sie etwas verstehen, Marie-Louise. Mischen Sie sich nicht in Angelegenheiten der Männer ein.«

Am dritten Prozesstag schlurft Pierre in seinen Reitstiefeln ins beste Zimmer, das Kinn von den Bartstoppeln des heutigen Tages verdunkelt. Sein Frack ist aufgeknöpft, auf seinem Hemd sind braune Flecken von Kaffee und gelbe von Eidotter zu sehen. Sein Atem riecht nach Wein.

Der Konvent, sagt Madeleine, liefert einem Mann immer wunderbare Entschuldigungen. Unvorhersehbare Termine, Abstimmungen am späten Abend, Frauen auf der Tribüne, die sich kein Wort der Abgeordneten entgehen lassen. Sie applaudieren, wenn sie zufrieden sind, sie geben ihr Missfallen kund, wenn sie anderer Meinung sind, sie warten in den Gängen auf ihre Lieblinge, wenn die Sitzung endet. »Um es ganz unverblümt auszudrücken: Sie werfen sich ihnen an den Hals. Wer könnte da widerstehen?«

Das ist natürlich Unsinn. Pierre ist nicht wie Georges Danton ständig auf der Jagd nach Frauen, die ihm »gefällig« sind.

Pierre stört sie in diesen Gedanken. »Billiger Wein«, sagt er und legt die Handfläche seiner linken Hand auf seine Brust. »Ich möchte, dass das zur Kenntnis genommen und im Protokoll vermerkt wird, Euer Ehren: Es war wirklich ein ganz billiger Wein.«

Marie-Louise steht von dem Sofa auf, wo sie die Wollsocken von Jean-Louis gestopft hat. Morgens hängen Eiszapfen an den Fenstern im Schlafsaal, hat er geschrieben.

»Sind Sie hungrig, Pierre? Es ist noch etwas von dem gebratenen Kapaun da.«

»Ich habe keinen Hunger.«

»Sie sehen müde aus. Werden Sie Zeit haben, sich etwas auszuruhen?«

»Nein. Ich bin nur gekommen, um ein paar Dinge zu holen.«

»Wird es bei der Verhandlung etwas zu essen geben?«

»Wir bekommen Spenden. Heiße Pasteten, Eis zum Nachtisch.«

»Ist es gut?«

»Nicht schlecht. Zu salzig. Die Pasteten, meine ich.«

Hin und her, her und hin, wie ein Federballspiel fühlt es sich an. Das Gespräch bleibt immer an der Oberfläche, von dem Tumult, der in ihrem Inneren tobt, ist nichts zu bemerken. Sie gibt sich selbst die Schuld. Sie hat ein Geheimnis, das zunehmend nur noch seinen eigenen Regeln folgt. »Keine Verwandte«, sagte sie dem Angestellten der Sektionsverwaltung, bei der sie die neue Mitbewohnerin meldete. »Ich muss eine testamentarische Verpflichtung erfüllen, die meine verstorbene Tante mir auferlegt hat.«

»Kommen Sie heute Abend später nach Hause?«

Pierre zupft an seinen Ärmeln, schnippt einige unsichtbare Stäubchen weg, fährt sich mit den Fingern durchs Haar. Es ist schwarz wie eh und je, aber vorne wird es schon lichter.

»Ist dies eine Beschwerde?«

»Gott, nein.«

»Gut.«

Er schenkt sich Weinbrand aus der Karaffe auf dem Beistelltisch ein und verschüttet etwas davon. Vielleicht hat er einfach nicht achtgegeben, oder seine Hand zitterte oder beides. Es wird hässliche Flecken auf dem Holz geben.

»Ich habe nur gefragt.«

»Und ich antworte nur.«

Marie-Louise beobachtet ihren Mann, wie er an dem bereits leeren Glas fummelt. Oben befiehlt Jacques Suzette, ihm etwas zu besorgen, in dem er die Papiere seines Herrn tragen kann. »Kannst du nicht selber nachdenken, gute Frau: einen Korb, einen Sack, was auch immer«, sagt er in dem barschen, selbstherrlichen Ton eines Mitglieds des Militärausschusses, das er gerade geworden ist. Pierre hat seiner Frau gesagt, dass Jacques in dieser Funktion Freiwillige für die Armee rekrutiert und seine volle Unterstützung hat.

Sie stellt sich vor, dass sie sagt: »Ich bin ein Bastard des Königs. Meine Mutter war zuerst ein Hirschpark-Mädchen, dann eine der Huren von Julie Berlin.« Aber dann, was dann? Wird Pierre, der schließlich Anwalt ist, sie dann gleich verhören, wie er es getan hat, als es um die Mitgift aus Versailles ging? Wer wusste was und wann? Und wenn er ihr verbietet, Véronique hierherzubringen?

Sie sei kinderlos, sagte sie.

»Du erinnerst dich doch sicher an diese Witwe, für deren Unterhalt Tante Margot in ihrem Testament Vorsorge getroffen hat«, sagt sie. »Das Kloster ist geschlossen worden. Ich muss die Frau aufnehmen.«

»Ist das eine von ihren Hebammenfreundinnen?«, fragt Pierre.

Sie schüttelt den Kopf. »Eine arme Witwe, schon ziemlich hinfällig.« Eine Haushaltsangelegenheit, die man am besten den Frauen überlässt, gibt ihr Ton ihm zu verstehen.

»Können Sie das schaffen?«

»Wir haben ein leerstehendes Zimmer und keine Untermieter.«

Oben schreit Jacques Suzette hinterher: »Was bildest du dir ein, du unverschämtes Luder?« Das Mädchen rief Hortense zur Zeugin an. Zeugin wofür?

»Ich sehe besser nach, was da los ist«, sagt Pierre und steht auf.

Marie-Louise wischt die Stelle ab, an der Pierre den Weinbrand verschüttet hat. Man sieht den Fleck, aber es ist nicht so schlimm, wie sie befürchtet hatte. Ein bisschen Zitronenöl, und alles ist wieder gut.

»Es ist nicht der Rede wert«, sagt Pierre, als er wenig später mit einem dicken Dossier unter dem Arm zurückkommt. Suzette hat etwas Papier genommen, um sich Locken zu machen. Es war ein unbeschriebenes Blatt, kein irgend wertvolles Dokument. Pierre muss jetzt gehen; er wird für eine Weile weg sein. Danton ist noch in Belgien und schickt in jedem Brief neue Anfragen. Wie viele haben sich freiwillig zur Armee gemeldet? Wie viele sind tatsächlich bereits in Marsch gesetzt worden? Als ob Pierre nicht schon genug mit dem Prozess zu tun hätte. Warum fragt Danton nicht andere? Desmoulins, zum Beispiel? Vielleicht, weil er Desmoulins für zu wichtig hält?

Er empfindet eine gewisse Bitterkeit bei diesen Gedanken, die Ahnung, dass eine Kluft sich auftut und immer breiter wird. Das ist nicht zu verhindern, würde er ihr sagen, wenn sie ihn fragen würde. Gleichheit ist eine knifflige Sache.

Sie begleitet Pierre zur Tür, wo Jacques, eine Ledertasche über der Schulter, die Riegel aufzieht.

Pierre beugt sich vor zu ihr und streicht ihr mit seinen Lippen über die Wange. Er riecht nach Weinbrand. Das Dossier, das er in der Hand hält, ist mit einem schwarzen Band zusammengebunden.

»Was wird geschehen mit …«, fragt sie. Sie scheut sich, zu sagen: »mit dem König«.

»Mit den Capets?«

»Ja.«

»Kümmert es Louis, was mit Ihnen geschieht?«

Ist es ein Anflug von Zorn, den sie in seiner Stimme hört? Oder einfach nur Ungeduld.

»Wenn sie die Sieger wären, würden sie es mit uns genauso machen, Marie-Louise«, sagt Pierre, als er auf die Straße tritt. »Es wäre naiv, zu glauben, das wäre anders.«

* * *

»Die Witwe Clerantin, einer der Schützlinge von Tante Margot«, sagt Marie-Louise zu Hortense und den Dienstmädchen am nächsten Tag. »Das Kloster ist geschlossen, und sie kann nirgendwo anders hin.« Die Herrin habe immer ein weiches Herz gehabt, meint Hortense in einem Ton, der deutlich macht, dass Tante Margots Barmherzigkeit mit Opfern für sie alle verbunden sein wird. Denn die Preise für Lebensmittel schießen in die Höhe, und am späten Vormittag gibt es in der Bäckerei bereits kein Brot mehr zu kaufen.

Im Kloster leert Schwester Geneviève geschickt den Inhalt der Tischschublade in einen Leinensack und legt ihn in eine ramponierte grüne Kiste mit Seilgriffen. Und dann ist da noch die Katze. »Nehmen Sie die mit?«, fragt Schwester Geneviève. »La Grise hat Madame Clerantin so viel Freude bereitet. Wenn Sie sie nicht mitnehmen, müssen wir sie auf der Straße ihrem Schicksal überlassen.«

»Fahren wir nach Hause, Adèle?«

Die Kutsche, die Marie-Louise gemietet hat, muss einen Umweg nehmen, weil Straßen gesperrt sind. Zweimal werden sie von Posten angehalten und müssen Fragen beantworten. Wer? Warum? Wohin? In welcher Angelegenheit?

Die Witwe Clerantin, oder Véronique und für Marie-Louise jedenfalls nicht Maman, hört diesen Gesprächen mit Stirnrunzeln zu, La Grise ängstlich umklammert. Manchmal überläuft sie ein Schauder, aber zum Glück bleibt sie still. Erst als sie schließlich in der Rue du Cygne anhalten, ruft sie so laut, dass der Kutscher zusammenzuckt: »Hier wohne ich nicht!«

»Jetzt wohnen Sie hier.«

»Sind wir umgezogen, Adèle? Arbeitet Papa jetzt hier?«

Die Vordertür öffnet sich, und Hortense erscheint. Sie wirft einen argwöhnischen Blick auf die grüne Kiste. »Ist das alles, was sie mitgebracht hat?«, fragt sie.

Da der Kutscher sich weigert, die Kiste hineinzutragen – er hat schon genug Zeit verschwendet –, müssen die Dienstmädchen gerufen werden. Marie-Louise hat es eilig. Die Kaffeeverkäuferin kommt schon angelaufen und will wissen, was da los ist. Vor einigen Tagen ist der Tabakladen in der Rue du Cygne am helllichten Tag ausgeraubt worden. Zwei Männer, die behaupteten, sie kämen in amtlichem Auftrag, der eine mit einer Muskete, der andere mit einem Mehlsack, nahmen ihm all sein Geld ab, außerdem noch etliche Pfeifen und einen Sack von seinem besten Tabak. Als er versuchte, um Hilfe zu rufen, schimpften sie ihn einen dreckigen Royalisten und schlugen das Fenster ein.

Suzette und Cécile heben die Kiste an; sie ist leicht genug.

»Lassen Sie das!«, ruft Véronique. »Das sind meine Sachen.«

»Ja, sicher«, sagt Hortense. »Aber Sie können sie nicht ganz allein nach oben tragen, oder?«

Véronique wirft ihr einen scharfen Blick zu, aber sie schweigt.

Das Zimmer, in dem die Witwe wohnen soll, ist ausgeräuchert worden, das Bettgestell wurde gründlich mit heißem Wasser geschrubbt. Der Strohsack ist neu, der alte wurde ins Feuer geworfen. Der Spiegel, der kleine Tisch und der Schrank aus Nussbaumholz – es ist rissig, aber ohne Anzeichen von Holzwürmern – kommen vom Dachboden. Ebenso der Teppich, den Pierre aus dem Schlafzimmer verbannt hat. Der Sessel und der Fußschemel stammen von Tante Margot. Das Polster des Schemels ist mit Kolibris bestickt, die über offenen Blüten schweben. Als Jean-Louis klein war, nannte er sie Vogelmücken.

La Grise verkriecht sich unter dem Bett, sobald Véronique sie loslässt, und gibt damit Hortense Anlass zu weiteren Sorgen: »Soll das Vieh jetzt immer in diesem Zimmer bleiben? Und auf den Teppich pissen?« Für sie, eine Bauerntochter, gehören Katzen nicht ins Haus: Sie sollen auf dem Hof Mäuse fangen und so ihren Lebensunterhalt verdienen.

Vielleicht geht es gut, denkt Marie-Louise, wenn ich das alles für mich behalte. Vielleicht, wenn es mein Geheimnis bleibt.

* * *

In der Speisekammer hängt bereits ein geräucherter, mit Lorbeer gewürzter Schinken von der Decke. Ebenso wie zwei Kaninchen, die darauf warten, gehäutet und zerlegt zu werden. Hortense hat genug feines Mehl für die Weihnachtsbäckerei. Es gibt hausgemachtes Brot, Madeleines und einen Biskuitkuchen mit Zuckerglasur und Mandeln. Was für ein Luxus, denn normalerweise streckt man jetzt sogar den Teig von Haferflockenkuchen mit geriebenen Möhren oder Roten Rüben.

Wie viel wird das alles kosten?

Die Menschen vergessen es einem nicht, wenn man ihnen Freundlichkeiten erwiesen hat, sagt Hortense und scheucht Marie-Louise, die ihr im Weg ist, aus der Küche.

Ob sie es wirklich tun oder nicht, jedenfalls muss Marie-Louise Hortense doppelt so viel Haushaltsgeld geben wie früher, und selbst das reicht nicht. Die Assignaten, »Papiergeld«, wie die Leute sie mit Verachtung nennen, sind immer weniger wert. Viele Händler weigern sich grundsätzlich, sie anzunehmen, und verlangen Silbermünzen. Aber, wie Tante Margot sagen würde, Weihnachten kommt nur einmal im Jahr.

Ich tue, worum Sie mich gebeten haben, versichert Marie-Louise Tante Margot eine Woche später in ihren Gedanken. *Ich erfülle meine Pflicht, so gut ich kann. Ich lasse auch den Arzt kommen, damit er sie untersucht.*

Das Zimmer im Obergeschoss wird abgesperrt, seit Madame Clerantin die Dienstmädchen erschreckt hat, als sie eines Nachts barfuß und im Nachthemd auf der Treppe herumgeisterte. Sie war auf der Suche nach jemandem namens Lisette, wie sie sagte, und hatte einen Sack dabei, in dem die Dienstmädchen einen Teelöffel, eine Handvoll beinerne Knöpfe und einen Holzsplitter fanden, der mit gelber Wolle umwickelt war.

Der Schlüssel hängt außen an einem Nagel.

Véronique schaut auf, als Marie-Louise eintritt. Ihr loses Haar ist strubbelig, auf ihrem Rock ist ein schwarzer Fleck. Von Tinte?

»Adèle! Wo bist du gewesen?«

»Ich bin nicht Adèle.«

»Warum bist du böse auf mich, Adèle?«

»Ich bin Ihnen nicht böse.«

»Aber ja, du bist böse.«

Unten in der Küche ruft Hortense, Suzette solle sich gefälligst ein bisschen beeilen. »Sie ist immer so, nicht, die Dicke?«, murmelt Véronique, reckt den Kopf hoch und ahmt die strenge Miene und ihre verschränkten Arme nach. »Ich mag sie nicht.«

Sie selbst ist ein richtiger Drache, finden die Dienstmädchen. Zu Suzette hat sie gesagt, sie soll zur Hölle fahren, wo ihr Teufelsgeliebter schon auf sie wartet. Cécile hat sie sogar in die

Hand gebissen, als das Mädchen sie für die Nacht ausziehen wollte. Und ihre Kiste? Die wird von Madame Clerantin scharf bewacht. Niemand darf sie öffnen.

Véronique winkt Marie-Louise näher zu sich heran. »Wo bin ich, Adèle?«, fragt sie leise. »Du kannst es mir ruhig sagen. Ich werde es niemandem verraten.«

»Ich bin nicht Adèle«, wiederholt Marie-Louise immer noch ruhig, aber es fällt ihr schwer, gelassen zu bleiben.

Die Katze streckt ihren Kopf hinter der Kiste hervor, die nach Schimmel riecht. Véronique lockt sie: »Komm, Adèle tut dir nichts. Sie will nur mit dir spielen.«

La Grise verlässt langsam ihr Versteck und reibt sich an Marie-Louises Bein. Diese krault ihren Hals, die Katze gähnt und zeigt ihre scharfen Zähne und eine rosa Zunge.

»Schau, sie mag dich, Adèle.«

Wir haben jetzt eine Katze, wird Marie-Louise ihrem Sohn schreiben. *Sie ist ein bisschen anspruchsvoll, aber sie wird dir gefallen. Ihr Name ist La Grise, und sie gehört einer neuen Untermieterin, die ich ganz unerwartet aufnehmen musste. La Grise ist schüchtern, aber sehr lebhaft, allerdings hat sie es nicht geschafft, die Sympathie von Hortense zu gewinnen, da sie noch keine einzige Maus gefangen hat.*

Sie muss ihren Sohn auf die Veränderungen vorbereiten, die ihn erwarten, wenn er über die Feiertage nach Hause kommt. La Grise und ihre drolligen Spiele werden dafür sorgen, dass alles glattgeht.

* * *

Philippe Pinel wird sehr empfohlen. Ein Arzt aus Toulouse, der vor der Revolution als Arzt in Paris nicht Fuß fassen konnte, weil er keine Beziehungen zu einflussreichen Leuten hatte, gilt heute als einer der besten Ärzte der Stadt, insbesondere für psychische Störungen. Madeleine sagte, es sei sogar die Rede davon, dass man ihm die Leitung des *Hospice de Bicêtre* anvertrauen wolle.

Der Arzt kommt zu Fuß in der Rue du Cygne an.

»Was für ein schönes Haus, Bürgerin Vernault«, sagt er, als Suzette ihn in das beste Zimmer bringt. Er sieht ziemlich gewöhnlich aus, kleingewachsen, schwarz gekleidet, eine Kokarde am Revers. Sein graues Haar ist mit einem schwarzen Band zusammengebunden.

Das Haus mag hübsch sein, aber es liegt viel zu nahe bei den Hallen. Erst neulich hat ein Schwein, das dort entlaufen ist, den ganzen Garten umgepflügt. Und die Gerüche, die bei ungünstigem Wind vom Markt herüberwehen, sind auch nicht gerade angenehm, was, wie Tante Margot es ausdrücken würde, noch das Netteste ist, was man über Gestank sagen kann. Aber vielleicht lebt der Arzt in noch bescheideneren Verhältnissen.

»Ja«, sagt Marie-Louise. »Es gehörte meiner verstorbenen Tante.«

»Ich hatte die Ehre, bei einigen Gelegenheiten mit ihr zusammenzutreffen.«

»Paris kann so klein sein.«

»In vielerlei Hinsicht.«

»Sehr wahr.«

Bevor er die Bürgerin Clerantin untersucht, möchte Dr. Pinel etwas über Vorlieben, Aversionen und den Appetit der Patientin erfahren. Jede noch so kleine Beobachtung kann für seine Diagnose von Bedeutung sein. Auf das scharfe Auge einer Hebamme kann man sich verlassen, o ja, das war immer schon seine Meinung. »Er ist allerdings ein ziemlicher Schmeichler, also nimm dich in Acht«, hat Madeleine gesagt.

»Sie isst gern. Sie liebt ihre Katze. Ihr Appetit ist ausgezeichnet. Sie mag es nicht, wenn die Dienstmädchen sie ausziehen, aber dann vergisst sie es und denkt, sie seien ihre Freundinnen.«

»Ihre Stimmungen?«

»Unvorhersehbar. Ängstlich, in letzter Zeit. Sie verlangt, dass man sie von hier wegbringt.«

»An einen bestimmten Ort?«

»Gestern bat sie mich, sie zu ihrer Mutter zu bringen. Sie sagte, sie warte auf sie und sei sehr krank.«

»Und wie hat sie reagiert, als Sie es ihr versprachen?«

»Ich bin nicht darauf eingegangen. Ihre Mutter ist ja längst nicht mehr am Leben.«

»Nicht in ihrem Kopf.«

Marie-Louise fragt sich, ob dies ein Vorwurf ist, aber dem Arzt steht nichts als Aufmerksamkeit ins Gesicht geschrieben. Sie hat gehört, dass seine Patienten mit der Zeit ruhiger und zufriedener werden, auch wenn sie ihre Wahnvorstellungen nicht verlieren.

»Was spricht sie sonst noch?«

Marie-Louise erzählt von dem Gemurmel, das sie gehört hat.

Alles verschwindet. Sie stehlen mir alle meine Sachen. Ich habe nichts. Nichts. Wann ist meine Mutter gestorben? Warum hat mir das niemand gesagt? Wo war ich zu der Zeit? Und mein Vater ist auch gestorben? Aber wann? Alle, nach denen ich frage, sind tot. Und, weißt du, inzwischen traue ich mich kaum mehr, überhaupt zu fragen.

»Und warum ist sie hier?«

Marie-Louise hat sich ihre Antwort gut überlegt: »Meine Tante hat den Barmherzigen Schwestern Geld dafür gezahlt, dass sie sich um die alte Frau kümmern. Aber das Kloster ist geschlossen worden.«

Philippe Pinel lauscht ganz konzentriert, die Hände gefaltet. Ähnlich wie ein Priester, der einem Gläubigen die Beichte abnimmt, ein Vergleich, den er zweifellos für völlig unpassend halten würde.

»Wie verhält sie sich Ihnen gegenüber?«

»Sie nennt mich Adèle. Sie denkt, dass wir früher zusammen

gespielt haben. Das wir herumgehüpft sind, bis ihre Mutter sagte, wir sollen aufhören.«

»Sie hat Sie also sehr gern.«

»Gestern sagte sie, ich behandelte sie wie eine Dienstbotin und das werde mir eines Tages noch sehr leidtun.«

Der Raum riecht nach Essig, Hortenses Mittel gegen alle Übel im Haushalt. Véronique erhebt sich vom Bett. Sie wirkt gespannt, ihre Augen flitzen von dem Arzt zu Marie-Louise.

»Hat er nach mir geschickt?«, fragt sie. Der Rock, den sie trägt, passt nicht zu dem Mieder, das sie verkehrt herum angezogen hat, sodass sie es mehr schlecht als recht schnüren konnte. Sie ist barfuß; ihre Schuhe sind nirgends zu sehen.

»Genau darüber wollen wir uns unterhalten, Madame«, antwortet Dr. Pinel mit einer eleganten Verbeugung. »Nur Sie und ich, wenn die Bürgerin Vernault so freundlich ist, es uns zu erlauben.«

»Geh, geh schon.« Véronique scheucht Marie-Louise mit einem ungeduldigen Winken ihrer Hand aus dem Zimmer und lässt zu, dass der Arzt sie beim Arm nimmt und ans Fenster führt.

Unten in der Küche streicht La Grise, die zum ersten Mal Véroniques Zimmer verlassen durfte, um Marie-Louises Knöchel. Diese nimmt ein Stückchen Kuhlunge und lässt es auf den Boden fallen. La Grise stürzt sich darauf, trägt es in die Ecke, hält es mit den Krallen fest und schlägt ihre Zähne in das Fleisch.

»Als ob es nicht genügend Mäuse auf der Welt gäbe«, murrt Hortense, stellt dann aber Marie-Louise eine dampfende Tasse mit echtem Kaffee vor die Nase.

»Raten Sie mal, von wem der ist«, fragt sie, während Marie-Louise einen langen, langsamen, köstlichen Schluck nimmt.

»Von den Valours?«

»Erinnern Sie sich an Pascaline?«

Nein, jedenfalls nicht sofort. Erst als Hortense sie genauer beschreibt: eine Untermieterin von Tante Margot zu der Zeit, als Marie-Louise in die Rue du Cygne kam.

»Unsere Hochmütige«, fährt Hortense fort. Pascaline, die an einem Stück Seife schnupperte und dann sagte: »Ich bin etwas Besseres gewohnt.« Es geht ihr gut, sie hat einen Wirt geheiratet. Sie ist vorbeigekommen, um der lieben Madame Leblanc Kaffee zu bringen. Es tat ihr in der Seele weh, zu denken, dass Madame Leblanc, die so gerne Kaffee trank, dieses Weihnachten darauf verzichten müsste. Wie konnte es sein, dass sie nicht mitbekommen hatte, dass sie gestorben war, fragte Hortense. Letzten Februar! Drei Tage lang kamen Trauernde ins Haus, um von ihr Abschied zu nehmen.

»Aber sie hätte sich bestimmt gefreut.«

»Ja, sicher.«

»Was um Himmels willen ist da los?«, fragt Hortense und deutet zur Decke.

Die Geräusche, die aus Véroniques Zimmer kommen, sind in der Tat merkwürdig. Man hört das Klacken von Absätzen. Im Kreis herum. Tanzt sie? Tanzt sie mit dem Arzt? Dann muss sie ihre Schuhe gefunden haben.

Hortense verdreht die Augen. »Sind Sie sicher, dass er ein richtiger Arzt ist?«, fragt sie.

Lymphatische Demenz lautet die Diagnose.

Zurück im besten Zimmer, zählt Philippe Pinel die Symptome auf: Gedankenlosigkeit, extreme Auffälligkeiten sowohl im Verhalten als auch in den Äußerungen der Patienten. Der Verstand erzeugt eine Abfolge von isolierten Ideen, die sich einer rationalen Erklärung oder Beurteilung entziehen. Leidenschaftliche Gefühle tauchen auf, nur um einen Augenblick später vergessen zu sein. Es kommt zu einem starken Gedächtnisverlust bezüglich des gerade Geschehenen, während der Patient vereinzelte sehr lebhafte Erinnerungen an die ferne Vergangenheit behält.

Marie-Louise nickt.

»Die wichtige Frage ist natürlich, was die Ursachen sind«, fährt Dr. Pinel fort. »Ich glaube, eine davon könnte ein plötzlicher heftiger Umschwung im Leben sein, von Erfolg zu Misserfolg, von einem Dasein in Achtung und Würde zu Schande und Vergessenheit. Es ist sehr hilfreich, wenn man das frühere Leben von Betroffenen kennt. Wenn man von Umständen oder Ereignissen weiß, die einen Ausbruch, eine Krise ausgelöst haben könnten. Trauer nach einem großen Verlust, vielleicht eine unglückliche Liebesgeschichte. Sind Ihnen solche Vorkommnisse bekannt?«

Wenn Marie-Louise zögert, dann nur für einen kurzen Moment. »Sie hat ihren Mann und ihre Kinder verloren. Wäre das nicht genug, um einen Menschen so aus der Bahn zu werfen?«

»Vielleicht.«

Philippe Pinel ist nicht der Meinung, dass es gut wäre, Opium zu verschreiben. Sicher, es würde die Angst der Bürgerin Clerantin lindern, aber zu welchem Preis! Er hat in Irrenhäusern sedierte Patienten gesehen, die nur noch regungslos und vollkommen abwesend dasaßen.

»Was können wir erwarten?«

»Das kann ich nicht sagen. Krankheit ist niemals konstant. Möglicherweise wird es klarere Momente geben, gefolgt von noch schlimmer verwirrten. Ich habe in meiner Praxis schon so manche Überraschung erlebt.«

Obwohl Dr. Pinel eigentlich keine *Materia medica* verschreiben will, empfiehlt er am Ende doch regelmäßige Aderlasse und Abführmittel. Nervöser Erregung vorzubeugen ist immer einfacher, als sie zu beheben. Mit der Zeit, so versichert er Marie-Louise, wird sie Möglichkeiten, die Patientin zu beruhigen, entdecken, die jetzt noch nicht abzusehen sind.

Auf dem Flur, wo Suzette mit dem Hut und dem Wintermantel des Arztes wartet, fügt Dr. Pinel hinzu. »Die Bürgerin Clerantin lacht gerne und ist eine temperamentvolle Tänzerin. Ich glaube, diese beiden Dinge sind die wirksamste Therapie.«

* * *

Eine Woche später, am Morgen des 24. Dezember, holt Marie-Louise Jean-Louis am Tor des Collège ab, und sie gehen gemeinsam zur Rue du Cygne. Unterwegs halten sie an, um einem Mann auf Stelzen zuzusehen, der mit brennenden Fackeln jongliert. Kinder drängen sich vor einem Puppentheater, in dem Maria und Joseph immer wieder an den Türen von Palästen anklopfen und um Unterkunft bitten, aber jedes Mal schroff abgewiesen werden.

»Ich bin kein Kind, Maman«, sagt Jean-Louis, als sie ihn fragt, ob er noch etwas bleiben und zuschauen möchte.

Er wirkt nicht eigentlich bedrückt, dennoch hat er etwas an sich, das Marie-Louise anzeigt, dass er irgendetwas auf dem Herzen hat. Er weicht ihrem Blick aus, während sie gehen; er streicht sich nervös mit den Fingern die Nase, leckt sich die Lippen. Als sie um die Ecke in die Rue du Cygne einbiegen, fragt sie ihn, was er habe, und er sagt, er brauche mehr Geld. Er war die ganze Zeit sehr sparsam, aber alles wird so furchtbar teuer. Die Wäscherin verlangt jetzt doppelt so viel wie vor einem Monat. Auch der Friseur. Natürlich bekommt er mehr Geld, sagt sie ihm. Sie will schließlich nicht, dass er in schmutzigen Sachen zum Unterricht geht.

Zu Hause umringen Hortense und die Dienstmädchen ihren Goldjungen, staunen darüber, wie er seit Oktober gewachsen ist. Größer als Hortense, das hatten sie erwartet. Größer als Suzette, gut. Aber jetzt ist Jean-Louis sogar größer als seine Maman, um einen ganzen Zentimeter! Wie gut er aussieht. Cécile sagt, bestimmt stehen die jungen Damen vor dem Tor des Collège Schlange, um einen Blick auf ihn zu erhaschen, oder nicht? Jean-Louis nennt sie »dumme alte Cécile«. Aber so dumm sei sie nicht, gibt sie zurück. Und so sehr alt auch nicht.

Ein Mann, kein Kind. Suzette nennt ihn »junger Herr« und meint, sie hätte ihn gar nicht mehr erkannt, wenn er ihr auf der Straße begegnet wäre. Was natürlich eine glatte Lüge ist, aber Jean-Louis sehr gefällt.

Er belohnt sie mit seiner Freude, wieder zu Hause zu sein. Er isst alles, was sie ihm auf den Teller legen, erzählt ihnen seltsame Geschichten über die Schule. Sie denken vielleicht, es sei alles nur Plackerei und Schufterei, aber da täuschen sie sich. Von seinem Fenster im Schlafsaal aus kann er Soldaten sehen, die im Hof exerzieren oder mit dem Bajonett auf Strohpuppen losgehen. Ein Freund brachte ihn zu einem Parfümeur, der nicht weit vom Collège wohnt, einem Mann mit einem Holzbein. Wie er es verloren hat? Ein Krokodil hat es ihm in Afrika abgebissen.

»Was macht ein Parfümeur in Afrika?«

»Er war damals nicht Parfümeur, sondern Seemann. Er hat Tätowierungen auf seinem echten Bein. Er hat auch einen Papagei. Mit einem sehr langen Schwanz. Der Vogel flucht, und zur Belohnung bekommt er etwas zu knabbern.«

»Oh, wie habe ich dich vermisst, mein lieber Junge!«

»Maman, sag Hortense, dass ich nicht mehr nach Hause komme, wenn sie nicht aufhört zu weinen!«

Jean-Louis bleibt nur zwei Tage. Dies ist ein schmerzhafter Gedanke, da viele seiner Kameraden länger Ferien haben. »Aber das sind richtige Studenten, nicht nur Anwärter«, sagt Pierre. Der Rektor hat ihm versichert, dass die Schule geöffnet bleibt. Die Professoren werden Unterricht abhalten und in den Studierzeiten Aufsicht führen. Die Prüfungen sollen im Juni stattfinden. Jean-Louis kann es sich nicht leisten, lange zu Hause zu bleiben.

Von oben aus Véroniques Zimmer dringt das Geräusch von Schritten. Zu dieser Zeit unternimmt Véronique normalerweise auf Empfehlung von Dr. Pinel einen Morgenspaziergang durchs Haus. Allerdings ist sie jedes Mal bitter enttäuscht, wenn man den Dienstmädchen glauben darf. »Das Musikzimmer ist auch nicht mehr da?«, klagt sie.

»Ist das diese Untermieterin, von der Sie mir geschrieben haben, Maman?«, fragt Jean-Louis. »Die Witwe mit der komischen Katze?«

Heute fällt der Spaziergang aus, und das ist nicht gut. »Jetzt geht sie die ganze Zeit im Kreis herum wie ein Raubtier im Käfig«, murmelt Hortense und steht auf. »Wenn sie nicht aufhört, werden ihre Füße wieder zu bluten anfangen.«

»Du bleibst hier«, sagt Marie-Louise. »Ich werde sehen, ob ich sie dazu bringen kann, sich hinzusetzen.«

»Aber geben Sie ihr ja keinen Kuchen mehr. Sie wird ihn nur unter ihrem Kissen verstecken.«

Jean-Louis lacht. »Das wäre wirklich eine Verschwendung«, sagt er.

»Das ist nicht zum Lachen«, sagt Hortense streng. »Die Flecken kriegt man kaum noch raus.«

Oben geht Véronique mit unsicheren Schritten im Kreis, den Kopf gebeugt. »Die Menschen sind schrecklich. Sie stehlen alles. Ich habe nichts mehr«, murmelt sie.

»Was stehlen sie?«

Véronique hebt die Hand an ihren Kopf.

»Eine Haube?«

Nein, keine Haube. Etwas Rotes, etwas, das sie wiederhaben will. »Lisette weiß vielleicht, wo es ist. Sag ihr, sie soll sofort herkommen.«

»Streiten Sie nicht mit ihr«, hat Dr. Pinel gesagt. »Lenken Sie sie ab.«

Das Kleid für die abendlichen Feierlichkeiten hängt an der Schranktür. Blau, mit weißen Rosen drauf und mit spitzenbesetzten Ärmeln. Die Witwe Clerantin, sagt Suzette, ist sehr wählerisch, was ihre Kleider betrifft. Legt Wert auf Rüschen und Bänder. Vergisst nie, sie zu ermahnen, Satin ja nicht zu heiß zu bügeln.

»Was für ein schönes Kleid!«

»Du hörst nicht zu, Adèle«, sagt Véronique und bleibt vor Marie-Louise stehen. Zu nahe. »Wo ist Lisette?«

»Ich weiß es nicht.«

Das Zimmer sieht jetzt kahl aus, denn Hortense hat angeordnet, Veronique den Teppich wegzunehmen und dann auch die Vorhänge. »Sagen wir einfach, weil man so besser saubermachen kann«, hat sie geantwortet, als Marie-Louise sie nach dem Grund fragte, aber die Dienstmädchen waren weniger zugeknöpft und berichteten von Urinpfützen hinter den Vorhängen. Auch der Spiegel ist verschwunden, denn Véronique behauptete steif und fest, dass jemand da drin sei und ihr nachspionierte. »Ich bin nicht dumm«, sagte sie, als Hortense versuchte, sie davon zu überzeugen, dass es ihr eigenes Spiegelbild war. »Ich weiß, wer du bist. Ich weiß mehr, als du denkst.«

Gott sei Dank für La Grise, denkt Marie-Louise, als die Katze unter dem Bett hervorspringt und Véronique zum Kichern bringt. Und dann setzt sie sich ruhig in ihren Sessel und nimmt La Grise auf ihren Schoß.

Unten ist es noch lauter als zuvor: Nachbarn haben Geschenke gebracht, Wein, einen Korb mit Äpfeln und einen Teller mit Schmalzgebäck. Madeleine und Anne, die vorbeigekommen sind, um Jean-Louis zu sehen, sind im besten Zimmer. »Keine Angst, mein lieber Junge, ich werde dir nicht sagen, wie sehr du gewachsen bist, versprochen!«, sagt Madeleine gerade, als Marie-Louise hereinkommt. Anne bittet ihn, von der Schule zu erzählen, was Jean-Louis gerne tut. Professor Simons hat sie die Schlacht bei den Thermopylen nachspielen lassen. Professor La Garde erlaubt ihnen, sich gegenseitig Fragen auf Latein zu stellen.

Keine Schritte im Obergeschoss. La Grise verdient sich ihren Unterhalt.

Anne hat Neuigkeiten: Sie zieht aus Paris weg. Sie hat ihren

Mann erst fünfmal gesehen, seit er Armeechirurg geworden ist, und will jetzt mit ihren drei Kindern bei ihren Eltern wohnen. Madeleine wettert gegen eine weitere Hebamme, die in der Straße, in der sie lebt, die Arbeit aufgenommen hat. Eine Frau, die niemand kennt, ist mit alarmierender Sorglosigkeit vereidigt worden. Die Hebammenprüfung wurde vereinfacht, es ist jetzt nicht mehr nötig, Vorlesungen zu hören und an anatomischen Sektionen teilzunehmen. Ging es bei der Revolution nicht darum, die Dinge besser zu machen?

In diesem Jahr wird es keine Christmette geben; die Behörden haben angeordnet, dass die Kirchen geschlossen bleiben. Im Interesse der öffentlichen Sicherheit. Hortense hat die Anordnung gottlos genannt und sich bekreuzigt. »Oh, wir glauben sehr wohl, dass es einen Gott gibt«, hat Pierre gesagt. »Wir glauben aber auch, dass der Bürger Jesus mit der Kirche nichts zu tun hätte haben wollen. Dass er für uns Partei ergriffen hätte.«

Der Kaminsims sieht leer aus ohne die alte Krippe, die Tante Margot an Heiligabend immer vom Dachboden geholt hat, aber niemand fragt danach. So wie auch niemand über den Prozess des Königs spricht.

Oder darüber, dass Pierre nicht da ist.

Die Gäste sind schon alle weg, als Pierre endlich nach Hause kommt. Er ist müde und durchgefroren, weil er zu Fuß gegangen ist, aber er kneift Marie-Louise in die Wange und streicht Jean-Louis über das kurze Haar, bevor er Jacques ein Zeichen macht, ihm die Reitstiefel auszuziehen und sie zum Putzen in die Küche zu bringen.

Die Zeugen der Anklage sind vernommen, die Beweise sind vorgelegt worden. Die Verteidigung wird gleich nach Weihnachten zu Wort kommen.

Aus der Küche kommt Céciles Kichern über etwas, das Jacques gesagt hat, gefolgt von Hortenses zorniger Stimme:

»Achtet wenigstens an diesem Tag darauf, was ihr redet, ihr Heiden.«

»Pass auf dich selber auf, Dickschädel.«

»Besser ein Dickschädel als so verblendet wie du.«

Véronique kommt in ihrem blauen Kleid die Treppe herunter, etwas wacklig auf ihren hohen Absätzen, aber Suzette führt sie am Arm, bis sie sicher unten ist.

Beim Anblick von Pierre schlägt Véronique die Hand vor den Mund.

»Der Schützling von Tante Margot?«, fragt er. »Sehr erfreut, Sie kennenzulernen, Bürgerin Clerantin.«

Véronique schenkt ihm ein schiefes Lächeln und murmelt Marie-Louise zu: »Jetzt denkt er, er kann sagen, was er will. Aber wo war er die ganze Zeit?«

Wenn Pierre es gehört hat, lässt er es durchgehen. Eine arme Witwe, schon ziemlich hinfällig, hat Marie-Louise gesagt, nicht?

Jean-Louis grüßt die Bürgerin Clerantin mit einer kunstvollen Verbeugung.

»Ich hätte nie gedacht, dass Sie mich mit Ihrem Besuch beehren würden«, sagt Véronique etwas steif, doch sichtlich erfreut.

»Aber ich habe es getan«, sagt Jean-Louis mit einem strahlenden Lächeln.

»O ja«, bestätigt Véronique. »Wer ist das?«, fragt sie Marie-Louise leise.

»Mein Sohn«, antwortet Marie-Louise. Sie hofft, Véronique wird sie nicht in Verlegenheit bringen, indem sie sie wie so oft Adèle nennt.

»Sie sind doch viel zu jung, um einen so großen Sohn zu haben«, sagt Véronique, was zum Glück so allgemein ist, dass man es als gewöhnliches Kompliment auffassen kann.

Pierre nimmt Jean-Louis zur Seite und legt ihm den Arm über die Schulter. Marie-Louise spitzt die Ohren, aber sie kann nur Bruchstücke ihres Gesprächs verstehen. Das »Ja, Vater«

wird ziemlich oft wiederholt. Dann: »Latein … nicht ganz … aber ich bin wirklich …«

»Ich will essen«, erklärt Véronique mit großer Geste. »Ich habe Hunger.«

Der Heilige Abend ist nicht mehr das, was er in früheren Jahren in diesem Haus war, aber er ist festlich genug. Im Esszimmer ist der Tisch gedeckt und mit Eibenzweigen geschmückt. Es gibt Kaninchenpastete, Kaninchenragout, dünn aufgeschnittenen geräucherten Schinken. Auf einem Beistelltisch warten Desserts: Bratäpfel mit Honig, Lebkuchen, ein Teller Madeleines und ein Marzipankuchen, glasiert mit Quittenkonfitüre, Tante Margots Winterspezialität.

Das Mahl beginnt Schlag Mitternacht. Hortense, die Dienstmädchen und Jacques werden sich zu ihnen an den Tisch setzen, auch wenn sie im Moment noch damit beschäftigt sind, Essen aufzutragen und Wein und Lakritzwasser in Gläser zu gießen. »Wir sind ein republikanischer Haushalt«, hat Pierre gesagt.

Jean-Louis hat den Platz neben Véronique eingenommen und legt ihr Essen auf den Teller. »Das?«, fragt er und zeigt auf die Kaninchenpastete, und sie nickt. »Das auch?«, fragt er und hebt eine Scheibe geräucherten Schinken hoch, und sie nickt erneut. Auch Hortense lässt sich endlich am Tisch nieder, keuchend vor Anstrengung. Ein paar Stunden vorher hat Marie-Louise ihr vorgeschlagen, ein neues Küchenmädchen einzustellen, das ihr Arbeit abnehmen könnte, aber Hortense hat das sehr ungnädig aufgenommen: »*So* alt bin ich dann doch noch nicht!«

Pierre erhebt das Glas. »Auf Freiheit, Gleichheit und Brüderlichkeit«, sagt er. »Und auf die Gerechtigkeit«, fügt er hinzu, »auf die wir so lange gewartet haben.« Darauf trinken sie, und auf das Andenken von Tante Margot, möge sie in Frieden ruhen, den sie so reichlich verdient hat. Und auf Jean-Louis, den alle in diesem Haus sehr vermisst haben.

»Was hast du bis jetzt in der Schule gelernt, mein Sohn?«, fragt Pierre.

»Die Bedeutung von gutem Benehmen und moralischem Verhalten.«

»Was heißt das konkret?«

»Disziplin und Achtung vor Autoritäten.«

Wie sehr Jean-Louis sich bemüht, seinem Vater zu gefallen, indem er Fragen prompt, klar und präzise beantwortet. Kein Stottern, kein Zögern.

»Ich werde Anwalt, Vater. Ich habe mich entschieden.«

»Ja? Und warum willst du das? Nur um es mir recht zu machen?«

»Ich sehe keine andere Möglichkeit, eine gerechte Gesellschaft zu schaffen.«

»Du siehst keine andere?«

»Es gibt keine andere.«

Véronique sitzt verwirrt da und hält sich jedes Mal die Ohren zu, wenn Pierre die Stimme erhebt. Auf ihrem Teller herrscht Chaos. Sie hat es geschafft, ein Stück Kuchen in Kaninchensoße zu tunken, und spuckt es mit Abscheu aus. Auf dem Tischtuch vor ihr sind lauter Rotweinflecken. »Oh, ich bin ein ungezogenes Kind«, sagt sie. Hortense, stets wachsam, bestreut die Flecken mit grobem Küchensalz. Manchmal beugt sich Véronique näher zu Marie-Louise und flüstert ihr etwas zu: »Er hat mir rote Strümpfe geschenkt, weißt du … schau ihn jetzt an, er hält sich für so wichtig … frag ihn nach dem Geld, das er mir gestohlen hat … weißt du, sie stehlen alle wie die Raben.« Nur gut, dass Pierre es nicht hört. Auch nicht, dass Véronique sich bei Marie-Louise beschwert: »Warum hast du mich hierhergebracht, Adèle? Wie lange soll ich noch hier herumsitzen und warten? Als ob ich nichts Besseres zu tun hätte, um Himmels willen!«

Marie-Louise hat es aufgegeben, auf solche Klagen zu antworten. Zum Glück hat Jean-Louis, der ganz aufgedreht ist, weil er es geschafft hat, seinen Vater gnädig zu stimmen, einen Weg gefunden, Véronique zum Lachen zu bringen. Es ist nichts Besonderes, nur ein paar ganz gewöhnliche Kaspereien: mit den Fingern auf der Nase Flöte spielen, mit der Zunge zu schnalzen, sich auf die eigene Hand schlagen und erschrocken dreinschauen.

»Junger Mann, Sie sind ein ziemlicher Charmeur!«

»Aber Sie, Madame, sind auch nicht ohne!«

Er ist eine gute Seele, unser Jean-Louis, hätte Tante Margot gesagt.

Später in ihrem Schlafzimmer sitzt Marie-Louise mit offenem Haar im Hemd auf ihrer Seite des Betts und zieht ihre Strümpfe aus. Pierre beugt sich über die Waschschüssel und spritzt sich kaltes Wasser ins Gesicht. Er hat sein Hemd ausgezogen und es auf den Boden fallen lassen. Das Handtuch folgt. Wird er zu ihr kommen? Oder soll sie zu ihm gehen?

»Dummköpfe«, murmelt Pierre. »Idioten.« Er lallt ein bisschen, weil er zu viel Wein getrunken hat.

Er meint nicht diejenigen, die sich für den König einsetzen. Er meint die Leute, die ihn, Pierre, zum Ziel tückischer Angriffe gemacht haben.

Was ist geschehen?

Der Konvent ist zu einer Schlangengrube geworden, überall Eifersucht und Misstrauen. Dantons Feinde reiten immer wieder auf dem Thema seiner Geheimfonds herum. Sie verlangen, dass er Rechenschaft darüber ablegt, als ob sie ein Recht darauf hätten.

Was hat Pierre damit zu tun?

Er ist Dantons Gefolgsmann. Sein Faktotum, das haben sie ihm oft genug ganz offen ins Gesicht gesagt. Auf ihn haben sie sich eingeschossen, zu einer Zeit, da die wirklichen Feinde der Revolution immer stärker werden.

Pierre geht auf seine Seite des Bettes, an ihr vorbei und legt sich mit einem Grunzen hin. Ist es eine Entschuldigung oder eine Ausrede?

Marie-Louise beugt sich vor, um die Kerze auszulöschen, aber Pierre hält sie davon ab. Er will jetzt nicht mehr über den Konvent oder die Feinde Dantons sprechen, sondern über Jean-Louis. All diese hochtrabenden Erklärungen bei Tisch! Ich werde Anwalt, Vater! Als ob man, um Anwalt zu werden, nichts weiter zu tun brauchte, als so etwas zu verkünden.

Es stellt sich heraus, dass Pierre beim Rektor gewesen ist und von ihm erfahren hat, dass Jean-Louis auf keinem Gebiet nennenswerte Fortschritte gemacht hat, außer höchstens in der Kunst, seine Zeit zu verschwenden.

Was hat er denn getan?

»Was hat er getan?« Pierre wiederholt höhnisch die Frage von Marie-Louise. »Wie wäre es damit? Er schwänzt den Unterricht. Schleicht sich in die Unterkunft der Soldaten, um Karten zu spielen. Er hat sich mit einem Tunichtgut namens François Cocarde angefreundet; man hat die beiden *vive le vin* murmeln hören, während alle anderen *vive la nation* riefen.

Champagne hat ihn diesmal aus Respekt vor mir davonkommen lassen, aber noch einmal wird er es nicht tun.

Ihr Sohn«, sagt Pierre, »ist eine Schande für den Namen Vernault.«

»Unser Sohn«, korrigiert sie ihn. Sie achtet darauf, dass es leicht und heiter klingt. Denn ohne Zweifel übertreibt Pierre den Ernst der Sache: Es sind doch nur Schuljungenstreiche. »Waren Sie in den Augen Ihres Vaters immer ein perfekter Sohn?«, fragt sie.

Pierre schaut sie an, als redete sie glatten Unsinn. »Was hat das mit dem zu tun, was ich Ihnen gerade erzählt habe?«

So beginnt der Streit, in dessen Verlauf bald auch alte Anschuldigungen wieder zur Sprache kommen. Sie war immer zu nachsichtig, er zu streng. Ein Kind braucht Ermutigung; ein Kind muss gehorchen.

Es wird noch schlimmer. Sie und Tante Margot haben immer hinter seinem Rücken Entscheidungen getroffen.

»Welche Entscheidungen, Pierre?«

»Zum Beispiel die, dass die Mitgift in Raten bezahlt wurde, obwohl Margot den ganzen Betrag in Händen hatte.«

»Sind Sie ihr deswegen immer noch böse?«

»Und diese Untermieterin, Marie-Louise. Haben Sie mich gefragt, ob ich sie hier haben möchte?«

»Ich habe Ihnen gesagt, warum ich sie aufnehmen musste.«

»Ganz genau, das haben Sie mir gesagt. Sie haben also nicht gefragt. Und Sie sind zur Sektionsverwaltung gegangen, sodass jeder kleine Sesselfurzer dort sich wundern konnte, warum ich die Frau nicht selbst angemeldet habe.«

»Sie sind ja nie hier.«

Pierre hat sich aufgesetzt, weit weg von ihr. Was wird er ihr jetzt sagen? Dass nach dem Gesetz alles, was eine Frau erbt, dem Ehemann gehört? Dass er sie aus dem Haus werfen kann, wenn er es wünscht?

»Haben Sie eine Ahnung von der Doppelzüngigkeit der Leute um mich herum, von den himmelschreienden Lügen überall?«, fragt er. »Muss ich das nun auch noch zu Hause ertragen?«

Ist es nur der Wein, der Wut in Selbstmitleid verwandelt hat, oder ist es ein Versuch, sie zu beschwichtigen?

Marie-Louise löscht die Kerze aus und wartet. Im Dunkeln ist Pierres Stimme körperlos, weit weg. Sein Oberkörper sinkt zurück, dann streckt Pierre die Beine lang aus, kommt ihr aber nicht näher. Wenige Augenblicke später kann sie ihn schnarchen hören.

* * *

»Die Herrin lässt Sie bitten, heute vorbeizukommen. Sie ist gerade aus Sèvres zurück.«

Der Bote ist Dantons Laufbursche. Er hat etwas von einem Fuchs, denkt Marie-Louise nicht ohne Sympathie: konzentriert auf das, was vor ihm liegt, immer bereit, sich darauf zu stürzen, zuzuschnappen; aufzutauchen oder zu verschwinden. Ein Junge, gegen den ihr Sohn keine Chance hätte, wenn er sich jemals mit ihm messen müsste.

Selbst mit der einachsigen Chaise braucht Marie-Louise doppelt so lange wie gewöhnlich, um die Wohnung der Dantons zu erreichen.

»Es tut mir leid«, sagt Gabrielle, als ob sie für die Kontrollen und Straßensperrungen verantwortlich wäre. Sie steht am Kaminsims und zupft nervös an dem zerrissenen Ärmel ihres Morgenmantels. Sie hat zugenommen, ihre Wangen sind aufgedunsen, ihre Augen rot umrandet. »Es fällt mir schwer, auch nur daran zu denken, mich vorzeigbar zu machen«, fügt sie hinzu, als hätte Marie-Louise sie kritisiert.

Der Raum ist stickig, Körbe mit Kleidern stehen noch unausgepackt herum. Auf dem Flur das Geräusch von Kinderschritten, die in wilden Galopp ausbrechen. »Los, Pferdchen, schneller, Pferdchen!«

Gabrielles Stimme zittert. Der Aufenthalt bei ihren Eltern hat ihr nicht gutgetan. Für die Kinder war es nett, aber ihre Mutter kann so anstrengend sein, und alles muss immer genau so gemacht werden, wie sie es für richtig hält. Obendrein fing das Dienstmädchen ganz offen eine Liebschaft mit dem Verwalter ihrer Mutter an und erklärte, das sei ihre Sache und gehe niemanden etwas an.

»Die Dienstboten sind jetzt so schrecklich direkt«, sagt Gabrielle mit einem schweren Seufzer. »Eigentlich passt mir das nicht. Aber ich nehme an, sie haben das Recht dazu.«

»Der Dezember ist für alle Leute trist«, sagt Marie-Louise.

»Sie meinen, ich soll mich nicht für etwas so Besonderes halten?«, versucht Gabrielle zu scherzen. »Dann geht es mir gleich besser?«

»Ich würde es Ihnen wünschen.«

»Also gut.«

Unbeholfen mit ihrem großen Bauch, macht Gabrielle ein paar wackelige Schritte über den weichen Teppich auf Marie-Louise zu. Warum trägt sie jetzt Schuhe mit Absätzen? Ihre Knöchel sind immer noch geschwollen und stark gerötet. Immerhin trägt sie kein Korsett; das ist gut.

»Legen Sie sich hin, Gabrielle. Lassen Sie mich Sie richtig ansehen.«

Gabrielle streckt sich auf der Chaiselongue aus und öffnet ihren Morgenmantel, unter dem ein nicht sehr sauberes Hemd zum Vorschein kommt. Ihr Bauch ist gespannt, mit neuen Dehnungsstreifen um den Bauchnabel. Das Baby hat sich noch nicht gedreht, aber das ist kein Grund zur Besorgnis. Es ist noch viel Zeit.

»Tut es weh, wenn ich hier drücke?«

»Nein.«

»Hier?«

»Nein.«

Die bloße Anwesenheit einer Hebamme wirkt immer beruhigend, wenn es Marie-Louise auch zunehmend schwerfällt, ihren Patientinnen ihre Ängste zu nehmen. Die Frau eines Bierbrauers aus dem Marais hat ihr ein Messer gezeigt, das sie unter ihrem Kopfkissen aufbewahrt. »Für den Fall, dass sie kommen und über mich herfallen«, sagte sie. *Sie*, die Österreicher? Die Preußen? Der aufgehetzte Pöbel? Immer mehr Dinge lässt man besser ungesagt.

»Die Leute denken mit solch einer Leichtigkeit das Schlimmste von einem«, sagt Gabrielle. Überall in Paris gibt es bösartige Gerüchte, die wie Fruchtfliegen aus dem Nichts entstehen. Früher ging es nur um Georges, darum, dass der Bürger Danton Bestechungsgelder von jedem annahm, der zahlte. Dass er Mätressen hatte. Dass er sich in irgendwelchen Kneipen betrank und Stühle zertrümmerte. Aber jetzt geht es auch um sie.

483

»Sie behaupten, ich hätte mir alle möglichen Sachen unter den Nagel gerissen, als die Tuilerien geplündert wurden«, fährt Gabrielle fort. »Angeblich habe ich ganze Schränke voll mit königlichen Gewändern, Unterröcken und Wäsche. Auch eine silberne Haarbürste, auf der ein *A* für *Antoinette* eingraviert ist. Dass ich königliche Butter in meiner Speisekammer habe und königliche Schokolade trinke. Dass ich mir jeden Abend königliche Sahne ins Gesicht schmiere.«

Alles Beweise dafür, dass Gabrielle Danton selbst Königin von Frankreich sein möchte. Als wäre sie eine Aristokratin und nicht die Tochter eines Gastwirts!

Das sei noch nicht alles, fährt Gabrielle fort, so aufgeregt, dass ihre Stimme sich überschlägt. Gestern hat ein Mann auf offener Straße ihr ins Gesicht gespuckt. Ein Alter mit einem langen grauen Bart und einem schmutzigen Rock voller Flöhe. Er nannte sie eine republikanische Hure, die ihren Mann gegen den König aufhetzte. Als ob sie Georges dazu bringen könnte, etwas zu tun, was er nicht will.

»Wann kommt er denn zurück?«, fragt Marie-Louise.

Gabrielle weiß es nicht. Sie hat bisher fünf Briefe aus Belgien erhalten, die alle etwas anderes versprechen. Im letzten gelobte er, sie und die Kinder am 1. Januar zu küssen.

»Dann sind es also noch vier Tage.«

Gabrielle nickt. »Das Küchenmädchen ist weg«, flüstert sie. »Sie hat mein liebstes blaues Schultertuch und Georges' rote Weste gestohlen. Was ist, wenn sie mich verflucht hat? Wenn ich bei der Geburt dieses Kinds sterbe?«

Marie-Louise hält die Hand der schluchzenden Gabrielle und kämpft gegen ihr eigenes Unbehagen. Zu viele Dinge sind bei dieser Schwangerschaft nicht in Ordnung. Der Puls der Patientin ist zu schnell. Ihre Haut ist zu blass. Ihr Atem riecht sauer. Jetzt noch diese bedrückte Stimmung.

»Ist Ihnen warm genug, Gabrielle?«

»Nein.«

Marie-Louise breitet die Decke über sie und zupft sie zurecht, eine Wolldecke mit grünen, roten und blauen Karos. Sie ist entschlossen, alles zu tun, was man tun kann. Diese blöden Absätze, sagt sie zu Gabrielle, müssen weg. »Tragen Sie Hausschuhe, gehen Sie barfuß, aber fordern Sie nicht die Gefahr heraus, zu stolpern und zu stürzen. Und denken Sie nicht einmal daran, diese Körbe auszupacken. Das Dienstmädchen schafft das schon. Was hat sie noch zu tun, wenn die Jungen im Bett sind? Vom Verwalter in Sèvres träumen?

Ist das ein Kichern, was ich da höre, Gabrielle? Oder ein Schniefen? Oder beides?«

Gabrielle schnäuzt sich die Nase in ihr spitzenbesetztes Taschentuch und hebt den Kopf. Sie wird tun, was Marie-Louise ihr sagt. Sie hat ein Paar alte Hausschuhe, etwas abgetragen, aber weit und bequem. Sie werden ihren Dienst tun. Sie geht ohnehin nicht oft aus dem Haus, und jetzt hat sie noch weniger Lust dazu. Außerdem ist der Februar gar nicht so weit weg, oder?

Marie-Louise lenkt das Gespräch auf weniger ernste Themen. Wie schnell die Kinder wachsen. Wie sie sich verändern, und doch bleibt immer etwas in ihnen unverändert, nicht? Ihr eigentliches Wesen ist sichtbar vom Tag ihrer Geburt an. Diese Wissbegier, die Jean-Louis immer hatte, dieses Bedürfnis, jeden Baum, jeden Hügel zu erklimmen. Diese Verzweiflung, wenn sie nicht gestillt wird.

Es ist alles da, eine Saat, die irgendwann aufgehen wird.

»Und die Vergangenheit ist auch in ihnen«, fügt Gabrielle hinzu. François Georges geht wie ihr Vater ganz in dem auf, was er tut. Wenn er etwa mit Bauklötzen spielt oder auf seinem Schaukelpferd reitet. Und er runzelt auch genau wie sein Großvater die Stirn. Antoine dagegen ist eher wie Georges. Wenn er etwas will, muss es sofort sein, sonst schlägt er seinen Kopf auf den Boden. Oder er schreit, bis er keine Luft mehr bekommt. »Wir hätten ihm und nicht François den zweiten Vornamen Georges geben sollen, aber wer kann so etwas wissen?«

Gabrielle schließt die Augen. Ihre vollen Wangen haben langsam einen rosigen Farbton angenommen. Ihre Füße, die hochgelegt auf einem Kissen ruhen, sind warm, die Haut sieht schon deutlich besser aus. Umschläge mit Essigwasser werden ein Übriges tun.

Durchs Fenster hört man Soldaten marschieren. Ein Hund heult. Ein anderer antwortet. Als Jean-Louis klein war, behauptete er steif und fest, dass er verstehe, worüber Hunde sprachen. Es stellte sich heraus, dass es immer einfache Dinge waren: wo man Futter fand, einen warmen Platz zum Schlafen, die Gesellschaft anderer Hunde.

Er ist noch ein Junge, wenn er auch gerade dabei ist, sich in einen Mann zu verwandeln. Nach wem kommt er? Nicht nach Pierre. Das ist alles, was Marie-Louise sagen kann. Es ist vielleicht am besten, es dabei zu belassen.

In dem Glauben, dass Gabrielle schläft, steht Marie-Louise auf, um zu gehen. Sie ist bereits an der Tür, als Gabrielle fragt: »Warum geben immer alle den Frauen die Schuld?«

1793

Januar

*J*ch habe beunruhigende Neuigkeiten, Bürgerin Vernault.«
Marie-Louise registriert die Pausen in der Rede des Rektors
Champagne, die Vorsicht, mit der er seine Worte wählt.

Jean-Louis ist seit zwei Tagen nicht mehr am Collège gesehen worden. Seine Sachen sind weg, alles bis auf die Bücher.
Die Schüler, die ihm am nächsten stehen, haben nichts als Vermutungen. Da waren natürlich die Weihnachtsferien, die vielleicht …

Sie versteht es nicht. »Zwei ganze Tage lang? Und niemand
hat bis jetzt Notiz davon genommen?«

Der Rektor verzieht säuerlich den Mund. »Wie ich zu erklären versucht habe«, fährt er fort, »war alles nicht so übersicht-
lich wie sonst, weil viele Schüler in den Ferien sind und andere
nicht, was doch einige Unruhe verursacht, und dazu kommt
noch das ständige Hin und Her der Soldaten. Ihr Sohn muss
sich hinausgeschlichen haben. Es sind schon öfter Schüler
durchgebrannt. Meistens sind sie nach Hause gegangen, etliche haben sich freiwillig zur Armee gemeldet.«

»Mein Sohn ist erst vierzehn. Zu jung, um Soldat zu werden.«

Der Schulleiter hält wenig von solchen mütterlichen Argumenten. »Die Jugend hat starke patriotische Gefühle, Bürgerin. Viele wollen Opfer für ihr Land bringen.«

Er hält inne, unsicher, ob er noch mehr sagen soll, bevor
Pierre eintrifft. Sie hören ihn bereits auf dem Korridor, wo er
sagt, dass der Bürger Champagne ihn erwartet, und verlangt,
zu hören, was sie bereits weiß.

»Wollen Sie mir sagen, dass Sie keine Ahnung haben, wo
mein Sohn ist?«

Der Bürger Champagne erhebt seine Stimme zur gleichen
Lautstärke wie Pierre: »Ich sage Ihnen, dass Ihr Sohn das Schul-
gelände ohne Erlaubnis verlassen hat. Er hat unser Vertrauen

missbraucht. Wie Sie wissen, Bürger Vernault, kann das Collège de l'Égalité einen solchen Verstoß gegen die Ordnung nicht hinnehmen.«

Die beiden sind wie Stiere, die sich gegenseitig anstarren, stampfen, schnauben, sich aufblasen. Als ob es jetzt nichts Wichtigeres gäbe als die Frage, wer gewinnt.

Marie-Louise mischt sich ein: »Was genau sagen die Schüler, von denen Sie vorhin gesprochen haben? Diejenigen, die ihm am nächsten stehen.«

François Cocarde hat zugegeben, dass sie darüber geredet haben, wegzulaufen. Sich einer der Einheiten anzuschließen, die nach Holland in Marsch gesetzt werden.

»Warum ist dann Jean-Louis weg und dieser François noch hier?«

Der Rektor starrt nun beide mit kaum verhohlener Wut an. »Weil das alles nur Geschwätz war, bloße Phantasterei. Weil es nie wirkliche Pläne gegeben hat.«

»Wann hat dieser Cocarde bemerkt, dass Jean-Louis weg war?«

»Gestern Abend, als die Schüler zu Bett gingen.«

»Und er hat es niemandem gesagt?«

»Er nahm an, dass Ihr Sohn mit den Soldaten Karten spielte. Dass er sich vor Tagesanbruch ins Collège schleichen würde.«

»Ist das schon einmal passiert?«

»Leider ja.«

Der Bürger Champagne setzt sich ganz gerade. Die ungeschminkte Wahrheit sei leider diese: Wenn Jean-Louis tatsächlich zur Armee gegangen sei, so habe er das nicht aus übermäßigem Patriotismus getan. Wie der Bürger Vernault bereits wisse, ließen Jean-Louis' schulische Leistungen sehr zu wünschen übrig. Obwohl man ihn wiederholt gewarnt habe, dass er Gefahr lief, sein Examen nicht zu bestehen, tat Jean-Louis nichts, um seine Aussichten zu verbessern.

Wie sich das geäußert habe? Nun, als er aufgefordert wurde,

zu erklären, was ein Syllogismus ist, führte er folgendes Beispiel an: *Felsen sind hart. Aristoteles ist hart. Aristoteles ist ein Fels.*

Nein, es war nicht als Scherz gemeint.

Die Lehrer des Collège de l'Égalité sind gewissenhaft bemüht, den Schülern zu helfen, Fehler zu vermeiden, auch solche, die aus ihrer eigenen Nachlässigkeit entstehen. Aber sie können keine Wunder wirken. Sosehr manche Eltern das auch wünschen mögen.

Der Bürger Champagne erhebt sich hinter seinem Schreibtisch. Es gibt nichts mehr zu sagen. Was die finanziellen Dinge betrifft, die noch zu regeln sind, so hat er bereits eine Abrechnung erstellen lassen und sie für korrekt befunden.

Sie verlassen die Schule mit nichts als dem Versprechen, dass man sie verständigen wird, falls es neue Erkenntnisse gibt. Jean-Louis kann überall sein. Auf dem Weg nach Holland oder schon zurück nach Hause. Der Winter, sagte Champagne bei ihrem Abschied steif, sei ein ziemlich strenger und unnachgiebiger Lehrer. Die jungen Leute vergessen manchmal, dass sich die Realität ihren Wünschen nicht beugt, aber das hält nie lange an.

Pierre nennt Jean-Louis einen Feigling. Er habe Angst, seinem Vater gegenüberzutreten, Angst, seine Fehler zuzugeben. Unverantwortlich. Flatterhaft.

Marie-Louise hört nur halb zu. Sie wünscht so sehr, dass Jean-Louis zu Hause ist und auf sie wartet. Durchgefroren, aufgewühlt, aber in Sicherheit.

Jean-Louis hat sich davongemacht, sagt Pierre, pflichtvergessen, rücksichtslos, entschlossen, nur das zu tun, was er will. Woher kommt das? Von der Seite der Vernaults hat er das sicher nicht geerbt!

Dies ist keine Frage. Sie muss nicht beantwortet werden.

»Nach allem, was wir für ihn getan haben!«

»Es ist Ihre Schuld, Pierre.«

»Sie geben *mir* die Schuld?«

»Ja.«

»Sehr einleuchtend! Und was genau werfen Sie mir vor? Dass ich wünschte, er würde in der Schule etwas leisten? Er würde Anwalt werden wie sein Vater und sein Großvater? Ist das so schrecklich, ein würdiges Ziel anzustreben?«

»Sie haben gesagt, er mache dem Namen Vernault Schande. Er hat es Ihnen nie recht machen können.«

Die Wucht ihrer eigenen Stimme überrascht sie. Ein Passant, ein kräftiger Mann in einer braunen Jacke, starrt sie an: eine Frau, die in aller Öffentlichkeit einen Mann attackiert! Die Revolution hat die Frauen allzu anmaßend werden lassen, sagt man, sie erheben unvernünftig überzogene Forderungen.

Auch Pierre ist überrascht, denn er hält inne. Aber nicht lange.

Das sei eine typisch weibliche Art, die Dinge zu betrachten, erklärt er. Schwankend, unsicher beziehe sie zu viele Aspekte jedes Gedankens mit ein, wäge zu viele Folgen jeder einzelnen Handlung ab, sei nie um Ausreden verlegen. Wie, bitte schön, könne das besser sein als eindeutige Entschiedenheit? Als zu wissen, was getan werden muss, und es einfach zu tun?

Jean-Louis wartet nicht zu Hause auf sie. Eine Durchsuchung seines Zimmers ergibt, dass sein Notizbuch mit Anmerkungen zu den Reisen von La Pérouse verschwunden ist. Außerdem eine Decke und Pierres alter Rucksack.

»Jetzt ist mein Sohn also auch noch ein Dieb«, sagt Pierre. »Was wird noch alles ans Tageslicht kommen?«

»Er hat genommen, was er brauchte«, sagt Marie-Louise. »Hier ist sein Zuhause. Er ist kein Dieb.«

Aber das reizt Pierre erst recht.

»Ich habe es so lange versucht«, sagt er und stapft zur Tür. »Man hat mir Knüppel zwischen die Beine geworfen. Mein

Sohn wurde von allen in diesem Haus verwöhnt und verhätschelt. Haben Sie jetzt erreicht, was Sie wollten, Marie-Louise?«

Die Tür schlägt hinter ihm zu.

In der Küche zerdrückt Hortense gekochte Möhren zu einem Brei. Suzette und Cécile schluchzen. Aus Véroniques Zimmer ist Gott sei Dank kein Geräusch zu hören.

Im besten Zimmer lässt Marie-Louise sich auf dem grünen Sofa nieder. Tränen steigen ihr in die Augen, zu schnell, als dass sie noch aufzuhalten wären.

Pierre wird zurückkommen, sagt sie sich. Er wird sie nicht so allein lassen, verängstigt, den Schreckensbildern ausgeliefert, die ihre Phantasie ihr malt. Sie sind beide verängstigt, nicht? Egal, was sie gesagt haben.

Beide hoffen, dass Jean-Louis zurückkehren wird. Vielleicht versteckt er sich im Garten? Weil er Angst hat, seinem Vater gegenüberzutreten? Wird er jetzt, wo Pierre weg ist, hereinkommen?

Sie wird ihm eine Standpauke halten, o ja! Ihm vor Augen führen, wie grausam dieser Streich war, wie gedankenlos. Sie wird ihm sagen, welchen Schmerz, was für Sorgen er ihnen bereitet hat. Dann wird sie ihn an ihr Herz drücken.

Marie-Louise spitzt die Ohren. Keine Geräusche aus dem Garten. Keine Geräusche von der Straße.

Alle paar Augenblicke versucht sie, sich vorzustellen, wo Pierre jetzt sein könnte. An der Ecke der Rue Saint-Denis? In der Rue Saint-Honoré? Schon bei den Tuilerien?

Das Licht im Raum schwindet. Im Kamin sind die letzten Kirschholzscheite fast abgebrannt. Was bleibt, ist glühendes Weiß, von Asche umgeben.

Der Tag vergeht, dann der nächste. Pierre kommt nicht zurück. Nur mit hastig gekritzelten Nachrichten, die Jacques überbringt, tritt er mit Marie-Louise in Kontakt. Der Prozess gegen

Louis Capet ist in die letzte Phase übergegangen. Zu einem solchen Zeitpunkt einem missratenen Sohn hinterherzulaufen, ist ein Luxus, den er sich nicht erlauben kann. Die revolutionäre Pflicht verlangt ein Herz, das nicht durch Egoismus verdorben ist. Marie-Louise darf ihn nicht vor der Schlussabstimmung und der Verurteilung zurückerwarten.

Unbeugsam, denkt sie, grausam.

Revolutionen, Marie-Louise, antwortet Pierre ihr in ihren Gedanken, *sind nun mal kein Zuckerschlecken.*

Sie fragt überall herum, ob jemand etwas von ihrem Sohn weiß. Und es stimmt, was Hortense immer sagt: Die Menschen vergessen es einem nicht, wenn man ihnen Freundlichkeiten erwiesen hat. In den folgenden Tagen melden sich Leute mit Informationen: An dem Tag, an dem Jean-Louis verschwand, ist ein Trupp Soldaten nach Holland aufgebrochen, aber der Offizier, der sie angeworben hat, sagt, es war keiner dabei, der dem jungen Vernault ähnelte. Eine der Hebammen hat einen Jungen, auf den Jean-Louis' Beschreibung passte, in Richtung der Markthallen gehen sehen. Ein Mann, der dort einen Käsestand hat, erinnert sich an einen Jungen, der einem Weinhändler beim Beladen eines Wagens half. Der Händler war vom Land, sagte er. Jean-Louis hätte mit ihm mitfahren können.

Er hätte es tun können, aber hat er es getan?

Am Ende des Tages wartet Marie-Louise immer noch auf die Rückkehr ihres Sohnes. Diese schnellen Schritte, die sie auf der Straße hört, könnten seine sein. Dieses Husten. Dieses Flüstern. Hortense weiß von Zeichen zu berichten, die, wie sie meint, »etwas zu bedeuten haben«: Ein Vogel hat auf dem Fensterbrett gepickt; und sie hat am Morgen kurz vor dem Aufwachen Jean-Louis in der Tür stehen sehen, und er sagte, er sei auf dem Weg. »Er hatte dieses freche Grinsen im Gesicht«, hat sie gesagt.

In den Zeitungen Berichte über die Reden zur Verteidigung des Königs: Er sei glücklos gewesen, nicht grausam. Er habe

Fehler gemacht, aber keine Verbrechen begangen. Man müsse überlegen, wie die Geschichte über diesen Prozess urteilen wird.

In solchen Momenten schrumpfen Jahre zusammen. Auguste, der unbeholfene Junge auf dem Schlossdach, lässt den Stein fallen, den er in der Hand hatte, die weiße Angorakatze humpelt davon. »Schau«, sagt er und breitet eine Karte aus, um Marie-Louise die noch unbekannten Länder zu zeigen, Länder, die er erforschen und vermessen will.

Unschuld braucht keinen Verteidiger, und Verbrechen verdient keinen, hat Pierre in seiner letzten Nachricht geschrieben. *Man muss Blut säen, damit man Freiheit ernten kann.*

* * *

Am Montag, dem 21. Januar, sind von Morgengrauen an alle Tore von Paris gesperrt. Die Hinrichtung ist für zehn Uhr angesetzt.

Die Maschine ist bereit, man hat ein hohes Schafott errichtet und mit Sägemehl bestreut. Der Bürger Capet wird auf der Place de la Révolution neben dem leeren Sockel sterben, auf dem einst die Bronzestatue von Louis XV. stand. Die des alten Königs, denn selbst in ihren geheimsten Gedanken weigert sich Marie-Louise, ihn ihren Vater zu nennen.

Der Morgen ist neblig und bitterkalt.

Gemeine Mörder hat jemand an ihre Haustür geschmiert. Suzette braucht eine ganze Stunde, um die Farbe abzuschrubben. »Kein Wort darüber, wenn der Herr nach Hause kommt«, hat Marie-Louise gesagt.

Hortense stapft in der Küche herum und prophezeit Überschwemmungen, Erdbeben, Seuchen und Hungersnot. Sie erheben die Hand gegen den König, sie öffnen dem Todesengel die Türen.

Die Uhr im Korridor schlägt zehn. In Marie-Louises Phantasie schmiedet Auguste Pläne für ihre Flucht. Zu Pferd ans Meer, auf ein Schiff. Sie haben Sextanten und Astrolabien dabei, denn sie wissen, dass Karten trügen können. Ein ledergebundenes Notizbuch voller Fragen nach Dingen, die es zu erforschen gilt.

Als die Kaminuhr halb elf schlägt, bekreuzigt sich Marie-Louise und murmelt ein Gebet für die abgeschiedene Seele: »O Herr, gib ihm die ewige Ruhe.«

Der Tod kann eine Erlösung sein. Jede Hebamme weiß das.

Mittags, als sich die Stadttore wieder öffnen, wirbeln Schneeflocken in der Luft. Die Straßen sind voller lärmender Menschen. Kinder rennen schreiend umher. Als ob nicht eine Grenze überschritten, die Ordnung der Dinge nicht in Frage gestellt, der Lauf der Geschichte nicht unwiderruflich geändert worden wäre.

Dies wird Marie-Louise auf die Liste der Dinge setzen, die Tante Margot nicht hören musste:

Dass Louis auf dem Weg zum Schafott zwar in sich gekehrt, aber nicht niedergeschlagen gewesen sei. Oder dass er sich seine Verzweiflung nur nicht habe anmerken lassen.

Dass er sich dagegen gewehrt habe, dass man ihm den Mantel abnahm, oder dass er es friedlich habe geschehen lassen. Dass er empört gewesen sei, als der Henker ihm die Hände auf den Rücken fesselte, oder dass er gesagt habe: »Tu, was du willst, ich werde den Kelch bis zur Neige leeren.«

Dass er auf den vereisten Stufen des Gerüsts gestolpert sei. Oder dass seine Schritte fest und gleichmäßig gewesen seien.

Dass der Priester gesagt habe: »Nur Mut.« Oder: »Steigen Sie auf in den Himmel, Sohn des heiligen Louis!«

Dass er mit seinen letzten Worten seine Unschuld beteuert habe. Oder dass man seine letzten Worte mit einem Trommelwirbel übertönt habe.

Dass die Menschen getanzt hätten vor Freude, als die Klinge herabsauste. Dass sie den Henker aufgefordert hätten, ihnen den abgetrennten Kopf zu zeigen. Dass sie Taschentücher in das Blut getunkt hätten. Dass sie das Blut gekostet und gesagt hätten, es sei gut gesalzen. Oder dass, als die Klinge fiel, Schweigen geherrscht habe.

Dass das Grab zehn Fuß tief gewesen sei. Dass man die Leiche mit Ätzkalk bestreut habe. Dass es nichts zu erinnern gebe, denn die Welt sei wiedergeboren worden.

*P*ierre ist in die Rue du Cygne zurückgekehrt. Oder besser gesagt, denkt Marie-Louise, er kommt für ein oder zwei Tage vorbei, bevor er wieder nach Lyon oder Gott weiß wohin abreist. Er müsse sich wieder mal in einer klapprigen Kutsche durchschütteln lassen, sagt er. Seinen Kopf auf einem Kissen voller Flöhe betten.

»Ist das alles, was Sie mir verraten können?«, hat sie gefragt.

Weiß sie nicht, dass die Revolution in Gefahr ist? Im Konvent wird immer wieder von Korruption berichtet. Öffentliche Gelder werden abgezweigt, um private Schulden zu begleichen. Pierre ist nicht der Einzige, der alle Hände voll zu tun hat, Brände zu löschen, die allenthalben aufflammen. Danton ist wieder in Belgien, wo die Bevölkerung sich bitter darüber beklagt, dass französische Truppen das Land ausplündern. Frankreich befindet sich bereits im Krieg mit England und Holland. Es kann kein Interesse daran haben, sich auch noch Belgien zum Feind zu machen.

Es herrscht eine feindselige Stimmung. Groll breitet sich aus wie Schimmelflecken im Keller. Unterhaltungen werden abrupt abgebrochen, denn die Themen, über die man besser nicht spricht, werden immer zahlreicher.

Louis Capet und die Hinrichtung. Die Plakate an der Mauer des Pantheons: *Witwe Capet, perverse Mutter, die Pariser Bevölkerung hat dich im Auge! Hunde warten darauf, deine Leiche zu fressen.*

Jean-Louis könnte überall sein. Ausgehungert, frierend, krank.

»Er denkt nur an sich selbst«, hat Pierre gesagt.

Pierre gehen all die wilden und haltlosen Spekulationen seiner Frau auf die Nerven. Was bringt es, irgendwelchen Gerüchten darüber, dass Jean-Louis angeblich da oder dort gesehen worden ist, nachzugehen, immer neue Spuren zu verfolgen, die doch nirgendwohin führen? Oder sich, wie Marie-Louise es tut, mit Erinnerungen zu quälen. »Sprechen Sie mit mir, wenn Sie wissen, was mein Sohn zu seiner Verteidigung zu sagen hat.«

Es ist wenig, wie sich zeigt.

Denn schließlich trifft in der ersten Februarwoche ein Brief ein, der an die Bürgerin Marie-Louise Vernault adressiert ist. Der Junge, der ihn bringt, weiß nicht viel. Ein Mann auf dem Markt hat ihn ihm gegeben, damit er ihn der Hebamme in der Rue du Cygne überbringt. Er sagte, er würde gut belohnt werden. Nein, der Mann war nicht jung und groß, sondern klein und untersetzt. Er hatte schwarze Haare, und ihm fehlten die Schneidezähne.

Liebe Maman,
wenn dieser Brief bei Ihnen eintrifft, werde ich an Bord eines Schiffes sein, höchstwahrscheinlich als Schiffsjunge, denn ich habe ja nicht viel Nützliches gelernt. Ich habe gehört, dass viele Männer an der Nordwestküste Amerikas ein Vermögen mit Otterfellen gemacht haben, und da möchte ich hin.

Ich bitte Sie um Verzeihung, dass ich heimlich gegangen bin, aber wenn ich Sie um Ihren Segen gebeten hätte, hätten Sie mich bestimmt nicht gehen lassen.

Ich bin nicht gefühllos oder gedankenlos, Maman, und ich habe Ihnen und Vater nie Kummer bereiten wollen, aber ich kann nicht länger so tun, als könnte ich ein Leben führen, wie Vater es wünscht. Bitte glauben Sie mir: Wenn ich anders könnte, hätte ich es getan.

Seien Sie mir nicht böse, Maman, ich flehe Sie an. Bitte zeigen Sie diesen Brief Vater, wenn er es über sich bringt, ihn zu lesen.

Ich werde Ihnen wieder schreiben, sobald ich irgendwo Fuß gefasst habe.
In Liebe
Ihr
Jean-Louis

Darunter ein Postskriptum: *Bitte richten Sie Hortense aus, dass ihre Kaninchenpastete die beste der Welt ist.*

Auf dem Papier sind zwei Fettflecken. Die Tinte der Unterschrift ist verlaufen. Als Marie-Louise den Brief an ihre Nase hebt, riecht sie verbranntes Holz und Ruß.

Der Bote ist gut belohnt worden und hat versprochen, wiederzukommen, falls er dem Mann, der ihm das Schreiben gegeben hat, noch einmal begegnet. Hortense, sichtlich gerührt von dem Postskriptum, erklärt, dass es jedenfalls besser sei, auf einem Schiff anzuheuern, als Soldat zu werden. Ein kluger Junge wie Jean-Louis, der bereit sei, sich nützlich zu machen, werde sein Glück finden. Sie sei auch mit vierzehn Jahren von zu Hause weggegangen, und man sehe ja, dass es ihr wahrhaftig nicht schlecht ergangen sei.

Marie-Louise zwingt sich zu einem Lächeln. Wie viele Wochen wird es dauern, bis wieder ein Brief kommt? Oder wie viele Monate?

»Weggelaufen ist er, der Feigling«, sagt Pierre, als er aus Lyon zurückkehrt. Jetzt, wo Frankreich seine Jugend am meisten brauche, gebe es Verräter, die ihr Land im Stich ließen.

Er hätte genauso gut überhaupt keinen Sohn haben können.

* * *

Gabrielles Mutter kommt einige Zeit vor der Entbindung aus Sèvres nach Paris. Gabrielle ist zuerst dankbar, doch bald fangen die beiden erbittert zu streiten an. »Durch und durch grausam«, hat Madame Charpentier Georges genannt, weil dieser in aller Eile nach Paris gereist war, nur um für den Tod des Königs zu stimmen. Und genauso übel nimmt sie es ihm, dass er danach gleich wieder nach Belgien verschwunden ist. Seine weitschweifigen Briefe, in denen er verspricht, vor der Geburt des Kindes zurückzukehren, sind »nur ein weiterer Beweis für seine Gefühllosigkeit«.

»Als ob ich daran erinnert werden müsste«, sagt Gabrielle zu Marie-Louise.

Marie-Louise, die der unregelmäßige Puls ihrer Patientin beunruhigt, hat schon zweimal Dr. Souberbielle gebeten, Gabrielle zu untersuchen. Madame Danton, so meinte der Arzt beide Male, sei stark und robust. Ein Muster einer patriotischen Mutter. Das habe er auch dem Bürger Robespierre gesagt, der dem voll und ganz zustimmte.

Als Gabrielles Fruchtblase platzt, ist alles so, wie es sein sollte. Marie-Louise stellt fest, dass sich das Baby gedreht hat, so wie sie es sich erhofft hatte. Gabrielle trägt ein weites Hemd aus feinem Leinen. Sie hat ein Klistier bekommen und wurde zur Ader gelassen. Eine weiße Haube sorgt dafür, dass ihr die Haare nicht ins Gesicht fallen.

Madame Charpentier ist lieb und freundlich zu Gabrielle. »Ich hoffe, dass es dieses Mal ein Mädchen wird«, sagt sie. »Töchter sind ein solcher Segen.« Die Jungen hat man zu den Nachbarn im Obergeschoss geschickt, wo Louise Gély eine Menge Spielzeug hergerichtet hat. Im Schlafzimmer hat man gelüftet und anschließend geheizt, die Vorhänge sind zugezogen. Saubere Handtücher und Laken liegen auf dem Sessel bereit, alle schon lang in Gebrauch und darum weich.

In den nächsten Stunden sorgt Marie-Louise dafür, dass Gabrielle immer die Ruhe bewahrt, und beobachtet die Wehen. Sie lässt sie ihre Lage ändern, wenn nötig, und massiert ihr den Rücken, um die zunehmenden Schmerzen zu lindern. Ab und zu kommt Madame Charpentier herein, erkundigt sich, wie es vorangeht, und berichtet, was die Jungen treiben. Sie haben sie gebeten, dass sie ihnen ihr Schaukelpferd hinaufbringt und dann den Kreisel. Sie haben Louise zu ihr geschickt, damit sie das Buch mit der Geschichte von der frechen Ziege holt. Schließlich hat Madame Charpentier entschieden, dass jetzt Schluss ist mit dem ständigen Hin und Her auf der Treppe, und Louise angewiesen, die Jungen zu Bett zu bringen.

Um Mitternacht beginnt alles auseinanderzufallen.

Nach fünf Stunden werden die Wehen schwächer und die Abstände zwischen ihnen größer, schreibt Marie-Louise in einer Nachricht an Dr. Souberbielle mit dem Vermerk *Dringend. Der Schmerz verstärkt sich; der Muttermund weitet sich nicht mehr. In der letzten Stunde hat sich der Puls von Madame Danton beschleunigt.*

»Was ist los?«, fragt Gabrielle.

Marie-Louise weiß, dass es nicht gut ist, wenn man der Patientin Angst macht, aber Gabrielle ist bereits verängstigt.

»Sie werden schwach. Vielleicht müssen wir das Baby herausziehen.«

»Wir?«

»Ich habe gerade an Dr. Souberbielle geschrieben.«

Gabrielle nickt, aber sie fragt nicht weiter, was kein gutes Zeichen ist. Und sie hat die Augen geschlossen.

»Schlafen Sie nicht ein. Sprechen Sie mit mir.«

Sie flüstert etwas.

»Ich kann Sie nicht verstehen, Gabrielle.«

»Er hat versprochen, er würde rechtzeitig da sein.« Die Bitterkeit in ihrer Stimme lässt keinen Zweifel daran, dass sie Georges meint. »Was ist so wichtig in diesem blöden Belgien, dass er sein Versprechen nicht halten kann?«

Marie-Louise stopft die Kissen zurecht, befeuchtet Gabrielles ausgetrocknete Lippen. Sie ist froh, dass Gabrielle nicht mehr so apathisch ist. »Was hat George vor der Abreise gesagt?«, fragt sie, damit Gabrielle weiterredet.

»Dass ich wie ein Ballon aussehe.«

»Das stimmt ja sogar«, sagt sie und erwartet zumindest ein Glucksen, aber Gabrielle lacht nicht.

»Gott hat sich von uns abgewandt«, sagt sie.

In Gabrielles fiebrigem Denken ist Gott zornig auf sie, auf Georges, auf Frankreich. »Weil wir den König ermordet haben. Weil wir die göttlichen Gesetze verhöhnt haben.«

»Sie haben niemanden ermordet, Gabrielle. Sie müssen ein Kind zur Welt bringen.«

Gabrielles Stimme wird immer lauter, immer nachdrücklicher. »Ich wollte das alles nicht, aber das spielt keine Rolle. Niemand ist unschuldig. Gott wird uns alle bestrafen. Er ist schon jetzt dabei, uns zu bestrafen.«

»Sie können nicht wissen, was Gott vorhat, Gabrielle.«

Aber Gabrielle hört nicht zu. Sie hat Marie-Louise am Arm gepackt. »Wenn ich sterbe, sagen Sie Georges, was ich gesagt habe. Sagen Sie ihm, er soll Buße tun.«

Auf dem Flur schluchzt jemand laut. Madame Charpentier? Kann sie sich nicht zusammennehmen?

»Versprechen Sie mir, dass Sie es ihm sagen, Marie-Louise.«

»Das werde ich. Jetzt ruhen Sie sich aus.«

Draußen im Flur betet das Dienstmädchen zur heiligen Margareta um Linderung der Schmerzen ihrer Herrin, um Trost in ihren Leiden. Lautes Klopfen an der Haustür bringt sie zum Schweigen.

Einen Augenblick später hört Marie-Louise die Stimme von Dr. Souberbielle. Das Dienstmädchen soll sich beruhigen, Madame Danton ist stark. Sie hat alles, was sie braucht. Er hat Frauen gesehen, die Schlimmeres überstanden haben.

Marie-Louise lehnt sich mit dem Rücken an die Wand. Die Gerüche von Blut und Schweiß und Urin sind tief in ihre Kleidung eingedrungen. Ihre Finger sind mit etwas Braunem und Rostigem verkrustet.

Sie musste das Neugeborene, einen Jungen, schlaff mit bläulicher Haut, lange patschen und reiben, bis er endlich ein schwaches Wimmern von sich gab. Die roten Flecken von der Zange, die sich in seinen weichen Schädel gedrückt hat, erinnern daran, dass die Hände der Hebamme, so stark und beweglich sie auch sein mögen, nicht immer ausreichen. Er schnitt eine Grimasse, als Marie-Louise ihm eine rohe Zwiebel unter die Nase hielt, aber bis jetzt hat er noch keinen kräftigen Schrei hören lassen.

Der Arzt spricht mit Madame Charpentier mit leiser, ernster Stimme. Gabrielle hat darum gebeten, dass man Louise Gély holt, die jetzt bei ihr ist.

Du hast alles getan, was du tun konntest, Marie-Louise, versichert die Stimme von Tante Margot. *Jetzt ist alles in Gottes Hand.*

Als Louise aus Gabrielles Schlafzimmer herauskommt, schüttelt sie ungläubig den Kopf. Gabrielle Danton hat sie gebeten, sich um ihre Kinder zu kümmern.

»Hat sie den Verstand verloren?« Madame Charpentier stöhnt gereizt. »Sie sind doch selbst noch ein Kind!«

Louise schüttelt den Kopf. Gabrielle hat nicht den Verstand verloren.

»Wie kommt sie dazu? Als ob sie keine Mutter hätte! Haben Sie ihr das nicht gesagt?«

»Nein.«

»Was haben Sie ihr denn gesagt?«

»Dass ich tun will, worum sie mich gebeten hat.«

Madame Charpentier schiebt Louise zur Seite und geht ins Schlafzimmer. Marie-Louise will ihr folgen, aber Dr. Souberbielle legt ihr die Hand auf die Schulter und hält sie zurück.

Er hat recht. Mutter und Tochter müssen allein sein.

Aus dem Schlafzimmer ist gedämpftes Schluchzen zu hören. Catherine, das Dienstmädchen, zieht das Tuch, das sie um Kopf und Schultern gewickelt hat, enger. Madame Charpentier, sagt sie, habe ihr befohlen, einen Priester zu holen.

* * *

Georges Danton kehrt fünf Tage nach Gabrielles Beerdigung aus Belgien zurück. Catherine, die Marie-Louise gebeten hat, herzukommen, sagt, dass der Herr sich im Schlafzimmer eingeschlossen hat. Jedes Mal, wenn sie fragt, ob er etwas braucht, antwortet er ihr, sie solle zur Hölle fahren.

»Mach Feuer, Catherine, um Gottes willen«, sagt Marie-Louise, als sie die Wohnung in der Cour du Commerce betritt. Sie kann sich nicht erinnern, dass es hier jemals so feucht und kalt war. »Du willst doch nicht, dass die Kinder krank werden.«

Antoine und François-Georges sind oben bei den Gélys, allein mit ihrem ganzen Spielzeug. Der kleine Bruder, der ihnen versprochen worden war, starb nach zwei Tagen. Als ob er gewusst hätte, dass er seine Mutter getötet hatte. Als ob das Leben bereits eine zu schwere Last für ihn gewesen wäre.

Marie-Louise klopft an die Schlafzimmertür, drückt die Klinke. Zu ihrer Überraschung gibt die Tür nach.

Über das Bett, in dem Gabrielle starb, ist eine schwarze Decke gebreitet. Auf dem Rand sitzt Georges Danton. Auf seinen vernarbten Wangen sind rote Flecken zu sehen. Seine Augen sind blutunterlaufen, seine Hände umklammern die Henkel des Korbs, in dem Gabrielle ihr Strickzeug aufbewahrte.

Marie-Louise erwartet von ihm, dass er ihr auch sagt, sie soll zur Hölle fahren, aber das tut er nicht.

»Soll ich Ihnen sagen, was passiert ist?«

Er nickt.

Sie erzählt ihm von den Problemen, die aufgetreten waren, dass der Arzt aber durchaus zuversichtlich gewesen war und das Kind auch wirklich einigermaßen schnell mit der Zange herausholte. Sie erzählt, wie sie eine kurze Zeit lang hofften, Gabrielle habe alles gut überstanden, bis sie plötzlich zu bluten begann und nichts die Blutung stillen konnte. Wie sie sagte: »Es ist nicht so schwer zu sterben.« Wie sie einschlief und ganz still davonging.

»Hat sie nach mir gefragt?«

»Sie fragte, ob Sie gekommen seien.«

»Sonst noch etwas?«

»Sie wollte, dass Sie Buße tun.«

Georges Danton starrt sie an wie ein verwundeter Stier, der gleich auf seinen Peiniger losgehen wird.

Marie-Louise kann ihren eigenen Puls pochen hören. »Sie sagte, Gott habe sich von ihr abgewandt, von Ihnen, von uns allen, weil wir den König ermordet haben.«

Er wirft den Handarbeitskorb gegen die Wand. Garnknäuel fallen heraus, gefolgt von Stricknadeln, die in einem winzigen Söckchen stecken. Stecknadeln fliegen durch die Luft.

Marie-Louise denkt an die Kinder und beugt sich vor, um sie aufzuklauben.

»Lassen Sie das!«

Sie gehorcht und sieht zu, wie der massive Körper von Georges Danton schluchzend zu Boden sinkt.

»Das ist alles das Werk ihrer Mutter ... sie denkt, ich hätte sie getötet. Sie traut sich nicht, es zu sagen, aber das ist es, was sie denkt ... Ich habe ihre Tochter geschwängert, also bin ich schuld an ihrem Tod. Ich war nicht hier, als sie starb, dafür muss ich bestraft werden ... Deshalb hat sie ihr diese abscheulichen Gedanken eingeredet. Wenn jemand Buße tun muss, dann sie!«

Am folgenden Tag wird Marie-Louise hören, dass Georges Danton zusammen mit einem ihm bekannten Bildhauer in den Friedhof von Sainte-Catherine gestürmt ist. Gemeinsam gruben sie die Leiche von Gabrielle aus.

Georges umarmte sie und bat sie um Verzeihung.

Der Bildhauer nahm eine Totenmaske, nach der er eine lebensgroße Büste anfertigen wird.

Dann begruben sie Gabrielle wieder.

März

$\mathcal{I}$n ganz Frankreich kommt es zu Unruhen. In der Vendée bewaffnen sich die Bauern mit Sensen und Mistgabeln und schreien: *Vive la réligion. Vive le roi!* »Es ist nicht zu fassen«, hat Pierre gesagt, kurz bevor er an einem scheußlich kalten Abend wieder abreiste. »Man schenkt den Menschen die Freiheit, und sie rebellieren! Sie nennen diesen Jungen ihren König, Louis XVII.!«

Es ist so viel besser, wenn er weg ist, denkt Marie-Louise. Sie sitzt allein im besten Zimmer. Es ist Abend, von den Hallen her dringen kaum noch Geräusche. Die Tiere dort sind alle entweder verkauft oder weggebracht worden. Die Händler sind weg, nur noch arme Leute streifen zwischen den Ständen herum und suchen nach herumliegenden Resten, die noch essbar oder sonst brauchbar sind.

Vorsicht, mahnt die Stimme von Tante Margot. *So verwelken Ehen. In Schweigen, in der Dunkelheit.*

Am Morgen, als Suzette Madame Véronique ihr Frühstück bringen will, erlebt sie eine böse Überraschung: Madame ist verschwunden, und das Zimmer sieht regelrecht verwüstet aus. Die Kleider wurden aus dem Schrank gerissen und auf einen Haufen geworfen. Der graue Mantel fehlt. Die grüne Kiste steht offen; sie wurde durchwühlt. Der Boden ist mit Papieren übersät, einige zerknittert, andere zerrissen.

Sie ist weg? Wie ist das möglich? Offenbar hat jemand vergessen, die Tür abzusperren. Suzette und Cécile erröten, schauen betreten auf den Boden. Ist das schon einmal passiert? Warum haben sie das Marie-Louise nicht gesagt?

Wenn die Katze aus dem Haus ist, tanzen die Mäuse, hätte Tante Margot ihr gesagt. Marie-Louise hätte eben besser aufpassen müssen.

Was war sonst noch alles?

Sie nimmt die Dienstmädchen ins Verhör, und die ganze Geschichte kommt ans Licht: Sie hatten es schwer mit Madame Véronique seit Weihnachten, sie benahm sich einfach schrecklich. Sie riss das Fenster auf, beugte sich hinaus und schrie lauthals: »Sie haben mir alle meine Sachen gestohlen! Diebe! Räuber! Kanaillen!«

Suzette musste sich vor »diesem neugierigen Waschweib von da drüben« rechtfertigen. Als wäre sie eine Verbrecherin.

Die Frau, von der sie spricht, ist eine Tagelöhnerin, die in der Nachbarschaft wohnt. Eine unangenehme Person, die spioniert und Hortense beschuldigt, Zucker und Kaffee von »unverbesserlichen Feinden des Volks« zu kaufen. Und sie behauptet noch schlimmere Dinge.

»Was hätten wir tun können?«, fragt Cécile. Sie meint jetzt Véronique. Andauernd diese Weinkrämpfe! Schluchzend rief sie nach Adèle, verlangte zu erfahren, wo Adèle war, was mit ihr passiert war.

Sie durchsuchen das Haus, vergeblich, wenn man davon absieht, dass sie La Grise finden, die sich im Keller verkrochen hat. Véronique ist auch nicht anderswo in der Rue du Cygne. Die Nachbarn, darunter das rotzfreche Waschweib, haben sie nicht gesehen.

Es ist Hortense, die im Hinterhof schlammige Fußspuren bemerkt, die zum Tor führen. Ihre? Wie weit konnte sie gehen? Bis zu den Hallen?

Auf dem Markt fragen sie nach ihr. Eine kleine Frau mit einem grauen Mantel, sagt Marie-Louise. Sie hinkt und hat schwarze Zähne. Unsere Untermieterin. Nicht ganz richtig im Kopf.

Der Käsehändler, der Jean-Louis gesehen hat, wie er diesem Weinhändler beim Beladen seines Wagens half, witzelt: »Ist schon wieder jemand durchgebrannt, Madame Vernault? Ist es denn wirklich so schwer auszuhalten bei Ihnen?«

Es spricht sich herum, dass die Witwe Clerantin vermisst

wird, der Schützling von Madame Vernault … muss hier irgendwo allein umherirren …

Da, bei dem Stand mit gebrauchten Kleidern, was ist das für ein
Lärm?

Es ist Véronique, die mit der Händlerin streitet. Es geht um
ein graubraunes Kleid, das, wie Véronique behauptet, ihr gehört. Die Händlerin zetert empört. Sie ist eine ehrliche Geschäftsfrau, sie hat es nicht verdient, als Diebin beschimpft zu
werden.

Während Hortense sie beiseitenimmt und leise auf sie einre-
det, fasst Marie-Louise Véronique am Ellbogen. »Wir haben
überall nach Ihnen gesucht«, sagt sie. Vielleicht ist ihr Ton
ein bisschen zu scharf.

Véronique, das Gesicht von Wut verzerrt, reißt sich los. »Wer
sind Sie?«, fragt sie.

»Erinnern Sie sich nicht mehr an mich? Ich bin Adèle.«

»Lügen Sie mich nicht an«, sagt Véronique mit zitterndem
Kinn. »Sie sind nicht Adèle. Adèle ist tot.«

* * *

Véronique ist wieder sicher in ihrem Zimmer, aber die Flucht
hat ihren Tribut gefordert. Die alte Frau war die ganze Woche
über ziemlich apathisch und hat den größten Teil des Tages geschlafen. Oder sie starrte aus dem Fenster, wenn die Dienstmädchen sie aus dem Bett holten und in den Sessel setzten.
»Geh weg«, sagt sie zu La Grise, als die Katze versucht, auf ihren Schoß zu gelangen. Damit sie etwas isst, müssen die Dienstmädchen sie füttern wie ein kleines Kind.

Die grüne Kiste mit all den Sachen, die die Dienstmädchen
zusammengeklaubt haben, steht jetzt in der Waschküche. Als
Marie-Louise sie, die Ärmel hochgekrempelt, öffnet, schlägt
ihr ein leichter Schimmelgeruch entgegen, und sie muss husten.

Sie blickt auf ein wildes Durcheinander von allen möglichen Dingen: zusammengerollte Fichus, ein Paar lose Ärmel eines Kleids, eine schmutzige Leinenserviette, die in einen alten Handschuh gestopft ist, ein leeres Glasfläschchen, ein Tannenzapfen. Briefpapier, Zeile um Zeile mit wirrem Gekritzel beschrieben, Blätter aus alten Almanachen, einige zerknittert und fleckig, die meisten in Stücke zerrissen.

Alles Futter für den Kamin.

In ein Wolltuch gewickelt ein Buch: die *Fabeln* von La Fontaine. Darunter ein Packen Papiere, die von vergangenem Luxus Zeugnis geben: Beschreibungen von Kleidern *mit Spitzenbesatz und Fischbeinknöpfen* nebst Stoffmustern, Sitzordnungen bei Abendessen mit Monsieur B. und Monsieur L., dazu Menükarten, die Spargel, Austern und gebratene Rebhühner mit Trüffelfüllung verheißen. Es gibt eine Rechnung für *zwei Hüte mit Straußenfedern und ein Dutzend roter Seidenstrümpfe, an den Knöcheln bestickt*, sowie ein Notenblatt, überschrieben mit *Motets et élévations de M Expilly*.

Die Uhr im Flur schlägt fünf. In der Waschküche wird es langsam schummrig. Wenn Marie-Louise keine Kerzen verschwenden will, muss sie sich mit ihrer Sortierarbeit beeilen.

Der seidene Beutel mit verblichenen Fransen, der ganz unten in der Kiste liegt, enthält einige Briefe und zwei zerfledderte Notizbücher. Die von sichtlich ungeübter Hand geschriebenen Briefe sind von einer Person namens Danielle Roux, die sich nach den fünf Kleidern erkundigen möchte, die ihre liebe Tochter versprochen hatte und die noch nicht eingetroffen sind. Ihr Gesundheitszustand ist schlecht, und es ist keine Besserung in Sicht. Eugène geht noch zur Schule und braucht neue Kleider und Wäsche, da er schnell wächst. Marcel und Gaston haben eine Lehre angefangen, Marcel bei einem Metzger in Quinze-Vingts, Gaston bei einem Tabakhändler, was beträchtliche Kosten verursacht. Könnte die liebe Véronique sich um die beiliegenden Rechnungen kümmern?

Großmutter und Onkel, aber nur dem Namen nach. Sie haben nichts als Geld im Sinn.

Das dünnere der Notizbücher beginnt mit einer *Gewissenserforschung*. Véronique Clerantin hat *den Namen Gottes unnütz im Mund geführt ... um etwas Verbotenes gebetet ... sich der Verzweiflung ergeben.* Die Tinte ist braun geworden, offenbar war sie billig und darum von schlechter Qualität. Die Seiten haben Eselsohren und schwarze und gelbe Flecken.

Die Schwestern meines Mannes sagen, ich tauge nichts und Yves Clerantin hätte etwas Besseres verdient als eine hergelaufene Hure ... Unsere Söhne seien nicht ohne Grund gestorben. Die Worte meines Mannes sind wie scharfe Steine. »Wenn du dich irgendwo zeigst, führst du zugleich allen meine Schande vor Augen. Meine Mutter hat mich gewarnt, aber ich habe nicht auf sie gehört: Man soll nichts nehmen, was andere weggeworfen haben.«

Gleich nach der Beerdigung sagte Lisette, wenn wir die Kutsche nehmen, sind wir in drei Tagen in Paris ...

Julie war sehr freundlich. Während sie sprach, starrte ich auf meine Hände hinunter. »Hirschpark-Mädchen ziehen immer eine sehr gut zahlende Kundschaft an«, sagte sie. »Überlege es dir noch einmal. Es ist das Beste, was ich für dich tun kann.«

Marie-Louise blättert ungeduldig durch die Seiten. Auf dem Ball im Palais Royal steckt ein verliebter Verehrer der *göttlichen Véronique* ein Billetdoux zu, in dem er sie um den nächsten Tanz bittet. Aus dem großzügigen *Monsieur Bout* wird *mein lieber Luc*. In der Wohnung in der Rue Saint-Honoré 84 ist das reich verzierte Bett mit roten Samtvorhängen und Satinlaken gerade ausgeräuchert worden. Der *liebe Luc* bittet Véronique, ein *Abendessen für acht Personen mit Musik und Tanz* zu arrangieren. Um die Kosten brauche sie sich keine Gedanken zu machen.

Eine Seite ist durchgestrichen und voller verschmierter Tintenkleckse.

Peitschen mit Knoten sind beliebter als glatte.

Der *liebe Luc* ist großzügig genug, die erste Quecksilberkur zu bezahlen. Lisette, das Dienstmädchen, kocht eine spezielle Fleischbrühe für Véronique und hält sie dazu an, täglich spazieren zu gehen, damit sie wieder zu Kräften kommt.

Vor zwei Wochen konnte ich gerade mal ein paar Schritte machen, aber heute bin ich bis zur Straßenecke und dann wieder zurück gegangen.

Ich werde immer weniger. Ich schwanke beim Gehen. Meine Beine schmerzen. Ich ertappe mich dabei, wie ich einen Gegenstand in meinen Händen anstarre und mich frage, warum ich ihn überhaupt aufgehoben habe. Es ist, als würde sich mein Kopf leeren und sich mit Nebel füllen. Ich weiß nicht, wie ich mit nichts leben soll.

Die Frau vom Stockwerk über mir schaut mich streng an. »Das hier war einmal ein respektables Haus«, sagt sie, als ich an ihr vorbeigehe.

Meine Erinnerung verwandelt sich manchmal in einen dunklen Brunnen, in dem ganze Zeitabschnitte verschwinden. Ein Morgen wird zum Abend. Nachts wache ich auf und sehe Menschen um mich herum. Sie reden, aber sie schenken mir keine Beachtung. Als ob ich gar nicht da wäre. Ich schreie sie an, aber sie gehen nicht weg.

Heute habe ich mich dabei ertappt, wie ich an der Tür stand und nicht wusste, wie ich da hingekommen war. Ich rief Lisette, und erst als sie nicht kam, erinnerte ich mich, dass sie nach Buc zurückgegangen ist. Warum hat sie mich verlassen? Dann erinnerte ich mich, wie sie hier, in diesem Zimmer, in ihrem guten gelben Kleid dastand und mich mit weit aufgerissenen Au-

gen ansah. »Warum haben Sie das getan?«, fragte sie. Sie zeigte auf ein Brotmesser, das auf dem Tisch lag.

Ich habe sie nicht verletzt, das weiß ich, denn es war kein Blut zu sehen. Ich habe auch nicht mich selbst verletzt. Habe ich sie damit bedroht?

Das neue Dienstmädchen stiehlt, was sie in die Finger bekommt. Kerzen, Brennholz, meine Seidenstrümpfe sind weg, ebenso mein gutes Halstuch, das mit den roten Rosen in der Mitte. Sie heißt Solange. Sie hat einen Liebhaber, der jeden Tag hierherkommt, ein Schornsteinfeger, der sehr höflich zu mir ist, sich aber mit dem Finger an die Stirn klopft, wenn er denkt, dass ich es nicht sehe. Sie tuscheln miteinander und verstummen, wenn ich mich ihnen nähere.

Marie-Louise will das Notizbuch gerade beiseitelegen, als die Worte *Rue du Cygne* ihr ins Auge springen. Sie liest:

Ich ging in die Rue du Cygne, ich konnte nicht widerstehen. Das Gesicht unter einem Schleier verborgen, stand ich vor dem Haus mit dem Zunftzeichen der Hebammen: eine Wiege und ein Bote mit einer Laterne. Außen unter einem Dachfenster hing ein Zopf Zwiebeln. Ein Küchenmädchen, eine Teigmulde unter dem Arm, kam heraus. Ein Mann an einem Fenster gegenüber warf mir einen neugierigen Blick zu, sprach mich aber nicht an. Für die Nachbarn einer Hebamme ist es wahrscheinlich nichts Ungewöhnliches, Frauen ohne Begleitung herumstehen zu sehen, die sich nicht entscheiden können, ob sie anklopfen sollen oder nicht.

Dann sah ich sie. Meine Tochter kam auf mich zu, aus der Richtung der Rue de la Grande-Truanderie, begleitet von einer dicken älteren Dienstmagd. Oh, sie war so hübsch, die widerspenstigen Locken, rotbraun wie meine, hochgesteckt, das Fichu nachlässig gebunden, sodass ein bisschen zu viel von ihrem Hals zu sehen war. Sie lachte über etwas, was die Magd gesagt hatte. Wie sie mich an Adèle erinnerte, in der Art, wie sie den Kopf hochwarf, dieser leicht hüpfende Gang.

Sie betrat das Haus, und ich konnte sie nicht mehr sehen, aber da war ich schon wie beschwipst, von einem Leichtsinn gepackt, der mich nicht mehr losließ. Ich plauderte mit einer Frau, die auf der Straße Kaffee verkaufte. Der Kaffee war dünn und bitter, aber ich tat so, als fände ich ihn ganz köstlich. »Kennen Sie die Hebamme, die hier wohnt?«, fragte ich.

Es seien zwei Hebammen, sagte sie. Tante und Nichte. Gute Nachbarn, ruhig, immer hilfsbereit. Hortense, ihre Haushälterin, kennt sich mit Kräutern aus wie sonst niemand hier in der Gegend und baut sie im Garten an.

»Sind sie gute Hebammen?«, fragte ich.

O ja, Madame Leblanc sei eine der besten in Paris. Die Marktfrauen in den Hallen rühmten ihre starken Hände und ihren Sachverstand. Sie wisse, wie man einen Dammriss verhindert. Sie verstehe es, rechtzeitig ein Kind zu drehen.

»Und die Nichte?«, fragte ich.

Die Nichte habe gerade erst ihre Hebammenprüfung bestanden, aber sie sei vorher drei Jahre bei ihrer Tante in die Lehre gegangen. Sie werde im August einen Anwalt aus Nancy heiraten, in einem Kleid aus blauem Satin mit einem Spitzentuch und einem Musselinschleier. Die Schneiderin hat sie bereits zur dritten Anprobe bestellt.

Nicht viel, nur solche Schnipsel, und natürlich musste ich im Gegenzug auch etwas von mir erzählen. Ich behauptete, ich sei gerade erst von Buc nach Paris gezogen, um bei meiner Tochter zu sein, die ihr erstes Kind erwarte.

Ich redete noch mit der Kaffeeverkäuferin, als meine schöne Tochter den Kopf aus dem Fenster streckte und einer jungen Frau auf der Straße zuwinkte, einer Freundin offenbar, denn die beiden tauschten ein paar neckische Worte aus.

»Du bist echt eine süße Maus, Madeleine.«

»Du vielleicht nicht, Marie-Louise?«

»Komm doch rein, Hortense hat Plätzchen gebacken.«

»Gern, vorausgesetzt, du hast sie nicht alle schon selber ge-gessen.«

Es waren eigentlich nur Nichtigkeiten, aber ich trug diese Worte tagelang in meinem Herzen. Dieses leichte Geplänkel, ihre ganze Art, die verriet, dass sie in Harmonie mit ihrer Um-gebung lebte.

Ich stellte mir vor, wie ich mit dem Messingklopfer an die Tür klopfe, um Einlass bitte, mich zu erkennen gebe. Eine ver-lockende Vorstellung, aber nur bis zu dem Punkt, wo ich den Schleier und die Perücke abnehme, Schminke und Rouge ab-wasche, sodass die dunklen Flecken, die hageren Wangen und die geschwärzten Zähne sichtbar werden.

Möchte ich wirklich alte Wunden aufreißen? Ihr Schmerzen verursachen? Was habe ich ihr im Gegenzug zu geben?

Die Buchstaben verschwimmen vor ihren Augen. Marie-Loui-se blinzelt ein paar Mal heftig. Eine Frau mit verschleiertem Ge-sicht steht vor dem Haus in der Rue du Cygne. Sie zögert. Wen-det sich beschämt ab.

Wie einfach plötzlich alles ist. Wie wenig nötig war, um alles zu verändern. Sie ist nie vergessen worden. Sie hat immer eine Mutter gehabt.

Beim Weiterlesen ist ihr, als hörte sie Julie Berlins Stimme: *Es ist die Pflicht einer Tochter, ihrer Mutter zu helfen. Vor al-lem, wenn es ihr so gut geht, wenn es ihr an nichts fehlt ... Wenn du nicht hingehst, Véronique, werde ich es tun.*

Marie-Louise stellt sich vor, wie Julie Berlin in der Rue du Cygne ankommt, an die Tür klopft und bittet, mit Madame Le-blanc sprechen zu dürfen. »Allein«, sagt sie zu Hortense. »Es ist vertraulich.« Julie Berlin sitzt auf dem grünen Sofa im besten Zimmer und erzählt Tante Margot, dass sie im Namen einer mit-tellosen Witwe hier ist, die ihrer unehelich geborenen Tochter Peinlichkeiten und Leid ersparen möchte. Sie biete Madame

Leblanc ein einfaches Geschäft an: Schweigen für Geld. Genügend Geld, um ein Zimmer bei den Barmherzigen Schwestern bis zum Ende ihres Lebens zu bezahlen. Schriftlich zu bestätigen.

Wann war das?

Bevor Jean-Louis geboren wurde. Natürlich will man eine werdende Mutter nicht mit unangenehmen Dingen belästigen, die ohnehin nicht zu ändern sind.

Mein Name ist Véronique. Sie nennen mich Madame Clerantin, die Witwe Clerantin. Ich muss alles aufschreiben, sonst vergesse ich es.

Die Frau mit den gepuderten Haaren, die manchmal hierherkommt, heißt Julie Berlin. Sie erwartet von mir, dass ich ihr dankbar bin. Ich weiß nicht, warum.

Ich habe eine Tochter. Ihr Name ist Marie-Louise.

Die Nonnen sind gut zu mir, aber ich möchte zu meiner Mutter. Ich weiß, wie ich zu ihrem Haus komme, wenn sie mich nur gehen lassen. Sie hören nicht zu, wenn ich sie bitte, mich dorthin zu bringen.

Sie werden Barmherzige Schwestern genannt, aber sie sind nicht meine Schwestern.

Wenn sie Véronique sagen, meinen sie mich.

»Wer ist der Vater Ihres Kindes?«, fragen sie mich. Ich muss immer sagen: »Ein polnischer Graf.«

Sie kommt nicht hierher. Warum nicht? Ich habe etwas Böses getan, aber ich weiß nicht, was.

Niemand will es mir sagen.

Die letzten Seiten des zerfledderten Notizbuchs sind gefüllt mit seltsamen Zeichnungen von Menschen mit sonderbar verzogenen Gesichtern, von schiefen Häusern ohne Fenster, Kreisen, die immer kleiner werden, sich ineinander verheddern und zu einem schlangenartigen Gebilde werden, das sich übers Papier windet.

Ich kann nicht sehr gut sehen.

Ich kann nicht nach Adèle fragen, denn dann werden sie böse.

Ich kann nicht nach Maman fragen.

Der König ist der Vater meines Kinds. Der König ist tot. Ist Francine auch tot?

Ich habe nichts.

In der Küche klappern Töpfe. »Wo bleiben Sie so lange, Marie-Louise?«, ruft Hortense, ihre schweren Schritte kommen näher.

In der Waschküche betet Marie-Louise, dass Hortense es aufgibt, nach ihr zu suchen, und zu ihren Töpfen zurückkehrt. Ihr Gebet wird erhört.

Sie holt tief Luft, bevor sie nach dem dickeren Notizbuch greift. Ihre Hand zittert, als sie es öffnet.

Meine Mutter hat mir nicht viel erzählt, liest sie.

＊ ＊ ＊

Kann das, was so lange verloren war, wiederhergestellt werden?

Marie-Louise öffnet die Tür zum oberen Zimmer mit dem Ellbogen, vorsichtig, damit das Tablett, das sie aus der Küche mitgebracht hat, nicht kippt. Darauf stehen ein Kännchen mit verdünnter Sahne, eine Kanne Zichorienkaffee, ein Teller mit Hortenses neuester Erfindung, einem mit Melasse gesüßten Haferflockenkuchen, den Marie-Louise in kleine Stücke geschnitten hat. Er schmeckt nicht so gut wie richtige Madeleines, aber er ist noch warm und duftet nach gedörrten Apfelschalen. Auch ein Schüsselchen mit dem letzten Rest Hagebuttenmarmelade hat sie mitgebracht.

Véronique sitzt aufrecht in ihrem Bett, hält eine Strähne ihres schütteren grauen Haars zwischen den Fingerspitzen und starrt verwirrt darauf. Marie-Louise sieht die Ähnlichkeit zwischen ihnen: die Linie der Nase, die Form der Wangenknochen, ihre kleinen Finger sind genauso nach innen gebogen wie bei ihrer Tochter.

Marie-Louise setzt sich auf die Bettkante, das Frühstückstablett neben ihr. Sie spürt das Blut in ihren Schläfen pochen. Es dauert einen Moment, bis ihre Stimme sich so weit beruhigt hat, dass sie das Wort hervorbringt: »Schauen Sie, Maman, was ich Ihnen mitgebracht habe«, sagt sie und hebt ein Stück Haferflocken-Kuchen hoch.

Véronique blickt nicht auf.

»Ich bin Marie-Louise, Maman. Ich bin Ihre Tochter.«

Marie-Louise erwartet nicht viel. Wie sollte sie auch? Aber sie hofft doch, dass das eine oder andere Wort den Nebel im Kopf ihrer Mutter durchdringen, irgendwie in ihr Inneres finden kann. So könnte die Empfindungslosigkeit gebrochen werden, nicht? Eine Kruste wird weich, bekommt Risse, eine darunterliegende noch geschmeidige Schicht wird erreichbar.

Die Worte prallen wirkungslos ab, fallen auf den Boden. Erst als Marie-Louise zu schluchzen beginnt, legt Véronique den Kopf ein wenig schief. »Ist jemand gestorben?«, fragt sie.

Was folgt, ist nicht von Vernunft, sondern nur von Hoffnung geleitet. Eine ganze Geschichte von Einsamkeit und Angst, von unbeantworteten Fragen steht dahinter, die Geschichte einer Kindheit, durch die sich ein alter Schmerz zog: »Ich dachte, Sie wollten mich nicht, Maman. Ich dachte, Sie hätten mich verlassen. Ich habe gewartet. Jahr für Jahr habe ich gewartet.«

Eine Geschichte, die ihre Mutter nicht verstehen kann.

»Ist Ihre Mutter tot?«

»Nein.«

»Kommt sie nie zu Besuch zu Ihnen?«

»Sie weiß nicht, dass ich hier bin.«

»Haben Sie es ihr nicht gesagt?«

»Doch, aber sie vergisst es immer gleich wieder.«

»Oh, ich weiß nicht, was ich dazu sagen soll.«

Aber etwas hat sich geändert. Denn ihre Mutter ist jetzt auf einmal zappelig wie ein ungeduldiges Kind, schaut zur Decke und dann zurück zu Marie-Louise, und dann strahlt ihr Gesicht.

»Schau, Adèle! Schau mich an! Ich bin ein kleines Hundchen!«

Sie hat sich aufgerichtet und hält die Hände vor der Brust wie Pfoten. »Und ich hab schrecklichen Hunger.«

Es tut so gut, zu lachen, auch wenn gleichzeitig Tränen fließen.

JAHR II DER REPUBLIK

Vendémiaire

*A*uf dem Kupferstich, den Pierre über seinem Schreibtisch aufgehängt hat, ist der »Tempel des Jahres« zu sehen.
Davor stehen Hand in Hand zwei Lichtgestalten in fließenden
Gewändern, Verkörperungen von *Freiheit* und *Vernunft*. Zu ihren Füßen kriechen von ihren Sockeln gestürzte Heilige mit ihren in den Staub getretenen kirchlichen Standarten, während
von der Seite eine revolutionäre Menge ehrfürchtig zuschaut.
Der neue republikanische Kalender hat den alten gregoriani-
schen überwunden.

Von nun an beginnt das neue Jahr am Tag der Herbst-Tag-
undnachtgleiche, wenn die Sonne in das Zeichen der Waage,
welche die Gleichheit symbolisiert, eintritt. Die Reihe der zwölf
republikanischen Monate, benannt nach für die jeweiligen
Zeitabschnitte typischen Phänomenen, beginnt mit dem Vendémiaire, dem Monat der Weinlese. Jeder Monat ist in drei
Dekaden unterteilt. Ein Tag hat zehn Stunden zu je hundert Minuten. Die nach Ende des zwölften Monats übrigen Tage –
fünf, in Schaltjahren sechs – sind Feiertage mit je besonderer re-
volutionärer Widmung.

»Als Nächstes werden sie die Sonne verbieten«, prophezeit
Hortense.

Jedes Mal, wenn Pierre nach Paris zurückkehrt, ist er nachdenklich und wortkarg. Ja, er ist müde. Nein, er kann sich
nicht ausruhen. Er hat keine Zeit. Die Feinde sind noch nicht
aus dem Territorium der Republik vertrieben worden. Die Vendée steht immer noch in Flammen. Das belagerte Lyon weigert
sich zu kapitulieren. Wer nicht die Herrschaft der Gerechtigkeit anerkennen will, muss die Gewalt des Eisens zu spüren bekommen.

Sie hätte es in den Zeitungen lesen können.

Mehr kann er ihr nicht sagen.

Es ist also geheim. Das ist ein Spiel, das sie auch spielen kann.

Denn es ist ein weiterer Brief von Jean-Louis gekommen. Der Bote hat nicht angeklopft, sondern den Brief einfach vor die Tür gelegt. Niemand hat ihn gesehen. Von heftigen Stürmen und tückischen Winden ist in dem Schreiben die Rede, von Tümmlern, die *weinen wie kleine Kinder, wenn wir sie fangen. Sie würden mich nicht mehr erkennen, Maman*, schreibt Jean-Louis. *Ich bin abgehärtet und stark geworden.*

Sie stellt ihn sich vor auf seiner Reise nach Boston an Bord der *Sea Otter*, seine Haut gerötet, sonnenverbrannt, salzig wie die Meeresbrise. Er arbeitet in der Schiffsschmiede und ernährt sich von Suppe und Zwieback, der erst aufgeweicht werden muss, bevor man ihn essen kann. Er trinkt etwas, das er »Bierwürze« nennt; es schmeckt süß und zugleich bitter und schützt, wie er versichert, vor Skorbut.

Nun wartet Jean-Louis im Hafen von Boston darauf, dass die *Sea Otter* wieder in See sticht. Zuerst nach Süden, vorbei an den Falklandinseln, um Kap Hoorn, dann nach Norden. In der Schmiede hat er gelernt, wie man alte Musketen für den Handel mit den Indianern aufbereitet. Wenn sie an der Nordwestküste angekommen sind, wird er sie gegen Otterfelle tauschen, die er dann nach China bringt, wo er mit dem Geld, das man ihm dafür zahlt, Tee, Porzellan und Seide kaufen wird.

Früher bekam man für zwei Musketen einen guten Pelz, jetzt sind es sechs, schreibt er. *Manche sagen, ich sei schon zu spät gekommen, aber ich bin durchaus optimistisch. Bitte schreiben Sie mir an die Adresse der Cozy Cove Tavern im Hafen von Boston, wo eine sehr nette Kellnerin namens Annie arbeitet, die Ihre Briefe annehmen und so lange aufbewahren wird, bis ich zurückkomme.*

In Liebe

Ihr

Jean-Louis

Darunter ein Postskriptum. *Hat Vater mir verziehen? Wird*

er mir je verzeihen? Ist Hortense bei guter Gesundheit? Suzet-
te? Cécile? Jacques?

Der Brief, gelesen und wieder gelesen, liegt versteckt in ihrer Hebammentasche. Sie wird ihn Pierre nicht zeigen. Erst wenn sie sicher ist, dass er ihn unvoreingenommen und ohne Groll lesen wird.

»Komm, setz dich her zu mir«, sagt ihre Mutter morgens, wenn Marie-Louise ihr Frühstück bringt, und nimmt ihre Hand. Sie muss immer noch gefüttert werden, aber sie isst mit Appetit. Wenn sie fertig ist, leckt sie den Löffel sauber ab und schiebt ihn unter ihr Kopfkissen, das sie schön glattstreicht. »Sonst stehlen sie ihn«, sagt sie.

Die bruchstückhaften Geschichten, die ihre Mutter erzählt, wiederholen sich manchmal und mäandern. Die Sänfte wartet. Sie muss sich schön machen, denn der Graf hat nach ihr geschickt. Lisette hat alle Schokoladenpastillen gegessen, und jetzt sind keine mehr da. Francine hatte recht, Lebel ist ein Arschloch. Ihr Mann beschimpft sie. Ein gemeiner Kerl. Ohne Gefühl. Er ist ein Dieb. Er hat ihr ganzes Geld gestohlen. Er hat ihr nicht erlaubt, ihr Kind zu behalten.

Das alte Notizbuch, das Marie-Louise in der Hoffnung mitgebracht hat, es würde ihrem Gedächtnis auf die Sprünge helfen, weckt nur flüchtiges Interesse. »Ich weiß nichts damit anzufangen«, gestand sie. »Und du?«

Manchmal ist Marie-Louise für sie noch Adèle, aber das ist selten. Meistens hat sie keinen Namen und ist die geliebte Freundin ihrer Mutter.

»Du bist so schön. So freundlich. Du wirst mich doch nicht wieder verlassen, oder?«

»Das werde ich nicht. Ich bin Ihre Tochter.«

»Wie kann das sein? Du bist doch so viel älter als ich.«

An den Metzgerständen in den Markthallen gibt es nur noch Rinder- und Schweineköpfe zu kaufen. Eier, die in irgendeinem

Winkel ganz hinten versteckt sind, bekommt man allenfalls, wenn man mit Silbergeld bezahlt. Vor einer mit einem Seil abgesperrten Bäckerei stehen die Frauen schon im Morgengrauen Schlange.

Zeigen Sie die Verbrechen an!, zeigen Sie die Verbrecher an!, steht auf Plakaten, die an den Mauern kleben. *Ehemalige Dienstboten dürfen nicht vergessen, dass das Vaterland ihre einzige Herrschaft ist ... Verwandte, dass die Nation ihre wahre Mutter ist ...*

Am fünfundzwanzigsten Tag des Vendémiaire wird die Witwe Capet in einem offenen Karren zur Guillotine gefahren, bekleidet mit einem einfachen Hemd, die Haare unter einer Haube. »Ich bitte Sie um Verzeihung«, sagt sie, nachdem sie dem Henker auf den Fuß getreten ist. »Das wollte ich nicht.«

Noch etwas, das Tante Margot erspart geblieben ist.

Brumaire

*B*rumaire ist der Monat des Nebels. Der Tag ist kühl und regnerisch. Marie-Louise ist im besten Zimmer und probiert die Schuhe an, die der Schuster gerade geliefert hat, neu besohlt und glänzend poliert.

Das laute Klopfen an der Haustür schreckt La Grise, die gerade mit einem Wollknäuel spielt, so sehr, dass sie sich unter dem Sofa verkriecht. Eine Geburt, denkt Marie-Louise, als Suzette aufmacht. Marie-Louise ist nicht die einzige Hebamme in Paris, die einen Geburtenanstieg feststellt. Als ob wir uns auf einen weiteren Krieg vorbereiten würden, sagte Madeleine.

Der Abgeordnete Melville braucht keine Hebamme. Er ist mit Neuigkeiten gekommen.

»Von meinem Sohn?«

»Vom Bürger Pierre Vernault.«

»Aber mein Mann ist in Lyon.«

»Er wurde zurückgerufen.«

Der Abgeordnete Melville ist Anfang fünfzig. Nichtssagendes, müdes Gesicht, tränende Augen. Er nennt sich einen Kollegen von Pierre. Er riecht nach Angst und spricht in kurzen, abgerissenen Sätzen, aus denen Marie-Louise ein Wort anspringt: verhaftet.

Ihr Gesicht wird bleich. Ihr Herz setzt einen Moment lang aus.

»Wann?«

»Gestern Abend am Stadttor.«

»Woher wissen Sie es?«

»Nachrichten verbreiten sich schnell.«

Nicht so sehr schnell, denn es ist bereits Mittag.

»Die Wachen des Revolutionstribunals haben die Kutsche angehalten. Sie haben ihn zum Justizpalast gebracht.«

»Was wirft man ihm vor?«

»Korruption. Konterrevolutionäre Aktivitäten. Dass er mit Oppositionellen paktiert.«

»Unmöglich«, sagt sie und tritt einen Schritt vor; die neu besohlten Schuhe knarzen.

Der Abgeordnete Melville schaut auf den Boden. »Es ist nun einmal so.«

»Ist Danton informiert worden? Robespierre?« Unschuldige brauchten sich nicht zu fürchten, fügt sie mit fester Stimme hinzu. Es ist ein Satz, den sie schon oft gehört hat. Jetzt klingt er seltsam gereizt, gekränkt.

Der Abgeordnete Melville kramt nach einem Taschentuch, wischt sich die Stirn ab. Er weiß nicht, wer informiert wurde. Oder wann.

Seine Finger, bemerkt Marie-Louise, sind kurz und dick, mit schwarzen Tintenflecken drauf. Hässlich, denkt sie, was unfreundlich von ihr ist.

»Gut … nun … Das ist dann wohl alles … ich muss gehen«, stammelt der Abgeordnete.

Vor dem Justizpalast hat sich eine kleine Menschenmenge versammelt, meistens Frauen mit Kindern. Säuglinge schreien, ein etwa dreijähriger Junge mit schmutzigem Gesicht will pinkeln. »Muss das gerade jetzt sein?«, fragt seine schwangere Mutter. Ein älterer Mann mit Glatze, eine weiße Krawatte um den Hals, sitzt auf einer Stufe und liest in einem ledergebundenen Büchlein. Zwei junge Frauen reden leise miteinander. »Aber wer?«, fragt die eine. »Woher soll ich das wissen?«

Mörder, Menschenfresser, hat jemand auf die Wand geschmiert.

»Bürgerin Vernault, vereidigte Hebamme«, sagt Marie-Louise zu der Wache am Eingang.

Der Mann lässt sie durch und zeigt hinauf zu einer Reihe von erhöht stehenden Schreibtischen. Sie geht hin. Ein pockennarbiger junger Schreiber mit einem braunen Mantel über den Schultern beäugt sie verdrossen. Ihr Ehemann, Bürger Vernault, ist verhaftet worden?, fragt er. Sein Ton ist forsch und streng. Dann wird man ihn verhören. Man wird ihm die Gelegenheit geben, seine Unschuld zu beweisen, wie allen anderen auch. Der Gerechtigkeit muss und wird Genüge getan werden.

Die Weste unter dem braunen Mantel, bemerkt Marie-Louise, ist blau, weiß und rot.

Was der Mann nicht sagt, kann sie auf seinem Gesicht lesen. Alle diese Ehefrauen, Mütter, Schwestern gehen ihm auf die Nerven. Sie hören nicht zu. Oder sie hören zu und kapieren nicht, was man ihnen sagt. Sie wollen unbedingt ihre irrelevanten Aussagen zu Protokoll geben. Wenn man ihnen glaubt, gibt es keine Konterrevolution. Keinen Aufstand in der Vendée. Keine Armee von emigrierten Verrätern, die sich in Spanien zusammenrotten, um ihr eigenes Vaterland anzugreifen. Keine Spione. Keine Spekulanten. Keine Royalisten, die die Drecksarbeit der Emigranten machen. Es sind alles nur bösartige Gerüchte. Da werden einfach nur persönliche Rachegelüste befriedigt.

»Ihr Mann ist im Prison du Luxembourg.«

»Darf ich ihn sehen?«

Ihre Stimme ist gemessen, ruhig, aber eindringlich. Sie ist immerhin eine vereidigte Hebamme. Sie ist nicht so leicht abzuweisen.

Der Angestellte schaut suchend auf dem Schreibtisch umher, greift nach einem Blatt Papier und tut so, als würde er es lesen. Oder vielleicht, denkt Marie-Louise, liest er ja tatsächlich. Vielleicht hat jemand ihm aufgeschrieben, was er auf solche Fragen zu antworten hat.

»Tut mir leid, Bürgerin Vernault, dafür bin ich nicht zuständig.«

* * *

»Der Herr ist nicht zu sprechen«, sagt Catherine, das Hausmädchen, das Marie-Louise die Tür der Wohnung in der Cour du Commerce geöffnet hat. »Sie wollen in drei Tagen nach Arcis abreisen. Mit der Postkutsche, die ganze Familie.«

»Sie«, damit sind Georges Danton und Louise Gély gemeint, jenes Mädchen, das Gabrielle gebeten hatte, sich um ihre beiden Jungen zu kümmern, und das seit vier Monaten Dantons Ehefrau ist. Die Heirat hat Marie-Louise nicht überrascht: Danton ist ein Mann, der nicht allein leben kann.

»Ich muss ihn sehen.« Marie-Louise tritt in den Flur, der noch unordentlicher aussieht als zu Gabrielles Zeit. Zwei Reisekoffer stehen mitten im Weg, in einer Ecke liegen Kinderschuhe auf einem Haufen, unter der Standuhr schaut ein roter Ball hervor. Ein Schaukelpferd, dessen Mähne herausgerissen ist, liegt auf der Seite, eine der beiden Kufen ist zerbrochen.

Aus dem Kinderzimmer ist Louises Stimme zu hören: »Nicht so fest, Antoine. Du machst es kaputt.« Drinnen bläst einer der Jungen eine Trillerpfeife.

Das Dienstmädchen verdreht die Augen, als sie an die Tür des Kinderzimmers klopft. Wie kann man Kindern Spielzeug geben, das einen solchen Lärm macht? Acht Monate nach dem Tod ihrer armen Mutter!

Die neue Madame Danton hat ihr eigenes Kreuz zu tragen.

»Was ist jetzt schon wieder, Catherine?«, fragt Louise, die lächelnd und mit rosigen Wangen die Tür öffnet. Als sie Marie-Louise sieht, hebt sie einen Finger an ihren Mund und beißt darauf wie ein Schulmädchen. Gabrielle hatte befürchtet, sie sei zu ernst für ihr Alter, zu sehr mit ihren Büchern beschäftigt. Ich hoffe, dass sie nicht vergisst, zu leben, hatte sie gesagt.

»Ich muss mit Georges sprechen«, sagt Marie-Louise.

»Aber wir sind mitten in den Reisevorbereitungen, und –« Louise bricht ab, denn aus dem Zimmer nebenan dröhnt die Stimme ihres Mannes: »Was ist denn, Louise? Habe ich nicht gesagt, ich bin für niemanden zu Hause?«

Louise hebt die Hände in einer Geste der Kapitulation, als er in seinem Morgenmantel, eine Zeitung unter dem Arm, auftaucht.

»Ah, Sie sind es«, sagt er zu Marie-Louise, die noch ihren Mantel anhat. »Kommen Sie rein, kommen Sie rein.«

Ein Mann wie Danton kann allein mit seiner Körpermasse die verschiedensten Botschaften senden: Ich kann dir das Genick brechen. Ich kann dich hochheben und auf den Boden schmettern. Aber auch: Ich kann dich aus einem brennenden Gebäude herausholen, dich durch einen reißenden Fluss tragen.

»Ist irgendetwas passiert? Hat man Ihren Sohn gefunden?«

Weiß er es denn nicht?

»Es geht um Pierre«, sagt sie. »Er ist verhaftet worden.«

»Eben erst?«

»Gestern Abend.«

Danton macht einen schweren Schritt auf sie zu, dann weist er Catherine an, Madame den Mantel abzunehmen, und sie soll Kaffee und Weinbrand bringen. Er führt Marie-Louise in das Zimmer, in dem Gabrielle gestorben ist und das jetzt ein Arbeitszimmer ist. Ein großer Tisch ist mit Papieren und stumpfen Federkielen übersät. Darunter kann Marie-Louise Gabrielles Lieblingstischdecke sehen, gelb, bestickt mit grünen Zweigen, da und dort Tintenflecke.

»Setzen Sie sich … setzen Sie sich«, sagt er.

Marie-Louise schüttelt den Kopf, aber sie nimmt doch zögernd Platz.

Vor ihr thront auf einer Holzsäule Gabrielle und starrt sie an. Die aus Bronze gegossene Gabrielle ist eine starke Frau. Sie wirkt entschlossen, kühn. Auf ihrem fülligen Gesicht keine Spur von dem, was sie durchgemacht hat. Keine Verwirrung. Kein Blut. Kein Schaudern. Keine Angst.

»Wo ist er jetzt?«, fragt Danton.

Marie-Louise sagt ihm, was sie weiß. Es ist sehr wenig.

Catherine bringt eine Tasse Kaffee und zwei Gläser mit Weinbrand. George Danton nimmt eines, bietet Marie-Louise das andere an. Er kippt den Schnaps in einem Schluck hinunter. Sie nippt nur und stellt dann das Glas weg. Sie will klar denken können.

»Haben Sie mit ihm gesprochen?«, fragt er.

»Sie lassen mich nicht zu ihm.«

Dantons breites narbiges Gesicht verfärbt sich leicht; die Pockennarben nehmen einen aschfarbenen Ton an.

»Wir haben Feinde«, sagt er.

»Die Royalisten?«

»Die Royalisten sind längst Geschichte.« Er schnaubt verächtlich. »Die ehemaligen Freunde sind die wirkliche Gefahr. Pierre hat Ihnen nicht viel erzählt, oder?«

Sie schüttelt den Kopf.

»Der alte Kampf um die Macht«, fährt Danton fort. »*Wir* und *sie*. Es ist ganz einfach. Sie bewerfen uns mit Schmutz und schreien: ›Pfui, was für ein Skandal!‹ Wir wischen uns das Gesicht ab und schreien: ›Das ist ein ganz übler Schwindel!‹«

»Und dann?«, fragt sie.

»Früher war es so, dass eine der beiden Seiten gewonnen hat.«

»Früher?«

»Jetzt wird nicht mehr gestritten. Es geschieht alles hinter verschlossenen Türen. Der Beschuldigte sagt, was er zu sagen hat. Die Geschworenen fällen ihr Urteil. Es gibt keine Berufung.«

»Robespierre?«

»Er hört auf niemanden mehr.«

»Heißt das, Sie können nichts tun?«

»Es heißt, ich kann nicht mehr tun, als es versuchen.«

Marie-Louise klopft an diesem Tag noch an viele weitere Türen, bittet, fleht, appelliert an die Dankbarkeit von Leuten, die früher Nutznießer von Wohltaten waren. Die meisten Abgeordneten weigern sich, mit ihr zu sprechen; diejenigen, die sie empfangen, geben den Royalisten oder anderen niederträchtigen Volksfeinden die Schuld. Oder sie sagen, sie seien machtlos, und schicken sie zu jemand anderem, auf den Robespierre angeblich noch hört. Ab und zu warnt sie jemand, sie müsse vorsichtig sein und sich genau überlegen, mit wem sie spricht und was sie sagt. Gewisse vorschnelle Annahmen lägen nur allzu nahe oder seien allzu verführerisch.

»Was für vorschnelle Annahmen?«

»Nun, vielleicht habe ich den Ausdruck etwas leichtfertig benutzt.«

Es ist bereits dunkel, als Georges Danton in das Haus in der Rue du Cygne kommt. Er hat nicht mit Pierre gesprochen, aber es ist ihm gelungen, ihm eine Nachricht zu schicken. Und man hat ihn seine Akte lesen lassen. Das war ein riesiger Gefallen.

Marie-Louise lässt ihn nicht aus den Augen. Im Kerzenschein sind die Narben in seinem Gesicht weniger auffällig.

Es hat Denunziationen gegeben, alle anonym. Ein »Bürger, der keinen anderen Ehrgeiz hat, als für die Freiheit seines Landes zu sterben«, beschuldigt Pierre, »er stehe in verbrecherischem Einvernehmen mit Schurken« und habe »einen eigentümlich intensiven rachsüchtigen Blick, der unmöglich zu beschreiben« sei. Ein »besorgter Nachbar« hat gehört, wie Pierre das Volk »lauter dumme Bauern und Halunken« schimpfte und die Republik »ein Kind in der Wiege« nannte. Ein Mitglied des Militärausschusses wirft Pierre vor, er kaufe Lebensmittel auf dem Schwarzmarkt und habe es versäumt, seinem Sohn republikanische Tugenden einzuflößen.

»Und das war genug, um ihn zu verhaften?«, fragt sie.

Vom Sofa aus wirft Danton ihr einen schmerzerfüllten Blick zu. Muss er es ihr wirklich buchstabieren? Muss er ihr erklären, in welchen größeren Zusammenhang das gehört, wie die politischen Verbindungslinien laufen? Solche Anschuldigungen sind nur heiße Luft. Was wirklich zählt, ist viel einfacher: Pierre ist einer von Dantons Gefolgsleuten. Seine Verhaftung ist eine Botschaft von Robespierre.

»Eine Warnung? Sind Sie dann auch in Gefahr?«

Danton zuckt mit den Schultern. An einem Tag ist er in Gefahr, am nächsten nicht mehr. Er hat gelernt, nicht über die Zukunft zu spekulieren. Wenn man das Feld der Republik bestellt, darf man die Kosten der Aussaat nicht rechnen. Die Revolution frisst ihre Kinder, das ist immer so.

Marie-Louise umklammert ihre Hände, so fest, dass sie die Knochen spürt.

Danton steht auf. »Sie können ihn morgen besuchen«, sagt er. »Keine Garantie, aber man hat mir zu verstehen gegeben, dass das Revolutionstribunal nicht herzlos ist.«

Sie begleitet ihn zur Tür. Auf dem Flur ist es kalt, weil das Feuer in der Küche schon niedergebrannt ist. Aber heute soll es noch einmal lodern.

»Verbrennen Sie alles, was die besser nicht finden sollen«, sagt Danton. Er meint die Büttel des Revolutionstribunals, wenn sie hierherkommen und alles durchsuchen.

* * *

Der Korridor im Erdgeschoss des zu einem Gefängnis umfunktionierten Palais du Luxembourg hätte ein gewöhnlicher Dienstbotenkorridor sein können, wenn die drei Soldaten nicht wären, die da Würfel spielen. Einer von ihnen sieht Marie-Louise verunsichert an, die anderen werfen ihr Luftküsse zu und schlagen sich auf die Schenkel.

Der Wärter, der Marie-Louise zur Zelle von Pierre bringt, sagt ihnen, sie sollen aufhören, denn sie beschmutzen den Namen der Revolution.

Die Soldaten lachen. Einer, der Marie-Louise immer noch anstarrt, rülpst laut und sagt: »Oh, bitte verzeihen Sie mir, ich flehe Sie an!«

Auf die Tür ist mit Kreide der Buchstabe V geschrieben. Der Wächter fummelt an dem Schlüsselbund, der an seinem Gürtel befestigt ist.

Als sich die Tür öffnet, steht Pierre zwischen einem schmalen Klappbett und einem kleinen Tisch. Marie-Louise hat ihn einen ganzen Monat lang nicht gesehen und erschrickt bei seinem Anblick, weil er so abgemagert ist. Sein schwarzer Rock ist an der Schulter zerrissen, das Hemd darunter vergilbt und zerknittert. Sein Haar ist ganz zerzaust, über eine Wange läuft eine Rußspur.

Ihr Körper sackt zusammen, wie mit Blei beschwert.

»Es ist nicht so, wie Sie denken«, sagt Pierre und macht einen Schritt auf sie zu. »Ich habe weder den Glauben an meine Mitmenschen verloren, noch habe ich mich aufgegeben. Danton hat mir geraten, an Robespierre zu schreiben.«

»Haben Sie das getan?«

»Ja.«

In der Wand ist ein Riss. Jemand auf der anderen Seite stöhnt.

»Weinen Sie nicht«, sagt Pierre.

Marie-Louise hat es gar nicht gemerkt, aber natürlich weint sie.

Obwohl Marie-Louise den Wärter mit einem, wie sie findet, ziemlich großen Betrag geschmiert hat, hat er die Tür offen gelassen und sich direkt davor aufgestellt. So kann er jedes Wort hören, das zwischen ihnen gewechselt wird. Wie es alles verändert, wenn man weiß, dass jemand zuhört. Wie hohl die eigene Stimme klingt. Wie zögerlich jedes Wort.

»Ist in Lyon etwas passiert?«, fragt sie.

Pierre schüttelt den Kopf. Das ist eine falsche Betrachtungsweise. Seine Verhaftung war einfach ein Fehler, eine übereifrige Reaktion auf eine fehlgeleitete Denunziation. Er ist nicht der Erste, dem das passiert ist, und er wird nicht der Letzte sein.

Mehr will er dazu nicht sagen, gibt der Ton seiner Stimme ihr zu verstehen. Weil er es nicht kann? Weil er nichts weiß?

Das sind nutzlose Fragen, denkt Marie-Louise. Sie dürfen die wenige Zeit, die sie haben, nicht verschwenden. Was hier und jetzt möglich ist, hat Vorrang.

Auf dem Bett in der Zelle von Pierre liegt eine dünne, grobe Decke. Es gibt kein Kissen. Eine kleine Feuerstelle ist da, aber es brennt kein Feuer. Sie kann ihren Atem sehen, lauter Wölkchen. Seine Hände, wenn er die ihren berührt, sind eiskalt. Er hat eine Prellung am Handgelenk.

Er braucht Laken für das Bett, eine dickere Decke und ein Kissen. Er braucht saubere Bettwäsche. Er braucht einen Krug mit Wasser. Er braucht einen Nachttopf, Brennholz, einen Blasebalg, eine Kaffeekanne.

»Was geben sie Ihnen zu essen?«

Eine dünne, schleimige Brühe, so widerlich, dass er keinen Schluck davon hinunterbringt.

Sie wird ihm Suppe schicken. Sonst noch etwas?

Ja. Seine Brille ist kaputt. Könnte sie ihm eine neue kaufen? Nicht aus Silber, sondern aus Stahl. Klare Gläser, keine grünen. Nummer fünfzehn. Der Händler in der Rue Saint-Jacques wird wissen, was das bedeutet.

Marie-Louise richtet sich straff auf, befeuert durch den bloßen Gedanken, nützlich zu sein.

Pierre hebt ihre Hand an seine Lippen, küsst ihre Fingerknöchel. »Das ist alles ein lächerliches Versehen«, sagt er. »Morgen werde ich wieder zu Hause sein.«

Als Marie-Louise später an diesem Tag wiederkommt, sind die meisten Dinge bereits geliefert worden. Pierre hat Brennholz, einen Blasebalg, einen Topf mit dicker Suppe, die Hortense gekocht hat, einen Dreifuß, damit er den Topf übers Feuer stellen kann. Marie-Louise bringt nun noch einen guten Vorrat an Schreibpapier und Federkiele.

Diesmal hat sie den Wachmann gut genug geschmiert, sodass sie unbelauscht miteinander reden können.

Dennoch flüstern sie.

Er hat noch nichts von Robespierre gehört. Er hat bereits zweimal ausgesagt. Er hat alle Fragen beantwortet. Er hat Vorschläge gemacht, wie die Untersuchung weitergeführt werden sollte, und er glaubt fest daran, dass sie bereits dabei sind, es so zu machen. Diejenigen, die ihn denunziert haben, so argumentierte er, wollen sich an ihm rächen. Jeder, der der Revolution dient, macht sich unvermeidlich viele Feinde. Man muss die Spreu vom Weizen trennen.

Sie möchte ihm von den Unmengen Papier erzählen, die sie verbrannt hat. Reden, Briefe, Notizbücher, Erklärungen. Aber was, wenn jemand zuhört? Also nickt sie nur stumm.

Es gibt einen Rhythmus in ihrem Gespräch. Jeder geschlagene Ball muss zurückgeschlagen werden. Es darf keine Pausen geben. Es darf keine Zeit verschwendet werden.

»Sind das die richtigen?«, fragt sie und reicht ihm die mitgebrachte Brille.

Das sind sie. Er kann jetzt schreiben. Die alte Brille, deren Gläser kaputt sind, saß zu fest, sodass er Kopfschmerzen davon bekam. Er ist froh, dass er sie los ist.

»Das hier ist von Hortense«, sagt Marie-Louise und zieht ein kleines Bündel Kräuter hervor. Engelwurz, Knoblauch, Rosmarin, Wildkirsche, Lorbeerblätter. Damit kann er seine Suppe würzen oder Tee machen, oder er kann sie einfach nur kauen. Lorbeerblätter, glaubt Hortense immer noch, wenden Unglück ab.

»Ich werde wie eine Apotheke riechen.«

»Es gibt schlimmere Gerüche.«

»Wohl wahr. Gibt es noch mehr Briefe von Jean-Louis?«

»Noch nicht.«

»Es war dumm von ihm.«

Sie nickt.

»Kinder machen eben Dummheiten.«

Sie nickt wieder.

»Mein Vater verzweifelte auch an mir.«

»Das haben Sie mir nie gesagt.«

»Nein. Aber Sie haben es sicher erraten.«

»Ja.«

»Manchmal zwingen uns höhere Gewalten, Dinge zu tun, die wir sonst nie getan hätten«, sagt Pierre.

»Was meinen Sie damit?«, fragt sie.

Er schüttelt den Kopf. Er kann nichts anderes sagen.

Als es für sie an der Zeit ist zu gehen, bittet Pierre sie um eine Locke ihres Haars. Es muss eine ziemlich häufige Bitte sein, denn der Wärter, der gekommen ist, sie zum Ausgang zu begleiten, hat eine winzige Schere dabei, die er Marie-Louise leiht. Sie ist stumpf – gerade so, als ob sonst die Gefahr bestünde, sie könnte als Waffe verwendet werden.

»Tut mir leid, dass es so dünn ist«, sagt sie und schneidet das Ende einer Locke ab. Sie fühlt sich, als wäre sie in den vergangenen Tagen gealtert, als wäre sie doppelt so alt wie vorher. Während umgekehrt ihre Mutter, jedenfalls denkt sie das, immer jünger wird und steif und fest behauptet, sie hätten erst neulich hinter dem Haus zusammen gespielt. Sie hätten so getan, als wären sie Kätzchen und seien im Hof herumgetollt, bis Maman ihnen sagte, sie sollten aufhören.

»Es ist gut so.«

»Ich werde morgen wiederkommen. Ich werde wieder Suppe mitbringen.«

* * *

Am nächsten Tag befindet sich ein neues Kreidezeichen an Pierres Tür, ein X. Marie-Louise fragt die Wache, was es bedeutet. Er sagt, dass das Urteil gefällt worden ist.

»Nichts endet ganz so, wie man sich das vorstellt«, sagt Pierre. »Aber das ist jetzt egal, nicht?«

Er beißt auf seine Unterlippe. Sein Adamsapfel zittert, als er schluckt, weil seine Stimme belegt klingt.

»Was wollen Sie damit sagen? Was haben sie Ihnen gesagt?«
Pierre dreht den Kopf weg.

»Bitte sprechen Sie mit mir.«

Pierres Stimme ist leise, kleinlaut. Er bedauert, dass vieles zwischen ihnen schiefgelaufen ist. »Bitte sagen Sie Jean-Louis, wenn er zurückkehrt, dass ich ihm keine Vorwürfe mache. Und dass die Tatsache, dass er weggelaufen ist, nichts mit meiner Verhaftung zu tun hat.«

»Und wenn er trotzdem denkt, er sei schuld daran?«

»Sagen Sie ihm, dass ich gesagt habe, niemand wird einem Vogel, der mit den Flügeln schlägt, vorwerfen, er hätte damit einen Sturm verursacht.«

Marie-Louise hofft darauf, dass seine Unschuld ans Licht kommen wird. Eine abscheuliche Verschwörung wird aufgedeckt werden. Jemand wird dieses schmutzige, abgekartete Spiel durchschauen. Danton wird das Revolutionstribunal stürmen und Erklärungen verlangen. »Vernault ist ein echter Republikaner«, wird er sagen. »Ich, Danton, kann für ihn bürgen. Mein Name steht auf jedem Dokument. Sie kennen mich.«

Pierre wird ohne Mantel in einem holpernden Karren aus dem Gefängnis zur Hinrichtung gefahren. Sie rennt hinter ihm her, so schnell sie kann.

Das ist es, was sie immer wieder von neuem erleben wird: wie sie so dahinstolpert auf dem tückisch schlüpfrigen Pflaster, wie schwer der Rock ist, den sie gerafft hat. Pierres Blick lässt sie nie los. Ein Passant, eingehüllt in einen schwarzen Umhang, schaut weg, aus Mitgefühl, wie sie glauben möchte. Die kleine Menschenmenge vor dem Schafott. Der Karren bleibt stehen. Pierres Hände werden auf dem Rücken gefesselt, man schneidet ihm die Haare ab.

Sie steht so nah bei ihm, wie es die Wachen zulassen. So nahe, dass sie ein winziges Zittern auf den Lippen ihres Mannes sehen kann, als er etwas erzwingt, was sie als ein Lächeln deuten möchte.

Eine Stunde hat jetzt vielleicht hundert Minuten, aber das bedeutet nicht, dass die Zeit gedehnt worden wäre. Wie viele Atemzüge bleiben ihm noch?

Es ist ein leichter Tod, sagen die Leute. Es geht jedenfalls schnell.

Pierre Vernault richtet keine großen Worte an die Nachwelt oder die Geschichte, er appelliert kein letztes Mal an die Gerechtigkeit. Er beteuert weder seine Unschuld, noch warnt er andere davor, was mit ihnen geschehen könnte, wenn sie ihn sterben lassen. Resigniert habe er gewirkt, wird man später sagen. Stoisch. Ein Zeichen wahrer Größe. Oder etwas anderes, das ihr ebenso wenig hilft.

Mit festen Schritten bis zum Schafott, wird sie an Jean-Louis schreiben. Ruhig. Dein Vater starb als ehrenhafter und mutiger Mann.

Sie hört das sausende Geräusch der Klinge.

Die Welt wird dunkel und fällt in sich zusammen.

JAHR III DER REPUBLIK

Ventôse

An dem Haus in der Rue du Cygne hängt immer noch das Zeichen mit der Wiege und dem Boten, der eine Laterne trägt, und an der Tür ist, wie eine revolutionäre Vorschrift, die noch nicht abgeschafft wurde, es fordert, eine Liste mit den Namen der Bewohner angebracht: Marie-Louise Vernault, Véronique Clerantin, Hortense Roche.

Die Dienstmädchen sind nicht mehr da, was ein Segen ist, denn heutzutage werden Hebammen oft mit Versprechungen bezahlt, die in jenen besseren Zeiten, die nicht mehr fern sein können, eingelöst werden sollen. Suzette ist zuerst gegangen, hat ihre Sachen gepackt und ist abgehauen, ohne auch nur zu kündigen, was Hortense ihr nie verziehen hat. Cécile hat ihren Nationalgardisten geheiratet und ist aus Paris weggezogen.

In den Geschäften gibt es nur noch kaum genießbares Zeug und Ersatzstoffe zu kaufen. Birnensaft für Wein, Asche für Pfeffer, sagt man. Wenn man Fleisch, Eier oder Butter möchte, muss man sich an die Straßenhändler wenden, die ihre Preise täglich erhöhen. Vor einer Bäckerei hat Marie-Louise gesehen, wie eine Frau einem Kind ein Stück Brot aus den Händen gerissen und in die Gosse geworfen hat, dabei schrie sie: »Wenn ich hungern muss, sollen alle anderen auch nichts zu essen haben!«

Der Winter war schrecklich kalt. Sogar jetzt noch, Mitte März, stehen die oberen Räume leer, um Heizmaterial zu sparen. Marie-Louise und Véronique schlafen im besten Zimmer auf Klappbetten. Im verwirrten Geist ihrer Mutter sind sie immer noch beste Freundinnen. Manchmal sind sie »schlimme Mädchen, die nichts als Quatsch machen«. Manchmal legt die Mutter ihren Kopf auf Marie-Louises Schoß und murmelt sinnloses Zeug. »Glück gehabt, Frechdachs«, sagt sie etwa und wiederholt es dann immer und immer wieder. Oder sie schnurrt wie eine Katze, wenn Marie-Louises Finger ihr spärliches graues Haar streicheln.

Neulich hat Véronique ihre Hand unter das Kissen geschoben und einen Löffel hervorgeholt. »Schau mal, was ich gefunden habe«, sagte sie und hob ihn triumphierend hoch. Dann fragte sie mit einem schelmischen Grinsen: »Ach, warum finde ich immer nur so gewöhnliche Dinge? Warum finde ich nicht mal eine Flasche Champagner?«

Hortense schläft wie immer in ihrem Verschlag neben der Küche, die noch mehr nach Apotheke riecht als je zuvor. Sie sammelt allerlei Wildpflanzen, die als Salat auf den Tisch kommen, aus Brennnesseln macht sie Suppe. Über dem Kamin hängen an Schnüren Büschel von Kamille und Minze, auf der Herdplatte trocknen Karottenschalen.

»Warum haben Sie mir das so lange verschwiegen, dass sie Ihre Mutter ist?«, fragte Hortense, als Mare-Louise endlich ihr Geheimnis gelüftet hatte. Sie war verletzt, ja, und auch wütend, weil Marie-Louise ihr so wenig vertraut hatte. Zuerst schmollte sie stumm, doch nach ein paar Stunden musste sie ihrer Verbitterung Luft machen. »Nach allem, was ich für Sie getan habe!«, rief sie, und das traf Marie-Louise schwer.

Am Ende verzieh ihr Hortense, und das ganz ohne Worte.

Die Schreckensherrschaft mag vorbei sein, aber die Hebammen von Paris berichten hinter vorgehaltener Hand von Kindern, die mit geballter Faust, roten Linien am Hals oder regungslos wie Statuen geboren werden. Gedruckte Karikaturen, die auf den Straßen verkauft werden, zeigen Robespierre, das Ungeheuer der Revolution, »nachdem er alle Franzosen getötet hat«, allein in einem Wald von lauter Guillotinen. Oder wie er den blutenden Kopf der Freiheit an den Haaren in die Höhe hält. Wie er auf einem Haufen Leichen steht, unter ihnen die von Georges Danton. Und wie er schließlich selbst zur »heiligen Guillotine, Schutzpatronin der Patrioten«, gefahren wird.

Marie-Louise ist es noch besser ergangen als unzähligen anderen, und sie ist dankbar dafür: Die sterblichen Überreste von Pierre wurden nicht in ein Massengrab geworfen und mit Ätzkalk bestreut, die Totengräber bekamen nicht seine Kleider als Lohn für ihre Arbeit. Sie durfte ihn im Familiengrab bestatten, neben Tante Margot und der kleinen Angélique. Der gut bestochene Gefängniswärter übergab ihr die letzte Nachricht von Pierre:

Der Tod ist nur ein Augenblick, ein letzter Herzschlag. Bitte behalten Sie das Beste an mir in Erinnerung, nicht das Schlimme. Sagen Sie Jean-Louis, dass sein Vater ihn geliebt hat, so gut er konnte. Begleichen Sie alle Schulden, die ich wissentlich oder unwissentlich gemacht habe. Meine letzten Gedanken werden Ihnen gelten.

Heute ist die Sonne am Mittag kräftig genug, dass man Lust bekommt, draußen zu sitzen, darum hat Hortense drei alte Stühle hinausgetragen und hinter dem Haus aufgestellt. Marie-Louise streckt ihre Beine lang aus. Neben ihr hält Véronique, in eine warme Decke gehüllt, ein dürres Blatt in der Hand und dreht es in ihren Fingern.

Sie verliert langsam das Augenlicht, ihre rechte Wange zuckt, und sie kann nicht mehr ohne Hilfe aufstehen. Sie wird nicht mehr lange auf dieser Erde sein, wie Hortense es ausdrückt, aber Véronique kann immer noch manchmal ein Lied ohne Text anstimmen und, wenn sie fertig ist, fragen: »Hab ich nicht wunderschön gesungen?« Oder Marie-Louise bei der Hand nehmen und flüstern: »Er glaubt, er sei mein Mann. Aber er ist so schrecklich dick, findest du nicht? Und er stinkt wie ein brünstiger Stier.«

Immer noch treibt sie manchmal albernen Unfug, wenn auch deutlich weniger als früher. Meistens ist Hortense das Opfer ihrer Streiche, etwa, wenn Véronique sie mit Seifenwasser bespritzt oder die Schleife ihrer Schürze aufzieht. »Ich bin ein schlimmes Mädchen«, sagt Véronique dann und schlägt sich selbst auf die Hand, aber Marie-Louise signalisiert sie ohne Ton, indem sie die Worte nur mit den Lippen bildet: »Es tut mir überhaupt nicht leid.«

Hortense nimmt ihr solchen Schabernack nicht übel. Sie sagt, das werde ihr sicher als Buße für ihre Sünden angerechnet und das sei ihr ganz recht, weil sie so nach ihrem Tod weniger Zeit im Fegefeuer zubringen müsse. Außerdem stellt sie sich vor, dass Madame Margot sie von oben beobachtet und manchmal schmunzelt oder sich auch mal eine Träne abwischt.

Was ihnen entgangen ist, werden sie wohl nie vollständig nachholen können, und doch …

Die alte Frau dreht das Blatt in den knorrigen Fingern hin und her. »So ein schönes Ding. Wo kommt es her?«

»Von einem Baum. Der Wind hat es hergeweht.«

Véronique wendet sich ihrer Tochter mit einem verwirrten, unsicheren Lächeln zu. »Wie ist das möglich?«, fragt sie.

Marie-Louise nimmt das Blatt, legt es auf die offene Handfläche ihrer Mutter und bläst, bis das Blatt wegfliegt.

»Einfach so? Einfach so?«

La Grise miaut hinter der verschlossenen Tür und protestiert lautstark dagegen, dass sie nicht bei den Menschen sein darf, oder, was wahrscheinlicher ist, sie verlangt, gefüttert zu werden. Hortense, die streng darauf achtet, dass La Grise ständig im Haus eingesperrt bleibt, steht auf und geht zu ihr hinein. Dabei murmelt sie: »Hast du in letzter Zeit auch nur eine einzige Katze auf der Straße gesehen, du dummes Vieh? Nein? Hast du dich nicht gefragt, warum?«

Véronique hält sich die Ohren zu.

Das Tor an der Rückseite des Hofes quietscht.

Marie-Louise hält den Atem an. Jean-Louis?

Der Mann, der das Tor geöffnet hat, ist ein Fremder. Seiner

äußeren Erscheinung nach zu urteilen offenbar wohlhabend. Eine Nankinghose, ein brauner Rock, ein Dreispitz über einer Perücke. Daran, dass er in diesen Zeiten eine solch altmodische Eleganz zur Schau stellt, erkennt man sofort, dass er ein Ausländer sein muss.

»Brauchen Sie eine Hebamme?«

»Nein, Madame ... Marie-Louise Vernault?«

»Das bin ich.«

Nun, genau genommen ist er kein Ausländer, wie sich herausstellt, sondern ein Franzose, der gerade aus Boston eingetroffen ist. Und er hat einen Brief dabei, den er Marie-Louise persönlich aushändigen soll.

Liebste Maman,
Ihr Brief hat mir trotz der tragischen Nachrichten eine tiefe Freude bereitet. Ich trage ihn ständig in meiner Brusttasche bei mir und lese immer wieder, was Sie über Papa, seinen mutigen und ehrenvollen Tod und seine letzten Worte für mich geschrieben haben. Ich bin dankbar für seine und Ihre Vergebung.

Der Handel mit den Indianern war nicht so profitabel, wie ich gehofft hatte, deshalb werde ich nicht nach China fahren, aber ich werde auch nicht nach Frankreich zurückkehren. Mein Platz ist hier in der Neuen Welt, in Boston, was die nächsten Monate betrifft, und dann in Montreal, das in wenigen Tagen mit dem Schiff zu erreichen ist und einem Franzosen bessere Möglichkeiten bietet. Ich habe bereits mit der Suche nach einer guten Druckerpresse begonnen, denn ich will in Montreal die Druckerei Vernault eröffnen, die Bücher in englischer und französischer Sprache veröffentlichen soll. Es gibt, wie mir viele mit den hiesigen Verhältnissen gut vertraute Leute versichern, einen großen Hunger nach Literatur, besonders nach Büchern über Entdecker und ihre Abenteuer.

Und da ist schließlich noch etwas, das ich mitzuteilen habe – es tut mir leid, dass ich Sie so ohne jede Vorbereitung damit überraschen muss, hoffe aber, dass ich es Ihnen erklären kann, wenn ich Sie endlich wiedersehe: Annie, die freundliche Kellnerin, die Ihren Brief für mich aufbewahrt hat, ist inzwischen meine Frau geworden und erwartet Ende März unser erstes Kind, sodass Sie, wenn Sie diese Worte lesen, vielleicht bereits Großmutter sind. Ich bete, dass bei der Geburt alles gut geht, und hoffe, dass Sie und Hortense zu uns ziehen werden, sobald wir uns eingelebt haben. Erfahrene Hebammen werden in der Neuen Welt dringend gebraucht; Sie können sicher sein, dass Sie hier reichlich beschäftigt sein werden. Bitte richten Sie Hortense aus, dass sie einen ordentlichen Gemüsegarten haben wird und dass ich ihre Kaninchenpastete immer noch schmerzlich vermisse.

In Liebe,
Ihr
Jean-Louis

Die Welt verschwimmt. Tränen rollen ihr über die Wangen.

»Tut es ihm leid, was er getan hat?«, fragt Véronique. Ihr Kopf ist leicht zur Seite geneigt, ihre Augen sind schmal.

»Ja, es tut ihm leid.«

»Will er, dass du zu ihm kommst?«

»Ja.«

»Wirst du das tun?«

»Ja.«

»Jetzt?«

»Nein.«

»Bald?«

»Ja.«

Am Ende, denkt Marie-Louise, gibt es kein Ende, nur einen weiteren Anfang. Selbst noch in Nebel verborgen und in seliger Unkenntnis seiner Herkunft und all dessen, was vor seiner Zeit geschehen ist.

ANMERKUNG DER AUTORIN

Ich fragte Madame, ob die junge Person weiß, dass der König der Vater ist. Ich glaube nicht, erwiderte sie mir, aber da er sie zu lieben geschienen hat, so fürchtet man, er möchte sie nur zu bald davon unterrichtet haben; ist dies aber nicht, so sagt man ihr und andern, dass er ein polnischer Prinz und Verwandter der Königin sey, und im Schlosse wohne. Das wurde namentlich wegen des blauen Bandes so ausgedacht, welches der König abzulegen nicht immer Zeit hatte, er hätte sich denn ganz umziehen müssen, und um einen Grund wegen der Wohnung im Schlosse, so nahe beim König, anzugeben.

Das obige Zitat stammt aus den *Memoiren der Frau du Hausset, Kammerfrau der Frau von Pompadour*,[1] einer sehr lebendigen Darstellung des Hoflebens in Versailles unter Louis XV., die im Original 1824 erstmals in Frankreich veröffentlicht wurde. Es ist nicht sicher, dass wirklich Madame du Hausset diese Memoiren geschrieben hat, einige Historiker glauben, dass eine andere Person, die mit den Verhältnissen am Hof gut vertraut war, sich die Stimme der Kammerfrau »geliehen« hat, gleichwohl ist das Buch eine faszinierende Quelle des Hofklatschs des 18. Jahrhunderts, fruchtbarer Boden für alle, die auf der Suche nach einer fesselnden Geschichte sind.

Ich stieß auf das Buch bei Recherchen für *Die Zarin der Nacht*, als ich einen Kontext für die in ganz Europa weit ver-

---

1 So der Titel der deutschen Übersetzung, die 1825 in Stuttgart erschienen ist.

breitete Missbilligung des Liebeslebens von Katharina der Großen suchte. Und da ich in Polen geboren wurde, fielen mir sofort die Worte »ein polnischer Prinz, ein Verwandter der Königin ... der im Schlosse wohne« auf. Die Frau von Louis XV., Maria Leszczynska, war Polin, sodass ein polnischer Adliger, der, wann immer es zweckmäßig ist, zurück in sein Heimatland verschwinden musste, eine perfekte falsche Identität für einen König liefern konnte, der seine sexuellen Phantasien ausleben wollte. Mit den »andern«, von denen in der zitierten Passage die Rede ist, sind die jungen Bewohnerinnen von Parc-aux-Cerfs, »Hirschpark«, gemeint, einem Haus in der Stadt Versailles, in dem Dominique Lebel, der Kammerdiener des Königs, attraktive Mädchen aus der Unterschicht, die seinem Herrn gefallen konnten, unterbrachte.

Hirschpark existierte tatsächlich. Wir wissen, dass sich das Haus in der Rue Saint-Médéric befand und dass es von etwa 1755 bis 1771 im Besitz des Königs war. Wir wissen nicht, wie viele Mädchen im Laufe der Jahre dort wohnten, wie viele in das Schlafzimmer des Königs geschickt wurden, wie viele Kinder von ihm zur Welt brachten und was letztlich aus den jungen Frauen und den Kindern wurde. Einige Pamphletisten der Revolution, die sich bemühten, die Verbrechen des Ancien Régime möglichst drastisch darzustellen, schreiben von Hunderten solcher Mädchen, von denen einige erst neun Jahre alt gewesen seien. Andere Quellen, die weit verbreitete Anekdoten über Louis XV., Madame de Pompadour oder Madame du Barry (die letzte offizielle Mätresse des Königs) wiedergeben, sprechen davon, dass immer zwei oder drei Mädchen gleichzeitig im Hirschpark gewesen seien. Ihr Alter wird mit dreizehn oder vierzehn angegeben, was für uns immer noch empörend klingt, wenn es auch zu einer Zeit, da vierzehnjährige Bräute vor allem in der Oberschicht keine Seltenheit waren, den Menschen weit weniger skandalös zu sein schien. Einige Autoren nennen vereinzelte Namen: Mademoiselle Trusson, die Tochter einer Zofe

der Dauphine; Mademoiselle Niquet, Tochter eines Magistrats-
beamten aus Toulouse. Andere bieten Gesprächsfetzen, einige
kurze Szenen aus dem Leben der Mädchen im Hirschpark und
Einblicke in den Rekrutierungsapparat, in dem neben Dominique Lebel auch Madame de Pompadour eine Rolle spielte.
Es sind alles in allem eher spärliche Informationen, aber sie reichen aus, um deutlich zu machen, dass die meist undokumen-
tierten Geschichten der Hirschpark-Mädchen Teil einer größeren und nach wie vor aktuellen Erzählung davon sind, wie die
Mächtigen sexuelle Dominanz über die Machtlosen ausüben.

Eine weitere Quelle der Inspiration war für mich eine außerge-
wöhnliche französische Hebamme aus dem 18. Jahrhundert,
die ihr Leben der Verbesserung der Geburtshilfe und dem Kampf
gegen die Kindersterblichkeit widmete. Sie hieß Angélique Marguerite Le Boursier du Coudray und revolutionierte, wie ihre
amerikanische Biografin Nina Rattner Gelbart gezeigt hat,[2] im
Alleingang die Praxis und Lehre der Hebammenkunst in Frankreich.
 Madame du Coudray präsentierte in Versailles ihre formi-
dable, zu Ausbildungszwecken konstruierte »Geburtsmaschine«,
zunächst Germain Pichault de La Martinière, dem Generalchi-
rurgen des Königs, und dann, im Oktober 1759 (in meinem Roman findet das Ereignis etwas früher statt), Louis XV. selbst.
Der König war so beeindruckt, dass er Madame du Coudray
nicht nur den Titel »Hebamme des Königs« verlieh, sondern
auch die Mittel zur Erfüllung ihrer Mission zur Verfügung stellte. Mehr als ein Vierteljahrhundert lang reiste sie danach durch
Frankreich und bildete Tausende junger Frauen vom Land zu
professionellen Geburtshelferinnen aus. Sie zog auch ein ver-
waistes Bauernmädchen namens Marguerite Guillaumanche,

2 in *The King's Midwife: a History and Mystery of Madame Du Coudray*, University of California Press 1999.

später Madame Coutanceau, als ihre Adoptivnichte auf und brachte ihr alles bei, was sie brauchte, um in ihre Fußstapfen treten zu können. Sie führte denn auch wirklich die Arbeit ihrer Tante bis weit ins 19. Jahrhundert hinein fort.

Von einst über hundert Exemplaren der von Madame du Coudray erfundenen Geburtsmaschine hat nur eine einzige überlebt, die im Museum für Medizingeschichte in Rouen besichtigt werden kann. Das aus Weidengeflecht, Stoff, Leder, Füllmaterial und Schwämmen gefertigte Modell mag mit der Zeit etwas verblasst sein, sieht aber immer noch beeindruckend aus. Es ist hinter Glas zusammen mit mehreren Kinderpuppen ausgestellt, mit denen man die Geburt eines voll ausgetragenen Kindes, die von Zwillingen, eine Frühgeburt, eine Steißgeburt und verschiedene weitere Komplikationen simulieren kann. Daneben hängt eine Karte, auf der sich Angélique du Coudrays ausgedehnte Reisen nachverfolgen lassen, die sie unternahm, um so viele junge Frauen wie möglich auszubilden und ihnen damit ein Mittel an die Hand zu geben, ihr eigenes Leben sowie das der Frauen und Kinder, die sie betreuten, zu verändern. Auch wenn Madame du Coudray selbst sich nicht explizit zu diesem Ziel bekannt hat, gab sie ihren Schülerinnen doch Macht, über ihr eigenes Leben zu bestimmen, eine Macht, die den Hirschpark-Mädchen so herzlos verweigert wurde.

Es war der Geist der unerschrockenen, unermüdlichen Madame du Coudray und ihrer Nichte, der mir den Anstoß gab, die Figuren von Tante Margot und Marie-Louise zu erfinden.

DANKSAGUNGEN

Ich möchte mich bei all denen bedanken, die mir in den Jahren, in denen ich dieses Buch geschrieben habe, ihre Zeit, Hilfe und Ermutigung geschenkt haben: bei meiner Agentin Helen Heller, die von Anfang an eine äußerst hilfreiche Leserin meiner Entwürfe war; bei meiner Lektorin Lara Hinchberger, einer perfekten Hebamme für diesen Roman, sowohl fürsorglich als auch streng, wenn es nötig war; bei Amy Black und dem wunderbaren Doubleday-Team, die mich unerschütterlich unterstützt haben.

Ich danke Maureen Scott Harris und Barbara Heathcote für wichtige Gespräche und meinem Mann Zbyszek dafür, dass er meine Gedanken in Richtungen gelenkt hat, die ich sonst vielleicht verfehlt hätte.

»Mein Bruder war der Gott des Tanzes.«

In der Familie Nijinsky dreht sich alles nur um eines: ums Ballett. Als Bronislawa und Waslaw um 1900 in St. Petersburg aufwachsen, bewundern sie allabendlich ihre Eltern in der Garderobe, nervös vor den Auftritten, erhitzt und gelöst danach. Auch für die beiden Kinder ist der Weg vorgezeichnet: Sie werden an der kaiserlichen Ballettakademie aufgenommen – und schon bald zeigt sich, dass besonders Waslaw alle anderen überflügelt. Den Geschwistern steht eine ganze Welt offen – Paris, London, später gar New York –, eine Welt harten Trainings und geschundener Füße, aber auch des Glamours und des Ruhms ...

Hunderttausende Leser schwelgten in Eva Stachniaks Romanen über Katharina die Große – nun bereitet sie abermals einer großen russischen Heldin die Bühne: Bronislawa Nijinska, Schwester des legendären Waslaw Nijinsky und selbst gefeierter Star der Ballets Russes.

Eva Stachniak, Die Schwester des Tänzers. Roman. insel taschenbuch 4478. 570 Seiten

»Lang lebe die Kaiserin!«

Katharina die Große steht auf dem Gipfel ihrer Macht: Einst war sie als schüchterne Prinzessin nach Sankt Petersburg gekommen. Jahrelang hatte ihr Ehemann, Zar Peter III., sie gedemütigt und zurückgewiesen, nun hat sie ihn vom Thron gestürzt und krönt sich zur Alleinherrscherin über ein Weltreich. Gleich mehrere Liebhaber verzehren sich nach ihrer Nähe. Doch jeder Günstling kann ein Verräter, jedes Lächeln eine heimtückische Maske sein …
Eva Stachniak entführt ihre Leser in die prunkvolle Welt St. Petersburgs, in schillernde Paläste und in die geheimen Gemächer der größten Kaiserin aller Zeiten.

»Eva Stachniaks Worte sind eine einzige Verführung für das Herz und Balsam für die Seele – eine zarte Versuchung, von der man sich gerne mitreißen lässt.« *literaturmarkt.info*

Eva Stachniak, Die Zarin der Nacht. Roman. Aus dem Englischen von Christel Dormagen und Peter Knecht. it 4358. 491 Seiten

Freundschaft und Verrat im Winterpalast

Als die Waise Varvara als Dienstmädchen in den Winterpalast kommt, lernt sie schnell, sich ihre Verschwiegenheit und ihren aufmerksamen Blick zunutze zu machen. Schon bald ist sie eine der wichtigsten »Spioninnen« im Palast. Als die junge Sophie von Anhalt-Zerbst an den Hof kommt, wird Varvara ihre engste Vertraute. Schließlich erklimmt Sophie den Zarenthron – aus der unerfahrenen Fremden wird eine der mächtigsten Frauen ihrer Zeit …

Eva Stachniaks üppiger Historienroman über den Aufstieg von Katharina der Großen führt den Leser in die abgründig-geheimnisvolle Welt des russischen Zarenhofs, gehüllt in schweren Brokat und knisternde Seide.

»Ein opulenter historischer Roman.« *BRIGITTE.de*

»Ein wunderbarer Roman, voller Intrigen und überraschender Wendungen, die Art von Buch, die man an einem langen Winterabend verschlingt.« *The Daily Telegraph*

Eva Stachniak, Der Winterpalast. Roman. Aus dem Englischen von Peter Knecht. it 4270. 532 Seiten